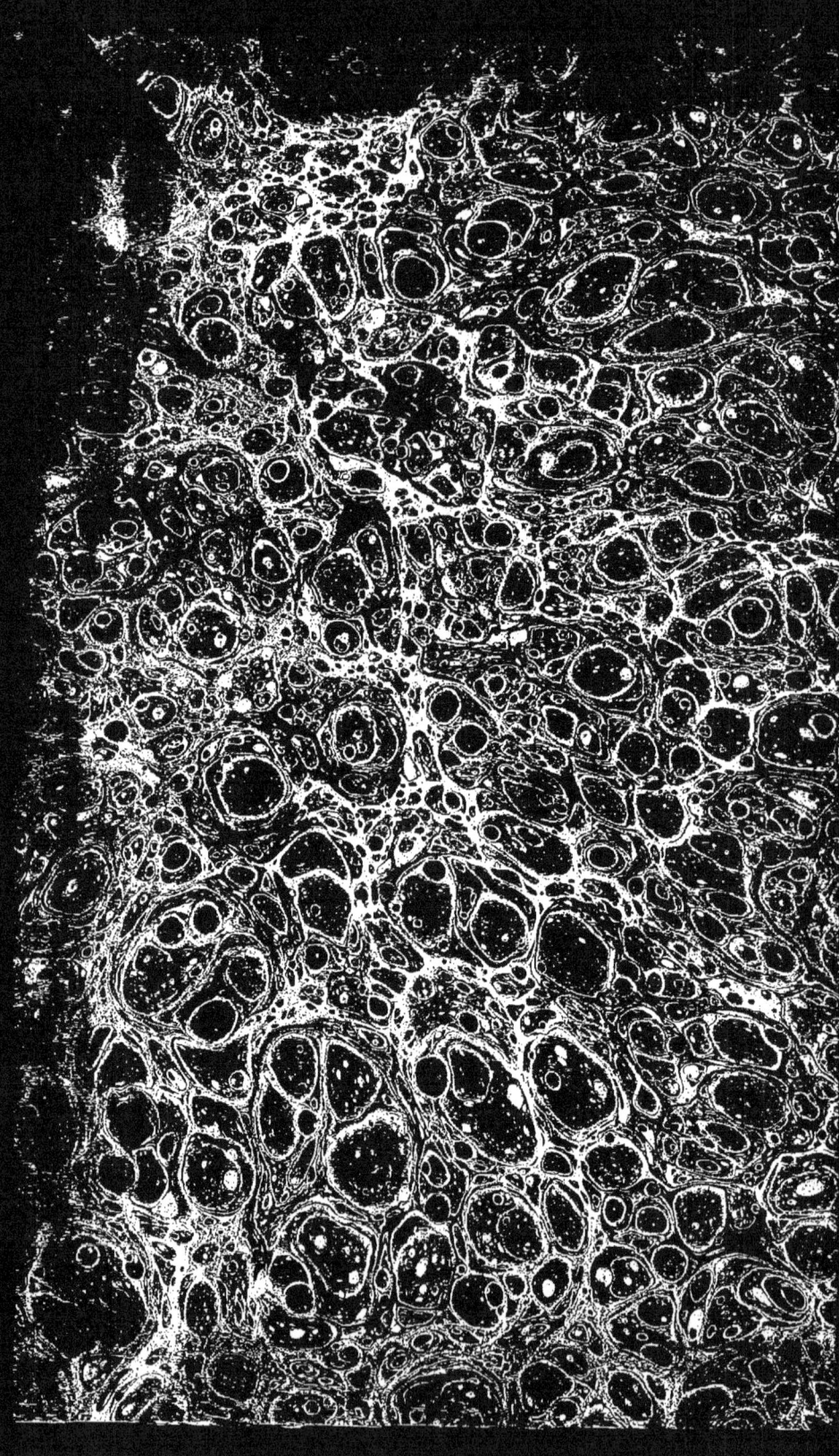

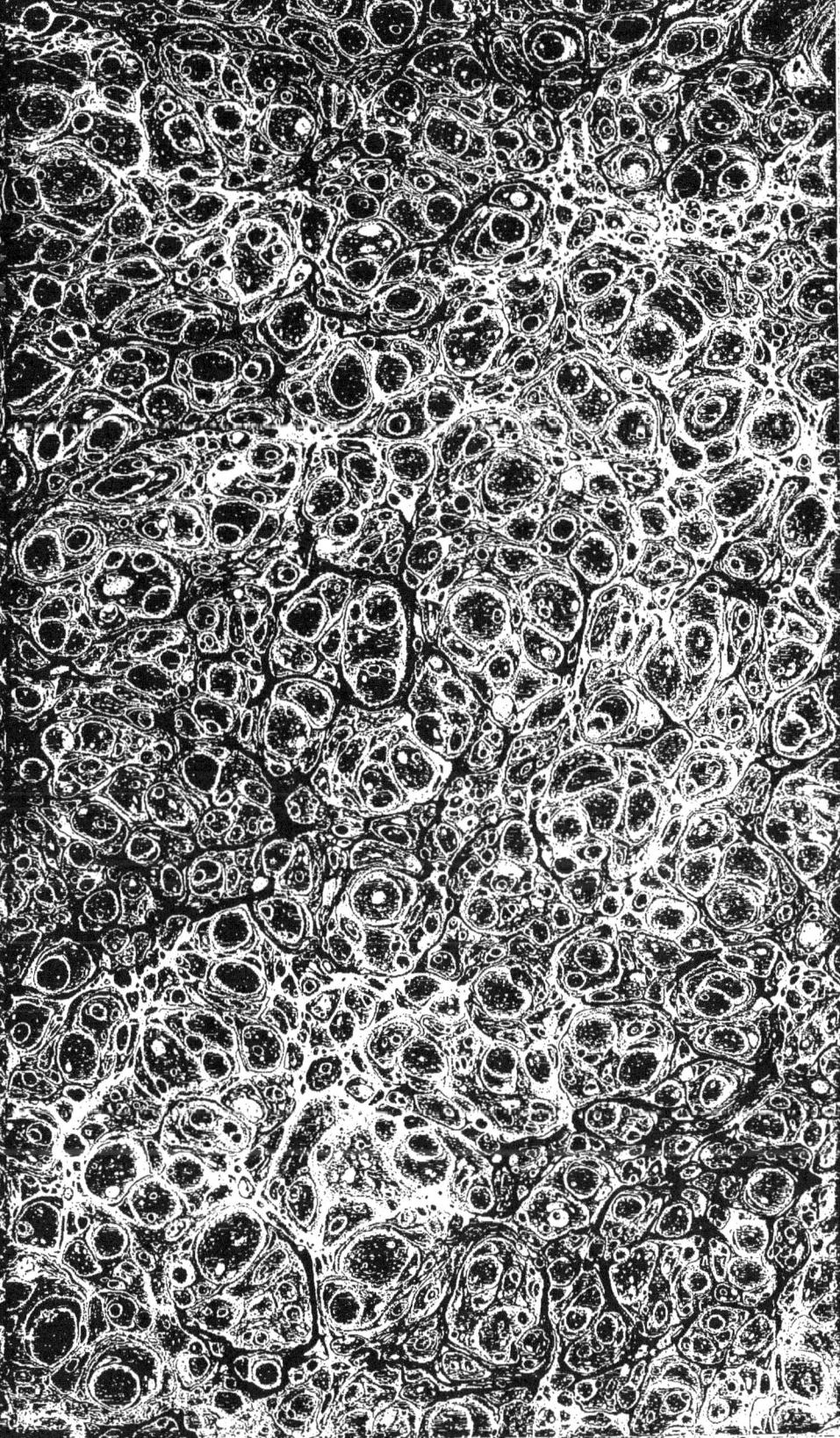

16119 ter a

H

RECHERCHES

HISTORIQUES ET CRITIQUES

SUR

LES MYSTÈRES DU PAGANISME.

ÉDITION EN DEUX VOLUMES.

RECHERCHES

HISTORIQUES ET CRITIQUES

SUR

LES MYSTÈRES DU PAGANISME,

PAR M. LE BARON DE SAINTE-CROIX;

SECONDE ÉDITION, REVUE ET CORRIGÉE

PAR M. LE BARON SILVESTRE DE SACY.

TOME SECOND.

A PARIS,

CHEZ DE BURE FRÈRES, LIBRAIRES DU ROI

ET DE LA BIBLIOTHÈQUE DU ROI, RUE SERPENTE, N° 7.

M. DCCC. XVII.

RECHERCHES

SUR

LES MYSTÈRES DU PAGANISME.

SIXIÈME SECTION.

Des Fêtes mystérieuses de Cérès et de Proserpine, chez les différens peuples de la Grèce et de l'Italie.

OBSERVATIONS PRÉLIMINAIRES.

QUOIQUE les matériaux épars dans divers écrivains, et que je viens de rassembler, relativement aux mystères d'Éleusis, soient fort incomplets, il seroit néanmoins à désirer que nous en eussions autant sur les fêtes mystérieuses consacrées à Cérès et à Proserpine chez les différens peuples de la Grèce et de l'Italie, et qui vont être l'objet de cette Section. Elle sera divisée en deux articles : le premier concernera les Thesmophories, sur lesquelles il nous reste encore assez de

A

détails, et le second renfermera tout ce qui est relatif au culte mystérieux de ces deux divinités dans les contrées que je viens de nommer (1). Dans ce dernier article je m'attacherai à l'ordre géographique, pour éviter la confusion et l'obscurité, contre lesquelles je me vois obligé sans cesse de lutter.

---

(1) Ces détails sont tirés de la troisième partie de mon Mémoire, couronné par l'Académie des Inscriptions. Je ferai néanmoins de grands retranchemens à mon travail, pour me renfermer dans mon sujet.

ARTICLE PREMIER.

Des Thesmophories.

Hérodote donne aux Thesmophories le nom de
télète (1), Hésychius celui de *mystères* (2), et
Aristophane celui d'*orgies* (3); expressions qui
conviennent très-bien à cette fête religieuse. Les
hommes en étoient exclus. Ils ne pouvoient entrer dans le temple, sous peine de mort, suivant
Fortunatianus; on se contentoit, suivant Sulpicius Victor, de crever les yeux à ceux qui avoient
enfreint cette loi (4). Peut-être ces lois cruelles
n'étoient-elles en vigueur que chez les Romains.

D'après cela, peut-on penser qu'un prêtre fût
chargé de présider à ces fêtes, comme Meursius
et quelques autres savans l'ont imaginé (5)? Ils
donnent à ce prétendu ministre le nom de *stéphanéphore*, et ils se fondent sur une inscription
dont on ne peut faire aucun usage pour confir-
mer leur opinion, d'ailleurs très-bien réfutée

---

(1) Lib. 11, cap. 171.

(2) In voc. Θεσμοφορία.

(3) Thesmoph., v. 956, 1163.

(4) Ap. Meurs., Them. Attic., lib. 11, cap. 20, tom. 11
Oper., col. 117. A.

(5) Meurs., Græc. feriat., tom. III Oper., col. 890 et seq.

par le P. Corsini (1). « Chaque tribu athénienne,
» comme le remarque M. du Theil, élisoit deux
» femmes qui présidoient à la fête ; et pour être
» susceptibles de cette élection, il falloit non-
» seulement qu'elles eussent été épousées légiti-
» mement, mais encore qu'elles fussent nées d'un
» mariage légitime (2) ». Cette charge engageant
à des dépenses, les lois obligeoient les maris qui
avoient trois talents en fonds à en fournir les
moyens à leurs femmes, et ils ne pouvoient s'en
exempter (3). M. du Theil conjecture que les
fonctions sacerdotales appartenoient aux prêtresses appelées mélisses ou *abeilles* (4), dont il
a été question précédemment (5). On n'admettoit à la célébration des Thesmophories que des
vierges, ou des femmes irréprochables dans leurs
mœurs (6). C'étoient les femmes seules qui parti-

---

(1) Fast. Attic., Diss. XIII, tom. II, p. 339.

(2) Recherches sur les Thesmophories, Acad. des Inscr.,
tom. XXXIX, p. 218 ; Isæus, Or. de Hæred. Ciron.,
p. 208, tom. VII Orator. græc., ed. Reisk.

(3) Le verbe θεσμοφορεῖν signifioit faire les dépenses de
cette fête, comme on le voit par une inscription où il est
dit qu'Anticrate, fils de Lysanias, s'acquitta de cette charge
publique sous l'archonte Céphisophon (la 4ᵉ année de la
CXIIᵉ olymp.). Chandl., part. II, Inscr. XXX, p. 55.

(4) Acad. des Inscr., tom. XXXIX, p. 213.

(5) Voy. ci-devant, Iʳᵉ partie, p. 242.

(6) Schol. Theocr., Idyll. IV, ad v. 25.

cipoient aux sacrifices, et qu'on nommoit proprement *thesmophoriazuses* (1).

Théodoret prétend établir, par les témoignages
de Démosthène, de Diodore et de Plutarque,
qu'Orphée étoit l'instituteur des Thesmophories (2). C'est un anachronisme évident, puisque
l'on croyoit Orphée postérieur de plus d'un siècle
aux filles de Danaüs, auxquelles la Grèce devoit
cette fête (3). Les passages des auteurs cités par
ce Père ne sont point parvenus jusqu'à nous :
peut-être a-t-il voulu dire seulement que les
Thesmophories et les Éleusinies avoient une origine commune. Plusieurs écrivains, entre autres
Arnobe, ont été jusqu'à confondre mal à propos
ces deux fêtes.

Les Thesmophories se célébroient à Athènes
dans le mois de pyanepsion (octobre). La durée
et les rites de cette fête varioient beaucoup dans
les diverses villes de la Grèce ; mais c'est particulièrement de ce qui se pratiquoit à Athènes que
je veux parler. Aristophane dit que le troisième
jour de ces cérémonies mystérieuses en occupoit

---

(1) Acad. des Inscr., tom. XXXIX, p. 216.

(2) Ὅτι δὲ τῶν Διονυσίων καὶ τῶν Παναθηναίων, καὶ μέντοι τῶν
Θεσμοφορίων καὶ τῶν Ἐλευσινίων τὰς τελετὰς Ὀρφεὺς.... εἰς τὰς
Ἀθήνας ἐκόμισεν,... διδάσκει μὲν Πλούταρχος. Therap., Serm. I,
tom. IV Oper., p. 468. A.

(3) Marm. Oxon., epoch. ix, p. 160, ed. Prideaux.

le milieu (1): elles duroient donc cinq jours. Plutarque rapporte que Démosthène mourut le 16 de pyanepsion, jour qui faisoit partie des Thesmophories, et qui étoit consacré au jeûne et à la tristesse (2): or c'étoit, selon Athénée, au jour qui tenoit le milieu des Thesmophories que le jeûne étoit fixé (3); conséquemment cette fête commençoit le 14, et finissoit le 18 de ce mois, vers l'époque des semailles. Meursius, et quelques autres savans après lui, rapportent le commencement des Thesmophories au 11 de pyanepsion (4), parce que, selon Hésychius, c'étoit ce jour-là que *montoient* à Éleusis les femmes qui se rendoient en cette ville pour y célébrer cette fête (5), ou plutôt pour chercher le calathus, symbole des présens de Cérès. Mais cela même prouve que les Thesmophories n'étoient point commencées le 11 de pyanepsion, et que ce jour-là n'en faisoit point partie. C'étoit celui auquel on avoit fixé la fête appelée *Sténie*, établie en mémoire du voyage ou de la montée de Cérès (6) à cette même ville d'Éleusis.

---

(1) Aristoph., Thesmoph., v. 86.

(2) Vit. Demosth., tom. I Oper., p. 860.

(3) Deipnosoph., lib. VII, §. 80, p. 307.

(4) Græc. fer., tom. III Oper., col. 890.

(5) In voc. Ἄνοδος.

(6) Phot., Lexic., col. 397; Kust., not. ad Aristoph. Thesmoph., v. 841.

Les femmes se préparoient par la continence à célébrer les Thesmophories. Elles se servoient, pour rendre plus facile l'observation de cette pratique, du cnéorum ou chamelée (1), de l'agnus castus (2), de la conyze ou herbe aux puces, enfin de la cnyza ou sarriette sauvage (3), plantes froides qu'elles étendoient sous elles en se couchant par terre (4). On n'ignore pas la réponse que fit Théano à une personne qui lui demandoit combien de temps une femme qui venoit d'habiter avec un homme, devoit laisser écouler avant d'assister aux Thesmophories. Elle peut y assister le jour même, si elle a vécu avec son mari, répondit la pythagoricienne; elle doit en être exclue pour toujours, si elle a habité avec un autre (5). Cette question est décidée d'une manière moins philosophique par Ovide, qui dit que les femmes étoient obligées de garder la chasteté pendant neuf nuits, avant de prendre part à cette fête (6):

---

(1) Hesych., in voc. Κνέωρον.

(2) Plin., lib. xxiv, cap. 9, tom. II, p. 336, ed. Hard.; Dioscor., lib. 1, cap. 135; Ælian., de Anim., lib. ix, cap. 26.

(3) Schol. Nicandr., Ther., ad v. 130; Schol. Theocr., Idyll. iv, ad v. 25; Bod. à Stapel, ad Theophr. Hist. plant., p. 580 et seq.

(4) Plut., de Is. et Osir., §. 69.

(5) Theod., Therap., Serm. xii, tom. IV Oper., p. 675. A; Clem. Alex., Strom., lib. iv, p. 619.

(6) Metam., lib. x, v. 434.

A iv

peut-être ce terme n'étoit-il ainsi fixé que chez les Romains. Quoi qu'il en soit, il est vraisemblable qu'elles pratiquoient cette abstinence en mémoire des neufs jours pendant lesquels Cérès, privée de la compagnie de sa chère Proserpine, et ignorant son séjour auprès de Pluton, fut plongée dans une profonde tristesse (1).

Le jour consacré au jeûne, les femmes poussoient des hurlemens comme faisoient les Égyptiens aux fêtes d'Isis (2); le sénat ne s'assembloit point (3), et on délivroit les prisonniers (4). Les pieds nus, et sans bandelettes sur la tête (5), toutes les femmes suivoient ce jour-là, jusqu'au Prytanée (6), le calathus, traîné par quatre chevaux blancs (7), et entouré de vierges qui portoient des vans tissus d'or (8). Les femmes qui n'étoient point initiées, ne pouvoient pas accompagner cette pompe mystérieuse (9) jusqu'au Thesmophorion ou temple de Cérès Thes-

---

(1) Homer., Hymn. in Cerer., v. 47.

(2) Serv., ad Virg. Æneid., lib. IV, v. 609.

(3) Aristoph., Thesmoph., v. 85.

(4) Meurs., Græc. fer., tom. III Oper., col. 896; Id., Them. Attic., lib. II, cap. 8, tom. II Oper., col. 83.

(5) Callim., Hymn. in Cerer., v. 125 et 126.

(6) Ibid., v. 129.

(7) Ibid., v. 121 et 122.

(8) Ὡς αἱ λικνοφόροι χρυσῷ πλέα λίκνα φέροντι. Ibid., v. 127; Vid. Ezech. Spanhem., not. ad h. vers.

(9) Callim., Hymn. in Cerer., v. 129.

mophore à Athènes (1). Celles qui étoient initiées, et qui avoient moins de soixante ans, devoient aller jusqu'au temple ; les femmes près
d'accoucher, et celles qui passoient soixante ans,
n'étoient obligées de venir que jusqu'où leurs
forces le leur permettoient (2). A peine cette procession étoit-elle en marche, que tout retentis-
soit dans la ville de ces paroles : *Salut, ô Cérès !*
Salut, ô déesse nourricière, déesse des abondantes
moissons ! etc. (3) Je pense, avec M. du Theil,
qu'arrivées au Thesmophorion, les femmes initiées chantoient cette espèce d'hymne qu'Aristophane nous a conservé : « Venez, déesse véné-
» rable, bienveillante et propice ; venez dans vos
» bocages, où la vue de vos mystères redoutables
» est interdite aux hommes, où vous nous laissez
» contempler votre visage immortel, à la clarté
» des lampes ; venez, accourez à nos voix, au-
» guste Thesmophore. Si jamais vous avez exaucé
» nos prières, rendez-vous aujourd'hui à nos
» vœux (4) » ! Il paroît encore qu'on finissoit cette
cérémonie par cette autre prière : « Salut, ô
» déesse ! Conserve cette ville dans la concorde
» et dans l'abondance ; fais tout mûrir dans nos
» champs, engraisse nos troupeaux, fertilise nos

---

(1) Pausan., Attic., cap. 14.
(2) Callim., Hymn. in Cerer., v. 131 et 132.
(3) Ibid., v. 120.
(4) Acad. des Inscr., tom. XXXIX, p. 231.

» vergers, grossis nos épis et féconde nos mois-
» sons; fais surtout régner la paix, afin que la
» main qui sème puisse aussi recueillir (1) ».

On ignore quel étoit le jour de cette fête où
l'on faisoit le sacrifice mystérieux appelé *diogme*,
c'est-à-dire, *poursuite* (2). Suidas dit qu'il portoit
ce nom parce que les femmes athéniennes ayant
adressé leurs vœux aux dieux dans un péril imminent de la république, furent exaucées, et les
ennemis forcés de se retirer à Chalcis (3). Je crois
que cette cérémonie ne prit point alors ce nom,
qu'elle le portoit déjà; mais qu'on lui donna alors
celui d'*apodiogme*, dont Hésychius fait mention (4). L'étymologie de l'un et de l'autre mot
rend sensible cette observation.

---

(1) Callim., Hymn. in Cerer., v. 135-38. Voy. la trad.
de M. du Theil, p. 48 et 51.

(2) Hesych., in voc. Διωγμα.

(3) In voc. Ἀποδιωγμα.

(4) In voc. Διωγμα.

[Le passage d'Hésychius porte simplement que le sacrifice nommé διωγμα, fut appelé plus tard ἀποδιωγμα, ce qui
ne justifie nullement, ce me semble, la conjecture de M. de
Sainte-Croix. D'ailleurs, si on l'admettoit, il resteroit à
savoir pourquoi ce sacrifice auroit été appelé διωγμα, antérieurement à l'aventure qui lui auroit fait donner le nom
de ἀποδιωγμα. M. de Sainte-Croix suppose, plus loin, que
l'origine du premier de ces noms étoit due à une cérémonie
qui consistoit à chasser des pourceaux. Cette opinion ne
me semble appuyée d'aucune autorité. S. de S.]

Meursius conjecture, avec assez de vraisemblance, qu'un autre sacrifice, qu'on appeloit *zémie* (1), étoit destiné à expier les fautes ou les
négligences commises dans la célébration des
Thesmophories, et à éloigner les vengeances cé-
léstes que ces fautes auroient pu attirer sur l'état.
Ce savant ajoute que ce sacrifice se faisoit le dernier jour de la fête (2), jour auquel les femmes
portoient avec pompe à Éleusis, sur leur tête, et
en récitant des prières, les livres des lois (3). Cet
usage indique la vraie étymologie du nom des
Thesmophories, *l'action de porter les lois* : cette
étymologie a une parfaite analogie avec les attributs de Cérès et de Proserpine. On invoquoit ces

---

(1) Hesych., in voc. Ζημία.

(2) Græc. fer., tom. III Oper., col. 896.

(3) Schol. Theocr., Idyll. IV, ad. v. 25.

[Reiske croit que les livres dont il s'agit ici, avoient été
déposés dans les archives de l'Aréopage. De Paw (Recherches
sur les Grecs, tom. II, p. 204-6) conjecture que les livres
dont parle Dinarque, dans son Discours contre Démosthène (tom. IV Orator. græc., ed. Reisk., p. 8), et qu'il
appelle ἀπορρήτους διαθήκας, ἐν αἷς τὰ τῆς πόλεως σωτήρια κεῖται,
étoient les mêmes que l'on portoit tous les ans, dans la fête
des Thesmophories, d'Athènes à Éleusis; il pense que les
livres sibyllins, à Rome, étoient une imitation de ces livres
d'Athènes, à quelques circonstances près, accommodées à
la localité.

Cette note est du traducteur allemand des Recherches
sur les Mystères. S. de S.]

deux divinités au commencement de cette fête,
qui leur étoit particulièrement consacrée (1). On
prioit aussi Pluton, Calligénie et la Terre nourricière, Mercure et les Grâces (2). Quelle étoit
cette Calligénie? Ce n'est point Cérès, comme on
l'a conjecturé d'après un passage corrompu d'Hésychius (3); c'est assurément Proserpine, que sa
mère abandonna dans une caverne, sous la garde
des dragons ailés (4). *Calligénie* étoit peut-être un
nom mystérieux, usité seulement dans le Thesmophorion.

C'étoit la nuit que se célébroient les Thesmophories (5) : on y faisoit usage de gâteaux de sé-

---

(1) Aristoph., Thesmoph., v. 293 et 294.

(2) Ibid., v. 304 et 307.

(3) In voc. Καλλιγένειαν. Voyez les notes d'Alberti sur ce
passage, et ce qu'en a dit M. du Theil, Acad. des Inscr.,
tom. XXXIX, p. 232.

[M. de Sainte-Croix avoit embrassé, dans sa première
édition, l'opinion de M. du Theil, qui pensoit que Calligénie n'étoit autre que Cérès. Il a changé cela, comme on
le voit ici, et l'opinion qu'il a adoptée est confirmée par
un passage du Lexique de Photius, qu'avoit déjà cité
Alberti, et où on lit : Καλλιγένειαν· Ἀπολλόδωρος μὲν, τὴν
γῆν· οἱ δὲ Διὸς καὶ Δήμητρος θυγατέρα. Phot., Lexic., col. 96.
S. de S.]

(4) Κεῖθι δὲ Καλλιγένειαν, ἐὴν εὔπαιδα τιθήνην, Κάλλιπε.....
Nonn., Dionys., lib. vi, p. 186.

(5) Aristoph., Thesmoph., v. 211; Callim., Hymn. in
Cerer., v. 7.

same (1). Chaque femme y portoit un flambeau
ou torche à la main ; et il paroît que d'abord on
l'éteignoit, et qu'ensuite on le rallumoit (2). Le
ctéis, c'est-à-dire, la représentation des parties
sexuelles des femmes, étoit l'objet de la vénération publique dans cette fête (3), et rappeloit à

---

(1) Aristoph., Thesmoph., v. 292 et 577.

(2) Ibid., v. 662.

(3) Καὶ τὸν τοῦ Διονύσου φαλλὸν ἐν τῇ φαλλαγωγίᾳ παρὰ τῶν
ὀργιαζόντων προσκυνούμενον, καὶ τὸν κτένα τὸν γυναικεῖον· οὕτω
δὲ τὸ γυναικεῖον ὀνομάζουσι μόριον· ἐν τοῖς Θεσμοφορίοις παρὰ τῶν
τετελεσμένων γυναικῶν θείας τιμῆς ἀξιούμενον. Theodor., Therap., Serm. III, tom. IV Oper., p. 521. Καὶ γὰρ αἱ τελεταὶ,
καὶ τὰ ὄργια, τὰ τούτων εἶχεν αἰνίγματα· τὸν κτένα μὲν ἡ Ἐλευσὶς,
ἡ φαλλαγωγία δὲ τὸν φαλλόν. Id., ibid., Serm. VII, p. 583.
Par *Éleusis* on doit entendre ici les Thesmophories, célébrées en partie dans cette ville, sans quoi il y auroit une
contradiction manifeste entre les deux passages de Théodoret que je viens de citer.

[M. de Sainte-Croix, qui, dans sa première édition, avoit
rejeté l'opinion de Meursius, et avoit cru que le *ctéis* ne
faisoit point partie des symboles employés dans les mystères
d'Éleusis, s'étoit vu obligé d'interpréter ici le second texte de
Théodoret, en ce sens que, par *Éleusis*, il falloit entendre
les Thesmophories, parce qu'une partie des cérémonies de
cette fête se pratiquoit à Éleusis. Dans les corrections faites
par lui-même, pour une seconde édition, il a supprimé la
critique qu'il avoit faite de l'opinion de Meursius ; et tout
en persistant à penser que le phallus jouoit un grand rôle
dans les mystères d'Éleusis, il a évité de s'expliquer d'une
manière positive sur l'usage qu'on pouvoit y faire du *ctéis*.

la mémoire des femmes qui y assistoient, l'aventure de Baubo (1). Doit-on être surpris si elles se permettoient des propos grossiers et obscènes? Cléomède compare les discours licencieux d'Épicure à ceux des femmes qui célèbrent les Thesmophories (2). Mnésiloque, qu'Aristophane

---

Cependant, comme il n'a fait aucun changement à la note qu'on lit ici, je présume qu'il croyoit toujours devoir borner ce rite obscène aux Thesmophories. Pour moi, je ne vois aucune raison qui s'oppose à ce qu'on entende à la lettre les deux textes de Théodoret, et qu'on en conclue que ce rite étoit commun aux mystères d'Éleusis et aux Thesmophories. Je partage donc l'opinion de M. du Theil (Acad. des Inscr., tom. XXXIX, p. 222); et elle me paroît d'autant mieux fondée, qu'il est indubitable qu'il y avoit beaucoup de rites communs à ces deux solennités. S. de S.]

(1) Apollod., lib. 1, cap. 5.

[Il n'est question, dans Apollodore, que d'Iambé, dont les propos firent rire la déesse. Au reste, le symbole dont parle M. de Sainte-Croix, devoit nécessairement avoir trait à l'action de Baubo. D'ailleurs, Iambé et Baubo paroissent n'être qu'un seul et même personnage. S. de S.]

(2) Cleom., lib. 11, p. 91. C, ed. Robert. Balfor.

[Il n'est pas inutile de rapporter le texte de Cléomède. Cet écrivain reproche à Épicure de se servir de mots barbares, d'expressions recherchées, et de termes trop libres; puis il ajoute : ὧν τὰ μὲν ἐκ χαμαιτυπείων ἄν τις εἶναι φήσειε. τὰ δὲ ὅμοια τοῖς λεγομένοις ἐν τοῖς Δημητρίοις ὑπὸ τῶν θεσμοφοριαζουσῶν· τὰ δὲ ἀπὸ μέσης τῆς προσευχῆς, καὶ τῶν ἐπ' αὐτῆς προσαιτούντων ἰουδαϊκά τινα καὶ παρακεχαραγμένα, καὶ καταπολὺ

introduit parmi elles dans sa comédie des *Thes-*
mophoriazuses, étant soupçonné de n'être point
du sexe que son habillement indiquoit, est in-
terrogé sur ce qui s'étoit passé dans l'assemblée
de l'année précédente ; il répond : *Nous avons*
bu (1). Le silence de l'interrogatrice, que cette
réponse ne paroît point étonner, sembleroit dé-
céler que Muésiloque dit vrai, puisqu'elle ne
trouve pas dans ces paroles la preuve de son tra-
vestissement. Mais il est facile de voir, comme le
remarque M. du Theil, que le poète comique
n'a eu d'autre but que celui de lancer un trait de
satire contre les femmes, qu'il accuse souvent
d'aimer trop le vin (2), liqueur dont elles devoient s'abstenir dans cette fête. Aristophane s'est
prévalu sans doute de la liberté de la scène, pour
mettre dans la bouche des *Thesmophoriazuses*
bien des propos indécens : mais on doit penser

τᾶν ἑρπετῶν ταπεινόʇερα. Cléomède établit une différence sensible entre les expressions obscènes employées dans les
lieux de débauche, et les propos que tenoient les femmes
lors de la célébration des Thesmophories ; ce qu'il est bon
d'observer, pour ne pas prendre dans un sens trop rigou-
reux ce que dit ici M. de Sainte-Croix. Il n'auroit rien dit
de trop, si l'on s'en rapportoit à Aristophane ; mais on ne
sauroit douter que ce poète n'ait beaucoup chargé le tableau. S. de S.]

(1) Thesmoph., v. 637 et 638.
(2) Acad. des Inscr., tom. XXXIX, p. 222.

qu'il n'auroit pas osé le faire, si elles n'y eussent pas donné lieu quelquefois. Malgré cette observation, je suis bien éloigné de penser qu'il fût fondé à faire dire à Agathon : « Elles croiroient » que je viens leur dérober ma part de ces œuvres » de nuit, et de cette façon de jouir des plaisirs » de Vénus qui n'appartient qu'à leur sexe (1) ».

La danse faisoit encore partie de cette fête. Les femmes, se tenant toutes par la main, formoient un cercle et dansoient en cadence (2) au son de la flûte, dont on jouoit suivant le *nome* ou mode persique (3). Les chansons d'usage étoient composées de vers qui avoient un mètre particulier (4). Cette manière de danser s'appeloit *cnisme* et *oclasme*; elle ne différoit point de la danse persique, et exigeoit de la vivacité et de la souplesse (5). Un pareil exercice, et ce qui le pré-

---

(1) C'est le véritable sens des paroles d'Aristophane (v. 211), que M. du Theil a parfaitement saisi dans ses Recherches sur les Thesmophories.

(2) Aristoph., Thesmoph., v. 963 et seq.

(3) Ibid., v. 1186.

(4) Mar. Victorin., de Art. Gramm., lib. IV, col. 2592, ed. Putsch.

(5) Poll., Onomast., lib. IV, cap. 14, §. 100. Les éditeurs paroissent n'avoir point entendu ce passage, qui est même très-mal ponctué dans la dernière édition.

[On peut douter que, dans ce passage de Pollux, ἐν Θεσμοφοριαζούσαις soit synonyme de ἐν Θεσμοφορίοις, et signifie *dans les Thesmophories*. Quant à l'observation de

cédoit, démontrent que Saumaise n'a pas eu raison d'avancer que tout étoit triste dans les Thesmophories (1). Le retour de Proserpine à la lumière, le dixième jour après qu'elle eut été enlevée par Pluton (2), devoit naturellement être célébré par quelques instans de joie, puisque cet événement en causa une si grande à Cérès.

Le secret qu'on gardoit sur les cérémonies de cette fête (3), nous a privés des détails circonstanciés de ce qui s'y pratiquoit ; et nous sommes obligés de nous contenter de ceux que S. Clément

---

M. de Sainte-Croix, elle porte, je pense, sur ce que l'éditeur de Pollux n'a pas mis un point après τὸ Περσικόν. Il faut voir la note de Jungermann sur ce passage de Pollux. S. de S.]

(1) Exercit. Plin., p. 528.

(2) Homer., Hymn. in Cerer., v. 51.

[Le poète ne dit pas que Proserpine revit la lumière le dixième jour après son enlèvement par Pluton, il dit seulement que ce fut le dixième jour des courses de Cérès, qu'elle fut rencontrée par Hécate.

Ἀλλ᾽ ὅτε δὴ δεκάτη οἱ ἐπήλυθε φαινόλη ἠώς,
Ἤντετό οἱ Ἑκάτη, σέλας ἐν χείρεσσιν ἔχουσα,
Καί ῥά οἱ ἀγγελέουσα ἔπος φάτο φώνησέν τε.

Il s'en faut de beaucoup qu'il soit dans l'intention du poète de faire revenir si promptement Proserpine des régions infernales.

Cette observation est due au traducteur allemand des Recherches sur les Mystères. S. de S.]

(3) Herod., lib. ii, cap. 171.

IIᵉ PART.   B

d'Alexandrie nous a conservés. «Voulez-vous, dit ce
» Père, que je vous parle de la manière dont Pro-
» serpine cueilloit des fleurs, de son enlevement
» par Pluton, du calathus, des cochons d'Eubule
» qui furent engloutis avec Cérès et sa fille, etc. »?
On chassoit des pourceaux en prononçant quelques mots du dialecte mégarien (1). C'est pourquoi on donnoit le nom de *diogme* ou poursuite,
à un jour de cette fête (2). « Ces choses, continue
» S. Clément, sont l'objet des fêtes que les femmes
» célèbrent dans les diverses villes, de différentes
» manières, sous les noms de *Thesmophories* et
» de *Scirophories* (3) ». Dans les Thesmophories,
il n'étoit point permis de porter des couronnes
de fleurs (4); et on y évitoit avec soin de goûter
des grains de grenade (5). L'un de ces usages rap-

(1) Clem. Alex., Protrep., tom. I, p. 14.
[Hervet avoit traduit μεγαρίζοντες par *Megarensium
more*, et Meursius ne l'a pas entendu autrement (Attic.
Lect., lib. IV, cap. 21, tom. II Oper., col. 1183). M. de
Sainte-Croix a suivi la traduction de Potter. S. de S.]

(2) [Voyez ce que j'ai observé à ce sujet, ci-devant,
note 4, p. 10. S. de S.]

(3) Clem. Alex., loc. mod. laud.
(4) Schol. Soph., Œdip. Col., ad v. 683.
(5) Clem. Alex., Protr., p. 16.
[Ce rite s'explique très-naturellement par les aventures
de Proserpine. Il est étonnant que S. Clément d'Alexandrie en cherche l'explication dans le mythe de Bacchus.
S. de S.]

peloit que Proserpine étoit occupée à cueillir des fleurs au moment de son enlèvement, et l'autre étoit relatif à son imprudence, qui rendit l'ordre de Jupiter pour son retour inutile.

Il paroît qu'une partie des Thesmophories se passoit hors d'Athènes, puisque ce fut en cherchant à surprendre les femmes qui célébroient cette fête dans un lieu situé hors de la ville, et nommé *Colias* (1), que les Mégariens tombèrent dans le piège que leur avoit tendu Solon, et furent défaits (2). On avoit élevé en ce lieu, en l'honneur de Cérès, un temple (3) dans lequel le malheureux Œdipe finit ses jours (4). Les Athéniens croyoient que Proserpine avoit été enlevée en ce même lieu (5). Ce temple paroît avoir porté, comme celui d'Athènes, le nom de *Thesmophorion* : il en est fait mention dans une inscription rapportée par Chandler (6).

(1) Hesych., in voc. Κωλιάς.
(2) Æneas Tact., Poliorcet., cap. 4, p. 1649, ed. Gronov., ad calc. Polybii ; Plut., Vit. Solon., tom. I Oper., p. 82. D ; Polyæn., Stratagem., lib. 1, cap. 20, §. 2.
(3) Cet édifice étoit polystyle, et voisin d'un autre temple consacré à Vénus. Hesych. et Harpocr., in voc. Κωλιάς.
(4) Soph., Œdip. Col., v. 1600, etc.
(5) Schol. Soph., Œdip. Col., ad v. 1590.
(6) Inscr. cx, p. 74 et 75.

ARTICLE II.

Des autres Fêtes mystérieuses de Cérès et de Proserpine.

Les détails que nous ont transmis les Anciens sur les fêtes mystérieuses de Cérès et de Proserpine chez les peuples de l'Asie mineure, et chez ceux qui habitoient au-delà des Thermopyles, ne sont pas assez considérables pour fixer notre attention. Il faut donc se transporter tout de suite dans la Béotie. Les cérémonies qu'on y célébroit en l'honneur de Cérès *Cabirie*, étoient tristes : on y ébranloit le sanctuaire de son temple (1), pour causer une espèce de frémissement aux spectateurs ou initiés. Squire prétend qu'on y portoit des figures de cet édifice, à l'imitation de ce qui se pratiquoit en Égypte, où, dans les fêtes consacrées à la mémoire d'Osiris, on portoit un coffre qui renfermoit les symboles sacrés du culte de cette divinité. Il suppose aussi que le mot *remuer* ne signifie ici que porter en cérémonie, et dans une pompe religieuse (2); mais cette explication n'est fondée sur aucune autorité. Plutarque, qui nous a conservé le souvenir du fait

---

(1) Plut., de Is. et Osir., §. 69.
(2) Not. in Plut., de Is. et Osir., p. 160 et 161.

dont il s'agit, ajoute que le mois où les Béotiens célébroient cette fête s'appeloit chez eux *damatrion*, qu'il concouroit avec le temps des semences, et répondoit au mois d'athyr de l'année égyptienne, et au mois pyanepsion de l'année athénienne; conséquemment les Thesmophories se célébroient à Athènes en même temps que les Béotiens célébroient en l'honneur de Déméter, surnommée *Achæa* (1), ou de Cérès Cabirie, la fête dont nous parlons, et qu'ils appeloient *épachthé*. On doit croire que la décence ne fut pas toujours respectée dans la célébration de cette fête, puisque Diagondas fit porter à Thèbes une loi qui défendoit de pratiquer aucune cérémonie pendant la nuit (2). Lorsque Phœbidas surprit la citadelle de Thèbes, cette loi étoit en vigueur; car cet événement arriva, nous dit-on, vers midi, au moment où les femmes étoient occupées à célébrer les Thesmophories béotiennes (3).

Les Thesmophories de l'Eubée étoient remarquables, en ce qu'on y faisoit cuire au soleil les viandes des sacrifices. On n'y invoquoit point *Calligénie*, parce que, selon Plutarque, les prisonnières qu'Agamemnon amena de Troie ayant

_____

(1) Hesych. et Suid., in voc. 'Αχαία; Plut., de Is. et Osir., §. 69.

(2) Cicer., de Leg., lib. ii, §. 15.

(3) Xenoph., Hellen., lib. v, cap. 2, §. 20, tom. III, p. 3o5, ed. Ernest.

été obligées de mettre à la voile, à cause du vent favorable, le sacrifice resta imparfait (1).

Un précieux fragment d'une ancienne inscription nous apprend que les Hermioniens avoient fait avec les Asinéens un traité d'alliance, par lequel il étoit permis à ces derniers d'offrir tous les ans des sacrifices à Cérès Chthonienne ou infernale (2). Le décret qui leur accordoit ce privilége, devoit être gravé sur une colonne du temple de cette déesse, temple qui étoit situé sur le mont Pron, et avoit été fondé par Clymène et Chthonie, sa sœur, enfans de Phoronée. Suivant une autre tradition, Cérès s'étant vengée d'un affront qu'elle avoit reçu de Colontas, père de Chthonie, en le brûlant avec sa maison, sauva sa fille, et la transporta à Hermioné. Ce fut en reconnoissance de ce bienfait que Chthonie éleva en ce lieu un temple à Cérès (3). Toutes ces traditions ne mé-

---

(1) Quæst. Rom., tom. II Oper., p. 298.

(2) Murat., Inscr., tom. II, p 607; Doni, p. 136; Torremuzza, Vet. Inscr. Sicil., p. 83. Pour ne laisser aucun doute sur l'acception que je donne ici au surnom de Cérès, il suffira de faire remarquer que Sophocle appelle les Furies χθονίαι θεαὶ, Œdip. Col., v. 1568; et que l'auteur des Hymnes attribués à Orphée, s'adressant à Pluton, lui dit : Ζεῦ χθόνιε. Vid. Schol. Eurip., Phœn., ad v. 817.

(3) Pausan., Corinth., cap. 35.

[Il est vraisemblable que les traditions relatives à l'origine de ce temple, et du culte de Cérès à Hermioné, se

ritent aucune foi. Le surnom de *Chthonie* ou *Chthonienne* fut donné à Cérès, à cause de l'autorité ou du crédit dont on supposoit qu'elle jouissoit aux enfers, et à raison de ses rapports avec Proserpine. Comme mère de cette dernière divinité, on la mettoit elle-même dans la classe des divinités infernales (1).

Dans ces fêtes, les prêtres, accompagnés des magistrats, et des personnes de tout sexe et de tout âge, marchoient ayant sur la tête des couronnes de comosandale, fleur que Pausanias croit être la même que les Grecs appellent *hyacinthe* (2).

Si nous en croyons une tradition consacrée par des vers d'Aristocle, qu'Élien nous a conservés, cette fête étoit célèbre par une merveille d'un genre fort extraordinaire. Des vaches de la plus grande taille se laissoient emmener par la prêtresse de Cérès, du milieu du troupeau, et im-

---

trouvoient rapportées en détail dans un hymne composé par Lasus, poète né dans cette ville, et dont Athénée rapporte quelques fragmens (Deipnos., lib. x, cap. 82, p. 455, et lib. xiv, cap. 19, p. 624). Cet hymne commençoit ainsi :

Δάματρα μέλπω, Κόραν τε Κλυμένοιο
Ἄλοχον Μελίβοιαν.

Le traducteur allemand des Recherches sur les Mystères a déjà fait cette observation. S. de S.]

(1) Schol. Aristoph., Nub., ad v. 304.
(2) Pausan., Corinth., cap. 35.

B iv

moler par elle au pied de l'autel, sans faire la
moindre résistance. La prétresse les prenoit seulement par l'oreille, et l'animal, que dix hommes
n'auroient pu dompter, la suivoit comme un enfant (1). Sans doute les vers que rapporte Élien
étoient un hymne composé à l'occasion de cette
fête. Pausanias est bien loin de s'accorder avec ce
récit. Suivant lui, la pompe qui se rend au
temple se termine par des hommes qui condui-
sent, avec beaucoup de peine, des vaches d'une
grande taille, lesquelles, liées avec des cordes,
opposent à leurs conducteurs toute la résistance
dont elles sont capables. Arrivées au temple, elles
y sont introduites une à une. Lorsqu'une d'elles y
est entrée, on ferme les portes, et quatre vieilles
femmes qu'on y a placées à cet effet, tombant
sur elle avec des faux, la première qui peut l'at-
teindre lui coupe le cou avec sa faux. Toutes les
victimes ont le même sort successivement. Une
autre merveille, ajoute Pausanias, c'est que toutes
ces vaches tombent sur le même côté du corps
sur lequel est tombée la première (2).

La fête de Cérès Chthonienne dont il s'agit, se
célébroit à Hermioné, à l'époque de la moisson.
Les objets mystérieux de son culte n'y étoient
connus que des seules femmes dont il vient d'être

---

(1) Ælian., Anim., lib. xi, cap. 4.
(2) Pausan., Corinth., cap. 35.

question : ils étoient un secret également impéné-
trable pour les étrangers, et pour les citoyens
même d'Hermioné (1).

Les Argiens prétendoient que Cérès arriva
d'abord dans leur ville, où Pélasgus la reçut, et
que ce fut là qu'elle apprit l'enlèvement de sa
fille (2). Il est certain que son culte fut introduit à
Argos par les filles de Danaüs, avant d'être connu
dans l'Attique. Argos conserva même avec plus
de soin qu'Athènes les traditions et les rites de
l'Égypte : les cérémonies que les Argiens pratiquoient dans les fêtes de Bacchus, suffiroient pour
le prouver (3). L'usage où ils étoient de jeter en
l'honneur de Proserpine des torches ardentes dans
une fosse, nous paroît avoir une origine égyptienne, quoique Pausanias attribue l'institution
de cette cérémonie à un Argien, nommé Nicostrate (4).

Les champs ou marais de Lerne n'étoient éloignés que de quarante stades d'Argos. A cause de
ce voisinage, le poète Stace donne aux Argiens,
et aux Grecs en général, le nom de *Lernéens* (5).
Les mystères qu'on célébroit dans le voisinage de
ces marais étoient si accrédités, que les Romains

---

(1) Pausan., Corinth., cap. 35.
(2) Id., Attic., cap. 14.
(3) Plut., de Is. et Osir., §. 35.
(4) Corinth., cap. 22.
(5) Thebaïd., lib. III, v. 461 ; lib. IV, v. 638.

venoient s'y faire initier (1). Cérès étoit l'objet de
toutes les cérémonies qu'on y pratiquoit dans un
bois de platanes, où l'on voyoit une statue de
Cérès *Prosymna*, et un petit grouppe qui représentoit Bacchus et Cérès assis (2). Le surnom de
Prosymna, que portoit Cérès, avoit trait à une
aventure de Bacchus que la décence ne me permet pas de rapporter (3). On attribuoit l'institution de ces mystères à Philammon, qui vivoit

---

(1) Vid. Inscr. Fabiæ Aconiæ, ap. Grut., Inscr., tom. I,
part. II, p. 309.

(2) Pausan., Corinth., cap. 37.

(3) Clem. Alex., Protr., tom. I Oper., p. 29 et 30.

[Il me paroît bien difficile d'établir aucun rapport entre
l'aventure obscène de Bacchus, rapportée par S. Clément
d'Alexandrie, Arnobe, et quelques autres écrivains ecclésiastiques, et arrivée sur le tombeau de Prosymnus
qui avoit enseigné à Bacchus le chemin pour descendre
aux enfers, et le surnom de *Prosymna*, donné à la statue
de Cérès dont il s'agit. D'ailleurs, le personnage qui exigea
et obtint de Bacchus le prix honteux de sa complaisance,
est nommé *Polymnus* par Pausanias (Corinth., cap. 37),
Hypolipnus par Hygin (Poet. Astron., lib. II, cap. 5). Il
est bien vrai que la fable de Bacchus descendant aux enfers
pour chercher sa mère a des rapports qu'on ne sauroit
méconnoître avec celle de Cérès cherchant sa fille Proserpine. Toutefois cela ne suffit pas pour affirmer que les
Anciens aient raconté de Cérès un fait analogue à celui
qu'ils ont mis sur le compte de Bacchus, et que ce soit
l'origine du surnom de *Prosymna* donné à la statue dont
il s'agit. S. de S.]

avant l'arrivée des Héraclides dans le Péloponnèse. Mais Arriphon, dont Pausanias vante beaucoup la sagacité et la critique, observoit que tout ce qui concernoit ces cérémonies mystérieuses, soit en vers, soit en prose, étoit écrit en dialecte dorique. Or, au temps de Philammon, le langage des habitans de l'Argolide ne différoit pas de celui des peuples de l'Attique, et le nom dorien même étoit encore inconnu. On doit conclure de là que les mystères de Lerne ne pouvoient pas être antérieurs aux Héraclides (1).

(1) Pausan., Corinth., cap. 37.
[Le passage de Pausanias relatif à Arriphon et à sa découverte a été bien expliqué par Kühn, et M. Clavier ne l'a pas entendu autrement dans sa traduction françoise de cet auteur. Mais il me reste quelques doutes sur le sens de ce qui précède, et que M. Clavier a traduit ainsi : « D'abord, » il est évident que ce qui se dit de ces cérémonies secrètes, » n'est pas ancien ». Ceci n'offre pas un sens clair. Il y a dans le texte : Τὰ μὲν οὖν λεγόμενα ἐπὶ τοῖς δρωμένοις, δῆλά ἐσ7ιν οὐκ ὄντα ἀρχαῖα. Amasée avoit rendu cela en ces termes : *Mysteriorum effata, quod non ita prisca sint, perspicua sunt omnibus*, ce qui me paroît un contre-sens, à l'exception des mots *mysteriorum effata*. Je crois en effet que Pausanias a voulu dire que les formules usitées dans la représentation et les scènes de ces mystères, loin de porter un caractère d'antiquité, portent évidemment celui d'un temps assez moderne, et donnent lieu de conjecturer que l'institution des mystères lernéens ne remonte pas à l'époque de Philammon. Le mot δρώμενα est consacré aux cérémonies des mystères. S. de S.]

Sparte, la plus illustre des colonies doriennes, adopta le culte et les mystères de Cérès Éleusinie. Les prêtres d'Éleusis prétendoient même que Sparte les avoit reçus de Triptolème lui-même. Le dadouque Callias, fils d'Hipponique, assure, dans un discours que Xénophon lui prête, que les Lacédémoniens furent les premiers étrangers admis à l'initiation chez les Athéniens. Il paroît, par les paroles du même Callias, que les ministres d'Éleusis jouissoient du droit d'hospitalité à Sparte (1). Le temple de Cérès Éleusinie étoit près du mont Taygète, et les mystères qu'on y célébroit différoient singulièrement de tous les autres mystères de la Grèce (2). Des jeux publics y

---

(1) Xenoph., Hellen., lib. vi, cap. 3, §. 4, tom. III, p. 382, ed. Ernest.

[Il suit bien du discours de Callias que sa famille jouissoit à Sparte du droit d'hospitalité, mais on ne peut pas en inférer que ce droit appartenoit aux ministres d'Éleusis. Callias s'exprime ainsi : Τὴν μὲν προξενίαν ὑμῶν οὐκ ἐγὼ μόνος, ἀλλὰ καὶ πατρὸς πατὴρ πατρῴαν ἔχων παρεδίδου τῷ γένει. On doit même plutôt en conclure tout le contraire : car il est très-vraisemblable que, si ce droit eût été commun à tous les ministres d'Éleusis, Callias, ou Xénophon qui le fait parler, n'eût pas manqué de le dire positivement. S. de S.]

(2) Pausan., Lacon., cap. 20.

[M. de Sainte-Croix a adopté l'explication que donne Sylburge de ce passage de Pausanias. Kühn, qui suit une leçon différente, traduit : *Et illi (Orpheo) alia ibi mysteria fieri scio.* S. de S.]

avoient été établis en l'honneur de cette déesse;
et le poète musicien Timothée s'étant permis, à
cette occasion, quelque altération à son histoire,
ne put se soustraire à la sévérité des lois. Il est
fait mention de ce délit dans le fameux décret que
les rois et les éphores portèrent contre lui (1).

Les Arcadiens avoient des prétentions assez
fondées sur l'ancienneté du culte qu'ils rendoient
à Cérès. Cette déesse portoit aussi le surnom
d'*Éleusinie* à Phénée, où on lui avoit élevé un
temple particulier. On y célébroit ses mystères
avec tous les rites pratiqués à Éleusis. Tout près
de cet édifice se trouvoient deux pierres exactement appliquées l'une sur l'autre, et qui renfermoient un écrit relatif aux pratiques de l'initiation. On l'en retiroit seulement pour le lire aux
initiés, dans la fête annuelle nommée *les grands
mystères;* ensuite on le remettoit au même endroit, regardé comme sacré par les Phénéates.
Ces pierres étoient appelées *petrome*, et les Phénéates n'avoient point de serment plus respecté
que celui qu'ils faisoient sur le petrome. Sur ces
pierres étoit une sorte de couvercle rond, qui
renfermoit une image de Cérès surnommée *Cidarie.* A la fête des grands mystères, l'hiérophante, se couvrant de cette image comme d'un

---

(1) Decret. Laced. adv. Timoth., in lib. 1 Boëthii de
Musica, cap. 1, p. 1372, ed. Henricpetrin.

masque, frappoit d'une verge les gens de la contrée (1). Cérès étant venue chez les Phénéates en
cherchant sa fille, avoit donné, disoit-on, à ceux
qui s'étoient empressés de lui offrir l'hospitalité,
toutes sortes de légumes, excepté les féves; aussi
les Phénéates les regardoient-ils comme impures;
ce qui offre un rapport avec les opinions égyptiennes. Pausanias dit que ce préjugé étoit fondé
sur une raison sacrée (2), qu'il ne fait pas connoître.

Les peuples sauvages, ou demi-civilisés, ont
toujours quelques traditions étrangères : les Arcadiens en avoient plus d'une de ce genre. A
Telphusse, ils débitoient que Cérès, métamor-
phosée en jument, s'étoit unie à Neptune, changé
en étalon, et que de cette union monstrueuse
étoient nés le cheval Arion, et une fille dont le
nom étoit un mystère pour les profanes (3). A
Phigalie, on ne doutoit point que cette fille ne
fût Proserpine elle-même, que les Arcadiens
nommoient *Maîtresse*. On y représentoit Cérès,
surnommée *la Noire*, tenant d'une main un dauphin, et de l'autre une colombe, attributs de la
Mer et de l'Amour. Une tête de cheval avec sa
crinière, des serpens, et d'autres figures d'ani-

_____

(1) Pausan., Arcad., cap. 15.

(2) Id., ibid.

(3) Id., ibid. Cette aventure est représentée sur une
pierre gravée du cabinet de Stosch, n° 231.

maux, faisoient encore allusion à l'aventure de Cérès. La statue de Cérès étoit placée dans une caverne qui étoit consacrée à cette déesse, et où, disoit-on, elle étoit demeurée long-temps cachée. Un bois sacré de chênes environnoit cette caverne. Sur un autel élevé devant l'entrée de ce sanctuaire souterrain, on offroit des fruits, des raisins, des rayons de miel, et de la laine dans son suint; on faisoit des libations d'huile sur ces offrandes. Le principal ministre du culte de cette divinité étoit une prêtresse : les autres, nommés *hiérothytes*, au nombre de trois, étoient pris parmi les citoyens de Phigalie; le plus jeune des trois assistoit la prêtresse, dans les sacrifices annuels qu'on célébroit en l'honneur de Cérès (1).

Mysius d'Argos fut, dit-on, le premier instituteur du culte de Cérès dans l'Achaïe. Cette divinité y étoit surnommée *Mysienne*, et on célébroit ses mystères dans un temple nommé *Mysœum* et entouré d'un bois sacré. La fête duroit sept jours : le troisième jour, tous les hommes se retiroient, et on chassoit jusqu'aux chiens mâles. Les femmes, restées seules, célébroient durant la nuit des cérémonies mystérieuses en l'honneur de Cérès. Le lendemain, les hommes rentroient dans le temple, et de part et d'autre on ne s'épargnoit point les plaisanteries et les sar-

---

(1) Pausan., Arcad., cap. 42.

casmes (1). Mysius, instituteur de ces mystères,
avoit, dit-on, donné l'hospitalité à Cérès, lorsqu'elle vint à Argos (2). Dans les cérémonies
qu'on pratiquoit près de Sicyone en l'honneur de
Cérès *Prostasie* ou Présidente, les hommes et les
femmes étoient séparés les uns des autres, et un
local particulier étoit assigné à chaque sexe (3).
Enfin, à Célée, les mystères étoient célébrés
comme à Éleusis, avec cette seule différence que
l'hiérophante n'étoit point perpétuel, mais étoit
élu tous les quatre ans, au temps que revenoit la
fête de l'initiation (4).

Passons actuellement aux îles de la Grèce. Celle
de Paros étoit appelée anciennement *Cabarnis*,
du nom d'un certain Cabarnus, de qui Cérès,
suivant la tradition du pays, y avoit appris l'enlèvement de Proserpine (5). On appeloit *cabarnes*, à Paros, les prêtres attachés au culte
de Cérès, comme Hésychius nous l'apprend (6).
Quelques savans en ont voulu faire des dieux,
d'après une inscription rapportée par Spon, et
dont M. de Caylus a publié un fragment (7).

---

(1) Pausan., Achaïc., cap. 27.
(2) Id., ibid.; et Corinth., cap. 18 et 35.
(3) Id. Corinth., cap. xi.
(4) Id., ibid., cap. 14.
(5) Nicanor, ap. Steph. Byzant., in voc. Πάρος.
(6) In voc. Καβάρνοι, tom. II, col. 94.
(7) Spon, Miscell. antiq., Inscript. xli, p. 335; Rec.

Vandale a très-bien expliqué ce qui concerne les cabarnes sur ce monument, et n'a point cherché à les changer en divinités (1). Dans des vers élégiaques attribués à Antimaque, et conservés par Suidas, les cabarnes sont désignés par des expressions (2) que Vandale explique par celle de *prêtres taciturnes* (3). Bochart dérive leur nom des mots phéniciens *careh*, offrir, et *corban*, offrande (4). Sans adopter cette étymologie, j'avouerai néanmoins que le nom de *cabarnes* avoit une origine orientale, la même sans doute que celle du nom des *cabires*, dont *cabarne* est une altération manifeste. Il ne seroit point impossible que les mystères de Samothrace eussent passé fort anciennement dans l'île de Paros : peut-être la fameuse grotte qu'on y admire, étoit-elle l'endroit où on les célébroit.

Les Crétois se vantoient que leur île avoit été le berceau des dieux ; on ne peut du moins leur refuser d'avoir des premiers adopté le culte égyptien. Ils prétendoient encore que les mystères avoient pris naissance chez eux, et donnoient comme une preuve de leur priorité à cet égard,

---

d'Antiq., tom. VI, pl. LXI, n° 11. Voy. l'explic., p. 199.

(1) Antiq. Diss., p. 628-30, ed. Amstelod., 1702, 4°.

(2) Ἀβαχλέας ὀργεῶνας. Suid., in voc. Ὀργεῶνες.

(3) Antiq. Diss., p. 736.

(4) Chan., lib. 1, cap. 14, col. 413.

IIe PART.   C

l'usage où l'on étoit, dès la plus haute antiquité, de les célébrer à Gnosse devant tout le monde, et sans en rien cacher aux profanes (1). Ceci doit s'entendre seulement de la partie rituelle; autrement il n'y auroit point eu de mystères. On doit croire qu'il y avoit une doctrine d'autant plus secrète, que le commun des initiés n'en soupçonnoit pas l'existence (2). Les Olontiens, peuple de cette île, ne permettoient point de divulguer leurs cérémonies mystérieuses (3), ni en tout, ni en partie. Ils donnèrent aux habitans de la ville de Laton, comme une marque d'amitié, la permission d'y être admis (4). Ces derniers honoroient Éleusinie d'un culte particulier, et juroient en son nom l'observation des traités (5). Il paroît même qu'ils la distinguoient de Cérès, quoique le mot *Éleusinie* ne fût qu'une simple épithète de cette déesse, qui de Crète étoit allée, suivant la tradition, à Athènes et en Sicile (6).

---

(1) Diod., lib. v, §. 77.

(2) [Je suis loin d'admettre cette conséquence. Voyez ce que j'ai dit relativement à la doctrine secrète des mystères, ci-devant, tom. I, p. 450 et suiv., note. S. de S.]

(3) Inscr. ap. Chishull., Ant. Asiat., p. 135.

(4) Inscr. mod. laud.

(5) Ibid., p. 136.

(6) Diod., lib. v, §. 77.

[Le traducteur allemand des Recherches sur les Mystères a cru devoir ajouter ici, d'après Pausanias, quelques

Les habitans de cette dernière île revendi-
quoient pour leur pays la gloire d'avoir été le
théâtre des aventures de Proserpine et de Pluton,

---

détails relatifs au culte mystérieux de Cérès et de Proserpine établi dans diverses villes de la Grèce, dont M. de
Sainte-Croix avoit omis de faire mention. Ce qui suit est
extrait de la note de ce traducteur, et de Pausanias même.

Dans le lieu où avoit été située autrefois la ville qu'occupoient les habitans d'Herminoné, il y avoit un temple
consacré à Sérapis et à Isis, et une enceinte où l'on célébroit
les mystères de Cérès : Ἐντὸς δὲ αὐτῶν, ἱερὰ δρῶσιν ἀπόρρητα
Δήμητρι (Pausan., Corinth., cap. 34). Ce rapprochement
d'un temple consacré à des divinités égyptiennes, et d'une
enceinte où l'on célébroit les mystères de Cérès, est très-
digne de remarque.

Le premier roi de Messénie, Lycaon, avoit pour femme
Messène. Caucon, fils de Célanus, apporta d'Éleusis les
cérémonies mystérieuses de Cérès, et les communiqua à
Messène. Les mystères ainsi établis dans la Messénie, reçurent plus tard une sorte de réforme et un nouveau lustre,
d'un Athénien nommé *Lycus* (Pausan., Messen., cap. 1).
Un autre Athénien nommé *Méthapus*, avoit aussi eu part
à l'établissement des mystères dans l'ancienne capitale de
la Messénie (id., ibid., et cap. 2). Lorsque les Thébains
victorieux, sous la conduite d'Épaminondas, rappelèrent
dans leur patrie les Messéniens fugitifs, Caucon ayant ap-
paru en songe à Épitèle, chargé de la reconstruction de
Messène, lui ordonna de faire des fouilles dans un lieu
qu'il lui désigna. Épitèle obéit, et découvrit une urne qu'il
apporta à Épaminondas. L'urne ayant été ouverte, on y
trouva des lames de plomb très-minces : c'étoit un livre
où étoient écrits les rites des mystères de Cérès et de Pro-

et d'avoir reçu les premières leçons de Cérès. Ils
ne se rappeloient pas, sans doute, que lorsque
le culte de cette divinité fut introduit dans la

---

serpine : Ἐνταῦθα τῶν μεγάλων θεῶν ἐγέγραπlο, ἡ τελετή (id.,
ibid., cap. 26). C'étoit le dépôt sacré auquel étoit attaché
le sort de la Messénie, et qu'Aristomène avoit confié à la
terre (id., ibid., cap. 20). Les mystères de ces divinités
avoient aussi été établis à Mégalopolis en Arcadie, à l'imitation de ceux d'Éleusis. On les célébroit dans un grand
temple consacré à Cérès et à Proserpine, ou plutôt dans
une chapelle particulière située à droite de ce temple, et
dont l'entrée n'étoit permise aux hommes qu'une seule fois
dans l'année; les femmes, au contraire, y étoient admises
en tout temps (id., Arcad., cap. 31 et 36). Près d'Acantium, dans l'Arcadie, étoit un grand terrain consacré à la
fille de Cérès, sous le nom de Δέσποινα. Entre autres ornemens qui décoroient le portique de la chapelle consacrée à
cette divinité, se voyoit un petit tableau où étoient peintes
les cérémonies des mystères, πινάκιον ἔχον τὰ εἰς τὴν τελετήν.
Un grouppe représentant Cérès et sa fille ornoit cet édifice.
Un lieu nommé *Mégaron*, peu éloigné de là, étoit destiné
à la célébration des mystères. Dans les sacrifices que les
Arcadiens offroient à cette fille de Cérès, qu'ils honoroient
d'un culte tout particulier, on n'égorgeoit pas les victimes,
le sacrificateur coupoit le premier membre qui se présentoit à lui.

On déposoit devant son temple toutes sortes de fruits,
excepté des grenades (id., ibid., cap. 37). Suivant les Arcadiens, la déesse qu'ils honoroient sous le nom de Δέσποινα, étoit fille de Cérès et de Neptune, et par conséquent
différente de Proserpine, fille de Cérès et de Jupiter; mais
quelques-uns des attributs avec lesquels elle étoit repré-

Grèce, leurs ancêtres étoient encore plongés dans la barbarie, état dont ils ne furent retirés que par l'arrivée des colonies étrangères, quelque temps avant le règne de Cyrus. Au reste, il étoit naturel qu'une île aussi fertile que la Sicile rendît un culte particulier aux déesses de l'agriculture, et qu'on supposât qu'elles y avoient fait un long séjour : aussi regardoit-on la Sicile comme consacrée d'une manière toute spéciale à Proserpine, à qui, disoit-on, elle avoit été donnée en dot. Lorsque Timoléon étoit prêt à faire voile de Corinthe pour arracher les Siciliens au joug des tyrans, les prêtresses de Proserpine virent en songe, suivant le récit de Plutarque, Cérès et sa fille qui se disposoient à accompagner Timoléon, et à passer avec lui en Sicile ; et les Corinthiens armèrent une trirème sacrée, à laquelle ils donnèrent le nom de ces divinités (1). Elles eurent partout des temples en Sicile. Celui d'Enna étoit le plus célèbre ; mais comme il ne s'y passoit rien de mystérieux, il suffira de dire que la célébrité de ce temple étoit si grande, que les Romains, dans une occasion où ils se croyoient menacés de la colère céleste, y envoyèrent une députation

---

sentée, et l'aversion qu'on lui supposoit pour les grenades, ne permettent guère de douter que ce ne fût Proserpine sous un autre nom, et sans doute avec une légende tant soit peu différente. S. de S.]

(1) Plut., Vit. Timol., tom. I Oper., p. 239. D.

de dix prêtres, en conséquence de l'ordre consi-
gné dans les livres sibyllins, pour apaiser, par
des sacrifices, la *très-ancienne Cérès* (1).

Verrès, ce fameux concussionnaire que Cicéron attaqua par des harangues si fortes et si
véhémentes, avoit enlevé à Catane une antique
statue de Cérès, objet d'un culte mystérieux,
et qu'on disoit être tombée du ciel (2). L'entrée
du sanctuaire où l'on révéroit cette statue, étoit
interdite aux hommes, et le culte de cette divinité étoit confié exclusivement à des femmes
et à de jeunes vierges (3). A Syracuse, Cérès et
Proserpine portoient, à ce qu'il paroît, le nom
de *Thesmophores* : c'étoit aux pieds de leurs statues qu'enveloppé de la robe de pourpre de Cérès, et tenant un flambeau allumé à la main, on
prononçoit un serment redoutable (4).

Cérès étoit honorée à Syracuse, sous les noms
de *Sito* et *Simalis*, à cause du pain dont on lui
attribuoit l'invention (5). La fête principale de
cette divinité étoit célébrée dans cette même ville

---

(1) Cicer., in Verr., act. II, lib. IV, §. 49.

(2) Id., ibid., lib. V, §. 72.

(3) Id., ibid., lib. IV, §. 45.

(4) Καταϐὰς εἰς τὸ τῶν Θεσμοφόρων τέμενος ὁ διδοὺς τὴν πίσϯιν,
ἱερῶν ϯινῶν γενομένων, περιϐάλλεται τὴν πορφυρίδα τῆς θεοῦ, καὶ
λαϐὼν δᾷδα καιομένην, ἀπόμνυσι. Plut., Vit. Dion., tom. I
Oper., p. 982.

(5) Athen., lib. III, p. 109.

avec beaucoup de solennité, et duroit dix jours. Elle étoit fixée au temps des semailles, tandis que celle de Proserpine avoit lieu vers l'époque de la maturité des grains. Dans les fêtes de Cérès, on imitoit les usages et les pratiques des temps anciens, pour rappeler les mœurs des peuples de la Sicile antérieurement à l'invention de l'agriculture, et on mêloit aux conversations des propos obscènes, en mémoire du plaisir que cette déesse avoit pris à ceux d'Iambé, qui avoient soulagé sa tristesse et avoient fait naître le rire sur ses lèvres (1).

Héraclide de Syracuse faisoit mention des Thesmophories de cette ville. On y portoit en grande cérémonie des figures de l'organe sexuel des femmes, faites avec de la pâte de sésame et du miel : ces figures s'appeloient dans toute la Sicile *myllos* (2). Peut-être cette fête, consacrée à Proser-

---

(1) Diod., lib. v, §. 4.

(2) Athen., lib. xiv, p. 647.

[On appelle encore, à Syracuse, *milo* une espèce de pain fait de blé de Turquie et de miel, qui conserve la forme du μυλλός. Je tiens cette observation d'un témoin oculaire, M. Fr. Münter, évêque de Sélande. Le même savant m'apprend que le temple de Cérès, à Agrigente, est appelé aujourd'hui *tempio della Concordia.* L'escalier qui conduisoit aux souterrains de ce temple existe encore, mais l'entrée des voûtes a été comblée dans le milieu du siècle dernier, pour empêcher les voleurs de s'y retirer. Il

pine, ne différoit-elle point des *Théogamies* (1),
connues encore sous le nom d'*Eugamies* (2). L'é-
tymologie de ces mots désigne assez clairement
qu'il s'agissoit du mariage de Pluton avec Proserpine. Suivant l'usage des Anciens, la nouvelle
mariée sortoit le troisième jour de la maison pa-
ternelle, et elle se montroit à découvert et sans
voile à ses parens : à cause de cela, ce jour s'appeloit *anacalyptérie* ; et c'est sans doute par cette
raison que l'on donnoit ce même nom aux Théogamies (3). On faisoit, en cette occasion, des présens à la nouvelle mariée, et ils étoient aussi nommés *anacalyptérie*. Jupiter donna à Proserpine la
Sicile, comme un présent d'*anacalyptérie* (4).

Cette dernière fête étoit vraisemblablement
précédée des *Anthesphories* (5), autre fête insti-
tuée en mémoire de ce que Proserpine cueilloit
des fleurs, au moment où elle tomba entre les
mains de son ravisseur. Les Syracusains montroient près de leur ville l'endroit où ce fait étoit

---

paroît vraisemblable que ces souterrains ont servi à un
culte mystérieux. S. de S.]

(1) Poll., Onomast., lib. 1, cap. 1, §. 37, tom. I, p. 25,
ed. Hemsterh.

(2) Pellerin, Rec. de Méd., tom. III, p. xxxj et 133.

(3) Schol. Pindar., Olymp., Od. vi, ad v. 160, in Pind.
Carm., tom. II, p. 313, ed. Heyn.

(4) Diod., lib. v, §. 1.

(5) Poll., Onomast., lib. 1, cap. 1, §. 37.

arrivé, et d'où étoit sorti aussitôt après un lac (1),
près duquel les hommes et les femmes s'assem-
bloient tous les ans pour célébrer des fêtes solen-
nelles et mystérieuses (2).

Denys d'Halicarnasse, toujours séduit par son
faux système sur l'émigration pélasgique, prétend que les Arcadiens fondèrent à Rome, long-
temps avant l'époque reconnue de la fondation
de cette ville, un temple consacré à Cérès, et y
établirent en son honneur des jeûnes et des fêtes
où les fonctions du sacerdoce étoient remplies
par des femmes, suivant les rites grecs (3). Ce ne
fut pourtant que treize ans après l'expulsion des
Rois, et sous la dictature d'A. Posthumius, qu'on
fit vœu d'employer les dépouilles des Latins à la
construction d'un édifice où Cérès fut honorée
conjointement avec Proserpine et Bacchus (4). Il
est vraisemblable que le culte de ces divinités fut
apporté par les Tarquins. Cicéron dit seulement
que le peuple romain l'avoit emprunté des

---

(1) [Ce lac est formé par la source de Cyane, dont les
eaux se réunissent à l'Anapus, et qui est encore célèbre
aujourd'hui par sa beauté, et par le *papyrus* égyptien qui
y croît en abondance. Fried. Münter, Nachricht. von
Neap. und Sicil., p. 374. S. de S.]

(2) Cicer., in Verr., act. 11, lib. IV, §. 48, et lib. V,
§. 72 ; Ez. Spanh. ad Callim., Hymn. in Dian., v. 74.

(3) Antiq. Rom., lib. I, p. 26, ed. Sylb.

(4) Ibid., lib. VI, p. 354 ; Tacit., Annal., lib. II, cap. 49.

Grecs (1), et qu'afin d'en conserver fidèlement les rites, il faisoit venir de Naples ou de Vélie, colonies grecques, des prêtresses, pour exercer à Rome les fonctions du sacerdoce de Cérès (2).

Après s'être préparées, par la continence, à approcher de l'autel de Cérès (3), les femmes romaines, en habit blanc (4), célébroient les Thesmophories. D'abord on y sacrifia, comme à Athènes, des truies (5); ensuite on y brûla des renards, parce qu'à Curcéoles ces animaux avoient mis le feu aux moissons (6). Par les livres des

---

(1) Or. pro Balb., §. 24; in Verr., act. II, lib. v, §. 72.

(2) Or. pro Balb., loc. mod. laud.; Valer. Max., lib. I, cap. I, §. 1. Sous le nom de *Légifère* ou *Thesmophore*, cette déesse avoit à Naples un culte particulier, dont une seule prêtresse avoit l'intendance, suivant une inscription rapportée par Capaccio (Hist. Neap., p. 215), mais que Maffei croit supposée (Ars crit. lapid., p. 90).

(3) Juven., Sat. VI, v. 49. Festus, in voc. *Minuitur*, ap. Autor. ling. lat., ed. Gothofred., col. 122.

[Le passage cité de Juvénal indique seulement que l'on exigeoit une conduite sans tache des femmes employées au culte de Cérès : celui de Festus paroît indiquer que les femmes devoient s'abstenir de tout commerce avec les hommes, pendant la célébration des fêtes de Cérès. S. de S.]

(4)   *Alba decet Cererem vestis, Cerealibus albam*
       Sumite : nunc pulli velleris usus abest.

Ovid., Fast., lib. IV, v. 619-20.

(5) Ovid., Fast., lib. IV, v. 414; De Pont., lib. II, eleg. IX, v. 30.

(6) Id., Fast., lib. IV, v. 710-11.

pontifes, il étoit défendu de faire des libations de vin à Cérès, toutes les fois qu'on pratiquoit quelques cérémonies relatives au mariage de sa fille (1). Mais en toute autre occasion, on se servoit, dans les sacrifices offerts à cette divinité, de vin, de miel, de lait (2), de farine et de grains de sel. On y brûloit encore de l'encens; et au défaut de cet aromate, on allumoit des torches de pin gras (3).

L'enlèvement de Proserpine étoit représenté par un prêtre ou une prêtresse de Cérès, qu'on faisoit disparoître du milieu du temple (4). Suivant Denys d'Halicarnasse, la tristesse, les cris et les gémissemens, tels qu'ils étoient en usage chez les Grecs dans les cérémonies de Proserpine, n'avoient point lieu à Rome (5). Tite-Live rapporte qu'à la première nouvelle de la défaite de Cannes, les femmes interrompirent la fête annuelle de Cérès, parce qu'il étoit défendu de la célébrer dans l'affliction (6). Leur deuil fut fixé

---

(1) Serv., in Georg. lib. 1, ad v. 344; Macrob., Saturn., lib. III, cap. 11.

(2) Serv., in Georg. lib. 1, ad v. 344.

(3) Ovid., Fast., lib. IV, v. 409, etc.

(4) Tertull., ad Nat., lib. II, p. 57. D, ed. cum not. varior.

(5) Antiq. Rom., lib. II, p. 90.

(6) *Adeoque totam urbem opplevit luctus, ut sacrum anniversarium Cereris intermissum sit; quia nec lugen-*

à trente jours, afin qu'elles pussent ensuite continuer cette fête (1). Elle se célébroit pendant la nuit au temps de Plaute, qui fait mention des débauches que cette coutume favorisoit (2). Ces désordres déterminèrent le sénat à interdire ces sortes d'assemblées (3), si funestes aux mœurs. Denys d'Halicarnasse a donc confondu les temps, lorsqu'il avance, sans restriction, que toute cérémonie nocturne, commune aux deux sexes, avoit été inconnue aux Romains (4). La durée des Céréales ou fêtes de Cérès étoit de six jours; elles commençoient le 7 avril (5). On donnoit, à l'occasion de ces fêtes, des jeux au Cirque, le 13 du même mois, selon le calendrier rapporté par Gruter (6), ou le 13 avant les calendes de mai, suivant celui de Lambécius (7) : mais comme ces jeux ne faisoient point partie du culte mystérieux, je n'entrerai dans aucun détail à ce sujet.

---

tibus id facere est fas, nec ulla in illa tempestate matrona expers luctus fuerat. Tit. Liv., lib. xxii, cap. 56.

(1) Id., ibid.; Valer. Max., lib. 1, cap. 1, §. 15.

(2) Aulul., Prol., v. 36.

(3) Cicer., de Leg., lib. 11, cap. 15.

(4) Antiq. Rom., lib. 11, p. 91.

(5) Ovid., Fast., lib. iv, v. 389. Vid. Heins., vetus Kalend. præfix. Fast. Ovid., tom. II, p. 617, ed. Fischer.

(6) Inscr., tom. I, part. 1, p. 133.

(7) Commentar. de Biblioth. Cæsar., lib. iv, p. 280, ed. Vindob., 1671.

Les grands mystères de Cérès étoient-ils célébrés à Rome ? Denys d'Halicarnasse le nie formellement (1) ; et l'on peut joindre à son témoignage tout ce qu'a dit à ce sujet Saumaise, qui explique très-bien les passages des Anciens relatifs à cette question, et prouve que les cérémonies d'Éleusis ne furent jamais introduites à Rome (2). Claude tenta en vain (3) de les y établir. Malgré cela, on ne sauroit disconvenir que les Romains n'aient adopté plus tard quelques-uns des rites mystérieux des Grecs. Hérodien nous apprend que, du temps de l'empereur Sévère, on vit pratiquer à Rome des cérémonies nocturnes pareilles à celles des mystères. Cela eut lieu dans la célébration des jeux séculaires (4), où l'on sacrifioit à Cérès, à Proserpine et aux divinités infernales (5). Plusieurs inscriptions romaines, sur lesquelles on lit des noms d'hiérophantes et d'hiérocéryx, portent à croire qu'il y avoit à Rome, ou dans les colonies romaines, quelques fêtes mystérieuses qui devoient ressembler, en certains points, à celles d'Éleusis. C'étoient des copies plus ou moins fidèles. Peut-être ces mystères avoient-ils été institués

---

(1) Antiq. Rom., lib. II, p. 91.
(2) Not. ad Spartian., ap. Hist. August. scriptor., tom. I, p. 196, 197, etc.
(3) Suet., Vit. Claud., cap. 25.
(4) Hist., lib. III, cap. 8, tom. II, p. 636, ed. Irmisch.
(5) Zosim., Hist., lib. II, cap. 5, p. 106, ed. Reitemeier.

en l'honneur seulement d'Hécate ou Proserpine, comme ces monumens semblent le prouver (1), à l'exception d'un seul, où on lit le nom de Vettius Agorius, hiérophante des Éleusinies (2). Les mystères d'Éleusis paroissent même être représentés avec quelques altérations, ou d'une manière abrégée, sur le vase du cabinet de Brunswick, dont Eggeling a publié la gravure et l'explication (3).

(1) *Ceionius Hierofanta Deæ Hecatæ.* Inscr. ap. Grut., p. 28, 5; Murator., tom. I, p. 387, 2. *Ceioni hierof. d. Hecat.* (sic). Donati, Supplem. Murator., tom. I, p. 76, n° 7. *Cælius Hilarianus p. s.* (perpetuus sacerdos) *Hierocerux i. m. s. d. l. s. d. Hecate* (sic). Murat., tom. I, p. 388; Donat., tom. I, p. 7, etc.

(2) *Eleusiniis Hierophanta.* Inscr. ap. Donat., Suppl. Murat., tom. I, p. 72, n° 2; Bonada, Carm. Antiq., tom. I, p. 262; Gori, Symbol. litt., tom. VI, p. 205, etc.

(3) Myst. Cer. et Bacch., in vasculo ex uno onyche, tom. VII Antiquitat. Græcar. Gronov., col. 57-74; Voy. Montf., Antiquit. expliq., tom. II, p. 182, pl. LXXVIII.

SEPTIÈME SECTION.

Des Mystères de Bacchus.

ARTICLE PREMIER.

De l'origine du culte mystérieux de Bacchus.

Parmi les personnages célèbres auxquels l'antiquité attribue l'établissement de certaines pratiques religieuses, et l'origine de la civilisation des peuples qu'enveloppoient auparavant les ténèbres de la barbarie, il en est peu dont le nom soit plus illustre qu'Orphée. Cependant la multitude des traditions diverses relatives à Orphée, et la difficulté de les concilier, ont fait nier aux uns l'existence même d'un personnage ancien de ce nom, tandis que d'autres, recourant à une supposition aussi facile que suspecte à la saine critique, ont conjecturé qu'il y avoit eu plusieurs Orphées (1). Aristote, si nous en croyons Cicéron (2), avoit adopté la première de ces deux

---

(1) Fragm. Hermiæ, Comment. Ms. in Phædr. Plat., ad calc. Orph., p. 405, ed. Gesn.

(2) De Nat. Deor., lib. 1, cap. 38.

opinions. Toutefois, on se persuadera difficile-
ment que la tradition si générale et si ancienne,
qui attribuoit à un personnage de ce nom l'origine d'institutions célèbres, et lioit à l'ancienne
histoire des Grecs les faits merveilleux qui avoient
signalé son existence, ne reposât sur aucun fondement historique (1). Au reste, sans faire de
vains efforts pour chercher à dissiper les ténèbres
épaisses que la fable a répandues sur ce sujet,
nous rappellerons seulement que c'étoit à Orphée
que l'opinion commune attribuoit l'établissement du culte de Bacchus dans la Grèce. Les
traits de ressemblance que l'histoire de Bacchus
offre avec les aventures d'Osiris, ne laissent aucun
doute raisonnable sur l'origine égyptienne du
Bacchus thébain et de son culte (2). Il n'est pas
inutile d'observer que la fable s'est en quelque
sorte trahie elle-même, en plaçant le berceau
d'un législateur qui civilisa les hommes par le
moyen de la religion, chez un peuple dont les

---

(1) Acad. des Inscr., tom. V, p. 121; J. M. Gesner.,
Prolegom. Orphic., in Orph. Poem., p. xix, ed. Hamberg.
Lips., 1764.

(2) [Théodoret dit positivement qu'Orphée étant allé en
Égypte, en apporta les mystères d'Isis et d'Osiris, qu'il
transforma en mystères de Cérès et de Bacchus. Καὶ εἰς
Αἴγυπτον ἀφικόμενος, τὰ τῆς Ἴσιδος καὶ τοῦ Ὀσίριδος εἰς τὰ τῆς
Δηοῦς καὶ τοῦ Διονύσου μετατέθεικεν ὄργια. Therap., Serm. 1,
de Fid., tom. IV Oper., p. 468. A. S. de S.]

mœurs restèrent, long-temps après lui, agrestes
et barbares.

Les partisans du système d'Évhémère rappor-
toient à Bacchus lui-même l'origine de ses mystères et de l'initiation. Selon eux, après avoir
puni les personnes qui s'opposoient à l'établissement de son culte, et avoient à leur tête Penthée,
Myrrhanus et Lycurgue, l'un grec, l'autre indien, et le troisième de Thrace, Bacchus donna
le royaume de Lycurgue à Charops, dont le successeur fut Onagrus, père d'Orphée (1). On s'aperçoit aisément que ce récit n'a été imaginé que
pour ôter aux Égyptiens la gloire d'avoir civilisé
la Grèce, et communiqué leurs cérémonies mystérieuses à ce pays. Ce fut, suivant Hérodote,
par Mélampus que la Grèce reçut celles d'Osiris
ou Bacchus (2).

Cette divinité eut d'abord des ennemis puissans, qui n'oublièrent rien pour empêcher l'introduction de son culte dans la Grèce. Ils suc-
combèrent, et Penthée, leur chef, fut la victime
de sa résistance. Euripide en a fait le sujet d'une
tragédie, dans laquelle Bacchus lui-même, sous
une forme humaine, arrache à la colère de Penthée les femmes qui ont embrassé son culte et
qui célèbrent ses orgies, et pousse à sa perte le

(1) Diod., lib. iii, §. 63.
(2) Herod., lib. ii, cap. 49.

II⁰ PART.   D

prince aveugle qui s'obstine à méconnoître sa divinité.

Si Euripide a mis la scène à Thèbes, ç'a été pour n'être pas accusé d'indiscrétion ou de sacrilége, par ceux des Athéniens ses concitoyens, qui étoient initiés. On remarquera qu'il ne distingue point les Dionysies ou mystères de Bacchus, d'avec les Bacchanales ou fêtes publiques de ce dieu : peut-être l'a-t-il fait à dessein, pour se ménager le moyen de tourner les uns et les autres en ridicule. Aristophane s'est permis une semblable licence dans sa comédie des *Grenouilles*, à l'égard des cultes mystérieux de Cérès et de Bacchus. Saisissant les rapports qu'il sembloit y avoir entre ce dieu et le jeune Iacchus, il ne fait de l'un et de l'autre qu'une seule et même divinité, et il puise également les traits de sa satire dans les rites d'Éleusis, et dans ceux qui se pratiquoient dans le temple de Bacchus, nommé ἐν Λίμναις, c'est-à-dire, situé dans les marais (1). Mais avant de parler des cérémonies du culte de Bacchus, et de ce qui appartient aux Dionysies, il convient de faire connoître les dogmes et les pratiques des Orphiques.

(1) Ezech. Spanhem., not. ad Aristoph. Ran., v. 218, et Schol. Aristoph., ad h. v.

ARTICLE II.

Des Orphiques.

On appeloit *Orphique* le culte que rendoit à Bacchus, sans y être autorisée par les lois, une classe d'hommes, ou une sorte d'association philosophique et pour ainsi dire monastique. Les membres de cette association se prétendoient dépositaires de l'ancienne doctrine d'Orphée, et tâchoient de la ramener à sa véritable source, la doctrine égyptienne (1). Ils faisoient profession d'un genre de vie conforme à celui des premiers hommes civilisés, par lequel le genre humain avoit été tiré de la barbarie (2). En conséquence, Euripide met dans la bouche de Thésée, s'adressant à son fils Hippolyte, ces paroles : « Le voilà » donc, cet homme d'une rare vertu, qui est en » commerce avec les dieux, homme tempérant et » exempt de tout crime..... Maintenant, vante- » toi, par ton affectation de ne rien manger qui » ait eu vie, et tâche de nous en imposer ; et re- » connoissant pour chef Orphée, joue l'inspiré,

---

(1) Herod., lib. II, cap. 81.

(2) Voyez le Mém. sur la vie Orphique, Acad. des Inscript., tom. V, p. 117 et suiv.

» et remplis-toi de la fumée d'un vain savoir (1) ».
Euripide étoit trop habile pour ne pas se conformer à l'opinion générale de son temps ; et la
manière dont il s'exprime, prouve qu'on donnoit
généralement une haute antiquité aux Orphiques
et à leur régime. Ce régime consistoit non-seulement à ne se nourrir que des fruits de la terre,
ou de choses inanimées, mais encore à s'abstenir
de tout sacrifice sanglant (2). Les Orphiques
avoient adopté plusieurs autres coutumes des
prêtres égyptiens, entre autres celle de n'enterrer
personne de leur secte dans des habillemens de
laine ; ce qui auroit été à leurs yeux une grande ·
impiété (3).

Non-seulement les Orphiques tâchèrent de faire
revivre toutes les pratiques des Égyptiens, mais
encore ils n'oublièrent rien pour accréditer la
doctrine religieuse de l'Égypte, surtout relativement à Bacchus, qu'ils identifièrent avec Osiris.
C'est d'après leurs idées que Plutarque a cherché,
dans une espèce de parallèle des cérémonies du
culte de ces deux divinités, à saisir les rapports
qui pouvoient démontrer leur identité primitive (4).

---

(1) Eurip., Hippol., v. 948-54.
(2) Plat., de Leg., lib. VI, tom. II Oper., p. 782.
(3) Herod., lib. II, cap. 81.
(4) Plut., de Is. et Osir., §. 13 et 28.

Suivant cet auteur, la prêtresse qui conduisoit les thyades ou bacchantes à Delphes, devoit descendre de père et mère consacrés à Osiris (1). Lorsque les prêtres égyptiens portoient dans une espèce de bateau le corps d'Apis pour l'enterrer, ils étoient revêtus de peaux de faon, avoient en mains des thyrses, poussoient les mêmes cris, et se donnoient les mêmes mouvemens que les Grecs dans leurs Bacchanales. Ceux-ci représentoient aussi Bacchus sous la figure d'un taureau; c'est pourquoi ils l'appeloient *Bougénès* (2).

Les Argiens l'invitoient à sortir de l'eau, et le rappeloient au son de petites trompettes (3),

---

(1) [Plutarque ne dit point d'une manière générale que la prêtresse qui présidoit la réunion des thyades ou bacchantes à Delphes, dut descendre de père et mère consacrés à Osiris; mais s'adressant à Cléa, qui étoit revêtue de cette dignité, il lui dit que personne ne doit mieux savoir qu'elle, que Bacchus est le même qu'Osiris, puisqu'elle préside le collége des bacchantes à Delphes, et que, par son père et par sa mère, elle est consacrée ou initiée aux cérémonies sacrées d'Osiris; τοῖς Οσιριακοῖς καθωσιωμένην ἱεροῖς ἀπὸ πατρὸς καὶ μητρός (De Is. et Osir., §. 35). Sur la prêtresse qui présidoit les thyades, on peut voir le même Plutarque (Quæst. Græc., tom. II Oper., p. 293) : ce passage sert à corriger celui que j'ai indiqué précédemment. S. de S.] .

(2) De Is. et Osir., §. 35; Quæst. Græc., tom. II Oper., p. 299.

(3) Plut., de Is. et Osir., §. 35; et Sympos., lib. iv, quæst. 5, tom. II Oper., p. 671.

qu'on cachoit ensuite sous les thyrses, après avoir jeté un coffre dans l'abîme. La ressemblance de ces usages avec les pratiques mystérieuses des Égyptiens, est sensible. Ces derniers se servoient aussi du lierre, qu'ils appeloient *chenosiris*, c'est-à-dire, plante d'Osiris (1).

Ce qu'ils racontoient de la mutilation et de la palingénésie de cette divinité, avoit bien des rapports avec tout ce qu'on débitoit sur Bacchus dans les nyctélies et les titanies grecques. Par toute l'Égypte on montroit des cercueils d'Osiris. Les Delphiens aussi prétendoient conserver, près du lieu où se rendoit l'oracle, les restes du corps de Bacchus. Les ministres du culte, nommés *hosii*, c'est-à-dire les saints, sacrifioient en secret dans le temple d'Apollon, pendant que les thyades cherchoient à réveiller ou ressusciter Bacchus.

Enfin, à la fête des Pamylies, on portoit, en Égypte, le triple *phallus* (2). Vraisemblablement, dans les mystères de Bacchus, le phallus paroissoit sous la même forme. Plutarque, de qui j'emprunte tous ces faits et ces rapprochemens, semble éviter de faire mention de ce nouveau

---

(1) [L'étymologie de ce mot se retrouve aisément dans la langue copte, et il est indubitable qu'il signifie, comme le dit Plutarque, *plante d'Osiris*. Jablonsk., Opusc., tom. I, p. 400; Ignat. Rossi, Etymol. Ægypt., p. 244. S. de S.]

(2) De Is. et Osir., §. 35, 36 et 37 ; Quæst. Græc., tom. II Oper., p. 292.

rapport, peut-être de crainte d'être accusé d'indiscrétion. Il affecte de parler tout de suite de l'importance qu'avoient toujours donnée ses compatriotes au nombre trois. Ce philosophe explique toutes ces pratiques religieuses d'une manière conforme aux principes de sa secte, et diamétralement opposée à ceux d'Évhémère, qu'il avoit dessein de combattre (1).

L'intérêt, autant que l'enthousiasme, avoit multiplié partout les Orphiques. Platon nous les dépeint comme des charlatans, qui, chargés de leurs livres attribués à Orphée et à Musée, alloient frapper à la porte des grands, pour leur offrir soit de les purifier, soit de faire tomber la colère des dieux sur leurs ennemis ; le tout au moyen de quelques cérémonies religieuses (2). Ils séduisoient le peuple et l'attiroient chez eux, en lui promettant les récompenses de la vie future. Platon nous a conservé leur décision (3) : *Celui,*

---

(1) Plut., de Is. et Osir., §. 23.

(2) Plat., de Rep., lib. II, tom. II Oper., p. 364 ; Fréret, Mém. sur le Culte de Bacchus, Acad. des Inscript., tom. XXIII, p. 262.

(3) Phæd., p. 22, ed. Wyttenbach.

[Olympiodore nous apprend que Platon ne fait ici qu'emprunter et appliquer à son sujet une sentence d'Orphée. Wyttenbach., Annotat. in Phæd., p. 173; Olympiod., Comment. in Phæd. Plat., ad calc. Orph. Poemat., ed. Hamberg., p. 409. S. de S.]

D iv

disoient-ils, *qui n'est pas initié, sera aux enfers comme dans un bourbier.* Un d'eux, vantant un jour le bonheur destiné aux adeptes après leur mort, reçut cette réponse d'un Lacédémonien : *Que ne te hâtes-tu de mourir, pour aller jouir toi-même de ce bonheur* (1)?

Théophraste, en traçant le caractère du super-stitieux, dit qu'il ne manquoit point d'aller tous les mois se faire purifier chez les *Orphéotélestes*, et d'y conduire sa femme, et même ses enfans qui étoient encore entre les bras de leur nour-rice (2). Les femmes se mêloient aussi d'initier, comme on l'apprend de Démosthène. Cet orateur reproche à Eschine d'avoir aidé sa mère dans cette cérémonie. « Vous conduisiez pendant le jour, » s'écrie-t-il, ces belles troupes d'initiés, cou-» ronnés de fenouil et de peuplier, en pressant » dans vos mains des serpens joufflus, les élevant » sur la tête, et criant de toutes vos forces, *euoe* » *saboe ;* vous dansiez au son de ces paroles, *hyès* » *attès, attès hyès ;* les vieilles vous prodiguoient » les titres de *chef,* de *conducteur,* de *porte-lierre* » ou *porte-ciste,* et de *porte-van* (3) ». Quelques lignes auparavant, Démosthène avoit déjà parlé

---

(1) Plut., Lacon. Apophthegm., tom. II Oper., p. 224.

(2) Ethic., cap. 17.

(3) Demosth., pro Ctesiph. de Coron., ed. Wolf., p. 350; ed. Taylor, p. 568 et 569.

des pratiques de ce culte, en ces termes : « La nuit
» vous couvriez les mystes d'une peau de faon,
» vous les arrosiez d'eau lustrale et les frottiez
» avec de la boue et du son. Après la purification,
» vous les faisiez lever et leur faisiez entonner ces
» paroles : *J'ai fui le mal, et j'ai trouvé le mieux,*
» vous faisant un mérite de ce que personne
» n'avoit jamais hurlé mieux que vous ».

Sans s'arrêter sur cette dernière formule, dont
on se servoit aussi dans d'autres circonstances (1),
il faut remarquer, d'après Strabon, que ces mots
hyès attès, étoient usités dans les fêtes sabasiennes
et dans celles de la Mère des dieux (2), d'où les
Orphiques paroissent les avoir empruntés. Cela
prouve qu'ils étoient venus de l'Asie mineure dans
la Thrace et les contrées voisines du Bosphore,
et que de là ils s'étoient répandus dans la Grèce.
Étoient-ils les seuls qui se servissent du son et
de la boue dans les purifications? Un article du
Lexique d'Harpocration nous porte à croire que
l'usage en étoit commun à tous les mystères, et
qu'il avoit prévalu sur celui du plâtre, dont les
Titans se couvrirent pour se déguiser, lorsqu'ils
massacrèrent le jeune Iacchus (3). Toutes ces pratiques étoient également relatives et à l'état des

(1) Voyez ci-devant, Ire Partie, p. 160.
(2) Strab., lib. x, p. 471.
(3) Harpocrat., in voc. Ἀπομάτ7ων, p. 22, ed. Gronov.

profanes dans l'autre vie, et à celui dont on supposoit que les hommes avoient été retirés par l'adoption d'un nouveau culte.

La manière dont Théophraste et Démosthène parlent des Orphiques, montre combien, au temps de ces écrivains, les partisans de cette secte étoient décriés. Les éclectiques tentèrent de les réhabiliter, pour ainsi dire, et s'unirent à eux pour ne former qu'une même secte : elle fit des progrès incroyables dans les premiers siècles du christianisme. « Tous les défenseurs du paganisme, soi- » disant pythagoriciens et platoniciens, n'étoient » au fond, dit le savant Fréret, que de véritables » Orphiques (1) ». Afin de justifier la religion vulgaire, ils imaginèrent de faire de Bacchus, sous le nom de *Phanès*, le plus grand des dieux (2). D'après cette idée, ils annoncèrent que le règne de Jupiter devoit cesser un jour, et qu'alors régneroit à sa place Bacchus, non le fils de Sémélé, mais celui de la Lune (3). Suivant eux, « le sceptre de l'univers avoit d'abord été entre » les mains de Phanès, qui le remit à sa fille, la » Nuit ; ensuite régna Ouranos ou le Ciel. Saturne » usurpa par violence la couronne de son père :

---

(1) Acad. des Inscript., tom. XXIII, p. 260.

(2) Mém. pour servir à l'Hist. de la Relig. de la Grèce, par M. de la Barre, Acad. des Inscript., tom. XVI, p. 20.

(3) Cicer., de Nat. Deor., lib. III, cap. 23.

» son fils Jupiter, devenu le plus fort, la lui arra-
» cha à son tour. Après celui-ci, Bacchus sera le
» sixième souverain (1) » ; c'est-à-dire, comme
l'explique Fréret, que Phanès, sous le nom de
Bacchus, viendra reprendre l'empire du monde,
et qu'il en sera le dernier souverain, comme il en
a été le premier (2).

Vraisemblablement, à la suite de cette prédic-
tion, les mystagogues récitoient le fameux hymne
connu sous le nom de *Palinodie d'Orphée*, dont
plusieurs Pères, S. Justin martyr, Tatien, S. Clément d'Alexandrie, S. Cyrille, patriarche de cette
ville, et Théodoret, ont rapporté des fragmens,

---

(1) Procl., Comment. in Tim. Plat., lib. v, p. 291.

(2) Acad. des Inscript., tom. XXIII, p. 265.

[Jablonski pense que le mot Φάνης est égyptien (Jablonsk., Opuscul., tom. I, p. 372 et seq.), et l'étymologie
qu'il en donne est si naturelle, qu'il me paroît impossible
de n'être point de son avis. Cette même étymologie est
aussi celle à laquelle M. Ignace de' Rossi donne la préfé-
rence (Etymolog. ægypt., p. 230). *Phanès*, suivant ces
deux écrivains, se trouve synonyme de αἰών, *æternitas*.
On comprend alors parfaitement pourquoi, dans la théologie Orphique, la succession des six rois des dieux, comme
s'exprime Proclus, commence par Phanès et finit par Bacchus : car Phanès et Bacchus n'étant qu'un, et l'un et
l'autre étant l'éternité, ils doivent nécessairement commencer et finir le cercle de tout ce qui existe (Procl., Comment. in Tim. Plat., p. 291). Phanès ou l'*éternité*, répond
au *Temps sans borne* de la théologie des Parses. S. de S.]

et qu'Eusèbe nous a conservé en entier, d'après
Aristobule (1). Le chantre de la Thrace y est représenté comme l'apôtre de l'unité de Dieu : mais
ce dogme faisoit-il réellement partie de la doctrine des Orphiques? En assurant, sans néanmoins rejeter les divinités subalternes, que Phanès ou Bacchus auroit l'empire de l'univers, au-
roient-ils donc voulu dire que ce Dieu étant un,
existoit par lui-même, comme on le lit dans cette
pièce? Cela est trop conforme au sentiment des
Hébreux, pour ne pas croire qu'Aristobule, Juif
de nation, dédiant ses écrits à Ptolémée Philo-
métor (2), et ayant pour but de montrer que les
Païens avoient puisé de pareilles vérités dans les
livres de Moïse, aura lui-même composé ce prétendu hymne d'Orphée. C'est l'opinion de Cudworth (3), qu'on n'accusera certainement pas de

_____

(1) Præp. Evang., lib. XIII, cap. 12, p. 663-65.

(2) Prideaux, Hist. des Juifs, tom. III, p. 390, ed. de
Paris, 1742.

[Sur l'époque à laquelle a vécu Aristobule, il faut consulter le Traité de Valckenaer, intitulé : *Diatribe de Aristobulo Judæo, philosopho peripatetico Alexandrino*,
p. 20 et seq. S. de S.]

(3) Syst. intell., tom. I, p. 347, ed. Mosheim.

[Cudworth se contente de reconnoître d'une manière
générale que quelques-uns de ces vers lui paroissent apo-
cryphes, et pourroient bien être l'ouvrage de quelque
chrétien ou de quelque juif. Mosheim, dans une note sur
cet endroit, est plus précis. Voici comment il s'exprime :

prévention à cet égard, puisqu'il n'a rien oublié
pour découvrir dans le paganisme des traces du
dogme de l'unité de Dieu. D'ailleurs, en admettant l'authenticité de cette palinodie, pourroit-on
croire, avec Warburton (1), qu'elle étoit dans la
bouche de tous les initiés, même à Éleusis? Le
témoignage de S. Clément d'Alexandrie, dont il
s'appuie, ne lui est point favorable. Ce savant
Père dit expressément qu'Orphée, après avoir
établi les mystères, et y avoir enseigné le culte
des idoles, se rétracta, mais trop tard (2), dans
la pièce dont il s'agit. Si cette pièce, fabriquée
par Aristobule ou par quelque autre faussaire,
altérée en passant dans les mains des premiers
Chrétiens, et peut-être adoptée, du moins en
partie, par les éclectiques ou nouveaux Orphiques, a été récitée quelque part, ce n'aura jamais
été que dans les assemblées religieuses de ces philosophes, où ils célébroient la puissance future
de leur Phanès (3).

---

*Neque doctissimi viri, Andr. Christ. Eschenbachii, con-
jecturam improbo, qui, in Epigene, p. 148, ipsum Aris-
tobulum, Judæum eruditum, quo genti suæ et ejus
majoribus decus aliquod et auctoritatem conciliaret,
Orpheum suis commentis commaculasse suspicatur.* S.
de S.]

(1) The div. Legat. of Mos., tom. I, p. 155.
(2) Protrept., p. 63 et 64.
(3) [Les lecteurs qui désireroient fixer leur opinion sur

Les hymnes que nous avons sous le nom d'Orphée, ont été, dit-on, publiés à différentes épo-

---

les prétendus vers d'Orphée cités par Aristobule, doivent
lire ce qu'a écrit à ce sujet le célèbre Valckenaer, dans l'ouvrage intitulé : *Diatribe de Aristobulo Judæo, philos.
peripat. Alexandrino*, p. 73-85. Nous regrettons que ce
savant critique n'ait pas jugé à propos de faire connoître
le jugement qu'il portoit des divers ouvrages attribués à
Orphée : on doit croire cependant qu'il ne leur étoit pas
favorable, puisqu'il s'exprime ainsi : *De carminibus Or-
phicis quæ supersunt, amici quidam mei quia benignè
judicant, quid sentiam premere decrevi.* Cependant il fait
une sorte d'exception en faveur des hymnes : *Hymnos
qui vocantur, ut multis modis meliora, sic et mihi semper
visa poematia ceteris longè antiquiora* (p. 85).

M. Creutzer n'hésite point à rapporter une partie des
ouvrages attribués à Orphée, et surtout les hymnes qui
portent son nom, au temps où la république d'Athènes étoit
le plus florissante (*Symbol. und Mytholog. der alt. Völk.*,
tom. I, p. 212). Il pense d'ailleurs que, quand même on
n'admettroit pas cette opinion, et l'on voudroit rabaisser
l'époque de la composition de ces poëmes au beau siècle
de la littérature d'Alexandrie, ou à un temps encore plus
rapproché, on ne pourroit se dispenser de reconnoître que
les auteurs de ces ouvrages pseudonymes ont dû s'imposer
la loi de n'y enseigner que les dogmes qui faisoient effectivement partie de l'ancienne doctrine Orphique (*Ibid.*,
tom. III, p. 159). Avec cette manière de raisonner, on don-
neroit, à un grand nombre d'ouvrages supposés, la même
autorité qu'à ceux qui sont véritablement des personnages dont ils portent les noms. Tout donne lieu de croire,
au contraire, que les écrivains qui, postérieurement à la

ques (1). Ce ne seroit donc point la source où
l'on devroit chercher les opinions des anciens
Orphiques ; on ne doit pas même penser qu'ils
représentent exactement le système des Orphiques
plus modernes (2). Mais on ne peut douter que

---

propagation du christianisme, ou même à l'établissement
des principales écoles de philosophie, ont publié, sous des
noms supposés de personnages célèbres, des écrits relatifs
aux questions philosophiques, au dogme ou à la morale,
l'ont fait pour accréditer les opinions qu'ils avoient em-
brassées, et surtout pour réconcilier les esprits sages et les
hommes sensés, avec les absurdités du paganisme, en prê-
tant aux fables et aux cérémonies qui formoient l'essence
de la religion des Grecs, des sens cachés, propres à satisfaire l'esprit, par une apparence de spiritualisme ou de
philosophie sublime et digne de l'homme. Si quelques savans aujourd'hui, malgré leur profonde érudition, semblent être dupes de ces impostures, il ne faut pas se dissi-
muler que souvent l'indulgence pour le paganisme augmente dans la même proportion que diminue le respect
pour la religion révélée, et que ceux qui trouvent dans la
mythologie et la croyance des Grecs les dogmes fondamentaux d'une religion éclairée et spirituelle, ou des
systèmes d'une philosophie subtile et transcendante, sont
le plus souvent ceux-là même qui ne voient dans l'ancien
et le nouveau Testament qu'une mythologie faite pour
l'enfance des sociétés, et propre seulement à des hommes
simples et grossiers. S. de S.]

(1) Meiners, Biblioth. philologic. Goetting., tom. III,
p. 112.

(2) [Fréret, dont les savans travaux et la sage critique

ces opinions ne soient répandues dans des fragmens anciens, dont les Pères de l'Église se sont
servis pour combattre le polythéisme. Cet œuf

---

ont jeté tant de jour sur les diverses parties de la science
de l'antiquité, a traité des Orphiques, avec quelque détail,
dans un mémoire sur le culte de Bacchus parmi les Grecs,
mémoire qui se trouve dans le tome XXIII du Recueil de
l'Académie des Inscriptions, et que M. de Sainte-Croix a
cité plus haut.

Le docte académicien est bien loin d'adopter l'antique
et illustre origine que se donnoient les Orphiques. S'ap-
puyant de l'autorité d'Hérodote, il les regarde comme une
branche de la secte de Pythagore, branche dégénérée, qui
ne s'étoit formée qu'après la destruction de l'école de ce
philosophe, et qui avoit plutôt conservé la doctrine extérieure de cette école, que le fond du dogme. Ces fugitifs
de la secte pythagoricienne, cherchant à se rattacher à
une association religieuse, se dévouèrent au culte de Bacchus, auquel ils mêlèrent des pratiques égyptiennes, et
de ce mélange se composa un genre de vie que l'on appela
vie orphique, parce que, pour lui assurer plus de considération, on en attribua l'origine à Orphée, sous le nom
duquel on publia divers ouvrages supposés.

Je ne puis m'empêcher de transcrire ici un passage du
mémoire de Fréret, dans lequel il y a, ce me semble, plus
de vérité et de résultats lumineux et satisfaisans, que dans
bien des ouvrages où l'érudition est prodiguée sans mesure,
et avec une sorte de profusion.

« A mesure que les sectes philosophiques se multiplièrent,
» et qu'elles acquirent une certaine célébrité, on pensa
» aux moyens de réconcilier la religion populaire avec la
» philosophie, et cela en diminuant, par des explications

symbolique, cette triade métaphysique, ce dieu triforme et multiforme, célèbres de leur temps;

» allégoriques, l'absurdité et l'indécence des fables théolo-
» giques et poétiques. Le peuple y étoit aisément trompé,
» parce que les sectes les moins religieuses, comme celle
» des stoïciens qui n'étoient que des matérialistes déguisés,
» montroient le zèle le plus grand pour les pratiques les
» plus superstitieuses. Les platoniciens prirent une autre
» route, et ils cherchèrent à expliquer la religion par le
» moyen des principes pythagoriciens, sur les différens
» ordres d'intelligences ou de génies subordonnés les uns
» aux autres, dont Platon avoit parlé en quelques endroits
» de ses Dialogues. Ce fut là sans doute ce qui fournit aux
» Orphiques le moyen de se joindre aux platoniciens, et
» de substituer les dogmes de leur secte à ceux de l'ancien
» platonisme, quoiqu'ils voulussent toujours être regardés
» comme platoniciens. Apollonius de Tyane, Maxime de
» Tyr, Plotin, Porphyre, Iamblique, Proclus, et les plus
» célèbres philosophes des derniers siècles, étoient de véri-
» tables Orphiques. Proclus, dans son Commentaire sur le
» Timée, et dans sa Théologie platonicienne, entreprit
» même de montrer que la doctrine de Platon étoit précisé-
» ment la même que celle des Orphiques. Il a prétendu
» encore que Pythagore tenoit son système, non des Égyp-
» tiens, mais d'un Aglaophême, prêtre et ministre des
» orgies de Bacchus.....
   » Le polythéisme faisoit une partie essentielle du dogme
» égyptien et du dogme pythagoricien, et les Orphiques
» employoient tout leur esprit pour le concilier avec la phi-
» losophie. Les Orphiques zélés, qui, comme Porphyre,
» condamnoient les sacrifices sanglans, et ceux qui, comme
» Iamblique, en justifioient la pratique, s'accordoient entre

IIe PART.   E

étoient relatifs à Phanès (1), que l'on représentoit
portant le *phallus* par-derrière (2). Quant à l'explication qu'on donnoit de ces emblèmes et de
toutes ces figures, elle étoit plutôt le fruit des
rêveries des éclectiques, que la véritable doctrine
enseignée dans les anciens mystères orphiques,
où Osiris prenoit le nom de *Phanès* (3), comme

» eux à conserver le culte des dieux de l'ordre même su-
» balterne. On voit la même chose dans Platon, et nulle
» raison ne peut faire soupçonner que Pythagore fût d'un
» autre sentiment ».

Je m'arrête à regret; mais chacun peut lire, dans le mémoire même, les preuves et les développemens de ces
résultats. Acad. des Inscr., tom. XXIII, p. 260 et suiv.
S. de S.]

(1) Damascius, de Principiis ; fragm. XIII, ap. Jo. Chris-
toph. Wolf., Anecdot., tom. IV, p. 252 et 253.

(2) Nonn., ad Greg. Naz., Orat. 1 in Julian., §. 78,
p. 154, ed. Eton.; Eschenbach, not. ad v. 15 Orph. Ar-
gon., p. 258, ed. Traject. ad Rhen., 1689.

(3) Auson., Epigr. XXIX. Il faut y lire *Phanetem*, au
lieu de *Phanacem*.

[M. de Sainte-Croix a cru, avec plusieurs critiques, que
dans l'épigramme d'Ausone, il falloit lire *Phanetem*, au
lieu de *Phanacem*. Par la même raison, il faudroit aussi
corriger l'épigramme grecque, dont l'épigramme latine
n'est que la traduction, et lire : Αἰγύπ]ου μὲν ῎Οσιρις ἐγώ,
Μυσῶν δὲ Φανήτης, au lieu de Μυσῶν δὲ Φανάκης. Et c'est en
effet ce que dit Jablonski (Opusc., tom. I, p. 373). Mais
cette correction me paroît inutile. M. Ign. de' Rossi pense
qu'il n'y a rien à changer, parce que le mot Φανάκης repré-

il prenoit celui de *Dionysus* dans les orgies ou bacchanales sacrées.

Avant de parler de ces dernières, qu'on me permette une courte digression sur tant d'objets et de pratiques obscènes dont furent souillés tous les anciens mystères, et en particulier ceux de Bacchus. J'observerai d'abord que la pudeur n'est point un sentiment de convention; nous le devons à la nature, qui s'en sert pour rendre la beauté plus touchante, et pour diminuer l'aversion que nous inspire naturellement la laideur. La garde de nos mœurs semble être confiée à cette pudeur innée, que l'hypocrisie et la dissimulation ne sauroient contrefaire, que l'art n'imite que très-imparfaitement (1). On dira sans doute que la religion avoit consacré ces indécences; qu'y étant

---

sente aussi-bien, et même mieux, le mot égyptien qui paroît être l'origine de ce nom, et qui se termine par une forte aspiration, que le mot Φάνης (Etymol. Ægypt., p. 230). Cette observation est très-juste, et l'on peut dire que cette diversité dans la manière d'écrire et de prononcer ce nom, Φάνης et Φανάκης, loin de nuire à l'étymologie proposée, lui donne plus de vraisemblance. Voyez ce que j'ai dit de cette étymologie, ci-dev., note 2, p. 57. S. de S.]

(1) *Artifices scenici, qui imitantur affectus, qui metum et trepidationem exprimunt, qui tristitiam repræsentant, hoc indicio imitantur verecundiam : dejiciunt vultum, verba summittunt, figunt in terram oculos et deprimunt; ruborem sibi exprimere non possunt.* Senec., epist. XI, tom. II Oper., p. 36, ed. D. Elzevir.]

E ij

accoutumée de bonne heure, l'imagination n'en pouvoit être émue; enfin, qu'il ne faut pas juger des mœurs des autres pays par les nôtres. Ces frivoles raisons sont détruites par l'expérience et les faits. N'en citons qu'un, dont il sera facile d'étendre les conséquences. Rien de plus accrédité aux Indes que le culte du lingam : il est néanmoins condamné avec force dans un ouvrage précieux, très-authentique, et composé dans cette contrée. L'auteur, indien lui-même, et dès l'enfance familiarisé avec ce symbole grossier, le regarde comme *une œuvre infâme, qui sera pour jamais l'opprobre de la raison humaine* (1). S'adressant ailleurs, sous la personne de Chumon-

---

(1) Ézour-Védam, livre vi, chap. 4, tom. II, p. 95.

[Le P. Paulin de S. Barthélemy a prétendu que l'Ézour-Védam étoit l'ouvrage d'un missionnaire chrétien (System. Brahman., p. 315). Il a adopté en cela l'opinion de Sonnerat, qui assure que c'est un livre de controverse, écrit à Masulipatam, par un missionnaire. « On voit, ajoute » ce voyageur, que l'auteur a voulu tout ramener à la » religion chrétienne, en y laissant cependant quelques » erreurs, afin qu'on ne reconnût pas le missionnaire sous » le manteau du Brame » (Voy. aux Indes et à la Chine, tom. I, p. 215). On pourroit demander, je crois, si Sonnerat et le P. Paulin, en avançant un tel paradoxe, avoient lu l'Ézour-Védam. Ce livre, dirigé contre le culte idolatrique des Indiens, seroit, quoi qu'en dise le savant missionnaire, un bien étrange catéchisme de la religion chrétienne. S. de S.]

tou, à Biache, homme fort attaché aux pratiques superstitieuses, il s'écrie : « Comment oses-tu en-
» gager les peuples à honorer, par cet acte de
» religion, ce qu'il y a de plus méprisable? Le
» lingam est la partie honteuse du corps; tous les
» hommes le cachent par pudeur; et toi, malheu-
» reux, tu portes l'infamie jusqu'à les engager à
» lui offrir leurs sacrifices, et à lui rendre les
» honneurs qui ne sont dus qu'à la Divinité. Un
» esprit gâté par l'impureté, qui ne se nourrit
» que d'idées impures, doit son encens à des ob-
» jets de cette espèce. Rien ne lui en paroît plus
» digne, que ce qui sert d'instrument à la vo-
» lupté (1) ». En lisant ce passage, il faut se rappeler que Chib ou Routren, dont le lingam est le
symbole, a de grands rapports avec le Bacchus des
Grecs (2). Un culte qui consacre de pareils sym-

_____

(1) Ézour-Védam, livre vi, chap. 5, tom. II, p. 106.

(2) [Le P. Paulin de S. Barthélemy s'est étendu fort au
long sur les rapports que l'on peut trouver entre le Schiva
des Indiens, et le Dionysus ou Bacchus des Grecs, dans
son *Systema Brahmanicum*, p. 85 et seq.; ibid., p. 115
et seq.

M. Creutzer est du nombre des savans qui attribuent
aux Indiens l'origine du mythe de Bacchus, et par conséquent d'une grande partie de la mythologie et du culte des
Égyptiens et des Grecs. En parlant de la fable de Bacchus,
il s'exprime ainsi, dans une dissertation publiée à Heidelberg, en 1807, et dont je parlerai dans une des notes de

E iij

boles, suppose dans ceux qui l'adoptent ou une grossièreté sauvage, ou une dépravation de mœurs plus fâcheuse encore. Et loin de ramener l'hom-

---

l'Article suivant : *Ac sicut ea res, ab ultimo usque Oriente Indiæque sacris profecta, per totam fere Asiam Ægyptumque ad Græcos permanavit, sic eadem, quasi tradita per manus, ad eruditorum omnes ordines pertinuit.* Cette fable, diversement altérée par les poètes, a été, suivant lui, ramenée par les philosophes à leurs systèmes ; et, dérobée aux regards des profanes, elle est demeurée cachée sous le voile des mystères, tant de la Thrace que d'Athènes. On ne doit donc pas être étonné qu'elle ait été diversement interprétée. *Quæ cum ita sint*, dit M. Creutzer, *nemo mirabitur, qui offenderit interpretationum varietates vicissitudinesque, quas eæ religiones subiere. Neque enim fieri potuit, quin eæ, diversissima spectantium hominum studiis, per temporis deinceps labentis decursum, in multis rebus sui quodammodo dissimiles apparerent.* Personne, je pense, ne contestera ce que dit ici ce savant ; mais ce qu'il ajoute me paroît, si je le comprends bien, d'une nature toute différente. Je transcris le passage en entier, quoiqu'un peu long, parce qu'il me semble renfermer tout le système adopté par M. Creutzer dans l'étude et l'interprétation de la mythologie et du culte païen. *Hoc tamen haud quaquam eo pertinet, quo trahere volunt ii, qui nihil prius habent, quam ut, si hoc fieri possit, ex ipsa religione religionem tollant. Quod studium si quem hominem transversum egerit, ei nihil magis ridiculum videtur, quam eorum ratio, qui divinarum rerum sensa vivido pectore fideliter condunt. A tam improbis consiliis nos quidem segregatum volumus quodcumque operæ in quacumque re collocabimus. Itaque nihil fugiemus stu-*

me à la dignité de sa nature, en élevant son âme
vers la Divinité, il ne peut que l'avilir et le dé-
grader de plus en plus.

---

*diosius, quam ut ne ad œtatis nostræ, hoc est frivolæ,
modulum exigamus quidquid in terris, alio sole calen-
tibus, ex illa perenni rerum omnium effectrice natura
ad sanctioris œvi homines prolixe transmissum, tradi-
tumque antiquitas, fabularum commendatione etiam-
mum servatur. Neque enim hoc ipsum, quod Dei bene-
ficio debemus, deleri potuit prava interpretatione eorum
qui nescire videntur quid sit illud, quod apud philosophum est, ALTE SPECTARE. Nos vero recordemur,
quidquid in veterum religionibus primarium est, ab iis
esse profectum, quorum animus, abjecta terrenarum
rerum egestate et miseriis, sublime tendere mature didicisset.* Ou je me trompe, ou cela signifie que toute la
mythologie et le culte païen ont été, dans leur origine,
une allégorie continuelle du spiritualisme le plus pur et le
plus relevé, et qu'au lieu de plaindre la corruption de
l'esprit et du cœur de l'homme, transportant son adoration
et son amour, du Dieu unique qu'il méconnoissoit, à des
divinités ridicules, bizarres, ou même honteuses, nous
devrions admirer la haute sagesse des instituteurs du culte
et des mystères de Cérès, de Bacchus, d'Adonis. Je sou-
haite me tromper dans le sens que je donne à ces paroles :
je verrois avec peine qu'une opinion si étrange fût effectivement celle d'un savant aussi distingué. S. de S.]

ARTICLE III.

Des Dionysies, ou Fêtes mystérieuses de Bacchus.

LE nombre des fêtes de Bacchus (1) étoit très-considérable : elles fourniroient seules la matière d'un volume, que Meursius avoit promis, mais

---

(1) [M. de Sainte-Croix n'a pas cru nécessaire, sans doute, d'examiner en détail le mythe de Bacchus, de distinguer les différens personnages mythologiques confondus sous ce seul nom, et d'indiquer quel étoit le Bacchus en l'honneur duquel étoient célébrés les mystères. Ce sujet est si vaste, que, pour le traiter avec les développemens convenables, il faudroit y consacrer un volume entier. M. Ouvaroff, dans son Essai sur les Mystères d'Éleusis, avoit d'abord dit « que les mystères de Bacchus portent » un caractère entièrement opposé à celui des Éleusinies » (p. 5); mais après avoir un peu plus approfondi ce sujet, il n'a pas hésité à reconnoître « que cette opposition réside » plutôt dans la forme extérieure que dans l'esprit des deux » cultes, et disparoît même entièrement, lorsqu'on s'élève » à l'idée-mère, au type véritable des deux institutions » (p. 83). Je vais plus loin, et je crois pouvoir dire que, quant à la forme extérieure même, les mystères de Bacchus différoient peu de ceux de Cérès à Éleusis. Le mythe de Bacchus, si on le réduit aux traits qui appartiennent au jeune Iacchus et à Zagréus, rentre beaucoup dans celui de Cérès et de Proserpine. Bacchus est alors, par rapport à Cérès, à peu près ce qu'est Horus par rapport à Isis :

qu'il n'a point donné. Les détails que nous en trouvons épars çà et là dans les écrits des Anciens, n'ont pas tous rapport à mon sujet; aussi ne

---

car, Horus aussi, suivant Diodore de Sicile, devint la victime des Titans, et fut rendu à la vie, et même doué de l'immortalité par Isis (lib. i, §. 25); et une autre fable analogue à celle-là, étoit aussi racontée par les prêtres égyptiens, de leur Hercule (Jablonsk., Panth. Ægypt., lib. ii, cap. 3, tom. I, p. 197, et ibid., cap. 4, p. 214). M. Ouvaroff, après avoir reconnu différens rapports entre le mythe de Cérès et celui de Bacchus, en a tiré cette conclusion, que les mystères de Bacchus ont été, à une époque inconnue, réunis aux mystères de Cérès (p. 88). Je pense que les uns et les autres ont la même origine, et sont dus aux colonies égyptiennes; qu'ils sont également, dans leur principe, symboliques des opérations de la nature, et ne sont devenus un véritable culte, que par l'oubli de leur destination primitive; que le mythe de Bacchus est en quelque sorte le complément de celui de Cérès; enfin que, si Cérès et Proserpine, ou Isis et Osiris, représentoient la Terre et les influences célestes qui la vivifient, Bacchus, comme Horus, étoit l'emblème particulier du Soleil, dont l'action, si puissante sur toute la nature, devoit être l'objet d'une allégorie spéciale. Je n'étendrai pas plus loin ces aperçus, qui, au reste, ne paroîtront pas nouveaux aux personnes qui ont donné quelque attention aux antiquités grecques et égyptiennes. J'ajouterai seulement que je ne puis regarder que comme des jeux d'esprit, toutes les explications philosophiques du mythe de Bacchus, dues à l'école de Platon ou aux nouveaux platoniciens, et que j'ai peine à croire que ce soit sérieusement que l'auteur anglois de la Dissertation sur les Mystères d'Éleusis et sur ceux

m'attacherai-je qu'à ce qui concerne les mystères célébrés en l'honneur de Bacchus, à Athènes, près d'un marais. Aristophane y fait allusion, par le concert de ces grenouilles dont le coassement fatigue ce dieu aux approches des enfers (1). Les Argiens prétendoient qu'il y avoit pénétré par le lac d'Alcyone, dont Néron tenta vainement de sonder la profondeur. Ils célébroient en l'honneur de Bacchus, tous les ans, des mystères nocturnes, près de ce lac (2). C'étoit également sur les bords d'un lac que les Égyptiens célébroient à Saïs leurs fêtes mystérieuses (3). Cette ressemblance ne suffiroit pas néanmoins pour indiquer l'origine des Dionysies, si Hérodote ne nous avoit pas assuré que Mélampus les transporta d'Égypte dans la Grèce (4). Ce fut Pégase d'Éleu-

---

de Bacchus, que j'ai citée plus d'une fois, ait adopté de semblables rêveries. Il voit, comme moi, un rapport frappant entre le mythe de Cérès et celui de Bacchus ; mais il y voit aussi, ce que sans doute peu de personnes y verront avec lui, les mêmes traces d'une haute sagesse et d'une profonde théologie, de la théologie la plus respectable entre tous les systèmes théologiques, par son antiquité, la plus admirable, par son excellence et sa réalité. Ce qu'il ajoute va jusqu'à la démence, et je rougirois de le répéter. S. de S.]

(1) Aristoph., Ran., v. 209 et seq.
(2) Pausan., Corinth., cap. 37.
(3) Herod., lib. ii, cap. 170.
(4) Id., lib. ii, cap. 49.

thères qui introduisit à Athènes le culte de Bacchus (1).

Les Athéniens distinguoient deux Dionysies ou
fêtes de Bacchus; les petites, qui répondoient, ce
semble, aux petits mystères d'Agra, et les grandes,
qui étoient triétériques ou triennales (2). Celles-ci

---

(1) Pausan., Attic., cap. 2.

(2) [Fréret, dans le mémoire sur le culte de Bacchus
parmi les Grecs, inséré dans le tome XXIII de l'Académie
des Inscriptions, et fréquemment cité par M. de Sainte-
Croix dans cet Article, a supposé que l'on célébroit à
Athènes quatre fêtes de Bacchus : 1°. les grandes Bacchanales, au mois d'anthestérion : c'est celles dont parle Démosthène dans le discours contre Néæra; 2°. les petites
Bacchanales *des champs*, au mois de posidéon; 3°. les petites Bacchanales *de la ville*, au mois d'élaphébolion;
4°. enfin, les Bacchanales triennales, qui se célébroient,
dit-il, après les vendanges, à Athènes, ἐν τοῖς ληνοῖς, c'est-
à-dire, dans le lieu nommé *les pressoirs*, et où l'on donnoit des pièces tragiques, comiques et satiriques. Fréret
ne rend point compte des motifs qui l'ont porté à admettre
cette supposition; mais il est facile de voir qu'il ne s'y est
déterminé que par la difficulté qu'il éprouvoit, en voulant
concilier les diverses autorités relatives au nombre des
fêtes de Bacchus à Athènes, à leurs noms, à leurs époques
respectives, et aux lieux où elles étoient célébrées. Ces difficultés sont effectivement telles, qu'il est impossible de les
résoudre sans rejeter quelques-unes de ces autorités, comme
erronées, et sans corriger quelques textes qui s'opposent à
toute conciliation.

M. de Sainte-Croix semble avoir évité d'entrer dans

paroissent être les plus anciennes, et conséquemment doivent avoir été les plus simples dans leur origine. Elles se célébrèrent dans la suite avec

***

cette discussion ; mais en paroissant ne reconnoître que deux Dionysies, celles du mois d'anthestérion, qu'il appelle les grandes et les plus anciennes, et celles qui se célébroient dans la ville au mois de posidéon, il a certainement confondu des choses qu'il falloit distinguer.

L'auteur du Voyage du jeune Anacharsis a aussi éludé la difficulté. Le plan de son ouvrage s'opposoit, il est vrai, à ce qu'il y fît entrer des discussions de ce genre ; mais elles pouvoient aisément trouver place dans les notes.

Ce sujet, au surplus, a été éclairci par Ruhnkenius, dans l'*Auctarium emendationum*, joint à la fin du IIe tome d'Hésychius ; et quoique son opinion ait éprouvé quelque contradiction, le savant Wyttenbach, dont l'autorité est si grande en ces matières, a cru devoir l'adopter sans réserve (Biblioth. critic., part. VII, p. 51, et part. XII, p. 59). Suivant Ruhnkenius, on célébroit à Athènes trois Dionysies : 1°. celles des champs, au mois de posidéon ; 2°. celles de la ville, nommées les grandes Dionysies, au mois d'élaphébolion ; 3°. celles qui portoient aussi le nom d'*anthestéries* ou de *lenœa*, dont la célébration avoit lieu dans le mois nommé *anthestérion*, et *lenœon*, et se faisoit dans une grande enceinte appelée *Lenœum*, et dans un quartier de la ville nommé *Limnœ*, ou les étangs. C'est à cette dernière solennité qu'appartenoient les mystères, et que se rapporte tout ce qu'on lit dans le discours de Démosthène contre Néæra. Meursius avoit distingué les *lenœa* des *anthesteria*, parce qu'il n'avoit point aperçu que le mois nommé *lenœon* étoit celui qui est plus généralement connu sous le nom d'*anthestérion*, et il avoit, sur l'auto-

beaucoup de pompe et de dépense, et toutes les
tribus athéniennes concouroient aux frais de
cette solennité. On y voyoit figurer des troupes

---

rité du scholiaste d'Aristophane, placé à l'automne les fêtes
appelées *lenœa* (Græc. fer., tom. III Oper., col. 917 et 918).
Ruhnkenius établit en outre que, toutes les fois que les
Anciens se servent du mot *Dionysies* sans y ajouter aucune épithète distinctive, ce qu'ils disent doit s'entendre
des grandes Dionysies.

Mais y avoit-il effectivement une de ces trois fêtes de
Bacchus qui ne fût pas annuelle, et ne se célébrât que tous
les trois ans? C'est sur quoi Ruhnkenius ne s'explique pas
positivement. Cette opinion n'est fondée, je crois, que
sur l'argument du discours de Démosthène contre Midias,
et d'après cet argument cela semble devoir tomber sur les
anthestéries; mais il est certain que les anthestéries se célébroient tous les ans, puisque Démosthène nous assure que
le temple de Bacchus où l'on sacrifioit en cette fête, ne
s'ouvroit qu'une seule fois chaque année, et cela à l'occasion de cette solennité. Suivant l'auteur même de l'argument dont il s'agit, il ne peut être question des Dionysies
des champs : car il affirme positivement que celles-ci se
renouveloient tous les ans. Il ne resteroit donc que les
grandes Dionysies de la ville auxquelles on pût appliquer
ce retour triétérique; mais une pareille circonstance nous
auroit été transmise par quelqu'un des écrivains anciens
qui ont parlé des fêtes de Bacchus; et Théophraste parloit
sans doute d'une fête qui revenoit tous les ans, quand il dit
que la mer n'est navigable qu'après les Bacchanales : καὶ
τὴν θάλατταν ἐκ Διονυσίων πλώϊμον εἶναι (Eth., cap. 3). Je n'hésite donc point à dire, avec Taylor : *Tu tamen cave fidu-
ciam habeas scriptori anonymo, et hic, et in sequen-*

de danseurs et des chœurs nombreux de musiciens ; on y représentoit des tragédies et des pièces comiques et satiriques ; et comme c'étoit à cette époque que, la navigation étant ouverte, les îles et autres contrées sujettes de la république d'Athènes, apportoient leurs tributs dans cette ville, on y voyoit un grand concours d'étrangers (1).

L'archonte roi avoit la direction de ces fêtes, et étoit aidé dans ses fonctions par des *épimélètes* ou administrateurs. Une des principales fonctions de l'archonte roi étoit de choisir quatorze femmes appelées *gerarœ* ou *gerœrœ*, qui devoient exercer le ministère de prêtresses dans les cérémonies de cette fête (2). Ces prêtresses étoient

---

tibus, qui festa Bacchi anniversaria alia, alia trieterica esse contendit : neque enim vera ait (Not. ad argum. orat. iu Midiam); et avec Ruhnkenius : *Satius est suos imperito Grœculo errores relinquere*. Ce sont sans doute les fêtes triétériques de Bacchus, célébrées par les Thébains (Eurip., Bacch., v. 133 ; Virg., Æneid., lib. IV, v. 362 ; Ovid., Metamorph., lib. IX, v. 527 ; Stat., Thebaïd., lib. II, v. 661 ; lib. VII, v. 93 ; Achill., lib. I, v. 595), qui ont donné lieu à cette erreur, adoptée trop légèrement par M. Creutzer. Symbol. und Mytholog. der alt. Völk., tom. III, p. 330. S. de S.]

(1) Palmer., Exercitat. in aut. græc., p. 618.

(2) Hesych., in voc. Γεραραί ; Etymol. magn., in voc. Γεραῖραι ; Poll., Onomast., lib. VIII, cap. 9, segm. 108, tom. II, col. 929, ed. Hemsterh.

d'abord purifiées par la femme de l'archonte, que devoit être mariée en premières noces et citoyenne d'Athènes (1). Elle étoit accompagnée dans cette partie de son ministère par l'hiéroceryx (2); mais il paroît qu'à elle seule appartenoit le droit de recevoir le serment que devoient prêter les gérares, et par lequel elles attestoient qu'elles étoient exemptes de toute souillure, et n'avoient eu commerce avec aucun homme, et elles promettoient de célébrer, conformément aux rites établis et dans les temps prescrits, les *théogonies* et les *iobacchies*, en l'honneur de Bacchus. Ce serment renfermoit encore d'autres promesses qui devoient rester ignorées des profanes, et qui nous sont inconnues (3). Il n'est pas douteux que par les *théogonies* il ne faille entendre la partie des rites et des représentations mystiques qui étoit relative à la naissance de Bacchus, et par les *iobacchies*, les processions accompagnées d'acclamations et de chants en l'honneur du dieu. Fréret conjecture, avec beaucoup de vraisemblance, que la femme de l'archonte roi passoit la nuit dans le temple avec les gérares, et vaquoit avec elles aux sacrifices et autres rites secrets (4). Ces

---

(1) Demosth., Or. in Neær., tom. IV Oper., p. 527, ed. Wolf., Basil., 1572.

(2) Id., ibid., p. 528.

(3) Id., ibid.

(4) Acad. des Inscr., tom. XXIII, p. 252 et 253.

prêtresses, au surplus, ne pouvoient se passer
de l'assistance et du ministère du principal prêtre
de Bacchus, qui étoit le surintendant-né de ces
fêtes, et qui, en cette qualité, présidoit aux jeux
publics (1).

Le silence des Anciens ne permet pas de dé-
cider si l'hiérocéryx dont je viens de parler, étoit
le même que celui d'Éleusis, ou si c'étoit un
autre ministre, portant le même titre, faisant les
mêmes fonctions, mais attaché au culte particulier de Bacchus. On ne peut pas non plus savoir
quel étoit ce dadouque qui avertissoit les initiés
aux Dionysies, d'invoquer la divinité tutélaire, en
l'honneur de laquelle ils chantoient aussitôt un
hymne (2). Peut-être ce ministre aidoit-il à purifier les récipiendiaires. Cela se pratiquoit par le
moyen de l'air (3). L'aspirant, en voltigeant ou
s'élançant en haut, tâchoit de saisir une figure
de phallus qui étoit faite avec des fleurs, et suspendue à une branche de pin entre des colonnes (4). Le van mystique étoit l'emblème de cette

_____

(1) Schol. Aristoph., Ran., ad v. 299.

(2) Id., ibid., ad v. 482 et seq.

(3) *Aëre ventilantur : quod erat in sacris Liberi.* Serv.,
ad Æneid. lib. VI, v. 740 et 741.

(4) *Oscilla ex alta suspendunt mollia pinu.* Virg.,
Georg., lib. II, v. 389. *Alii dicunt oscilla membra esse
virilia de floribus facta, quæ suspendebantur per inter-
columnia : ita ut in ea homines, acceptis clausis personis,*

singulière purification; entouré d'un dragon, il
étoit porté dans cette fête sur la tête d'une prêtresse, nommée, par cette raison, *licnophore* (1).

Après cette cérémonie purificatoire, on étoit
introduit dans le temple, qui ne s'ouvroit qu'une
seule fois par an (2), et où les étrangers ne pouvoient jamais être admis (3). Tout s'y passoit
dans les ténèbres de la nuit (4); et il n'y avoit
d'autre différence entre les fêtes mystérieuses de
Bacchus et celles d'Éleusis, par rapport au respect dû à leur célébration, et à la sainteté des
jours qui leur étoient consacrés, que l'ancienneté
des lois qui les concernoient; celles qui avoient
rapport aux Dionysies, étoient plus récentes (5).
Une cérémonie qui ne nous est pas bien connue,
consistoit à choisir pour Bacchus une épouse,
qui sans doute étoit prise parmi les femmes em-

---

*impingerent, et ea ore cillerent, id est, moverent, ad
risum populo commovendum; et hoc in Orpheo lectum
est. Prudentioribus tamen aliud placet, qui dicunt sacra
Liberi patris ad purgationem animæ pertinere* (Serv.,
loc. laud.). Pour n'avoir pas fait assez d'attention à ce
passage, les traducteurs françois de Virgile n'ont rien entendu au vers que je viens de citer.

(1) Procl., in Tim. Plat., p. 124. Dans ce passage de
Proclus, il faut lire λίκνον, au lieu de λίκιον.

(2) Demosth., in Neær., p. 528.

(3) Schol. Aristoph., Acharn., ad v. 503.

(4) Eurip., Bacch., v. 485 et 486.

(5) Demosth., contr. Mid., p. 409.

IIe Part.   F

ployées aux fonctions sacerdotales. C'étoit appa-
remment, comme le conjecture Fréret (1), à l'occasion de ce mariage mystique, que l'on saluoit
Bacchus par cette formule que nous a conservée
Firmicus : *Salut, nouvel époux ; salut, nouvelle
lumière* (2). Dans les Bacchanales ordinaires, les
assistans étoient couronnés de lierre; au lieu que
dans les Dionysies, les mystes avoient la tête
ceinte de branches de myrte (3); et, revêtus d'une
peau de faon (4), qu'Euripide appelle un vêtement sacré (5), ils offroient à Bacchus les pré-

(1) Acad. des Inscr., tom. XXIII, p. 253.

(2) De errore profan. relig., p. 24, ed. Joann. Maire,
Lugd. Bat., 1652, *in-*4.

(3) Aristoph., Ran., v. 333, et Schol., ad h. vers.

(4) Aristoph., Ran., v. 1242; Eurip., Bacch., v. 695,
833.

(5) Bacch., v. 137.

[Les passages tant d'Aristophane que d'Euripide, cités
dans les deux notes précédentes, ne prouvent nullement
que les initiés aux mystères de Bacchus dussent porter cette
sorte de vêtement dans les fêtes mystiques de cette divinité; et en général il en est de même de la plupart des
autorités citées dans la suite de cet Article : c'est assez
arbitrairement que notre savant auteur les applique aux
fêtes mystiques de Bacchus. Il auroit fallu déterminer avec
soin les rites et les usages propres à chacune des fêtes de
Bacchus; et, en supposant que cela fût possible, n'employer ici que les traits qui appartenoient aux Dionysies
anciennes, célébrées dans le mois d'anthestérion. M. de
Sainte-Croix ayant confondu cette fête avec les grandes

mices des fruits (1). Plutarque nous apprend
qu'au temps de Démétrius Poliorcète, les Athéniens interrompirent les cérémonies des fêtes de

Dionysies qui se célébroient au mois d'élaphébolion, il en
est résulté beaucoup de confusion dans tous les détails.
Je ne pouvois ni ne devois entreprendre les recherches
qu'auroit exigé un travail de ce genre. Je dois donc me
borner à faire, une fois pour toutes, cette observation.
S. de S.]

(1) Plut., de Cupid. Divit., tom. II Oper., p. 527. D.
[Plutarque, dans ce passage, dit qu'autrefois on célébroit les pompes ou processions avec beaucoup de simplicité et de gaîté ; qu'on y portoit des cruches de vin et des
branches de vigne, que quelques-uns traînoient un bouc, et
d'autres portoient une corbeille pleine de figues, et qu'à la
fin venoit le phallus ; et il oppose à cette simplicité, le luxe
qu'on y étaloit de son temps. Mais s'agit-il dans ce passage
des Dionysies anciennes ou mystiques, et peut-on dire
que cet auteur nous apprend qu'on offroit à Bacchus les
prémices des fruits ? Je ne le pense point. D'abord il n'eût
pas été possible d'offrir les prémices des fruits au mois
d'anthestérion, où l'on n'étoit pas encore au printemps ;
mais comme Plutarque ne parle que de corbeilles de figues,
on pourroit écarter cette objection. En second lieu, le passage de Thucydide cité dans une des notes suivantes, fait
voir, comme l'a très-bien observé Paulmier de Grantemesnil, que les anciennes Dionysies se célébroient de son
temps, à Athènes, d'une manière assez obscure (Exercit.
in aut. Græc., p. 618). A plus forte raison, Plutarque n'a-
t-il pas dû voir cette fête célébrée avec magnificence. Il est
donc très-vraisemblable que, dans ce passage, il a entendu
parler des grandes Dionysies, ou Dionysies de la ville.

F ij

Bacchus, parce qu'au jour où elles devoient avoir lieu, il survint, à la suite de pluies fréquentes, une forte gelée qui fit périr non-seulement les vignes et les figuiers, mais encore les blés en herbe (1). Les mystères de Bacchus étoient donc les grandes Dionysies les plus anciennes, et qui se célébroient dans les champs avant le printemps (2), le 12 d'anthestérion (3); les petites se passoient dans l'intérieur de la ville, et tomboient en hiver, au mois de posidéon (4).

Dans les Dionysies sacrées, on sacrifioit un

Fréret l'appliquoit aux fêtes triétériques de Bacchus, qu'on célébroit, selon lui, en automne, après la vendange (Acad. des Inscr., tom. XXIII, p. 252). J'ai dit précédemment ce qu'on doit penser de ces fêtes triétériques. Aristophane parle des prémices offertes à Bacchus; ce pouvoit être aux grandes Dionysies. Acharn., v. 241. S. de S.]

(1) Ibid., vit. Demetr., tom. I Oper., p. 894. B.

[Ce passage de Plutarque me paroît encore devoir s'entendre des grandes Dionysies de la ville. S'il eût parlé des Anthestéries, ou anciennes Dionysies, il n'auroit pas dit, je crois, ἰσχυρῶν πάγων γενομένων παρ' ὥραν. S. de S.]

(2) Schol. Aristoph., Acharn., ad v. 503.

(3) Thucyd., lib. II, §. 15; Demosth., in Neær., p. 528.

(4) Theophr., Ethic., cap. 3; Duport, Prælect. in Theophr., p. 243 et 244, ad calc. Theophr., ed. Needham., Cantabrigiæ, 1712; Corsin., Fast. Attic., diss. XIII, tom. II, p. 326 et seq.

[Il faut réformer ceci, d'après les observations que j'ai faites précédemment, p. 73 et suiv., note. S. de S.]

porc (1); au lieu que dans les Bacchanales, la victime étoit un bouc. On ne pratiquoit cette première cérémonie qu'accompagné de ses domestiques et de ses esclaves (2); peut-être leur déroboit-on la vue de la *créonomie*, ou partage des viandes qui se faisoit aux initiés par le ministère de l'hiérophante, ou de quelque autre prêtre exerçant l'emploi de mystagogue. Ce partage étoit

---

(1) Herod., lib. 11, cap. 48.

[Le passage d'Hérodote cité par M. de Sainte-Croix offre une variante assez importante. « Le jour de la fête » de Bacchus, dit Hérodote, chacun (en Égypte) immole » un pourceau devant sa porte, à l'heure du repas : on le » donne ensuite à emporter à celui qui l'a vendu. Les Égyp- » tiens célèbrent le reste de la fête de Bacchus, *excepté le* » *sacrifice des porcs*, à peu près de la même manière que » les Grecs ». M. Larcher, dont je copie la traduction, lit πλὴν τῶν χοίρων. En adoptant cette leçon, il faut induire des termes d'Hérodote que les Grecs n'imitoient pas en cela les Égyptiens, et par conséquent n'immoloient point de pourceaux dans les Dionysies. Mais quand même on liroit πλὴν χορῶν, on devroit encore tirer la même conséquence des expressions de cet auteur, puisque c'est après avoir parlé de l'immolation des pourceaux, qu'il ajoute : « Les » Égyptiens célèbrent le surplus des cérémonies de la fête » de Bacchus, à l'exception des chœurs, presque comme » les Grecs ». Τὴν δὲ ἄλλην ἀνάγουσι ὁρτὴν τῷ Διονύσῳ οἱ Αἰγύπ- τιοι, πλὴν χορῶν, κατὰ ταῦτὰ σχεδὸν πάντα Ἕλλησι. Ils diffé- roient donc des Grecs, quant au rite précédemment décrit. S. de S.]

(2) Aristoph., Acharn., v. 248.

F iij

commémoratif, et avoit rapport à la fable de Bacchus mis en pièces par les Titans (1). Cette partie
des aventures de Bacchus étoit représentée à Chio
et à Ténédos, par l'immolation d'une victime humaine (2). Il falloit nécessairement manger crues
les portions qui étoient distribuées à chacun des

---

(1) S. Epiph., adv. Hær., lib. iii, tom. I Oper., p. 1092.
B; Ancorat., §. 108, tom. II Oper., p. 109. A.
[Le meurtre de Bacchus mis à mort et déchiré en pièces
par les Titans, et son retour à la vie, ont été le sujet d'explications allégoriques tout-à-fait analogues à celles que
l'on a données de l'enlèvement de Proserpine et du meurtre d'Osiris. J'en ai parlé précédemment, et j'ai dit ce que
je pense de ces explications. Mais je dois profiter de l'occasion qui se présente, pour recommander aux lecteurs
la dissertation de M. Creutzer dont j'ai déjà parlé, et qui
est intitulée : *Commentatio prima de causis rerum Bacchicarum et Orphicarum. Explicantur vasa sacra Bac-
chica Orphica; in his, crater mundanus mysticus apud
Athenæum.* Cette dissertation, publiée sous forme de pro-
gramme à Heidelberg, en 1807, est remarquable par la
vaste érudition et la critique pleine de finesse qu'on y
observe à chaque page, et elle intéresse également les ama-
teurs de l'antiquité grecque, et ceux qui cultivent la littérature orientale. Sans adopter les vues de l'auteur, par
rapport au sens philosophique qu'il donne à ce mythe de
Bacchus déchiré par les Titans et rendu à la vie, suivant
en cela les idées des nouveaux platoniciens, on ne peut
néanmoins se refuser à lui rendre ce juste tribut d'éloge et
de reconnoissance. S. de S.]
(2) Porph., de Abst., lib. ii, §. 56.

assistans; cette pratique s'appeloit, à cause de cela, *omophagie* (1).

Les mystes portoient tous des branches d'arbres, et marchoient en dansant (2) à la suite les uns des autres. L'on voyoit dans cette procession une troupe de jeunes canéphores, aussi distinguées par la pureté de leurs mœurs que par leur naissance (3). Thucydide rapporte qu'après que

(1) Eurip., Bacch., v. 139; Clem. Alex., Protr., p. 11, et not. J. Potter., ad h. loc.; Arnob., adv. Gent., lib. v, p. 169, ed. J. Maire, 1651.

(2) Strab., lib. x, p. 468.

(3) Aristoph., Acharn., ad v. 241, et Schol., ad h. vers.

[Le traducteur allemand des Recherches sur les Mystères, observe que les canéphores portoient au cou, dans les fêtes mystérieuses de Bacchus, un collier de figues sèches, ce qu'il prouve par un vers d'Aristophane (Lysistrat., v. 647), et par un passage de Plutarque que j'ai cité précédemment, et qui est relatif à la célébration des Dionysies dans les premiers âges (de Cupid. divit., tom. II Oper., p. 527 D). Le même traducteur ajoute que, suivant un passage de la Chrestomathie d'Helladius, rapporté par Photius, les figues sèches étoient portées comme des amulettes contre la peste. Ce passage est celui que j'ai transcrit dans une note, tom. I, p. 302. Je ne saurois en tirer la même conséquence. Tout ce qu'on pourroit en conclure, c'est que les figues étoient consacrées aux divinités infernales. Winckelmann a conjecturé que les colliers de figues que l'on voit sur certains monumens étrusques, et qui sont tenus à la main le plus souvent par des figures de femmes,

F iv

la sœur d'Harmodius eut été choisie pour faire
les fonctions de canéphore dans une pompe sacrée, Hippias et Hipparque, tyrans d'Athènes,
refusèrent de l'admettre, sous prétexte qu'elle
n'étoit pas digne d'une telle distinction. L'injure
étoit grave; aussi leur coûta-t-elle cher (1). S'il n'y
avoit eu dans les cistes mystiques que des branches
d'arbres, des férules, du lierre, des gâteaux de
différentes sortes, du sel, des pavots, la figure
d'un dragon (2), la pudeur n'auroit pas été alar-
mée; mais le principal objet qui y frappoit les
yeux, étoit le phallus. Un des interlocuteurs de la
comédie des Acharnaniens dit : « Avance un peu,
» canéphore; et toi, Xanthias, esclave, pose le
» phallus droit (3) ». Il falloit, sans doute, qu'il
sortît assez hors de la ciste pour que tout le
monde pût le voir. On chantoit alors un hymne
qu'Aristophane appelle *phallique* (4). Diodore

---

indiquent que les personnages ainsi représentés étoient initiés aux mystères de Bacchus. Au reste, en ce qui concerne le passage d'Helladius, il faut voir Meursius, Lect.
Attic., lib. iv, cap. 22, tom. II Oper., col. 1185. S. de S.]

(1) Thucyd., lib. vi, §. 56.

(2) Clem. Alex., Protr., p. 19.

[On voit que, dans ce passage de S. Clément d'Alexandrie, M. de Sainte-Croix a lu, avec plusieurs critiques,
κράϑαι, au lieu de καρϑίαι. S. de S.]

(3) Aristoph., Acharn., v. 241 et 242.

(4) Id., ibid., v. 260.

prétend que c'étoit une figure entière de Priape qu'on honoroit dans ces mystères (1). C'est une erreur de cet historien ; il n'y paroissoit que des phallus (2) : ces phallus étoient faits de bois de figuier : le figuier rappeloit aux initiés une aventure très-obscène de Bacchus (3).

Nous ignorons si la cérémonie de l'initiation avoit lieu avant ou après l'espèce de procession dont j'ai parlé. Dans ces mystères on employoit, pour remplir l'âme des assistans d'une sainte horreur, les mêmes moyens qu'à Éleusis. L'apparition de fantômes et de divers objets propres à effrayer (4), sembloit disposer les esprits à la cré-

---

(1) Diod., lib. iv, §. 6.

(2) Theodor., Serm. vii, tom. IV, p. 583. C.

(3) Clem. Alex., Protr., p. 29 et 30 ; Hygin., Poetic. Astron., lib. ii, cap. 5.

[M. de Sainte-Croix pensoit qu'il y avoit quelque analogie entre l'usage que l'on faisoit du bois de figuier pour ces figures obscènes, et ce que Plutarque observe de la signification que la feuille du même arbre avoit parmi les symboles égyptiens : Καὶ θρίῳ βασιλέα καὶ τὸ νότιον κλίμα τοῦ κόσμου γράφουσι, καὶ μεθερμηνεύεται τὸ θρίον ποτισμὸς καὶ κίνησις πάντων, καὶ δοκεῖ γεννητικῷ μορίῳ τὴν φύσιν ἐοικέναι. Plut., de Is. et Osir., §. 36. Mais ce rapprochement me paroît d'autant plus douteux, que le fait même sur lequel il est fondé, est présenté, pour le moins, d'une manière beaucoup trop générale. S. de S.]

(4) Origen., contr. Cels., lib. iv, tom. I, p. 507. E, ed. Car. Delarue.

dulité. Ils en avoient sans doute besoin, pour
ajouter foi à toutes les explications des mystagogues : elles rouloient sur le massacre de Bacchus
par les Titans, massacre qui n'étoit qu'une allégorie des révolutions physiques du monde, ou
peut-être des persécutions qu'avoient essuyées les
premiers instituteurs du culte de ce dieu.

Malgré les traits qu'Aristophane et Euripide
ont lancés contre les fêtes de Bacchus, ils n'ont
pu s'empêcher de rendre hommage à la pureté
d'intention de leurs auteurs. Le premier fait entendre que pour y être initié, il falloit n'être cou-
pable d'aucun crime contre la patrie et la sûreté
publique (1); le second fait dire aux femmes qui
forment le chœur de la tragédie des Bacchantes,
que les rites ne mènent jour et nuit qu'à des
choses honnêtes (2). Comment concilier ces asser-

____

(1) Aristoph., Ran., v. 360-65.

(2) Bacch., v. 1004-6.

[Aristophane, en écartant des mystères les hommes
coupables de crimes contre la patrie, mêle à cela des plaisanteries et des sarcasmes qui font voir qu'il n'a pour
objet que de tourner en ridicule les prétendus motifs d'ex-
clusion des mystères, comme tout le reste. Quant à Euripide, le chœur qui doit naturellement faire l'éloge des
mystères de Bacchus, et menacer Penthée de la vengeance
du dieu, parle en cet endroit d'une manière générale, et
qui ne s'applique pas directement aux rites des mystères.
Ce passage d'ailleurs est tellement obscur, qu'il n'est pas
possible de s'en faire une autorité. S. de S.]

tions avec les soupçons que le poète met dans la
bouche de Penthée, sur les désordres qui devoient
accompagner ces assemblées nocturnes? Ces soupçons étoient fondés au temps d'Euripide, surtout
à Thèbes, où fut promulguée la loi qui défendoit
ces réunions nocturnes, loi que Diagondas avoit
suggérée (1).

On ne peut douter que l'introduction des fêtes
de Bacchus en Italie, n'ait accéléré les progrès du
libertinage et de la débauche dans cette contrée.
Dans ces fêtes, le phallus jouoit partout le principal rôle, et étoit exposé à tous les regards. A
Lavinium, la fête duroit un mois, pendant lequel on promenoit chaque jour dans les rues un
phallus, remarquable sans doute par ses proportions. Les propos les plus grossiers retentissoient
alors de toutes parts : une des mères de famille
les plus considérables de la ville, devoit placer
une couronne sur ce simulacre obscène (2). Enfin
le désordre fut poussé si loin, qu'il attira l'attention du sénat romain (3). Sa sagesse et son zèle

---

(1) Cicer., de Leg., lib. ii, cap. 15.

(2) S. August., de Civit. Dei, lib. vii, cap. 21.

(3) Posthumius s'exprima, dans cette auguste assemblée,
de la manière la plus forte...... *Primùm igitur mulie-*
rum magna pars est, et is fons mali hujusce fuit : deinde
simillimi feminis mares, stuprati et constupratores, fa-
natici vigiles ; vino, strepitibus, clamoribusque noctur-
nis attoniti, etc. etc..... Quidquid his annis libidine,

pour les mœurs se manifestèrent dans le fameux
sénatus-consulte de l'an 567 de la fondation de
Rome, porté sous le consulat de Sp. Posthumius
et de Marcius Philippus (1). Il réprima pour un
temps la licence ; mais elle devoit reparoître,
et reparut en effet sous les empereurs : dans ces
siècles de libertinage et d'une corruption flétris-
sante pour l'humanité, le culte de Bacchus fut
toléré, et eut de nombreux partisans (2).

---

*quidquid fraude, quidquid scelere peccatum est, ex illo
uno sacrario scitote ortum esse.* Tit. Liv., lib. XXXIX,
cap. 15 et 16.

(1) Ægypt. (Matth.) Senatus-consult. de Bacchanal.,
Explic., §. 28, p. 123 et seq.

(2) Tertull., Apolog., cap. 7, in Oper., p. 7. C, ed.
cum not. var.

ARTICLE IV.

Des Fêtes Sabaziennes.

La licence, qui sembloit inséparable des fêtes de Bacchus, s'étoit introduite d'une manière si effrénée dans les fêtes Sabaziennes, qu'Aristophane vouloit que l'on chassât d'Athènes le dieu Sabazius et toutes les divinités étrangères, à cause des cérémonies nocturnes qu'on pratiquoit en leur honneur (1). C'étoit Bacchus qui portoit le surnom de *Sabazius* : ce surnom lui avoit été donné par les Phrygiens (2) ou par les Thraces (3); et le dieu Sabazius passoit pour être fils d'un Cabire (4). Son culte avoit été adopté par les Satres, l'une des sept nations thraces, et chez

(1) Cicer., de Leg., lib. ii, §. 15, et adnot. Davis., ad h. loc.

[Sam. Petit conjecture que Cicéron avoit en vue la comédie d'Aristophane, intitulée Ὧραι, et cette conjecture est confirmée, ainsi que l'observe le traducteur allemand de l'ouvrage de M. de Sainte-Croix, par quelques-uns des fragmens de cette pièce, recueillis par Brunck. Voy. le scholiaste d'Aristophane, Av., ad v. 874. S. de S.]

(2) Strab., lib. x, p. 470; Schol. Aristoph., Av., ad v. 874; Lysistr., ad v. 389.

(3) Schol. Aristoph., Vesp., ad v. 9.

(4) Cicer., de Nat. Deor., lib. iii, §. 23.

eux les ministres de son temple étoient appelés *besses* (1). De là, sans doute, venoit l'épithète de *Bassareus*, donnée au dieu dont je parle (2).

---

(1) Herod., lib. VII, cap. 111.

(2) [Cette étymologie est si peu naturelle, que je m'étonne qu'elle ait été rappelée par M. Creutzer (Symbol. und Mythol. der alt. Völk., tom. III, p. 363). Il n'est guère plus naturel de dériver le nom de *Bassareus*, du mot βασσάρα ou βασσαρὶς, sorte d'habillement que portoient, dans l'Asie mineure, les femmes attachées au culte de Bacchus, et qui leur a fait quelquefois donner à elles-mêmes le nom de *Bassarides*. Il seroit plus raisonnable de conjecturer que cette sorte d'habillement, consacrée au culte de Bacchus, auroit pris son nom de celui de la divinité. M. Creutzer incline à penser que l'étymologie de toutes ces dénominations est βάσσαροι ou βασσάρια, mot qui signifie *renard*, et qui se retrouve dans la langue copte (Ignat. Rossi, Etymol. Ægypt., p. 35), et il croit que le vêtement dont il s'agit aura été appelé ainsi, parce qu'il avoit été substitué à des peaux de renards, dont les Bacchantes se couvroient précédemment, dans les orgies de Bacchus (Symbol., etc., tom. III, p. 363). On sent combien tout cela est hasardé. Bochart dérivoit *Bassareus* du mot hébreu *basar*, vendanger, et cette étymologie seroit bien préférable à toutes les autres, si l'on pouvoit prouver que Bacchus étoit considéré comme le dieu du vin et des vendanges, chez les peuples qui, les premiers, lui donnèrent le nom de *Bassareus*. Quoique je n'ose rien affirmer à cet égard, je dois faire observer que cette étymologie, et celle que le même Bochart donne au mot *Sabazius*, en le dérivant du verbe hébreu *saba*, être ivre, s'enivrer, se prêtent une force mutuelle (Chanaan, lib. I, cap. 18). Je suis presque surpris

Le nom de *Sabazius* n'est point dérivé des cris
euoe, *saboe*, usités par les bacchantes, comme
l'ont cru quelques écrivains (1); il dérive plutôt
de Σάβοι, nom que l'on donnoit aux prêtres attachés au culte de Sabazius (2).

Diodore de Sicile dit que Bacchus, surnommé
Sabazius, avoit pour père Jupiter, et pour mère
Proserpine (3): ce qui montre qu'on l'a confondu
quelquefois avec le jeune Iacchus ou Zagréus. Le
même historien ajoute qu'on représentoit sa naissance, et qu'on célébroit les cérémonies établies
en son honneur, pendant la nuit; et la raison
qu'il en donne ne laisse aucun doute qu'on n'y
représentât les amours incestueux de Jupiter, se

---

que personne ne se soit imaginé de chercher l'origine de
ces deux noms de Bacchus, dans l'Arabie. *Bostra*, ville de
l'Idumée, et *Saba*, nom d'une tribu et d'une contrée de
l'Arabie, auroient fourni des étymologies tout aussi plau-
sibles que beaucoup de celles qu'on a employées dans l'explication de la mythologie. Bacchus ou Osiris n'avoit-il pas
été élevé à Nysa, ville d'Arabie, et n'étoit-ce pas du nom
de cette ville et de celui de Jupiter que quelques-uns
dérivoient le mot Διόνυσος? (Diodor., Histor., lib. 1, §. 15;
lib. 111, §. 63; Heyn., Not. ad Apollod. Biblioth., lib. 111,
cap. 4, §. 3.) S. de S.]

(1) Harpocrat. et Suid., in voc. Σάβοι.

(2) Schol. Aristoph., Vesp., ad v. 9.

(3) Diod., lib. iv, §. 4. Suivant Mnaséas de Patares,
cité par Harpocration et Suidas (in voc. Σάβοι), Sabazius
étoit fils de Bacchus.

glissant, sous la forme d'un serpent, dans le sein de sa fille Proserpine. S. Clément d'Alexandrie ne dit donc rien à ce sujet (1) qui ne soit conforme au témoignage de cet historien païen. Les initiés aux mystères de Sabazius étoient soumis à une cérémonie représentative de la transformation de Jupiter et de son inceste. Dans l'initiation, on glissoit dans leur sein un serpent, qui, selon Arnobe, étoit d'or, et on le retiroit par le bas de leurs vêtemens (2).

Ces paroles mystiques, qu'on attribuoit à Orphée, *Un taureau a engendré un dragon, et le dragon un taureau; l'aiguillon du bouvier est caché dans la montagne*, étoient toutes relatives à cette aventure honteuse (3). Par l'aiguillon, on entendoit la férule, qui étoit le signe de la consécration au culte de Bacchus, et que les initiés et les bacchantes agitoient en tout sens (4). La cérémonie de l'initiation étoit terminée par la formule *evoe, saboe, hyès attès, attès hyès*, que

---

(1) Protrept., p. 14.

(2) Clem. Alex., loc. mod. laud.; Arnob., advers. Gent., lib. v, p. 171, ed. J. Maire; Firmic. Matern., de Error. prof. relig., p. 15, ed. J. Maire, ad calc. Minucii Felic., Lugd. Bat., 1652, *in-4*.

(3) Clem. Alex., loc. mod. laud.

(4) [M. de Sainte-Croix a lu, sans doute, dans ce passage de S. Clément d'Alexandrie : βουκολικὸν τὸ κέντρον, τὸν νάρθηκα ἐπικαλῶν. S. de S.]

\

M. Fréret rend ainsi en latin : *Quod faustum sit mystis*, *Sabazie pater, pater Sabazie* (1).

Sous le consulat de M. Popillius Lænas et de Cnéius Calpurnius, l'an 514 de la fondation de Rome, on tenta d'introduire dans cette ville le culte mystérieux et nocturne de Bacchus Sabazius; mais C. Cornélius Hispallus, préteur des étrangers, s'y opposa avec force. Craignant qu'un tel culte ne corrompît les mœurs publiques, ce sage magistrat empêcha les partisans de ces mystères, de tenir aucune assemblée (2). Quelques inscriptions latines prouvent néanmoins que dans la suite, et particulièrement sous le règne de Domitien, on parvint à établir les cérémonies de Bacchus Sabazius dans cette capitale du monde, devenue désormais l'asile de toutes les supersti-

---

(1) Acad. des Inscr., tom. XXIII, Hist., p. 46.

[Quelque incertaines que soient les explications de ces mots, qu'on a hasardé de tirer des langues orientales, je crois que l'on ne sera pas tenté de leur préférer celle de Fréret, qui les a regardés comme appartenant à la langue grecque. Bochart a donné de ces mêmes mots une étymologie fort heureuse, en supposant qu'ils étoient hébreux ou phéniciens (Chanaan, lib. 1, cap. 18, col. 441); toutefois ce n'est, je crois, qu'un jeu d'esprit, qui n'offre rien de solide. Toutes ces formules barbares, communes à tous les mystères de la Grèce, indiquent leur origine étrangère : c'est, ce me semble, tout ce que nous pouvons en savoir aujourd'hui. S. de S.]

(2) Valer. Maxim., lib. III, cap. 3.

II.ᵉ Part. G

tions qui pouvoient alimenter ou accroître la dépravation générale.

Rien ne devoit y contribuer davantage que le culte de Bacchus, soit public, soit mystérieux. L'un et l'autre subsistèrent jusqu'aux derniers temps du paganisme. L'on y vit encore les initiés, couverts de peaux de chèvres, se livrer publiquement à la débauche, courir de toutes parts comme des Ménades, mettre en pièces des chiens, et faire toutes ces extravagances (1), dont quelques vestiges se sont transmis jusqu'à nous, au préjudice des bonnes mœurs, et à la honte des nations les plus policées de l'univers.

_____

(1) Rufin. Aquil., Hist. eccles., lib. II, cap. 26.

HUITIÈME SECTION.

Des derniers Mystères du Paganisme.

LES mystères dont il me reste à parler, ont une origine moins ancienne que ceux de Cérès et de Bacchus : ils ne jouirent même d'une certaine réputation, que lorsque les progrès du christianisme alarmant les prêtres et les philosophes païens, ils cherchèrent à resserrer les liens de la superstition, soit en tâchant de rétablir les cérémonies mystérieuses déjà décriées, soit en faisant tous leurs efforts pour en accréditer de nouvelles. La vérité ne lutte jamais contre l'erreur, que celle-ci ne redouble sa résistance et n'emploie toutes ses ressources pour retenir sous le joug les hommes que leur penchant naturel entraîne vers la vérité, quand leur jugement n'est point obscurci par l'intérêt de leurs passions. Les mystères de Vénus et d'Adonis, ceux de Mithra, d'Isis et de Cotytto, seront le sujet d'autant d'Articles différens. Je finirai par quelques observations sur la décadence totale des mystères du paganisme.

ARTICLE PREMIER.

Des Mystères de Vénus et d'Adonis.

Ce n'est ni dans l'Égypte ni dans la Grèce qu'on doit chercher l'origine du culte de Vénus; il prit naissance en Assyrie, où cette divinité portoit les noms de *Mylitta* (1) et d'*Uranie* (2). Elle y représentoit anciennement le ciel matériel, auquel on a rendu partout le premier culte idolâtrique. Ensuite elle fut prise pour la lune, lorsque les peuples de l'Orient l'honorèrent conjointement avec le soleil et les autres astres, qu'ils regardoient tous comme les dieux administrateurs de l'univers (3). Vénus Mylitta conserva néanmoins le premier rang chez les Assyriens : persuadés que l'astre qu'elle représentoit avoit quelque influence sur la génération, ils crurent se la rendre propice, en prostituant leurs femmes dans son temple (4). Cet usage très-ancien (5) devoit nécessairement souiller, dès leur commence-

(1) Herod., lib. 1, cap. 131 et 199.
(2) Hesych., in voc. Μύλιτ7αν.
(3) Lib. Sapient., cap. 13, v. 2.
(4) Herod., lib. 1, cap. 199; Strab., lib. xvi, p. 745.
(5) Baruch, cap. 6, v. 42 et 43; Selden., de Diis Syr., syntag. 11, cap. 7, p. 234 et seq.

ment, les mystères de Vénus et d'Adonis chez les Syriens, et ensuite chez les Grecs lorsqu'ils adoptèrent ce culte étranger (1).

Adonis, appelé par Bion *l'époux assyrien de Vénus* (2), portoit le nom de *Thammuz* en Orient, où des femmes assises le pleuroient (3) tous les

---

(1) [Voyez un Mémoire de l'abbé Banier, sur l'histoire du Culte d'Adonis, dans les Mémoires de l'Académie des Inscriptions et Belles-Lettres, tom. III, Mém., p. 98 et suiv. S. de S.]

(2) Ἀσσύριον πόσιν. Epitaph. Adon., v. 24.

(3) Ezech., cap. VIII, v. 14. Les LXX ont conservé dans leur version le nom *Thammuz* du texte hébreu. S. Jérôme y a substitué dans sa traduction *Adonis*. Théodoret l'avoit fait avant lui, ce que la saine critique ne sauroit approuver.

[Quelques interprètes grecs ont pris dans le texte hébreu *Thammuz* pour un nom appellatif, ou lui ont substitué la dénomination générique des idoles; ils ont traduit en conséquence βδελύγματα ou παροξυσμούς (Montf., Hexapl. Orig., tom. II, p. 280). On ignore à quelle langue appartient primitivement ce nom. Quelques savans ont pensé qu'il étoit originairement égyptien : ce n'est pas l'opinion de Jablonski (Opuscul., tom. I, p. 453). On ne peut douter qu'il n'ait été d'un usage commun en Syrie, puisqu'il est devenu le nom d'un des mois de l'année; mais il n'est pas invraisemblable que Thammuz étoit une divinité étrangère, dont les Phéniciens ou les Syriens avoient adopté le culte et la dénomination, mais que dans leur langue ils appeloient *Adon* ou *Adonai*, seigneur. Corsini a contesté l'identité de Thammuz et d'Adonis (Fast. Attic., tom. II,

ans à la fin du printemps, c'est-à-dire, dans les premiers jours de juin. Elles choisissoient la nuit (1) pour célébrer cette lugubre fête, qui, de Babylone, passa dans plusieurs villes de Syrie (2), d'où les Phéniciens la portèrent dans la Grèce avec le culte de Vénus. Elle se trouva avoir tant de rapport avec ce qu'on pratiquoit dans les fêtes de

---

p. 297 et seq.) ; mais les raisons sur lesquelles il se fonde me paroissent bien foibles, ainsi qu'à M. Creutzer (Symbol. und Mytholog. der alt. Völk., tom. II, p. 88 et suiv.). La principale objection, tirée de la différence des époques auxquelles les Athéniens célébroient les fêtes d'Adonis, et les Syriens celles de Thammuz, ne prouveroit rien, s'il étoit vrai, comme je le conjecture, que toutes les fêtes des Égyptiens furent d'abord attachées à certaines époques d'une année solaire ou agronomique, pareille à celle des Juifs. Elles purent ensuite être déplacées, et devenir mobiles, quand l'année vague fut admise ; et les peuples qui les adoptèrent, purent les fixer au mois de leur année auquel elles tomboient. Mais ce n'est pas ici le lieu de développer cette idée, qui exigeroit d'ailleurs une longue discussion. Selden a déjà fait une observation semblable (de Diis Syr., syntagm. 11, cap. 11, p. 256). Au surplus, les rapports que le mythe d'Adonis offre avec celui d'Osiris, sont tellement frappans, que je suis très-porté à croire que le culte de Thammuz ou Adonis venoit originairement des Égyptiens, et que le nom même de Thammuz appartenoit à leur langue. S. de S.]

(1) Rabbi Moses, ap. Selden., de Diis Syr., syntagm. 11, cap. 11, p. 256, ed. Beyer.

(2) Seld., loc. mod. laud.

Cybèle et d'Attis, qu'on confondit quelquefois toutes ces divinités (1). Des gémissemens accompagnoient également et le souvenir de la mort d'Adonis, et les cérémonies commémoratives des aventures tragiques d'Osiris, d'Iacchus et d'Attis (2). Il y avoit néanmoins cette différence, qu'en Orient les femmes pleuroient Adonis sur le seuil de la porte des maisons (3), tandis qu'en Grèce elles se renfermoient dans l'intérieur de leurs appartemens (4). Les peuples de la Grèce tempéroient la tristesse de cette fête, qui portoit, dans sa patrie primitive, l'empreinte du caractère mélancolique des Orientaux; ils la terminoient avec cette gaieté qui leur étoit naturelle,

(1) Procl. Diadoch., ad Ptolem. Tetrab., p. 97, ed. Leon. Allat.

[Cela est d'autant moins étonnant, que les aventures de Cybèle et d'Attis ne sont encore que le mythe d'Isis et d'Osiris, sous des noms différens. S. de S.]

(2) Firm. Matern., de error. prof. relig., p. 6, ed. Rig.

(3) Ezech., cap. 8, v. 14.

[On n'est point obligé de tirer cette conséquence du passage cité d'Ézéchiel, où il n'est question que de la porte du temple. S. de S.]

(4) Aristophan., Lysistr., v. 390.

["Ο τ' Ἀδωνιασμὸς οὗτος οὑπὶ τῶν τιγῶν,
Οὗ 'γώ ποτ' ὢν ἤκουον ἐν τῇ 'κκλησία.

Ces expressions semblent indiquer que les femmes se tenoient sur les terrasses des maisons, pour pleurer Adonis. S. de S.]

en célébrant le retour d'Adonis à la vie (1).

La mort de ce dieu et celle d'Attis étoient racontées avec les mêmes circonstances, qui, pour la plupart, étoient de l'invention des Grecs. Ils appeloient Vénus, pleurant Adonis, *Atergatis* ou *Salambo* (2), nom mystérieux, qui passa vraisemblablement en Orient (3) avec plusieurs traditions et cérémonies, dont les Phéniciens de Byblos firent un singulier mélange avec leurs fables et leurs anciens rites. Il est facile de reconnoître ce mélange, en lisant ce qu'a écrit, sur la déesse de Syrie, Lucien ou l'auteur du Traité *de Deâ Syriâ*, qui porte son nom. Plus anciennement, les Phéniciens avoient emprunté de l'Égypte une partie de leur mythologie, comme on le voit par les rapports que Vénus et Adonis ont avec Isis et Osiris. Ils croyoient même qu'Osiris avoit été enseveli à Byblos (4).

_____

(1) [Il me paroît bien difficile de croire que le culte d'Adonis, chez les Phéniciens, fût borné à des rites lugubres, et qu'aux pleurs occasionnés par la commémoration de sa mort, ne succédassent pas, dès les temps anciens, des fêtes joyeuses, à l'occasion de son retour à la vie. Les rapports qu'il y a entre Adonis et Osiris ne permettent guère de douter que la chose n'ait été ainsi. S. de S.]

(2) Voyez M. Larcher, Mém. sur Vénus, p. 16.

(3) Hesych., in voc. Σαλαμϐώ.

(4) De Deâ Syr., in Lucian. Oper., tom. IX, p. 89, ed. Bipont.

[Je ne puis me persuader ni qu'*Atergatis* et *Salambo*

Le culte mystérieux de Vénus dans cette ville, tel que l'auteur du Traité dont je viens de parler nous l'a décrit, ne pouvoit donc avoir une grande antiquité; aussi ne remontoit-il point au-delà du règne des Séleucides. Un vaste temple étoit l'endroit où l'on célébroit ces mystères, en mémoire de la mort d'Adonis qui avoit été tué par un sanglier, dans une contrée voisine. Tous les ans, pendant les jours consacrés au souvenir de sa mort, tout étoit plongé dans la tristesse : on ne cessoit de pousser des gémissemens ; on alloit même jusqu'à se flageller et se donner des coups. Le dernier jour de ce deuil, on faisoit des sacrifices funèbres en l'honneur de ce dieu. Le jour suivant, on recevoit la nouvelle qu'Adonis venoit d'être rappelé à la vie. C'étoient les habitans

---

soient des noms d'origine grecque, qui aient ensuite passé dans l'Orient, ni que le mélange des rites grecs eût altéré, chez les Phéniciens ou Syriens, autant que le pense M. de Sainte-Croix, le culte primitif d'Adonis et de Vénus. Notre auteur reconnoît lui-même que Byblos jouoit un rôle important dans les aventures d'Isis et d'Osiris, et qu'une partie du mythe d'Adonis avoit été empruntée des Égyptiens. Pourquoi se refuseroit-on à reconnoître que les traits principaux des deux mythes étoient les mêmes? Je ne nie point que les rites et les récits accessoires imaginés par les Grecs, n'eussent, au temps des empereurs, altéré beaucoup l'ancien culte mystique de Vénus et d'Adonis; mais je ne pense pas que l'altération fût aussi grande que le suppose notre savant auteur. S. de S.]

d'Alexandrie qui annonçoient à ceux de Byblos
qu'Adonis étoit retróuvé. La lettre qui devoit
apporter cette heureuse nouvelle, étoit mise dans
un vase de terre; et le vase, confié à la mer, venoit
de lui-même se rendre à Byblos, où il étoit reçu
par les femmes phéniciennes qui l'attendoient.
Son arrivée mettoit fin à leur deuil (1). C'étoit
alors qu'on exposoit au grand jour la statue du
jeune dieu, et que tout le monde se rasoit la
tête, suivant le costume égyptien usité dans les
fêtes d'Apis, et d'après celui des prêtres chaldéens (2). Les femmes qui refusoient de se conformer à cet usage étoient, dit-on, exposées en
vente pendant un jour entier, et forcées à se pros-
tituer à celui qui vouloit payer le prix exigé.
Ce jour passé, on leur rendoit la liberté. Les
étrangers pouvoient seuls profiter de cet infâme

(1) S. Cyrill. Alexandrin., Comment. in Isaiam, tom. II
Oper., p. 275. E, ed. Paris., 1635; et Procop. Gaz., ad
Isaiam, cap. 11, p. 258. D, ed. Curter.

[Dans le Traité de *Deâ Syriâ*, au lieu d'un vase de terre
et d'une lettre, il est question d'une *téte faite de papyrus*.
Κεφαλὴ ἑκάσʒου ἔτεος ἐξ Aἰγύπʒου ἐς τὴν Βύϐλον ἀπικνέεται.....
καὶ τὴν κεφαλὴν ἐϑησάμην βυϐλίνην. In Lucian. Oper., tom. IX,
p. 90, ed. Bipont. Il y a une allusion manifeste entre cette
tête de papyrus, κεφαλὴ βυϐλίνη, et le nom de la ville de
Byblos. S. Cyrille parle de lettres écrites sur du papyrus,
ἐπισʒολὰς βυϐλίνας. S. de S.]

(2) Baruch, cap. 6, v. 30.

marché, dont le produit étoit appliqué aux frais des sacrifices consacrés à Vénus (1).

Quoique le temple de Vénus à Byblos fût très-célèbre, il le cédoit néanmoins en grandeur et en magnificence à celui d'Hiérapolis, où l'on voyoit les statues de plusieurs divinités grecques. Le soleil et la lune y étoient aussi honorés, mais ils n'y avoient point de statues, parce que, disoit-on, ces divinités étant sensibles aux yeux des hommes, il étoit inutile de les représenter par des simulacres (2). C'étoit à Hiérapolis qu'Atergatis ou la déesse de Syrie étoit honorée d'une manière plus spéciale (3). Son sanctuaire n'étoit ouvert qu'aux prêtres de la première classe, qui, au nombre de plus de trois cents, étoient habillés de blanc, et avoient un simple bonnet sur la tête : ils choisissoient tous les ans leur chef. Celui-ci avoit le droit exclusif de porter un habit de couleur de pourpre, et une tiare d'or (4). Des bacchantes, des galles ou ministres inférieurs, couverts de stigmates, et aussi fanatiques que ceux de la Mère des dieux, faisoient également partie des ministres de ce temple (5). Si l'un de ces galles ve-

---

(1) De Deâ Syr., p. 89.
(2) Strab., lib. xvi, p. 748.
(3) De Deâ Syr., §. 34, p. 119.
(4) Ibid., §. 42, p. 123.
(5) Ibid., §. 43, p. 123; §. 50, p. 127; §. 59, p. 131.

noit à mourir, les autres le transportoient hors de
la ville : là ils couvroient son cercueil avec des
pierres ; ensuite, se regardant comme impurs, ils
n'entroient dans le sanctuaire du temple qu'au
bout de sept jours. Quand ils n'avoient fait que
voir un cadavre, ils en étoient quittes pour se
purifier le lendemain. Les parens du défunt
étoient obligés de se raser, conformément à l'ancien usage de l'Égypte (1), et ne pouvoient reparoître dans le temple qu'après trente jours (2).

Ces derniers rites étoient scrupuleusement observés par tout l'ordre sacerdotal. Il y en avoit
encore beaucoup d'autres concernant les sacrifices, qui étoient particuliers à ce temple. On ne
permettoit point d'y offrir des pourceaux. Les
victimes étoient tuées, non au pied de l'autel, mais
dans les maisons des prêtres. Une autre manière
d'offrir les sacrifices consistoit à précipiter les
victimes, couvertes de bandelettes, du haut du
vestibule au bas des escaliers du temple. Cette
chute leur donnoit la mort.

On pratiquoit à Hiérapolis une sorte d'initiation. Ceux qui vouloient y être admis, se rasoient
d'abord la tête et les sourcils ; ensuite ils sacrifioient une brebis, en mangeoient la chair, puis

_____

(1) Herod., lib. 11, cap. 36. Voyez M. du Theil, not.
philolog. sur les Suppliantes d'Eschyle, p. 219 et 220.
(2) De Deâ Syr., §. 52, p. 128.

étendant la peau de cette victime sur la terre, y posant le genou, et plaçant sur leur tête les pieds et la tête de la brebis qu'ils avoient immolée, ils adressoient, dans cette attitude, leur prière à la déesse, la supplioient de recevoir l'offrande de cette victime, et promettoient de lui en offrir par la suite d'autres d'un plus grand prix. L'initié posoit alors des couronnes sur sa tête, et sur la tête de tous ceux qui l'avoient accompagné dans ce pieux voyage; puis il se mettoit en route pour retourner chez lui. Tant que duroit ce pèlerinage, il ne devoit faire usage que d'eau froide, soit pour boire, soit pour se baigner, et il devoit coucher sur la terre (1). Telles étoient les cérémonies de l'initiation, pratiquées à Hiérapolis. On peut croire que quelque chose de semblable avoit lieu à Byblos.

Dans les temples de ces deux villes et de toutes celles où le culte d'Adonis étoit en honneur, on voyoit différentes figures de phallus : mais à droite du temple d'Hiérapolis, en entrant, on étoit frappé de l'aspect d'une petite figure humaine avec un phallus d'une grosseur monstrueuse (2). Ces simulacres obscènes frappoient la vue de toutes parts : mais c'en est assez sur un sujet aussi rebutant.

Aucun cependant n'étoit aussi remarquable que

---

(1) De Deâ Syr., §. 55, p. 129.
(2) Ibid., §. 16, p. 98.

ceux qu'on voyoit dans le vestibule du temple d'Hiérapolis. Ils avoient trente orgyes ou cent vingt coudées de hauteur (1), et on disoit qu'ils y avoient été élevés par Bacchus lui-même. Deux fois chaque année, un homme montoit sur le haut de l'un de ces colosses, au moyen d'une corde et de morceaux de bois qui étoient fixés dans le phallus, et sur lesquels il posoit le pied. Le procédé qu'il employoit est celui dont on se sert dans tout l'Orient, pour s'élever sur les palmiers. Cet homme passoit sept jours et sept nuits sur ce phallus, sans se laisser aller au sommeil; ce qui l'auroit exposé à une chute mortelle. Quelques-uns regardoient cette pratique comme une commémoration du déluge, qui obligea les hommes à chercher un asile contre les eaux, sur le sommet des montagnes et le faîte des arbres. D'autres croyoient qu'élevé ainsi au-dessus de la terre, et plus voisin du séjour des dieux, cet homme pouvoit leur offrir des vœux avec plus de succès : aussi s'empressoit-on de réclamer le secours de ses prières, en déposant au pied du phallus des dons précieux. Averti par un autre homme qui se tenoit en bas, des dons qui avoient été offerts, et des noms de ceux qui les avoient

_____

(1) Paulmier de Grantemesnil corrige ici le texte où on lit 7ριηκοσίων ὀργυιέων, et il lit 7ριήκον7α. J'ai suivi cette correction, qui me paroît indispensable.

apportés, il faisoit pour chacun d'eux des prières, qu'il accompagnoit du son aigre et perçant d'un instrument d'airain (1). Un autre usage commémoratif pareillement du déluge, se pratiquoit tous les ans dans le même temple. A un certain jour de l'année, chacun alloit puiser de l'eau dans un vase à la mer, et apportoit ce vase bouché avec de la cire et cacheté. Le vase étant présenté à un galle qui habitoit au bord d'un lac sacré, peu éloigné du temple, le sceau étoit vérifié par lui et levé. Ensuite tous les vases étoient vuidés dans une ouverture pratiquée sous le temple, et par laquelle, disoit-on, s'étoient écoulées les eaux du déluge (2).

Dans une cour attenante aux édifices sacrés du temple d'Hiérapolis, vivoient en liberté de grands bœufs, des chevaux, des ours, des lions et des aigles; ils étoient tous privés, et ne faisoient de mal à personne (3). Mais la vénération publique avoit pour objet principal des poissons nourris dans un lac voisin. Chacun de ces poissons avoit son nom particulier, et ils venoient, disoit-on, à la voix des personnes qui les appeloient. Quelques-uns de ces poissons acquéroient une grosseur extraordinaire. On en

---

(1) De Deâ Syr., §. 28 et 29, p. 113 et seq.
(2) Ibid., §. 12 et 13, p. 94 et 95; §. 48, p. 125.
(3) Ibid., §. 41, p. 123.

voyoit auxquels on avoit attaché des ornemens
d'or (1). Le lac où vivoient ces animaux, avoit,
à ce qu'on assuroit, plus de deux cents orgyes
de profondeur : il étoit encore remarquable par
un grand autel de pierre, placé au milieu, et qui
sembloit flotter, mais qui sans doute étoit soutenu par une colonne cachée sous les eaux. Tous
les jours un grand nombre de personnes s'y ren-

---

(1) [Cet usage de mettre à des poissons des anneaux ou
d'autres bijoux d'or, étoit, comme nous l'apprend Hérodote, pratiqué chez les Égyptiens, à l'égard de certains
crocodiles sacrés (lib. II, cap. 69). Chardin nous atteste
la même chose des Persans : « Dans la cour de la Mosquée,
» dit-il, il y a deux réservoirs, ou bassins d'eau...... pleins
» de poissons, dont quelques-uns ont au nez des anneaux
» de cuivre, d'argent et d'or..... Je croyois que c'étoit par
» ornement que ces poissons avoient des boucles au nez,
» mais on m'a appris que c'étoit un signe de consécration....
» Un des ornemens des palais aux Indes, et de tous les pays
» par-delà, en y comprenant la Chine et le Japon, c'est
» d'avoir des ronds ou bassins d'eau, pleins de poissons
» avec des boucles de pierrerie au nez ; et le plus grand
» honneur qu'on puisse faire à un prince étranger, c'est
» d'en mettre dans les réservoirs du palais où on le loge ».
(Voyages, éd. de Paris, 1811, tom. VIII, p. 199 et suiv.)
L'auteur de la traduction persane des fables de Bidpai,
intitulée *Anvari Sohaïli*, fait allusion à cet usage, dans
un endroit où, décrivant des poissons, il dit qu'ils étoient
tous d'argent, et que leurs oreilles étoient chargées d'anneaux d'or (Anvari Sohaïli, éd. de Calcutta, 1805, fol.
197 *recto*). S. de S.]

doient à la nage avec des couronnes sur la tête, pour y faire leurs prières (1).

Les colombes étoient aussi l'objet d'une sorte de culte pour les galles d'Hiérapolis; ils n'osoient les toucher, et s'il leur arrivoit de le faire involontairement, ils se regardoient, pour tout le reste de ce jour-là, comme souillés d'un sacrilége. Aussi ces oiseaux vivoient familièrement avec eux, demeuroient dans leurs logemens, et mangeoient au milieu des cours et des lieux habités (2).

Le culte des poissons, très-ancien dans la Syrie, étoit relatif au déluge universel, que rappeloient aussi quelques-uns des rites pratiqués à Hiérapolis, et dont j'ai déjà parlé. Outre cela, les poissons apprivoisés dont il vient d'être question, pouvoient être un emblème de la civilisa-

---

(1) De Deâ Syr., §. 47, p. 125.

(2) Ibid., §. 55, p. 129.

[Ce respect pour les colombes tient sans doute à un usage bien ancien de l'Orient, puisqu'on le retrouve constamment parmi les Musulmans, et principalement à la Mecque. Il est même assez vraisemblable que la coutume de respecter les colombes qui fréquentent les environs du sanctuaire de cette ville, est fort antérieure à l'établissement de la religion de Mahomet. Les livres saints semblent offrir des traces d'un usage analogue, par rapport au temple de Jérusalem. Voyez les détails que j'ai recueillis à ce sujet dans ma Chrestomathie arabe, tom. III, p. 76, à l'occasion d'un vers de Nabéga. S. de S.]

tion du genre humain; et il est d'autant plus permis de le supposer, que c'étoit à l'invention de l'agriculture que se rapportoit la grande fête qu'on célébroit dans cette même ville, aux premiers jours du printemps. Le sacrifice solennel s'y faisoit de la manière suivante. Après avoir apporté dans une cour de gros arbres, auxquels on attachoit des étoffes précieuses d'or et d'argent, des chèvres, des brebis, des oiseaux et d'autres animaux vivans, et avoir porté les idoles en procession autour de ces arbres, on y mettoit le feu en présence d'une multitude immense; elle y étoit venue de toutes parts, portant avec elle ses dieux sur les épaules, suivant l'usage de la Chaldée (1). Le bruit des instrumens et le chant des hymnes excitoient bientôt un enthousiasme fanatique; les assistans en donnoient des preuves en se mutilant le corps, suivant l'ancien usage de l'Égypte et de la Syrie. Le jeune adepte, qui vouloit devenir *galle* ou prêtre, s'avançoit en ce moment, et prenant un couteau, il se coupoit les parties naturelles; ensuite il les portoit à la main en courant par la ville, et finissoit par les jeter dans une maison, dont les habitans étoient obligés de lui fournir des vêtemens et des parures de femme (2). Cela se pratiquoit de même dans

---

(1) Isaïas, cap. 46, v. 7; Baruch, cap. 6, v. 25.
(2) De Deâ Syr., §. 49, 50, 51, p. 126 et 127.

les mystères de la Mère des dieux ou de Cybèle.
Cette divinité différoit très-peu de la déesse sy-
rienne; aussi trouvoit-on en Phrygie un temple
consacré à Vénus-Cybèle (1).

Vénus-Uranie étoit encore honorée dans un
très-ancien temple situé sur le Liban, à une
journée de Byblos, et dont la construction étoit
due à Cinyras, roi de Cypre (2). Ce temple étoit
voisin de la rivière nommée *Adonis*, et il étoit
célèbre par une merveille qui s'opéroit dans ses
environs. A un certain jour de l'année, après quelques invocations, un feu, semblable à une étoile,
paroissoit se précipiter du haut du mont Liban
dans les eaux de l'Adonis. Ce météore, disoit-
on, n'étoit autre chose que Vénus-Uranie elle-
même (3). Tous les ans aussi, à un jour déterminé, les eaux de la rivière Adonis prenoient
une couleur de sang, et communiquoient cette
couleur à la mer. Le peuple croyoit que c'étoit
l'amant de Vénus qui recevoit ce même jour une
blessure mortelle, et teignoit le fleuve de son
sang (4). Cinyras, dont nous venons de parler,
est le même qui avoit établi dans l'île de Cypre

---

(1) Nonn., Dionysiac., lib. xlviii, v. 654, etc. Voyez
M. Larcher, Mém. sur Vénus, p. 139.

(2) De Deâ Syr., §. 9, p. 91.

(3) Sozom., Hist. eccles., lib. ii, cap. 5.

(4) De Deâ Syr., §. 8, p. 90.

les mystères de Vénus et d'Adonis (1); ce qui
l'avoit fait regarder comme le père de ce dernier (2). Ses descendans restèrent en possession
du sacerdoce (3), et vraisemblablement ils con-
tinuèrent à exercer les fonctions d'hiérophante.
Nous ignorons presque toutes les cérémonies de
ce culte mystérieux ; nous savons seulement
qu'on présentoit aux initiés du sel et un phallus,
symboles de la naissance de la déesse, et qu'ils
lui offroient, comme à une courtisane, une
pièce d'argent (4). Sa statue étoit conforme au
système égyptien ; c'est-à-dire, qu'elle avoit les
marques des deux sexes (5). Représentée nue, mais
avec une grande barbe, elle attiroit la vénération
publique ; les hommes lui sacrifioient en habit
de femme, et les femmes en habit d'homme (6).
Le surplus du culte de Vénus en Cypre, ne me
paroît avoir rien de mystérieux ; d'ailleurs M. Larcher l'a si bien fait connoître (7), que je suis
dispensé d'en parler.

---

(1) Clem. Alex., Protr., p. 12.

(2) Apollod., lib. II, cap. 14, §. 3; Heyn., not., p. 825.

(3) Hesych., in voc. Κινύρας et Κιννυράδαι; Schol. Pind.,
Pyth., Od. II, ad v. 27.

(4) Clem. Alex., Protr., p. 13; Arnob., adv. Gent.,
lib. v, p. 169, ed. J. Maire.

(5) Macrob., Saturnal., lib. III, cap. 8.

(6) Serv., ad Æn. lib. II, v. 632.

(7) Mém. sur Vénus, p. 40, etc.

Les fêtes d'Adonis étoient célébrées en Cypre au mois de juin (1), et à Athènes, au commencement du printemps (2). On plaçoit dans les rues de cette dernière ville des figures de cadavres : chacune d'elles sembloit être le corps d'un jeune homme, mort à la fleur de l'âge. Les femmes, vêtues d'habits de deuil, venoient enlever ces figures, et tâchoient d'exprimer leur affliction, soit par la tristesse de leurs chants, soit par leurs cris lugubres et leurs gémissemens (3). Ces femmes portoient des vases de terre, dans lesquels il y avoit du fenouil, des laitues et d'autres herbages (4) : bientôt elles les jetoient dans une fontaine ou dans la mer (5); ce qui faisoit allusion à la mort prématurée d'Adonis, ou, suivant certains mystagogues qui appliquoient ces symboles à l'agriculture, étoit l'emblème des grains que l'on coupe quand ils sont dans la force de l'âge (6).

_____

(1) S. Hieron., Comment. in Ezech., cap. 8, tom. III Oper., col. 750.

(2) Corsin., Fast. Attic., tom. II, p. 298 et 299.

(3) Plut., Vit. Alcib., tom. I Oper., p. 200; id., Vit. Niciæ, ibid., p. 532.

(4) Hesych., in voc. Ἀδώνιδος κῆποι; Meurs., Græc. fer., lib. 1, tom. III Oper., col. 783.

(5) Zenob., de Proverb., cent. 1, §. 49, p. 17, ed. Schott.

(6) *Lacrymare cultrices Veneris sæpe spectantur in solemnibus Adonidis sacris, quod simulacrum aliquod*

H iij

Ces vases étoient appelés les *Jardins d'Adonis* (1). Ce nom avoit passé en proverbe, pour désigner des choses qui sont de peu de durée, et qui doivent bientôt périr (2).

Ces fêtes, à la fois commémoratives et mystérieuses, se terminoient par la joie (3), à cause de la résurrection d'Adonis. On exposoit alors près de sa statue des corbeilles pleines de fruits de toute espèce, des gâteaux faits avec de la farine,

---

esse frugum adultarum religiones mysticæ docent. Amm. Marcell., lib. XIX, cap. 1. *Quod in adulto flore sectarum est indicium frugum.* Ibid., lib. XXII, cap. 9.

(1) Theophr., Hist. plant., lib. VI, cap. 7, p. 128. E, ed. Heins.; Id., de Causis plant., lib. I, cap. 13, p. 213. A; Hesych. et Suid., in voc. Ἀδώνιδος κῆποι. On entendoit encore par *jardins d'Adonis*, des champs semés de blé et d'orge, dans les faubourgs des villes. Schol. Theocr., Idyll. XV, ad v. 112.

[Le mot προαστείοις, *faubourgs*, du scholiaste de Théocrite, a paru suspect à plusieurs critiques, et ils en ont proposé diverses corrections. Suivant M. Bast (Lettre critique, p. 157), il ne faut rien changer; et le scholiaste a voulu dire que, pendant les fêtes d'Adonis, on avoit, dans quelques faubourgs, la coutume de semer du blé et de l'orge, et il a tout-à-fait négligé de faire mention des vases dans lesquels on semoit ces grains. Cette conjecture me paroît peu satisfaisante. Pourquoi cet usage n'auroit-il eu lieu que dans les faubourgs? S. de S.]

(2) Wyttenb., Animadvers. ad Plut., de ser. num. vindictâ, p. 79.

(3) Macrob., Saturn., lib. I, cap. 21.

de l'huile et du miel, enfin des oiseaux et d'autres animaux. On y plaçoit encore deux lits ; Vénus étoit censée reposer sur l'un, et sur l'autre, le bel Adonis (1). Théocrite, qui décrit tous ces détails avec les charmes ordinaires de sa poésie, nous fait connoître comment finissoit la cérémonie, en mettant dans la bouche de la fille d'Argie, ces paroles : « Demain, quand l'aurore » distillera la rosée, nous porterons Adonis au » rivage; et, les cheveux épars, le sein découvert, » la robe flottante, nous chanterons l'hymne » mélodieux : Cher Adonis! parti des bords de » l'Achéron, tu revois la lumière : nul des demi- » dieux n'obtint cet avantage.... Cher Adonis ! » sois-nous propice; et lorsque tu reviendras, » jette sur nous un regard favorable.... Adonis, » je te salue; reviens apporter encore la joie » parmi nous (2) ».

La joie qui accompagnoit les fêtes d'Adonis et

---

(1) Theocr., Idyll. xv, v. 112 et seq.

(2) Ibid., v. 131-49. Je me sers de l'élégante traduction de M. de Chabanon, p. 144 et suiv.

[Il s'en faut de beaucoup que cette traduction soit fidèle, ce vers surtout :

Ἕρπεις, ὦ φίλ' Ἄδωνι, καὶ ἐνθάδε κ' εἰς Ἀχέροντα,

n'est point rendu conformément à la pensée du poète, qui veut dire qu'Adonis passe alternativement de la terre au séjour des morts, et de l'Achéron sur la terre. M. Gail n'a peut-être pas non plus suffisamment exprimé ce sens dans

ses mystères, ne se renferma pas toujours, à Rome, dans les bornes de la décence; elle y dégénéra en libertinage (1). Il paroît que ces mystères furent abolis partout, comme en Syrie (2), à la fin du quatrième siècle de l'ère vulgaire.

———

sa traduction, qui est plutôt élégante que littérale, mais que je préfère néanmoins à celle de Chabanon :

« Cher Adonis, du séjour des enfers tu passes au séjour
» de la lumière; et nul des demi-dieux, comme on sait,
» n'obtint cette faveur..... Cher Adonis, sois-nous propice
» aujourd'hui, et toutes les fois que nous renouvellerons
» cette fête. Ta présence a réjoui nos cœurs; nos cœurs
» s'épanouiront à ton retour ». S. de S.]

(1) Ovid., de Art. amand., lib. 1, v. 75 et seq.

(2) Sozom., Hist. eccles., lib. 11, cap. 5 ; Chron. Paschal., p. 130.

ARTICLE II.

Des Cérémonies Mithriaques, ou Mystères de Mithra.

Les mystères de Mithra, très-répandus dans les premiers siècles du christianisme, l'étoient fort peu avant la naissance de cette religion. Leur origine n'est point incertaine, et leur nom seul prouve que c'étoit de la Perse qu'ils avoient passé dans le reste du monde (1). Ils paroissent avoir

(1) [M. Creutzer a traité de Mithra et de son culte mystérieux, dans le tom. II de l'ouvrage intitulé : *Symbolick und Mythologie der alten Völckar* (p. 193 et suiv.). Il a adopté l'opinion des critiques qui distinguent *Mithras* ou *Mithra*, divinité mâle, de *Mitra*, divinité femelle, la même, suivant Hérodote, que Mylitta ou Vénus-Uranie. Cette supposition me paroît absolument démentie par l'étymologie persane de ce nom, et elle semble d'autant moin admissible, que les Persans ne connoissent pas la différenc grammaticale des genres. M. Anquetil a combattu cet opinion (Acad. des Inscr., tom. XXXVII, p. 705 et suiv). Le même savant a prouvé que, dans les idées religieues et le système cosmogonique de Zoroastre et des Pers, Mithra étoit distinct du soleil (ibid., p. 698 et su·.). C'est un fait qui me paroît incontestable, et je suis supris que M. Creutzer ait avancé que M. Anquetil étoit en opposition constante avec les livres zends (Symbol., to. II, p. 203). Toutefois je suis porté à croire que le cte de

été établi dans la Cilicie au temps de Pompée, puisque Plutarque rapporte que ce fut aux pirates détruits par ce général, et la plupart réfugiés dans cette contrée, que les Romains en durent la connoissance (1). Ce peuple n'étoit

---

Mithra accompagnoit toujours celui du soleil, et qu'à raison de cela, ces deux pouvoirs célestes étoient confondus par le vulgaire. La plus forte preuve qu'on puisse donner, ce me semble, de cette confusion, c'est que, dans la langue moderne des Persans, *Mihr*, nom qui, comme tout le monde en convient, et comme il seroit facile de le démontrer si on élevoit quelques doutes à cet égard, est le même que *Mithra*, signifie le *soleil*. On pourroit, au reste, concilier les autorités qui semblent confondre le soleil avec Mithra, en admettant que Mihr ou Mithra étoit un Ized préposé à la garde et à la direction du soleil, et qui sembloit toujours l'accompagner : cet Ized auroit eu alors son domicile dans la planète de Vénus, et Hérodote auroit eu raison dans l'identité qu'il établit entre Vénus-Uranie et Mithra. La planète de Vénus n'a-t-elle pas eu partout des noms qui l'associent à l'astre du jour, tels que *Phosphore, Lucifer ?*

M. Creutzer s'est étendu assez longuement sur les monumens mithriaques trouvés en Europe ; mais, comme il l'observe lui-même, pour traiter ce sujet avec tous les développemens qu'il exige, il faudroit un volume entier. S. de S.]

(1) Τελετάς τινας ἀποῤῥήτους ἐτέλουν, ὧν ἡ τοῦ Μίθρου καὶ μέχρι δεῦρο διασώζεται, καταδειχθεῖσα πρότερον ὑπ' ἐκείνων. Plut., Vit. Pomp., tom. I Oper., p. 631. C.

[Fréret ne regarde ceci que comme une conjecture de

point alors aussi empressé d'adopter les rites
étrangers, qu'il le fut dans la suite au temps des
empereurs, où le despotisme encourageoit la
superstition et voyoit avec plaisir ses rapides
progrès. Le culte mystérieux de Mithra ne s'établit à Rome que sous le règne de Trajan, vers l'an
101 de J.-C., suivant la remarque de Fréret. Ce
savant conjecture très bien qu'à cette époque il
n'étoit pas généralement adopté dans la Grèce
et les autres parties de l'empire (1). Il n'y pénétra
que postérieurement, comme l'attestent différens monumens de l'Italie (2), de l'Helvétie (3),
des Gaules (4), et de la Germanie (5).

Plutarque, et elle lui paroît peu vraisemblable. Il a peine
à se persuader qu'il y eût des Persans, des Parthes ou des
Assyriens parmi ces pirates, « qui étoient, dit-il, des Pisi-
» diens, des Ciliciens, des Égyptiens, et peut-être des
» Syriens ; nations chez qui le culte de Mithra n'étoit
» point reçu » (Acad. des Inscr., tom. XVI, Mém., p. 272).
Cet argument négatif me paroît bien foible, contre le témoignage positif de Plutarque. S. de S.]

(1) Acad. des Inscr., tom. XVI, p. 272 et 273.

(2) Philipp. à Turre, Mon. vet. Antii, p. 157 et seq.

(3) Martin, Relig. des Gaulois, tom. I, p. 442.

(4) A Lyon (Grut., Inscr. Thes., p. xxxiii, n° 11); à
Nîmes (Spon, Dissert. iii, p. 71); près du bourg de Saint-
Andiol (Caylus, Rec. d'Antiq., tom. III, p. 342 ; Lettre de
M. Roudil de Berriac, dans le Journal des Savans, décem-
bre 1781, p. 797).

(5) A Manheim, dans le cabinet de l'électeur.

Un bas-relief relatif au culte de Mithra, a exercé la sagacité des savans du premier ordre (1). Il seroit trop long d'en faire ici la description complète. Il suffira de dire qu'on y voit un taureau couché, faisant des efforts pour se relever, et ayant sur lui un jeune homme avec une écharpe flottante, et un bonnet persan. Il saisit d'une main une corne de l'animal, et de l'autre il lui présente un poignard, ou le lui plonge dans le corps, près du cou. On voit ensuite une personne du même âge, tenant un flambeau allumé. Le cancer, un scorpion, un serpent, des chiens, une tête de femme rayonnante, des oiseaux de proie, le char du soleil, celui de la lune, sont autant d'objets gravés sur cette pierre. Mithra passoit pour être sorti d'une roche (2) ; fable qui fait allusion au lieu où l'on célébroit ses mystères. C'étoit toujours dans des antres (3), dans ces ré-

---

(1) Philipp. à Turre, Monum. veter. Antii, p. 157 et seq. ; Maffei, Dissert. Acad. Cort., tom. III, p. 14; Vandal., de rit. sacr. Taurob., p. 17 et seq. ; Hyde, Hist. rel. vet. Pers., cap. 4, p. 109; Mosheim, Not. ad Cudw. Syst. Intell., tom. I, p. 328, not. (iv); Foucher, Traité de la Rel. des Pers., Acad. des Inscr., tom. XXIX, p. 131; Anquetil, Recherches sur les anciennes Langues de la Perse, Acad. des Inscr., tom. XXXI, p. 431, etc.

(2) S. Just. Mart., Dialog. cum Tryph., p. 168. B, ed. Paris., 1742. Fol.

(3) Porph., de Antr. Nymph., cap. 20; Firmic. Mater., de error. profan. relig., p. 76.

duits ténébreux de la superstition, dont les pères
de l'Église parlent si souvent. On ne pouvoit être
admis à ces mystères sans de longues et pénibles
épreuves (1).

---

(1) [Je ne puis me dispenser de faire mention ici d'un
article inséré dans la Gazette universelle de Littérature de
Vienne, du 15 novembre 1816, à l'occasion de la 3ᵉ édition
de l'Essai sur les Mystères d'Éleusis, de M. Ouvaroff.
L'auteur de cet article, M. de Hammer, à qui ses voyages,
son érudition, et ses utiles et honorables travaux donnent
tant de droit de parler de l'Orient, a profité de cette occasion pour revendiquer, en faveur de l'Inde, l'origine des
mystères ; et il a pensé qu'on retrouvoit encore, dans les
sofis ou dervischs de la Perse et de la Turquie, et dans les
fakirs ou djoguis de l'Inde, la doctrine et les rites essentiels
de tous les mystères, je veux dire, la purification de l'âme
et du corps par des épreuves et des exercices pénibles, et
par l'application de l'esprit à des spéculations relevées et
presque surnaturelles. S'aidant ensuite d'étymologies plus
ou moins heureuses, il a cru y trouver la confirmation de
ce système. Ces étymologies sont ici, suivant moi, de peu.
de poids, parce que chaque système peut se prévaloir du
même moyen. Le surplus ne prouve pas davantage, si,
comme je le crois, la doctrine philosophique relative à la
nature des âmes, à leur union avec la matière, et aux révolutions qui doivent les purifier des souillures qu'elles
contractent par cette union, n'est point de l'essence des
mystères, et y a seulement été introduite après coup et
fort tard. Au surplus, c'est spécialement aux mystères de
Mithra que M. de Hammer applique les principes dont
il s'agit ; et quant à ceux-là, il y a peu de difficulté à leur
donner une origine persane ou même indienne. A cette

Il y en avoit de plusieurs espèces. Celles auxquelles on étoit d'abord soumis, étoient légères; les dernières étoient violentes et presque insup-

---

occasion l'auteur fait connoître un monument du culte mystérieux de Mithra, trouvé dans le Tyrol, et qui est aujourd'hui dans le cabinet de l'empereur d'Autriche. Il n'existe encore, dit M. de Hammer, qu'une fort mauvaise gravure de ce monument, dans les *Lettere del comte Giovanelli;* et le baron de Hormayr, qui l'a décrit dans le premier volume de l'histoire du Tyrol, écrite en allemand, l'avoit pris pour un monument turc. L'antre de Mithra n'est pas ce que ce monument offre de plus remarquable : on y voit, comme dans les autres, et notamment dans celui qui a été trouvé récemment à Stixneusiedel, le taureau, le jeune homme qui va l'immoler, le soleil, la lune, les deux porte-flambeaux, le chien, le serpent et le scorpion. Ce qui fixe surtout l'attention de M. de Hammer, ce sont des figures que l'on remarque des deux côtés de l'antre, et en dehors. Elles sont au nombre de douze, six de chaque côté. L'auteur y voit la série des épreuves ou purifications par lesquelles il falloit passer pour être initié. A droite, et en descendant de haut en bas, sont les épreuves corporelles, les exercices de pénitence; à gauche, et en remontant de bas en haut, sont les épreuves ou purifications spirituelles, les divers exercices de la vertu. M. de Hammer justifie la distinction et l'existence de cette double espèce de pratiques purificatoires, par des passages de Porphyre. Puis il expose le contenu de ces bas-reliefs, et fait voir que toutes les pratiques qu'ils représentent, sont encore en usage dans l'Inde, parmi les fakirs ou djoguis. Je me bornerai à donner une idée de ces bas-reliefs; c'est tout ce que peut me permettre l'étendue d'une note. Épreuves corporelles :

portables. D'abord on s'exerçoit pendant plusieurs jours à traverser à la nage une grande étendue d'eau ; ensuite on se précipitoit dans le feu, et on ne s'en retiroit qu'avec peine. Il falloit passer un certain temps dans un lieu désert, souffrir la faim et la soif, endurer la rigueur du froid. Enfin

---

1, le myste est jeté dans l'eau, et on l'en asperge ; 2, il est étendu sur un lit de souffrance, pareil à ces lits couverts de pointes sur lesquels se couchent les fakirs ; 3, ses deux pieds sont enfouis dans la terre ; 4, il a la main dans une flamme ; 5, il se tient dans une attitude forcée et très-pénible ; 6, il a disparu, et est remplacé par une vache. On sait que les Indiens croient se purifier en passant au travers d'une figure de vache d'or, fondue exprès pour cela. Épreuves ou exercices spirituels : 1, le myste tient une vache par la queue, comme font les Indiens mourans, ce qui indique que le cours des purifications corporelles est fini pour lui ; 2, il est à genoux devant son mystagogue ou *gourou ;* 3 et 4, il suit le mystagogue qui lui montre, avec la main élevée, le degré de perfection auquel il doit tendre ; 5, assis avec son conducteur sur le char du soleil, qui est attelé de six chevaux, il paroît s'élever vers le ciel ; 6, le myste a disparu, on ne voit que le siége du mystagogue, ce qui signifie qu'après avoir ainsi terminé le cours entier des préparations et des purifications, le disciple est devenu épopte, et digne de prendre place sur le siége de son directeur spirituel.

Le lecteur me pardonnera, sans doute, la longueur de cette note, en faveur de son sujet, qui est aussi curieux, que l'application qu'en fait M. de Hammer paroît ingénieuse en même temps, et très-naturelle. S. de S.]

des tourmens de plus d'un genre, et qui alloient toujours en croissant durant quatre-vingts jours (1), mettoient souvent la vie des aspirans en péril. S'ils avoient le bonheur d'en échapper, ils étoient admis au nombre des adeptes (2). La force qu'exigeoient toutes ces douloureuses pratiques, méritoit aux hommes le nom de *lions*, et aux femmes celui d'*hyènes* (3).

Purifiés par ces rudes épreuves, les initiés s'imaginoient être ensuite régénérés par une espèce de baptême, toujours accompagné d'une lustration d'eau qui se faisoit par toute la ville et dans le

---

(1) Nonn., Schol. ad Greg. Naz. Orat. 1 in Julian., §. 5, p. 130, et §. 47, p. 143, ed. Eton. Selon d'autres, ces épreuves ne duroient que cinquante jours. Des manuscrits de Nicétas (ad Gregor. Nazianz. epist.) portent ce nombre à quatre-vingts jours, dont deux étoient destinés à fouetter les initiés. Philipp. à Turre, Mon. vet. Antii, p. 212.

(2) Καὶ τότε λοιπὸν ἐμύουν αὐτὸν τὰ τελεώτερα, ἐάν ζήσῃ. Nonn., loc. mod. laud., p. 143.

(3) Porphyr., de Abst., lib. IV, §. 16.

[Ce passage de Porphyre présente une variante. Au lieu de τὰς δὲ γυναῖκας, ὑαίνας, leçon qu'a suivie M. de Sainte-Croix, d'autres lisent τὰς δὲ γυναῖκας, λεαίνας.

Fréret, dans le Mémoire que j'ai déjà cité, a cru pouvoir entendre des initiés aux mystères de Mithra, le mot *leones* du passage suivant de Tertullien (advers. Marcion., lib. 1, cap. 13, p. 372. A.) : *Sic et Osiris, quod semper sepelitur, et in vivido quæritur, et cum gaudio invenitur,*

temple (1). On imprimoit sur le front de l'aspirant une certaine marque (2), ou peut-être y faisoit-on une onction conforme à celle des chrétiens (3). On offroit du pain et un vase d'eau, en prononçant des paroles mystérieuses (4). Après cela on présentoit à l'aspirant une couronne; une épée, placée entre elle et lui, sembloit le menacer s'il vouloit l'enlever, et lui annoncer qu'il ne pouvoit l'obtenir qu'en affrontant la mort. Ensuite on lui posoit la couronne sur la tête; mais il étoit obligé de la repousser avec la main, et de la rejeter sur l'épaule avec indignation, en disant : *C'est Mithra qui est ma couronne* (5). Aussitôt on le déclaroit soldat de Mithra (6).

---

reciprocarum frugum et vividorum elementorum, et recidivi anni fidem argumentantur : sicut aridæ et ardentis naturæ sacramenta leones Mithræ philosophantur. Mais rien n'est plus éloigné du sens de l'auteur, qui a voulu dire que les lions consacrés à Mithra, étoient, suivant ceux qui donnoient aux fables du paganisme une signification symbolique, l'emblème du principe naturel de la sécheresse et de la chaleur. S. de S.]

(1) Tertull., de Bapt., cap. 5, p. 226, ed. cum not. var.

(2) Id., de Præscript. Hæretic., cap. 40, p. 216.

(3) Rigalt., Not. ad Tertull., p. 216 et 217.

(4) S. Justin. Mart., Apol. prior., §. 66, p. 83. C, ed. Paris., 1742. Fol. ; Tertull., de Præscr. Hæret., cap. 40.

(5) Tertull., de Coron., cap. 15, p. 111.

(6) *Statimque creditur Mithræ miles.* Id., ibid.

[Ce que dit Tertullien ne me semble pas avoir été par-

Toutes ces pratiques, qu'on regardera avec saint Justin, Tertullien, saint Jean Chrysostôme et saint Grégoire de Nazianze, comme autant d'imitations des cérémonies de l'Église chrétienne, ouvroient seules les portes du sanctuaire de Mithra. Il y avoit parmi les initiés à ces mystères différens grades; le premier étoit celui de *soldat*, et le second, pour les hommes, celui de *lion*, et pour les femmes, celui d'*hyène*. Warburton a pris ces titres pour des noms de prêtres et de prêtresses d'un ordre supérieur; mais il se trompe, et le passage de Porphyre qu'il rapporte, lui est absolument contraire. D'abord Tertullien appelle les initiés aux mystères de Mithra, *les soldats* de cette divinité (1). Il paroît que ce n'étoit qu'après

---

faitement saisi par M. de Sainte-Croix. Ce Père ajoute qu'après la cérémonie dont il vient de parler, l'initié aux mystères de Mithra s'abstient pour toujours de mettre une couronne sur sa tête; que cela même lui sert par la suite de signe afin de se faire reconnoître pour initié; en sorte que, si quelqu'un voulant éprouver s'il est initié, et lui présentant une couronne, il la rejette avec indignation, et proteste qu'il n'a point d'autre couronne que son dieu, il est aussitôt reconnu pour vrai soldat de Mithra. *Atque exindè numquam coronatur, idque in signum habet ad probationem suí, sicubi tentatus fuerit de sacramento : statimque creditur Mithrœ miles, si dejecerit coronam, si eam in deo suo esse dixerit.* S. de S.]

(1) Adv. Marcion., lib. 1, cap. 13, p. 372; de Coron., cap. 15, p. 311.

avoir été *lion*, qu'on entroit dans la classe des
prêtres, désignés par le nom de *corbeaux* (1).
On parvenoit au grade de *perse* (2), remarquable
par le costume qui caractérisoit la nation de ce
nom, ensuite à ceux de *bromius* et d'*hélios*, c'est-
à-dire, de ministres chargés de représenter Bacchus ou un satyre (3), et le soleil, principal objet
de ce culte. Ces derniers prêtres ne reconnois-
soient au-dessus d'eux que *les pères*, ou anciens,
qui avoient à leur tête un ministre, nommé par
excellence *pater patrum* (4) : celui-ci étoit le véri-

---

(1) Porphyr., de Abst., lib. IV, §. 16.

(2) [M. de Sainte-Croix suppose ici, comme une chose
avouée, que *Persès*, dans le passage de S. Jérôme, veut
dire un *Perse*, et est la même chose que *Persa*. On pourroit conjecturer que ce nom, comme les suivans, *Bromius*,
Hélios, seroit le nom d'une divinité ou d'un personnage
mythologique. Hésiode (Theogon., v. 377) et Hygin (Fab.
ccxliv, p. 300, ed. Muncker.) parlent d'un fils du soleil
nommé *Persès*, et dans Porphyre (de Antr. Nymph.,
cap. 16, p. 16), *Persès* paroît être le même que Mithra.
S. de S.]

(3) Hesych., in voc. Βρόμιος.

(4) [Le titre de *pater patrum dei solis invicti Mithræ*,
ne diffère peut-être pas essentiellement de ceux de *pater
sacratus dei invicti Mithræ*, et *pater sacrorum invicti
Mithræ*. On trouve ces différens titres sur divers monumens. Voyez le Mémoire déjà cité de Fréret, Acad. des
Inscr., tom. XVI, Mém., p. 217. Dans une inscription
rapportée par Gruter, p. xxvij, n° 4, on lit : *Pater et
hieroceryx d. s. i. M.* Il est assez probable qu'il faut lire :

table hiérophante. Ces grades étoient au nombre
de sept, et avoient rapport aux sept planètes (1).
Les figures bizarres ou monstrueuses de ces personnages dont S. Jérôme nous a conservé les
noms (2), n'étoient pas ce qu'il y avoit de moins
curieux dans ces fêtes, appelées, par cette raison,
Leontica, *Heliaca*, *Coracica*, ou *Hierocoracica*,
Persica et *Patrica* (3).

Pater et hierocorax dei solis invicti Mithræ; cette correction a, je crois, déjà été proposée. S. de S.]

(1) [Je ne sais sur quelle autorité sont fondées les raisons
données ici par M. de Sainte-Croix, des dénominations
que portoient les initiés aux mystères de Mithra. Peut-être
Fréret a-t-il agi plus prudemment, en rapportant ces dénominations sans essayer d'en rendre raison. J'observe encore qu'il me paroît fort douteux que ces dénominations
bizarres ou ces grades, comme les appelle M. de Sainte-
Croix, ne fussent qu'au nombre de sept. Porphyre semble
dire qu'il y avoit, outre les *lions*, les *hyènes* et les *corbeaux*, des *aigles* et des *éperviers* (de Abstin., lib. IV,
§. 16). S. Jérôme, dans le passage qu'on va lire dans la note
suivante, en compte huit, et les range dans un ordre
différent.

Je ne me suis permis, au surplus, aucun changement
essentiel dans ce qu'avoit écrit M. de Sainte-Croix. Ce sujet
est très-obscur, et je ne l'ai pas assez étudié pour hasarder
aucune conjecture. S. de S.]

(2) Vid. Inscript. ap. Vandal., de rit. sacr. Taurob.,
p. 10-15; et Phil. à Turre, Monum. vet. Antii, p. 203
et 204.

(3) *Portentosa simulacra quibus Corax, Gryphius,*

Chacune de ces fêtes devoit être consacrée spécialement à la réception des initiés dans les grades dont il vient d'être question. Par exemple, à la dernière on devenoit *pater patratus*, ce qui revient au titre de *pater sacratus*, comme différentes inscriptions nous l'indiquent. Le récipiendaire faisoit vraisemblablement les fonctions du grade auquel il étoit promu (1), et il y étoit toujours installé avec des cérémonies particulières. Aux Patriques, il prenoit le nom d'*aigle* au lieu de celui de *lion*, et les prêtres n'étoient plus appelés *corbeaux*, mais *éperviers* (2). Aux Léontiques, l'eau étoit regardée comme un élément contraire, et on n'y employoit pour purifier les initiés, que le miel ; on leur en frottoit les mains et la langue : le feu y servoit aussi aux purifications (3). Dans les Persiques, on ne faisoit à Mithra que des offrandes de miel (4). Je conclus de tout cela qu'il

---

Miles, Leo, Perses, Helios, Bromius, Pater, initiantur. Epist. ad Læt. vii, tom. IV Oper., col. 591.

[Dans quelques éditions on lit *Heliodromos*, au lieu de *Helios, Bromius*. S. de S.]

(1) *Patravit, patrem fecit.* Isidor., Gloss., in voc. *Patravit.*

[Le sens que M. de Sainte-Croix donne à cette glose, me paroît bien hasardé. S. de S.]

(2) Porphyr., de Abst., lib. iv, §. 16.

(3) Id., de Antr. Nymph., cap. 15.

(4) Id., ibid., cap. 16.

devoit y avoir dans ces fêtes mystérieuses des différences marquées, soit dans les pratiques, soit dans les dénominations générales ou particulières.

Le spectacle des griffes, ou griffons, n'étoit attaché à aucune de ces fêtes en particulier; il paroît, par deux inscriptions (1), qu'il étoit fixé au 8 des calendes de mai. Dans l'une, nous voyons qu'Aurélius Victor Augentius, la trentième année de sa consécration, montra pour son fils, et avec lui, ces figures fantastiques qui étoient représentées, comme nous l'apprend Apulée, sur les robes des initiés (2). Parés de cette manière, ils étoient placés derrière un rideau qu'on tiroit tout à coup, et ces figures de griffons étoient exposées aux yeux des assistans, ce jour-là, qui étoit celui de la grande initiation mithriaque. Quoique l'auteur que je viens de citer semble n'avoir voulu parler que des Isiaques, cependant le témoignage de Porphyre prouve que cette cé-

---

(1) Vandal., de rit. sacr. Taurobol., p. 11. A, et Phil. à Turre, Monum. vet. Antii, p. 203. B.

(2) *Humeris dependebat..... pretiosa chlamyda; quaqua tamen viseres, colore vario circumnotatis insignibar animalibus. Hinc dracones indici, inde gryphes hyperborei..... Hanc Olympiacam* (Reinesius pense qu'il faut substituer *Leonticam* à *Olympiacam*. Syntagm. inscript. antiq., p. 96) *stolam sacrati nuncupant.* Metam., lib. XI, p. 240, ed. Alteburg., 1778, *in-8.*

rémonie étoit aussi d'usage aux mystères de
Mithra. «La personne, dit-il, qui se fait recevoir
» aux Léontiques, se revêt de figures de toutes
» sortes d'animaux (1) ». Cet habillement bizarre
étoit appelé *olympiaque* (2); il se portoit aux
coraciques, ou *hiéracoraciques*, et tous les jours
qu'on faisoit voir les *griffes* (3), c'est-à-dire les
adeptes, vêtus de leurs robes mystiques, sur lesquelles étoient figurés des griffons. Tout cela se
faisoit aux frais de l'un des principaux prêtres
ou des anciens initiés; et l'on conservoit, par
une inscription publique, le souvenir de sa gé-
nérosité, qui s'étendoit jusqu'aux sacrifices.

On y offroit des victimes humaines, sans distinction d'âge ni de sexe; et c'étoit dans leurs
entrailles que, dans un temple près d'Alexandrie,
on cherchoit à lire l'avenir (4). Hadrien défendit
ces horribles sacrifices (5); mais, soit qu'il ne
pût les abolir entièrement, soit qu'on eût trouvé

----

(1) Ὅτε τὰ λεογ]ικὰ παραλαμβάνων περιτίθεται παν]οδαπὰς
ζώων μορφάς. Porphyr., de Abst., lib. IV, §. 16, et Not. Jac.
de Rhoer, ad h. loc.

(2) Apul., Metam., lib. XI, p. 240.

(3) *Tradiderunt Coracica..... Ostenderunt Gryphios,*
etc. Reines., Syntag. inscript., class. I, inscr. XLVIII, p. 93,
ed. Lips., 1682. Fol.

(4) Socrat., Hist. eccles., lib. III, cap. 2; Phot., Bibl.,
p. 1446.

(5) Porph., de Abst., lib. II, §. 56.

moyen bientôt après de les faire renaître, il est certain qu'ils furent encore en usage sous le règne de Commode. Cet empereur immola de sa propre main un homme, à Mithra, dans un temps où cette affreuse coutume étoit devenue rare, et où peut-être, comme Lampride le donne à entendre, l'on n'en faisoit plus qu'une simple représentation, sans effusion de sang humain (1).

Après ces sacrifices, suivis d'un discours sur la justice (2), les principaux ministres expliquoient aux initiés les symboles de leur culte. Le premier, et peut-être le plus secret de ces symboles, puisqu'on ne le voit représenté sur aucun bas-relief, étoit celui qui avoit rapport au mouvement du ciel des étoiles fixes, aux révolutions des planètes, et au passage de l'âme humaine par ces astres. Ce symbole, selon l'épicurien Celse, consistoit en une espèce d'échelle, le long de laquelle il y avoit sept portes (3), et tout

---

(1) Æl. Lamprid., vit. Commod., ap. Hist. August. script., ed. cum not. var., p. 498.

(2) S. Just., adv. Tryph., §. 70, p. 168. C, ed. Paris., 1742. Fol.

(3) Cels., ap. Origen., lib. VI, p. 646. B, ed. Delarue. [Le texte porte : Κλίμαξ ὑψίπυλος, ἐπὶ δ' αὐτῇ πύλη ὀγδόη. On a proposé de corriger ce passage, qui est évidemment fautif, en substituant ἱπ]άπυλος à ὑψίπυλος, et il paroît que M. de Sainte-Croix a adopté cette conjecture. Guiet n'a pas trouvé cette correction suffisante; il propose de lire : κλίμαξ

au haut une huitième. La première porte, qui
étoit de plomb, étoit attribuée à Saturne, à cause
de la lenteur de sa marche; la seconde, d'étain,
étoit rapportée à Vénus, parce que ce métal est
mou et d'abord brillant; la troisième, d'airain,
étoit, à cause de la dureté et de la solidité de
cette composition métallique, attribuée à Jupiter; la quatrième étoit de fer, et on l'attribuoit
à Mercure, qui est, comme l'on sait, propre à
toute sorte d'ouvrages, au commerce, et à une
multitude de travaux; la cinquième, d'un métal
mélangé, appartenoit à Mars, qui est changeant
et inégal; enfin on attribuoit à la lune la sixième,
qui étoit d'argent, et au soleil la septième, qui
étoit d'or. Ces deux dernières représentoient ainsi
les couleurs apparentes de ces deux astres (1).

Cette échelle et toutes ces portes ont sans doute
trait à un système astronomique; mais ce sens
excluoit-il les allégories morales ou métaphysiques? Les émigrations de l'âme, dont parle Celse,
entroient certainement pour quelque chose dans
ces allégories, et cela prouve que la métempsy-

ὑψίπυλος, ἐπ' αὐτῇ δὲ πύλαι ἐπ]ά. Alors il n'est plus question
d'une huitième porte; et en effet, dans le détail qui suit,
il ne s'agit que de sept portes. Toutefois cette correction
me paroît bien hardie, et je préférerois volontiers la première. S. de S.]

(1) Cels., ap. Origen., lib. vi, p. 646. B.

cose étoit la véritable doctrine des Mithriaques, comme Porphyre l'assure. Ce philosophe nous a conservé un fragment de Pallas, qui avoit composé un ouvrage particulier sur tous les objets de ce culte mystérieux. Cet écrivain, après avoir rapporté l'opinion de ceux qui ramenoient ces symboles à l'astronomie, ajoute : « Mais le sen- » timent vrai et exact est qu'on a voulu désigner, » d'une manière énigmatique, les révolutions » successives des âmes humaines dans les diffé- » rens corps (1)». Après leur séparation de ces corps, elles devoient passer dans les astres, suivant la doctrine qui s'est perpétuée chez les Parses. « Ils distinguent, selon M. Anquetil, différens » cieux, où les âmes jouissent, jusqu'à leur résur- » rection, d'un bonheur proportionné à leur vie » passée : celui du soleil, *khorschid-paé*, est le plus » élevé. Au-dessus est le *gorotman*, séjour d'Or- » muzd et des esprits célestes, lequel répond à la » porte dont parle Celse (2)».

Avant d'entretenir les initiés de ces différentes migrations des âmes dans les sphères célestes, et de leur objet, il est probable qu'on mettoit sous leurs yeux la représentation de Mithra, sous la figure d'un jeune homme domptant un taureau,

---

(1) Porph., de Abstin., lib. IV, §. 16.
(2) Vie de Zoroastre, Zend-Avesta, tom. II, p. 28 et 29.

et tantôt l'égorgeant, tantôt prêt à l'égorger, avec tous les accessoires dont il a déjà été question. Ce tableau fixoit d'abord leur attention, à l'entrée de l'antre sacré qu'on voit exactement tracé sur d'anciens bas-reliefs. Ne soyons pas étonnés que ces objets mystérieux soient figurés ainsi sur des monumens publics : le gouvernement s'embarrassoit fort peu que ces mystères fussent connus, puisque le poète Stace en parle sans crainte et d'une manière très-claire (1). Porphyre dit même que Mithra étant, aussi-bien que le taureau, démiurge et maître ou auteur de la naissance, est placé près de la ligne équinoxiale, et monte le taureau (2) ; ce qui désigne la véritable explication de ces bas-reliefs allégoriques, laquelle n'a point échappé aux recherches de M. Anquetil. Selon cet académicien, ils ont particulièrement rapport aux équinoxes de printemps et d'automne, temps où la renaissance de la nature et sa fécondité annoncent le triomphe de Mithra, protecteur du juste, ami de tout ce qui est bon, et ennemi d'Ahriman qu'il combat, pour diminuer sur la terre son

---

(1) ..... *Seu Persei sub rupibus antri*
Indignata sequi torquentem cornua Mithram.
     Theb., lib. 1, v. 719 et 720.
Le Scholiaste dit, à l'occasion de ces vers : *His autem versibus sacrorum mysteria patefecit.*

(2) De Antr. Nymph., cap. 24.

pouvoir, c'est-à-dire, le mal moral (1). Le système
des deux principes faisoit donc partie de la doctrine des Mithriaques. C'est pourquoi Archélaüs
reprochoit à Manès de croire à la divinité de
Mithra, éclairant les lieux mystiques, « où tu
» vas, lui disoit-il, exécuter tes jeux, et, comme
» un habile comédien, célébrer les mystères de
» cette divinité (2) ».

Étoit-ce une calomnie de la part d'Archélaüs?
ou le reproche qu'il fait à Manès étoit-il fondé? La
réponse à cette question n'appartient point à mon
sujet; il suffira de remarquer, dans les paroles
qu'on vient de lire, une allusion claire à quelque
drame pantomime, usité dans les mystères de Mithra. Des personnages divers devoient y représenter les sujets des bas-reliefs dont j'ai déjà
parlé, et d'autres choses qui ne sont pas parve-

---

(1) Acad. des Inscript., tom. XXXI, p. 421, 422, etc.

(2) Acta Disput. Archel. et Manetis, ap. Zacagn., Monum. Eccles. Græc. et Lat., p. 63.

[Voici ce qu'on lit dans ce Traité, dont il n'a été publié
qu'une version latine très-barbare : .... *Sacerdos Mithræ
et collusor, solem tantum coles Mithram, locorum mys-
ticorum illuminatorem, ut opinaris, et conscium; hoc
est quod apud eos ludes, et tanquam elegans mimus
peragis mysteria*. La conséquence que tire M. de Sainte-
Croix, des mots *tanquam elegans mimus*, n'est pas bien
certaine : ils pourroient bien ne signifier autre chose que,
comme un charlatan adroit. S. de S.]

nues jusqu'à nous. Les hiérophantes en donnoient aux adeptes des explications physiques (1)
ou astronomiques, conformément à leurs prin-·
cipes.

Mosheim a prétendu que Mithra n'avoit été,
selon les Perses, qu'un fort chasseur, qui, ayant
délivré la Perse des ravages des bêtes féroces, et
rendu ainsi la tranquillité à ses habitans, avoit
mérité, de leur part, les honneurs divins (2). Le
savant abbé Foucher a trop bien réfuté cette opinion singulière (3), pour que je sois tenté de
l'adopter. On pourroit, avec moins d'invraisem-
blance, conjecturer que, dans les Mithriaques,
comme dans tous les autres mystères, on faisoit
mention des bienfaits de la civilisation, et de l'état
barbare et grossier dont elle avoit retiré le genre
humain. Il seroit même possible d'expliquer, suivant cette idée, une partie des bas-reliefs. La description des désordres de la vie sauvage ne pouvoit que plaire aux pirates, qui avoient embrassé
ce culte mystérieux, préférablement à tout autre (4). Enfin, on ne sauroit trop le répéter,
jamais les anciens mystagogues ne connurent

---

(1) Tertull., adv. Marcion., lib. 1, cap. 13, p. 372.
(2) Not. ad Cudw. Syst. intellect., tom. I, p. 328, not.
(IV), ed. Jen.
(3) Acad. des Inscript., tom. XXIX, p. 131.
(4) Plut., Vit. Pomp., tom. I Oper., p. 631. C.

l'unité de doctrine : ils eurent différens systèmes, en changèrent souvent, et surent toujours adapter aux opinions dominantes, les anciens symboles qui étoient, pour ainsi dire, le thème perpétuel de leurs explications allégoriques.

Néanmoins, on abuseroit étrangement de ce que je dis ici, si l'on s'imaginoit que je veuille par là approuver toutes sortes d'explications. Celle de Boulanger n'est certainement pas du nombre de celles que j'admets : elle n'a d'autre mérite que sa singularité. Selon lui, « tout le culte » de Mithra n'est qu'une formule de période, » qu'un planisphère astronomique et qu'une » image cyclique, qui, par la suite, est devenue » la divinité redoutable des cycles, des temps et » des périodes, à laquelle les Mithriaques ont sa- » crifié des victimes humaines. En effet, il n'est » point de dieu plus cruel que celui de la fin des » temps : on ne sauroit se le rendre favorable que » par des sacrifices très-précieux ; puisqu'il dé- » truit tout, les sacrifices ont dû être barbares, » inhumains, destructeurs (1) ». Tels sont les étranges paradoxes auxquels les hommes les plus savans peuvent être entraînés par l'esprit systématique.

Non contens de changer d'opinion, suivant le temps et les circonstances, les mystagogues firent

_____

(1) Antiq. dévoil., p. 327, ed. d'Amsterdam.

plus d'une fois un mélange bizarre de pratiques très-différentes et même diamétralement opposées. Celles des Grecs et des Romains ne parurent point, aux prêtres de Mithra, contrarier le culte, d'origine persane , qu'ils vouloient accréditer parmi ces peuples. Citons quelques exemples de cette alliance de rites et d'opinions. Les abstinences excessives que les nouveaux Mithriaqùes exigeoient, étoient cependant condamnées par la religion de Zoroastre, comme Thomas Hyde (1) et Fréret (2) l'ont observé, d'après le *Sadder*. Les Parses rejettent également le jeûne, et leur religion est peut-être, dit M. Anquetil, la seule dans laquelle une telle mortification ne soit ni méritoire, ni même permise (3). La virginité et le célibat auxquels les Mithriaques obligeoient les personnes des deux sexes qui aspiroient à la perfection (4), n'étoient pas moins contraires aux principes des Mages, qui regardoient la continence comme un état réprouvé (5). Fréret ajoute à cette remarque, que le temps de la célébration des Mithriaques ne convient point à celui des *Mihragan* de Perse. Les Mithriaques se célé-

---

(1) Hist. Rel. vet. Pers., p. 109, ed. alter.
(2) Acad. des Inscript., tom. XVI, p. 283.
(3) Théol. Cérém. et Morale de Zoroastre, Zend-Avesta, tom. III, p. 601.
(4) Tertull., de Præscript. hæretic., cap. 40, p. 217.
(5) Acad. des Inscript., tom. XVI, p. 283.

broient à Rome après l'équinoxe du printemps,
au lieu que les fêtes nommées par les Persans
Mihragan, commençoient quelques jours après le
solstice d'hiver (1). De ces différences marquées,
le savant académicien voudroit conclure que les
cérémonies de Mithra, telles qu'elles étoient pratiquées en Italie et dans la Grèce, n'avoient point
une origine persane, mais venoient des Chaldéens (2). Les preuves qu'il en donne ne me paroissent point convaincantes. Pour avoir ajouté
aux rites de l'ancien culte de Mithra, les ministres

---

(1) Acad. des Inscript., tom. XVI, p. 283.

(2) [Il faut lire, dans le Mémoire même de Fréret, les
motifs qui le portent à penser que le culte mithriaque, tel
qu'on le voit établi chez les Grecs et les Romains, étoit
trop fortement en opposition avec la doctrine du magisme,
pour devoir son origine immédiate à la Perse. Ces motifs
sont certainement très-forts, parce qu'ils sont puisés dans
les principes fondamentaux et essentiels de la religion des
Perses ; mais, d'un autre côté, le nom même de Mithra,
les mots *nama Sabasio*, que nous offrent quelques monumens mithriaques, et qu'on ne peut guère s'empêcher
de regarder comme persans, les symboles que nous présentent ces mêmes monumens et qu'on retrouve sur les
ruines de Persépolis, les figures humaines représentées à
demi-corps, emblèmes des *férouers*, les déguisemens même
des initiés qui rappellent et les animaux symboliques de ces
ruines et des cylindres persépolitains, et les emblèmes sous
lesquelles sont désignés, dans les livres des Parses, les
Izeds qui président aux élémens et à toute la nature, toutes

de ce culte, répandus de toutes parts dans l'empire romain, n'en conservoient pas moins les
traces de son origine, quoiqu'ils cherchassent à

ces circonstances nous ramènent nécessairement à la Perse,
pour y chercher l'origine de ce culte. Une chose remarquable toutefois, c'est qu'aucun monument de ce genre n'a
été trouvé dans la Perse, où cependant les Mahométans
ont laissé subsister d'autres vestiges de l'ancienne religion
du pays; ajoutons que le feu et les autels qui lui sont consacrés, paroissent rarement dans les monumens mithriaques;
on y voit seulement des torches allumées, portées par des
génies ou divinités secondaires. De là on doit conclure,
ce me semble, que les symboles du culte de Mithra, avant
de passer aux Grecs et aux Romains, avoient été adoptés
par une nation qui adoroit le soleil et les astres, ou du
moins leur consacroit un culte sensible, comme les Persans,
mais chez laquelle le culte du feu, ou n'étoit pas admis,
ou ne jouoit qu'un rôle secondaire. C'est, sans doute, cette
même nation qui a adapté à ce culte, des pratiques tout-à-
fait opposées au système religieux des Perses, telles que le
jeûne, les macérations et la continence. Cette manière
d'envisager la chose donne, ce me semble, la solution des
difficultés proposées par Fréret, et que M. de Sainte-Croix
me paroît n'avoir pas suffisamment appréciées. Ce ne sont
pas les mystères proprement dits de Mithra, qui appartiennent à la Perse : elle n'a fourni qu'une partie des symboles employés dans ce culte mystérieux.

Telle est aussi, à peu près, l'opinion de Meiners. Suivant
lui, le culte de Mithra n'auroit point été introduit en Perse
avant le temps d'Alexandre ; les mystères de cette divinité
ne tireroient point leur origine de la Perse : bien loin de
là, ce savant pense qu'ils n'y ont jamais été connus. Il croit

les cacher (1); et on ne peut les méconnoître dans les détails que j'ai offerts aux lecteurs dans cet Article.

qu'ils furent inventés par les pirates qui habitèrent, pendant une longue suite d'années, les côtes de la Cilicie, et que dans la suite les Grecs et les Romains les ayant adoptés, y firent beaucoup de changemens et d'additions.

Le Recueil de l'Académie des Inscriptions contient plusieurs Mémoires sur Mithra, sur son culte, ses mystères, les bas-reliefs qui y sont relatifs, les inscriptions qu'on lit sur ces monumens. Je me contenterai de les indiquer ici : Mém. du marquis Maffei, tom. XII, Hist., p. 231 et suiv.; de Fréret, tom. XVI, p. 267 et suiv.; de l'abbé le Batteux, tom. XXVII, p. 174 et suiv.; de l'abbé Foucher, tom. XXIX, p. 120 et suiv.; de M. Anquetil, tom. XXXI, p. 418 et suiv.; tom. XXXVII, p. 693 et suiv.; tom. XXXIX, p. 746 et 747. S. de S.]

(1) Firmicus parle de ces mystères en ces termes : *Vos itaque, qui dicitis in his templis ritè sacrificari, non Magorum ritu Persico, cur hœc Persarum sacra laudatis? Scio hoc Romano nomine dignum putatis, at Persarum sacris et legibus sequatur.* De Errore prof. relig., p. 11, ed. Ouzel. J'ai corrigé le dernier membre de cette phrase, qui est évidemment corrompu dans toutes les éditions de cet auteur.

[La correction proposée par **M. de Sainte-Croix** me paroît insuffisante : je ne sais même trop quel sens il a voulu donner à la dernière phrase. Peut-être avoit-il écrit *ut* au lieu de *at*, mais alors même on ne voit pas quel est l'antécédent de *sacris et legibus*. Je pense que ce passage pourroit être corrigé ainsi : *Scio : hoc Romano nomine indignum putatis, ut Persarum sacris ac Persarum*

Ce célibat, ces jeûnes, ces macérations, ce baptême, cette offrande de pain, dont nous avons parlé, sont évidemment des pratiques et des cérémonies que les mystagogues avoient empruntées du christianisme. Elles étoient comme autant d'armes au moyen desquelles ils s'imaginoient pouvoir le combattre avec avantage (1). Ils profi-

---

legibus obsequatur. « Je vous comprends : vous pensez » qu'il n'est pas digne de la grandeur du nom Romain, de » se conformer aux pratiques religieuses des Perses et aux » lois de cette nation ». S. de S.]

(1) [M. de Sainte-Croix me semble avoir porté trop loin la conséquence qu'il tire du rapport de certaines pratiques du christianisme, avec celles qui étoient usitées dans les initiations aux mystères de Mithra. Quelques-unes de ces dernières appartiennent indubitablement à l'ancien culte des Perses, et subsistent encore aujourd'hui chez les Parses ; les autres, opposées à la doctrine des Perses, pouvoient avoir été empruntées des mystères de Cérès, de Cybèle ou de Bacchus. Il est possible aussi que l'on eut introduit dans ces cérémonies quelques pratiques du culte chrétien, comme le disent plusieurs écrivains ecclésiastiques, mais on ne sauroit ni affirmer cet emprunt, d'une manière générale, ni déterminer avec certitude tout ce que le culte mithriaque avoit emprunté des doctrines et des religions étrangères. Mais que penser de ceux qui, comme l'auteur de l'Origine de tous les Cultes, ne voient dans le christianisme qu'une branche du culte mithriaque ? *Helleborum hisce hominibus est opus.*

Je ne puis me dispenser de faire mention, en cet endroit, de deux Mémoires lus à la Société royale des Sciences

tèrent du zèle ou plutôt du désespoir des partisans du paganisme expirant, pour tâcher de lui
rendre, en quelque sorte, la vie, par la célébra-

---

de Gottingue, par M. Eichhorn, en 1814 et 1815, et qui ont
pour objet le culte de Mithra et les monumens de ce culte.
Ces Mémoires ont été publiés dans le tome III du Recueil
intitulé : *Commentationes Societatis regiæ Gottingensis
recentiores.* Ils ont pour titre : *de Deo sole invicto Mithra.*
L'auteur de ces Mémoires y démontre que les monumens
mithriaques sont en opposition constante avec la doctrine,
le culte, et même les symboles de la religion des Perses.
Il n'admet pas plus que moi l'identité de Mithra et du
soleil chez les disciples de Zoroastre, et il s'exprime ainsi :
Et quid multa ? Mithras in anaglyphis memoratis DEUS,
INVICTUS SOL *dicitur, repugnantibus libris Magorum
sacris adhuc superstitibus, quibus Mithras, nec Deus
esse, nec sol, sed genius, solem inter et lunam constitutus,
solis perpetuus comes, adeoque ab eo prorsus diversus.* Cependant on ne sauroit douter que les fondateurs de ce culte,
et les inventeurs des symboles étrangers aux idées des
Perses, qu'offrent ces monumens, n'aient voulu exprimer
à leur manière les attributs dont Mithra étoit en possession
chez les Perses. *Dubitari tamen non potest, Romanos
symbolis suis et signis idem declarare voluisse, quod
Magi de Mithra docuerunt.* Comme les Romains attribuoient au soleil le pouvoir dont Mithra jouissoit dans le
système des Perses, pour vivifier la nature et favoriser la
reproduction des êtres, ils confondirent Mithra avec le
soleil ; et à quelques symboles empruntés des livres des
Perses, ils en joignirent d'autres tout-à-fait étrangers à
cette religion. De là la forme même sous laquelle est repré-

tion de leurs mystères, et de plusieurs autres
fêtes inconnues dans l'ancienne religion grecque
et romaine. Ce n'est, en effet, comme le remarque

---

senté Mithra, son costume, les deux porte-flambeaux qui
l'accompagnent, et qui représentent le *Phosphore* et l'*Hespérus ;* de là le char du soleil, la couronne d'étoiles sur la
tête de Mithra. Quant au taureau égorgé par Mithra, ce
fut une allégorie prise de la doctrine des Mages, mais totalement dénaturée : toutefois il n'est point douteux qu'elle
ne figurât le renouvellement de la nature, opéré par le
triomphe de Mithra ou du soleil. M. Eichhorn conclut
ainsi son premier Mémoire : *Ita sol invictus, Mithras,
emortuam quovis anno in vitam revocans naturam,
recte potuit in mentibus, rebus adversis afflictis, spem
meliorum temporum excitare. Hinc populi orbis Ro-
mani, tempore imperatorum bellis civilibus exhausti,
direptionibus exuti, omnique malorum genere, et tandem omnium maximo, intolerabili imperatorum tyrannide vexati, qui animos suos spe meliorum temporum
erigere volebant, avide sacra Mithriaca amplexi sunt,
tanquam eximium in ærumnis solatium, dulcissimum-
que miseriarum lenimen.*

Le second Mémoire contient les développemens des idées
exprimées dans le premier, et les réponses aux objections
dont elles pourroient paroître susceptibles. L'auteur indique par quelle gradation d'additions et d'altérations les
symboles principaux, et spécialement le taureau, changèrent de signification ; comment on en vint à prendre ce
taureau, d'abord pour l'emblème de la nature soumise à
l'empire du soleil, et ensuite pour celui de la lune ; enfin,
pourquoi on finit par représenter, en multipliant les sym-

Fréret, que postérieurement à Constantin qu'on
commence à trouver des inscriptions qui parlent
des mystères et des fêtes de Mithra (1). Les uns
et les autres furent proscrits l'an 378 de l'ère
vulgaire; et l'antre sacré des Mithriaques fut aussitôt ouvert et détruit par les ordres de Gracchus,
préfet du prétoire (2). Ne doit-on pas regretter
que quelque témoin oculaire ne nous ait pas
laissé une description complète de tout ce qu'on
trouva dans cet endroit, un des derniers repaires
de la superstition?

---

boles, le cours du soleil dans les douze signes du zodiaque,
et les révolutions annuelles de la nature.

  On reconnoît, dans la manière dont ce sujet est traité,
l'érudition et la sagacité du savant, aussi ingénieux que
laborieux, auquel la littérature a tant d'obligations. La
partie étymologique est ce qu'il y a de moins fort dans ces
Mémoires; mais ce n'est qu'un accessoire qui n'influe point
sur le fond du sujet. S. de S.]

  (1) Acad. des Inscript., tom. XVI, p. 276 et 277.

  (2) S. Hieron., Epist. LVII, ad Læt., tom. IV Oper.,
col. 591; Prosopograph. Cod. Theodos., in Cod. Theodos.
cum comment. J. Gothofr., tom. VI, p. 364.

ARTICLE III.

Des Isiaques.

LE peuple d'Égypte, soumis au joug étranger des Ptolémées, se vit contraint, sous leur domination, d'admettre des divinités étrangères (1), et d'altérer son ancien culte. Il eut alors des mystères nouveaux, inconnus à ses ancêtres. Pour s'y faire initier, il falloit être chargé de chaînes, avoir des anneaux aux narines, porter la barbe longue et des habits crasseux. Ces rites, particulièrement établis en l'honneur de Saturne (2), faisoient allusion aux mœurs des premiers hommes avant l'établissement de la société. Non-seulement toutes les fureurs et l'indécence des Bacchanales et des fêtes de Cotytto (3) s'introduisirent à Memphis et à Héliopolis, mais elles pénétrèrent encore jusques dans les sanctuaires d'Horus et d'Harpocrate (4). Le despotisme extra-

(1) *Post quem (Alexandrum), tyrannide Ptolemæorum pressi, hos quoque Deos in cultum recipere, Alexandrinorum more, apud quos præcipuè colebantur, coacti sunt.* Macrob., Saturn., lib. 1, cap. 7.

(2) S. Epiphan., lib. III, cap. 11, p. 1092. C.

(3) Ibid., lib. III, cap. 12, p. 1093. C. Il faut lire dans ce passage Κοτυτζίδας *pro* Κοπίζιδας.

(4) Id., ibid.

K iv

vagant des empereurs romains n'épargna pas davantage la religion des Égyptiens, qui furent forcés de recevoir Antinoüs comme un dieu, et d'instituer en son honneur des mystères (1). Sans doute on y apprenoit si cet infâme et malheureux favori d'Hadrien s'étoit noyé dans le Nil, ou s'il étoit mort victime de la superstition de ce prince (2).

Quoique les Égyptiens, pour ne pas confondre ensemble l'ancien et le nouveau culte, eussent d'abord relégué hors des villes toutes les divinités qui s'étoient nouvellement introduites chez eux (3), ils ne purent néanmoins dans la suite résister à la séduction de l'exemple et à l'autorité de leurs rois. Le séjour de ces princes à Alexandrie fit donner à ces rites mélangés le nom d'*alexandrins* ; ils se répandirent bientôt dans tout l'empire romain. Corinthe, qui en faisoit alors partie, les adopta ; et il est impossible de les méconnoître dans les détails qu'Apulée nous a donnés, des mystères d'Isis Pélagique ou Maritime. Elle avoit dans cette ville un temple (4),

---

(1) S. Epiphan., lib. III, cap. 12, p. 1093. D.

(2) Dion Cass., lib. LIX, §. 2.

(3) Macrob., Saturn., lib. I, cap. 7.

(4) Pausan., Corinth., cap. 4.

[*Isis Pélagique* y étoit expressément distinguée d'*Isis Égyptienne*. Pausanias s'exprime ainsi : Ἀνιοῦσι δὲ εἰς τὸν

où l'on célébroit sa fête au printemps avec beaucoup de pompe.

Cette fête commençoit par une purification
générale, où l'on se lavoit dans la mer, en y plon-
geant sept fois la tête (1). Il paroît qu'ensuite on
faisoit une invocation à la déesse. Sa figure nous
est ainsi représentée par Apulée : une longue chevelure ornoit sa tête, tomboit en anneaux sur son
cou, et flottoit sur ses épaules. Elle laissoit à découvert le milieu de son front, dont l'éclat, pareil
à celui d'un miroir, rappeloit ses rapports inti-
mes avec l'astre de la nuit. A droite et à gauche
de cet orbe lumineux, des serpens, imitant par
leurs contours et leurs divers replis, des sillons
tortueux, étoient surmontés par des épis de blé.
Une couronne de fleurs ornoit le sommet de sa
tête. Elle étoit drapée d'une robe fine, nuancée
de diverses couleurs. Une écharpe noire l'enveloppoit; passant sous le bras droit, puis, ramenée sur l'épaule gauche, elle pendoit avec grâce
jusqu'au bas de son vêtement. La frange et le
champ de cette écharpe étoient parsemés d'étoiles,
au milieu desquelles brilloit une figure de la
pleine lune. Une guirlande de fleurs et de fruits

Ἀκροκόρινθον,... ἐστιν Ἴσιδος τεμένη· ὧν τὴν μὲν Πελαγίαν, τὴν
δὲ Αἰγυπτίαν αὐτὰν ἐπονομάζουσι. S. de S.]

(1) Apul., Metamorph., lib. xi, tom. I Oper., p. 223,
ed. Alteburg.

accompagnoit l'écharpe dans tous ses contours, et en suivoit toutes les sinuosités. La déesse tenoit de la main droite un sistre d'airain, et de la gauche un vase d'or, dont l'anse étoit formée par un aspic (1).

L'ablution dont j'ai parlé, et qui étoit une cérémonie préparatoire et essentielle à ces mystères (2), se pratiquoit avant le lever du soleil ; et dès que cet astre étoit sur l'horizon (3), la statue de la déesse, et tout son cortége, se mettoient en marche dans l'ordre suivant. D'abord paroissoient une multitude de personnes, les unes en habit de soldat et de gladiateur, en équipage de chasseur, d'oiseleur, de pêcheur, d'autres avec le costume de la magistrature : celui-ci représentoit, par son ajustement et sa démarche, une femme ; celui-là s'enveloppoit du manteau d'un philosophe ; il en avoit le bâton, les sandales, et la barbe qu'Apulée compare à celle d'un bouc. L'attention des spectateurs se portoit ensuite sur un ours, accoutré

---

(1) Apul., Metamorph., lib. xi, tom. I Oper., p. 223.

[Ces détails, et tous ceux qu'on va lire, sont tirés d'Apulée. J'ai cru devoir leur donner un peu plus d'étendue que n'avoit fait M. de Sainte-Croix ; toutefois il ne convient peut-être pas de prendre à la lettre toutes les expressions d'un écrivain dont le style ambitieux annonce plus d'exagération que d'amour de la vérité. S. de S.]

(2) Tertull., de Bapt., cap. 5, p. 226.

(3) Apul., Metamorph., lib. xi, p. 227.

comme une matrône, et porté sur une espèce de
chaise. Un singe, vêtu d'une robe, coiffé d'un
bonnet phrygien, et tenant une coupe d'or, figuroit comme représentation de Ganymède; un âne
avec des ailes, accompagné d'un vieillard foible
et infirme, offroit une sorte de caricature de Pégase et de Bellérophon. Tout cela servoit d'amu-
sement au peuple, pendant que la pompe sacrée
de la déesse s'avançoit.

Elle étoit précédée d'une troupe de femmes
vêtues de blanc et couronnées de fleurs ; elles
portoient aussi dans leur sein des fleurs dont
elles jonchoient le chemin par où devoit passer
la statue d'Isis. Quelques-unes avoient des mi-
roirs attachés sur leurs épaules, et destinés à faire
apercevoir à la déesse tous ceux qui la suivoient.
On en voyoit qui, tenant à la main des peignes
d'ivoire, imitoient les gestes d'une coiffeuse qui
forme les cheveux en boucles et en anneaux,
tandis que d'autres répandoient des parfums et
des huiles aromatiques sur la route. Une foule de
personnes des deux sexes, avec des flambeaux de
cire ou de poix-résine, et des lampes, formoit un
cortége nombreux; il étoit suivi d'un chœur de
musiciens et de jeunes gens qui chantoient des
hymnes relatifs à la fête; enfin, venoit la foule
des initiés. Les hommes y paroissoient la tête
rasée, et étoient vêtus de lin très-blanc; les femmes
avoient leurs cheveux couverts d'un voile trans-

parent. Les prêtres, en robe longue, et chargés
de figures symboliques, marchoient tous au son
de la flûte sacrée et du sistre.

Le premier de ces ministres portoit une lampe
d'or, faite en forme de barque; le second soute-
noit avec ses deux mains de petits autels, appelés
des *secours*, et regardés comme les symboles de
l'assistance favorable de la déesse; le troisième
tenoit le caducée de Mercure, avec une palme à
feuilles d'or; le quatrième montroit au peuple
l'emblème de la justice, une main gauche avec
les doigts étendus, et étoit encore chargé d'un
vase en forme de mamelle, d'où découloient des
libations de lait; le cinquième et le sixième
étoient employés à porter, l'un le van mystique
d'or, rempli de rameaux du même métal, l'autre
une amphore.

Des ministres inférieurs (1), et même de simples initiés qui devoient représenter les panages
d'Éleusis (2), s'avançoient avec les figures bizarres
des divinités égyptiennes. Là paroissoit celui qui
passe alternativement du séjour des dieux célestes
à celui des divinités infernales; qui tantôt montre
un visage d'or, tantôt élève une face noire : une

---

(1) *Sacrorum geruli*. Apul., Metam., lib. xi, p. 234. Ils
représentoient donc les hiérophores de l'ancienne Égypte.

(2) [Voyez ce qui a été dit des *panages*, dans la première Partie de cet ouvrage, p. 239. S. de S.]

tête de chien le faisoit reconnoître ; il portoit de la main gauche un caducée, de la droite il agitoit une palme verdoyante. Une vache le suivoit immédiatement, dressée sur ses pieds de derrière : emblème de la divinité qui communique la vie à tout ce qui existe, elle étoit portée sur les épaules d'un ministre de la déesse, qui, marchant d'un pas majestueux, la montroit à tous les assistans (1). Bientôt après, on apercevoit la ciste mystique, près de laquelle une personne portoit dans son sein, dit Apulée, l'adorable image de la divinité suprême, image dont la forme n'avoit rien de ressemblant soit aux hommes, soit aux quadrupèdes, soit aux oiseaux, mais étoit digne de respect et d'admiration, par sa singularité et l'art avec lequel on l'avoit faite : elle étoit d'or. C'étoit, selon lui, le symbole des plus profonds et sublimes mystères, qui doivent être enve-

---

(1) [C'est ainsi que j'ai cru devoir rendre le texte d'Apulée, qui n'est pas sans difficulté : *Hujus vestigium continuum sequebatur bos, in erectum levata statum, et bos, omniparentis deæ fecundum simulacrum : quod residens humeris suis proferebat unus e ministerio beato, gressu gestuoso.* Au lieu de *et bos*, plusieurs éditeurs ont mis *erat et bos*, d'autres *erat ea bos*.

J'ai cité ici Apulée, d'après l'édition des Métamorphoses, donnée par Oudendorp, à Leyde, en 1786. Au reste, on peut rendre ce passage très-clair, en supprimant seulement *et* devant *bos*. S. de S.]

loppés du voile d'un religieux silence (1). Cette
manière de s'exprimer me paroît désigner le
phallus : il étoit renfermé dans une petite urne
dont Apulée donne tout de suite la description,
comme s'il vouloit éviter de parler de ce qu'elle
contenoit (2). Ce vase étoit d'or, et orné de sym-

---

(1) *Altioris utcumque et magno silentio tegendæ religionis argumentum ineffabile.* Apul., Metam., lib. xi,
tom. I Oper., p. 230 et 231, ed. Alteburg.

(2) [La conjecture de M. de Sainte-Croix paroîtra, je
pense, bien hasardée, à quiconque lira attentivement et
sans prévention, le passage d'Apulée sur lequel il se fonde.
Peut-être ne sera-t-il pas inutile de le transcrire ici. *Gerebat alius felici suo gremio summi sui numinis venerandam effigiem, non pecoris, non avis, non feræ, ac
nec hominis quidem ipsius consimilem ; sed solerti re-
pertu, etiam ipsa novitate reverendam, altioris utcumque
et magno silentio tegendæ religionis argumentum ineffabile ; sed et ad istum plane modum fulgente auro
figuratam. Urnula faberrime cavata, fundo quam ro-
tundo, miris extrinsecus simulacris Ægyptiorum effi-
giata.* C'est assurément le même objet qu'Apulée désigne
sous ces expressions, *summi sui numinis venerandam
EFFIGIEM ; altioris religionis ARGUMENTUM ineffabile ; URNULA faberrime cavata.* D'ailleurs, Apulée auroit-il pu dire, en parlant du phallus, *effigiem.... etiam
ipsa novitate reverendum ?* Ce symbole, si commun dans
le culte mystique, ne se recommandoit assurément pas par
sa nouveauté. Il n'est donc nullement question là du phallus. Je ne pense pas non plus que l'on doive supposer, avec
le traducteur allemand des Recherches sur les Mystères,

boles hiéroglyphiques ; le fond en étoit exactement rond ; il avoit peu d'élévation. A son ori-
fice, il donnoit naissance à un gouleau très-long
et très-saillant ; l'anse étoit surmontée d'un aspic,
dont la tête couverte d'écailles sembloit s'élancer
en avant.

---

qu'il s'agit d'une figure analogue à celles des sphinx, et com-
posée d'un mélange fantastique de diverses formes d'animaux. Mais la divinité dont l'effigie est ainsi décrite par
Apulée, est-elle Isis ? Je ne le pense pas. Non que j'ignore
que le vase qui peut être considéré comme un emblème,
soit de la crue des eaux du Nil, soit du principe femelle de
la nature, ne tienne sa place dans les symboles du culte de
cette divinité (et déjà on a vu figurer, dans la pompe dont
il s'agit, une amphore, à côté du van mystique), mais
parce que les expressions mêmes d'Apulée me convain-
quent qu'il est question ici d'une toute autre divinité, dont
le ministre propre portoit l'effigie sacrée dans la pompe
isiaque. En effet, il ne dit point : *gerebat alius summi
numinis reverendam effigiem ;* il dit : *gerebat alius summi sui numinis reverendam effigiem.* Et qu'il y eût
dans cette pompe d'autres divinités représentées, formant
en quelque sorte le cortége d'Isis, c'est ce que notre auteur
dit en termes précis : *Nec mora, cum dei dignati pedibus humanis incedere, prodeunt.* Quelle étoit donc la
divinité représentée par le va.e dont il est question ici,
urnula faberrime cavata ? C'étoit, ou je me trompe fort,
Sérapis, la divinité tutélaire de Canope. Je ne dévelop-
perai point ici les motifs de mon opinion ; il me suffit
de renvoyer à Jablonski. Panth. Ægypt., lib. v, cap. 4,
tom. III, p. 141 et seq. S. de S.]

Le cortége se rendoit, dans l'ordre qu'on vient de rapporter, au bord de la mer, où se faisoit la principale cérémonie, celle de la consécration d'un navire artistement travaillé, et que l'on purifioit d'abord, suivant les rites accoutumés. Il étoit couvert de toutes parts de caractères hiéroglyphiques, et sur les voiles se lisoient des vœux pour son heureuse navigation. La poupe en étoit remarquable, par une oie, volatile consacré à Isis, et par les feuilles d'or dont elle étoit couverte. Les profanes, comme les initiés, avec des vans remplis d'aromates, et d'autres choses nécessaires aux sacrifices, s'avançoient à l'envi, et les versoient dans le bâtiment, qui, chargé de toutes les offrandes, profitoit d'un vent favorable pour s'éloigner du rivage.

Dès qu'on avoit perdu de vue ce vaisseau sacré, les prêtres et leur suite retournoient au temple dans le même ordre qu'ils en étoient partis, et les initiés entroient dans le sanctuaire, où les simulacres vivans des dieux étoient remis à leur place (1). Le grammatiste ou hiérogramma-

(1) [Apulée s'exprime ainsi : *Disponunt rite simulacra spirantia*, ce qui a fait croire à quelques savans qu'il s'agissoit ici de personnages vivans, qui, par leurs masques, leur costume et leurs attributs, représentoient les divinités. Cette interprétation a été rejetée par la plupart des commentateurs, et elle ne me paroît pas admissible, Apulée attribuant le soin de placer convenablement les simu-

tiste, qui tenoit le troisième rang dans l'ordre
sacerdotal, ayant autour de lui les ministres inférieurs, les pastophores, et s'étant placé dans un
endroit élevé du temple, prenoit à la main un
livre, et récitoit tout haut les prières pour la
prospérité de l'empereur, pour le sénat, les chevaliers et le peuple romain. Elles étoient termi-
nées par des vœux en faveur de tous les navigateurs. Après cela, l'assemblée étoit renvoyée par
la formule ordinaire (1).

Comme dans tous les autres mystères, les cérémonies de l'initiation se pratiquoient la nuit.
Quand quelqu'un vouloit y être admis, il falloit
qu'il en obtînt la permission du grand-prêtre;
ensuite il choisissoit ou on lui assignoit un autre
membre de l'ordre sacerdotal, qui devoit lui servir
de mystagogue. La somme qu'il devoit employer
aux frais de sa réception, étoit déterminée par de
prétendues révélations. Lorsqu'un aspirant avoit

---

lacres des dieux au grand-prêtre, *sacerdos summus*, à ceux
qui portoient les effigies des dieux, *quique divinas effigies
progerebant*, et aux anciens initiés, *et qui venerandis
penetralibus pridem fuerant initiati.* S. de S.]

(1) [M. de Sainte-Croix s'est exprimé ici d'une manière
vague, sans doute pour ne pas entrer dans l'examen des
difficultés auxquelles donne lieu la formule grecque qu'on
lit dans Apulée. J'en ai dit un mot précédemment, Ire Part.,
p. 387, note. Je me borne à renvoyer le lecteur aux commentateurs d'Apulée. S. de S.]

11e PART.   L

été admis par l'hiérophante à recevoir l'initiation, il étoit conduit de grand matin à la porte
du temple par ce ministre. La porte lui en étoit
ouverte, et il assistoit au sacrifice qui s'offroit le
matin. Ensuite, l'hiérophante ou prophète tiroit
du sanctuaire certains livres, écrits en caractères
hiéroglyphiques, et que les prêtres seuls pouvoient lire et interpréter. Sans doute, ces objets
fournissoient une ample matière à diverses inter-
prétations, et aux leçons qu'on donnoit au récipiendaire. Je crois aussi qu'on lui expliquoit certains tableaux, pareils à la fameuse table isiaque,
qui nous représente, non les anciennes fêtes d'Isis,
mais celles qu'on célébroit en son honneur dans
l'Italie, où ce monument a été découvert. Peut-
être de semblables tableaux étoient-ils exposés
dans les temples de cette déesse, comme les bas-
reliefs dont j'ai parlé à l'Article précédent, l'étoient
dans l'antre consacré à Mithra. Un examen réfléchi de la table montre que tout n'y est pas conforme à l'ancienne doctrine égyptienne : elle n'appartient donc qu'aux nouveaux rites isiaques.

Le prêtre, après avoir consulté ces livres, faisoit connoître au récipiendaire quelles étoient les
choses nécessaires aux rites de l'initiation, et dont
il devoit se pourvoir. Après cela, il étoit conduit
au bain, et purifié par certaines ablutions. On
le ramenoit ensuite au temple, et le jour étant
déjà fort avancé, on le plaçoit devant l'image de

la déesse. C'étoit là qu'il entendoit des choses qu'il ne lui étoit pas permis de révéler. A partir de ce moment, le récipiendaire devoit s'abstenir, dix jours entiers, de viande et de vin. Ce temps passé, il se rendoit de nouveau au temple, sur le soir : là, il recevoit des présens de tous ceux que ce spectacle y attiroit; puis, revêtu d'un vêtement blanc grossier, il étoit introduit par le prêtre dans la partie la plus retirée du sanctuaire. Apulée ne nous désigne que d'une manière obscure et énigmatique ce qui s'y passoit, et que la religion ne lui permettoit pas de révéler. « Je me » suis approché, dit-il, des confins de la mort. » Ayant foulé aux pieds le seuil de Proserpine, » j'en suis revenu à travers tous les élémens. Au » milieu de la nuit, le soleil me parut briller » d'une lumière éclatante. J'ai été en présence » des dieux supérieurs et inférieurs, et je les ai » adorés de fort près (1) ».

Le lendemain, au point du jour, l'initié sortoit du sanctuaire, vêtu de douze robes sacrées, et venoit s'asseoir sur un siége élevé au milieu du temple, et en face de la statue d'Isis. Il avoit sur les épaules un magnifique manteau, traînant jusqu'à terre, et parsemé de figures de dragons, de griffons et d'autres animaux. Les prêtres donnoient à cet habillement le nom d'*olympiaque*,

_____

(1) Apul., Metamorph., lib. xi, p. 240.

L ij

sans doute parce qu'il étoit le signe des épreuves
auxquelles on s'étoit soumis, et de la victoire
que l'on avoit remportée sur la crainte que ces
épreuves inspiroient (1). Le nouvel adepte tenoit
de la main droite un grand flambeau, et avoit une
couronne formée de feuilles de palmier, qui sem-
bloient être autant de rayons et représenter le
soleil. Le reste de la journée se passoit dans la
joie et en festins : ces réjouissances duroient trois
jours consécutifs, et se terminoient toujours par
des sacrifices et des actions de grâces.

Apulée n'a pas manqué de nous rapporter la
prière de ce genre que, sous le nom de Lucius,
il fit à Isis. On ne peut douter qu'il ne s'y soit
conformé aux formules usitées en pareil cas. Il
s'adresse ainsi à cette déesse : « Toi que les dieux
» célestes honorent, que les divinités infernales
» redoutent, déesse qui imprimes le mouvement
» à notre globe, qui donnes au soleil sa lumière,
» qui gouvernes l'univers et foules aux pieds le

_____

(1) [*Hanc olympiacam stolam sacrati nuncupant.*
Apul., Metamorph., lib. XI, p. 240. M. de Sainte-Croix
a déjà appliqué ce passage un peu arbitrairement aux mystères de Mithra (ci-dev., note 2, p. 134). Cette application
acquerroit plus de vraisemblance, si on lisoit, avec Reinesius, *leonticam*, au lieu d'*olympiacam*; mais il faut avouer
que cette correction est bien hardie. M. de Sainte-Croix a
tâché de rendre raison du nom d'*olympiacam* donné à
cette chlamyde. S. de S.].

» Tartare ; les astres t'obéissent, tu règles l'ordre
» des saisons, tu réjouis tous les dieux, les élé-
» mens te sont asservis, les vents ne soufflent et
» les nuages ne s'assemblent qu'à ton gré, les se-
» mences ne peuvent germer ni les plantes croître
» sans toi ». Isis avoit dit elle-même, en apparois-
sant à Lucius : « Me voici, moi qui suis la Nature,
» mère de toutes choses, souveraine de tous les
» élémens, l'origine des siècles, la plus grande des
» divinités, la reine des mânes, la plus ancienne
» habitante des cieux, l'image unique des dieux
» et des déesses. Les voûtes éclatantes du ciel, les
» vents salutaires de la mer, et le déplorable si-
» lence des enfers, reconnoissent mon pouvoir
» absolu. Je suis la seule divinité révérée dans
» l'univers, sous plusieurs formes, avec diverses
» cérémonies, et sous différens noms. Les Phry-
» giens m'appellent la déesse de Pessinunte, la
» Mère des dieux ; les Athéniens, Minerve Cécro-
» pienne ; les Cypriotes, Vénus Paphienne ; les
» habitans d'Éleusis, l'ancienne Cérès...... Les
» Égyptiens, recommandables par l'antiquité de
» leur doctrine, sont les seuls qui m'honorent
» d'un véritable culte, et qui me donnent mon
» vrai nom, *la Reine Isis* (1) ». Dans ce langage
d'un polythéisme raffiné, on ne peut méconnoître le panthéisme, la nature déifiée, le sys-

---

(1) Apul., Metamorph., lib. XI, p. 226.

tème de l'âme du monde, en un mot, le spino-
sisme. Si l'on croyoit y voir le dogme de l'unité
de Dieu, en prenant à la lettre quelques expressions isolées, on s'éloigneroit du véritable sens
d'un texte très-clair. Tout le discours d'Isis n'est
en effet qu'une explication ou un simple commentaire de ces mots : *Je suis tout ce qui a été,*
est et sera. On sait que c'étoit l'inscription gravée
en caractères hiéroglyphiques, qui se voyoit sur
la porte du temple de cette déesse à Saïs (1), et
dont nous avons deux traductions grecques (2).
D'ailleurs, ceux qui ont cru voir dans Apulée
qu'on enseignoit ici aux initiés le dogme de
l'unité de Dieu, n'ont pas sans doute remarqué
un autre passage du même ouvrage de cet écrivain, où Osiris est mis fort au-dessus de toutes
les divinités (3). Conséquemment, Isis ne pouvoit être la première divinité; elle étoit encore
moins la seule.

On enseignoit dans les mystères isiaques une
autre doctrine, celle qui concernoit la vie future.
Lorsque Lucius dit qu'il arriva aux confins de la
mort, et foula aux pieds le seuil de Proserpine,

_____

(1) Iambl., de Myst., §. 8, cap. 5.

(2) Plut., de Is. et Osir., §. 9; Procl., Comment. in Tim,
Plat., lib. 1, p. 30.

(3) *Deus Deûm magnorum potior, et majorum sum-*
mus, et summorum maximus, et maximorum regnator
Osiris, etc. Metam., lib. XI, p. 245.

n'est-ce pas une allégorie assez claire des craintes
dont il s'imaginoit être délivré par son initiation ? Au reste, toute difficulté s'évanouit par
ces promesses que lui fait Isis : « Tu vivras heu-
» reux, tu seras plein de gloire sous ma protec-
» tion. Quand, ayant atteint le terme de ta vie,
» tu seras descendu aux enfers, tu habiteras les
» Champs Élysées....... Si, par ton zèle pour mon
» culte, et par la pratique de la continence et des
» privations qui te seront imposées, tu mérites
» mes faveurs, tu sauras qu'il est en mon pouvoir
» de prolonger tes jours au-delà du temps que le
» destin a prescrit ». A l'espoir de jouir après la
mort d'une félicité assurée, se joignoit donc celui
d'une vie longue et heureuse, espoir sur lequel
il n'est jamais difficile de tromper les hommes,
parce que leur bonheur consiste à céder à la force
de cette illusion.

Non-seulement Isis étoit regardée comme ayant
le pouvoir d'arrêter l'exécution des arrêts des
Parques, de détourner les malignes influences
des astres, de soustraire ses favoris aux coups de
la fortune; on lui attribuoit encore le pouvoir
de calmer ou de prévenir les tempêtes, et de faire
échapper les navigateurs aux périls dont la mer
les menace (1). C'est pourquoi on consacroit à la
déesse un navire, et on célébroit sa fête dès que

(1) Apul., Metam., lib. XI, p. 226, 241, etc.

L iv

les orages qui règnent pendant l'hiver ne se faisoient plus sentir, et que les flots, devenus pai-
sibles, permettoient aux bâtimens d'appareil-
ler (1). Personne n'ignore que l'heureuse position

---

(1) Hesiode prescrit de s'abstenir de toute navigation
après le coucher des Pleïades, c'est-à-dire, à partir des
derniers jours du mois d'octobre.

Εἰ δέ σε ναυτιλίης δυσπεμφέλου ἵμερος αἱρῇ,
Εὖτ' ἂν Πληϊάδες, σθένος ὄβριμον Ὠρίωνος
Φεύγουσαι, πίπτωσιν ἐς ἠεροειδέα πόντον,
Δὴ τότε παντοίων ἀνέμων θύουσιν ἀῆται.
Καὶ τότε μηκέτι νῆας ἔχειν ἐνὶ οἴνοπι πόντῳ.

Oper. et Di., v. 618-622.

Suivant Végèce (de Re milit., lib. v, cap. 9), à compter
du 18 avant les kalendes d'octobre (14 septembre), la navigation étoit regardée comme dangereuse. On la regar-
doit comme impraticable, à partir du 3 des ides de novembre (11 novembre), à cause des tempêtes connues de
nos marins sous le nom de *coups de vents des Morts*. Les
mers demeuroient fermées (*maria clauduntur*) jusqu'au
6 des ides de mars (10 mars). A Rome, on célébroit l'ouverture de la navigation, à cette époque, par des joûtes et
des spectacles. Malgré cela, les flottes ne se mettoient guère
en mer avant les ides de mai (15 mai).

[Cette expression, *ouvrir* et *fermer la mer*, est encore
usitée dans le Levant, et l'ouverture de la navigation est
accompagnée de bénédictions et de cérémonies religieuses.
Voici ce qu'on lit à ce sujet dans les lettres de Busbecq :
*Cum Græcorum sacerdotibus mos sit, certo veris tempore
aquas consecrando mare* CLAUSUM *veluti* RESERARE,
ante quod tempus non facile se committant fluctibus, ab

de Corinthe l'avoit rendue le centre du commerce
maritime de la Grèce : il n'est donc point étonnant qu'elle fût celui du culte d'Isis, protectrice
de la navigation. Quoique les Égyptiens fussent
ennemis de cet art, autant par goût que par principe religieux, cela ne les empêchoit pas néanmoins de faire honneur de sa découverte à cette

---

*ea cœremonia nec Turcœ absunt. Paratis ergo rebus ad
navigandum, subinde ad Grœcos accedunt, percunctan-
turque an nondum etiam sit aquis dictum bene. Quod si
negent, navigationem differunt; si factum respondeant,
naves conscendunt ac navigant* (Aug. Gislen. Busbeq. De
Legat. Turc. Epistol., epist. 3, p. 160, ed. Hanov., 1629).
C'est sans doute, comme l'a conjecturé le P. Goar, pour
ouvrir la navigation et *bénir la mer*, que l'Église grecque
fait usage d'une prière qui se trouve dans presque tous les
rituels grecs, au nombre de celles qui doivent être prononcées quand le patriarche ou l'évêque le trouve conve-
nable. Elle est intitulée : Εὐχὴ ἐπὶ μέλλοντος πλέειν, γινομένη
ἐν τῷ δρόμωνι ὑπὸ τοῦ πατριάρχου, et elle commence ainsi :
Δέσποτα κύριε ὁ Θεὸς ἡμῶν, ὁ καταξιώσας συμπλεῦσαι τοῖς ἁγίοις
μαθηταῖς καὶ ἀποστόλοις σου, καὶ ἐπιτιμήσας τῷ λαίλαπι τῶν ἀνέμων, et finit par ces mots : Ἡ τοιαύτη εὐχὴ λέγεται καὶ ἐπὶ
πλοίου μέλλοντος πλεῖν. Vid. Goar, Εὐχολόγιον, seu Ritual.
Grœc., Lutet. Paris., 1647. Fol., p. 873. Dans les alma-
nachs turcs, le jour où l'on doit commencer à mettre à la
voile, et celui où doit cesser la navigation, sont d'ordinaire exactement marqués (Matth. Frid. Beck., Ephemer.
Persar., lib. IV, cap. 2, p. 44). La même chose se voit
dans des calendriers arabes. Notic. et Extr. des Manuscr.,
tom. I, p. 261. S. de S.]

déesse, à laquelle ils attribuoient l'invention des voiles (1), et la construction du premier navire (2).

Il est assez probable que le culte d'Isis passa de Corinthe à Rome, puisque cette déesse portoit aussi le surnom de *Pélagique* dans cette dernière ville (3), où son culte paroît s'être établi dès le temps de Sylla (4). Comme toutes les divinités égyptiennes, Isis n'y fut d'abord tolérée qu'avec peine (5). Chassée ensuite du Capitole avec Sérapis, malgré les rumeurs du peuple, sous le consulat de Pison et de Gabinius (6), l'an 58 avant

---

(1) Hygin., Fab. cclxxvii.

(2) Fulgent., lib. 1, cap. 25.

(3) Inscript. ap. Grut., p. cccxii, n° 5.

(4) Apul., lib. xi, p. 246.

[Plusieurs critiques pensent qu'il y a une faute dans le passage d'Apulée, cité par M. de Sainte-Croix : *Collegii vetustissimi, et sub illis Sullæ temporibus conditi, munia.... gaudens obibam.* Le culte d'Isis paroît n'avoir été autorisé à Rome que sous les Triumvirs. S. de S.]

(5) Macrob., Saturn., lib. 1, cap. 7.

(6) *Cæterum, Serapem, et Isidem, et Arpocratem, et Anubem prohibitos Capitolio Varro commemorat, eorumque statuas à senatu dejectas, nonnisi per vim popularium restructas ; sed tamen et Gabinius consul kalendis januariis, cùm vix hostias probaret, præ popularium cœtu, quia nihil de Serape et Iside constituisset, potiorem habuit senatûs censuram quàm impetum vulgi, et aras institui prohibuit.* Tertull., ad Nat., lib. 1, cap. 10,

J. C., elle ne revint que peu de temps avant les dernières guerres civiles, dans cette capitale du monde, où ses mystères s'établirent alors, et eurent de nombreux partisans. Appien raconte que l'édile Volusius, cherchant à éviter la proscription des triumvirs, emprunta d'un isiaque sa robe de lin et son masque à tête de chien. Dans cet équipage, il se rendit par les chemins ordinaires, un sistre à la main, et demandant l'aumône, auprès du jeune Pompée (1). Si les yeux, comme le remarque très-bien Fréret (2), n'avoient pas été accoutumés à voir des hommes dans ce bizarre ajustement, rien n'eût été plus propre à faire arrêter Volusius par les premiers qui l'eussent rencontré.

Virgile parle avec tant de mépris des divinités égyptiennes (3), que son ancien commentateur, Servius, pense que leur culte ne fut introduit, ou, si l'on veut, rétabli à Rome qu'après le règne d'Auguste. Sous les successeurs de ce prince, la superstition semblant croître avec la dépravation générale des mœurs, les mystères d'Isis eurent

p. 47. C, ed. cum not. var. Vid. et Apologet., cap. 6, p. 7. B.

(1) Appian., de Bell. civil., lib. IV, cap. 47, in Roman. histor., tom. II, p. 592, ed. Schweighæus., Lips., 1785.

(2) Acad. des Inscr., tom. XVI, p. 276.

(3) *Omnigenúmque Deúm monstra et latrator Anubis.* Æn., lib. VIII, v. 698.

beaucoup de vogue; et au temps de Domitien, ils
n'étoient plus que ceux de la débauche (1). C'étoit
dans les jardins du temple même de cette déesse
que les adultères se commettoient, et les femmes
s'y prostituoient sans crainte (2). En falloit-il davantage pour mériter à ces cérémonies la protection de Commode et de Caracalla? On y vit le
premier, la tête rase, avec la figure d'Anubis sur
les épaules, et se servant de son museau de chien
pour assommer les assistans. D'autres fois, il for-
çoit les malheureux initiés à se frapper la poi-
trine jusqu'à courir un danger imminent de
mort (3). On ignore si Caracalla fut moins inhu-
main dans les mêmes cérémonies : il y porta aussi
la statue d'Anubis; mais il surpassa Commode
par sa magnificence, en élevant des temples à
Isis (4).

Le plus célèbre de ces édifices étoit celui du
Champ de Mars : là se faisoient les cérémonies
de l'initiation, à laquelle on se préparoit pendant dix jours, par l'abstinence de la chair et
une continence rigoureuse. L'une et l'autre pra-

_____

(1) Juven., Sat, VI, v. 488.

(2) *Apud templum Isidis, lenœ, conciliatricis : quia
in hortis templorum ejus adulteria committuntur.* Schol.
Juven., ad vers. mod. laud.

(3) Æl. Lamprid., in Script. Hist. August., tom. I,
p. 497, ed. cum not. var.

(4) Æl. Spartian.; ibid., p. 728.

tiques étoient aussi en usage dans les mystères d'Osiris (1), remarquables par quelques rites différens de ceux des mystères d'Isis, quoique le culte de ces deux divinités fût réuni. Les thyrses, les branches de lierre étoient consacrés, spécialement à Osiris, et portés, par les initiés, dans ses cérémonies mystérieuses.

Comme la réception des initiés rendoit beaucoup d'argent aux prêtres, il n'est point étonnant non-seulement qu'on trouvât dans le même temple deux sortes de mystères, mais encore qu'on se fît initier en l'honneur d'une même divinité jusqu'à trois fois (2). C'étoit à la dernière initia-

---

(1) Apul., Metam., lib. xi, p. 243, etc.

(2) [Les diverses initiations dont il est question dans le récit d'Apulée, ont été le sujet d'une thèse soutenue en 1786, à Strasbourg, par M. J. J. Iægle, sous la présidence de M. Oberlin. Le seul point remarquable dans cette thèse, c'est ce que dit l'auteur, du but que, suivant lui, s'est proposé Apulée dans ce récit. Comme tous les nouveaux Platoniciens, il a voulu défendre le paganisme des reproches d'absurdité et d'immoralité, que lui faisoient avec tant d'avantage les docteurs de l'Église chrétienne. Les mystères passoient pour des institutions destinées à faire entrer les hommes dans une vie nouvelle, et à leur assurer par-là le bonheur en ce monde et dans un monde futur. C'étoit constamment aux mystères qu'en appeloient les prêtres et les philosophes païens, quand ils vouloient persuader que l'idolâtrie avoit aussi ses dogmes sublimes, sa morale pure, sa religion spirituelle et conforme à la raison. *Hanc Apu-*

tion, à cause de la vertu prétendue du nombre trois, qu'on promettoit aux adeptes une félicité

---

leius tuiturus opinionem, dit M. Iægle, *et gestiens mysteria quæ dudum erant delapsa, ad pristinum celebritatis auctoritatisque splendidum evehere gradum, sub fabulæ specie hoc efficere tentavit.* M. de Sainte-Croix, comme on le verra plus loin, n'est pas éloigné de cette opinion.

Quant à la doctrine enseignée dans les mystères, M. Iægle pense que dans leur origine, et chez les Égyptiens, les mystères servirent à fortifier et à conserver les dogmes de l'immortalité de l'âme, de la métempsycose, et d'un état de peines ou de récompenses après cette vie. Les explications physiques du mythe d'Isis et d'Osiris lui semblant trop recherchées pour ces siècles anciens, il aime mieux les attribuer aux nouveaux Platoniciens et aux philosophes d'Alexandrie. Enfin il expose ainsi son opinion, relativement à la doctrine enseignée, du temps d'Apulée, dans les mystères Isiaques, combinés en plusieurs choses avec ceux de Cérès et de Mithra :

Idem numen variis regionibus, ob varia, quæ illi conveniunt, attributa, sub variis nominibus invocari; pœnas post mortem homines manere vel præmia; Isiacis initiatos hac vita et altera sub præsidio esse deæ Isidis; hanc, ultra statuta fato spatia, vitam prorogare posse; eam mari terraque homines protegere; fortunam adversam et stellarum noxios cohibere meatus, cunctisque prospicere rebus : præcipua fere sunt, quæ in his, si Apuleium consulueris, ipsius saltem temporibus, docta fuisse videntur.

Si le but d'Apulée étoit tel que le suppose M. Iægle, n'auroit-il pas dû montrer plus de respect pour les mœurs,

inaltérable. Cette dernière initiation étoit comme la perfection et le complément des précédentes. Elle n'avoit point pour but de réparer quelques omissions qui auroient pu rendre les deux premières nulles ou imparfaites (1), mais elle devoit mettre le sceau au bonheur et à la consécration des initiés (2).

---

et se seroit-il permis des détails qui révoltent le lecteur le plus tolérant?

Quant à l'objet primitif de l'institution des mystères, et aux doctrines qui y furent enseignées à diverses époques, j'ai dit ailleurs ce que j'en pense, et je persiste à croire que les doctrines ne furent jamais qu'un objet accessoire, les rites formant véritablement l'essence de ces institutions. S. de S.]

(1) *Nihil est, inquit, quod numerosa serie religionis, quasi quidquam sit prius omissum, terreare. Quin assidua ista numinum dignatione lœtum capesse gaudium, et potius exsulta, ter futurus, quod aliis vel semel vix conceditur; teque de isto numero merito prœsume semper beatum.* Apul., Metam., lib. xi, p. 245.

(2) *Quod felix ac faustum, salutareque tibi sit, animo gaudiali rursum sacris initiare.* Id., ibid.

ARTICLE IV.

Des Mystères de Cotytto, et de ceux de la Bonne Déesse.

Le nom seul de Cotytto annonce l'origine étrangère de cette divinité. C'est dans la Thrace qu'il faut chercher sa patrie primitive : de là son culte, assez ressemblant aux Bacchanales (1), passa dans la Grèce, et s'établit à Athènes et à Corinthe. Il fut tellement en honneur dans cette dernière ville, qu'on y regarda Cotys ou Cotytto comme une déesse tutélaire (2). A Épidaure, elle eut un portique qui lui étoit consacré (3). Les habitans de Chio l'ayant reçue directement de Thrace, confondirent sa fête avec celle des Ithyphalles (4). Cela seul doit faire conjecturer que la décence en étoit bannie : tout ce qui va être rapporté sert à le prouver.

Un des poètes célèbres de l'ancienne comédie, Eupolis, le rival d'Aristophane, entreprit de dé-

---

(1) Strab., lib. x, p. 470.

(2) Hesych., in voc. Κοτυτ]ώ ; Suid., in voc. Θιασώτης, tom. II, col. 197.

(3) Pausan., Corinth., cap. 17.

(4) Synes., de Calvit., p. 85. C, et Petav., not. ad h. loc., p. 34, ed. alter., Lutet. Paris., 1631. Fol.

truire, avec l'arme du ridicule, le trop grand
crédit dont ce culte commençoit à jouir chez les
Athéniens. En conséquence, il fit une pièce intitulée *les Baptes* (1), où il n'épargna point les initiés à ces mystères. Ils prenoient sans doute ce
nom de *Baptes*, à cause de quelque ablution
préparatoire, comme l'indique l'étymologie. Eupolis, dit-on, paya bien cher sa témérité ou plutôt son courage : les partisans de Cotytto le noyè-
rent dans la mer (2). A Rome, Juvénal n'eut pas
à craindre un sort aussi fâcheux, quand il s'éleva
contre l'indécence des cérémonies de cette divinité, qui y avoit changé son nom thrace en ceux
de *Fatua*, de *Fauna* et de *Bonne Déesse* (3).

---

(1) Hephæst., Enchirid., p. 14, ed. Turneb., Paris.,
1553, *in-4*.

(2) Vid. Politian., Miscell., cap. 10, in Oper., p. 234,
ed. Basil.

(3) [J'ai cherché en vain sur quelle autorité M. de Sainte-
Croix a identifié Cotytto avec la Bonne Déesse. Je soupçonne que, n'ayant pas assez réfléchi sur le sens du passage
de Juvénal (satyr. II, v. 91 et 92), où il est question de
Cotytto et des Baptes, il a cru que le poète confondoit les
orgies de Cotytto avec les mystères de la Bonne Déesse.
Mais si on lit attentivement tout cet endroit de Juvénal,
depuis le vers 83, on reconnoîtra que le poète compare les
scènes licencieuses auxquelles donnoit lieu le culte de la
Bonne Déesse, de la part des hommes infâmes qu'il décrit,
avec ce qui se passoit à Athènes dans les mystères de Cotytto. C'est en ce sens que M. de Sainte-Croix, un peu

On ne doit chercher l'explication des deux premiers noms que dans la langue des Sabins. C'étoit
ce peuple qui, dès avant le règne de Numa (1), avoit
transporté à Rome le culte de cette déesse, culte
qui, dans la suite, se mêla tellement avec celui
de Cotytto, qu'ils ne furent plus distingués. Les
femmes seules étoient admises dans les cérémonies nocturnes de ce culte : elles se pratiquoient
dans la maison du consul, en présence des Ves-
tales. La mère ou la femme de ce magistrat y présidoit (2), et avoit l'intendance des sacrifices qu'on
y faisoit pour le salut du peuple romain : c'est
pourquoi cette prêtresse étoit appelée *Damiatrix* (3). La coutume ou la loi sembloit donc avoir
veillé particulièrement sur la décence de ce culte,
que Clodius viola le premier. Depuis cette action, contre laquelle son implacable ennemi, Cicéron, ne cessa de lancer les traits de son éloquence, il est vraisemblable que, dans ces mystères, la pudeur ne fut plus aussi respectée qu'elle
l'étoit auparavant. C'étoit cependant par sa chasteté que Fauna ou Fatua avoit mérité d'être mise
au nombre des divinités, et d'être honorée sous

---

plus loin, fait lui-même usage de ce passage de Juvénal.
S. de S.]

(1) Lactant., Divin. Institut., lib. 1, cap. 22.

(2) Plut., Vit. Cicer., tom. I Oper., p. 870. D.

(3) Fest., in voc. *Damium*, p. xlvii, ed. Sittart.

le nom de la *Bonne Déesse* (1) : on prétendoit qu'elle n'avoit jamais vu ni entendu d'autre homme que Faunus, son mari (2). Dans ce cas, le mérite de sa chasteté conjugale n'auroit pas été très-grand; sa conduite seroit encore moins digne d'éloges et des honneurs de l'apothéose, s'il étoit vrai qu'ayant été trouvée ivre elle fut fustigée avec des verges de myrte (3). Ces traditions avoient donné lieu à diverses pratiques, ou bien elles avoient été inventées pour rendre raison de dif-férens rites qui étoient en usage dans les mystères de la Bonne Déesse. Non-seulement les hommes en étoient sévèrement exclus (4), mais encore tous les tableaux qui représentoient un homme, y étoient voilés (5). Les femmes n'y portoient point de couronnes de myrte; on ne voyoit même aucune branche de cet arbrisseau dans le tem-ple (6). L'horreur qu'on y témoignoit pour le myr-te, venoit de ce qu'il étoit consacré à Vénus (7).

---

(1) Tertull., ad Nat., lib. ii, cap. 9, p. 59. C ; Serv. ad Æn. lib. viii, v. 314.

(2) Varr., ap. Lact., Divin. Institut., lib. i, cap. 22.

(3) Plut., Quæst. Rom., tom. II Oper., p. 268. D ; Arnob., adv. gent., lib. v, p. 168.

(4) Tibull., Eleg., lib. i, eleg. 6, v. 21 et 22 ; Propert., Eleg., lib. iv, eleg. 9, v. 25 et 26.

(5) Juven., sat. vi, v. 341.

(6) Plut., Quæst. Rom., tom. II Oper., p. 268. E.

(7) Cette déesse, dit Plutarque, qu'on adore aujour-

On y permettoit les.libations de vin ; mais il falloit l'appeller *lait,* et couvrir le vase qui contenoit cette liqueur (1).

Si les plus anciennes traditions relatives à cette divinité favorisoient la pudeur et la décence, des traditions plus nouvelles fournirent bientôt un prétexte au désordre et à la plus infâme débauche. Suivant celles-ci Fauna, ou la Bonne Déesse, étoit fille de Faunus, qui brûla d'un violent amour pour elle. Punie de sa résistance à coups de verges de myrte, elle ne céda pas néanmoins ; le vin fut alors employé pour la surprendre ; et malgré son ivresse, aucun consentement ne put lui être arraché. Enfin son père, pour satisfaire sa passion, se métamorphosa en serpent. Plusieurs de ces reptiles, apprivoisés dans le temple de la Bonne Déesse, faisoient allusion à cette fable (2), dont l'origine grecque n'est pas difficile à apercevoir. On se rappelle, sans aucun effort, l'inceste de Jupiter, sous la forme d'un serpent, avec Proserpine. Falloit-il autre chose que de tels récits pour corrompre à Rome les mystères de cette divinité ?

---

d'hui sous le nom de *Vénus-Murcia,* s'appeloit autrefois *Myrtia* (Quæst. Rom., tom. II Oper., p. 268. E ; Plin., lib. xv, cap. 29) : on l'adoroit à Minturne sous le nom de *Marica.* Serv., ad Æn. lib. vii, vers. 47.

(1) Plut., loc. mod. laud. ; Arnob., adv. gent., lib. v, p. 168.

(2) Macrob., Saturn., lib. 1, cap. 12.

« On sait à présent, dit Juvénal, ce qui s'y passe,
» quand la trompette agite ces ménades, et lors-
» que, également ivres et de sons et de vin, elles
» font voler en tourbillon leurs cheveux épars, et
» hurlent à l'envi le nom de Priape : quels trans-
» ports ! quelle fureur ! Saufeïa, la couronne en
» main, provoque les plus viles courtisanes, et
» remporte le prix offert à la lubricité ; mais à
» son tour, elle rend hommage aux ardeurs de
» Médulline. Celle qui triomphe dans cet odieux
» conflit, est censée la plus noble. Là, rien n'est
» feint ; les attitudes y sont d'une telle vérité,
» qu'elles auroient enflammé le vieux Priam et
» l'infirme Nestor. Déjà les désirs veulent être
» assouvis ; déjà chaque femme reconnoît qu'elle
» ne tient dans ses bras qu'une femme, et l'antre
» retentit de ces cris unanimes : *Il est temps d'in-*
» *troduire les hommes.* Mon amant dormiroit-il ?
» qu'on l'éveille. Point d'amant ! je me livre aux
» esclaves. Point d'esclaves ! qu'on appelle un
» manœuvre. A son défaut, l'approche d'une
» brute ne l'effraieroit pas (1) ».

Le culte de la Bonne Déesse n'appartint pas
toujours exclusivement aux femmes ; les hommes
ne voulurent pas dépendre de leurs caprices, ou
des besoins de leur lubricité, pour participer à

---

(1) Sat. VI, v. 314-34. Je me sers de la traduction de
M. Dusaulx, p. 195 et 196.

M iij

ses mystères. Ils les célébrèrent de leur côté; mais
pour observer en quelque sorte les anciens rites,
ils s'habillèrent eux-mêmes en femmes. La tête
parée de longues bandelettes, et le cou orné de
colliers, ils sacrifioient une jeune truie, et offroient à la déesse un grand vase plein de vin. Les
femmes étoient exclues du sanctuaire, et le temple ne s'ouvroit qu'aux hommes. « Loin d'ici,
» profanes, s'écrioient-ils; vos chanteuses sont
» bannies de ces lieux. Ainsi, ajoute Juvénal, les
» Baptes célébroient dans Athènes, à la lueur des
» flambeaux, leurs nocturnes orgies, et, par des
» danses lascives, fatiguoient leur Cotytto (1) ».

Ce que le poète ajoute relativement au costume et à la parure des ministres de cette divinité;
le portrait qu'il fait de l'un d'eux buvant dans
un phallus de verre; tous les traits qu'il accu-
mule pour peindre leurs mœurs efféminées; enfin, ces expressions par lesquelles il termine cette
description : « On voit, dans ces cérémonies, les
» mêmes turpitudes que dans les mystères de Cy-
» bèle (2) », font assez apercevoir la ressemblance
des ministres de Cybèle avec ceux de la Bonne
Déesse ; peut-être Cybèle et la Bonne Déesse
n'étoient-elles dans la réalité qu'une seule et
même divinité. Cette conjecture a d'autant plus

(1) Sat. II, v. 84-92.
(2) Juven., Sat. II, v. 110 et 111.

de fondement, que la dernière étoit prise pour
la Terre, dont le culte avoit été uni à celui de
Saturne ou du Ciel (1) chez les anciens habitans
de l'Italie. Les noms de *Fauna* et de *Fatua*, qu'on
donnoit à la déesse, étoient relatifs à l'art de prédire l'avenir (2): c'est pourquoi les Romains donnoient pour époux à Fauna un devin. Chez les
Grecs aussi, l'art de prédire l'avenir avoit été
primitivement un des attributs de la Terre (3).

D'abord pur et simple, le culte de la Bonne
Déesse, représentant la Terre, ne blessa point la
décence; il ne fut corrompu que par son union
avec celui de Cotytto (4). L'esprit de débauche
de la jeunesse romaine, et le fanatisme intéressé

---

(1) Macrob., Saturn., lib. 1, cap. 12.

(2) Varr., de Ling. Lat., lib. v, cap. 7, p. 66, ed. Bipont.; lib. vi, cap. 3, p. 88 ; Macrob., lib. 1, cap. 12;
Lact., divin. Instit., lib. 1, cap. 22.

(3)   Ἐμοὶ δὲ μήτηρ, οὐχ ἅπαξ μόνον, Θέμις,
    Καὶ Γαῖα, πολλῶν ὀνομάτων μορφὴ μία,
    Τὸ μέλλον ᾗ κραίνοιτο προὐτεθεσπίκει.
         Æschyl., Prometh., v. 209-211.

Πεποιημένον οὖν ἐσὶν ἐν τούτοις, Ποσειδῶνος ἐν κοινῷ καὶ Γῆς
εἶναι τὸ μαντεῖον· καὶ τὴν μὲν χρᾶν αὐγήν. Pausan., Phocic.,
cap. 5.

(4) [Je répète ici l'observation que j'ai faite précédemment, et j'ajoute que je ne connois aucune autorité qui
puisse donner lieu de penser que le culte de Cotytto ait
jamais été reçu à Rome. S. de S.]

M iv

des galles ou prêtres de Cybèle, achevèrent de tout perdre, et parvinrent non-seulement à rendre méprisables ou odieuses ces cérémonies, mais encore à décrier toutes celles du paganisme. Les plus sacrées furent souillées, et les temples devinrent l'écueil de la vertu. « Quel autel aujourd'hui n'a » pas son Clodius? » s'écrioit Juvénal (1), sous le règne de Domitien. Depuis cette époque, le mal fit encore bien des progrès ; ils ne pouvoient qu'être accélérés à Rome par l'introduction de tant de cultes mystérieux et étrangers.

-----

(1) Sat. vi, v. 345.

ARTICLE V.

De la décadence totale des Mystères.

L'EMPRESSEMENT des orphiques à initier tout le monde, fut la première cause du discrédit dans lequel tombèrent insensiblement les mystères. Il étoit déjà si grand sous les derniers Césars, que les rites en étoient alors mal observés, suivant la remarque de Josèphe (1). La décadence alla toujours depuis en augmentant. Les prêtres de Cybèle y contribuèrent beaucoup : on les voyoit partout jouer le rôle d'énergumènes; s'adonnant à une mendicité scandaleuse, ils étoient loin de se faire respecter par l'honnêteté de leurs mœurs. Ils portoient tout ensemble leur divinité, les objets de son culte mystérieux, et leurs provisions de toute espèce. Apulée fait dire assez plaisamment à Lucius, métamorphosé en âne et attaché au service de ces ministres errans et fanatiques, qu'il leur servoit à la fois de temple et de grenier (2).

Cet écrivain paroît avoir eu en vue, dans son

(1) Contr. Apion., lib. II, §. 22, tom. II Oper., p. 485.

(2) ....*In sacculos.... dorso meo congerunt, ut duplici scilicet sarcinæ pondere gravatus, et horreum simul et templum incederem.* Metam., lib. VIII, p. 163.

ouvrage, de montrer toute l'extravagance et la turpitude des galles, afin d'accréditer le culte secret des divinités égyptiennes, qu'il vouloit opposer au chtistianisme. Il secondoit en cela les intentions des philosophes éclectiques, qui cherchoient à participer à toutes les initiations, à en rétablir les pratiques, et à rémédier aux désordres qui s'y commettoient. Les magistrats s'en embarrassoient si peu, qu'ils souffroient qu'on en donnât impunément des représentations dans les places et les carrefours. Là des charlatans prétendoient initier la populace avec des cérémonies indécentes et tumultueuses, qui ne différoient guère des Bacchanales les plus licencieuses (1). Dès le temps de Cicéron, les mots *mystères* et *abomination* étoient presque synonymes. Warburton, qui fait cette remarque (2), croit, avec raison, que la représentation obscène du phallus, toutes les fables scandaleuses dont elle étoit accompagnée, enfin le danger des assemblées nocturnes, sont les véritables causes de la corruption totale des anciens mystères. La dernière attira surtout l'attention des empereurs chrétiens. Constance et Gratien défendirent de s'assembler la nuit (3); mais, sur les représentations de Prétex-

---

(1) Dion Chrys., Or. xxxvi, p. 447. C.
(2) The div. Legat. of Mos., tom. I, p. 169 et 170.
(3) Cod. Theodos., lib. xvi, tit. x, leg. 5 et 7.

tat (1), leurs édits ne furent point exécutés à Éleusis. La proscription générale n'eut donc lieu que sous Théodose, qui non-seulement renouvela les lois de ses prédécesseurs, mais encore fit démolir les temples (2). Les mystagogues avoient prévu cet événement ; et ne pouvant l'empêcher, ils voulurent avoir du moins la gloire de le prédire (3).

Ce fut environ dix-huit cents ans après l'établissement des mystères dans la Grèce, qu'ils se trouvèrent tous proscrits et abolis. Ils auroient même été entièrement oubliés, si quelques-unes des sectes (4) nées dans le christianisme, n'en eus-

---

(1) Zosim., Hist., lib. iv, cap. 3, p. 284, ed. Reitemeier., Lips., 1784.

(2) Cod. Theodos., lib. et tit. laudat, §. 25 ; Sozomen., Hist. eccles., lib. vi, cap. 20 ; Chron. Alex., p. 704.

(3) Eunap., Vit. Maxim., p. 93, ed. Commelin.

(4) [Dans un ouvrage allemand publié à Leipsick en 1790, et intitulé *Essai sur les Antiquités ecclésiastiques des Gnostiques*, l'auteur (M. Fr. Münter) n'a point hésité à reconnoître que toutes les sectes des Gnostiques avoient beaucoup emprunté aux mystères du paganisme, tels qu'ils étoient de leur temps. S'étant séparés de l'Église, principalement par haine pour le judaïsme dont les traces s'étoient conservées dans les premières sociétés chrétiennes, et par un zèle mal entendu pour un spiritualisme plus relevé, ils firent encore plus d'efforts que certains pères de l'Église, pour concilier les dogmes chrétiens avec les idées de cette philosophie qui régnoit alors, et qui étoit un mé-

sent imité ou fait revivre certaines pratiques. Tertullien reproche aux Valentiniens d'avoir dérobé

---

lange des systèmes de Pythagore et de Platon. Cette doctrine, qui sembloit propre à soutenir et même à relever le
crédit du paganisme, avoit pénétré dans les sanctuaires,
et les hiérophantes ne l'enseignoient pas moins que les philosophes. Les sectaires qui vouloient l'introduire dans le
christianisme, imitèrent ceux qui l'avoient introduite dans
le culte païen; ils se conformèrent, et dans leur manière
énigmatique d'enseigner, et dans les pratiques de leur
culte, et dans les formes d'initiation ou d'admission à leur
société, à ce qui se pratiquoit dans les mystères. Cette
conduite leur procuroit deux avantages; le premier étoit
d'attirer dans leurs sectes des hommes instruits, des philosophes que rebutoit la simplicité du christianisme, et qui,
entraînés par le goût dominant de leur siècle, ne pouvoient renoncer à leurs hautes spéculations et à leurs doctrines énigmatiques, dont le principal mérite étoit d'être
hors de la portée du vulgaire. Le second avantage qu'ils y
trouvoient, étoit de ne pas s'exposer, comme les Chrétiens
fidèles, à la haine et à la persécution des Païens. Au moyen
des nombreux points de contact de leur doctrine avec la
philosophie du siècle, ils ne pouvoient point être regardés
comme les ennemis déclarés de la religion dominante, et
des dieux qu'adoroit Rome et l'empire; et à l'aide du secret
et des divers rapports que leurs pratiques conservoient
avec celles des mystères, ils profitoient du respect que
tous les mystères, quels qu'ils fussent, inspiroient aux
Païens, et ils étoient à l'abri des persécutions sous ce voile
qu'on n'osoit soulever.

Telles sont les idées générales de l'auteur : il faut en voir
les développemens dans l'ouvrage même. S. de S.]

leurs cérémonies à Éleusis (1). Si nous avions plus de connoissance de la doctrine qui y étoit enseignée, surtout dans les derniers temps, nous pourrions connoître quels rapports elle avoit avec l'opinion de ces hérétiques sur les *éons*. Cette dernière étoit conforme aux idées des nouveaux Platoniciens, lesquelles ont certainement été adoptées par les hiérophantes. Peut-être les hiérophantes et les sectaires se servoient-ils des mêmes mots mystiques, dont l'interprétation toutefois dépendoit du système qu'ils embrassoient.

Beausobre exclut avec raison du nombre des Chrétiens les Ophites (2), parce qu'on n'étoit point admis dans leurs assemblées qu'on n'eût prononcé des imprécations contre Jésus (3). Cependant nous devons en faire mention ici. Persuadés que le serpent qui avoit engagé le premier homme à manger du fruit défendu, avoit rendu au genre humain un grand service, ils tenoient un serpent enfermé avec respect dans une corbeille. Au moment de la célébration des mystères, la porte de la corbeille étoit ouverte à ce reptile, qu'ils regardoient comme un roi tombé

---

(1) *Eleusinia Valentiniani fecerunt lenocinia.* Tertull., adv. Valent., p. 250. B, ed. cum not. var.

(2) Hist. du Manich., liv. iv, chap. 4, tom. II, p. 66.

(3) Origen., contr. Cels., tom. I, p. 652. A, ed. Delarue.

du ciel. On l'appeloit alors ; et s'il venoit, montoit sur la table, et s'entortilloit autour des pains dont elle étoit couverte, le sacrifice passoit pour parfait. Ces pains étoient alors rompus et distribués aux assistans (1).

Les termes mystiques et la formule dont les Marcosiens se servoient à l'égard de leurs adeptes, ainsi que les réponses de ceux-ci, annoncent clairement une imitation des rites observés dans les sanctuaires du paganisme (2). Les Marcionites et les disciples de Tatien, employoient fréquemment les lustrations d'eau dans leurs cérémonies, et toujours d'une manière fort mystérieuse (3).

Les Pépuziens, qui confioient aux femmes les fonctions du sacerdoce, comme celles de la magistrature, avoient une initiation où ils faisoient apparoître des fantômes. En prononçant certaines paroles, ils changeoient en bleu, dans un vase, la couleur pourpre, qui avoit rapport aux élé-

----

(1) S. Epiph., adv. Hæres., tom. I Oper., p. 272. A.

(2) Ibid., p. 255. B.

(3) Ibid., p. 304. D ; 392. A.

[Peut-être y a-t-il, comme je l'ai déjà dit, quelque chose de vrai dans la conjecture de M. de Sainte-Croix, et certaines sectes hérétiques avoient-elles emprunté divers rites des mystères du paganisme. Cependant plusieurs de ceux dont il s'agit ici sont regardés, par S. Épiphane, comme de simples imitations des cérémonies chrétiennes, usitées dans les sacremens du baptême et de l'eucharistie. S. de S.]

mens ; ils finissoient leurs cérémonies en admettant dans leurs assemblées les femmes qui avoient embrassé leur doctrine (1). Mais une horrible pratique qu'ils se permettoient étoit, dit-on, celle d'égorger un jeune enfant (2).

On ne vit jamais de semblables victimes dans le *béma* des Manichéens : c'est ainsi qu'ils nommoient leur fête la plus solennelle (3). Après y avoir pris de la nourriture, et avoir consacré de l'huile, en invoquant la divinité sous différens noms, ils se répandoient cette huile sur la tête. Les noms dont il est question n'étoient connus que de leurs élus. Ils faisoient aussi usage du mot *sabaoth*, par lequel ils entendoient la nature de l'homme et le père de la concupiscence. Ces expressions n'auroient-elles pas désigné le phallus, et ce symbole n'auroit-il pas reçu une sorte de culte chez les Manichéens (4)? On les

(1) S. Epiph., Anaceph., tom. II Oper, p. 141. D.

(2) Ibid., p. 144. C.

(3) Beausobre, Hist. du Manich, liv. ix, chap. 6, tom. II, p. 713.

(4) S. Epiph., adv. Hæres., lib. iii, tom. I Oper., p. 646. C.

[M. de Sainte-Croix s'étoit exprimé d'une manière bien plus affirmative, mais j'ai dû modifier ses expressions, et ne présenter ceci que comme un doute, d'autant plus qu'il me paroît très-incertain que l'on doive interpréter ainsi le passage de S. Épiphane. Il est à propos d'en transcrire ici

accusa d'une infamie révoltante, et qui répugne
à la nature (1); mais leur historien, le savant
Beausobre, les en a disculpés (2).

---

le texte. Le voici : Ἐνετείλατο δὲ τοῖς ἐκλεκτοῖς αὐτοῦ μόνοις,
οὐ πλέον ἑπτὰ οὖσι τὸν ἀριθμόν· ἐὰν παύσησθε ἐσθίοντες, εὔχεσθε,
καὶ βάλλετε ἐπὶ τῆς κεφαλῆς ἔλαιον ἐξωρκισμένον ὀνόμασι πολλοῖς,
πρὸς στηριγμὸν τῆς πίστεως ταύτης· τὰ δὲ ὀνόματά μοι οὐκ ἐφα-
νερώθη· μόνοι γὰρ οἱ ἑπτὰ τούτοις χρῶνται· καὶ πάλιν τὸ παρ'
ἡμῖν τίμιον καὶ μέγα ὄνομα Σαβαὼθ, αὐτὸ εἶναι τὴν φύσιν τοῦ ἀνθρώπου, καὶ πατέρα τῆς ἐπιθυμίας· καὶ διὰ τοῦτο ἀπλάριοι προσ-
κυνοῦσι τὴν ἐπιθυμίαν, Θεὸν αὐτὴν ἡγούμενοι.

Je ferai d'abord observer que ceci est tout-à-fait étranger
au *béma* des Manichéens. Cette onction d'huile, recom-
mandée seulement aux élus, paroît une imitation de la
confirmation des Chrétiens. C'est seulement à l'occasion des
noms mystérieux employés dans l'exorcisme ou la consécration de cette huile, que S. Épiphane fait mention du
sens que les Manichéens donnoient au mot *sabaoth*. On
pourroit croire que S. Épiphane a seulement voulu dire
qu'ils entendoient par là la faculté de la génération, ou ce
sentiment naturel que le Créateur a mis dans l'homme
pour la propagation de son espèce. Manès pouvoit avoir
personnifié cet instinct. Mais, en admettant même qu'on
doive entendre par les mots ἡ φύσις τοῦ ἀνθρώπου, l'organe
de la génération, il ne suit pas de là que les Manichéens
rendissent un culte au phallus. Car on ne sauroit dire quels
sont ceux qui, suivant S. Épiphane, adoroient la concupiscence comme un dieu, parce que le sens du mot ἀπλάριοι, si ce mot d'ailleurs n'est pas une faute, est incertain.
Le P. Pétau n'a pas osé le traduire. S. de S.]

(1) S. August., de Hæres., cap. 46.
(2) Hist. du Manich., lib. IX, chap. 7, tom. II, p. 725.

S. Épiphane, après avoir montré toutes les
erreurs et les diverses pratiques des hérétiques
qui ont déchiré l'Église dans les premiers siècles,
finit son ouvrage par une exposition de la foi
catholique. Ce savant Père semble y avoir prévu
le reproche qu'on feroit un jour aux Chrétiens,
d'avoir emprunté plusieurs cérémonies, des mystères des Païens : il fait sentir la différence essentielle des cérémonies chrétiennes et des rites
du paganisme, et montre combien les véritables
fidèles avoient toujours répugné à l'admission de
ces rites étrangers. Si quelques-uns ont été consacrés par l'usage, ce n'a jamais été que ceux qui
ne pouvoient ni offenser la décence, ni préjudi-
cier à la majesté du culte divin.

A la vérité, les premiers Chrétiens paroissent
s'être trop souvent servis de termes relatifs aux initiations païennes; mais quelquefois ils se trouvèrent forcés d'en emprunter le langage : ils durent
aussi ne pas négliger les précautions qu'on prenoit
dans la célébration des mystères du paganisme,
pour éloigner les profanes. « L'usage de l'Église,
» dit S. Cyrille, évêque de Jérusalem, n'est point
» de découvrir aux Gentils ses mystères, surtout
» ceux qui concernent le Père et le Saint-Esprit.
» Elle se garde même d'en parler clairement aux
» catéchumènes. Au contraire, elle le fait presque
» toujours obscurément, de manière toutefois que
» les fidèles instruits puissent le comprendre, et

IIe PART.   N

» que les autres n'en soient pas révoltés. Le dra-
» gon est renversé par de pareilles énigmes (1) ».
Ceci fait allusion à la régénération par le baptême,
qui soustrait les hommes à l'empire du démon (2).
Mais cette expression figurée, *le dragon*, n'avoit-
elle pas trop de rapport avec les fables que les
anciens mystagogues racontoient dans la plupart
de leurs mystères, fables dans lesquelles un serpent jouoit presque toujours un rôle plus ou
moins considérable ?

Cette formule : « Éloignez-vous, profanes; que
» les catéchumènes, et ceux qui ne sont point
» admis ou initiés, sortent (3) », renfermoit assurément une précaution sage et nécessaire, dans
des temps où les ennemis de la religion cherchoient à profiter de la foiblesse ou de l'indiscrétion des personnes qui n'étoient point encore
affermies dans la foi ? On vouloit aussi obvier
par-là aux profanations que pouvoit occasionner
le penchant naturel des peuples pour les anciennes superstitions.

En rejetant d'un côté les pratiques de l'initiation dont ils détestoient l'abus, et de l'autre, en
en admettant quelques-unes dont l'application

---

(1) Cateches. vi, p. 60. C, ed. Prevot.
(2) Ibid., cap. 3, p. 20. B.
(3) Vid. Casaub., Exerc. ad Baron. Annal., xvi, p.
555. B.

étoit sage, les anciens Pères ne sont pas tombés dans une contradiction aussi étrange que l'imagine Warburton (1). Leur dessein n'étoit pas, comme il voudroit le persuader, si fatal à la pureté du christianisme. S. Clément d'Alexandrie prétendoit, au contraire, relever l'excellence de cette religion, quand il employoit cette exclamation éloquente : « O mystères véritablement sacrés! » ô lumière pure! A la lueur des flambeaux, le » voile qui couvre Dieu et le ciel, tombe. Je de- » viens saint, dès que j'ai participé à l'initiation : » c'est le Seigneur lui-même qui en est l'hiéro- » phante ; il appose son sceau à l'adepte qu'il » éclaire ; et pour récompenser sa foi, il le recom- » mandera éternellement à son Père. Voilà les or- » gies de mes mystères : venez, et faites-vous-y » recevoir (2) ».

En s'exprimant ainsi, ce savant Père vouloit se prêter au goût des Orientaux pour le langage allégorique et mystérieux. On sait l'usage qu'en firent les Juifs : quoique cela ne soit pas de mon sujet, je ne puis m'empêcher de remarquer que,

_____

(1) The divin. Legat. of Mos., tom. I, p. 177.

(2) Ὦ τῶν ἁγίων ὡς ἀληθῶς μυστηρίων· ὦ φωτὸς ἀκράτου· δαδουχοῦμαι, τοὺς οὐρανοὺς καὶ τὸν Θεὸν ἐποπτεύσας· ἅγιος γίνομαι, μυούμενος· ἱεροφαντεῖ δὲ ὁ κύριος, καὶ τὸν μύστην σφραγίζεται φωταγωγῶν· καὶ παρατίθεται τῷ πατρὶ τὸν πεπιστευκότα, αἰῶσι τηρούμενον. Ταῦτα τῶν ἐμῶν μυστηρίων τὰ βακχεύματα· εἰ βούλει, καὶ σὺ μυοῦ. Protrept., p. 92.

parmi eux, les Esséniens avoient une espèce d'initiation. Ils cherchoient à imiter les Pythagoriciens et les mystagogues grecs, soit par l'union fraternelle dont ils se faisoient un devoir, soit par le serment redoutable qu'ils exigeoient (1), soit enfin par le respect qu'ils avoient pour un certain nombre (2). Il n'est pas inutile d'observer que le récipiendaire, chez les Esséniens, portoit un habit blanc, un tablier et une petite hache (3). Les Cabbalistes méritent bien autant qu'eux d'être mis dans la classe des sectes mystiques. La secte des Druzes, qui subsiste encore en Syrie, peut bien aussi être regardée comme une association mystérieuse. Ses membres donnent à Mahomet le nom de *Satan*, et ne se reconnoissent entre eux qu'au moyen d'une formule énigmatique. Lorsqu'un Druze en rencontre un autre, pour s'assurer si celui à qui il parle est véritablement Druze, il lui fait cette question : *Sème-t-on dans*

---

(1) Porphyr., de Abstin., lib. IV, §. 11, 12, 13.

(2) Les Thérapeutes, qui avoient de grands rapports avec les Esséniens, témoignoient, selon Philon, leur vénération, non-seulement pour le nombre sept, mais encore pour la vertu de ce nombre multiplié. On trouve, jusque dans le douzième siècle, des Juifs qui menoient une vie semblable à celle des Thérapeutes, comme l'observe très-bien le président Bouhier. Lettres sur les Thérap., p. 76.

(3) Joseph., de Bell. Jud., lib. II, cap. 8, §. 5, 6 et 7, tom. II, p. 161-3, ed. Sig. Havercamp.

votre pays de la graine de myrobolan ? S'il répond :
Elle est semée dans le cœur des fidèles, aussitôt il
est reconnu pour frère (1).

---

(1) [Les principaux auteurs qu'on peut consulter relativement aux Druzes, sont : Adler, *Museum Cuficum
Borgianum,* Romæ, 1782; le baron de Bock, Essai sur
l'histoire du Sabéisme, Metz, 1788 ; Venture de Paradis,
a historical Memoir concerning the Druses, dans l'ouvrage intitulé : Appendix to the Memoirs of baron de
Tott, Londres, 1786; Silvestre de Sacy, Chrestomathie
arabe, tom. II ; *Commentatio de notione vocum Tenzil
et Taouil in libris qui ad Druzorum religionem perti-
nent, in Commentat. Soc. Reg. Gotting, ann.* 1799,
tom. XV ; Mémoire sur le culte que les Druzes rendent à
la figure d'un veau, dans les Mémoires de l'Institut, Classe
d'Hist. et de Littér. anc., tom. III.

Les Ismaéliens, dont les Druzes sont une branche dégénérée, avoient un système d'initiation divisé en sept grades,
auxquels on n'étoit admis qu'après beaucoup d'épreuves.
La doctrine qu'on enseignoit dans les degrés inférieurs,
étoit bien différente de celle qui formoit le vrai système
de la secte, et dont le but étoit de substituer la philosophie
et l'autorité de la raison, aux dogmes du mahométisme et
à l'autorité de la révélation.

On peut encore regarder comme une secte mystique,
celle des Sofis, qui remonte presque à l'origine du mahométisme, et dont la doctrine secrète consiste dans un spiritualisme exagéré, qui ne le cède guère au quiétisme le
plus outré. Cette doctrine semble être un mélange de la
philosophie des nouveaux Platoniciens, et des dogmes spé-
culatifs de l'Inde. Il est difficile de concevoir que ceux qui
en font profession, puissent être regardés comme de vrais

N iij

Nos braves, mais ignorans chevaliers, puisèrent aussi dans la Syrie, l'idée d'une association secrète dont on leur dispute en vain d'être les premiers auteurs (1). Différentes choses qu'on y débite pourroient bien avoir des rapports marqués avec les fables d'Osiris et d'Horus, ou avec la mort tragique du jeune Iacchus. Les questions faites aux récipiendaires, et leurs réponses, rappellent ce qui se pratiquoit à l'égard des mystes d'Éleusis. L'usage de formules et de mots barbares ou empruntés des langues de l'Orient, offre encore un rapprochement assez frappant avec les anciens mystères, et peut indiquer l'origine étrangère et orientale de ces modernes associations. Enfin, les vifs regrets qu'au temps des croisades les Juifs dispersés

---

Mahométans. Une chose bien digne de remarque, c'est que les dogmes mystiques des Sofis sont présentés par les poètes les plus célèbres de la Perse, sous les emblèmes du vin, de l'amour, de tous les plaisirs et de la débauche, et qu'ils les trouvent aussi dans les préceptes de l'Alcoran, tant l'allégorie fournit de ressources aux égaremens de l'esprit et du cœur. Un autre fait non moins curieux, c'est que ces spiritualistes ont inventé une langue toute entière, formée avec beaucoup d'art, pour dérober au commun des hommes la connoissance de leurs sublimes rêveries. Voy. Notices et Extraits des Manuscrits du Roi, etc., tom. IX, part. Iʳᵉ, p. 365 et suiv. S. de S.]

(1) M. l'abbé Robins, Recherch. sur les Initiat. anc. et modern., p. 114, etc.

avoient encore de la destruction de leur temple (1), auront peut-être fait naître cette allégorie
sur son rétablissement, si célèbre dans les Loges.
Mais laissons là ces rapprochemens, et conten-
tons-nous de faire observer ce penchant naturel
à l'homme, pour tout ce qui porte l'empreinte du
mystère. Depuis l'enfance de la société jusqu'à
nos jours, cette inclination a toujours servi uti-
lement ceux qui ont su s'en emparer : sans doute
elle produira toujours et partout les mêmes effets.
Puisse-t-elle du moins n'être employée qu'à resserrer les liens de la société, que relâchent de plus
en plus l'intérêt et l'égoïsme !

_____

(1) Benjam. Tud., Itiner., p. 83.

ÉCLAIRCISSEMENS

RELATIFS A QUELQUES ENDROITS DES RECHERCHES
HISTORIQUES ET CRITIQUES SUR LES MYSTÈRES DU
PAGANISME.

I. *De l'étymologie des noms donnés aux mystères.*
(*Tom. I, p.* 169.)

Les Grecs se servoient des mots μυςήρια, τελετὴ, ὄργια, pour exprimer les cérémonies secrètes de leur culte. Casaubon (1) et quelques autres savans dérivent le premier du mot *mistar* ou *mistor,* lequel signifie, dans la langue hébraïque, *chose cachée.* Mais il y a long-temps qu'Albert Schultens a réfuté cette étymologie ; et il n'est point nécessaire d'avoir recours aux langues orientales, pour expliquer un terme grec. S. Clément d'Alexandrie dérive celui-ci de μῦσος, *chose exécrable* (2), à cause du crime commis à l'égard de Bacchus, ou de Μυοῦς, *Myus,* nom d'un Athénien qui périt à la chasse : enfin, il observe que μυςήρια diffère peu de μυθήρια, *choses relatives à la*

---

(1) Exerc. ad Annal. Baron., xvi, p. 542. A.
(2) Clem. Alex., Protrept., p. 12.

chasse (1). Il est facile de s'apercevoir que ce savant Père n'emploie ces étymologies que pour tourner en ridicule les objets les plus sacrés de la religion grecque. Les conjectures d'Iamblique et de Cornutus ne sont pas plus admissibles. Le premier fait venir le nom des mystères, de μῦς, parce que la magie qu'on exerçoit par le moyen des *rats*, étoit la plus ancienne (2); le second le dérive de μυσιᾷν, *rassasier*, l'agriculture qui nous nourrit, étant due aux auteurs des mystères (3). Ces opinions sont ridicules; celle qui fait venir ce nom de μῦθος, est également fausse (4). Le mot μυσℸήριον est un substantif dérivé du verbe μύειν, *fermer*, d'où se forment naturellement μυςήριον, *silence*, μύςης, *qui a la bouche fermée* (5), etc.

Par *orgies*, on entendoit en général des céré-

_____

(1) Proprement, *Fabulæ venaticæ*.

[Il faut voir la note de Sylburge sur cet endroit : il observe fort bien que S. Clément veut faire entendre, mais seulement par une sorte de dérision, que le nom des mystères vient ἀπὸ τοῦ μυεῖν καὶ θηρεύειν, parce que, par le moyen des initiations, on prenoit en quelque sorte les hommes dans des filets. S. de S.]

(2) Iambl., de Amor. Rhod. et Sin., ap. Phot., Cod. xciv, p. 242, ed. Schott.

(3) Cornutus, cap. 28, p. 213, ed. Gale.

(4) Etym. magn., in voc. Μυςήρια, col. 595.

(5) Eustath., ad Homer. Iliad., lib. xxiv, p. 1350, ed. Rom.

monies religieuses (1) ; ce nom désigna ensuite, plus particulièrement les fêtes de Bacchus. Il continua cependant d'être employé, même sur les monumens (2), pour désigner les mystères de Cérès : c'est pourquoi S. Clément d'Alexandrie le fait venir de ὀργὴ, à cause de la *colère* dont cette déesse fut animée contre Jupiter, parce qu'il avoit favorisé l'enlèvement de sa fille (3). D'autres dérivent ce mot de ὀρέγω, *je désire* (4); opinion qui n'est guère plus vraisemblable que celle qui en cherche l'origine dans l'idée d'*éloigner les profanes*, τὸ εἴργειν τὰς ἀμυήτες (5). De ὄργια, les Grecs firent ὀργιάζειν, dont Platon se sert dans le sens de *sacrifier* ; de là, on a ensuite formé ὀργιαςαὶ, *initiés*, ἀνοργίαςοι, *profanes* (6).

Horus de Thèbes disoit que les *télètes*, τελεταὶ, étoient de grandes fêtes, accompagnées de cérémonies mystérieuses (7). Le grammairien Timée, et un ancien lexicographe, expliquent τελεταὶ par

_____

(1) Serv., ad Virg. Æn., lib. vi, v. 517 et 657.

(2) Chandl., Inscript. cxxiii, p. 78.

(3) Protrept., p. 12.

(4) Etym. magn., in voc. Ὄργια, col. 629.

(5) Schol. Apollon., lib. 1, ad v. 920.

(6) Suid., in voc. Ἀνοργίας, tom. I, p. 216 ; Tim., Lex. Plat., in voc. ἀνοργίαςοι, ὀργιάζων et ὀργιαςαί, et not. Ruhnken, ad h. voc., p. 37, 195 et 196, ed. alter.

(7) Etym. magn., in voc. Τελετὴ, col. 751.

cérémonies et sacrifices mystérieux (1). Hésychius explique τελεταί par *fêtes* (2); mais il auroit dû, comme Philémon, dont M. de Villoison a publié des extraits, désigner l'acception propre de ce mot, en ajoutant l'épithète *mystiques* (3). En conséquence, on appela les initiés τελέμενοι; et τὸ τελεῖσθαι fut employé pour τὸ μυεῖσθαι, *être initié* (4). *Télète* étoit dérivé de τέλος, *fin*, *perfection* (5). En effet, les télètes étoient proprement la dernière initiation à laquelle les adeptes parfaits étoient admis (6); ce qui engage Plutarque à dire que l'époptée est la fin de l'initiation (7). Chrysippe explique τελεταί par *choses finales*, parce que c'étoient les choses les plus excellentes dont les hommes pouvoient être instruits (8).

---

(1) Tim., Lex. Plat., p. 251, ed. alter.; Etym. magn., in voc. Τελετή, col. 761.

(2) In voc. Τελεταί.

(3) Excerpta Lexici Philemonis, in not. Villoison. ad Apollonii Lex. Homericum, tom. II, p. 767.

(4) Ibid., tom. II, p. 767 et 768.

(5) Eurip., Hippol., v. 25 et seq.

(6) Chrysipp., in Etym. magn., voc. Τελετή.

(7) Plutarque parlant de la nature, considérée comme le principe intellectuel et éternel de toutes choses, dit que la contemplation est la fin de la philosophie, comme l'époptée est la fin des mystères ou de l'initiation : Ἐπὶ τὴν νοητὴν καὶ ἀίδιον φύσιν, ἧς θέα τέλος ἐστὶ φιλοσοφίας, οἷον ἐποπτεία τελετῆς. Sympos., lib. VIII, p. 718. D, tom. II Oper.

(8) Etym. magn., loc. mod. laud.

Telle étoit la véritable signification de ce mot, dont cependant on se servit pour désigner les mystères en général, et quelquefois les fêtes et les sacrifices.

II. *De l'étymologie de quelques-uns des noms de Cérès.* (*Tom. I, p.* 144.)

Ce ne fut qu'après le siècle d'Homère et d'Hésiode, qu'on donna à Cérès le nom de Δηώ : c'est pourtant de ce nom et de μήτηρ, qu'est formé Δημήτηρ, suivant un scholiaste grec (1). D'autres écrivains dérivent Δηώ, de δαίω, *je brûle* (2), parce que Cérès ravagea la terre en cherchant Proserpine; de δηὰ, mot qui, chez les Crétois, veut dire *orge* (3), à cause de la découverte de l'orge faite par Cérès; enfin, de δήω, *je trouve* (4), Cérès ayant trouvé, après de longues et pénibles courses, sa fille, appelée, par cette raison, Δηιώνη, ou plutôt Δηωίνη (5).

(1) Ad Hesiod. Theog., v. 454, p. 268, ed. Heins.

(2) Etym. magn., in voc. Δηώ, col. 263.

(3) Ibid., col. 264.

(4) Eustath., ad Homer. Odyss., lib. xi, p. 1675, ed. Rom.; Etym. magn., in voc. Δήετε, col. 263.

(5) Callim., Fragm. xlviii, p. 317, ed. Græv. Vid. Not., p. 431 et 432, ed. Ernest.

Quelques poètes latins ont rendu ce nom par celui de *Deoïa,* et *Deoïs.* Ovid., Metam., lib. vi, v. 114; lib. viii, v. 758 et seq.

Les Latins faisoient venir le nom de *Cérès*, qu'ils donnoient à la déesse de la terre, de *gerere*, anciennement *cerere.... quod gerit fruges.* Fulgence imagine qu'il dérive de χαῖρε, parce que l'abondance des fruits cause de la joie (1). Toutes les étymologies hasardées par les hébraïsans, méritent encore moins d'attention que celles-là. Pour être ingénieuse, celle de M. le président de Brosse n'en est pas plus vraie. Selon lui, *Hérès*, ou, avec l'aspiration gutturale, *Chérès*, et ensuite *Cérès*, est le nom de la terre en hébreu, *erets, terra*. Un roi d'Égypte s'appeloit *Mer-chérès*; le maître du pays, *Dominus terræ*. Il me semble que la vraie étymologie du nom de Cérès est *cérus*, mot usité dans la langue des Étrusques pour signifier *créateur* (2). Ce peuple communiqua une partie des cérémonies du culte de Cérès aux Romains, qui regardèrent ce culte comme le premier et le plus saint de tous les rites religieux, *principem omnium sacrorum* (3).

III. *De l'étymologie des noms de Proserpine.*
(*Tom. I, p.* 167.)

L'embarras dans lequel se sont trouvés les Anciens sur l'étymologie des noms de leurs divi-

---

(1) Fulgent., lib. 1, cap. 9, p. 41, ed. Muncker.

(2) *Cerus manus intelligitur Creator bonus.* Fest., lib. xi, p. xcvi; Isidor., Orig., lib. viii, cap. 10.

(3) Cicer., in Verr., act. iv lib. iii, §. 49.

nités, et la différence de leurs opinions à ce sujet, auroient dû rendre les savans modernes moins hardis dans leurs conjectures : loin de nous donner des lumières sur cette matière, elles ne font qu'épaissir de plus en plus les ténèbres qui les couvrent. Je ne prétends certainement pas dissiper celles qui nous dérobent la véritable origine des noms de Proserpine. Celui de Φέῤῥέφατία étoit sacré et redoutable, selon Platon, qui en donne une étymologie forcée (1). Eustathe, qui écrit ce nom Περσέφασσα, prétend qu'il doit s'expliquer par πρόφασσα (2). Son opinion et celle de Platon ne sauroient mériter les suffrages d'une critique éclairée. Porphyre y a encore moins de droit, lorsqu'il fait venir ce mot de φέρζειν φάτίαν, *nourrir une tourterelle*, oiseau consacré à Proserpine (3).

Les explications qu'on a données de Περσεφόνη, ou Φερσεφόνη, ne sont pas plus satisfaisantes que celles dont je viens de parler. Eustathe dérive ce nom de φέρω, φέρσω, ou de φθείρω, φθέρσω (4). Le grand Étymologiste, de φέρω et φόνος (5), et Hésychius, de φέρεσα τὸ ἄφενος (6), qui *porte des riches-*

---

(1) Plat., Cratyl., tom. I Oper., p. 404. C, ed. Henr. Steph.

(2) Ad Odyss., lib. x, p. 1665, ed. Rom.

(3) De Abstin., lib. iv, §. 16.

(4) Ad Odyss., loc. mod. laud.

(5) In voc. Περσεφόνη, col. 665.

(6) In voc. Περσεφόνεια, ibid.

ses, à cause des fruits que la terre produit. Cette dernière conjecture est plus naturelle que celle de Plutarque, qui trouve des rapports entre Φερ-σεφόνη et φωσφόρος (1), parce que Proserpine étoit la lune.

Cette déesse portoit plus souvent le nom de κόρη, *jeune fille*, ἄῤῥητος κόρη (2), *la fille ineffable*, ou *mystérieuse*. Hérodote parle de la fête où les Athéniens adressoient leurs vœux τῇ μητρὶ καὶ κόρη, c'est-à-dire, à Cérès et à Proserpine (3). Je crois que plus anciennement on disoit, κόρη Δή-μητρος (4), et qu'ensuite on retrancha le dernier mot. Le premier désigne proprement une fille qui garde sa virginité, et Proserpine n'avoit perdu la sienne que par la violence, pour subir un joug qui lui étoit odieux. Les philosophes adoptèrent, ou imaginèrent des étymologies tout-à-fait invraisemblables, parce que chacun d'eux voulut adapter ces noms au système de sa secte. Plutarque prenant toujours Proserpine pour la lune, explique κόρη par *œil*; Cornutus, au contraire, par *satiété* (5), cette déesse étant la matière qui nous nourrit et nous rassasie. Conformément

---

(1) De Fac. in Orb. Lun., tom. II Oper., p. 942.

(2) Hesych., in voc. Ἄῤῥητος κόρη.

(3) Herod., lib. viii, cap. 55.

(4) Eurip., Heracl., v. 409, 410 et 601; Aristophan., Ran., v. 340 et seq.

(5) Cornut., cap. 28, p. 207, ed. Gale.

aux principes allégoriques des éclectiques, Porphyre ne distingue point κόρη de κόρος, *le nouveau
rejeton* des jeunes plantes et des arbustes : c'est
pour cela, selon lui, que Proserpine étoit couronnée d'épis et de pavots, symbole de la fécondité (1).

Les Latins ont employé, sur quelques monumens, le mot *cora* (2) pour désigner Proserpine,
qu'ils ont aussi appelée *Perséphoné* (3). Plus ordinairement ils traduisoient le premier de ces
noms par celui de *Libera*, qui exprimoit, chez
les anciens Romains, tout enfant du sexe fémi-
nin (4). Denys d'Halicarnasse dit que le dictateur
Posthumius fit élever un temple, Δήμητρι, καὶ Διονύσῳ, καὶ Κόρη (5), nom que Tacite rend, en rapportant le même fait, par *Libero Liberæque et
Cereri* (6). Cicéron se sert très-souvent du mot
Libera, pour rendre dans sa langue le nom grec
de Proserpine. S. Augustin n'a donc point raison
d'appliquer le nom de *Libera* à Vénus (7).

---

(1) Ap. Euseb., Præp. Evang., lib. III, p. 109.

(2) Cela a lieu du moins dans le langage poétique. Gruter., p. DCLXIII, 2 ; DCCCXLIII, 3.

(3) Tibul., Eleg., lib. V, eleg. V ; Ovid., Metam.,
lib. X, v. 730.

(4) Cicer., de Nat. Deor., lib. II, §. 24.

(5) Dionys. Halic., lib. VI Antiq., p. 1077, ed. Reisk.

(6) Annal., lib. II, cap. 49.

(7) De Civit. Dei, lib. VI, cap. 9.

Proserpine étant l'allégorie du blé caché dans le sein de la terre, il est assez naturel de dériver son nom de *serpere*, *proserpere*, ramper, s'étendre çà et là comme les racines d'un arbre (1). Nous devons à Varron cette étymologie adoptée assez généralement (2), mais avec quelques légères différences dans la manière de la commenter. Il seroit inutile de les rapporter ici. Je crois en avoir assez dit pour montrer l'incertitude ou la frivolité de la plupart des conjectures et des recherches étymologiques.

IV. *Du système de l'auteur de l'Antiquité dévoilée.*
(*Tom. I, p.* 417.)

L'auteur de *l'Antiquité dévoilée par ses usages*, a imaginé, sur les mystères, un système dont la singularité, plutôt que la vraisemblance, mérite quelque attention. On le devinera sans peine, en considérant le but et le plan de son ouvrage. Il y prétend que « le déluge universel est le principe » de tout ce qui a fait, en divers siècles, la honte » et le malheur des nations (3) ». Pour le prouver,

_____

(1) Varr., de Ling. Lat., lib. iv, tom. I, p. 20, ed. Bipont.

(2) S. August., de Civit. Dei, lib. vii, cap. 20 ; Fulgent., Mythol., lib. i, cap. 9 ; Isidor., Origin., lib. viii, cap. 11, col. 197, ed. Vulcan.

(3) Antiq. dévoil., tom. I, p. 15.

il cherche à nous faire connoître l'esprit *commémoratif*, l'esprit *funèbre*, l'esprit *mystérieux*, l'esprit *cyclique*, l'esprit *liturgique* et l'esprit *apocalyptique* de cette même antiquité. Selon lui, ces
divers esprits ont influé, et principalement le
dernier, sur toutes les institutions religieuses,
politiques et morales, dont la base est le dogme
des peines à venir, dogme que M. Boulanger
semble avoir eu dessein de détruire. On voit que
son opinion n'est au fond que celle des Épicuriens. Il n'a rien oublié pour l'appuyer par ses
recherches. Quoique son érudition, trop souvent empruntée, n'ait pas toujours le mérite de
l'exactitude; quoique ses conjectures soient frivoles ou ridicules; quoique enfin ses raisonne-
mens soient foibles, et leurs conséquences, pour
l'ordinaire, peu conformes aux prémisses, néanmoins on ne peut, sans injustice, lui refuser de
la sagacité, et le talent de disposer ses matériaux
avec art, et d'en tirer tout le parti possible. La
bizarrerie de ses idées nuit rarement à leur liaison, et de fréquentes contradictions ne détrui-
sent point l'unité de son sujet, dont le choix,
assez étrange, n'exclut cependant ni l'agrément,
ni l'intérêt.

En remontant à l'origine des mystères, M. Boulanger débute par une assertion fausse. «Les sau-
» vages anciens ont dû être, suivant lui, différens
» des sauvages modernes». Il ajoute aussitôt après:

« Le désordre des premiers étoit plus dans leur
» esprit que dans leur conduite domestique; leur
» genre de vie étoit moins déréglé du côté des
» mœurs, que troublé par des terreurs et des opi-
» nions extraordinaires ». Ces conjectures ont peu
de fondement; mais il importoit d'en supposer
la vraisemblance. « Aussi quels sont les moyens,
» continue-t-il, que l'on a pris pour régler la vie
» des hommes ? D'une part, on s'est servi du tra-
» vail; de l'autre, du secret et du silence. Par le
» travail, on a rendu l'homme sédentaire; par le
» secret, on lui a fait oublier cette erreur et ces
» opinions anciennes; en un mot, c'est par les
» mystères que l'homme s'est trouvé heureux et
» policé (1) ». Comment une opinion ancienne et
généralement répandue peut-elle avoir été soumise à la loi du secret, et subitement oubliée des
uns, n'avoir plus été connue que d'un petit

_____

(1) Tom. II, cap. 2, p. 39. Dans sa récapitulation il dit
encore : « Ce sont les mystères qui ont tiré les hommes de
» la vie sauvage, pour les ramener à la vie sociale et poli-
» cée.... ». Il conclut ensuite en ces termes : « Nous avons
» donc vu que ces mystères avoient un double objet : le
» premier étoit de cacher au vulgaire des dogmes effrayans,
» capables de le décourager, opposés à son repos, et nui-
» sibles aux progrès de la société. Le second objet étoit
» d'animer le peuple au travail, d'exciter son industrie,
» de le porter à la joie et à la reconnoissance envers les
» dieux ». Liv. vi, chap. 2, tom. III, p. 411 et 412.

nombre de personnes ? Cela paroît difficile à concevoir ; mais aucun paradoxe ne coûte à l'audacieux écrivain, qui ne craint pas d'avancer que, pour civiliser les hommes, on devoit les rendre ignorans. « Il falloit, pour faire oublier à l'homme
» les effrayantes chimères et les objets lugubres
» qui l'occupoient, le ramener à l'ignorance :
» c'étoit peut-être le seul moyen de le changer,
» et d'en faire un être nouveau. En effet, nous
» voyons que tous les peuples qui n'ont point eu
» de mystères, ont été les seuls qui ont persévéré
» dans une vie errante, farouche, et qui soient
» restés sauvages et barbares jusqu'à nous (1) ».
A la vérité, il venoit d'avouer que cette ignorance étoit un malheur, mais nécessaire et inévitable.
« La politique, en cachant à l'homme les dog-
» mes religieux, n'a fait que prévenir l'effet du
» temps (2). » Pourquoi avancer ensuite : « Regar-
» dons donc les mystères comme le dépôt funèbre
» de la mélancolie religieuse des premiers hom-
» mes ? Ceux qui en ont fait un secret méritent
» les louanges du genre humain ; mais ils les mé-
» riteroient encore plus, s'ils les eussent entière-
» ment supprimés, et surtout s'ils eussent osé les
» éclairer sur ce qu'ils devoient savoir, en même
» temps qu'ils osèrent leur cacher ce qu'ils de-

(1) Antiq. dévoil., tom. II, p. 37.
(2) Tom. II, p. 36 et 37.

» voient ignorer (1) ». Si ces choses qu'ils devoient ignorer étoient des vérités, auroit-on pu les dérober aux yeux du genre humain sans le tromper? D'ailleurs, supprimer les mystères n'auroit-ce pas été ôter *un des plus grands ressorts qui avoit lié*, suivant le même auteur, *l'homme à la société?* Qui auroit remplacé ce ressort? Auroit-ce été l'anéantissement de tout culte et de toute espèce de croyance religieuse ? A Dieu ne plaise que je prête une pareille conséquence à M. Boulanger, qui dit encore : « Si nous ôtons ce grand » appareil de guerre, de combats, de défaites, de » détrônemens successifs des dieux (2), et si nous » dépouillons (la doctrine des anciens mystago- » gues) de ces généalogies et de toutes ces succes- » sions mystiques et illusoires, il ne restera plus » rien qu'une science apocalyptique sur la durée » du monde, sur les révolutions passées, et sur » les changemens qu'il seroit encore obligé de » subir. C'étoit là en effet le véritable objet et » l'unique secret des mystères ; c'étoit là ce qui » faisoit appeler *télètes* les doctrines cachées que » l'on y enseignoit : ce mot signifie *les choses* » *de la fin,* parce qu'elles étoient relatives à la

---

(1) Antiq. dévoil., tom. II, p. 77.

(2) Ceci a principalement rapport à la doctrine des mystères Orphiques, que l'auteur suppose avoir été la même que celle d'Éleusis.

» fin du monde et à sa destruction. Voilà pour-
» quoi Clément d'Alexandrie a dit que ce qui
» s'enseignoit dans les grands mystères intéres-
» soit l'univers ; voilà pourquoi tous les mys-
» tères avoient d'ailleurs un cérémonial astrono-
» mique (1), etc. etc. ».

(1) Antiq. dévoil., tom. II, p. 69 et 70.

DES ATTRIBUTS

SYMBOLIQUES ET ALLÉGORIQUES

DE CÉRÈS (1).

Sɪ les artistes vouloient exprimer, avec une exactitude scrupuleuse, les divinités du paganisme, il faudroit qu'ils connussent précisément quelle a été la manière de les représenter en différens temps. Certes, avant Thésée, elles n'avoient pas les mêmes attributs symboliques qu'elles eurent après le siècle de Périclès, les poètes, les sculpteurs et les peintres s'étant plu à les multiplier. Ces symboles s'accrurent encore, lorsque les philosophes stoïciens et éclectiques s'efforcèrent de tout allégoriser, soit pour accréditer leurs systèmes, soit pour disculper le polythéisme des justes reproches que les Chrétiens ne cessoient de lui faire. Le défaut de monumens et de témoignages empêche de suivre ici une marche rigoureusement chronologique. Dans ce qu'on va lire sur Cérès, nous tâcherons seulement de montrer la différence qu'il y avoit entre les anciens sym-

---

(1) [Voy. la note 1, Iʳᵉ Part., p. 166. S. de S.]

O iv

boles et les allégories postérieures. D'ailleurs, on jugera, par la citation des auteurs, du temps vers lequel, à peu près, leurs idées doivent être rapportées.

L'agriculture et la législation ont une origine presque commune. L'invention de l'une nécessita l'établissement de l'autre : ce n'est donc pas sans raison que les Anciens firent honneur de toutes les deux à *Demeter* (Δημήτηρ), appelée par les Romains *Cérès*, quoiqu'ils l'eussent d'abord confondue avec Rhée ou la Terre :

Prima Ceres unco glebam dimovit aratro ;
Prima dedit fruges alimentaque mitia terris ;
Prima dedit leges. Cereris sunt omnia munus (1).

Distinguée de celle-ci, elle fut cependant appelée la reine de toutes choses (2), la distributrice des richesses (3), la mère de toutes les plantes et de tous les animaux (4); enfin, elle reçut une foule d'épithètes semblables, que l'auteur des hymnes, faussement attribués à Orphée, a rassemblées.

En conséquence, les monumens donnent à

---

(1) Ovid., Metam., lib. v, v. 341-43.

(2) Eurip., Phœniss., v. 691.

(3) Orph., ap. Dioc. Sic., lib. 1, §. 12.

(4) Τὴν δὲ γῆν Δημήτραν (καλοῦσις), παρ' ὅσον μήτηρ εἶναι δοκεῖ πάντων φυτῶν τε καὶ ζώων. Phil., de Vit. contempl., tom. II Oper., p. 472, ed. Mangey.

Cérès tous les attributs relatifs aux moissons et à la culture des terres. Tantôt elle y est couronnée d'épis de blé,

.... *Et spicis tempora cinge, Ceres* (1);

tantôt elle tient plusieurs de ces épis à la main. D'autres fois un enfant en offre dans un vase à la déesse assise, ayant un voile sur la tête et tenant une haste (2). Elle portoit aussi une corne d'abondance, des vases avec des épis de blé, etc. (3). Jupiter ayant promis à Cérès que Proserpine, sa fille, demeureroit six mois avec elle, le calme reparut sur son visage, elle entrelaça des épis dans sa chevelure, et la récolte des grains fut si abondante, que les aires ne purent la contenir (4). Il est facile d'imaginer, d'après cette tradition, toutes les épithètes dont le nom de Cérès est accompagné chez les poètes grecs et latins (5). Elles sont trop connues pour nous y arrêter; il suffira de remarquer que l'usage de représenter Cérès avec des épis de blé lui avoit fait consacrer le

---

(1) Tibull., Eleg., lib. II, eleg. I, v. 4.

(2) Museum Florentinum, tab. XXXVIII, n° 4, tom. II, p. 87.

(3) Descript. des Pierres gravées du cabinet de Stosch, Class. II, sect. 5, n°ˢ 221, 222, 233, 234.

(4) Ovid., Fast., lib. IV, v. 613.

(5) Nonnus, Dionys., lib. XXVII, p. 720; Eurip., Phœn., v. 691; Orph., Hymn. XIII, XXV, XXXIX, etc.

signe de la Vierge (1), l'épi étant une belle étoile
de cette constellation. Les astrologues disoient
que lorsque cette étoile commençoit à paroître au
dixième degré de la Vierge, elle devoit inspirer
aux nouveau-nés le goût de l'agriculture :

At cum per decimam consurgens horrida partem
Spica feret præ se vallantes corpus aristas,
Arvorum ingenerat studium rurisque colendi (2).

Cette idée étoit confirmée par la position de ce
signe aux pieds de la constellation du bouvier (3). Non-seulement les temples de Cérès
étoient ornés de gerbes de blé, ils étoient encore
décorés des instrumens de la moisson (4). On plaçoit la plupart de ces édifices hors des villes (5),
soit parce que la divinité à laquelle ils étoient
consacrés présidoit aux travaux de la campagne,
soit, comme le dit Vitruve, afin qu'étant éloignés
de la fréquentation habituelle des hommes, leur
sainteté fût moins exposée aux souillures et aux
profanations (6). Cette dernière raison n'est que

---

(1) *Spicifera est virgo Cereris.* Manil., Astron., lib. 11,
v. 432. Vid. Eratosth., Catast., cap. 9 et seq., in Opusc.
mythol., ed. Th. Gale, p. 105 et seq.

(2) Manil., lib. v, v. 271-73.

(3) Theon, ad Arat., p. 15, ed. Morel.

(4) Apul., Metam., lib. 111, p. 358.

(5) Apul., loc. mod. laud.; Virg., Æn., lib. 11, v. 713
et 714.

(6) Vitruv., de Archit., lib. 1, cap. 7.

philosophique, et n'a pu influer en rien sur le choix du local consacré à ces temples.

Cérès, surnommée *nourricière*, ou, plus littéralement, *qui nourrit des enfans* (κυροτρόφος), a été représentée avec deux enfans qui tiennent une corne d'abondance, et qui sont placés chacun auprès d'une de ses mamelles. Cette attitude lui convenoit très-bien, puisqu'on supposoit qu'elle avoit fourni aux hommes leur principale nourriture, le pain même, devenu son symbole sur plusieurs monumens (1). Virgile, Ovide, et un grand nombre de poètes, ont employé le nom de Cérès pour le blé et le pain. Les Grecs ont donné à Cérès une foule d'épithètes relatives à l'un ou à l'autre, et qu'il seroit trop ennuyeux de rapporter. Aucune divinité n'a fourni plus de métaphores au langage poétique.

On faisoit honneur à Cérès ou à ses premiers élèves, de tout ce qui avoit rapport à la culture. Ainsi, le van ou crible ne pouvoit manquer de lui être consacré : effectivement, elle le porte sur beaucoup de monumens. Ce van, qui étoit d'osier (2), différoit peu pour la forme du *calathus*, avec lequel on l'a quelquefois confondu. Le premier ressembloit assez à un cylindre, du moins en a-t-on trouvé deux de cette forme aux envi-

(1) Beger., Thes. Brand., tom. I, p. 6 et seq.
(2) Virg., Georg., lib. 1, v. 165.

rons de Palestrine; l'autre offroit la figure d'un
grand vase dont l'ouverture est large (1). On s'en
servoit dans les fêtes de Minerve; alors il étoit
rempli de laine (2), que cette déesse avoit appris à
ouvrer. Au contraire, dans les fêtes de Cérès, le
calathus, également d'osier, renfermoit des fruits;
il devenoit le symbole du printemps, lorsqu'on
y mettoit des fleurs, et celui de l'été, quand
il étoit plein d'épis (3). Quoique ces explications
soient de Porphyre, elles sont trop simples et naturelles pour les croire de son invention. On portoit encore, dans ces espèces de corbeilles, des
pavots, etc., sans parler des objets mystérieux
sur lesquels je n'ai pas intention de m'arrêter ici.
Une statue colossale de Cérès, trouvée dans les
ruines d'Éleusis par Spon et Wheler, et que d'autres voyageurs ont encore vue depuis, représente
cette déesse avec un calathus sur la tête.

Le pavot étoit un des symboles de la fécondité;
et c'est par cette raison que, sur quelques médailles, on voit Cérès avec des épis de blé, au
milieu desquels se trouve une tête de pavot (4).
Les Stoïciens imaginèrent que cette plante étoit

---

(1) Panel, de Cistoph., p. 13; Spanh., ad Callim.
hymn. in Cerer., p. 735; Pellerin, Med., tom. I, p. 114;
Cab. de Stosch, n° 223.

(2) Juven., Satir. II, v. 54.

(3) Porphyr., ap. Euseb., Præp. Evang., lib. III, p. 114.

(4) Spanh., ad Callim. hymn. in Cerer., p. 781.

l'attribut de Cérès, parce que, par sa forme sphé-
rique, elle représentoit la terre. Ils ajoutoient que
le dedans avoit du rapport avec les cavernes, les
vallées, les arbres, etc. (1). Le microscope de ces
philosophes leur faisoit apercevoir partout leur
système. Malheureusement en cela ils ont eu et
auront encore une foule d'imitateurs. Quelques
mythologistes étoient plus fondés à avancer que
le pavot appartenoit à Cérès, à cause de l'usage
qu'elle en fit, ou pour se distraire de sa propre
douleur, ou pour guérir de l'insomnie le jeune
Triptolème (2).

Le serpent, qui est, pour ainsi dire, enfant
de la terre, devoit être agréable à Cérès, quand
même on ne le considéreroit pas sous ses rapports
mystérieux avec cette divinité : aussi la voit-on
environnée de ces reptiles tortueux (3), et son
char en est quelquefois attelé (4), et pour l'ordinaire ils ont des ailes (5). Apulée les regarde

---

(1) Phurn., de Nat. Deor., cap. 28, in Opusc. myth.,
ed. Th. Gale, p. 212.

(2) Ovid., Fast., lib. IV, v. 531 et seq.

(3) *Ceres, facibus accensis, et serpente circumdata,*
Minut. Fel., p. 17; et non *circumlata,* suivant la correction de Cuper, Harpocrat., p. 208.

(4) Nonn., Dionys., lib. VI, p. 185; Ovid., Metam.,
lib. V, v. 642 et 643; Cab. de Stosch, n° 238.

(5) Id., Fast., lib. IV, v. 561 et 562.

comme les serviteurs de la déesse (1). On la représentoit encore traînée par des chevaux (2) ou par
des bœufs. Elle étoit debout sur son char, tenant
d'une main les rênes, et de l'autre un flambeau,
qui, dans l'origine, n'étoit qu'un morceau de
pin. On ne pouvoit s'en passer dans les cérémonies du culte de Cérès. On dit qu'elle l'alluma
au crater de l'Etna, pour aller à la recherche de
Proserpine. D'autres fois, elle portoit deux de ces
flambeaux.

Le plus savant des Romains appelle le bœuf, le
compagnon de l'homme dans les travaux de la
campagne, et le ministre de Cérès (3): c'étoit donc
avec raison qu'à Rome il n'étoit pas permis de
sacrifier cet animal à la déesse tutélaire de l'agriculture (4). Les Grecs ne furent pas aussi consé-
quens : à Athènes, on défendit d'abord de tuer
les bœufs propres au labour (5); dans la suite,
non-seulement on transgressa cette loi, mais encore elle fut abrogée : du moins sommes-nous

---

(1) Psyché conjure ainsi Cérès : *Per famulorum tuo-
rum draconum pinnata curricula.* Metam., lib. VI,
p. 106, ed. Alteburg.

(2) Cab. de Stosch, n° 236.

(3) Varro, de re Rustic, lib. II, cap. 5, in Scriptor. rei
rust. veter. lat., tom. I, p. 244, ed. Schneider.

(4) *A bove succincti cultros removete ministri.* Fast.,
lib. IV, v. 413.

(5) Theon, ad Arat., p. 19 et seq.

assurés qu'on fit, en l'honneur de Cérès, des sacrifices de taureaux et de bœufs (1). On lui offroit
des génisses (2) ; et quelquefois elle est représentée debout sur une tête de bœuf (3), ou avec
des cornes de taureau (4). Quoique tout cela pût
avoir rapport à Isis, prototype de Cérès, je ne
pense pas néanmoins que cette manière de représenter la déesse grecque fût d'une haute antiquité.

Nous apercevons encore, sur un monument,
Cérès tenant de la main droite une tête de bé-
lier (5), animal qu'on lui sacrifioit (6). Il étoit
encore permis de lui offrir des brebis, pourvu
qu'elles n'eussent pas plus de deux ans (7). Mais
le porc étoit l'offrande la plus commune, et dont
il n'étoit pas possible de se passer dans les sacrifices
soit ordinaires soit mystérieux. J'en ai assez parlé
dans mes Recherches sur les Mystères; j'ajouterai
seulement qu'on voit, sur des médailles romaines,
Cérès ayant à chaque main un flambeau, avec une

---

(1) Plut., de Socr. gen., tom. II Oper., p. 586. F ; Ælian.,
de Nat. Anim., lib. xi, cap. 3, p. 640, ed. Tornas.

(2) Anthol. græc., tom. II, p. 95, ed. Jacobs.

(3) Cab. de Stosch, Class. ii, sect. 5, n° 224.

(4) Matth. Ægypt., Explicat. Senat. consult. de Bacch.,
p. 33.

(5) Cab. de Stosch, Class. ii, sect. 5, n° 224.

(6) Dempster., Antiquit. Roman., p. 321, ed. Lutet.,
1613. Fol.

(7) Virg., Æn., lib. iv, v. 57 et 58, et Serv. in h. loc.

laie à ses pieds (1). Cet animal étoit le symbole de la fécondité; et lorsqu'on ne pouvoit s'en procurer le nombre nécessaire, on mettoit à sa place deux figures, l'une d'or, l'autre d'argent, qui les représentoient. Festus est le seul écrivain qui nous ait conservé le souvenir de cet usage (2), qui ne doit pas remonter à une fort haute antiquité.

Cet instinct qu'a la fourmi de ramasser des grains de blé, l'aura fait placer sur des monumens relatifs à Cérès : l'un représente ces insectes à ses pieds, l'autre les attèle à son char (3), etc. Les coqs plaisoient à Cérès; on en voit un sur un *modius* ou boisseau, tenant au bec une souris (4), regardée, avec raison, comme l'ennemie de la déesse des moissons : c'est pourquoi on trouve, au revers de plusieurs médailles qui la représentent, un épi de froment, dont les feuilles sont surmontées d'un de ces animaux. Les grues passoient encore pour les fidèles interprètes de Cérès, et lui étoient consacrées (5).

L'imagination des artistes, peu contente des symboles adoptés dans l'origine par le peuple,

_____

(1) Beger., Thes. Brand., tom. II, p. 593.

(2) De signif. verbor., sub voc. *Porcam*, p. CLXIX, ed. Rob. Steph.

(3) Cab. de Stosch, sect. 5, nᵒˢ 227, 252.

(4) Ibid., nᵒ 277.

(5) Porph., de Abstin., lib. III, §. 5, p. 227, ed. de Rhoer.

en a créé un assez grand nombre d'autres relatifs
à chaque divinité. Ils ont donné à Cérès des ba-
lances (1), vraisemblablement à cause de l'invention des lois; le timon (2), parce qu'avec leur
secours elle gouverne l'univers; et en conséquence ils l'ont représentée assise sur un globe (3). Le sceptre (4) et la foudre (5) qu'elle tient,
sont des marques de puissance qui lui sont communes avec plusieurs autres divinités. De même
la Victoire qu'elle portoit à Enna (6), et qu'on
aperçoit encore sur quelques monumens (7), ne
lui est pas particulière; ce ne peut être que l'offrande de quelques capitaines qui croyoient lui
devoir leurs trophées militaires. La palme, la couronne de laurier (8), etc., n'ont pas d'autre origine, et ne lui appartiennent point exclusivement. Le lion qu'on voit sur ses genoux (9) me
paroît une allusion à son identité avec Cybèle ou

---

(1) Cab. de Stosch, Class. II, sect. 5, nos 274 et 275.

(2) Spanh., ad Callim. hymn. in Cerer., p. 735.

(3) Montfauc., Antiq. expliq., tom. I, pl. XLII, fig. 4.

(4) Ibid., pl. XLII, fig. 3 ; Cab. de Stosch, nos 249, 267.

(5) Montfauc., Antiq. expliq., pl. XLII, fig. 5.

(6) Cicer., Accus. in Verr., lib. IV, cap. 49.

(7) Cab. de Stosch, no 229; Pellerin, Rec. de Méd.,
tom. III, pl. 132, no 1, etc.

(8) Cab. de Stosch, nos 267, 271, 275.

(9) Wheler, Voyag., tom. II, p. 485, ed. d'Amsterdam, 1689, in-12.

IIe Part.   P

la Terre, dont le lion étoit le symbole spécial.

A Phigalie, ville d'Arcadie, Cérès étoit habillée de noir, tenant d'une main un dauphin et de l'autre une colombe, ce qui avoit rapport au commerce que les habitans de cette ville prétendoient que la déesse avoit eu avec Neptune, et au chagrin que lui causa l'enlèvement de Proserpine (1). La diversité des opinions mythologiques devoit nécessairement varier et multiplier le costume et les symboles. Cette variété d'opinions ne s'introduisit que successivement; et dans la haute antiquité, Cérès n'eut pas tous ces attributs : ses statues ne furent d'abord que des blocs informes de pierre ou de bois. Cette forme lui fut conservée sous le nom de *Pharia* ou égyptienne (2), comme ne différant pas d'Isis (3), ou devant l'établissement de son culte aux colonies égyptiennes.

Les progrès que les Grecs firent dans les arts, les engagèrent bientôt à abandonner ces masses

---

(1) Pausan., Arcad., cap. 42.

(2) *Ceres Pharia, quæ sine effigie, rudi palo, et informi ligno prostat.* Tertull., Apolog., cap. 16, p. 16. A, ed. cum not. var. Voyez aussi le même écrivain, ad Nat., lib. 1, cap. 12, p. 49. C. En vain a-t-on voulu lire en cet endroit, *Farrea.* Silius Italicus, Stace, Martial, etc., se sont servi du mot *Pharia* pour désigner l'Égypte.

(3) On lit sur une médaille d'Hélène, femme de l'empereur Julien : ISIS FARIA. Elle a le lotus et le disque de la lune sur la tête.

informes, ces figures monstrueuses et ces attitudes roides et gênées qui caractérisent l'ancien
style égyptien. Les artistes cherchèrent à imiter
davantage la nature; ils s'élevèrent même au beau
idéal. Écartant alors avec soin toute idée accessoire, ils ne donnèrent à leur divinité que son
symbole principal. Lorsque le goût s'altéra, on
perdit plus ou moins de vue cette unité de trait;
l'architecture fut surchargée d'ornemens, et la
sculpture d'attributs symboliques. Avant cette
époque, on voit Cérès représentée avec un voile
tombant sur le derrière de son vêtement (1). Elle
porte un haut diadème sur la tête, au-dessous
duquel sortent des feuilles et des épis. La partie de
ses cheveux que ce voile ne cache pas, est relevée
sur son front avec un agréable désordre. Quel
changement ne s'étoit-il pas fait au temps d'Albricius? Cérès, remarquable auparavant par l'expression de sa tristesse, paroissoit avec le costume
d'une vieille femme de campagne, assise sur un
bœuf; elle tenoit un hoyau, et avoit au bras un
calathus rempli de semences. A son côté étoient
deux agriculteurs, dont l'un labouroit, et l'autre
semoit. On donnoit encore à Cérès une faucille
et un fléau (2). Que de choses inutiles! quelle

---

(1) Pseudo-Homer., hymn. in Cerer., v. 182.
(2) Albric., de Deor. imagin., cap. 23, p. 329, ed.
Muncker.

représentation grossière ! Elle étoit sans doute destinée à orner quelque misérable hameau.

Les panthées et les groupes de toute espèce sont les fruits de la décadence de l'art. Lorsqu'on ne peut exprimer d'un seul trait une grande idée, on a recours aux accessoires, on multiplie les signes, et tout n'est plus qu'énigme ou confusion. Ce double caractère paroît sur une petite figure de Cérès ailée : à l'extrémité de ses ailes est un rayon avec les sept planètes connues des Anciens. La déesse tient deux cornes d'abondance, d'où sortent deux figures allégoriques; celles de Castor et de Pollux sont sur ses bras. Elle est debout, près d'un autel, ayant en main une patère (1). Certes, je ne chercherai pas à expliquer un pareil monument. Il est un peu moins difficile de pénétrer le sens allégorique d'un autre, qui offre la figure de Cérès entre deux arbres chargés de fruits. On voit à sa droite Junon, déesse des nues, qui répand la pluie sur les terrains labourés, et à sa gauche Apollon, c'est-à-dire, le Soleil, qui sèche les blés prêts à être moissonnés (2). En vérité, il n'étoit pas besoin de réunir trois divinités, pour exprimer une idée très-commune; aussi cette manière n'appartient-elle qu'à des siècles presque barbares.

---

(1) Caylus, Recueil d'Antiq., tom. VII, pl. 71, n⁰ˢ 1 et 2, p. 250.

(2) Albric., de Deor. imag., cap. 23, p. 330.

« Salut, ô déesse ! Conserve cette ville dans la
» concorde et dans l'abondance ! Fais tout mûrir
» dans nos champs, engraisse nos troupeaux, fer-
» tilise nos vergers, grossis nos épis, féconde nos
» moissons. Fais surtout régner la paix, afin que
» la main qui sème puisse aussi recueillir (1) ».
Telle est la prière qui termine l'hymne de Callimaque en l'honneur de Cérès. En effet, la paix
doit être l'objet des vœux les plus ardens de l'agri-
culteur ; et c'est elle, comme le dit très-bien Ti-
bulle, qui a d'abord conduit sous le joug les
bœufs destinés au labour :

Interea pax arva colat. Pax candida primum
  Duxit araturos sub juga curva boves (2).

Ovide ne personnifie point la Paix ; il se sert
d'une autre métaphore, pour exprimer le même
vœu que Callimaque :

Pace Ceres lœta est : at vos optate, coloni,
  Perpetuam pacem, perpetuumque ducem (3).

Ces derniers mots sont de ces traits de flatterie
dont Ovide n'oublie jamais de se servir à l'égard
d'Auguste. Au temps de la république, il auroit
tenu à peu près le même langage. Les poètes sur-

_____

(1) Hymn. in Cerer., v. 135 et seq. Je me sers de la
traduction de M. du Theil.
(2) Eleg., lib. 1, eleg. 10, v. 45 et 46.
(3) Fast., lib. IV, v. 407 et 408.

tout, en changeant de maîtres, ne changent ordinairement que d'idoles.

Le savant Spanheim croit que la Paix, représentée sur les médailles avec des épis de blé à la main, ne diffère point de Cérès (1). Quoi qu'il en soit de cette conjecture, il n'en est pas moins vrai que ces deux déesses avoient entre elles de grands rapports. C'est pourquoi Céphisodore imagina de faire une statue de la Paix, ayant sur son sein le jeune Plutus (2), fils de Cérès. L'allégorie devient sensible par le récit d'Homère et d'Hésiode. Ils disent que ce dieu des richesses fut le fruit du commerce que sa mère eut avec Jasion, dans un terrain neuf qui avoit reçu trois labours (3). Les écrivains postérieurs ont ajouté bien des circonstances à cette aventure (4); mais elles ne la rendent ni plus ingénieuse, ni plus facile à expliquer. Pour cette fois seulement, les allégoristes stoïciens ne se sont pas écartés de la vraisemblance, et ils donnent à cette fable le même sens (5) que l'on vient de rapporter.

Petellides de Gnosse assuroit que Plutus eut

---

(1) Not. ad Callim. hymn. in Cerer., p. 840 et 841.

(2) Pausan., Bœot., cap. 16.

(3) Homer., Odyss., lib. v, v. 125 et seq.; Hesiod., Theog., v. 970; Eustath., in Odyss., p. 1528 ed. Rom.

(4) Apoll., Biblioth., lib. iii, cap. 12; Conon, Narrat., cap. 21; Hygin., Poet. astron., cap. 22.

(5) Phurn., de Nat. Deor., cap. 28, in Opusc. myth.,

pour frère Philomèle. Celui-ci, ne s'accordant
point avec son aîné, et se trouvant réduit au
plus étroit nécessaire, acheta, avec le peu qui lui
restoit, des bœufs, inventa la charrue, et à force
de travail se procura les moyens de vivre avec
aisance. Cérès, touchée de ses efforts et ravie de
sa découverte, l'enleva, et le plaça au ciel parmi
les constellations, sous le nom de Bouvier (1).
Cette fable ne me paroît pas aussi ancienne que
la précédente ; mais l'allégorie en est d'une égale
évidence. L'industrie et le travail dédommagent
le pauvre de la privation des richesses, et lui
donnent les choses de première nécessité, dont
la jouissance suffit pour faire mépriser au sage
les dons de la fortune.

La Fortune aussi étoit la même que Cérès, suivant Dion Chrysostôme (2). En effet, on voit, sur
quelques monumens, la Fortune avec des épis de
blé, et d'autres attributs symboliques de Cérès (3).
Cette identité a été imaginée soit pour faire sentir
l'incertitude des récoltes, soit pour montrer que
toutes les richesses viennent de la terre.

Eschyle, au commencement de sa tragédie des

---

ed. Th. Gale, p. 206 et seq.; Heracl. Pont., Allegor.
Homer., ibid., p. 493.

(1) Hygin., Poet. astron., cap. 4.

(2) Orat. de Fortunâ, LXIV, p. 594. B, ed. Morell.

(3) Cab. de Stosch, Class. II, sect. 16, n° 1819.

Euménides, fait paroître la Pythie, qui parle en ces termes : « Offrons nos hommages, d'abord à
» la Terre, qui la première des dieux rendit ici
» ses oracles ; ensuite à Thémis, qui remplaça,
» dit-on, sa mère dans le sanctuaire prophétique.
» Par la cession libre et volontaire de Thémis,
» Phœbé, sa sœur, en devint la troisième souve-
» raine. Phœbé, à la naissance de son neveu, lui
» en fit présent, et lui donna le surnom de Phœ-
» bus : il quitta les rochers de Délos, etc. (1) ».
Apollon ne fut donc que le quatrième qui rendit
des oracles à Delphes : les oracles étoient les
seules lois dont les premiers Grecs firent usage.
En conséquence, il n'est point étonnant qu'on
ait pris quelquefois Cérès et pour la Terre et pour
Thémis. Toutes les trois devoient nécessairement
avoir des symboles communs, qu'il n'est pas de
mon sujet de rapporter. Je remarquerai toutefois, que les Grecs, considérant Cérès comme la
Terre, appeloient les cadavres *démétriens* (2), sans
doute à cause de la nature du corps humain, et
de la manière dont il est décomposé plutôt que
détruit, après la mort. Cela peut avoir donné lieu
à la fable qui suppose Cérès dévorant l'épaule ou
l'omoplate de Pélops, laquelle fut remplacée par

---

(1) Æschyl., Eumenid., v. 1 et seq.

(2) Καὶ τοὺς νεκροὺς Ἀθηναῖοι Δημητρείους ὠνόμαζον. Plut., de Fac. in orb. lun., tom. II Oper., p. 943. B.

une autre d'ivoire (1). L'allégorie n'est pas difficile à entendre; elle désigne la consommation de
notre corps par la terre, qui conserve plus long-
temps les os, suffisamment indiqués par l'ivoire.
Quoique ces explications soient assez naturelles,
elles n'entrèrent jamais dans l'esprit des premiers
Grecs, et ne furent que le fruit tardif de leurs
réflexions.

Avant de finir, disons un mot du principal
événement de l'histoire de Cérès, auquel se rapportent presque toutes les fables qui la concernent, et les cérémonies mystérieuses dont son
culte fut accompagné : je veux parler de l'enlèvement de sa fille Proserpine. Les premiers
poètes, entre autres Pamphus, qui vivoit avant
Homère (2), en firent l'objet de leurs chants. Il
est celui de l'hymne en l'honneur de Cérès qui
porte le nom d'Homère, quoiqu'un ancien orphique paroisse en être le véritable auteur. On
doit à Claudien le seul poëme latin que nous
ayons sur ce sujet ; il y montre plus d'imagination que de goût. Ovide a traité le même sujet
avec la facilité et les grâces qui le caractérisent.
Les plus grands artistes, surtout le célèbre Praxi-

(1) Nonn. Dionys., lib. XVIII, p. 489; Hygin., fab.
LXXXIII; Tzetzes, in Lycophr., v. 152, p. 31, ed. Paul.
Steph.

(2) Pausan., Bœot., cap. 31.

tèle (1), représentèrent le même événement; il
est aussi gravé sur les médailles de plusieurs peuples de la Sicile et de l'Asie mineure. Dans un
bas-relief antique, on aperçoit Pluton qui enlève
Proserpine, malgré les représentations de la sage
Minerve. Mercure, dont l'intervention n'est pas
inutile dans ces sortes d'aventures, y précède le
char du ravisseur, et paroît vouloir consoler la
fille de Cérès (2). Cette composition allégorique
peut être des beaux temps de la Grèce, parce
qu'elle est simple, et que pour l'entendre on n'a
pas besoin d'inscriptions, comme on en a besoin
pour deviner le sens d'un monument publié par
Winckelmann. Dans ce dernier, on voit sur une
colonne, la Persuasion; sous ses pieds, Hélène
assise, ayant à côté d'elle Vénus qui l'embrasse;
devant celle-ci, l'Amour qui regarde Alexandre
ou Pâris, et lui met la main sur l'épaule (3). Ce
sujet auroit été à peu près inintelligible, si l'artiste n'eût pas gravé le nom de chacun de ces
personnages, auxquels il n'a donné ni assez d'expression, ni des attributs qui puissent les faire
reconnoître. Mais revenons à l'enlèvement de Proserpine. Je ne crois pas fort ancienne l'idée de
faire traîner le char de son ravisseur par deux

---

(1) Plin., lib. xxxiv, cap. 8, tom. II, p. 653, ed. Hard.
(2) Montfauc., Antiq. expliq., tom. I, pl. xxxix.
(3) Monum. inediti, vol. I, n° 115; vol. II, p. 157.

cygnes, ou par des chevaux que conduit l'A-
mour (1). Qu'on me permette de porter un semblable jugement sur une représentation du même
sujet, au bas de laquelle sont dessinés les douze
signes du zodiaque (2); ce qui fait allusion aux
rapports imaginés encore plus tard, entre la fable
de Proserpine et le système astronomique.

Les attributs symboliques et allégoriques de
cette dernière déesse, regardée comme Hécate,
fixeroient ici mon attention, s'il ne falloit pas répéter bien des détails qu'on lit dans mon ouvrage
sur les Mystères du Paganisme, ouvrage dont je
prépare depuis long-temps une nouvelle édition,
qui sera fort augmentée, et très-différente de la
première (3).

---

(1) Cab. de Stosch, Class. II, sect. 7, nᵒˢ 360 et 361.

(2) Montfauc., Antiq. expliq., tom. I, pl. 41.

(3) [M. de Sainte-Croix, comme je l'ai dit dans l'Aver-
tissement, se proposoit de donner beaucoup plus d'étendue
à son ouvrage. Peut-être même les Recherches sur les Mystères n'eussent-elles plus été qu'une des divisions d'un travail qui auroit embrassé toute l'histoire de la religion chez
les peuples de l'antiquité. Mais il n'a jamais entrepris l'exécution de ce vaste plan, et ce plan même a péri avec lui.
S. de S.]

RÉFLEXIONS

SUR

LA NÉCYOMANTIE D'HOMÈRE (1).

Par un heureux mélange de la poésie descrip-
tive avec la poésie sentimentale, Homère sait à la
fois attacher l'esprit et intéresser le cœur. Nulle
part, sans doute, il n'a mieux rempli ce double
objet que dans le XIe Livre de l'Odyssée, appelé,
par les Rhapsodes et les Scholiastes, *la Nécyie* ou
Nécyomantie, c'est-à-dire, la divination par les
morts ; aussi la peinture s'empressa-t-elle de s'en
enrichir : mais c'est à la poésie seule qu'il appartient de rendre avec vérité toutes les couleurs de
la pensée et toutes les nuances du sentiment. Les
grands poètes ont encore l'art de faire retentir
dans notre cœur les accens même de la nature.

On voyoit à Delphes un grand tableau, sur le-

---

(1) [Ces Réflexions sur la Nécyomantie d'Homère, lues
à l'Académie des Inscriptions et Belles-Lettres, par M. de
Sainte-Croix, ont été publiées par lui dans le Magasin
Encyclopédique, 1re année, tom. III, p. 206 et suiv. Il les
destinoit à trouver place dans la deuxième édition de ses
Recherches sur les Mystères du Paganisme. Voy. la note 2,
Ire Partie, p. 355. S. de S.]

quel Polygnote de Thasos avoit représenté Ulysse, arrivant aux enfers pour consulter l'âme du devin Tirésias (1). Dans l'impuissance de copier exactement le récit d'Homère, l'artiste avoit donné plus d'étendue à sa composition, en empruntant plusieurs détails de différens autres ouvrages, tels que la Minyade sur la mort de Méléagre, le poëme intitulé *le Retour des Enfers*, attribué à Augias de Troezène ou à Eumolpe de Corinthe (2); un poëme d'Archiloque, etc. Il montra par là toutes les ressources de son pinceau; mais il dut négliger l'unité d'action, ou du moins il surchargea beaucoup trop son tableau. Polygnote, néanmoins, étoit regardé comme un fidèle imitateur d'Homère, en ce qu'il s'étoit prescrit pour règle de peindre les hommes meilleurs qu'ils ne sont ordinairement (3).

Nicias d'Athènes s'étoit également exercé sur ce voyage d'Ulysse aux enfers. On ignore la manière dont il avoit traité ce sujet, si digne d'être reproduit par les talens des plus grands maîtres. Son tableau avoit sans doute des beautés bien frappantes, puisque Attalus, roi de Pergame, lui en offrit soixante talens, qu'il refusa généreusement pour le donner à sa patric (4).

---

(1) Pausan., Phoc., cap. 28-31.
(2) Vid. Bibl. Græc., tom. I, p. 384.
(3) Aristot., Poét., cap. 2, tom. II Oper., p. 653.
(4) Plin., lib. xxxv, §. 40, tom. II, p. 704, ed. Harduin.

Parmi les artistes modernes, Bouchardon a très-bien senti qu'il falloit garder cette unité qu'avoit vraisemblablement négligée Polygnote, et tenir les yeux des spectateurs fixés sur l'action d'Ulysse. Mais cet homme célèbre, dont l'âme fut si vivement affectée à la première lecture d'Homère (1), a rétréci sa composition, et s'est borné à rendre le moment de l'évocation, lorsque Ulysse, avec son épée, écarte les âmes et les éloigne du sang de la victime, afin que Tirésias soit le premier à en boire. Effectivement, ce devin paroît s'y précipiter et s'en désaltérer.

J'observe, à regret, que la gravure de ce morceau, faite à l'eau forte, quoique retouchée au burin, ne répond point assez au beau dessin de Bouchardon. Malheureusement il n'étoit que sculpteur, et ne fit jamais de tableau. Du reste, la figure de femme que cet artiste placé à la gau-

---

(1) Ce fameux sculpteur, à la première lecture d'une vieille traduction d'Homère, fut saisi de la fièvre. Le savant Le Beau le trouvant au lit, lui demanda la cause de son indisposition ; Bouchardon répondit : Il m'est tombé sous la main un livre qu'on appelle Homère, je l'ai lu ; aussitôt les hommes m'ont paru changés, et la nature humaine s'est agrandie à mes yeux ; j'ai succombé à l'impression soudaine qu'il m'a faite.

[Cette anecdote est racontée un peu différemment dans la *Biographie universelle ancienne et moderne*, tom. V, p. 263. S. de S.]

che d'Ulysse ne seroit-elle point Anticlée, mère
de ce héros ? ce qui s'éloigneroit peu du récit
d'Homère, sur lequel je vais fixer toute mon attention.

Tirésias se retire, après avoir instruit Ulysse
de ses destinées, et lui avoir indiqué la manière
de prévenir les malheurs qui le menacent. Pour
cela, il falloit qu'il empêchât ses compagnons de
tuer les troupeaux consacrés au Soleil. Après avoir
reçu un tel avis, le héros grec devoit être représenté dans un fatal accablement, autrement le
poète auroit donné de lui l'idée d'un aventurier
insensé : c'est ce qu'il évite avec beaucoup d'art,
par le doute (1) qu'il suppose, dans son esprit,
sur l'exécution des décrets du ciel, au moment
même qu'il s'y résigne.

Ulysse avoit d'abord aperçu l'ombre d'Anticlée,
sa mère (2), qu'il avoit laissée vivante à Ithaque,
lors de son départ pour Troye. Ses yeux s'étoient
mouillés aussitôt de larmes ; mais il ne lui permit
pas de s'approcher du sang de la victime avant

---

(1) Τειρεσίη, τὰ μὲν ἄρ που ἐπέκλωσαν θεοὶ αὐτοὶ, v. 138.
Les mots ἄρ που expriment évidemment ce doute.

[Je doute qu'on puisse souscrire à ce jugement de M. de
Sainte-Croix. Le poète me semble seulement exprimer
par là la résignation d'Ulysse, à une volonté des dieux,
qu'il seroit inutile de vouloir combattre, et contre laquelle
la résistance ne serviroit de rien. S. de S.]

(2) V. 84 et 85.

d'avoir entendu Tirésias. L'ombre de ce devin ayant disparu, Anticlée boit du sang, reconnoît son fils, et l'interroge sur l'objet de son voyage. Celui-ci, après avoir satisfait à cette question, lui demande des nouvelles de son père, de son propre fils, enfin s'informe si sa femme lui est restée fidèle, et a eu soin de l'éducation de cet enfant, fruit d'une tendresse mutuelle. Anticlée le rassure, et lui apprend que sa femme pleure nuit et jour, en secret, ses destinées; que Télémaque, son fils, est obligé de se livrer aux plaisirs que l'amour du peuple lui offre; mais que Laërte, son père, gémit seul dans un cruel délaissement (1). Rochefort fait là-dessus cette réflexion judicieuse : « Quel peintre a su jamais représen-
» ter, comme Homère, les mœurs, les âges et les
» conditions? Le vieux Laërte pleure son fils dans
» la solitude de la campagne ; Pénélope pleure
» son époux au fond de son palais. Télémaque
» regrette aussi son père; mais la vivacité du jeune
» âge permet des distractions à sa douleur. Il as-
» siste aux festins où son peuple l'invite (2) ».

La mère d'Ulysse s'arrête principalement sur le triste sort de son vieil époux. Elle le peint sans secours, sans consolation, manquant d'habits, et

_____

(1) V. 180 et seq.
(2) L'Odyssée trad. en vers, tom. I, note, p. 448 de la première édition.

étendu l'hiver, comme un esclave, sur la pous-
sière, près du foyer ; ramassant l'été, de ses propres mains, des feuilles, pour se faire un lit à terre.
« Là, dit-elle, déplorant ton sort, sa douleur
» augmente chaque jour, et le poids fâcheux de
» la vieillesse l'accable de plus en plus. C'est aussi
» de la sorte que j'ai succombé à ma destinée.
» Diane ne m'a point percée subitement de ses
» traits, et une maladie de langueur n'a point
» séparé mon âme de mon corps. Mais le désir de
» te revoir, la privation de tes soins, et le souvenir
» des marques de ta tendresse, m'ont arrachée
» aux douceurs de la vie (1) ». La langue d'Homère est, comme on l'a très-bien remarqué, la
langue du sentiment, par excellence ; et il est impossible de rendre les dernières expressions que
ce poète inimitable met dans la bouche d'Anticlée :

'Αλλά με σός γε πόθος, σά τε μήδεα, φαίδιμ' Όδυσσεῦ,
Σή τ' ἀγανοφροσύνη μελιηδέα θυμὸν ἀπηύρα.

Quelle connoissance du cœur humain ne montre-
t-il pas, par le long récit et les détails que fait
cette femme de la situation de son mari ! Quand
deux époux sont près du tombeau, ils éprouvent
un abandon total ; leur cœur se flétrit et se glace ;
ils ne le raniment plus que pour se soutenir mu-
tuellement : alors ils se rapprochent, s'inclinent

_____

(1) V. 194-203.

et s'appuient l'un contre l'autre. La tendresse du
besoin remplace en eux la tendresse du plaisir;
ils s'entendent réciproquement, et se consolent.
Le sort qu'éprouve l'un menace toujours l'autre;
l'amour d'eux-mêmes ne produit plus l'égoïsme
ou l'indifférence; il leur inspire, au contraire,
une tendresse mutuelle : il faut nécessairement
qu'ils s'aiment encore, qu'ils resserrent leurs
anciens nœuds, avant de mourir et de mêler
leurs cendres. C'est donc ce sentiment d'intérêt,
ramené par l'âge, s'il avoit disparu, qu'Homère
a voulu exprimer dans le discours d'Anticlée.

Cette épouse tendre, cette mère respectable se
retire; son fils veut l'embrasser, et ne peut saisir
une ombre fugitive. Il s'en plaint amèrement :
alors sa mère lui explique comment l'âme, déta-
chée du corps, n'est plus qu'un vain songe; elle
l'exhorte à retourner bientôt dans le séjour des
vivans, en lui recommandant de conserver le souvenir de ce qu'il voit et de ce qu'il entend, afin de
le raconter un jour à sa femme. C'est là la réflexion
ordinaire des héros d'Homère, et leur consolation
dans les périls; et c'est en quoi ce poète se montre
toujours attentif à exprimer les sentimens de la
nature qui nous ramène sans cesse à la vie domestique et à la société conjugale, vraies sources
de notre bonheur, mais trop souvent empoison-
nées par nos mœurs factices ou corrompues. Homère ne s'exprime donc pas ainsi, comme Plu-

tarque l'imagine (1), parce que les fables sur les enfers ne sont bonnes à conter qu'à des femmes; une telle idée étoit peu digne de ce philosophe.

Une foule d'ombres se présentent ensuite à Ulysse : chacune d'elles raconte sa naissance et ses aventures. Toujours les charmes de la poésie relèvent ces détails, intéressans pour les Grecs, auxquels ils retraçoient la mémoire des temps héroïques de leur nation; partout des coups de pinceau animent, vivifient le tableau; partout ils décèlent le grand maître. Homère est certainement le maître des peintres, comme le remarque un ancien critique (2); mais il excelle surtout par ses habiles transitions, mérite si rare, et qu'on peut regarder comme la partie la plus difficile de l'art; par la manière dont il soutient ou réveille l'attention de ses lecteurs; enfin, par la combinaison des moyens qui, chez lui, ne manquent jamais leur effet. Chez Homère, le mélange heureux d'ombres et de lumière détache les objets et les relève avec éclat; jamais il ne viole les règles de la perspective; car la poésie a les siennes comme la peinture.

Ulysse paroît vouloir terminer son récit; il demande à prendre le repos de la nuit, et à être

---

(1) De Aud. poet., tom. II Oper., p. 16. F.

(2) Plutarch. sive Dion. Halic., de poës. Hom., cap. 26, p. LXXXI, in front. Oper. Homer., ed. Barnes., Cantabrig., 1711, *in-4.*

ramené dans sa patrie. Les Phéaciens, dont il excitoit de plus en plus la curiosité, font de vives instances pour qu'il continue ; et Alcinoüs, leur roi, veut savoir si le héros grec n'a point aperçu quelques-uns de ses compagnons d'armes qui l'ont suivi au siége de Troie, et qui, n'ayant pu éviter leur destinée, ont cessé de vivre depuis la prise de cette ville (1). C'est où l'attendoit Ulysse, qui s'empresse de le satisfaire.

Agamemnon, Achille et Ajax, voilà les trois grands personnages qui devoient nécessairement occuper la scène. En effet, Ulysse, reprenant son récit, fait voir d'abord l'ombre du premier, qui s'avance pour boire du sang de la victime : il reconnoît Ulysse, qui l'interroge sur son malheureux sort. Agamemnon lui raconte les forfaits d'Égisthe et de Clytemnestre, et n'oublie aucune des circonstances qui peuvent inspirer de l'horreur pour la barbare perfidie de cette femme. Un critique de l'antiquité remarque avec raison, qu'Homère a donné en cet endroit le vrai modèle de la tragédie (2). Pour rendre plus odieux le crime de Clytemnestre, il ne manque pas de faire dire à son mari qu'il l'avoit épousée dans la tendre enfance (3); circonstance propre à former

_____

(1) V. 370 et seq.
(2) Dion. Halic., de poës. Hom., cap. 25, p. LXXX.
(3) V. 429.

une union d'autant plus douce et plus solide, que c'est l'amour qui en jette les fondemens. Euripide a bien senti ce trait; et afin de détruire l'impression qu'il produit, ce poète grec met dans la bouche de Clytemnestre ces reproches qu'elle adresse à Agamemnon : « Vous m'avez enlevée de » force, et placée, malgré moi, dans le lit nup- » tial, après avoir tué Tantale, mon époux (1) ».

Mais ce qui distingue Homère, c'est l'art des contrastes : jamais cet art ne fut employé avec plus de succès. Agamemnon se hâte de rassurer Ulysse sur sa destinée; il lui parle de la fidélité de Pénélope, qu'à son départ pour Troie il avoit laissée nouvellement mariée et ayant un fils à la mamelle. Ulysse serrera entre ses bras cet enfant chéri; tandis qu'à lui, Agamemnon, il n'est plus permis d'embrasser le sien. « Ma cruelle épouse » m'empêcha de le revoir ; je tombai sous ses » coups avant d'avoir satisfait ce pressant désir. » Mais, je t'en avertis, grave cet avis profondé- » ment dans ton esprit : fais en sorte que ton » vaisseau aborde secrètement dans ta patrie; on » ne doit plus se fier aux femmes. Parle-moi avec » vérité, et apprends-moi si tu as ouï dire que » mon fils vécût encore, et fût ou à Orchomène, » ou à Pylos, ou enfin auprès de Ménélas, à » Sparte... ». Qu'on médite ce discours, et l'on

_____

(1) Iphigen. in Aul., v. 1149.

admirera cette transition par laquelle Agamemnon donne à Ulysse le prudent avis de se méfier
des femmes. Il a l'esprit tout occupé du complot
de la sienne, dont la noirceur le frappe d'autant
plus vivement, qu'elle l'a privé de la vue de son
fils. Il revient aussitôt à cet enfant chéri, en demande des nouvelles, et ne paroît plus inquiet
que de son sort.

Voilà la marche de la nature : jamais elle n'est
plus près du but qu'au moment où elle semble
s'en éloigner davantage. Dans un homme pénétré d'une profonde douleur, les idées ne peuvent
être suivies ; mais celles qui lui échappent en
désordre, interrompent le fil du discours, sans
s'écarter de l'objet essentiel : en un mot, ce sont
les élans du cœur, et non les efforts de l'esprit.
Comment Rochefort a-t-il osé supprimer les deux
vers qui renferment l'heureuse transition dont
je parle, vers qu'aucun éditeur ne s'est encore
avisé de retrancher, et sur lesquels Eustathe
même n'a pas formé le moindre doute ? « Ils
» m'ont paru, dit Rochefort, déplacés dans l'ori-
» ginal, en ce qu'ils interrompent *mal à propos*
» la suite des pensées qui occupent le plus Aga-
» memnon (1) ». S'il y avoit réfléchi davantage,
il auroit changé d'opinion, et ne se seroit pas
permis un pareil retranchement ; liberté dan-

_____

(1) Odyss. trad., tom. 1, p. 466.

gereuse, qu'il ne se donne que trop souvent.

Mais cet avis qu'Homère met dans la bouche d'Agamemnon, n'est-il qu'un trait satirique contre les femmes? Non; ce grand poète, scrutateur habile du cœur humain, a eu d'autres idées. La perfidie dont Agamemnon a été la victime le rend extrêmement méfiant; quoiqu'il loue la vertu, il a de la peine à y croire : il soupçonne partout le crime, et voudroit en garantir son ami, dût-il faire naître dans son cœur des doutes cruels sur la fidélité d'une femme à la vertu de laquelle il vient de rendre témoignage. Voilà ce qui arrive aux hommes qui ont éprouvé toute la méchanceté de leurs semblables; et voilà ce qu'Homère a voulu exprimer.

Achille paroît ensuite; il soupire et reconnoît Ulysse, et lui témoigne de la surprise sur son arrivée dans le triste séjour des morts. Celui-ci ne manque pas de lui rappeler son ancienne gloire. « Les Grecs, dit-il, t'honoroient, de ton » vivant, comme un dieu; à présent, sans doute, » tu exerces une grande autorité parmi les om- » bres ». Achille réplique aussitôt : « J'aimerois » mieux être aux gages d'un pauvre laboureur, » que de régner sur les morts (1) ». Il n'est point étonnant que Platon, dans l'endroit de sa République où il prêche le mépris de la mort, où il

---

(1) V. 488-490.

Q iv

dit que tout homme libre doit la préférer à la ser-
vitude; il n'est pas étonnant, dis-je, que Platon
ait voulu effacer ce passage, des écrits d'Homère,
comme flattant trop agréablement l'oreille du
peuple, et pouvant faire sur son âme des impres-
sions dangereuses (1). Cependant, pour être juste,
il ne devoit pas ainsi séparer astucieusement ce
mot d'Achille, et quelques autres semblables, de
ce qui les suit ou les précède. Il falloit, au contraire, exposer avec impartialité ou ne pas dissi-
muler son opinion sur le véritable sens du passage d'Homère dont nous parlons. Platon étoit
trop éclairé pour ne pas le connoître; mais il
vouloit, par une sévérité mal entendue, décrier
la morale de ce poète.

Les Anciens et les Modernes ont tâché de le
disculper, en disant que son dessein avoit été de
nous donner une leçon salutaire sur la vanité et
le néant des grandeurs humaines. Homère étoit
certainement bien éloigné de vouloir rendre
Achille philosophe après sa mort : il a eu seulement intention de conserver à ce héros, parmi
les morts, le caractère qu'il lui avoit donné pendant sa vie. C'est ce qu'il observe exactement à
l'égard de tous ses autres personnages.

Lucien me paroît avoir très-bien saisi l'idée du
poète. Dans un de ses dialogues des morts, il

_____

(1) Plat. de Rep., lib. III, tom. II Oper., p. 386.

suppose qu'Antiloque, fils de Nestor, reproche à
Achille le propos qu'il a tenu à Ulysse, comme
indigne du fils de Pélée. « Tu démens par-là,
» ajoute-t-il, les grandes actions qui ont illustré
» ta vie, et ce beau trépas que tu préféras à de
» longs jours, passés sans gloire sur le trône de
» Phthie ». Achille répond entre autres choses :
« Les morts sont tous égaux. Notre beauté, cher
» Antiloque, et notre force ne nous accompa-
» gnent point ici. Couchés dans les mêmes ténè-
» bres, nous ne différons en rien les uns des
» autres. Les ombres des Troyens ne me craignent
» pas ; celles des Grecs ne cherchent point à me
» flatter : une égalité parfaite règne dans ce sé-
» jour, où un mort, qu'il ait été brave ou lâche,
» ressemble en tout à un autre. Voilà ce qui me
» tourmente, et je suis au désespoir de n'être
» plus vivant sur la terre, dussé-je y être merce-
» naire (1) ». Oui, parce qu'il auroit eu l'espoir
de quitter ce métier, et de jouer encore un
grand rôle.

L'égalité chagrine Achille ; le sentiment de sa
supériorité l'agite ; il ne peut plus faire usage de
ses forces, et toute vue d'ambition lui est désormais interdite. Plongé dans le désespoir, il le
manifeste par un propos que son cœur désavoue

_____

(1) Lucian., Dial. Mort. xv, tom. II, p. 187 et seq., ed.
Bipont.

bientôt après. N'est-ce pas ce qui arrive aux hommes dans les accès de la colère et dans le trouble des passions? Prend-on à la lettre ce qui sort alors de leur bouche? ou n'y a-t-il pas toujours une manière de l'interpréter conformément à leur véritable façon de penser? Le contraste de nos idées, dans les momens orageux, est un moyen sûr de connoître la situation de notre âme, et il en révèle même les plus secrets replis.

Le propos d'Achille étoit un ancien proverbe, usité chez les Orientaux comme chez les Grecs : « Il vaut mieux, lit-on dans l'Écriture, être chien » vivant que lion mort (1) ». Les poètes l'ont rendu et appliqué chacun à leur manière, suivant les circonstances et le caractère des personnages. Par exemple, Euripide le met dans la bouche d'un esclave phrygien qu'Oreste paroît vouloir tuer (2), et dans celle d'Iphigénie demandant la vie à son père (3); mais aucun d'eux ne l'a employé plus à propos, et ne l'a exprimé avec plus de noblesse que Virgile, dans la descente d'Énée aux enfers. Il suppose que cet ardent désir du retour à la lumière, même pour vivre dans la misère et les plus durs travaux, existoit chez les ombres qui avoient été les infortunées

_____

(1) Eclesiast., cap. 2, v. 7.
(2) Orest., v. 1509 et 1523.
(3) Iphigen. in Aul., v. 1218; ibid., v. 1252.

victimes de l'aveugle et lâche fureur du suicide (1) ; moralité bien placée, et digne d'un
poète philosophe.

J'ai avancé que le cœur d'Achille désavouoit le
propos dont je parle, à l'instant même qu'il lui
échappoit. On s'en convaincra aisément, par ce
qu'il ajoute tout de suite : « Mais parle-moi donc
» de la conduite de mon généreux fils. Se montre-
» t-il au premier rang dans les combats, ou ne l'y
» voit-on pas ? Dis-moi aussi si tu as ouï dire
» quelque chose du respectable Pélée ? Conserve-
» t-il encore, chez les Myrmidons, toute son au-
» torité, ou ne jouit-il plus des égards qui lui
» sont dus dans la Grèce et la Phthie, parce que la
» vieillesse paralyse ses mains et ses pieds ? Et
» moi, ne jouissant plus de la clarté du soleil, je
» ne puis pas déployer pour sa défense ces forces
» dont furent témoins les champs de Troie, lors-
» que je faisois tomber sous mes coups un peuple
» valeureux. Ah ! si, tel que j'ai été, je revenois
» un instant dans la maison de mon père, ma
» présence seule inspireroit l'horreur et la crainte
» à ceux qui usent envers lui de violence ou qui
» lui ravissent son autorité (2) ». Voilà comme
Achille devoit exprimer le vif intérêt qu'il prenoit au sort de son père. Dans l'Iliade, au milieu

---

(1) Æneid., lib. vi, v. 434-437.
(2) Odyss., lib. xi, v. 491-505.

de ses fureurs, transporté de colère, ne respirant que la vengeance, il s'attendrit au souvenir de son père. Ce souvenir l'apaise, le console, et il attend avec impatience le moment de le revoir. Ce n'est qu'au dernier degré de corruption, après que le luxe a étouffé en nous les plus doux sentimens de la nature, que la piété filiale s'efface de nos cœurs. Peut-être même n'y a-t-il que celui d'un célibataire dur et pervers, qui puisse arriver à ce degré d'insensibilité. La vue seule du berceau de nos enfans nous avertit d'aimer nos pères et mères. Nous avons reçu des uns ce que nous donnons aux autres, hélas! la vie. A l'approche de la mort, tous deviennent le tendre objet de nos sollicitudes.

Les Anciens connoissoient trop bien le cœur humain, tel qu'il est sorti des mains de la nature, pour ne pas mettre de pareils sentimens dans la bouche de leurs héros, même les plus farouches. C'est pourquoi Sophocle, imitant Homère, nous représente Ajax, le fougueux et intraitable Ajax, dans ses violens accès de rage et de délire, au moment de se donner la mort, occupé de son fils, de sa femme, et des auteurs de ses jours. « O mon fils! s'écrie-t-il, sois plus » fortuné que ton père! Pour tout le reste, res-» semble-lui, et tu ne seras pas un homme mé-» prisable. Dès aujourd'hui même, je te trouve » digne de moi, puisque tu ne sens aucun de ces

» maux! car si ne rien sentir est un mal, c'est du
» moins n'éprouver qu'un mal exempt de toute
» douleur, en attendant l'âge où tu pourras goû-
» ter la joie et connoître le sentiment de la tris-
» tesse. Nourri des douces haleines des zéphyrs,
» passe ton enfance au milieu des jeux, et fais les
» délices de ta mère ». S'adressant ensuite au
chœur, composé de ses soldats, il leur parle en
ces termes : « Dites à Teucer de conduire mon fils
» dans mes foyers ; de le présenter à Télamon, à
» Éribée, ma mère, afin qu'il les nourrisse dans
» leur vieillesse, jusqu'à l'instant où ils descen-
» dront au séjour des morts (1) ». Rien n'est plus
difficile à rendre que ces douces paroles :

$$\text{Τέως δὲ κούφοις πνεύμασιν βόσκου, νέαν}$$
$$\text{Ψυχὴν ἀτάλλων, μητρὶ τῆδε χαρμονήν.}$$

Tout ce morceau étincelle de rares beautés, et
est terminé par l'apostrophe sublime qui commence en ces termes : « O soleil ! lorsque tu éclai-
» reras la terre qui m'a vu naître, retiens tes su-
» perbes coursiers, et annonce mes maux et ma
» destinée à mon vieux père, et à l'infortunée
» dont le sein m'a allaité (2) ». L'intérêt qu'Ajax
prend à son fils, à sa femme, à sa mère et à son
père, devoit avoir des nuances que le poète saisit
parfaitement et exprime de même. D'ailleurs,

_____

(1) Ajax, v. 628-639.
(2) Ibid., v. 857-860.

quels heureux contrastes! C'est l'art des grands
maîtres : nous l'avons presque perdu, faute d'étu-
dier la nature et de consulter ses premiers interprètes.

Revenons à Achille. Ulysse, après l'avoir assuré
qu'il n'a rien ouï dire de Pélée, lui raconte les
exploits de Néoptolème, son fils, et comment
il a eu grande part à la prise de Troie. A ce récit,
l'ombre d'Achille, pleine d'allégresse, fuit, et
marche à grands pas vers les Champs-Élysées. Le
héros grec devoit éprouver une trop vive sensa-
tion pour qu'il répliquât encore à Ulysse : aussi
Homère se garde-t-il bien de lui faire prononcer
un seul mot. Un poète médiocre n'auroit pas
trouvé cet admirable secret. Du reste, la joie que
témoigne Achille, en apprenant les actions héroïques de son fils, prouve encore assez que le
désespoir de n'être plus rien, ou l'inertie à laquelle il étoit condamné, selon la remarque d'un
ancien critique (1), lui avoit arraché, presque
sans qu'il y pensât, cette maxime populaire et
devenue proverbiale dont nous avons parlé.

D'autres ombres s'approchent, chacune se plai-
gnant de son sort. Celle d'Ajax se tient seule à
l'écart, et Ulysse lui adresse ce discours : « Ajax,
» fils du généreux Télamon, même après ta mort,

_____

(1) Dion. Halic., de poës. Hom., cap. 17, p. LXII, ed.
Barnes.

» tu ne cesseras donc pas de nourrir contre moi
» de cruels ressentimens, à cause de ces funestes
» armes. Les dieux ont voulu que ces armes ser-
» vissent à punir les Grecs : toi, leur ferme rem-
» part, tu as succombé. Nous déplorons ta perte
» à l'égal de celle du fils de Pélée. N'accusons per-
» sonne de ce malheur : Jupiter, par la haine
» violente qu'il porte aux Grecs d'une valeur dis-
» tinguée, est l'unique cause de ta destinée. Avance
» donc, prince, jusqu'ici : que ton âme altière se
» laisse enfin fléchir (1) ». Ajax s'éloigne sans répondre. « Cependant, ajoute Ulysse, quoique
» enflammé de colère, il m'auroit parlé, si je
» n'avois pas désiré ardemment de voir d'autres
» ombres ». Il cherchoit du moins à se le persuader, son amour-propre étant trop humilié du
silence dédaigneux de son ennemi. Homère
montre en cela beaucoup de sagacité, suivant la
remarque d'Eustathe (2). Ajoutons que ces traits
de caractère, puisés dans la connoissance réfléchie
de l'esprit humain, n'échappent jamais à ce poëte.
Quel art admirable n'offre pas le discours d'U-
lysse? L'idée de la victoire de ce héros sur Ajax
est écartée avec soin : forcé de prononcer le mot
d'armes, il l'accompagne d'une épithète qui fait
sentir ses propres regrets. Les malheurs d'Ajax

(1) V. 549-561.
(2) Schol. in Odyss., p. 1698, ed. Rom.

sont ceux des Grecs; il ne les en sépare point,
et se hâte d'en attribuer la cause aux sentimens
de haine et de vengeance que Jupiter respiroit
contre les plus braves d'entre les Grecs. Ajax ne
paroît pas même l'écouter, et l'on est frappé de
son silence, que Longin appelle, avec raison,
grand et sublime (1).

Polygnote n'avoit pas cherché à rendre ce silence dans son tableau; mais il imagina de rassembler en un même lieu tous les ennemis d'U-
lysse, parmi lesquels Ajax est représenté ne
prenant aucune part aux jeux dont quelques-uns
s'occupent (2). Ulysse se trouve fort éloigné de
ce groupe (3); disposition sage, qui montre assez
l'idée du peintre. Silius Italicus auroit dû apercevoir cette convenance, et ne point mettre aux
enfers Ajax, dans le même groupe que celui où
se trouvent Ulysse et tous les autres héros du
siége de Troie (4). Mais ce poète mérite à peine

---

(1) Ὅθεν καὶ φωνῆς δίχα θαυμάζεταί ποτε ψιλὴ καθ' ἑαυτὴν
ἡ ἔννοια δι' αὐτὸ τὸ μεγαλόφρον, ὡς ἡ τοῦ Αἴαντος ἐν Νεκυίᾳ σιωπή,
μέγα καὶ παντὸς ὑψηλότερον λόγου. De Sublim., §. 9, p. 28,
ed. Benjam. Weiske.

(2) Pausan., Phoc., cap. 31.

(3) Acad. des Inscr., Hist., tom. XXVII, p. 51.

(4) Punic., lib. XIII, v. 801-803.

[Cette critique de Silius Italicus paroîtra un peu sévère,
si l'on a sous les yeux les vers de ce poète:

Inde viro stupet Æacida, stupet Hectore magno,
Ajacisque gradum, venerandaque Nestoris ora

qu'on fasse mention de lui ; il n'a su imiter, dans la descente de Scipion aux enfers, ni Homère, ni Virgile : c'est un épisode également dénué d'invention et d'intérêt.

La remarque d'un écrivain anglois, auquel la vertu, la raison et le goût doivent beaucoup, le docteur Johnson, est digne d'être rapportée : « Le » silence qu'Homère fait garder à Ajax a beau- » coup plus de force, dit-il, que les argumens » qu'il auroit pu employer en sa faveur, parce » que ce héros n'étoit pas assez éloquent pour les » faire valoir, et qu'étant naturellement coura- » geux et hautain, il n'en connoissoit pas d'autre » que son épée. Ce silence dédaigneux qu'il af- » fecta devant un homme qui l'avoit vaincu par » la volubilité de sa langue, est infiniment plus » piquant que les raisons qu'il auroit pu alléguer ; » d'ailleurs, il empêchoit par là son ennemi de » faire briller son éloquence (1) ». Je crois qu'Ajax, plein d'un violent ressentiment, ne doit pas avoir une semblable pensée ; elle étoit trop au-dessous de lui ; et Ajax d'ailleurs ne faisoit pas assez de cas de l'art de discourir, pour imaginer une telle vengeance. Lorsque, dans l'Iliade, il est obligé de parler, quand, par exemple, il est député vers

---

Miratur, geminos aspectat lætus Atridas,
Jamque Ithacum, corde æquantem Peleïa facta.
S. de S.]

(1) The Rambler, n° cxxi, vol. III, p. 88, ed de 1772.

Achille (1), il le fait brusquement et en peu de mots. Il ne prétend même pas entamer un discours; il semble n'avoir pris la parole que pour avertir Ulysse et Phœnix de mettre fin à leurs harangues et de se retirer.

Pourquoi, d'après cela, Ovide prête-t-il à Ajax un plaidoyer de cent dix-huit vers (2), lorsqu'il réclame les armes d'Achille? J'avoue que ce discours et celui d'Ulysse, son compétiteur, renferment de grandes beautés. Mais n'y retrouve-t-on pas toujours le bel-esprit de la cour d'Auguste, et l'auteur qui ne peut se résoudre à cacher son art, et qui veut à toute force étaler les fleurs de son imagination, aux dépens du caractère convenu de ses héros? Ce reproche regarde principalement le plaidoyer d'Ajax, où l'on ne voudroit pas rencontrer quelques détails et des expressions plus dignes d'un rhéteur que d'un guerrier. D'ailleurs il est trop long, et Ovide semble le reconnoître par les dernières paroles qu'il met dans la bouche d'Ajax; elles renferment cependant un défi courageux, tel qu'on devoit l'attendre de l'émule d'Achille :

Denique, quid verbis opus est? spectemur agendo :
Arma viri fortis medios mittantur in hostes ;
Indè jubete peti, et referentem ornate relatis.

---

(1) Iliad., lib. IX, v. 620-638.
(2) Metam., lib. XIII, v. 5-122.

Sans avoir, ni les talens, ni l'esprit d'Ovide, un poète grec, Quintus de Smyrne, a traité le même sujet (1). S'il est fort inférieur à Ovide du côté de l'invention, il dit néanmoins des choses qu'Ovide a négligées, et qui ne sont point déplacées dans la bouche d'Ajax. Je veux surtout parler du reproche que ce héros fait à Ulysse, d'avoir été la cause de la mort de Palamède, qui le surpassoit en courage et en prudence (2). Mais Quintus aussi est trop long, et il fait mal à propos répliquer chacun des deux contendans (3), faute qu'Ovide n'a point commise. Les écrivains médiocres, en voulant épuiser leur sujet, ne laissent dans l'âme aucune impression; leur esprit est un vase vide qui rend beaucoup de son. Dire deux

---

(1) L'auteur de la petite Iliade, Leschès de Mitylène, avoit débuté par là; mais nous n'avons que les sommaires des quatre premiers livres de son poëme (Procli Chrestomath.). Voy. *Bibliotheck der alten Litteratur und Kunst*, par MM. Tychsen et Heeren, Ire Part., p. 35 et 36.

(2) Posthomer., lib. v, v. 198 et 199.

[M. de Sainte-Croix ne s'est pas souvenu qu'Ovide fait dire précisément la même chose à Ajax :

Mallet et infelix Palamedes esse relictus :
Viveret; aut certè letum sine crimine haberet.
Quem, malè convicti nimium memor iste furoris,
Prodere rem Danaam finxit, fictumque probavit
Crimen, et ostendit, quod jam præfoderat, aurum.

METAM., lib. XIII, v. 56-60.

S. de S.]

(3) Posthomer., lib. v, v. 292 et 306.

R ij

syllabes de plus qu'il ne convient, suivant le
poète Philémon, c'est être prolixe. Dans tant de
milliers de vers, ajoute-t-il, Homère ne se l'est
pas permis : aussi personne n'a osé l'accuser de
ce défaut (1). Peu de mots devoient suffire à Ajax :
« Vous me décerniez le second rang après Achille;
» il est mort; ses armes m'appartiennent; si Ulysse
» ou quelque autre ose me les disputer, jetez-les
» au milieu des ennemis, et nous verrons quel
» sera celui qui ira les y enlever ». Cette dernière
idée appartient à Ovide, qui n'auroit eu garde de
s'en contenter.

Peut-être étoit-il encore possible de mieux faire,
en supposant qu'Ajax avoit refusé d'entrer en
lice, et que Teucer, son compagnon et son ami,
s'étoit empressé de plaider sa cause? Cela auroit
été une inimitation heureuse d'Homère, et je
soupçonne que le peintre Timanthe de Cythnos
avoit eu une idée à peu près semblable; la manière dont il représenta Agamemnon, au sacrifice
d'Iphigénie, et plusieurs autres sujets (2), donne
quelque probabilité à cette conjecture. On sait

---

(1) Fragm. ap. Stob., Eclog., serm. XXXVI, p. 217, ed.
Conr. Gesner.

(2) .... *Sunt et alia ingenii ejus exemplaria*.... *atque
in omnibus hujus operibus intelligitur plus semper quàm
pingitur : et cum ars summa sit, ingenium tamen ultra
artem est.* Plin., lib. XXXV, §. 36, tom. II, p. 694, ed.
Harduin.

qu'il remporta à Samos le prix, au sujet de cette dispute, concernant la possession des armes d'Achille, sur Parrhasius d'Éphèse (1), célèbre par la justesse des proportions et la beauté des contours. Ce ne peut donc être qu'un trait vif, neuf et frappant, qui ait fait donner la palme à Timanthe.

Le silence éloquent qu'Homère fait garder à Ajax, n'est point resté sans imitateur; et Virgile a cru que Didon, rencontrée aux enfers par Énée, devoit aussi ne pas lui répondre. « Mais, dit un » traducteur du poète grec, ou je me trompe, ou » cette scène, si pathétique entre Ulysse et Ajax, » perd bien de son expression entre deux acteurs » tels qu'Énée et son amante. Énée, après avoir » abandonné la malheureuse Didon, n'a que de » mauvaises raisons à lui alléguer, et ce sont en- » core les mêmes dont il l'avoit ennuyée en la » quittant. Mais ici c'est un héros qui en regrette » un autre, et qui maudit en quelque sorte la » victoire malheureuse qu'il a remportée, et qui » a privé la Grèce d'un homme tel qu'Ajax. Ces » sentimens, ce semble, tiennent à une élévation » d'âme bien plus touchante que les larmes du » pieux Énée, et que le silence de son amante (2) ».

_____

(1) Plin., lib. xxxv, §. 36; Ælian., var. histor., lib. ix, cap. 11, tom. I, p. 590, ed. Gronov.; Athen., Deipnos., lib. xii, p. 543.

(2) Rochefort, not. sur l'Odyss., tom. I, p. 472 et 473.

Le docteur Johnson reproche à Virgile de n'avoir pas toujours imité avec assez de discernement Homère; et il en cite pour exemple le silence de Didon. « Il s'en faut bien, assure-t-il, que ce si- » lence ait la même dignité, ni qu'il soit aussi » expressif que celui du héros grec. Didon auroit » pu, sans blesser la bienséance, s'exhaler en » plaintes et en reproches; mais Virgile, qui avoit » l'imagination pleine d'Ajax, n'a pu gagner sur » lui de prêter à Didon une autre façon de témoi- » gner son ressentiment au héros troyen (1) ». Ces observations me paroissent justes; et je crois qu'une reine méprisée, une amante offensée, une femme irritée, ne pouvoit rester muette, ayant une si belle occasion de soulager sa douleur et son ressentiment. L'éloquence des plaintes et des justes reproches est l'arme la plus puissante de ce sexe, contre les ingrats, les infidèles et les parjures.

Mais si Virgile s'est ainsi laissé séduire par l'imitation, avouons du moins qu'il s'en tire habilement. Ce poète, en représentant Didon enflammée de colère, et avec des yeux hagards qu'elle tient ensuite fixés à terre, a voulu exprimer à la fois la profonde indignation de cette princesse, et ce sentiment de pudeur que devoit exciter chez elle la vue d'Énée. Inflexible et dure comme les

---

(1) The Rambler, n° cxxi, vol. III, p. 88, ed. de 1772.

rochers de Marpèse, elle s'arrête un moment ;
mais toujours irritée, elle s'élance bientôt après,
et s'enfonce dans le sombre bois, où Sichée étoit
resté, conservant pour elle son ancien amour.

Talibus Æneas ardentem et torva tuentem
Lenibat dictis animum, lacrymasque ciebat.
Illa solo fixos oculos aversa tenebat :
Nec magis incœpto vultum sermone movetur,
Quàm si dura silex aut stet Marpesia cautes.
Tandem proripuit sese, atque inimica refugit
In nemus umbriferum, conjux ubi pristinus illi
Respondet curis, œquatque Sichœus amorem (1).

Quel heureux contraste ne forme pas cette mention du premier époux de Didon ! Que d'idées ne
réveille-t-elle pas ! Il est vrai que ce trait admirable auroit pu subsister, quand même cette hé-
roïne n'auroit pas gardé le silence. Mais ne détrui-
roit-il pas tout l'effet des larmes qu'Énée répand
en voyant son amante, si d'ailleurs la facilité avec
laquelle le héros de Virgile se laisse aller à l'at-
tendrissement, n'avoit pas déjà rendu ce moyen
nul, et perdu pour le lecteur ? Je termine cette
digression en remarquant que, dans l'attitude de
Didon, Virgile semble avoir plutôt imité la Médée
d'Euripide (2), que l'Odyssée d'Homère.

_____

(1) Æneid., lib. VI, v. 467-474.
(2)   Oὔτ' ὄμμ' ἐπαίρουσ', οὔτ' ἀπαλλάσσουσα γῆς
    Πρόσωπον· ὡς δὲ πέτρος, ἢ θαλάσσιος
    Κλύδων, ἀκούει νουθετουμένη φίλων.
             MED., v. 27-29.

Après la fuite précipitée d'Ajax, le premier
objet qui frappe les yeux d'Ulysse, est Minos, qui
rend la justice aux morts, et les condamne aux
peines éternelles, qu'ils ont méritées durant le
cours de leur vie. Un vaste champ se présente à
l'imagination d'Homère, mais il se garde bien
d'épuiser un sujet si fécond. Toutefois il nous
donne des détails suffisans sur les tourmens qu'en-
durent Titye, Tantale, Sisyphe. Partout il se
montre grand peintre et poète sublime. Par exemple, rien n'est plus digne d'admiration que de
voir comment il a su rendre l'image du supplice
de Sisyphe, par la construction des mots et l'har-
monie imitative. Denys d'Halicarnasse en a déve-
loppé tout l'art avec beaucoup de sagacité (1).
Avant lui, Aristote n'avoit pas montré moins de
goût et de discernement, en faisant remarquer (2)
ce beau passage d'Homère. Enfin Eustathe et les
autres commentateurs anciens et modernes, n'ont
pas manqué de payer leur tribut d'admiration à
cet immortel poète. Il ne rassemble en cet endroit
tous les fameux scélérats de l'antiquité, coupables
d'impiété, et ne décrit leur supplice avec tant de
soin, que pour inspirer la crainte des dieux, et

---

(1) De compos. verbor., cap. 20, tom. V Oper., p. 139,
ed. Lips., 1775.

(2) Rhetor., lib. III, cap. 11, tom. III Oper., p. 819. B,
ed. Duval.

inculquer davantage le dogme salutaire des peines à venir. Celui des récompenses est seulement désigné par ce qu'il dit de la considération dont l'ombre d'Hercule jouissoit aux enfers, et de la félicité dont son âme avoit été récompensée au ciel. Je n'entrerai dans aucune discussion sur la distinction que fait le poète entre cette ombre et cette âme : cela tient à une croyance qu'il n'est pas facile d'éclaircir. Suivant Cicéron, les Anciens ne pouvant comprendre une âme subsistante par elle-même, lui avoient donné une forme, une figure : de là toute la fable d'Homère sur les enfers (1). Cette opinion ne peut être examinée ici, et je reprends mon sujet.

Hercule reconnoît aussitôt Ulysse, et ne lui parle que des pénibles travaux auxquels il s'étoit soumis pendant sa vie, entre autres de l'enlèvement de Cerbère. Le poète n'a sans doute imaginé ce discours que pour ranimer le courage de son héros. Celui-ci n'y répond pas, et cette marque de respect de sa part doit être remarquée. Homère ne manque jamais aux convenances, et c'est à tort que des critiques modernes l'ont accusé du contraire. Il suppose à Ulysse le désir

---

(1) *Animos enim per se ipsos viventes non poterant mente complecti, formam aliquam figuramque quærebant : indè Homeri tota νεκυία.* Tusc. Quæst., lib. 1, cap. 16.

ardent de voir Thésée et Pirithoüs; mais comme
il n'auroit pu introduire ces nouveaux personnages sans se livrer à des détails qui l'auroient
éloigné du but principal qu'il s'est proposé, celui
de préparer le dénoûment de son poëme, il se
hâte de pénétrer Ulysse de la crainte des ordres
de Proserpine, et veut lui faire précipiter son
retour à la lumière.

La fiction dont je viens de relever les beautés,
a eu bien des imitateurs (1); le plus heureux de
tous est, sans doute, Virgile. Il a beaucoup étendu
ce sujet, et l'a enrichi de toutes les idées que la
religion, le culte et la philosophie des Égyptiens (2) et des Grecs (3), ont pu lui fournir. Il y
a fait entrer tout ce qui pouvoit intéresser la
gloire de sa patrie. La force de l'imagination, les
grâces de l'esprit et les charmes de l'élocution,
concourent également à faire de cet épisode un
chef-d'œuvre de poésie; et si nous n'avions pas
le quatrième livre de l'Énéide, nous ne balance-
rions pas à regarder le sixième dont je parle,
comme le plus digne de notre admiration. Virgile,

---

(1) Heyn., Excurs. 1 ad lib. vi Æneid., tom. III, p. 3o8
et seq., ed. tert. Lips.

(2) Serv., ad Virg. Æneid., lib. vi, v. 1.

(3) Virgile a surtout fait des emprunts à la doctrine de
Platon. Heyn., Excurs. xiii ad lib. vi Æneid., tom. III,
p. 355.

en marchant sur les traces d'Homère, n'a rien oublié pour s'élever au-dessus de son modèle ;

Fulgeat ut magni exuvias indutus Homeri (1).

Il y réussit dans les détails inconnus de celui-ci, ou par lui négligés. Sa fiction, en général, étoit sans doute plus intéressante pour les Romains, dont elle flattoit la vanité ; mais il sera difficile de me persuader qu'elle l'emporte, du côté de la noblesse, sur celle d'Homère, comme quelques critiques l'ont pensé. C'est évidemment confondre le noble avec le magnifique et le pompeux, qui a aussi sa place en poésie. Virgile en a fait usage dans ce livre, qui respire la majesté du peuple dont il annonce les hautes destinées (2). Ce poète y est néanmoins fort inférieur à Homère, pour le pathétique, l'éloquence, et l'art de donner un caractère soutenu et bien prononcé à ses héros, art dans lequel Homère excelle.

Cette opposition admirable que Virgile met entre les lieux de tourmens ou Tartare, et les lieux de délices ou Champs Élysées, ne pouvoit guère se trouver dans Homère, parce que l'idée qu'on avoit, de son temps, de ce séjour du bonheur, étoit encore très-confuse. Pindare est le

---

(1) Vida, Poetic., lib. ii, v. 551.

(2) Voyez surtout la peinture et l'éloge qu'il fait du peuple romain, v. 847-853.

premier des écrivains grecs et latins, qui en ait
eu une idée distincte; il les place dans les îles
Fortunées (1). Il étoit beaucoup moins difficile
aux hommes d'imaginer le supplice des méchans,.
que de concevoir le bonheur des justes en l'autre
vie; c'est pourquoi ils ont pensé si tard à celui-ci,
et si tôt à l'autre. D'ailleurs, la crainte faisant
toujours plus d'impression sur l'esprit humain
que l'espérance, les anciens législateurs ont dû
nécessairement répandre davantage ce qui tenoit
à la première; mais on ne sauroit trop louer Virgile d'avoir si habilement saisi et fait sentir l'opposition dont je viens de parler. Étant de la secte
d'Épicure, il ne devoit pas chercher à accréditer
cette doctrine; mais oubliant ses opinions particulières, il n'a vu que celles dont la croyance étoit
nécessaire au genre humain, surtout dans un siècle aussi corrompu que le sien. Par sa description,
aussi morale que poétique, des enfers, il rend très-
sensible le dogme sacré des peines et des récompenses à venir (2). Quoique Homère se soit peu

---

(1) Olymp., Od. 11, v. 128 et seq.

(2) C'est sa doctrine exotérique; il écrit en cet endroit
pour le peuple. Mais dans ses Géorgiques, il parle en épicurien, et adresse aux philosophes ces vers si connus :

Felix qui rerum potuit cognoscere causas,
Atque metus omnes et inexorabile fatum
Subjecit pedibus, strepitumque Acherontis avari.

GEORG., lib. 11, v. 490-492.

arrêté aux récompenses d'une autre vie, ou les ait presque laissées à deviner, il a pourtant fourni une grande partie de la fiction sous laquelle ce dogme est enveloppé dans Virgile; et en cet endroit, comme dans le reste de l'épisode, il conserve l'empreinte d'un génie vraiment créateur :

.... *Patriam cui Græcia, septem*
Dum dabat, eripuit : cujusque ex ore profusos
Omnis posteritas latices in carmina duxit,
Amnemque in tenues ausa est diducere rivos,
Unius fecunda bonis.................

MANIL., Astron., lib. II, v. 7-11.

NOTE ADDITIONNELLE

DE L'ÉDITEUR

POUR CETTE DEUXIÈME PARTIE.

Note pour la p. 34, sur ces mots : *Ils donnèrent aux habitans de la ville de Laton, etc.*

Laton, ou plutôt *Lato*, Λατὼ, est, suivant Étienne de Byzance, l'ancien nom de la ville de Camara. (Steph. Byzant., voc. Καμάρα ; Cellar., Geogr. antiq., lib. II, cap. 14.)

Voici le passage cité par M. de Sainte-Croix, de l'inscription publiée par Chishull : ἑρπόντων δὲ ἐς τὰς ἑορτὰς οἱ μὲν Λάτιοι ἐς Ὀλόντα, ἐς τὰ [Θεο] δαίσια καὶ ἐς τ᾽ Ἄρρηγα…. ὡσαύτως δὲ καὶ Ὀλόνγιοι [ἐς Λατὼν], ἐν ταῖς θυσίαις μάλα τῶν νομιζομένων (p. 135).

Dans le serment que les habitans de Lato devoient prêter à ceux d'Olonte, la déesse Éleusine est au nombre des divinités par lesquelles ils jurent l'observation du traité : Ὀμνέω τὰν Ἑστίαν καὶ τὸν Ζῆνα τὸν κρητογενέα…. καὶ τὰν Ἐλευσίναν καί τὰν Βριτόμαρτιν κ. τ. λ. (p. 136.)

Les *Theodésies* sont la même chose que les Dionysies ou fêtes de Bacchus. (Hesych., voc. Ἡρόχια et Θεοδίσιος.)

TABLE

DES MATIÈRES.

A.

ABEILLE, nommée en grec *mélisse*, I, 243; passoit pour un animal pur et exempt de souillure, *ibid.*

ABSTINENCES, usitées dans le culte de Mithra, II, 143; sont condamnées par la religion de Zoroastre, *ibid.*; étoient pratiquées dans l'initiation aux mystères isiaques et à ceux d'Osiris, 172 et 173.

ACANTIUM, ville d'Arcadie: culte, temple et statues de Cérès, dans le voisinage de cette ville, II, 36, note.

ACARNANIENS, massacrés pour s'être introduits dans le temple d'Éleusis, I, 261.

ACCUSATEURS, notés d'infamie à Athènes, quand ils n'avoient pas obtenu au moins le cinquième des suffrages, I, 256.

ACÉSIDAS: pourquoi ce nom se trouve parmi ceux des Dactyles, I, 65.

ACESTIUM, fille de Xénoclès, voit son frère, son mari et son fils, dadouques, I, 226.

ACHAÏE: culte de Cérès en Achaïe, II, 31.

ACHE, plante produite par le sang du jeune Cadmille, I, 56; origine de cette fable, *ibid.*

ACMON, divinité des Dactyles, I, 62; est le ciel, *ibid.*

ACONIA Fabia Paulina, femme consacrée au culte de Cérès, I, 239.

ADONIS: mystères de Vénus et d'Adonis, II, 100 *et suiv.*; Adonis est nommé *Thammuz*, 101; a beaucoup de rapports avec Osiris, 102, note; ses fêtes étoient lugubres, 102; Adonis et Vénus furent quelquefois confondus avec Attis et Cybèle, 103; rapports entre les cérémonies relatives à Osiris, Iacchus, Attis, et ce qui se pratiquoit dans les fêtes d'Adonis, *ibid.*; changemens faits par les Grecs dans les fêtes relatives à Adonis, *ibid.*; son culte chez les Phéniciens étoit-il borné à des cérémonies lugubres? 104, note; comment on célébroit à Byblos la mort d'Adonis, 105; et son retour à la vie, 106;

le culte de Vénus et d'Adonis établi dans l'île de Cypre, II, 115 ; Adonis passe pour être le fils de Cinyras, roi de Cypre, 116 ; fêtes d'Adonis dans cette île, 117 ; fête d'Adonis à Athènes, *ibid.* ; jardins d'Adonis, 117 et 118 ; vers de Théocrite relatifs au culte d'Adonis, 119 ; mystères d'Adonis, abolis à la fin du quatrième siècle, 120.

ADONIS, rivière, II, 115 ; merveilles qu'offroit cette rivière, *ibid.*

ADOPTION, nécessaire aux étrangers qui vouloient être initiés aux mystères d'Éleusis, I, 270.

Ἀδώνιδος κῆποι, II, 117 et 118, note.

ÆGIALÉE : guerre des Telchines en faveur de Neptune, dans l'Ægialée, I, 99.

ÆSCHYLE. *Voyez* Eschyle.

AËSITES, ou Parasites publics, I, 227 et 236.

ÆSYMNÈTE, surnom de Bacchus, I, 206. *V.* Bacchus.

AÉTÈS, roi de Colchide, mari d'Hécate, suivant Diodore, I, 187.

AGAMEMNON, initié aux mystères de Samothrace, I, 53 ; comment il apaise une sédition de ses soldats, *ibid.*

AGATHON, personnage d'une comédie d'Aristophane, II, 16.

AGDISTIS. *Voyez* Agestis.

AGÉLASTE, pierre sur laquelle Cérès s'étoit assise à Éleusis, I, 141 et 145.

AGESTIS, ou Agdistis, est la terre, I, 83.

AGNUS castus, plante employée par les femmes pour se disposer à la continence, II, 7.

AGRA, ou *Agræ*, nom du lieu où se célébroient les petits mystères, I, 297 ; temple d'Agra, nommé aujourd'hui *Sainte-Marie sur le rocher*, *ibid.* ; ce temple consacré à Cérès et à Proserpine, 298 ; appelé par Timée, *Thesmophorion*, 299.

AGRIGENTE : temple de Cérès à Agrigente, II, 39, note ; appelé aujourd'hui *tempio della Concordia*, ibid.

Ἀγυρμὸς, I, 393, note.

AGYRMOS : le premier jour des Éleusinies, ainsi nommé, I, 314.

AIGLE : nom d'un grade parmi les initiés aux mystères de Mithra, II, 132, note, et 133.

AIR : purifications par l'air, II, 80.

AJAX ; son silence devant Ulysse, II, 255 *et suiv.*

Ἅλαδε μύσται, I, 313, 314, note, et 393, note.

ALCAMÈNE donne à Hécate trois visages et trois corps, I, 187.

ALCESTE orne de myrte les autels des dieux infernaux, I, 286.

ALCIBIADE ; accusation d'impiété intentée contre lui, I, 253 ; comment il avoit profané les mystères, 255 ; en quel lieu, *ibid.* ; Théano refuse de le maudire, I, 246; les imprécations prononcées contre lui sont rétractées, 256; il conduit les initiés d'Athènes à Éleusis, sans aucun dommage, 331.

ALCYONE, lac près duquel les Argiens célébroient les mystères en l'honneur de Bacchus, II, 74; Néron sonde la profondeur de ce lac,*ibid.*

ALEXANDRE : l'origine humaine des divinités païennes lui fut révélée, dit-on, par Léon, hiérophante égyptien, I, 445, note; il en instruisit Olympias,*ibid.*

ALEXANDRE l'imposteur; comment il célébroit ses mystères, I, 371.

ALEXANDRIE : les habitans de cette ville annonçoient à ceux de Byblos le retour d'Adonis à la vie, II, 106.

ALEXANDRINS, nom donné aux rites égyptiens, altérés par le mélange de rites étrangers, II, 152.

ALLÉGORIE : les scènes obscènes des mystères n'étoient que des allégories, I, 371; quelles étoient ces allégories, 419 *et suiv.* ; étoient-elles physiques? 420; ou bien relatives à la doctrine de l'origine du bien et du mal? 423; ou à une doctrine spéculative sur l'origine des âmes, et les vicissitudes de leur existence? 428 *et suiv.* ; toutes ces allégories ne formoient point une

doctrine secrète, I, 436; explications allégoriques du mythe de Bacchus mis à mort par les Titans, II, 86, note, et 90; explications allégoriques des symboles et des monumens du culte de Mithra, 137 *et suiv.* ; goût des juifs pour les allégories, 195; langage allégorique des Sofis, 198, note; des loges de francs-maçons, 199.

AMALTHÉE, fille de Mélisseus, I, 69; nourrit Jupiter, 70.

AMENDES prononcées contre les infracteurs des lois relatives aux mystères d'Éleusis, I, 265.

AMES; leur histoire représentée, suivant les philosophes éclectiques, dans les cérémonies allégoriques des mystères, I, 433 *et suiv.* ; leurs migrations représentées allégoriquement dans le culte de Mithra, II, 137 et 138; leurs migrations dans les astres, suivant les Parses, 138.

AMPHORE dans la procession isiaque, II, 156.

AMYNIAS, père d'Eschyle, I, 261.

ANACALYPTÉRIE : diverses acceptions de ce mot, II, 40.

ANACES, ou rois enfans, I, 44 et 50.

ANACHARSIS fut reconnu citoyen d'Athènes, avant d'être admis à l'initiation d'Éleusis, I, 270.

IIe PART.

S

Anactoron, partie du temple d'Éleusis, I, 137; sens de ce mot, 129, note, et 137.

Ἀνάκτορον, I, 457.

Anactotélestes, ou hiérophantes de Samothrace, I, 48; ce que signifie leur nom, 50; peut-être ces prêtres gouvernoient – ils Samothrace, *ibid.* ; ils altéroient à leur gré les traditions relatives à la mort du jeune Cadmille, 55.

Anaxo, prêtresse de Cérès, I, 247.

Andocide; son procès, I, 253; complice d'Alcibiade, 255.

Ane, employé dans les cérémonies d'Éleusis, I, 283; l'âne, objet de la haine des Égyptiens, et pourquoi, *ib.* ; sous le nom de *Seth,* il a eu en Égypte des mystères particuliers, *ibid.* ; sa présence nécessaire, dans les mystères d'Isis, *ibid.*

Angélos, fille de Junon, lui dérobe son fard, I, 52; souillée par l'approche d'un cadavre et purifiée par les Cabires, *ibid.*; sens allégorique de cette fable, *ibid.*

Anquetil; son opinion sur le culte de Mithra, II, 121, note.

Antalcidas: réponse remarquable de ce grec, I, 49.

Anthémocrite, héraut, mis à mort par les Mégariens, I, 266.

Anthesphories, fête en l'honneur de Proserpine, à Syracuse, II, 40.

Anthestéries, fêtes de Bacchus à Athènes, II, 76, note; nommées aussi *Lenœa,* ibid.

Anticrate, fils de Lysanias, II, 4, note.

Antinoüs; son culte établi en Égypte, II, 152.

Antre Idéen, I, 76; antre Éleusinien: conjecture sur ce qui s'y pratiquoit, I, 367; antre de Mithra, II, 124; représenté sur les bas - reliefs mithriaques, 139; ouvert et détruit par Gracchus, 150.

Anubis, le même que Cerbère, I, 7; ses rapports avec Proserpine, 170; avec Hécate, 181; et avec Mercure, 182; nommé *le gardien des dieux*, ibid. ; représenté par un prêtre dans la procession isiaque, II, 156; Commode porte le masque d'Anubis, 172; Caracalla porte la statue d'Anubis, *ibid.*

Anvari Sohaïli, ou version persane des fables de Bidpai, II, 112.

Apelle; son tableau de Vénus sortant des ondes, I, 317; Phryné, en se baignant dans la mer, lui en fournit l'idée, *ibid.*

Aphidnus adopte les Dioscures, I, 270.

Apia, nom de la Terre-mère chez les Scythes, I, 14.

Apis, fils et successeur de Phoronée, I, 99.

Apis, symbole d'Osiris, I, 7;

rapports entre le costume et les pratiques usitées chez les Égyptiens dans les funérailles d'Apis, et les usages observés par les Grecs dans leurs Bacchanales, II, 53.

Ἀπλάριοι, II, 192, note.

Ἀποδίωγμα, II, 10, note.

APODIOGME, nom donné à un sacrifice, II, 10.

APOLLON; sa statue faite par les Telchines, I, 98; son temple à Délos, 139 : il succède à Delphes, à Cérès ou à Thémis, 161.

APOLLONIUS, hiérophante d'Éleusis, I, 220; fonctions publiques qu'il avoit remplies, avant d'être revêtu de ce sacerdoce, ibid.

APOLLONIUS de Tyane : on refuse de l'initier aux mystères d'Éleusis, I, 272.

Ἀπόῤῥητος, I, 415, note.

APPIUS forme le dessein d'ajouter un vestibule au temple d'Éleusis, I, 131; il abandonne ce projet, ibid., note.

APULÉE ; sa description de la fête d'Isis Pélagique, II, 153 et suiv.; but qu'il se propose dans ce récit, 173 et suiv., et 186.

ARBÈLE, date de la bataille d'Arbèle, I, 314.

ARCADIENS : culte de Cérès chez les Arcadiens, II, 29, et 36, note; suivant Denys d'Halicarnasse, ils introduisirent à Rome le culte de Cérès, 41.

ARCHÉLAÜS : reproche qu'il fait à Manès, II, 140.

ARCHIAS, hiérophante d'Éleusis, accusé d'impiété, I, 222.

ARCHIGALLE, ou chef des Galles, I, 82.

ARCHONTE roi : il exerce à Athènes les principales fonctions du sacerdoce, I, 214 ; quelles étoient ses fonctions dans la célébration des mystères, 215 : il offroit des sacrifices et faisoit des vœux pour les Athéniens, le premier jour des Éleusinies, 315; c'étoit devant lui qu'on plaidoit, lors de la séance du sénat, qui se tenoit à Athènes dans l'Éleusinium, 339 : il avoit la direction des fêtes mystérieuses de Bacchus, II, 78; fonctions de la femme de l'archonte roi, dans ces mystères, II, 79.

ARÉOPAGE : il absout Mars du meurtre de Halirrhothius, I, 26; il est nommé le saint sénat, I, 251; Eschyle accusé d'avoir révélé le secret des mystères d'Éleusis, est absous par l'aréopage, 260.

ARESTION, tyran d'Athènes, I, 246, note.

ARGIENS : culte de Cérès chez les Argiens, II, 25; usages particuliers des Argiens dans le culte de Bacchus, 53 ; mystères de Bacchus chez les Argiens, 74.

ARGONAUTES : ils relâchent à Samothrace, I, 45; ils sont

initiés aux mystères de cette
ile, 46.

ARGOS se met sous la protection de Junon, I, 25; ar-
rivée de Cérès à Argos, II,
25.

ARIGNOTE, pythagoricienne,
auteur d'un ouvrage sur
les mystères d'Éleusis, I,
347 et 396.

ARISTAGORAS, de Mélos, dé-
voile le secret des mystères
d'Éleusis, I, 259.

ARISTAGORE, maîtresse de
Démétrius, I, 215.

ARISTIDE le Juste; comment
sa famille fut traitée par
les Athéniens, I, 341 et
note.

ARISTIDE; son discours sur le
temple d'Éleusis, I, 128;
ce qu'il dit de la gran-
deur du temple d'Éleusis,
131.

ARISTOBULE, juif, paroît être
l'auteur de la Palinodie
d'Orphée, II, 60; époque
à laquelle il vivoit, ibid.

ARISTOCLE justifie Aristote
du reproche d'impiété contre les mystères d'Éleusis,
I, 259; vers d'Aristocle,
conservés par Élien, 23.

ARISTOGITON fut auteur de la
loi qui mit un prix à l'initiation aux mystères d'É-
leusis, I, 278.

ARISTOMÈNE; dépôt par lui
confié à la terre, II, 36,
note.

ARISTOPHANE confond le culte de Cérès et celui de Bacchus, II, 50; il confond

le Bacchus Thébain avec
Iacchus, ibid.

ARISTOTE accusé d'impiété
par l'hiérophante Eurymé-
don, I, 259; il ordonne,
par son testament, d'élever
une statue à Cérès, ibid;
doutes à ce sujet, 260, note;
il nioit, suivant Cicéron,
l'existence d'Orphée, II,
47.

Ἄρρητος κόρη. Voy. Κόρη.

ARRION, cheval né de l'union
de Cérès et de Neptune,
II, 30.

ARRIPHON; son observation
relativement à l'institution
des mystères de Cérès Prosymna, II, 27 et note.

ARSACE, grand-prêtre de Ga-
latie, I, 95.

ASCALABUS, fils de Mismé, se
moque de Cérès, I, 150;
il est changé en lézard,
ibid.

ASINÉENS: traité entre eux et
les habitans d'Hermioné,
au sujet du culte de Cérès
Chthonienne, II, 22.

ASPASIE; sa haine contre les
Mégariens, I, 267.

ASPHODÈLE: on couronne de
cette plante la statue de
Proserpine, dans l'île de
Rhodes, et pourquoi, I,
104.

ASTARTÉ, femme de Malcan-
de, roi de Byblos, I, 151;
ses aventures avec Isis,
ibid.

ASTARTÉ est la même que la
mère des dieux, ou Cybè-
le, I, 83.

ASTÉRIUS, évêque d'Amasie, cité, I, 369.

ATERGATIS n'est autre que Vénus pleurant Adonis, II, 104; est la déesse de Syrie, 107; son temple et le culte qu'on lui rendoit à Hiérapolis, ibid; ses prêtres nommés Galles, ibid.

ATHÉNÉ, ou Minerve, est la Neïth des Égyptiens, I, 27.

ATHÈNES : on y voyoit un autel consacré aux douze dieux de Solon, I, 34; autels élevés au dieu inconnu, dans cette ville, 35; chemin d'Athènes à Éleusis, 142; voy. Voie sacrée; temple de la Terre à Athènes, 159; usage singulier pratiqué dans le festin des noces, par les Athéniens, 160; peine infligée à Athènes, aux accusateurs, 256; Athènes, purifiée par Solon, 407; célébration des Thesmophories à Athènes, II, 5 et suiv. ; fêtés de Bacchus à Athènes, 75 et suiv., et ibid. note ; Lenæum, lieu à Athènes, 76; Limnæ ou les marais, quartier d'Athènes, ibid. ; fêtes d'Adonis à Athènes, 117; culte de Cotytto dans cette ville, 175.

ATHÉNIENS; ils n'admettoient aucun étranger aux fonctions sacerdotales, I, 218; les Athéniennes se rendoient à Éleusis sur des chars, pour y célébrer les mystères, 264; les Athéniens obligés de se faire initier aux mystères d'Éleusis, 274; étoient initiés même dans l'enfance, ibid. ; caractère de leurs fêtes, 290; leur basse complaisance pour Démétrius, 295; et pour Auguste, 296; comment ils traitèrent la famille d'Aristide, 341, et note.

ATHÉNION excite les Athéniens à prendre parti pour Mithridate, contre les Romains, I, 326.

ATHOR, divinité égyptienne : ses rapports avec Hécate, I, 180; signification du nom d'Athor, ibid., note; rapports entre Athor, Nephthys et Tithrambo, I, 183 et 184, note.

ATTIQUE : on y persécute les partisans du culte de Neptune, I, 26; dispute de Neptune et de Minerve au sujet de l'Attique, 28.

ATTIS; ses aventures, I, 85; fables à son sujet, 88 et suiv. ; Attis est-il le même qu'Atys de Catule ? 90, note; né d'un songe impur de Jupiter, 89; explication allégorique des aventures d'Attis, suivant Julien, 90; rapports d'Attis avec Cadmille et Celmis, 88; et avec Adonis, II, 103.

ATYS. Voy. Attis.

AULIS, nommée Hécatée, par Stace, I, 196.

AUTOPSIE, cérémonie des mystères d'Éleusis, I, 377 et note; confondue par M. de

Sainte-Croix, avec la pho- tagogie, I, 379; en étoit différente, *ibid.*, note; nommée aussi *époptée*, 380.

AVERNALE : Junon Avernale est Proserpine, I, 176.

AXIÉROS, divinité cabirique, I, 39; confondue avec Phaë-ton, 42; ce nom dérivé du samscrit, par Wilford, 387, note.

AXIOKERSA, divinité cabiri-que, I, 39; confondue avec Vénus, 43; ce nom tiré du samscrit, par Wilford, 387, note.

AXIOKERSOS, divinité cabiri-que, I, 39.

B.

BAAL, nom de Cronos ou Saturne, I, 15.

BACCHANALES : rapports entre les bacchanales des Grecs, et les choses que prati-quoient les prêtres égyp-tiens dans les funérailles d'Apis, II, 53; les diverses bacchanales ou fêtes de Bacchus à Athènes, 75 *et suiv.*, note; en quoi les rites des bacchanales ordi-naires différoient de ceux des Dionysies, 82; dans les bacchanales on sacrifioit un bouc, 85.

BACCHUS, fils de Sémélé; les Titans s'opposent à l'ad-mission de son culte, I, 28; Bacchus purifié par la mère des dieux, 85; Bacchus, fils de Jupiter et de Proser-pine, n'a rien de commun avec le fils de Sémélé, ou Dionysus, 199; le culte de ce dernier introduit tard dans la Grèce, *ibid.*; ces deux Bacchus confondus par plusieurs écrivains, 202; Onomacrite introduit dans l'histoire du Bacchus Thébain, des traits qui appartenoient à celle du fils de Proserpine, 204; Bacchus, fils de Sémélé, est attaqué par les Géans, 205; est nommé *Bacchus, né plus tard*, pour le dis-tinguer de Zagrée, 206; Bacchus Æsymnète, le même qu'Iacchus Zagrée, *ibid.*; Bacchus Thesmo-phore est Iacchus, 207; Bacchus Eleusinien est cou-ronné de myrte et non de lierre, 202; Bacchus se fait initier pour se préparer à descendre aux enfers, 358; Bacchus mis en pièces par les Titans : ce que cela signifie, suivant les nou-veaux platoniciens, 433; aventure de Bacchus avec Prosymnus ou Polymnus, II, 26; le culte de Bacchus établi en Grèce, suivant l'opinion commune, par Orphée, 48; origine égyp-tienne du Bacchus Thébain, *ibid.*; l'établissement des mystères de Bacchus, at-tribué faussement à Bac-

chus lui-même, II, 49 ;
Bacchus donna, dit-on, le
royaume de Lycurgue à
Charops, *ibid.; ennemis du*
culte de Bacchus, *ibid.*;
Bacchus identifié avec Osiris
par les Orphiques, 52 *et
suiv.*; représenté sous la
figure d'un taureau, 53 ;
surnommé *Bougenès, ibid.*;
usages particuliers des Argiens dans le culte de Bacchus, *ibid.*; on se vantoit
à Delphes de posséder les
restes du corps de Bacchus,
54 ; temple de Bacchus ἐν
Λίμναις, 50; rapports de
Bacchus avec Schiva, 69 ;
les mystères de Bacchus différoient peu de ceux de
Cérès à Éleusis, 72, note ;
le mythe de Bacchus, ré-
duit aux traits qui appartiennent au jeune Iacchus
et à Zagréus, a beaucoup de
rapport avec celui de Horus,
ibid.; mystères de Bacchus
chez les Argiens, 74; lac
par lequel on disoit que
Bacchus étoit descendu aux
enfers, *ibid.*; le culte de
Bacchus introduit à Athè-
nes, par Pégase d'Eleuthè-
res, 75; temple de Bacchus
à Athènes, qui ne s'ouvroit
qu'une fois l'an, 81 ; dans
les mystères de Bacchus on
lui choisissoit une épouse,
82; prémices offertes à Bacchus, 83; dans quelles fêtes,
ibid., note; l'aventure de
Bacchus mis en pièces par
les Titans, étoit représen-

tée dans les mystères de
Bacchus, 86; en certains
lieux, elle l'étoit par des victimes humaines, *ibid.*; explications allégoriques de cette
partie du mythe de Bac-
chus, *ibid.*, note ; aventure obscène de Bacchus, à
laquelle on faisoit allusion,
en employant dans ses mystères des phallus faits de
bois de figuier, 89; dans
l'initiation aux mystères
de Bacchus, on faisoit usage de fantômes effrayans,
comme à Eleusis, *ibid*; les
mystères de Bacchus, purs
dans leur origine, 90; furent dans la suite souillés
de désordres, 91 ; fêtes de
Bacchus en Italie, *ibid.*;
fêtes Sabaziennes en l'honneur de Bacchus, 93 *et
suiv.*

BACH ; sa dissertation sur les
mystères d'Eleusis, I, 447,
note.

BAï, mot égyptien : ce qu'il
signifie, I, 9.

BALANCE, parmi les attributs
de Cérès, II, 225.

BAPTES, nom d'une comédie
d'Eupolis, II, 177 ; nom
des prêtres de Cotytto,
ibid.

BARTHÉLEMY ; son opinion
sur les diverses parties du
temple d'Eleusis, I, 136 ;
sur la doctrine secrète des
mystères, 448, note ; ce
qu'il dit des fêtes de Bacchus à Athènes, II, 76,
note.

BASSAREUS, surnom de Bacchus, II, 94; étymologies de ce nom, *ibid.*, note.

BAPTÈME dans l'initiation aux mystères de Mithra, II, 128.

BAUBO : colonne de Baubo à Éleusis, I, 141; aventures de Baubo avec Cérès, 149; signification de ce nom, 171, note; aventures de Baubo, représentées dans les mystères d'Éleusis, 373 et note; Baubo confondue avec Iambé, II, 14 et note.

BEAUSOBRE; son opinion sur les Ophites, II, 189; il justifie les Manichéens d'une pratique infâme qu'on leur avoit imputée, 192.

BEBÆON ou *BEBON*, nom de Typhon, I, 171; ce qu'il signifie, *ibid.*; ses rapports avec *Baubo*, *ibid.*

BEBON. Voy. *BEBÆON*.

BÉLETTES en horreur aux mystagogues et aux initiés, I, 282.

BÉLIERS offerts à Cérès, I, 164.

BELLÉROPHON et Pégase, représentés par un âne monté par un vieillard, dans la procession isiaque, II, 155.

BÉMA, fête solennelle des Manichéens, II, 191.

BÉNIR la mer; ce que cela signifie, II, 169, note.

BÉRÉCYNTHIENNE, surnom de Cybèle, I, 83.

BESSES, nom des ministres du dieu Sabazius, chez les Satres, II, 94.

BIACHE, II, 69.

BŒUF : cet animal est le serviteur de Cérès, I, 163; est l'objet d'une sorte de vénération, *ibid.*; on immole des bœufs à Cérès, 164.

BONNE DÉESSE : c'est la Terre, I, 83; nommée aussi *Fatua* et *Fauna*, II, 177; la même, suivant M. de Sainte-Croix, que Cotytto, *ibid.*; doutes de l'éditeur à ce sujet, *ibid.*, note; Clodius viole ses mystères, 178; comment ils se célébroient, *ibid. et suiv.*; débauches des fêtes de la Bonne Déesse, 181; les hommes célèbrent aussi des mystères en son honneur, *ibid.*; la Bonne Déesse étoit peut-être la même que Cybèle, 182; le culte de la Bonne Déesse, pur dans son origine, fut corrompu par son union avec celui de Cotytto, 183, et note.

BOSTRA : le nom de cette ville pourroit être l'origine du surnom de *Bassareus*, donné à Bacchus, II, 95, note.

BOUC, offert en sacrifice dans les bacchanales, II, 85.

BOUCHARDON : comment il représente la descente d'Ulysse aux enfers, II, 238; anecdote relative à ce sculpteur, *ibid.*, note.

BOUE, employée dans les purifications, II, 57.

BOUGÉNÈS, surnom de Bacchus, II, 53.

BOULANGER ; son opinion bizarre sur les effets de la doctrine d'une vie future, I, 416; sur le culte de Mithra, II, 142; sur les mystères en général, 209 *et suiv.*

BOUVIER, constellation : c'est Philomèle, frère de Jasion, I, 75.

BREBIS de deux ans, offertes à Cérès, I, 164.

BRAURON, I, 216.

BRIMO, surnom d'Hécate, I, 182; et de Cérès, *ibid.*

BROMIUS, nom d'un grade parmi les initiés aux mystères de Mithra, II, 131.

BUBASTE, divinité égyptienne; ses rapports avec Diane et Proserpine, I, 173; fête de Bubaste, 333.

BUSBECQ : ce qu'il dit de l'usage où sont les Grecs de bénir la mer, II, 169, note.

BUZYGÈS : il enseigna la manière d'atteler les bœufs à la charrue, I, 210; paroît être un personnage imaginaire, *ibid.*

BYBLOS : le corps d'Osiris y est porté par les vagues, et retrouvé par Isis, I, 150 et 151; médailles de Byblos, relatives aux aventures d'Isis, 153 ; les Phéniciens croyoient qu'Osisis y avoit été enseveli, II, 104; culte mystérieux de Vénus et d'Adonis, dans cette ville, 105 *et suiv.*; comment la nouvelle du retour d'Adonis à la vie, parvenoit d'Alexandrie à Byblos, 106 ; on y pratiquoit vraisemblablement une sorte d'initiation, comme à Hiérapolis, 109; temple de Vénus Uranie, sur le Mont-Liban, à une journée de Byblos, 115.

C.

CABARNES : on nommoit ainsi à Paros, les prêtres de Cérès, II, 32 ; diverses opinions sur ce nom, *ibid.*

CABARNIS, ancien nom de l'ile de Paros, II, 32.

CABARNUS apprend à Cérès l'enlèvement de Proserpine, II, 32.

CABBALISTES : ils méritent d'être comptés parmi les sectes mystiques, II, 196.

CABIRES, prêtres de Samothrace, I, 38; pris pour les divinités cabiriques,

42 ; les Dioscures prennent la place des Cabires, 44 ; *Cabires*, nom d'une tragédie d'Eschyle, 46; les Cabires, enfans de Sydyk, 40; suivant les Grecs, enfans de Vulcain et de Cabirie, 41 ; la doctrine des mystères des Cabires avoit en partie pour objet l'origine de la civilisation, 55 ; ces mystères se célébroient la nuit, 56 ; les noms des Cabires et leurs attributs n'étoient connus que des

initiés, I, 56; temple des Cabires à Thèbes, 57; dépôt mystérieux confié par Cérès aux Cabires, *ibid.*; les Cabires pris à Rome pour les Pénates, *ibid.*; les Cabires se réfugient en Étrurie, 58; confondus avec les Dactyles, 60; les Étrusques, dit-on, avoient apporté de Lemnos le culte des Cabires, 58.

CABIRIE, nymphe de Thrace, mère des Cabires, I, 41.

CABIRIE, surnom de Cérès, dans la Bœotie, II, 20.

CABIRIQUES: divinités cabiriques, I, 38; leurs noms, 39 et 43; comment elles étoient représentées, 39; leur nombre, 40; leur culte introduit en Égypte, *ibid.*; divinités cabiriques confondues avec les dieux de la Grèce, 42; confondues avec Vénus, Pothos et Phaëton, *ibid.*; culte des divinités cabiriques, établi en diverses villes de la Grèce, 44; les divinités cabiriques, vengeresses du parjure, 49; *mort cabirique*: ce que c'est, 55; les divinités cabiriques sont nommées par les Étrusques, *Cérès, Palès* et *Fortune*, 58.

CADAVRES offerts à Hécate, I, 189; et à Pluton, *ibid.*

CADMILLE. *Voy.* Cadmillus.

CADMILLUS ou CADMILLE, divinité cabirique, I, 40; confondu avec le Mercure des Grecs, 42; étoit le même

que l'Horus d'Égypte et l'Iacchus d'Éleusis, I, 42 et 56; confondu avec Pothos ou Cupidon, 43; massacré par ses frères, 55; le souvenir de sa mort étoit célébré par ce qu'on appeloit *mort cabirique, ibid.*; son corps enterré au pied du mont Olympe en Asie, *ibid.*; le nom de *Cadmille* passe dans la langue latine, 58.

CADUCÉE de Mercure, dans la procession isiaque, II, 156.

CALATHUS: procession du calathus, I, 317; le calathus porté dans la procession d'Iacchus, 329; le calathus porté en procession dans les Thesmophories, II, 8 *et suiv.*; forme du calathus, 220.

CALAÜS, père d'Attis, I, 88.

CALLIAS, dadouque: l'avarice qu'il montra lors de la bataille de Marathon, I, 225; jugement rendu par les Céryces, à l'occasion d'un fils de Callias, 250; Callias soutient que celui qui se présentoit avec un rameau de suppliant, pendant les grands mystères d'Éleusis, méritoit la mort, 261; sa famille jouissoit à Sparte du droit d'hospitalité, II, 28, note.

CALLICHORE; puits de ce nom à Éleusis, I, 127 et 144; danses des initiés autour de ce puits, 322; il n'étoit pas permis aux initiés de se reposer sur ce puits, I, 322.

CALLIDICÉ, l'une des filles de Célée, I, 146.

CALLIGÉNIE, nom donné à Proserpine, II, 12; et non à Cérès, *ibid.*, note; on n'invoquoit point Calligénie dans les Thesmophories de l'Eubée, 21.

CALLITHOË, l'une des filles de Célée, I, 146.

CAMIRE, ville de l'île de Rhodès : on y voyoit une statue, ouvrage des Telchines, I, 98.

CANÉPHORES faisoient partie des processions, dans les fêtes mystiques de Bacchus, II, 87; elles portoient un collier de figues sèches, *ibid.*, note.

CANNES : on interrompt les fêtes de Cérès à l'occasion de la bataille de Cannes, II, 43.

CARACALLA porte la statue d'Anubis, II, 172; il élève des temples à Isis, *ibid.*

CARNABONTE, roi des Gètes, tend des embûches à Triptolème, I, 211.

CARREFOURS, consacrés à Hécate, et pourquoi, I, 185.

CASMILLE, le même que Cadmille, I, 43; ce nom dérivé du samscrit, par Wilford, 387, note.

CATANE : statue de Cérès, objet d'un culte mystérieux dans cette ville, II, 38.

CATULLE : ce qu'il dit d'Atys, I, 89.

CAUCON, fils de Célanus, apporte d'Éleusis en Messénie les mystères de Cérès, II, 35, note; il apparoit en songe à Épitèle, *ibid.*

CÉCROPS; de son temps, le nombre des dieux étoit fort petit, I, 34.

CÉLÉE : tombeaux des filles de Célée à Éleusis, I, 141; Cérès dans le palais de Célée, 145; aventures de Démophon, fils de Célée, *ibid.*; Célée élève un autel à Cérès, par son ordre, 147; suivant quelques-uns, Célée fut brûlé par Cérès, 148.

CÉLÉES, ville : on y célébroit tous les quatre ans les mystères de Cérès, I, 222, note; en quoi ces mystères différoient de ceux d'Éleusis, *ibid.*, et II, 32.

CELMIS. *Voy.* KELMIS.

CELSE; son opinion sur la doctrine enseignée dans les mystères, I, 425; ce qu'il dit de l'échelle mystique des Mithriaques, II, 136 *et suiv.*

CÉPHALE, défenseur d'Andocide, I, 261.

CÉPHISODORE, philosophe, ennemi d'Aristote, I, 259, note.

CÉPHISODORE; sa statue de la paix, II, 230.

CÉPHISSE, pont de Céphisse, I, 333; ce qui s'y passoit dans les Éleusinies, *ibid.*

CÉRAMIQUE à Athènes, I, 329.

CÉRAUNOSCOPIÉ, art exercé par les Cyclopes, I, 18.

CERBÈRE, le même qu'Anubis, I, 7; emmené hors des enfers par Hercule, 410; sens de cette fable, *ibid.*

CÉRÈS a commerce avec Jasion, I, 73; de cette union elle a un fils nommé *Plutus, ibid.*; elle donne le blé à Jasion, 74; elle place parmi les constellations, Philomèle, frère de Jasion, 75; est la même que Cybèle, ou la mère des dieux, 83; les cérémonies mystérieuses de Cérès, apportées en Grèce par Danaüs, 110; quatre époques de l'histoire de Cérès, ou de son culte dans l'Attique, 112; statue de Cérès dans les ruines du temple d'Éleusis, 140; histoire de Cérès et de ses attributs, 143 *et suiv.*; Cérès est la même qu'Isis, 144; aventures de Cérès cherchant sa fille Proserpine, 145 *et suiv.*; parallèle entre les aventures d'Osiris et Isis, et celles de Cérès et Proserpine, 150 *et suiv.*; Cérès n'étoit point confondue avec la Terre, dans la haute antiquité, 159; elle est surnommée *Thesmothète* et *Thesmophore*; et pourquoi, 161; ses attributs sont relatifs à l'agriculture et à la législation, 162; on lui offre des taureaux, des bœufs, des génisses, des béliers, des brebis et des porcs, 164; elle est surnommée *Polyphorbe*, 174; elle est confondue d'abord avec Proserpine, 175; elle est nommée *l'ancienne Déo*, ibid.; elle est représentée avec des cornes de taureau, 164; ou debout sur la tête d'un bœuf, *ibid.*; Cérès, surnommée par Lucrèce *mammosa*; et pourquoi, 200; doutes à ce sujet, *ibid.*, note; est la mère d'Iacchus, selon Diodore, 203; elle lui rendit la vie après qu'il eut été mis en pièces par les Titans, 204; Cérès est surnommée *Rharias*, 211; elle assiste Triptolème, *ibid.*; prêtresses de Cérès, nommées *Mélisses*, 242; le *feu de Cérès*, nom donné aux mystères d'Éleusis, 324; la statue de Cérès, parée avec soin, étoit montrée aux initiés à Éleusis, dans la partie des mystères appelée *autopsie*, 377; comment Cérès apparoît en songe à Numénius, 399; les deux présens faits par Cérès aux Athéniens, 403; fêtes de Cérès et de Proserpine, chez les peuples de la Grèce et de l'Italie, II, 1 *et suiv.*; temple de Cérès, au lieu nommé *Colias*, 19; Cérès, surnommée *Cabirie*, honorée dans la Bœotie, 20 et 21; culte de Cérès surnommée *Chthonie* ou *Chthonienne*, à Hermioné, 22; à

Argos, II, 25; dans le voisinage des marais de Lerne, *ibid.*; culte et temple de Cérès Éleusinie, à Sparte, 28; culte de Cérès chez les Arcadiens, 29 *et suiv.*; de CérèsÉleusinie, à Phéné, *ibid.*; Cérès, surnommée *Cidarie*, *ibid.*; son union avec Neptune; fable qu'on racontoit à Telphusse, 30; Cérès surnommée la *Noire*, à Phigalie, *ibid.*; comment on l'y représentoit, *ibid.*; culte qu'on lui rendoit dans une caverne, 31; culte de Cérès Mysienne, en Achaïe, *ibid.*; à Sicyone, où on la nommoit *Cérès Prostasie*, 32; à Célées, *ibid.*; dans l'île de Paros, *ibid.*; dans l'île de Crète, 33; à Gnosse, 34; chez les Olontiens, *ibid.*; à Laton, ou *Lato, ib.*, et 270; on l'y honoroit sous le nom d'*Éleusinie*, *ibid.*; son culte en Sicile, 35 *et suiv.*; Cérès et Proserpine accompagnent Timoléon, faisant voile pour la Sicile, 37; temple de Cérès à Enna, *ibid.*; sa statue à Catane, enlevée par Verrès, 38; son culte à Syracuse, *ibid.*; elle y étoit nommée *Sito* et *Simalis*, *ibid.*; et *Thesmophore*, *ibid.*; enceinte consacrée à Cérès, à Hermioné, voisine d'un temple d'Isis et de Sérapis, 35, note; culte mystérieux de Cérès en Messénie, *ibid.*; et en Arcadie, 36, note; premier établissement du culte de Cérès à Rome, 41; comment elle y étoit honorée, 42 *et suiv.*; culte de Cérès à Naples, 42, note; à Rome, il étoit défendu, dans certains sacrifices, de faire des libations de vin à Cérès, 43; fêtes de Cérès, interrompues à cause de la bataille de Cannes, *ibid.*; elles se célébroient la nuit, 44; leur durée, *ibid.*; jeux du cirque dont elles étoient accompagnées, *ibid.*; les grands mystères de Cérès ont-ils été célébrés à Rome? 45; des attributs symboliques et allégoriques de Cérès, 215 *et suiv.*; Cérès, surnommée *nourricière*, 219; comment Cérès est représentée par Albricius, *ibid.*; Cérès ailée, 230; réunie à Junon et Apollon, *ibid.*; la Paix; ses rapports avec Cérès, 230; Cérès confondue avec la Fortune, 231; symboles communs à Cérès, à la Terre et à Thémis, 232; Cérès dévore l'épaule de Pélops, *ibid.*

CERES, étymologie de ce nom, 205.

CERNOPHORES, ministres des mystères, I, 87.

CERNOS, sorte de vase employé dans les mystères, I, 86.

CÉRYCES: famille à laquelle devoient appartenir quelques-uns des ministres du culte à Éleusis, I, 216 et

217; les Céryces représentent les pastophores égyptiens , I , 218 ; ouvrage de Théodore, panage, sur la famille des Céryces, 240; tribunal des Céryces , 250.

CHABRIAS : époque de la bataille navale où il remporta la victoire, près de Naxos , I, 315.

CHAMÉLÉE , plante employée par les femmes pour se disposer à la continence , II, 7.

CHANDLER; sa description des ruines du temple d'Eleusis , I, 134.

CHANG-TI , ou le maître du ciel chez les Chinois , I, 4.

CHARON, personnage qui figuroit dans les cérémonies relatives à Osiris , I, 7 ; représenté dans le tableau de la descente d'Ulysse aux enfers , 359.

CHAROPS: Bacchus lui donne le royaume de Lycurgue,II,49.

CHÊNES parlans de Dodone, I, 29.

CHÉNOSIRIS , nom du lierre chez les Égyptiens , II, 54.

CHEVAL : Hécate est invoquée sous ce nom , I , 196, note.

CHIB. Voyez Schiva.

CHIENS , attribut d'Hécate, I, 188; on lui en sacrifie, ibid.; elle est invoquée sous le nom de chien , 196 ; chiens consacrés à Génétyllis, ibid. ; chiens de Proserpine , sont les étoiles , 305 ; les chiens mâles étoient chassés du temple où l'on célébroit les

mystères de Cérès, dans l'Achaïe , II, 31.

CHILIUS; son poëme projeté sur les mystères d'Eleusis, I, 355 , et note, et 391.

CHIO : on y offroit des victimes humaines dans les fêtes de Bacchus , II, 86; culte de Cotytto dans cette île , 176.

CHRÉTIENS , exclus formellement de l'initiation aux mystères d'Éleusis, I, 271, et 345 ; doutes à ce sujet, 271, note.

CHRISTIANISME : certains rites du culte de Mithra paroissent empruntés du christianisme , II, 130 et 147; examen de cette opinion, 147, note ; folie de ceux qui regardent le christianisme comme une branche du culte mithriaque , ibid. ; le christianisme a adopté quelques rites et certaines expressions des mystères du paganisme , 193.

CHRYSANTHE , I, 431.

CHRYSIADE , maîtresse du dadouque Callias , I, 250.

CHRYSIPPE ; son opinion sur les mystères , I , 430 ; texte cité de lui par Warburton , mais fort détourné de son vrai sens , 422, note.

CHTHONIE, fille de Phoronée, II , 22 ; ou de Colontas, ibid. ; élève un temple à Cérès , ibid.

CHTHONIEN, Mercure surnommé ainsi , I, 182; ce surnom donné aussi à Iacchus, fils de Proserpine, I, 204.

CHTHONIENNE, surnom de Proserpine, I, 176; sens de ce surnom, *ibid.*; Hécate porte aussi ce surnom, 182; Cérès, surnommée *Chthonienne* ou *Chthonie*, à Hermioné, II, 21.

CHUMONTOU, II, 68.

CICÉRON: ce qu'il dit des effets et de l'excellence des mystères, I, 404; explication de deux passages de Cicéron, mal interprétés par Warburton, 444, note.

CIDARIE, surnom de Cérès à Phénée, II, 29.

CIEL : le Ciel adoré par les Égyptiens et par les Chinois, I, 4; par les Iroquois et les Hurons, 13; par les Pélasges, *ibid.*; par les Scythes, 14; par les anciens Grecs, *ibid.*; confondu avec Cronos ou Saturne, *ibid.*; a pour prêtres les Titans, 17; les Selles, prêtres du Ciel et de la Terre, à Dodone, 30; le culte du Ciel ou *Ouranos* est abandonné, *ibid.*; le Ciel et la Terre honorés primitivement à Samothrace, 38; sous quels noms, *ibid.*; le Ciel adoré par les Dactyles, sous le nom d'*Acmon*, 62; les habitans de l'île de Crète adorèrent d'abord, comme tous les Pélasges, le Ciel et la Terre, 70; le Ciel honoré sous le nom de Vénus Mylitta ou Uranie, II, 100.

CIGALES d'or, ornement de tête chez les Athéniens, I, 283; ce qu'elles signifioient primitivement, 284.

CIGUË : on se frottoit de jus de ciguë, pour se disposer à la continence, I, 220.

CINIRAS, roi de Cypre, construit sur le mont Liban un temple à Vénus Uranie, II, 115; il établit dans l'île de Cypre le culte de Vénus et d'Adonis, *ibid.*; il passe pour être le père d'Adonis, 116.

CIRCÉ, fille d'Aétès et d'Hécate, suivant Diodore, I, 187.

CIRCONCISION chez les Égyptiens, I, 7.

CISTE mystique; ce qu'elle renfermoit, I, 318; ciste mystique dans la procession isiaque, II, 157.

CLAUDE veut établir à Rome les grands mystères de Cérès, II, 45.

CLÉA, prêtresse qui présidoit la réunion des bacchantes à Delphes, II, 53, note.

CLÉANTHE, auteur d'un ouvrage sur les rites des mystères, I, 276; son opinion sur les dieux, 429.

CLEF, portée par les prêtres d'Éleusis, I, 231; la clef, symbole des divinités infernales, 232; et du secret des mystères, *ibid.*; attribut caractéristique du sacerdoce de Cérès, 244.

CLÉISIDICÉ, l'une des filles de Célée, I, 146.

CLÉMENT (S.) d'Alexandrie se sert d expressions empruntées des mystères du paganisme, II, 195.

CLÉOBÉE transporte les mystères de Cérès, de l'île de Paros à Thasos, I, 359; réprésentée sur le tableau de la descente d'Ulysse aux enfers, *ibid.*

CLÉOCRITE, hiérocéryx d'Éleusis, I, 230; il empêche le massacre de ses concitoyens, 231.

CLÉOMÈDE : ce qu'il dit des dogmes d'Épicure, II, 14, et note.

CLÉOMÈNE, roi de Sparte : il dévaste le temple d'Éleusis, I, 127.

CLODIUS viole les mystères de la Bonne Déesse, II, 178.

CLYMÈNE, fils de Phoronée, II, 22.

CNÉORUM. *Voyez* Chamelée.

CNEPH, principale divinité des Égyptiens, I, 4 et 8; le même que *Phtha*, *ibid.*

CNISME, sorte de danse, II, 16.

CNIZA, ou Sarriette sauvage, plante employée par les femmes, pour se disposer à la continence, II, 7.

COEUR : *dévorer son cœur*, sens de cette expression, I, 302.

COLIAS, lieu situé hors d'Athènes, II, 19; temple élevé à Cérès dans ce lieu, *ibid.*; c'étoit là que Proserpine avoit été enlevée, comme on le croyoit, *ibid.*

COLOMBES, objet d'une sorte de culte à Hiérapolis, II, 113; respect pour les colombes, usage ancien dans l'Orient, *ibid.*, note.

COLONTAS, père de Chthonie, II, 22.

COLOTÈS, épicurien: reproches que lui fait Plutarque, I, 441.

COMES, nom de dignité, I, 229 et 230.

COMMODE immole un homme à Mithra, II, 136; il porte la figure d'Anubis, 172.

COMOSANDALE, fleur, II, 23.

CONSTANCE défend les assemblées nocturnes des mystères, II, 186.

CONTINENCE exigée de l'hiérophante d'Éleusis; en quoi elle consistoit, I, 221 et 222; continence des prêtres d'Apis et d'Osiris, *ibid.*; continence,contraire à la religion des Parses, II, 143; pratiquée dans le culte de Mithra, *ibid.*

CONTRAIRE, épithète donnée à Hécate, I, 196.

CONYZA, ou Herbe aux puces, plante employée par les femmes, pour se disposer à la continence, II, 7.

COQS, sacrifiés à Anubis, I, 181; et à Mercure, 182; placés parmi les attributs symboliques de Cérès, II, 224.

CORA, nom donné à Proserpine, II, 208.

CORACICA, fête du culte de Mithra, II, 132.

CORACIQUES, II, 135. *Voy.* Coracica.

CORBEAU, nom d'un grade parmi les initiés aux mystères de Mithra, II, 131 et 132, note.

CORÉ, nom de Proserpine, I, 167; ce qu'il désigne suivant Porphyre, I, 174, note.

CORINTHE adopte les rites alexandrins, II, 152; temple d'Isis Pélagique à Corinthe, *ibid.*; pourquoi Corinthe étoit devenue le centre du culte d'Isis Pélagique, 169; culte de Cotytto à Corinthe, 176.

CORINTHIENS : ils arment une trirème sacrée pour l'expédition de Sicile, et lui donnent les noms de Cérès et de Proserpine, II, 371.

CORŒBUS, architecte, travaille au temple d'Éleusis, I, 129.

CORYBANTES, jongleurs de la Phrygie, I, 79; passent pour enfans de Saturne et de Rhée, *ibid.*; s'adonnent à la métallurgie, *ibid.*; y joignent la culture de la musique et de la danse, 80; origine de leur nom, *ibid.*, note : on leur donnoit pour auteurs Apollon et Thalie, *ibid.*; on n'en compta d'abord que trois, 81; ils passèrent pour des génies, *ib.*; suivant quelques écrivains, les Corybantes ne furent jamais que des ministres de Rhée, *ibid.*; les corps des Corybantes morts, placés sur des colonnes, 82; les Corybantes se confondent avec les Galles, 82; services rendus par les Corybantes à la société, 92; ils promettoient, suivant M. de Sainte-Croix, les récompenses d'une vie future, *ibid.*; examen de cette opinion, 93, note; les mystères des anciens Corybantes se conservent jusqu'aux derniers temps du paganisme, 96.

CORYBAS, fils de Jasion et de Cybèle, I, 81 : il donna le nom de *Corybantes* à ceux qui célébrèrent avec lui les mystères de sa mère, *ibid.*; c'est le Soleil, suivant Julien, 90.

COTYLISQUES. *Voyez* Plémochoé.

COTYS. *Voy.* Cotytto.

COTYTTO : mystères de Cotytto, II, 176 *et suiv.*; lieux où ce culte prit naissance, 176; fêtes de Cotytto confondues avec les Ithyphalles, *ibid.*; Baptes, prêtres de Cotytto, 177; Cotytto est, suivant M. de Sainte-Croix, la même que la Bonne Déesse, *ibid.*, et 183; doutes de l'éditeur à ce sujet, 177, note.

COURONNE offerte aux initiés dans les mystères de Mithra, II, 129; Mithra étoit la couronne de ses initiés, dans leur langage mystique, *ibid.*, et 130, note.

COUROTROPHE , ministre du culte de Cérès, I, 237 et 238.

COURT DE GÉBELIN, son explication des mots κόγξ ὂμ-παξ, inadmissible , 386.

CRASSUS (L.) : il ne put obtenir qu'on enfreignît pour lui l'ordre commun, relativement à l'époque de la célébration des mystères, I, 294.

CRATINUS, immolé pour l'expiation du massacre de Cylon, I, 276.

CRÉONOMIE , rite des mystères de Bacchus, II, 85.

CRÈTE, les premiers habitans de l'île de Crète nommés Curètes, I, 67 ; suivant Éphore, c'étoient des Dactyles phrygiens que Minos emmena avec lui dans l'île de Crète, 68 ; la Crète civilisée par eux, 69 ; la Crète originairement habitée par des Pélasges, 70 ; le blé perdu dans la Crète par un déluge, 74 ; mystères de l'île de Crète, 76 ; Pythagore se fait initier aux mystères de cette île, 78.

CRÉTOIS, pourquoi réputés fourbes et menteurs, I, 77 : ils font jouer à Jasion, dans leurs mystères, le rôle d'Iacchus, 207 : ils donnent aussi à Iacchus le nom d'Eubule , ibid. : ils ont adopté des premiers les mystères égyptiens, II, 33.

CREUTZER (M.), son opinion sur l'identité des aventures d'Isis et Osiris, avec celles de Cérès et de Proserpine, I, 153 et suiv. , note; sur la doctrine des mystères, 448, note ; sur les hymnes attribués à Orphée , II , 62 , note ; sur l'origine du mythe de Bacchus, 69 et suiv. , note ; sur la mythologie et le culte du paganisme, ibid. ; il admet des fêtes triétériques de Bacchus à Athènes , 78, note; sa dissertation : De causis rerum Bacchicarum, 88, note; son opinion sur le culte de Mithra, 121, note.

CRONOS, ou Saturne, confondu avec le ciel, I, 14; son culte apporté en Grèce par les Phéniciens , 15 ; adoré sous les noms de Baal et Moloch, ibid.; son culte , ibid.; guerres entre les prêtres de Cronos et ceux de Jupiter , ibid.; le culte de Saturne relégué en Italie, 30.

CTÉIS, ou partie sexuelle des femmes , honorée dans les Thesmophories, II, 13; et dans les Éleusinies , ibid., note.

CTÉSIBIUS, immolé, suivant Diogène de Laërte, avec Cratinus, I, 276.

CTÉSICLÉE , fille d'Apollonius , I, 227.

CTÉSIUS, surnom de Jupiter, I, 299.

CUDWORTH, son opinion sur la palinodie d'Orphée, II, 60 et note.

CURCÉOLES : les renards y mettent le feu aux moissons, II, 42.

CURÈTES, ce nom a été donné à plusieurs peuples, I, 67 ; et en particulier aux premiers habitans de l'île de Crète, ibid. ; origine de cette dénomination, ibid. ; les Curètes prennent soin de l'enfance de Jupiter, ibid. ; confondus avec les Dactyles, 68 ; les Curètes civilisent les habitans de la Crète et leur enseignent divers arts, 69 ; le nom des Curètes devient, chez les Crétois, une épithète des hommes distingués par leurs talens, 70 ; les Curètes appelés Gégènes, enfans de la Terre, et compagnons de Rhée, ibid. ; ils consacrent à Gnosse, un temple et un bois à la mère des Dieux, ibid. ; ils honoroient primitivement le Ciel et la Terre, ibid. ; les Curètes introduisent en Crète le culte de Jupiter, 71 ; les Curètes communiquent leur nom aux divinités auxquelles étoient consacrés les mystères de l'île de Crète, 72 ; les Curètes finissent par être regardés comme des divinités subalternes, 75 : ils paroissent avoir été confondus avec les Dioscures, 76.

CYAMITÈS enseigne la culture des fèves, I, 141 ; monument de Cyamitès, à Éleusis, ibid.

CYANE, fleuve de Sicile, II, 41 ; note ; le papyrus égyptien y croît en abondance, ibid.

CYBÈLE, ses noms et surnoms, I, 83 ; ne diffère point d'Isis, d'Astarté et de Cérès, ibid. ; rapports de Vénus et d'Adonis avec Cybèle et Attis, II, 102 ; Vénus-Cybèle, 115 ; rapports de la Bonne Déesse et de Cybèle, 182 ; prêtres de Cybèle contribuent à la décadence des mystères, 185.

CYBÈLE, ville de Phrygie, I, 83 ; apparition de la statue de la mère des Dieux, dans cette ville, 84.

CYCÉON, breuvage offert à Cérès par Baubo, I, 149 ; les initiés rompoient le jeûne, en buvant du cycéon, 317 ; ce que c'est que le cycéon, 318, note.

CYCLOPES, fils du Ciel et de la Terre, I, 17 ; embrassent le culte de Jupiter, ibid. ; monumens de leur architecture, ibid. ; trois Cyclopes, selon Hésiode, ibid. ; ils font la guerre aux Titans, ibid. ; pourquoi ils sont supposés avoir forgé la foudre de Jupiter, 18 : ils prédisent l'avenir par l'inspection de la foudre, ibid. ; ils donnent le casque à Pluton, et le trident à Neptune, ibid.

CYLON, I, 276.

CYMBALE : boire de la cymbale, expression mystique, I, 86.

T ij

CYPRE : mystères de Vénus et d'Adonis dans l'île de Cypre, II, 116.

CYPRÈS, consacré à Proserpine, I, 176.

CYRBAS, nom d'un Cory-

bante, I, 81.

CYRILLE (S.), de Jérusalem, se sert d'expressions empruntées des mystères du paganisme, II, 193.

D.

DACTYLES Idéens, confondus avec les Cabires ; et pourquoi, I, 60 ; ils enseignent l'art de travailler le fer et l'airain, 61 ; pratiquent l'art des prestiges et des enchantemens, ibid. ; ont Orphée pour disciple, ibid. ; ils adoptent le culte égyptien, 62 ; anciennement ils honoroient le Ciel et la Terre, ibid. ; noms des Dactyles, 62 ; les divinités des Dactyles confondues dans la suite avec les Dactyles, ibid. ; fables sur l'origine des Dactyles, 65 ; confondus avec les Lares, 66 ; leurs noms prononcés d'une certaine manière, étoient un préservatif contre la frayeur, ibid. ; leur culte ne fut jamais aussi étendu que celui des Cabires, ibid. ; les Dactyles regardés comme les ancêtres des Curètes, 68.

DADOUQUE, ministre du culte à Eleusis, I, 217 ; pouvoit se marier, 225 ; son sacerdoce étoit-il à vie ? ibid., et 459 ; il n'y en avoit qu'un, 226 et 227 ; on pouvoit être dadouque plu-

sieurs fois, 227 ; le dadouque étoit élu au sort, 228 ; il pouvoit avoir exercé d'autres charges publiques, ibid. ; fonctions du dadouque dans les cérémonies préparatoires des petits mystères, 299 ; le dadouque conduisoit la procession des flambeaux, dans les fêtes d'Eleusis, 324 ; il représentoit le Soleil, 379 ; dadouque dans les mystères de Bacchus, II, 80.

Δαιμόνιον (τὸ), I, 424, note.

DAÏRA, nom donné à Proserpine, I, 238.

DAÏRITE, ministre du culte de Proserpine, I, 237 et 238.

DAMIA, surnom de Cérès à Epidaure, I, 63.

DAMIATRIX, nom de la prêtresse qui présidoit au culte de la Bonne Déesse, II, 178.

DAMNA, surnom de Proserpine à Cyzique, I, 63.

DAMNAMÉNEUS, divinité des Dactyles, I, 62 ; est la Terre, 63 ; nommée Damneus, par Nonnus, ibid. ; Telchine, nommé Damnameneus, par Nonnus, 105.

DAMOTÉLÈS, dadouque d'E-
leusis, I, 227.

DANAÜS et ses filles appor-
tent en Grèce les mystères
de Cérès, I, 110 et 143 ;
les établissent d'abord à
Argos, II, 25.

DANSE autour des initiés, I,
305 ; danses pantomimes
des initiés, autour du puits
de Callichore, 322 ; danses
sacrées dans la cérémonie
de l'initiation, 384 et 385,
note ; danse dans les Thesmophories, II, 16 ; nom-
mées *Cnisme* et *Oclasme*,
ibid.; danse des Mystes dans
les fêtes de Bacchus, 87.

DARDANUS, un des premiers
Cabires, I, 47 ; l'île de Samothrace a porté son nom,
ibid. ; premier inventeur
de la navigation, *ibid.*

DARIUS; époque de sa bataille
contre Alexandre, près
d'Arbèles, I, 314.

DÉCÉLIE au pouvoir des Lacédémoniens, I, 331.

DÉESSE : la grande déesse
phrygienne n'est autre que
la Terre, I, 83. *Voy.* Bonne
Déesse.

Δηϊώνη ou Δηωίνη, nom de Proserpine, II, 204.

DELPHES : la prêtresse qui
conduisoit les bacchantes à
Delphes, devoit, selon
M. de Sainte-Croix, des-
cendre de père et de mère
consacrés à Osiris, II, 53 ;
doutes à ce sujet, *ibid.*,
note ; on se vantoit à Delphes de posséder les restes
du corps de Bacchus, 54 ;
ministres du culte à Del-
phes, nommés *Hosii*, *ibid.*

DÉLUGE : rites commémora-
tifs du déluge, pratiqués
à Hiérapolis, II, 110,
111 et 113.

DÉMARATE, I, 327, note.

DÉMÉTRIENS : les cadavres
ainsi nommés; et pourquoi,
II, 232.

Δημήτηρ ; étymologie de ce
nom, II, 204.

DÉMÉTER, nom de Cérès, I,
144.

DEMETRIUS, surnom de
Bacchus ou Iacchus, I, 200,
note.

DÉMÉTRIUS fait mettre un siége
pour Aristagore, sa maî-
tresse, près du sanctuaire
d'Eleusis, I, 215 ; étoit-il
archonte roi, comme le
pense M. de Sainte-Croix ?
216, note.

DÉMÉTRIUS de Phalères fait
des augmentations au tem-
ple d'Eleusis, I, 130 ; il
est initié aux petits et aux
grands mystères d'Éleusis,
sans observer l'intervalle
requis, 293.

DÉMÉTRIUS de Scepsis; son
ouvrage sur les mystères,
I, 391.

DÉMO, l'une des filles de Célée,
I, 146.

DÉMOPHON, fils de Célée et de
Métanire, I, 145 *et suiv.*

DÉMOSTHÈNE, date de sa
mort, II, 6 ; ce qu'il dit
des Orphiques, 56.

DÉO, nom de Cérès, I, 146 ;

Cérès et Proserpine appelées *l'ancienne et la nouvelle Déo*, I, 175.

Δηὼ; à quelle époque on commença à donner ce nom à Cérès, II, 204.

Δέσποινα, II, 36, note. *Voy.* Maîtresse.

DIAGONDAS fit porter à Thèbes une loi qui défendoit les cérémonies nocturnes, II, 21.

DIAGORAS, surnommé l'*Athée*, I, 47; sa raillerie au sujet des divinités de Samothrace, 48; il révèle le secret des mystères, 256 et 400; en quoi consistoit son crime, 257 et note.

DIANE est la Lune, I, 173; son identité avec Proserpine, *ibid.*; ses rapports avec la Bubaste des Égyptiens, *ibid.*; Diane représentée par Hécate, 182; confondue avec elle, 196.

DICÆUS présage la victoire de Salamine; et pourquoi, I, 326 et 327, note.

DICÉARQUE, philosophe ennemi d'Aristote, I, 259, note.

DIEU: l'unité de Dieu étoit-elle enseignée dans les mystères? I, 437 *et suiv.*; ce dogme n'étoit point enseigné dans les mystères d'Isis, II, 166.

DIEUX; leurs aventures ne sont que l'histoire de leur culte, I, 31; opinion de Fréret à cet égard, *ibid.*; la naissance des dieux n'est

que l'époque de leur admission dans le culte hellénique, 25; dieux de la Grèce, au temps de Cécrops, de Thésée et de Solon, 34; dieu inconnu, adoré à Athènes, 35; les dieux grands ou puissans de Samothrace, 38; l'origine humaine des dieux étoit-elle enseignée dans les mystères? 437 *et suiv.*

DINDYMÈNE, la même que Rhée, I, 89.

DINDYMÉNIENNE, surnom de Cybèle, I, 83.

DINIAS, accusé d'avoir appelé par leurs noms les prêtres des mystères d'Éleusis, I, 233.

DIOCLÈS, fils de l'hiérophante Zacorus, I, 221; ministre d'Éleusis, 252.

DIOGÈNE: ce qu'il dit contre le mérite des initiations, I, 411.

Δίωγμα, II, 10, note.

DIOGME, nom donné à un sacrifice, II, 10; et par suite de cela, à un des jours des Thesmophories, 18.

DIOMUS viole la loi qui défendoit d'immoler un bœuf au-dessous de l'âge de cinq ans. I, 163.

DIONYSIES, ou fêtes de Bacchus à Athènes, II, 75; Dionysies triétériques, *ibid.*; doutes à ce sujet, 77, note; lois relatives aux dionysies, plus récentes que celles qui avoient pour objet les mystères d'Éleusis, 81; en quoi les rites des dionysies différoient des Bacchanales ordinaires, 82 ; dans les dionysies on sacrifioit un porc, 85.

DIONYSIUS de Marathon, Iacchagogue, I, 237.

Διόνυσος ; étymologie de ce nom de Bacchus, II, 95, note.

DIONYSUS. *Voy.* Bacchus.

DIONYSUS, nom donné à Osiris dans les orgies, II, 67.

DIOSCURES : ils prennent la place des Cabires, I, 44 ; exiphanie des Dioscures, 45 ; les Dioscures confondus avec les Curètes, 76 ; ils se font adopter par Aphidnus, pour être admis à l'initiation à Éleusis, 270.

DOCTRINE enseignée dans les mystères, I, 396 *et suiv.* ; réduite à trois points, 404 ; on y enseignoit ce qui étoit relatif à l'établissement de la civilisation, *ibid.* ; les moyens d'être heureux en ce monde, 405 ; et la vie future, 408 ; doctrine enseignée dans les mystères, par rapport au suicide, 414 et 415, note ; la doctrine secrète des mystères n'étoit point le dogme d'une vie future, 414 ; consistoit-elle dans des explications allégoriques des aventures de Cérès et de Proserpine ? 418 *et suiv.* ; l'unité de Dieu et l'origine humaine des divinités payennes, formoient-elles la doctrine se-

crète des mystères ? 437 *et suiv.* ; la doctrine de l'unité de Dieu n'étoit point enseignée dans les mystères isiaques, II, 166 ; on y enseignoit celle d'une vie future, *ibid.*

DODONE : chênes parlans de Dodone, I, 29 ; prêtres de Dodone, appelés *Tomures* et *Selles*, 28 ; le culte de Dodone, altéré par l'arrivée d'une prêtresse égyptienne, 30 ; les Pélasges consultent les prêtres de Dodone, et ceux-ci autorisent l'admission des nouvelles divinités, *ibid.*

DOGME des peines et des récompenses à venir, connu des prêtres de l'Égypte, I, 7 ; fut-il enseigné par les Corybantes ? 92, note ; et par les Telchines ? 100, note ; ce dogme admis chez les Grecs civilisés et chez les Grecs barbares, 186 ; pourquoi il se trouvoit enseigné dans les mystères, 360, note ; faisoit partie de la doctrine des mystères d'Éleusis, 408 *et suiv.* ; fut toujours une opinion vulgaire chez les Grecs, 413 ; fut conservé par les mystères, 414.

DRUZES ; leur formule symbolique, I, 302, note, et II, 196 ; ils forment une association mystérieuse, II, 196 ; ouvrages à consulter sur les Druzes, 197, note.

DUALISME, ou doctrine des

T iv

deux principes, n'a été étrangère à aucun des peuples de l'antiquité, I, 423; étoit-elle représentée allégoriquement dans les mystères? *ibid.*

DYME, ville d'Achaïe : ce qu'on y pratiquoit dans le temple de Rhée, I, 89.

DYSAULÈS, berger, habitoit Eleusis quand Cérès y arriva, 149.

E.

EAU : porter de l'eau dans un vase percé, symbole du mépris pour les mystères, I, 360 et 362.

ÉCHELLE mystique, l'un des symboles du culte de Mithra, II, 136 et 137.

ÉCLECTIQUES : ces philosophes font passer leur spiritualisme dans les mystères, I, 430 et suiv.; en embrassant la doctrine égyptienne, ils y introduisirent beaucoup de changemens, 432; ils cherchèrent dans la mythologie l'histoire des âmes humaines, 433; ils font cause commune avec les Orphiques, II, 58.

ÉDÉSIUS, I, 431.

ÉGYPTE : doctrine religieuse de l'Égypte, I, 4; huit dieux, puis douze dieux chez les Égyptiens, *ibid.*; fêtes des Égyptiens, 5; en quoi consistoit la doctrine sacerdosale de l'Égypte, 8; matérialisme des Égyptiens, 9; prêtres de l'Égypte, 10; traces de la doctrine égyptienne chez les Grecs, 12; cérémonies funèbres des Égyptiens, sont une imitation de ce qui se pratiquoit

dans la représentation des aventures d'Osiris, 6; prêtres égyptiens, devoient être circoncis, 7; doctrine enseignée dans les mystères de l'Égypte, 401 et 402; en quoi les Égyptiens différoient des Grecs, dans le culte qu'ils rendoient à Bacchus, II, 83, note; l'Égypte, sous les Ptolémées, admet des divinités étrangères et altère son ancien culte, 151; elle reçoit le culte d'Antinoüs, 152; les Égyptiens, ennemis de la navigation, 169; ils attribuoient à Isis l'invention des voiles et la construction du premier navire, 170.

ÉGYPTIANISME, ou doctrine égyptienne, chez les Grecs, I, 12.

ÉGYPTIENS. *Voy.* Égypte.

EICHHORN (M.); analyse de ses mémoires sur le culte de Mithra, et les monumens de ce culte, II, 147 *et suiv.*, note.

ÉLEUSINÈS : on lui attribue la fondation d'Éleusis, I, 125.

ÉLEUSINIE : description de cette contrée, I, 122 *et suiv.*

ÉLEUSINIE, surnom donné à Cérès. *Voy.* Éleusinien.

Éleusinie, divinité distinguée de Cérès, par quelques peuples de l'île de Crète, II, 34.

ÉLEUSINIEN, épithète donné à Iacchus ou Bacchus, fils de Jupiter et de Proserpine, I, 202; Cérès surnommée *Éleusinienne,* 200.

ÉLEUSINIES, ou fêtes des grands mystères, I, 312; combien de jours elles duroient, *ibid.;* premier jour, 314; deuxième jour; 315; troisième jour, 317; quatrième jour, 321; cinquième jour, 322 *et suiv.;* sixième jour, 325 *et suiv.;* septième jour, auquel avoit lieu l'époptée, 332; huitième jour, 334; neuvième jour, *ibid.;* jeux gymniques des Éleusinies, 337; on y révéroit le *ctéis,* II, 13 et 14, note.

ÉLEUSINIUM, à Athènes : on ne pouvoit pas y paroître avec un rameau de suppliant, durant la célébration des mystères, I, 263; le sénat d'Athènes tenoit une séance dans l'Éleusinium, pour juger des délits relatifs aux fêtes d'Éleusis, 339; lois gravées sur une colonne dans ce temple, *ibid.;* où étoit situé ce temple, et objets qu'on y voyoit, 340.

ÉLEUSIS : origine des mystères d'Éleusis; I, 109 *et suiv.;*

époque de leur institution' 112; leur établissement attribué à Érechthée, 114; à Eumolpe, 115; à Orphée, 116; à Musée, 118; description d'Éleusis et de son temple, 122 *et suiv.;* fondation d'Éleusis, 125; origine de son nom, *ibid.;* époque de la fondation de son temple, 126; ce temple dévasté par Cléomène, 127; brûlé par les Perses, *ibid.;* réparé, et subsistoit encore au temps d'Alaric, 128; travaux du temple d'Éleusis, par qui exécutés, 129 et 130; grandeur de ce temple, 131 et 132; il étoit foiblement éclairé, 133; ruines de ce temple, *ibid.;* description qu'en donne Chandler, 134; sanctuaire souterrain du temple, 137 et 138; inscriptions placées sur la porte et dans les portiques du temple, 139; ruines d'un temple de Triptolème à Éleusis, 140; monumens divers à Éleusis, 141; chemin qui conduisoit d'Athènes à Éleusis, 142; *voy.* Voie sacrée; temples de Junon et autres divinités à Éleusis, 142; destruction du temple d'Éleusis, 129; aventures de Cérès à Éleusis, 145 *et suiv.;* les mystères d'Éleusis offroient des détails peu décens, 149; lois de Triptolème, conservées dans le temple d'Éleusis, 209, 210 et 269; magistrats et prêtres, préposés à l'intendance des mystères d'Éleusis, I, 213 *et suiv.* ; prêtresses, 241 *et suiv.* ; lois écrites concernant les mystères d'Éleusis, 249 *et suiv.* ; peine de mort prononcée contre les profanateurs des mystères d'Éleusis, 254 ; Diagoras et autres, accusés d'impiété ou d'indiscrétion, à l'égard des mystères d'Éleusis, 257 *et suiv.* ; peines prononcées contre de semblables délits, 262 ; on ne pouvoit pas se présenter dans le temple d'Éleusis pendant la célébration des mystères, avec un rameau de suppliant, 263; usage qu'on faisoit des amendes prononcées contre les infracteurs des lois relatives aux mystères d'Éleusis, 265 ; rites et lois traditionnelles, relatifs aux mystères d'Éleusis, 268 *et suiv.* ; les étrangers, pour être admis à l'initiation aux mystères d'Éleusis, devoient être adoptés par un Athénien, 270 ; quelles personnes étoient exclues de l'initiation aux mystères d'Éleusis, 269 *et suiv.* ; on initioit aux mystères d'Éleusis les enfans en bas âge, 274; loi qui assujettit ceux qui vouloient être initiés, au paiement d'une somme d'argent, 278 ; sacrifices qui accompagnoient l'initiation à Éleusis, *ibid.* ; médailles d'Éleusis, 279 ;

âne, employé dans les mystères d'Éleusis, 283 ; jeux gymniques à Éleusis, 337 ; dernières cérémonies de l'initiation aux grands mystères d'Éleusis, 376 *et suiv.* ; comment on congédioit à Éleusis l'assemblée des initiés, 385, *et suiv.* ; les rites de l'initiation à Éleusis ont varié avec les différentes époques, 389 *et suiv.* ; le costume des ministres d'Éleusis n'étoit pas fort ancien, 430 ; montée de Cérès et des femmes d'Athènes, à Éleusis, II, 6 ; les livres des lois portés en pompe à Éleusis, dans les Thesmophories, 11 ; l'édit de Constance et de Gratien, pour la suppression des assemblées nocturnes, n'est point mis à exécution à Éleusis, 187.

ÉLYSÉE représenté dans les mystères, I, 383.

EMPOUSE, sorte de spectre, I, 191 ; étymologies de ce nom, *ibid.* ; note.

ENDYMION : Alexandre l'imposteur joue le rôle d'Endymion, I, 371.

ENFANS admis à l'initiation, aux mystères d'Éleusis, I, 274 ; *l'enfant du sanctuaire,* ou *l'enfant sacré du temple* : ce que c'est, *ibid.*

ENFERS : *descendre aux enfers,* sens métaphorique de cette expression, I, 176 ; représentation des enfers dans les mystères d'Éleusis, 353 *et suiv.* ; descente aux enfers, dans l'Énéide, I, 354; tableau de Polygnote, représentant les supplices de l'enfer, 359 *et suiv.*; les représentations des enfers, dans les mystères, étoient-elles accompagnées de pratiques obscènes? 364; la représentation des enfers n'étoit pas l'objet direct des mystères, 360, note.

ENNA : temple de Cérès et de Proserpine dans cette ville, II, 37.

ÉONS, II, 189.

ÉPACHTHÉ, fête en l'honneur de Cérès, II, 21; ou de Déméter, surnommée *Achœa*, *ibid.*

ÉPAMINONDAS rappelle les Messéniens fugitifs, dans leur patrie, II, 35, note.

ÉPERVIER, nom d'un grade parmi les initiés aux mystères de Mithra, II, 132, note, et 133.

ÉPHARMOSTE D'OPUNCE, vainqueur aux jeux Éleusiniens, I, 339.

ÉPHIALTE met Mars en prison, I, 26.

ÉPHORES : on nommoit ainsi les initiés aux grands mystères, I, 308.

ÉPIBOMÉ, ministre du culte à Éleusis, I, 217; ses fonctions sont peu connues, 231; il représentoit la Lune, 379.

ÉPICURE; reproche que lui fait Cléomède, II, 14 et note.

ÉPICURIENS, exclus de l'ini-

tiation aux mystères d'Éleusis, I, 271 et 345; doutes à ce sujet, 271, note; ils prennent à tâche de détruire le dogme d'une vie future, 412; conséquences de leur doctrine, 441; leur mépris pour les mystères, *ibid.*

ÉPIDAURE : culte de Cotytto dans cette ville, II, 176.

ÉPIDAURIE, huitième jour des Éleusinies, I, 334; pourquoi nommé ainsi, *ibid.*

ÉPIGÈNE, auteur d'un traité sur la poésie d'Orphée, I, 305.

ÉPIMÈDE : pourquoi ce nom se trouve parmi ceux des Dactyles, I, 65.

ÉPIMÉLÈTES aident l'archonte roi dans ses fonctions, relatives à la célébration des mystères d'Éleusis, I, 216; et à celle des mystères de Bacchus, II, 78.

ÉPIMÉNIDE, surnommé *le nouveau Curète*, I, 70; purifie les habitans de l'Attique, 276; sa statue dans l'Éleusinium d'Athènes, 340.

ÉPIPHANE (S.) : passage de ce père concernant les Manichéens, II, 192; il justifie les Chrétiens d'avoir emprunté plusieurs cérémonies du culte payen, 193.

ÉPIPHANIE des dieux. *Voy.* AUTOPSIE.

ÉPITÈLE, chargé de la reconstruction de Messène, II, 35, note; il voit en songe Caucon, *ibid.*; il découvre

les livres où étoient écrits les
rites des mystères, II, 35.

ÉPOPTÉE : ce que c'est, I, 309
et 310, note ; description de
l'époptée, 342 *et suiv.* ; nommée aussi *autopsie*, 379 ;
comparaison prise de l'é-
poptée, dans Platon, 381 *et
suiv.*, note ; discours ou
récits qui accompagnoient
l'époptée, 382, note ; initiation nommée *fin de l'é-
poptée*, 394 ; l'époptée distinguée par saint Clément
d'Alexandrie, des grands
mystères, 421, note.

ÉPOPTES : les initiés aux
grands mystères étoient appelés ainsi, I, 308 ; pourquoi, 380.

ÉPOUSE : on choisissoit une
épouse à Bacchus dans les
Dionysies, II, 82.

ÉPREUVES des initiés dans le
culte de Mithra, II, 126
et suiv. ; et *ibid.*, note.

ÉRECHTHÉE ; époque de son
règne, I, 111 ; traits relatifs à son histoire, 114 et
115 ; on lui attribue l'établissement des mystères d'É-
leusis, 114.

ÉRIBÉE, marâtre d'Otus et
Éphialte, I, 26.

ERICA, plante, enveloppe
le coffre qui renfermoit le
corps d'Osiris, I, 151.

ÉRINÉON, ou figuier sauvage, à Éleusis. *Voy.* Figuier.

ESCHENBACH ; son opinion sur
les mots κόγξ ὄμπαξ, I, 387.

ESCHYLE : ce qu'il dit de Prométhée, I, 19 *et suiv.* ; est

accusé d'impiété contre les
mystères, 260.

ESCULAPE ; son initiation aux
mystères d'Éleusis, I, 334.

ESSÉNIENS : ils avoient une
sorte d'initiation, II, 196.

EUBÉE : thesmophories de
l'Eubée, II, 21.

EUBULE, berger, habitoit Éleusis quand Cérès y arriva, I,
149 ; nom donné par les
Crétois à Iacchus, 207.

EUBULIDE, philosophe, en-
nemi d'Aristote, I, 259,
note.

EUDANÉMUS ; son autel, I, 329.

EUGAMIES. *Voy.* Théogamies.

EUMOLPE, à la tête des Éleusiniens, fait la guerre à Érechthée, I, 115 ; il obtient le
sacerdoce de Cérès et de
Proserpine, *ibid.* ; on lui
a attribué à cause de cela
l'établissement des mystères
d'Éleusis, 116 ; deux Eu-
molpes, 119 ; on donne
pour fils à Eumolpe, Musée,
ibid. ; on suppose Eumolpe
natif de la Thrace, 120 et
121 ; en quoi consistoit le
royaume d'Eumolpe, 122 ;
Eumolpe, berger, habitoit
Éleusis, quand Cérès y arriva, 149 ; les initiés aux
mystères d'Éleusis, nom-
més *les mystes d'Eumolpe*,
218 ; loi attribuée à Eu-
molpe, par laquelle les
étrangers sont exclus de
l'initiation, 269 ; auteur
d'un ouvrage sur les mys-
tères, 390.

EUMOLPIDES ; famille à laquelle

devoient appartenir quelques-uns des ministres du culte à Éleusis, I, 216, 217, etc.; ils représentent les hiérophantes égyptiens, 218; tribunal des Eumolpides, 250; sa juridiction, 251; ce que c'est que les lois traditionnelles des Eumolpides, 267, note.

Euoe saboe, II, 56 et 96.

Eupolis, poète comique, II, 176; sa comédie des Baptes, 177; il est noyé par les partisans du culte de Cotytto, *ibid.*

Euripide, vainqueur aux jeux éleusiniens, I, 338; il confond ce qui appartenoit aux différentes fêtes de Bacchus, II, 50; ce qu'il dit des Orphiques et de leur manière de vivre, 51 et 52.

Eurymédon, hiérophante, accuse Aristote d'impiété, I, 259.

Eurynome, personnage des enfers, I, 359 et 360.

Eusèbes : y avoit-il une classe de ministres des dieux Cabires, qui portât ce nom? I, 51.

Évandre, général de Persée :
il tue Eumène au pied de l'autel d'Apollon, à Delphes, I, 50; mis en jugement pour avoir souillé le sanctuaire de Samothrace, *ibid.;* Persée le fait tuer, *ibid.*

Évandre, poursuivi pour avoir arrêté Ménippe, son débiteur, pendant la célébration des mystères d'Éleusis, I, 264.

Évhémère : comment il a altéré l'histoire d'Érechthée, I, 114; doctrine d'Évhémère, favorable au christianisme, 445; les Pères de l'Église s'en servent avec avantage contre les payens, *ibid.;* elle avoit, dit-on, été révélée à Alexandre par un hiérophante égyptien, *ibid.*, note; opinion d'Évhémère relativement à Bacchus, II, 49.

Éxégètes, ministres des temples, I, 240; leurs fonctions, 241; dissertation sur ce sujet, *ibid.*, note.

Ἐξορκεῖσθαι, I, 385, note.

Exone, bourg de l'Attique, I, 280.

Ézour-Védam, II, 68, note.

F.

Fatua, la même que la Bonne Déesse, II, 177; c'étoit par sa chasteté que Fatua avoit mérité les honneurs divins, 178; *voyez Fauna* et Bonne Déesse; le nom de *Fatua* étoit relatif
à l'art de prédire l'avenir, 183.

Fauna, le même que *Fatua* et la Bonne Déesse, II, 177; *voy.* Bonne Déesse et *Fatua;* aventures de Fauna, 180; le nom de *Fauna* étoit relatif à l'art de prédire l'avenir, II, 183.

FAUNUS, mari de Fauna ou de la Bonne Déesse, II, 179; son père, suivant d'autres, 180; son inceste sous la figure d'un serpent, *ibid.*

FEMMES de mauvaise vie, exclues de la participation aux mystères d'Éleusis, I, 277; femmes en couches; leur attouchement redouté des initiés, 282, note; femmes nues dans les mystères, 373; les femmes étoient seules admises aux Thesmophories, II, 3 et 4; elles s'y disposoient par la continence, 7; licence des femmes dans ces fêtes, 15; les femmes assistent seules aux cérémonies mystérieuses de Cérès dans l'Achaïe, 31; le culte de Cérès étoit confié exclusivement aux femmes, à Catane, 38; on prostituoit les femmes dans le temple de Vénus, en Assyrie, 100; et dans les fêtes d'Adonis, à Byblos, 106; elles se prostituoient à Rome, dans le temple d'Isis, 172; les femmes seules étoient admises aux mystères de la Bonne Déesse, 178; étoient exclues de ceux que les hommes célébroient en son honneur, 182; les fonctions du sacerdoce étoient confiées aux femmes, chez les Pépuziens, 190.

FÉRULE, signe de la consécration au culte de Bacchus, II, 96.

FÊTES relatives à la crue du Nil, I, 5; autres fêtes en Égypte, relatives à l'agriculture ou à l'état des hommes, antérieurement à la civilisation, *ibid.*; fêtes des Grecs et particulièrement des Athéniens; leur caractère, 290; fêtes des juifs célébrées durant le jour, et joyeuses, 344; ouvrage de M. Herrmann, sur les fêtes de la Grèce, 448, note; fêtes de Cérès et de Proserpine, à Syracuse, II, 39; fête nommée *Théogamies* et *Eugamies*, 40; autre nommée *Anthesphories*, *ibid.*; fêtes de Cérès à Rome, 42 *et suiv.*; fêtes nommées *Pamylies*, chez les Égyptiens, 54; fêtes de Bacchus à Athènes; leur nombre, le temps et le lieu de leur célébration, 72 et 75 *et suiv.*, note; fêtes triétériques de Bacchus, chez les Thébains, 78, note; fêtes de ce dieu en Italie, 91; fêtes sabaziennes, 93 *et suiv.*; les fêtes en Égypte furent d'abord attachées à une année solaire ou agronomique, et devinrent mobiles quand on adopta l'année vague, 102, note; fêtes d'Adonis, dans l'île de Cypre, 117; et à Athènes, *ibid.*

FEU, employé aux purifications dans le culte de Mithra, II, 133.

FÈVES, interdites aux initiés pendant la célébration des

mystères d'Éleusis, I, 281 ; regardées comme impures par les Phénéates, II, 30.

FIEL, symbole de la vie, I, 242.

FIGUES : dans les fêtes mystiques de Bacchus, les canéphores portoient des colliers de figues sèches, II, 87, note ; les figues étoient consacrées aux divinités infernales, *ibid.* ; suivant Winckelmann, les colliers de figues désignent les initiés aux mystères de Bacchus, *ibid.*

FIGUIER à Éleusis : près de ce figuier, Proserpine fut ravie par Pluton, I, 141 ; phallus fait de bois de figuier, dans les fêtes de Bacchus, II, 89 ; feuilles de figuier parmi les symboles égyptiens, *ib.*, note.

FIGUIER SACRÉ, nom d'un faubourg d'Athènes, I, 332.

FIRMICUS : conjecture de l'éditeur sur un passage de cet auteur, II, 146, note.

FLAMBEAUX : la cérémonie ou procession des flambeaux dans les Éleusinies, I, 323 ; imitation de celle de Saïs, *ibid.*

FORMULE usitée dans les mystères de la mère des dieux, I, 86 ; formules symboliques dans l'initiation, 301, et note, et 346 ; celle dont se servent les Druzes, *ibid.*, et II, 196 ; différence des formules employées dans les petits et les grands mys-

tères, I, 305 ; formule employée pour congédier les initiés à Éleusis, 386 *et suiv.* ; formules des mystères de Bacchus Sabazius, II, 96 ; les formules barbares employées dans les mystères, prouvent leur origine étrangère, 97, note.

FORTUNATIANUS dit que les hommes qui entroient dans le temple où l'on célébroit les Thesmophories, étoient punis de mort, II, 3.

FORTUNE : Cérès confondue avec la Fortune, II, 231.

FOUCHER (l'abbé) réfute le système de Mosheim sur Mithra, II, 141.

FOUCHEROT : plan par lui levé du territoire d'Éleusis et des ruines de son temple, I, 122, note, et 135.

FOURMI, placée parmi les symboles relatifs à Cérès, II, 224.

FRANCS-MAÇONS. *Voy.* Loges.

FRÉRET : à quelle époque il rapporte l'établissement du culte de la mère des dieux, I, 84 ; comment il explique le nom des Telchines, 97 ; son opinion sur le culte et les attributs de Cérès, 162 ; sur l'origine du nom d'Iacchus, 198 ; sur la doctrine secrète des mystères, 447, note ; sur les Orphiques et leur doctrine, II, 58 *et suiv.*, et 63 *et suiv.*, note ; sur les différentes bacchanales ou fêtes de Bacchus à Athènes, 75, note ; comment il explique les mots *euoe, saboe, hyès attès, attès hyès*, II, 97 ; son opinion sur l'origine du culte de Mithra, 122 et 123, note ; il le fait venir des Chaldéens, 144.

FUNÉRAILLES : elles étoient accompagnées de jeux gymniques, I, 337.

G.

GALIEN : ce qu'il dit des ouvrages sur les mystères, I, 391.

GALLES, prêtres de Cybèle, I, 82 ; se mutilent, *ibid.* ; prêtres de la déesse de Syrie, II, 107 ; leurs funérailles, 108 ; mutilation volontaire de ceux qui aspiroient à devenir galles, 114.

GALLUS, fleuve de Phrygie, I, 90.

GANYMÈDE, représenté par un singe dans la procession isiaque, II, 155.

GAROUHIA, le ciel chez les Iroquois, I, 13.

GÉANS, anciens habitans de Rhodes, s'opposent aux Telchines, I, 99 ; ils refusent d'abandonner le culte de Rhée ou la Terre, *ibid.* ; les Géans attaquent Bacchus, fils de Sémélé, 205.

GÉGÈNES, nom donné aux Curètes, I, 70.

GÉMEAUX : cette constellation est formée de Jasion et Triptolème, transportés dans le ciel par Cérès, I, 74.

GÉNÉTYLLIS, déesse qui remplaça l'ancienne Hécate dans ses attributions bienfaisantes, I, 196 ; les chiens lui furent consacrés, 197.

GÉNIES ; ils jouoient, dit-on, un grand rôle dans la doctrine des mystères, I, 425.

GÉNISSES, offertes à Cérès, I, 164 ; à Proserpine, 176.

GERARÆ et *GERÆRÆ,* femmes employées dans la célébration des mystères de Bacchus à Athènes, II, 78 ; serment qu'elles prêtoient, 79.

GÉRARES. *Voyez Geraræ.*

Γεραραί, II, 78.

GERMANICUS, veut se faire initier aux mystères de Samothrace, I, 59.

GLOBE, mis parmi les attributs de Cérès, II, 225.

GNOSSE : les Curètes y avoient consacré un temple et un bois à la mère des dieux, I, 70 ; les Titans habitoient à Gnosse avec les Curètes, 71 ; les cérémonies des mystères étoient publiques à Gnosse, I, 73, et II, 34.

GNOSTIQUES : essai sur leurs antiquités ecclésiastiques, par M. Münter, II, 187, note.

GOROTMAN, séjour d'Ormuzd et des esprits célestes, suivant les Parses, II, 138.

GRACCHUS, préfet du prétoire, fait ouvrir et détruire l'autre de Mithra, II, 15o.

GRÂCES : on sacrifioit aux Grâces dans les Thesmophories, II, 12.

GRAMMATISTE, ministre du culte isiaque, II, 16o.

GRATIEN défend les assemblées nocturnes des mystères, II, 186.

GRECS; leur religion primitive, I, 13; ils altèrent les traditions et les dogmes qu'ils avoient reçus de l'Égypte, 169 *et suiv.*

GRENADES, interdites aux initiés pendant la célébration des mystères d'Éleusis, I, 281; et dans les Thesmophories, II, 18.

GRIFFES ou GRIFFONS : spectacle des griffes dans le culte mithriaque, II, 134.

GRUES, consacrées à Cérès, II, 224.

H.

HADRIEN; inscription relative à son initiation aux mystères d'Éleusis, I, 233 et 458, et note; il interdit les offrandes de victimes humaines, dans les fêtes de Mithra, II, 135.

HALIRRHOTHIUS, fils ou prêtre de Neptune, tué par Mars, I, 26.

HALOA, fêtes ainsi nommées, I, 223.

HAMMER (M. de); sa description d'un monument mithriaque, II, 126 et 127, note.

HARMODIUS; sa sœur est élue canéphore, II, 88; Hippias et Hipparque refusent de l'admettre, *ibid.*

HÉCATE; ses rapports avec Ambis, I, 170 et 181; ce nom donné à un gouffre de la lune, où les âmes subissoient divers tourmens, 179; origine du nom d'Hécate, *ibid.*; rapports entre Hécate et Athor, 180; Hé-

cate représentant Diane, étoit une divinité céleste; sous le nom d'Hécate, elle étoit la reine des enfers, 182; Hécate appelée par les Grecs *gardienne*, *ibid.*; est nommée par les Égyptiens *Tithrambo*, *ibid.*; et *Brimo*, *ibid.*; fables relatives à Hécate, 185; attributions de cette divinité, suivant Hésiode, *ibid.*; l'ancienne Hécate différente de la nouvelle, 187; Hécate surnommée *Perseia*, par Valérius Flaccus, *ibid.*; Diodore la fait fille de Persée, femme d'Aétès, et mère de Circé et de Médée, *ibid.*; elle est représentée avec trois visages et trois corps, *ibid.*; avec six mains, 188; est surnommée *Triglène*, et pourquoi, 189; on lui sacrifie des chiens, divers poissons, et même des cadavres, *ibid.*; lieux où l'on plaçoit ses statues, *ibid.*;

IIe PART.

V

repas d'Hécate, I, 190; les spectres attribués à Hécate, 191; on évoquoit cette divinité par des paroles mystérieuses, 192; figure d'Hécate, faite en cire de trois couleurs, et employée dans les évocations, 193; cercle magique, appelé du nom d'Hécate, *ibid.*; cette déesse prête son assistance aux amours honteux, 194; elle protége les magiciennes, 195; tous les poisons sont du ressort de cette divinité, *ibid.*; Hécate surnommée *Contraire*, et pourquoi, 196; aimoit à être invoquée sous les noms de *taureau*, de *chien* et de *lionne*, *ibid.*; l'ancienne Hécate étoit une divinité bienfaisante, *ibid.*; elle fut remplacée dans ses attributions, par la déesse Génétyllis, *ibid.*; Hécate nommée *cheval*, *ibid.*, note.

HÉCATÉENS, épithète donné aux spectres, I, 191.

HELIACA, fête du culte de Mithra, II, 132.

HÉLIADES. *Voyez* Ignètes.

HÉLIASTES, I, 251 et 252.

HÉLIOS, nom d'un grade parmi les initiés aux mystères de Mithra, II, 131.

HERBE aux puces. *Voy.* Conyze.

HERCULE: pourquoi ce nom se trouve parmi ceux des Dactyles, I, 65; Hercule voulant être initié, se déclare fils adoptif de Pylius, 270; il se fait expier du meurtre des Centaures, 272; son initiation aux petits mystères, 295; sa descente aux enfers, dans Sénèque, 356; il se prépare par l'initiation aux grands mystères à descendre aux enfers, 352 et 410; il emmène Cerbère des enfers: sens de cette fable, 410; observations sur les deux initiations d'Hercule, 461; opinion de M. Larcher sur les diverses expiations ou initiations d'Hercule, 462 *et suiv.*

HERMANUBIS, le même qu'Anubis: pourquoi ainsi nommé, I, 181.

HERMÈS, chargé de la conduite du corps d'Osiris, I, 7.

HERMIONÉ: culte de Cérès dans cette ville, II, 22; elle y étoit surnommée *Chthonienne*, et pourquoi, *ibid.*; traité entre les Asinéens et les habitans d'Hermioné, *ibid.*; fêtes de Cérès dans cette ville, 23 et 24, temple d'Isis et de Sérapis, à Hermioné, 35, note; tout auprès étoit une enceinte où l'on célébroit les mystères de Cérès, *ibid.*

HERRMANN; son ouvrage sur les fêtes de la Grèce, I, 448, note.

HÉSIODE; plan de sa théogonie, I, 24.

HESPÉRUS persuade à Cérès de soulager sa soif, I, 150.

HEYNE; son opinion sur l'explication donnée par Warburton, du 6ᵉ livre de l'Énéide, I, 354, et note ; il rejette l'opinion de Servius qui attribue à Virgile les principes de la philosophie d'Épicure, 443, note.

HICÉSIUS ; son ouvrage sur les mystères, I, 391.

HIÉRAPOLIS : temple de Vénus ou la déesse de Syrie, dans cette ville, II, 107 ; culte qu'on y rendoit à cette divinité, *ibid. et suiv.*; initiation pratiquée dans ce temple, 108 *et suiv.*; phallus colossal, dans le temple d'Hiérapolis, 110 ; cérémonie commémorative du déluge, qui se pratiquoit dans le même temple, 111 ; divers animaux féroces, entretenus dans une cour voisine de ce temple, *ibid.*; poissons sacrés à Hiérapolis, *ibid.*; les colombes y étoient l'objet d'une sorte de culte, 113 ; sacrifice solennel d'un genre tout particulier, en usage à Hiérapolis, 114.

HIÉRAULE, joueur de flûte, attaché au culte de Cérès, I, 240.

HIEROCORACICA, fête du culte de Mithra, II, 132.

HIÉROCORACIQUES, II, 135. Voy. *Hiérocoracica.*

HIÉROCÉRYX, ministre du culte à Éleusis, I, 217 ; ses fonctions, 232 ; on le nomme *le hérault des mystes*, *ibid.*; il devoit avoir une voix forte et sonore, *ibid.*; il ouvroit la cérémonie de l'initiation, par une proclamation qui ordonnoit aux profanes de sortir du temple, 345 ; il représentoit Mercure, dans les mystères d'Éleusis, 370 et 379 : il est fait mention d'hiérocéryx dans des inscriptions romaines, II, 45 ; hiérocéryx des mystères de Bacchus, 79, et 80, note.

HIÉROGRAMMATISTE, ministre du culte isiaque, II, 160.

HIÉRONYMES, épithète donnée aux prêtres d'Éleusis, I, 233.

HIÉROPHANTE, ministre du culte à Éleusis, I, 29 ; à quelle famille il appartenoit, *ibid.*; les hiérophantes d'Éleusis devoient leur origine aux hiérophantes d'Égypte, 218 ; fonctions de l'hiérophante d'Éleusis, 219 : il devoit observer la continence, 220 ; en quoi consistoit cette obligation, 221 ; les hiérophantes d'Éleusis ne furent pas toujours d'une conduite irréprochable, 222 ; leurs prérogatives et marques de leur dignité, 223 et 224 ; les mots *hiérophante, prophète* et *mystagogue* sont synonymes, 218 ; il n'y avoit point à Éleusis deux hiérophantes, l'un pour les grands, l'autre pour les petits mystères, 219 ; l'hiérophante pouvoit avoir été marié, 221 ; une fois nommé hiérophante, il l'étoit pour la vie, et ne pouvoit plus se marier, 222, note; à Célées, on nommoit, tous les quatre ans, un nouvel hiérophante, *ibid.*, et II, 32; l'hiérophante d'Éleusis devoit avoir une voix douce et sonore, I, 224; il étoit le premier prêtre de l'Attique, 219; les hiérophantes égyptiens ne pouvoient épouser qu'une seule femme en toute leur vie, 221; hiérophante de Proserpine, 238; l'hiérophante d'Éleusis se trouvoit seul avec l'hiérophantide dans un souterrain, 366; l'hiérophante représentoit le démiurge, 379; Julien s'adresse à l'hiérophante d'Éleusis, pour connoître à fonds la doctrine des philosophes éclectiques, 431; mention faite d'hiérophantes, dans des inscriptions romaines, II, 45; hiérophante dans les mystères isiaques, 162.

HIÉROPHANTIDES, prêtresses de Cérès, I, 244; à Éleusis, on datoit les actes publics par l'année du sacerdoce de l'hiérophantide, 245, et note; ses fonctions, 246: on appeloit aussi *hiérophantide*, la principale prêtresse de Proserpine, *ibid.*; trait remarquable de l'hiérophantide Théano, *ibid.*; à Éleusis, l'hiérophantide conduisoit les initiés dans les souterrains où l'on représentoit les enfers, 365.

HIÉROPHANTIE, I, 331.

HIÉROPŒES, ministres chargés d'offrir certains sacrifices pour la république d'Athènes, I, 216.

HIÉROTÉLESTES, ministres inférieurs des mystères de Samothrace, I, 51.

HIÉROTHYTES, ministres du culte de Cérès à Phigalie, II, 31.

HIMALIE, nymphe aimée de Jupiter, I, 102.

HIPPARQUE : il refuse, ainsi qu'Hippias, d'admettre pour canéphore la sœur d'Harmodius, II, 88.

HIPPIAS. *Voy.* Hipparque.

HIPPOCRATE, inscrit au nombre des citoyens d'Athènes, avant d'être initié aux mystères d'Éleusis, I, 270.

HIPPOTHOON : ce fut dans sa maison que Baubo offrit le cycéon à Cérès, I, 150.

HISPALLUS (Caïus Cornélius), s'oppose à ce qu'on admette à Rome le culte de Bacchus Sabazius, II, 97.

HOMÈRE; sa Nécyomantie, II, 235 *et suiv.*

HOMICIDES, exclus de l'initiation aux mystères d'Éleusis, I, 272.

HOMMES, étoient exclus des Thesmophories, II, 3; des cérémonies mystérieuses de Cérès dans l'Achaïe, 31; et des mystères de la Bonne Déesse, 179; ils célèbrent entre eux des mystères en son honneur, 181.

HOMOBOMES, divinités honorées sur le même autel, I, 300.

Horus, mis en pièces par Typhon, I, 6 ; ce que signifie Horus, 8 ; il est le même que le jeune Iacchus, 208 ; il est nommé *Kaïmin, ibid.*, et note ; Bacchus ou Iacchus est, par rapport à Cérès, ce qu'est Horus par rapport à Isis, II, 73.

Hosii, nom donné aux ministres du culte à Delphes, II, 54.

Hurons : ils adorent le Ciel, I, 13.

Hydrane, ministre du culte de Cérès, I, 237 ; ses fonctions, 299.

Hyènes : on donnoit ce nom aux femmes initiées aux mystères de Mithra, II, 128 ; doutes à ce sujet, *ibid.*, note.

Hyès - Attès, Attès-Hyès, II, 56, 57 et 96 ; explication de ces mots donnée par Fréret, 97.

Hylosoïsme, ou matérialisme des Égyptiens, I, 9.

Hymnes : hymnes d'Orphée, *voy.* Orphée ; hymne phallique, II, 88.

Hypolipnus, le même que Prosymnus. *Voy.* ce mot.

Hypostase archique, ce que c'est, I, 81.

I.

Iacchagogue, ministre du culte de Cérès, I, 237 ; ses fonctions, *ibid.*

Iacchéum, ou temple d'Iacchus à Athènes, I, 341.

Iacchus ; origine de son nom, I, 198 ; a-t-il été nommé Κοῦρος ? 199, note ; il est appelé aussi *Bacchus*, 200 ; totalement différent du Bacchus thébain, 201 ; il en est distingué par l'épithète d'*éleusinien*, 202 ; plusieurs écrivains les ont confondus, *ibid.* ; Iacchus mystique, hymne chanté en l'honneur du jeune Iacchus, *ibid.*, et 327, note ; le culte d'Iacchus, aussi ancien, dans l'Arcadie, que celui de Cérès, 203 ; Iacchus, appelé l'*assesseur de Cérès, le génie* de Cérès, le conducteur des mystères, *ibid.* ; Iacchus, fils de Cérès, selon quelques auteurs, 203 ; fils de Proserpine, suivant la tradition la plus générale, *ibid.* ; mis en pièces par les Titans, et rendu à la vie par Cérès, 204 ; surnommé *Chthonien*, et pourquoi, *ib.* ; honoré chez les Thébains, sous le nom de *Zagrée*, *ibid.* ; est le même que Bacchus Æsymnète, 206 ; nommé par les Crétois, *Eubule*, 207 ; et par l'auteur des hymnes attribués à Orphée, *Bacchus Thesmophore* et *Isomator, ibid.* ; est Horus des fables égyptiennes, 208 ; couronné de myrte, 202 ; a enseigné aux hommes

à labourer avec des bœufs,
I, 203; il étoit représenté
avec des cornes, *ibid.;* Iacchus, désigné sous le nom
de *Phosphore*, 324, note;
le sixième jour des Éleusinies consacré particulièrement à Iacchus, 325; se-
cours qu'Iacchus donne aux
Athéniens à la bataille de
Salamine, 326; la statue
d'Iacchus est portée solem-
nellement en procession le
sixième jour des Éleusinies,
329; Iacchus mis en pièces
par les Titans, est le symbole de l'intelligence universelle, divisée et répartie
par la génération dans une
multitude d'êtres, 433; Sabazius confondu avec Iac-
chus, II, 95; rapports entre
Iacchus et Adonis, 103.

IÆGLE (M. J. J.); sa dissertation sur la triple initiation d'Apulée, II, 173 *et
suiv.*, note; son opinion
sur la doctrine des mystères, *ibid.*

IAMBÉ fait rire Cérès, I, 145;
confondue avec Baubo, II,
14 et note.

ICTINUS, architecte, jette les
fondemens du temple d'É-
leusis, I, 129.

IDA, nymphe, mère des Dactyles, I, 65.

IDÆUS, nom d'un Cory-
bante, I, 81.

IDAS : pourquoi ce nom se
trouve parmi ceux des Dactyles, I, 65.

IDÉEN : antre Idéen, I, 76;

Minos s'entretient avec Jupiter dans cet antre, 77.

IDÉENNE, surnom de Cy-
bèle, I, 83.

IF : pourquoi on en mettoit
sur la tête de Cérès, I, 286.

IGNÈTES, ou Héliades, succè-
dent, à Rhodes, aux Tel-
chines, I, 103.

ILISSUS : on se préparoit à
l'initiation, en se purifiant
avec les eaux de ce fleuve,
I, 296.

IMMARADUS ; son tombeau à
Éleusis, I, 141 et 340.

IMMARUS. *Voy.* Immaradus.

INACHUS, fleuve, inonde l'Argolide, I, 25; roi de ce
nom; époque de son règne,
109.

INFERNALE : Junon Infernale
est Proserpine, I, 176.

INITIA : pourquoi ce nom
a été donné aux mystères,
suivant Cicéron, I, 404.

INITIATION des enfans, I, 51;
des morts, 52; initiation
aux mystères de la mère
des Dieux, 85; quelles personnes étoient exclues de l'i-
nitiation aux mystères d'É-
leusis, 270 *et suiv.*, et 277;
conditions requises pour
être admis à l'initiation aux
mystères d'Éleusis, 273; initiation, obligatoire pour les
Athéniens, 274 : on y ad-
mettoit les enfans, *ibid.;*
on payoit une somme pour
être initié, 278; cigales
d'or, symboles de l'initiation chez les Égyptiens, I,
284; usage du myrte dans

les cérémonies mystérieuses de l'initiation, *ibid.*; usage des étoffes de couleur pourpre, dans ces mêmes cérémonies, 287; présens faits aux pères et mères, à l'occasion de l'initiation de leurs enfans, 273; cérémonies de l'initiation aux petits mystères, 296 *et suiv.*; initiation phrygienne, 305; initiation aux grands mystères, nommée *télète* et *époptée*, 309; intervalle observé entre les deux initiations, *ibid. et suiv.*; l'initiation aux mystères d'Éleusis ne se divisoit-elle pas en trois degrés? 310, note; initiation d'Esculape aux mystères d'Éleusis, 334; cérémonies de l'initiation aux grands mystères, 347 *et suiv.*; l'initiation comparée à la mort, 380; on en distingua trois degrés à Éleusis, dans les derniers temps, 391 et note; quelques philosophes ont distingué sept degrés de l'initiation, 392; d'autres en indiquent cinq, *ibid.*, note; initiation particulière aux ministres des mystères, 393; l'initiation considérée comme un moyen d'effacer les crimes, 405, 409 *et suiv.*; exagération dans ce qu'on a dit de l'influence de l'initiation sur les mœurs des initiés, 435., note; initiation au culte de Bacchus, confiée à des femmes, II, 56; fantômes et spectacles

effrayans dans cette initiation, 89; initiation aux mystères de la déesse de Syrie, 108 *et suiv.*; aux mystères de Vénus et d'Adonis, dans l'île de Cypre, 116; aux mystères de Mithra, 126 *et suiv.*; aux mystères étrangers, admis en Égypte sous les Ptolémées, 151; rites de l'initiation aux mystères isiaques, 161 *et suiv.*; elle se faisoit de nuit, 161; initiation chez les Esséniens, 196; chez les Ismaéliens, 197, note.

INITIÉS aux mystères d'Éleusis, ne mangeoient point le poisson nommé *mulet*, I, 280; s'abstenoient de tout poisson, pendant la célébration des mystères, *ibid.*, note, et 281; et de divers autres genres de nourriture, 281; ne touchoient ni les belettes, ni le tronc des arbres, 282; doutes au sujet de ce dernier point, *ibid.*, note; les initiés portoient, le reste de leur vie, l'habit avec lequel ils avoient été initiés, 288; ils offroient à Cérès la chaussure dont ils s'étoient servi le jour de leur initiation, *ib.*; les initiés étoient censés passer par un état de mort, 288; leur serment, 300; formule symbolique employée entre les initiés, 301 et 302, note: on dansoit autour des initiés aux petits mystères d'Éleu-

V iv

sis, I, 305; initiés aux petits
mystères, appelés *mystes*,
308; initiés aux grands mystères, nommés *époptes* ou
éphores, *ibid.*, leur procession vers la mer, 316;
les initiés appelés *heureux*,
348; état des initiés com-
paré à celui d'un mourant,
353; opinion des Orphi-
ques sur le sort futur de
ceux qui n'étoient pas initiés, II, 56; procession
des initiés dans les mystères
de Bacchus, 87 *et suiv.*; on
donnoit les noms de divers
animaux, à ceux qui étoient
initiés aux mystères de Mithra, 128 *et suiv.*; leurs
épreuves, 126 *et suiv.*; leur
baptême, 128; divers gra-
des parmi les initiés au
culte de Mithra, 131 *et
suiv.*; leurs noms, *ibid.*;
initiés dans les mystères
isiaques, 163 *et suiv.*; promesses qui leur étoient faites, 167.

INSCRIPTIONS dans le temple
d'Éleusis, I, 139; dans celui d'Apollon à Délos, *ib.*;
dans celui d'Esculape à Épidaure, 140, note.

INTRONISATION, cérémonie
usitée dans les mystères, I,
87 et 305.

JOBACCHIES, nom donné à
une partie des mystères de
Bacchus, II, 79.

IPHICRATE: ce qu'il dit au dadouque Callias, I, 228.

IRIS envoyée par Jupiter à
Cérès, I, 147.

IROQUOIS: ils adorent le Ciel,
I, 13.

ISIAQUES, ou mystères d'Isis,
II, 151 *et suiv.*

Isis est la terre ou la nature,
I, 4; décapitation d'Isis,
6; représentée avec Ho-
rus, 8; est la matière première, *ibid.*; est la même
que Cérès, 144; nommée
en Égypte *Mouth*, et pourquoi, *ibid.*; est la même
que Cybèle ou la mère des
Dieux, 83; les aventures
d'Isis et Osiris, comparées
à celles de Cérès et Proserpine, 150 *et suiv.*; Isis considérée comme inventrice
de l'agriculture, 158; signification de son nom,
ibid.; elle est en même
temps la Terre et la Lune,
172; confondue avec Pro-
serpine, et pourquoi, 177;
a dans ses attributions tout
ce qui a rapport à l'amour,
194; quelle raison en donne Plutarque, *ibid.*, note;
temple d'Isis et de Sérapis
à Hermioné, 35; proche
d'une enceinte où l'on célébroit les mystères de Cérès,
ibid.; rapports d'Isis et
Osiris avec Vénus et Ado-
nis, 104; mystères d'Isis,
II, 151 *et suiv.*, *voy.* Isiaques; Isis Pélagique ou
maritime, à Corinthe, 152;
elle est distinguée d'Isis
Égyptienne, *ibid.*, note;
fête mystique d'Isis, dé-
crite par Apulée, 153 *et
suiv.*; description de la fi-

gure d'Isis, II, 153 et 154; table Isiaque, 162; prière adressée à Isis dans Apulée, 164 et 165; les divers noms sous lesquels elle étoit adorée en divers pays, 165; inscription du temple d'Isis à Saïs, 166; pouvoirs surnaturels attribués à Isis, suivant Apulée, 167; pourquoi on lui consacroit un navire, *ibid.*; on lui attribuoit l'invention des voiles et la construction du premier navire, 170; culte d'Isis Pélagique à Rome, *ibid.*; vicissitudes du culte d'Isis dans cette ville, *ib.*; robe et masque d'un Isiaque, 171; les mystères d'Isis changés en occasions de débauche, sous Domitien, 172; protégés par Commode et Caracalla, *ibid.*; le dernier élève des temples d'Isis, *ibid.*; temple à Isis dans le champ de Mars, *ibid.*; on se faisoit initier plusieurs fois aux mystères d'Isis, 173.

ISMAÉLIENS; leur système d'initiation, II, 197, note.

ISOCRATE : ce qu'il dit de l'excellence des mystères de Cérès, I, 403; comparaison qu'il fait d'Orphée et de Busiris, 410, note.

ISOMATOR, épithète donnée à Iacchus, I, 207.

ITALIE : fêtes de Bacchus en Italie, II, 91.

ITHYPHALLIQUE : origine des figures ithyphalliques de Mercure, I, 53.

Ἴυγξ, I, 193.

IYNX, cercle ou rhombe magique, I, 193, note; c'étoit primitivement le nom d'un oiseau, *ibid.*

J.

JARDINS d'Adonis, II, 117 et 118.

JASION permet aux étrangers de se faire initier aux mystères de Samothrace, I, 45; *Jasion*, nom d'un Dactyle, 64; Jasion a commerce avec Cérès, 73; il a de cette union un fils nommé Plutus, *ibid.*; puni par Jupiter, *ibid.*; différentes fables à ce sujet, *ibid.*; Cérès donne le blé à Jasion, 74; Jasion a un frère nommé *Philomèle*, 75; Corybas, fils de Jasion et de Cybèle, 81; Jasion joue dans les mystères de la Crète, le rôle d'Iacchus, 207.

JEÛNE : le troisième jour des Éleusinies, consacré au jeûne, I, 317; jour consacré au jeûne dans les Thesmophories, II, 6 et 8; le jeûne rejeté par les Parses, 143; adopté dans le culte de Mithra, *ibid.*

JEUX Éleusiniens, I, 337; époque de leur établissement, *ibid.*; jeux des Pana-

thénées, I, 368; prix donné
aux vainqueurs des jeux
Éleusiniens, *ibid.* ; jeux du
cirque à l'occasion des fêtes
de Cérès, à Rome, II, 44;
dans les jeux séculaires, on
faisoit, au temps de Sé-
vère, des sacrifices noc-
turnes à Cérès, à Proserpine
et aux divinités infernales,
45.

JOHNSON; ses réflexions sur le
silence d'Ajax, dans la Nécyomantie d'Homère, II,
257; sur la rencontre de
Didon et d'Énée dans les
enfers, 262.

JUIFS; leurs fêtes joyeuses et
toujours célébrées de grand
jour, I, 344.

JULIEN : comment il explique
la fable d'Attis, I, 90; il s'ef-
force d'accréditer le culte
de la mère des dieux, 95;
pourquoi il est si vanté de
nos jours, *ibid.* ; il promet
sa protection à la ville de
Pessinunte, *ibid.* ; voulant
connoître à fonds la doc-
trine des philosophes éclectiques, il s'adresse à l'hiérophante d'Éleusis, 431.

JUNON : Neptune lui dispute
la possession de l'Argolide,
I, 25; Argos se met sous sa
protection, *ibid.* ; sa statue
faite par les Telchines, 98;
temple de Junon à Éleusis,
142; Junon Avernale, In-
fernale ou Stygienne, est
Proserpine, 176; Junon,
mère d'Hécate, 185; elle
secourt les Titans contre

Zagrée, 205.

JUPITER inconnu aux Scythes,
I, 14; son culte a pris naissance dans la Crète, 15;
rivalité entre ses prêtres et
ceux de Saturne, *ibid.* ; a
pour partisans les Cyclopes,
17; offre un sacrifice au
Ciel, à la Terre et au Soleil,
18; ses ministres veulent
exterminer les partisans du
culte du Ciel et de la Terre,
21; se croient trahis par
Prométhée, et le chargent
de chaînes, *ibid.* ; Jupiter
enfant, sauvé par les Cu-
rètes de la voracité de Saturne, 67; son culte est
introduit en Crète par les
Curètes, 71; sacrifice funèbre en l'honneur de Jupiter, 77; son tombeau dans
l'île de Crète, *ibid.* ; son
commerce avec la nymphe
Himalie, 102; il députe Iris
vers Cérès, 147; Jupiter,
père de Proserpine, 167;
père d'Hécate, 185; sous la
forme d'un serpent, il a
commerce avec Proserpine,
203; il venge le meurtre de
Zagrée, 205; il donne la
vigne à Bacchus, fils de Sémélé, et la foudre à Zagrée,
ibid. ; Jupiter *Meilichius* ou
Ctésius, 299.

JUSTICE: emblème de la Justice
dans la procession isiaque,
II, 156.

JUVÉNAL compare les mystères
de la Bonne Déesse à ceux
de Cotytto, II, 177, et note;
peinture qu'il fait des dé-

bauches qui souilloient les mystères de la Bonne Déesse, 181; et des mystères que les hommes célébroient en l'honneur de la même divinité, 182.

K.

KAÏMIN ou KAÏMIS, nom donné à Horus, I, 208, et note.

KELMIS, divinité des Dactyles, I, 62; est la même que Cadmille, Horus et Iacchus, 64; signification de son nom, ibid.

KHORSCHID-PAÉ, ciel du soleil, suivant les Parses, II, 138.

KOËS, nom d'un des prêtres de Samothrace, I, 48; ce que ce nom signifie, ibid. ; quelles étoient les fonctions du Koës, 49.

Κὸγξ ὄμπαξ, formule par laquelle on congédioit l'assemblée des initiés, dans les grands mystères d'Éleusis, I, 386 et suiv., ibid., note; et 470.

Κόρη, nom de Proserpine : origine de cette dénomination, II, 207; ἄῤῥητος κόρη, ibid.

Κόρος, II, 208.

Κουροτρόφος, épithète de Cérès, II, 219.

L.

LAC, près de Syracuse, au lieu où Proserpine fut enlevée par Pluton, II, 41, note; fêtes mystérieuses célébrées près de ce lac, ibid. ; lac d'Alcyon près duquel les Argiens célébroient des mystères de Bacchus, 74; lac près du temple de Hiérapolis, 112.

LAINE : les Orphiques n'ensevelissoient point dans des vêtemens de laine, II, 52.

LAMPADOPHORES, I, 229 et ibid., note.

LAMPE d'or dans la procession isiaque, II, 156.

Λαοῖς ἄφεσις, I, 387, note.

LARCHER (M.) : remarques qu'il fait sur quelques endroits de cet ouvrage, I, 455, 456, 457, 459 et 462.

LASUS, poète, II, 23, note.

LATON ou LATO, ville de Crète, dont les habitans étoient admis aux mystères de Cérès, célébrés chez les Olontiens, II, 34 et 270; ils juroient les traités au nom d'Éleusinie qu'ils distinguoient de Cérès, ibid.

LATONE, mère d'Hécate, selon Euripide, I, 185.

LATOON, ou temple d'Apollon à Délos, I, 139; inscription de ce temple, critiquée par Aristote, ibid.

LAVINIUM : fêtes de Bacchus dans cette ville, II, 91.

LE CLERC : comment il ex-

plique les mots κόγξ ὄμπαξ,
I, 386.

LEMNOS, possédée anciennement par les Étrusques,
I, 58.

LENÆA, fête de Bacchus à
Athènes, II, 76, note.

LENÆUM, lieu où l'on célébroit à Athènes les fêtes de
Bacchus nommées Lenæa,
ou Anthestéries, II, 76,
note.

LÉON, de Pella, trahit le secret des mystères, I, 400.

LÉON, hiérophante égyptien;
fable qu'on débite à son
sujet, 445, note.

LEONTICA, fête du culte
de Mithra, II, 132.

LÉONTIQUES. Voy. Leontica.

LERNE : marais de Lerne,
peu éloignés d'Argos, II,
25 ; mystères célébrés dans
le voisinage de ces marais,
26.

LIBAN : temple de Vénus Uranie sur le mont Liban, II,
115.

LIBATIONS, usitées dans les
cérémonies funèbres, I,
336.

LIBERA, nom donné à Proserpine, II, 208; S. Augustin a tort d'expliquer
Libera par Vénus, ibid.

LICNOPHORE, prêtresse du
culte de Bacchus, II, 81.

LIERRE, nommé chez les Égyptiens, chénosiris, II, 54 :
on faisoit usage de couronnes de lierre, dans les Bacchanales ordinaires, 82.

LIMNÆ, nom d'un quartier

à Athènes, II, 76, note.

LINDE, ville de l'île de Rhodes : on y voyoit une statue, ouvrage des Telchines, I, 98 : on y célébroit
les mystères de Saïs, 104.

LINGAM : culte du lingam, I,
375 ; et II, 68 : le lingam,
symbole de Chib ou Routrem, II, 69.

LION : cet animal représenté
sur quelques monumens,
comme attribut de Cérès,
II, 225 : on appeloit lions
les initiés aux mystères de
Mithra, 128, 130 et 131.

LIONNE : Hécate invoquée sous
le nom de lionne, I, 196.

LITOPHORE PROSDECTUS. Voy.
Marc-Aurèle.

LIT nuptial, dans les mystères
des Valentiniens, I, 371 ;
dans ceux d'Éleusis, ibid. ;
lits mystiques, 320.

LIVRES sur les initiations et
les mystères, I, 390 et
suiv. ; nommés par Théodoret livres exécrables, 392;
doutes à ce sujet, ibid.,
note; livres des lois, portés
en pompe dans les Thesmophories, II, 11 ; quels
étoient ces livres, ibid.,
note ; livres découverts à
Messène, qui contenoient
les rites des mystères de Cérès, 36, note; livres attribués, par les Orphiques,
à Orphée et à Musée, 55 ;
livres écrits en caractères
hiéroglyphiques, dans l'initiation aux mystères d'Isis,
162.

LOBRINUS, montagne de la Phrygie, I, 82.

LOGES : elles offrent des rapports avec les anciens mystères, II, 198 et 199.

LUCIEN ; son traité : *De deâ Syriâ*, II, 104.

LUCIUS : prière qu'il adresse à Isis dans Apulée, II, 164 et 165 ; discours que lui tient Isis, 165 ; Lucius servoit à la fois de temple et de grenier aux prêtres de Cybèle, 185.

LUNE ; ses rapports avec Hécate, I, 179 ; gouffres dans la lune, *ibid.* ; la Lune invoquée dans les enchantemens, 196 ; la Lune honorée sous le nom de Vénus Mylitta ou Uranie, II, 104 ; elle étoit honorée dans le temple de Hiérapolis, mais n'y avoit point de statue, 107.

LUSTRATIONS dans les petits mystères, I, 299 ; leur liaison avec la doctrine des mystères, 406.

LYCAON, roi de Messénie, II, 35, note.

LYCOMÈDES : Musée compose pour les Lycomèdes, un hymne en l'honneur de Cérès, I, 120 ; la famille des Lycomèdes avoit le dépôt des anciens hymnes, 238.

LYCON, pythagoricien, ennemi d'Aristote, I, 259.

LYCURGUE, orateur, fait porter une loi relative aux femmes d'Athènes qui se rendoient à Éleusis, pour la célébration des mystères, I, 264 ; sa femme encourt la peine prononcée par cette loi, *ibid.*

LYCURGUE, roi de Thrace, s'oppose à l'établissement du culte de Bacchus, II, 49 ; Bacchus donne son royaume à Charops, *ibid.*

LYCUS, nom d'un Telchine, I, 105.

LYCUS, Athénien, réforme les mystères de Cérès dans la Messénie, II, 35, note.

LYNCÉE, roi d'Athènes : on rapporte à son règne la fondation du temple d'Éleusis, I, 126.

LYNCUS, roi de Scythie, tend des embûches à Triptolème, I, 211.

LYSANDRE se fait initier aux mystères de Samothrace, I, 48.

LYSIAS : correction proposée d'un passage de cet orateur, I, 245, note.

LYSIMAQUE, petit-fils d'Aristide : comment il gagnoit sa vie, I, 341.

M.

MÆNA, poisson offert à Hécate, I, 188.

MAGICIENS, exclus de l'initiation aux mystères d'Éleusis, I, 272.

MAGIE : Hécate invoquée dans

les opérations magiques, I, 193.

MAÎTRESSE, surnom donné à Proserpine, par les Arcadiens, II, 30 ; suivant eux cette divinité qu'ils nommoient *Maîtresse;* étoit fille de Cérès et de Neptune, *ibid.;* et 36, note. *Voy.* Δέσποινα.

MALCANDRE, roi de Byblos, I, 151.

MANÉROS : aventures de ce jeune prince, fils du roi de Byblos, I, 152 ; ce que ce nom signifie, *ibid.*, note.

MANÈS ; reproche que lui fait Archélaüs, II, 140.

MANICHÉENS ; leur *béma*, II, 191 ; noms mystérieux qui n'étoient connus que des élus chez les Manichéens, *ibid.;* M. de Sainte-Croix conjecture qu'ils honoroient le phallus, *ibid.;* doutes de l'éditeur à ce sujet, *ibid.;* et 192, note ; sont disculpés par Beausobre d'une infamie qu'on leur a imputée, 192.

MANITOU, ou génie, I, 13.

MARATHON : actions de grâces annuelles, de la victoire de Marathon, I, 301.

MARC – AURÈLE Litophore Prosdectus, de la famille des Céryces, I, 250 ; monument élevé en son honneur, *ibid.*

MARCIONITES avoient imité certaines pratiques des mystères du paganisme, II, 190.

MARCOSIENS avoient adopté des rites du paganisme, II, 190.

MARIAGE sacré, dans les cérémonies des mystères, I, 381 ; mariage mystique dans les fêtes de Bacchus, II, 82.

MARS tue Halirrhothius, fils de Neptune, I, 26 ; est mis en prison, s'échappe et est absous par l'Aréopage, *ibid.;* Mars, divinité scythique, *ibid.*

MAXIME, philosophe éclectique, I, 431.

MÉGALOPOLIS, ville d'Arcadie : culte de Cérès et de Proserpine, dans cette ville, II, 36, note.

MÉGARIENS, coupent du bois dans l'Orgade, et en défrichent une portion, I, 266 ; comment punis de ce sacrilége, *ibid.;* ils s'étoient attiré la haine d'Aspasie, 267 ; Mégarien qui avoit profané les cérémonies du culte de Cérès, 252 ; les Mégariens tombent dans le piége que leur avoit tendu Solon, II, 19.

Μεγαρίζειν ; sens de ce mot, II, 18, note.

MÉGARON, sanctuaire du temple d'Éleusis, I, 137 ; lieu consacré à la célébration des mystères de Cérès, II, 36, note ; opinion de M. Larcher sur le sens de ce mot, I, 457.

Μέγαρον, I, 457.

MÉDÉE, fille d'Aétès et d'Hécate, suivant Diodore, I, 187; Hécate lui avoit donné la connoissance de toutes les plantes vénéneuses, 195.

MÈDES, exclus de l'initiation aux mystères d'Éleusis, I, 270.

MÉDIUS, Exégète, descendant d'Eumolpe, I, 240.

MEILICHIUS, surnom de Jupiter, I, 299.

MEILICHUS, fleuve de l'Achaïe, I, 206.

MEINERS; son opinion sur les mystères d'Éleusis, I, 438, note; sur Proclus, 471, note; sur le culte de Mithra, II, 145, note.

MYRINA, amazone, voyage en Égypte, I, 40; consacre l'île de Samothrace à la Mère des dieux, ibid.; étoit contemporaine d'Horus, ibid.

MYRTE; son usage dans le culte et les mystères de Cérès et de Proserpine, I, 284 et suiv.; symbole de la mort, 285; le myrte, employé dans les opérations magiques, 287; le myrte étoit substitué au lierre dans les Dionysies, II, 82; le myrte, banni des mystères de la Bonne Déesse, et pourquoi, 179.

MYSÆUM, temple de Cérès, en Achaïe, II, 31; mystères qu'on y célébroit, ibid.

MYSIENNE, surnom donné à Cérès, dans l'Achaïe, II, 31.

MYSIUS d'Argos, instituteur

du culte de Cérès, en Achaïe, II, 31.

MYSTAGOGIE, I, 331.

MYSTAGOGUE : ce mot est synonyme d'hiérophante, I, 218; les mystagogues introduisirent dans les mystères, les doctrines des diverses écoles de philosophie, 428 et suiv.

MYSTES : les initiés aux petits mystères étoient appelés mystes, I, 308; on donnoit quelquefois ce nom à tous les initiés sans distinction, 309.

MYSTÈRES : sens de ce mot, I, 2; mystères cabiriques, 36; mystères de Samothrace, 38; on y initioit les enfans, 51; et même les morts, 52; examen de cette assertion, ibid., note; mystères de Gnosse; leurs symboles, 72; célébrés publiquement, 73; rites de l'initiation 76; Pythagore s'y fait initier, 78; mystères de Rhée, en Phrygie, 85; mystères de Pessinunte, 90 et suiv.; ces mystères s'introduisent à Rome, 95; doctrine des anciens mystères, antérieure aux colonies égyptiennes, dans la Grèce, 107; mystères d'Éleusis, 109 et suiv.; voy. Éleusis; lois écrites concernant les mystères, 249 et suiv.; on se préparoit aux grands mystères d'Éleusis par les petits mystères, 288; époque de la célébration des grands et des petits mystères d'Éleusis, I, 292 *et suiv.*; cérémonies des petits mystères, 295 *et suiv.*; les petits mystères plus particulièrement consacrés à Proserpine, 299; suivant d'autres, à Cérès, 307; célébration des Éleusinies ou grands mystères, 312 *et suiv.*; *voy.* Éleusinies; les mystères nommés par Aristide, le *feu de Cérès*, 324; purifications par lesquelles on se préparoit à être initié aux grands mystères, 347; extinction des lampes, 348, note; spectacles effrayans, 349 *et suiv.*; on y représentoit, dans un souterrain, l'union de Pluton avec Proserpine, 367; obscénités dans les mystères, 370 *et suiv.*; opinion absurde, à ce sujet, de l'auteur d'une dissertation sur les mystères d'Éleusis et de Bacchus, 372, note; l'initiation aux mystères, comparée à la mort, 380 et 381; livres relatifs aux mystères, 390 *et suiv.*; de la doctrine enseignée dans les mystères, 396 *et suiv.*; quelle étoit la doctrine enseignée dans les mystères en Égypte, 401; éloges faits des mystères par les anciens, 403; les mystères nommés *initia*; et pourquoi, 404; on a beaucoup exagéré l'influence des mystères sur les mœurs,

435, note; y enseignoit-on l'unité de Dieu, et l'origine humaine des divinités payennes? 437 *et suiv.*; les mystères ne consistoient qu'en certains rites et certaines formules et observances légales, 447; on y adapta dans la suite divers enseignemens, 448; opinion de Fréret sur les mystères, 447, note; opinion de Bach, *ibid.*; de l'abbé Barthélemy, 448, note; de Starck, *ibid.*; de Herrmann, *ibid.*; de M. Creutzer, *ibid.*; de M. Ouvaroff, 449, note; de l'éditeur des *Recherches sur les Mystères*, 450 *et suiv.*, note; le nom de *mystères* donné aux Thesmophories, II, 3; objets mystérieux du culte de Cérès, à Hermioné, 24; mystères de Cérès à Sparte, différoient de tous ceux de la Grèce, 28; mystères de Cérès à Phénée, en Arcadie, 29; à Phigalie, 30; en Achaïe, 31; près de Sicyone, 32; à Célées, *ibid.*; les grands mystères de Cérès furent-ils pratiqués à Rome? 45; mystères d'Éleusis représentés sur un vase antique, 46; mystères de Bacchus, 72 *et suiv.*; leur célébration à Athènes, 75; purs dans leur origine, 90; dans la suite, souillés de désordres, 91; mystères de Bacchus en Italie, 91 et 92; de

cate, suivant Diodore, I, 187 ; Hécate lui avoit donné la connoissance de toutes les plantes vénéneuses, 195.

MÈDES, exclus de l'initiation aux mystères d'Éleusis, I, 270.

MÉDIUS, Exégète, descendant d'Eumolpe, I, 240.

MEILICHIUS ; surnom de Jupiter, I, 299.

MEILICHUS, fleuve de l'Achaïe, I, 206.

MEINERS ; son opinion sur les mystères d'Éleusis, I, 438, note ; sur Proclus, 471, note ; sur le culte de Mithra, II, 145, note.

MÉLAMPUS : il introduit dans la Grèce le culte de Bacchus, fils de Sémélé, I, 199 ; II, 49 ; et celui du phallus, I, 369.

MÉLANTHIUS, auteur d'un ouvrage sur les mystères de Cérès, I, 391.

MÉLISSE, fille de Mélisseus, est la première prêtresse de la mère des Dieux, I, 69 ; elle nourrit Jupiter, 70.

MÉLISSES, prêtresses de Cérès, I, 242 ; pourquoi nommées ainsi, ibid. et 243 ; elles furent des nymphes, 243 ; mélisse est le nom grec de l'abeille, ibid. ; les mélisses exerçoient dans les Thesmophories, les fonctions sacerdotales, II, 4.

MÉLISSEUS, premier roi des Crétois, I, 69 ; ses filles, Mélisse et Amalthée nour-

rissent Jupiter, 70.

MÉLITÉ, ancien nom de l'île de Samothrace, I, 243.

MÉLITE, bourg de l'Attique, I, 295.

MÉLITODE, surnom de Proserpine, I, 242.

MÉNANDRE, auteur d'un ouvrage sur les mystères de Cérès, I, 391.

MÉNIPPE, de Carie, arrêté par Évandre, son créancier, pendant la célébration des mystères d'Éleusis, I, 264.

MER ; ses eaux ont une qualité lustrale, I, 317 ; ouvrir et fermer la mer : ce que cela signifie, II, 168, note ; bénir la mer, 169, note.

MERCURE tire Mars de la prison où le retenoient Otus et Éphialte, I, 26 ; figures ithyphalliques de Mercure, 53 ; Mercure surnommé Chthonien ; ses rapports avec Anubis, 182 ; pourquoi Mercure est représenté avec l'organe de la génération élevé, 370 ; Mercure étoit représenté, dans les mystères d'Éleusis, par l'hiérocéryx, ibid. ; on lui sacrifioit dans les Thesmophories, II, 12.

MÈRE des Dieux, honorée sous une multitude de noms divers, I, 83.

MESSÈNE, femme de Lycaon, premier roi de Messénie, II, 35, note ; y établit les mystères de Cérès, ibid.

MESSÉNIE : établissement, et restauration des mystères de Cérès et de Proserpine dans la Messénie, II, 35, note.

MÉTAGÈNES, de Xypète, travaille au temple d'Éleusis, I, 129.

MÉTANIRE, femme de Célée, I, 145 *et suiv.*

MÉTEMPSYCOSE : étoit-elle enseignée dans les mystères, I, 413 et note ; elle étoit enseignée dans les Mithriaques, II, 138.

MÉTHAPUS, Athénien, participe à l'établissement des mystères de Cérès en Messénie, II, 35, note.

MÉTRAGYRTES, ministres de Cybèle, d'un ordre inférieur, I, 82 ; leur nom devient une injure, 83 ; ministres de Cérès, 228.

MÉTROPOLES, prêtresses de Cérès, I, 242.

MIDAS introduit les mystères de Rhée chez les Phrygiens, I, 84 ; avoit été initié par Orphée, *ibid.*

MIEL, symbole de la mort, I, 242 ; offert en sacrifice aux dieux infernaux, et employé dans l'évocation des morts, 243 ; employé aux purifications et aux offrandes dans le culte de Mithra, II, 133.

MIHRAGAN, fête de Mithra chez les Parses, II, 143.

MILO, sorte de pain en usage à Syracuse, II, 39, note.

MINERVE est la Neïth des Égyptiens, I, 27 ; se dispute avec Neptune au sujet de l'Attique, 28.

MINOS : il emmène avec lui en Crète des Dactyles Phrygiens, qui sont l'origine des Curètes, I, 68 ; durée de son règne, 76 ; ses entretiens avec Jupiter dans l'antre Idéen, 77.

MISMÉ présente à boire à Cérès, I, 150 ; son fils Ascalabus est changé en lézard, *ibid.*

MITHRA ; ses mystères, II, 121 *et suiv.;* d'où ils tiroient leur origine, 121 et 122 ; Mithra n'est pas le Soleil, *ibid.*, note ; époque de l'établissement du culte de Mithra à Rome, 123 ; monumens de ce culte en Europe, *ibid.* ; description de quelques bas-reliefs relatifs à ce culte, 124 *et suiv.*, et *ibid.*, note ; épreuves qu'on faisoit subir à ceux qui s'y faisoient initier, 126 *et suiv.*, et *ibid.*, note ; noms d'animaux donnés à ceux qui étoient initiés à ces mystères, 128 *et suiv.;* baptême des initiés aux mystères de Mithra, 128 ; onction, et offrande de pain et d'eau dans cette initiation, 129 ; couronne présentée aux initiés, *ibid.;* soldat de Mithra, *ibid.;* les cérémonies des mystères de Mithra sont des imitations de celles de la religion chrétienne, 130 et 147 ; divers grades parmi les initiés aux mystères de Mithra, II, 130 ; diverses fêtes de ce culte, 132 ; spectacle des griffes dans les fêtes de Mithra ; 134 et suiv. ; victimes humaines offertes dans ces fêtes, 135 ; Commode immole un homme à Mithra, 136 ; symboles de ce culte, ib. ; échelle mystique, l'un de ces symboles mithriaques, ibid. ; Mithra représenté sous la figure d'un jeune homme domptant ou égorgeant un taureau, 138 et 139 ; le système des deux principes faisoit partie des doctrines mithriaques, 140 ; Mithra, suivant Mosheim, réfuté par l'abbé Foucher, n'étoit qu'un fort chasseur, 141 ; explications allégoriques des symboles et des monumens mithriaques, 141 et suiv. ; les rites du culte de Mithra, altérés par le mélange de cérémonies et de pratiques étrangères, 143 ; opposés, en beaucoup de points, à la doctrine des Perses, ibid. et suiv. ; Fréret pense que ce culte venoit des Chaldéens et non des Perses, 144, et ibid. note ; inscriptions où il est parlé des mystères de Mithra, sont postérieures à Constantin, 150 ; fêtes et mystères de Mithra abolis, ibid. ; l'antre de Mithra ouvert et détruit, ibid. ; en quoi les mystères de Mithra appartiennent à la Perse, 145, note ; opinion de Meiners sur l'origine du culte de Mithra, ibid. ; mémoires relatifs au culte de Mithra, dans le recueil de l'Académie des Inscriptions et Belles-Lettres, 146, note ; jusqu'à quel point il est vrai que les cérémonies des mystères de Mithra soient empruntées du christianisme, 147, note ; analyse de deux mémoires de M. Eichhorn, sur le culte de Mithra et les monumens mithriaques, 147 et suiv., note.

MITHRIAQUES. Voy. Mithra.

MITRA : est-ce une divinité différente de Mithra ? II, 121, note.

MNÉSILOQUE, personnage d'une comédie d'Aristophane, II, 15.

MOLOCH, nom de Cronos ou Saturne, I, 15.

MORGOS, nom d'un Dactyle Idéen, ou plutôt d'un Curète, I, 78.

MORT cabirique. Voy. Cadmillus.

MOSHEIM ; son opinion sur la palinodie d'Orphée, II, 60, note ; sur Mithra, 131.

MOUTH, nom d'Isis, I, 144 ; signification de ce nom ; ibid., et note.

MULLET, poisson offert à Hécate, I, 188 ; nommé en grec triglé, 189 ; consacré à Hécate et à Diane, 280 ; les initiés aux mystères d'Éleusis s'abstenoient de ce poisson, I, 280; mullet d'E-xone, bourg de l'Attique, *ibid.*; les prêtres de Junon ne mangeoient point le mullet, *ibid.*, note.

MÜNTER (M.-Fr.); son Essai sur les antiquités ecclésiastiques des Gnostiques, II, 187, note.

MUSÉE, fils ou disciple d'Orphée, I, 117 : on lui attribue l'établissement des mystères d'Éleusis, 118: différentes opinions sur l'origine de Musée, 119; deux Musée, 120; Musée, auteur d'un poëme sur l'enlèvement de Proserpine et les mystères d'Éleusis, *ibid.*; un autre Musée, auteur d'un hymne en l'honneur de Cérès, *ibid.*; épitaphe du tombeau de Musée, 119; livres attribués à Musée par les Orphiques, II, 55.

Μυστήρια, II, 200; étymologie de ce mot, *ibid.*

MYLITTA, nom de Vénus en Assyrie, II, 100.

MYLLOS, sorte de gâteaux de sésame et de miel, en usage dans les Thesmophories, à Syracuse, II, 39; cet usage se retrouve dans ce qu'on y nomme aujourd'hui, *Milo*, *ibid.*, note.

MYRRHANUS s'oppose à l'établissement du culte de Bacchus, II, 49.

MYRINA, amazone, voyage en Égypte, I, 40; consacre l'île de Samothrace à la Mère des dieux, *ibid.*; étoit contemporaine d'Horus, *ibid.*

MYRTE; son usage dans le culte et les mystères de Cérès et de Proserpine, I, 284 *et suiv.*; symbole de la mort, 285; le myrte, employé dans les opérations magiques, 287; le myrte étoit substitué au lierre dans les Dionysies, II, 82; le myrte, banni des mystères de la Bonne Déesse, et pourquoi, 179.

MYSÆUM, temple de Cérès, en Achaïe, II, 31; mystères qu'on y célébroit, *ibid.*

MYSIENNE, surnom donné à Cérès, dans l'Achaïe, II, 31.

MYSIUS d'Argos, instituteur du culte de Cérès, en Achaïe, II, 31.

MYSTAGOGIE, I, 331.

MYSTAGOGUE : ce mot est synonyme d'*hiérophante*, I, 218; les mystagogues introduisirent dans les mystères, les doctrines des diverses écoles de philosophie, 428 *et suiv.*

MYSTES : les initiés aux petits mystères étoient appelés *mystes*, I, 308; on donnoit quelquefois ce nom à tous les initiés sans distinction, 309.

MYSTÈRES : sens de ce mot, I, 2; mystères cabiriques, 36; mystères de Samothrace, 38; on y initioit les enfans, 51; et même les morts, I, 52; examen de cette assertion, *ibid.*, note; mystères de Gnosse; leurs symboles, 72; célébrés publiquement, 73; rites de l'initiation 76; Pythagore s'y fait initier, 78; mystères de Rhée, en Phrygie, 85; mystères de Pessinunte, 90 *et suiv.*; ces mystères s'introduisent à Rome, 95; doctrine des anciens mystères, antérieure aux colonies égyptiennes, dans la Grèce, 107; mystères d'Éleusis, 109 *et suiv.*; *voy.* Éleusis; lois écrites concernant les mystères, 249 *et suiv.*; on se préparoit aux grands mystères d'Éleusis par les petits mystères, 288; époque de la célébration des grands et des petits mystères d'Éleusis, 292 *et suiv.*; cérémonies des petits mystères, 295 *et suiv.*; les petits mystères plus particulièrement consacrés à Proserpine, 299; suivant d'autres, à Cérès, 307; célébration des Éleusinies ou grands mystères, 312 *et suiv.*; *voy.* Éleusinies; les mystères nommés par Aristide, le *feu de Cérès*, 324; purifications par lesquelles on se préparoit à être initié aux grands mystères, 347; extinction des lampes, 348, note; spectacles effrayans, 349 *et suiv.*; on y représentoit, dans un souterrain,

l'union de Pluton avec Proserpine, 367; obscénités dans les mystères, 370 *et suiv.*; opinion absurde, à ce sujet, de l'auteur d'une dissertation sur les mystères d'Éleusis et de Bacchus, 372, note; l'initiation aux mystères, comparée à la mort, 380 et 381; livres relatifs aux mystères, 390 *et suiv.*; de la doctrine enseignée dans les mystères, 396 *et suiv.*; quelle étoit la doctrine enseignée dans les mystères en Égypte, 401; éloges faits des mystères par les anciens, 403; les mystères nommés *initia*; et pourquoi, 404; on a beaucoup exagéré l'influence des mystères sur les mœurs, 435, note; y enseignoiton l'unité de Dieu, et l'origine humaine des divinités payennes? 437 *et suiv.*; les mystères ne consistoient qu'en certains rites et certaines formules et observances légales, 447; on y adapta dans la suite divers enseignemens, 448; opinion de Fréret sur les mystères, 447, note; opinion de Bach, *ibid.*; de l'abbé Barthélemy, 448, note; de Starck, *ibid.*; de Herrmann, *ibid.*; de M. Creutzer, *ibid.*; de M. Ouvaroff, 449, note; de l'éditeur des *Recherches sur les Mystères*, 450 *et suiv.*, note; le nom de *mystères*

donné aux Thesmophories,
II, 3; objets mystérieux du
culte de Cérès, à Hermioné,
24; mystères de Cérès à
Sparte, différoient de tous
ceux de la Grèce, 28; mystères de Cérès à Phénée, en
Arcadie, 29; à Phigalie,
30; en Achaïe, 31; près
de Sicyone, 32; à Célées,
ibid.; les grands mystères
de Cérès furent-ils pratiqués à Rome? 45; mystères
d'Éleusis, représentés sur
un vase antique, 46; mys-
tères de Bacchus, 72 *et
suiv.*; leur célébration à
Athènes, 75; purs dans
leur origine, 90; dans la
suite, souillés de désordres,
91; mystères de Bacchus
en Italie, 91 et 92; de
Vénus et d'Adonis, 100 *et
suiv.*; à Byblos, 105; dans
l'île de Cypre, 116; mys-
tères de Mithra, 121 *et
suiv.*; mystères d'Isis Pélagique, 152 *et suiv.*; mystères d'Osiris, 173; de Cotytto, 176 *et suiv.*; de la
Bonne Déesse, 178 *et suiv.*;
mystères en son honneur,

célébrés par les hommes,
181; décadence totale des
mystères, 185 *et suiv.*; *mystères et abominations* étoient
synonymes dès le temps de
Cicéron, 186; les mystères
totalement abolis par Théodose, 187; quelques sectes
du christianisme font re-
vivre certaines pratiques
des mystères, 190 *et suiv.*;
mystères des Ophites, 191;
des Marcosiens, 192; des
Marcionites et des disciples
de Tatien, *ibid.*; des Pépuziens, *ibid.*; des Manichéens,
193; certaines cérémonies
et certaines expressions des
mystères du paganisme,
ont été adoptées dans les
premiers siècles par les Chrétiens, 193; imitations des
anciens mystères chez les
Esséniens, les Cabbalistes et
les Druzes, 196; chez les
Ismaéliens et les Sofis,
197, note; chez les Francs-
Maçons, 198.
MYTHOLOGIE: elle n'est, suivant les stoïciens, qu'une
allégorie des opérations de
la nature, I, 420 *et suiv.*

N.

NAMA SABASIO, mots des
inscriptions mithriaques,
II, 144, note.
NAPLES; les Romains en faisoient venir des prêtresses,
pour exercer à Rome le
sacerdoce de Cérès, II, 42;

culte de Cérès à Naples,
ibid., note.
NAVIRE décrit par Apulée,
dans la fête d'Isis, II, 160.
NAXOS: date de la victoire
navale de Chabrias, près de
Naxos, I, 315.

NÉANTHE ; son ouvrage sur les initiations, I, 391.

NÉCYIE. *Voy.* Nécyomantie.

NÉCYOMANTIE : réflexions sur la Nécyomantie d'Homère, II, 236 *et suiv.* ; a eu bien des imitateurs, 266 ; comment imitée par Virgile, *ibid.*, *et suiv.*

NEÏTH, divinité égyptienne, est la même que Minerve, I, 27 ; signification de son nom, *ibid.*

NÉMANOUN, nom d'Astarté, reine de Byblos, I, 151, note.

NÉOCORES, ministres des mystères, I, 87 et 240.

NÉOMÉNIE ; on y pratiquoit les offrandes appelées *repas d'Hécate*, I, 190.

NEPHTHYS, divinité égyptienne, I, 183 ; ce qu'il faut entendre par là, 184, note.

NEPTUNE veut enlever l'Argolide à Junon, I, 25 ; est condamné par des arbitres, et se venge en inondant le pays, *ibid.* ; les partisans de Neptune, maltraités dans l'Attique, 26 ; dispute de Neptune avec Minerve au sujet de l'Attique, 28 ; son trident fait par les Telchines, 98 ; ce dieu est élevé par les Telchines, *ibid.* ; ils introduisent son culte dans la Grèce, 99 ; enfans de Neptune, nés de son commerce avec une sœur des Telchines, 103 ; Neptune les soustrait à la vengeance des habitans de Rhodes, 104 ; union de Cérès avec Neptune, II, 30.

NICANOR de Cypre, révèle le secret des mystères, I, 400.

NICIAS ; son tableau de la descente d'Ulysse aux enfers, II, 237.

NICIPPE ; prêtresse de Cérès, I, 244.

NICOSTRATE, Argien, II, 25.

NUIT, nom donné aux mystères ; et pourquoi, I, 324, note ; nuits saintes, 344 ; nuit mystique, *ibid.*

NUMÉNIUS révèle le secret des mystères de Cérès aux profanes, I, 399 ; songe dans lequel il voit Cérès et Proserpine, *ibid.*

NYCTÉLIES, II, 54.

NYSA, ville d'Arabie, II, 95, note ; Bacchus ou Osiris y avoit été élevé, *ibid.*

O.

OBRIMO, I, 184. *Voy.* Brimo.

OBSCÉNITÉS dans les mystères, n'étoient que des allégories, I, 371 ; justification absurde de ces obscénités, 372, note ; obscénités des Thesmophories II, 11 *et suiv.* ; des fêtes de Cérès et de Proserpine, et des Thesmophories, à Syracuse, 39 ; réflexions sur les obscénités des mystères de Bacchus et

autres, II , 67 ; figures obscènes des fêtes de Bacchus,
88 *et suiv.* ; obscénités dans
les mystères en Égypte ,
sous les Ptolémées , 151.

OCLASME , sorte de danse,
II , 16.

OCRIDION ; son temple à Rhodes , I , 104 ; c'étoit appa-
remment un Telchine , 105.

ŒDIPE ; lieu où il finit ses
jours , II , 19.

ŒUFS offerts à Hécate, I, 190;
œuf symbolique des Orphi-
ques , II , 64.

OFFRANDE de pain et d'eau ,
dans l'initiation aux mystères de Mithra , II , 129.

OGYGÈS : on lui attribue la
fondation d'Éleusis , I , 125.

OIE : cet oiseau consacré à
Isis , II , 160.

ÒLONTIENS, peuple de l'île de
Crète : chez eux les mys-
tères étoient tenus secrets,
II , 34 ; ils y admettent les
habitans de Laton, *ibid.*

OLYMPIAQUE , nom donné
à un vêtemen couvert de
figures d'animaux fantas-
tiques , employé dans les
fêtes mithriaques et isiaques , II , 135 et 163.

OLYMPIAS se rencontre dans
sa jeunesse avec Philippe,
dans le sanctuaire des Cabires , I , 51.

OLYMPIODORE divise l'initiation en cinq degrés, I , 392,
note.

OMOPHAGIE , rite des fêtes de
Bacchus, II , 87.

ONAGRUS, père d'Orphée, suc-

cède dans le royaume de
Thrace , à Charops , II , 49.

ONCTION pratiquée dans l'initiation aux mystères de
Mithra , II , 129.

ONIROCRITIQUE , I , 341.

ONOCOLÉ, nom d'un spectre,
I , 191 , note.

ONOMACRITE : il introduit dans
l'histoire du Bacchus Thébain , des traits qui appartenoient à celle d'Iacchus,
I , 204.

ONOPOLÉ. Voy. *Onocolé.*

OPHITES , leurs mystères , II ,
189.

OPS ; les Dactyles sont produits
par l'imposition de ses mains
sur le mont Ida, I , 65 ; Ops
n'est autre que la terre ,
83.

ORGADE , territoire consacré
à Cérès et à Proserpine , I ,
124 ; il n'étoit pas permis
d'y poser des limites , 265 ;
doutes à ce sujet , *ibid.* ,
note ; les Mégariens punis
pour y avoir coupé du bois,
266.

ORGE , semé par Triptolème
dans le champ de Rharion,
I , 210 ; donné pour prix
aux vainqueurs des jeux
éleusiniens, 338.

"Οργια, II , 200 *et suiv.*; étymologie de ce mot , 202.

ORGIES, sens de ce mot, I ,
2 , II , 201 et 202 ; ce nom
donné aux mystères d'Éleusis , I , 109; et aux Thesmophories , II , 3.

ORPHÉE , engage les Argo-
nautes à faire vœu de relâ-

cher à Samothrace, I, 45 ;
devient disciple des Dac-
tyles, 61 ; initie Midas,
84 ; poëme sur l'enlèvement
de Proserpine, attribué à
Orphée, 112 ; on lui at-
tribue l'établissement des
mystères d'Éleusis, 116 et
117 ; Aristote nioit l'existence d'Orphée, 117 ; Orphée, premier auteur du
serment exigé des initiés,
302, note ; termes énigmatiques des poésies d'Or-
phée, 305 ; pourquoi Or-
phée devint très-célèbre,
suivant Pausanias, 407 ;
palinodie d'Orphée, ou-
vrage supposé, 442 ; II,
59 ; on attribue, à tort, à
Orphée, l'institution des
Thesmophories, II, 5 ; diversité des opinions relativement à Orphée, 47 ; on lui
attribuoit l'établissement du
culte de Bacchus, en Grèce,
48 ; livres attribués à Orphée, par les Orphiques,
55 ; hymnes attribués à Orphée, ne sont pas authen-
tiques, 62, et suiv. ; paroles
mystiques des fêtes de Bacchus Sabazius, attribuées à
Orphée, 96.

ORPHÉOTÉLESTES, II, 56.

ORPHIQUE : on appeloit ainsi le culte rendu à Bacchus,
par une sorte d'association
monastique, II, 51 ; Or-
phiques ; leur régime em-
prunté en grande partie des
Égyptiens, 52 ; ils iden-
tifioient Bacchus avec Osi-

ris, ibid. ; comment ils sont
dépeints par Platon, 55 ;
par Théophraste, 56 ; et
par Démosthène, ibid. ; les
philosophes éclectiques embrassent la cause des Or-
phiques, 58 ; ils donnent à
Bacchus le nom de Phanès,
ibid. ; il ne faut pas chercher leurs opinions dans les
hymnes attribués à Orphée,
63 ; opinion de Fréret sur
les Orphiques, 64, note ;
vie orphique, ibid. ; Or-
phiques, venus de l'Asie
mineure dans la Thrace, et
de-là dans la Grèce, 57 ;
auteurs des livres rituels
des mystères, I, 396.

OSCILLA, II, 80, note.

OSIRIS ; cérémonies relatives
à sa mort et à son voyage
aux enfers, I, 6 ; Apis, symbole d'Osiris, 7 ; Osiris, ou
l'intelligence démiurgique,
8 ; les aventures d'Osiris et
Isis, comparées avec celles
de Cérès et Proserpine, 150
et suiv. ; Osiris a de grands
rapports avec Proserpine,
169 ; ce que les Égyptiens
entendoient par Osiris, 173 ;
Osiris envoie, selon Diodore, Triptolème dans l'Attique, 209 ; Osiris passe
pour l'inventeur de l'agriculture, ibid. ; courses mystérieuses des Égyptiens, en
l'honneur d'Osiris, 316 ;
culte institué par Isis, en
l'honneur des parties viriles
d'Osiris, 369 ; Osiris identifié avec Bacchus, par les

Orphiques, II, 52 *et suiv.*; le lierre, consacré à Osiris, 54 et 173 ; on montroit par toute l'Égypte des tombeaux d'Osiris, *ibid.*; Osiris désigné sous le nom de *Phanès*, 66 ; et sous celui de *Dionysus*, 67 ; rapports d'Osiris avec Adonis, 103 et 104 ; mystères d'Osiris, 173.

OTUS, met Mars en prison, I, 26.

OURANISME, ou culte du ciel, I, 14.

OURANOS, ou le Ciel. *Voy.* Ciel.

OUSIARQUE, c'est-à-dire, chefs de la substance matérielle, I, 9.

OUVAROFF (M.); son opinion sur l'origine des mystères, I, 388 et 389 ; sur la doctrine qu'on y enseignoit, 449, note ; sur les mystères de Bacchus, II, 72, note.

OVIDE fait parler trop longuement Ajax, II, 258.

P.

PÆONIUS, nom d'un Dactyle, suivant Pausanias, I, 64.

PAIX, personnifiée par Callimaque, II, 231, comment on la représente, 230.

PALINODIE d'Orphée, ouvrage supposé, I, 442 ; citée par plusieurs pères, II, 59 ; nous a été conservée par Aristobule, 60 ; est vraisemblablement l'ouvrage de ce Juif, *ibid.*; diverses opinions à ce sujet, *ibid.*, et 61.

PALLAS, auteur d'un ouvrage sur le culte de Mithra, II, 138.

PAMPHUS, poëte, I, 167.

PAMYLIES, fêtes en Égypte, II, 54.

PAN combat pour Bacchus contre les Titans, I, 28 ; les Titans s'opposent à l'admission de son culte, *ibid.*

PANAGES, ministres du culte de Cérès, I, 238 ; doutes à ce sujet, 239, note.

PANATHÉNÉES : antiquité des jeux qui faisoient partie de cette fête, I, 338.

PANDION Ier, roi d'Athènes ; on rapporte à son règne l'établissement des mystères d'Éleusis, I, 114.

PANDION II, roi d'Athènes ; on rapporte à son règne la fondation du temple d'Éleusis, I, 126 ; sous son règne, on ajoute des jours complémentaires aux fêtes d'Éleusis, 337.

PANDORE, confondue avec Proserpine, I, 177.

PAPÆUS, nom du ciel chez les Scythes, I, 14.

PAPYRUS égyptien, croît en abondance dans le Cygne, fleuve de Sicile, II, 41, note.

PARÈDRES : les Dactyles sont nommés les Parèdres de la Mère des dieux, I, 62 ; les

Curètes, parèdres de Rhée, I, 75.

Paros, anciennement nommée *Cabarnis*, II, 32; et pourquoi, *ibid.*; peut-être les mystères de Samothrace ont-ils pénétré fort anciennement dans l'île de Paros, 33.

Parses : opposition entre la doctrine des Parses et celle des Mithriaques, II, 143 et 144, et *ibid.*, note.

Pastophores, ministres du culte isiaque, II, 161.

Pater patrum, pater patratus, pater sacratus, noms d'un grade dans les mystères de Mithra, II, 131 et 133.

Patras, ville d'Achaïe : on y célébroit la fête de Bacchus Æsymnète, I, 206.

Patrica, fête du culte de Mithra, II, 32.

Patriques. *Voy. Patrica.*

Paulin de Saint-Barthélemy; son opinion sur l'Ézour-Védam, II, 68, note; sur les rapports de Bacchus et de Schiva, 69, note.

Pavots, marque caractéristique du sacerdoce de Cérès, I, 244; II, 220 et 221.

Peaux de victimes; leur usage dans les lustrations, I, 299.

Pégase d'Éleuthères introduit à Athènes le culte de Bacchus, II, 75.

Pégase. *Voy.* Bellérophon.

Pénates, regardés à Rome comme des divinités cabiriques, I, 58.

Pélagique, surnom d'Isis, II, 152.

Pélasges; leurs idées religieuses et leur culte, I, 13; Samothrace, habitée par les Pélasges, 38; objets de leur culte, *ibid.*; c'est d'eux que les Athéniens ont emprunté les figures ithyphalliques de Mercure, 53; la Crète habitée par des Pélasges, 72.

Pélasgus reçoit Cérès à Argos, II, 25.

Pélias; les jeux éleusiniens institués, dit-on, à l'occasion de sa mort, I, 338.

Pélops; son épaule mangée par Cérès, II, 232.

Penthée s'oppose au culte de Bacchus, II, 49; périt victime de sa résistance à l'introduction de ce culte, *ibid.*

Pépuziens avoient une initiation, II, 190; confioient aux femmes les fonctions du sacerdoce, *ibid.*; leurs rites, *ibid.*; ils égorgeoient un enfant, 191.

Pères, nom d'un grade parmi les initiés aux mystères de Mithra, II, 131.

Périclès achève et embellit le temple d'Éleusis, I, 129; il maintient, pour plaire à Aspasie, l'excommunication prononcée contre les Mégariens, 267.

Perse, nom d'un grade parmi les initiés aux mystères de Mithra, II, 131.

Persée fait mourir Évandre qui avoit tué par son ordre , Eumène , I , 5o.

PERSÉE , père d'Hécate , suivant Diodore , I , 187.

PERSEÏA , surnom donné à Hécate ; et pourquoi , I , 187.

Περσέφαττα. Voy. Φερρέφαττα.

PERSÉPHONÉ , nom grec de Proserpine , I , 167 ; Plutarque le dérive du mot *phosphore* , 173 ; étymologies de ce nom , II , 206.

Περσεφόνη ou Φερσεφόνη , étymologies de ce nom , II , 206 et 207.

PERSES : ils dévastent les temples de la Grèce , et brûlent celui d'Éleusis, I , 127 ; exclus de l'initiation aux mystères d'Éleusis , I , 270.

PERSÈS , fils du Soleil , 131 , note ; dans Porphyre , c'est le même que Mithra , *ibid.*

PERSICA , fête du culte de Mithra , II , 132.

PERSIQUES. Voy. *Persica.*

PESSINUNTE ; comment on y célébroit le souvenir de la mort d'Attis , I , 89 ; mystères de Pessinunte , 90 *et suiv.* ; Julien promet de protéger cette ville , si ses habitans se rendent propice la Mère des dieux , 95.

PESSINUNTIDE , surnom de Cybèle , I , 83.

PÉTAU (le P.) ; son opinion sur la division de l'initiation aux mystères d'Éleusis , en trois degrés, I , 309, note ; et 392 , note.

PÉTROME , pierres ainsi nom-

mées par les Phénéates, II , 29 ; serment fait sur ces pierres , *ibid.*

PEUPLIER , consacré aux divinités infernales , I , 286.

PHAÉTHON , ou le ciel et la lumière, confondu avec Axiéros , I , 42.

PHALLUS, porté, suivant M. de Sainte-Croix, dans la procession d'Iacchus , I , 330 ; doutes à ce sujet , *ibid.* , note ; l'élévation du phallus à Éleusis, 368 ; il n'est pas sûr que ce rit y fût pratiqué , *ibid.* , note ; et 370, note ; le culte du phallus, introduit dans la Grèce par Mélampus, 369 ; adopté par les Valentiniens, *ibid.* ; origine de ce culte, *ibid.* ; le triple phallus porté en Égypte dans les Pamylies , II , 54 ; ce même symbole étoit vraisemblablement usité dans les mystères de Bacchus , *ibid* ; Phanès représenté avec le phallus par derrière , 66 ; figure de phallus faite avec des fleurs, que les aspirans à l'initiation , dans les Dionysies, tâchoient de saisir en s'élançant en l'air , 80 ; phallus droit, placé dans les cistes mystiques , aux fêtes de Bacchus , 88 ; il devoit être de bois de figuier , 89; le phallus jouoit un grand rôle dans toutes les fêtes de Bacchus , 91 ; à Lavinium , la figure du phallus étoit couronnée par une femme des plus considérables de la ville, *ibid.*; phallus dans les temples de la déesse de Syrie, 109; phallus colossal, à Hiérapolis, 110; phallus, présenté aux initiés dans les mystères de Vénus Uranie, dans l'île de Cypre, 116; le phallus porté, selon M. de Sainte-Croix, dans la procession isiaque, 158; doutes de l'éditeur à ce sujet, *ibid.*, note; dans les mystères de la Bonne Déesse, célébrés par les hommes, on buvoit dans un phallus de verre, 182; les Manichéens honoroient-ils le phallus? 191 et *ibid.*, note.

Φανάκης, II, 66, note.

PHANÈS, nom donné à Bacchus par les Orphiques et les Éclectiques, II, 58; étymologie de ce nom, 59, note; et 66, note; Phanès représenté avec le phallus par derrière, 66; Osiris désigné sous le nom de *Phanès*, *ibid.*

PHARIA, surnom donné à Cérès, II, 228.

PHÉNÉATES. *Voy.* Phénée.

PHÉNÉE, culte qu'on rendoit dans cette ville à Cérès Éleusinie, II, 29.

PHÉNICIENS : ils avoient emprunté de l'Égypte une partie de leur mythologie, II, 104.

PHÉRÆA, fille d'Æolus, mère d'Hécate, I, 185.

PHÉRÈS, bouvier, trouve Hé-

cate et la nourrit, I, 185.

Φερρέφατία, nom de Proserpine, ses étymologies, II, 206; écrit par Eustathe, Περσέφαττα, *ibid.*

PHIDIAS; c'est d'après ses conseils que Périclès restaure le temple d'Éleusis, I, 129.

PHIGALIE : comment on y représentoit Cérès, dite *la Noire*, II, 30 et 228.

PHILAMMON : on lui attribue l'institution des mystères en l'honneur de Cérès Prosymna, II, 27.

PHILIPPE de Macédoine se rencontre avec Olympias, dans le sanctuaire des Cabires, I, 51.

PHILIPPIDÈS, poëte comique, I, 293.

PHILLÉÏDES, famille à laquelle appartenoit la principale prêtresse de Cérès, I, 244.

PHILOCHORE; son opinion sur les voyages de Triptolème, I, 211.

PHILOMÈLE, frère de Jasion, invente la charrette, I, 75; II, 231; est placé par Cérès, parmi les constellations, sous le nom de *Bouvier*, *ibid.*; frère de Plutus, II, 231.

PHILOPOLÈMES, nom donné aux ministres d'Éleusis; et pourquoi, I, 426; doutes à ce sujet, *ibid.*, note.

Φιλοπόλεμος, I, 425, note.

PHILOXÈNE, hiérophantide de Proserpine, I, 246, note.

PHŒBIDAS surprend la citadelle de Thèbes, II, 21.

Phoronée; guerre des Telchines, sous son règne, I, 99.

Phosphore, nom donné à Iacchus, I, 324, note.

Photagogie, I, 351, note; confondue parM. de Sainte-Croix, avec l'autopsie, 379; en étoit différente, ibid., note.

Phryné choisit pour se baigner dans la mer, le jour où les initiés d'Éleusis alloient s'y purifier, I, 316; sert de modèle à Praxitèle, 317; donne à Apelle l'idée de son tableau de Vénus sortant des eaux, ibid.

Phtha, ou la suprême intelligence, I, 8.

Pierre sur laquelle s'assit Cérès à Éleusis; voy. Agélaste; pierre d'où elle appela sa fille, à Mégare, I, 141.

Pin : cérémonie qui consistoit à abattre un pin, dans les mystères de la Mère des dieux, I, 85 et 156; cette cérémonie avoit-elle lieu dans la célébration des mystères de Proserpine? 157, note; torches de pin, élevées en l'honneur de Zagrée et de Bacchus fils de Sémélé, 206.

Pirates : les Romains reçurent d'eux le culte de Mithra, II, 122; Fréret rejette cette opinion, 123, note.

Platée, ou Platées : les fonctions sacerdotales sont for-mellement exceptées des droits accordés par les Athéniens, aux habitans de cette ville, I, 218.

Platon : il avoit emprunté de Pythagore les principaux fondemens de sa doctrine, I, 434, note; Warburton lui attribue un passage d'Olympiodore, 435, note; ce que Platon dit des Orphiques, II, 56.

Platre : les Titans se couvrirent le visage de plâtre pour se déguiser, quand ils massacrèrent Iacchus, II, 57.

Plémochoé, nom donné au second jour complémentaire des fêtes d'Éleusis, I, 335; est le nom d'un vase nommé aussi cotylisque, ibid.; on remplissoit de vin deux de ces vases, et on les renversoit, ibid.; observations sur cette cérémonie, 336, et ibid., note.

Pluton répond à Typhon et à Sérapis, I, 170; on lui sacrifioit dans les Thesmophories, II, 12.

Plutus, fils de Jasion et de Cérès, I, 73; II, 230; frère de Philomèle, ibid.

Pneumatisme, ou spiritualisme, I, 9.

Poisons : ils sont du ressort d'Hécate, I, 195.

Poisson : l'usage du poisson interdit aux initiés, I, 281; aux prêtres égyptiens, ibid.; et aux Pythagoriciens, ibid.; les poissons des rhètes, ou canaux de l'Éleusinie, ap-

partenoient aux prêtres d'É-
leusis, *ibid.*; poissons sacrés à Hiérapolis, II, 112;
poissons ornés d'anneaux et
de bijoux d'or, *ibid.*, et
note; motif du respect pour
les poissons, 113.

POLÉMON décrit la voie sacrée qui conduisoit d'A-
thènes à Éleusis, I, 142.

POLYEN : passage de cet auteur sur la durée des Éleusinies, I, 312 *et suiv.*

POLYGNOTE; son tableau de
la descente d'Ulysse aux enfers, I, 359 *et suiv.*; II, 237.

POLYMNUS ou Prosymnus, enseigne à Bacchus le chemin
des enfers, II, 26, note;
exige et obtient de ce dieu
un salaire honteux, *ibid.*

POLYPHORBE, surnom de
Cérès, I, 174.

POLYTHÉISME : il est né des
fables allégoriques des prêtres égyptiens, I, 5.

POLYTION, accusé de profanation des mystères avec Alcibiade, I, 255; cette profanation avoit eu lieu dans
sa maison; *ibid.*

POMMES, interdites aux initiés
pendant la célébration des
mystères d'Éleusis, I, 281.

PORCS, offerts à Cérès, I, 164
et 165; à quelles divinités
les Égyptiens offroient le
porc, 164; le sang d'un
jeune porc employé dans
l'expiation des crimes, 272
et *ibid.*, note; porc immolé
dans les sacrifices qui accompagnoient l'initiation à

Éleusis, 278; porcs *mystiques*, 279; porcs représentés
sur les médailles d'Éleusis,
ibid.; on sacrifioit un porc
dans les Dionysies ou fêtes
mystérieuses de Bacchus,
II, 85 : on n'offroit point de
pourceaux dans le temple
d'Hiérapolis, 108.

PORTE sacrée, à Athènes, I,
330 et 333.

POTHOS, ou Cupidon, con-
fondu avec le jeune Cad-
mille, I, 43.

POURPRE : bandelettes ou voile de couleur pourpre, employées dans les initiations
à Samothrace, I, 53; dif-
férens usages des étoffes de
couleur pourpre, dans les
cérémonies mystérieuses
d'Éleusis, 287; couleur
pourpre, symbole de la
mort, *ibid.*

PRAXITÈLE prend Phryné pour
modèle de sa statue de la
Vénus de Gnide, I, 317.

PRÉTEXTAT : il fait excepter
les mystères d'Éleusis de la
prohibition des assemblées
nocturnes, portée dans l'é-
dit de Constance et de Gratien, II, 187.

PRÊTRES égyptiens, divisés en
différentes classes, I, 10;
prêtres de Samothrace,
ou Cabires, I, 38; *voy.*
Cabires; prêtres attachés
à la célébration des mystères d'Éleusis, 217 *et suiv.*;
voy. Hiérophante, Dadouque, Hiérocéryx, Épibo-
me; leurs fonctions sont

héréditaires dans certaines familles, I, 218; marques de leur dignité, 231 ; ils portoient une clef pendue à leurs épaules, *ibid.* et 232 , note : on ne devoit les appeler que par le nom de leur charge , 232 et 233 ; leurs noms indiqués dans les monumens par les lettres initiales ou par des abréviations, 234 ; examen de cette opinion , 235, note ; prêtres ou ministres inférieurs d'Éleusis , 237 *et suiv. ; voy.* Iacchagogue , Hydrane , Courotrophe , Daïrite, Licnophore, Hiéraule, Néocores, Panages, Pyrphores.

Prêtresses de Cérès et de Proserpine, I, 241 ; celles de Cérès, appelées *Métropoles ,* 242 ; et *Mélisses, ibid. ;* prêtresses de Proserpine , nommées *Thysiades,* 243 ; celles de Cérès , appelées *Hiérophantides* et *Prophantides ,* 244 ; la principale prêtresse de Cérès étoit prise dans la famille des Philléides, *ibid.;* prêtresse de Proserpine, nommée *Hiérophantide ,* 246 ; les prêtresses de Cérès pouvoient-elles se marier ? 247 ; en Afrique, elles devoient être veuves ou séparées de leurs maris, 248.; *voy.* Hiérophantides , Prophantides, Mélisses, Métropoles ; quelles prêtresses exerçoient les fonctions sacerdotales aux Thesmophories , II, 4 ; Gérares , femmes qui faisoient les fonctions de prêtresses dans les mystères de Bacchus , 78 et 79; *Damiatrix,* nom de la prêtresse qui présidoit aux mystères de la Bonne Déesse , 178 ; les femmes faisoient les fonctions de prêtresses chez les Pépuziens , 190.

Priape, nom d'un Dactyle, suivant Pausanias , I, 64.

Procession des initiés d'Éleusis, pour se rendre vers la mer, I, 316; procession du calathus, ne fait point partie des Éleusinies , 317; procession des flambeaux, 323 ; le dadouque avoit la conduite de cette procession , 324; cette procession suspendue pendant la guerre du Péloponèse , 331; procession du calathus faisoit partie des Thesmophories , II, 8; description de cette pompe, *ibid.;* procession des initiés dans les fêtes de Bacchus , 87 *et suiv.;* procession isiaque , décrite par Apulée , 154 *et suiv.*

Proclamation usitée dans l'initiation aux mystères d'Éleusis , I, 345.

Proclus : éloge qu'il fait des mystères, I, 431 ; opinion de Meiners sur Proclus , 471, note.

Prométhée : il abandonne le parti des Titans , I, 19; il avoit travaillé à civiliser ses contemporains , *ibid. ;* sa mémoire calomniée, I, 19; il embrasse le parti de Jupiter, 21; il arrête la vengeance cruelle des partisans de Jupiter, et devient la victime de leur haine, *ibid.*

PRON , montagne voisine d'Hermioné, II, 22.

PROPHANTIDES, prêtresses de Cérès, I, 244.

PROPHÈTE : ce mot est synonyme d'*hiérophante*, I, 218.

PROSDECTUS. *Voy.* Marc-Aurèle.

PROSERPINE, couronnée d'asphodèle à Rhodes, I, 104; date d'un poëme sur son enlèvement, dans la chronique de Paros, 112; Érechthée sacrifie l'aînée de ses filles à Proserpine, 115; les aventures de Cérès et Proserpine, comparées avec celles d'Isis et Osiris, 150 *et suiv.*; noms et généalogie de Proserpine, 167; ses aventures, 168; rapports de Proserpine avec Osiris, 169; Proserpine répond en même temps à Isis, à Osiris et à Anubis, 170; est la Lune, 172; identité de Diane et de Proserpine, 173; Proserpine répond à la Bubaste des Égyptiens, *ibid.*; confondue d'abord avec Cérès, 175 et 177; surnommée *la nouvelle Déo*, *ibid.*; appelée *Chthonienne*, et pourquoi, 176; nommée *Junon Avernale, Infernale* et *Stygienne*, *ibid.*; on attribue à Proserpine l'empire des ombres, *ibid.*; on lui attribue les noms d'Isis ou la Terre, de Rhée ou Vesta, de Pandore et d'autres divinités, et pourquoi, 177; Proserpine, considérée comme déesse vengeresse des crimes, 178 *et suiv.*; elle a de Jupiter, Iacchus ou Bacchus Éleusinien, 199 et 203; elle est nommée *Daïra*, 238; l'hiérophante de Proserpine, *ibid.*; Proserpine, surnommée *Mélitode*, 242; ses prêtresses appelées *Thysiades*, 243; c'étoit à Proserpine, considérée sous les attributs d'Hécate, qu'étoient consacrés particulièrement les petits mystères, 299; *les chiens de Proserpine*, ce sont les étoiles, dans le langage des Pythagoriciens, 305; comment Proserpine apparoît en songe à Numénius, 399; son nom tiré du samscrit, suivant Wilford, 387, note; l'enlèvement de Proserpine, symbole de la descente des âmes dans les corps, 433; habitant les régions supérieures avec Cérès, et les régions inférieures avec Pluton, elle est le symbole de la substance spirituelle dans ses diverses actions, *ibid.*; fêtes de Cérès et de Proserpine chez les peuples de la Grèce et de l'Italie, II, 1 *et suiv.*; Proserpine nommée *Calligénie*, 12; les

IIe PART.

Y

Argiens jetoient dans une fosse des torches ardentes, en l'honneur de Proserpine, II, 25; Proserpine surnommée *Maîtresse* par les Arcadiens. 3o;la Sicile, particuliérement consacrée à Proserpine, 37; cette déesse accompagne Timoléon lorsqu'il faisoit voile pour la Sicile, *ibid.*; Proserpine surnommée *Thesmophore*, à Syracuse, 38; fête en son honneur, nommée *Anthesphorie*, 4o; à Rome, on représentoit, dans les fêtes de Cerès, l'enlèvement de Proserpine, 43; étymologie des noms de Proserpine, 2o5 *et suiv.*; représentation de l'enlèvement de Proserpine, sur divers monumens, 234.

PROSTASIE, surnom de Cérès à Syracuse, II, 32.

PROSYMNA, surnom de Cérès, II, 26; relatif à une aventure de Bacchus, *ibid.*; doutes à ce sujet, *ibid.*, note.

PURIFICATIONS. *Voy.* Lustrations. Purifications des souillures contractées dans une vie antérieure à celle-ci, I, 4o8; purifications par le moyen de l'air, dans les mystères de Bacchus, II, 8o et *ibid.*, note; par le miel et par le feu, dans le culte de Mithra, 132; dans les fêtes isiaques, 153 et 154.

PYLÉRIENNE, surnom de Cybéle, I, 83.

PYRPHORES, ministres du culte de Cérès, I, 238.

PYRRHICHUS, nom d'un corybante, I, 81.

PYTHAGORE se fait initier aux mystères de Crète, I, 78.

PYTHAGORICIENS : comment ils vouloient qu'on enveloppât leurs corps après leur mort, I, 286; s'abstenoient de poisson, 281; ils appeloient les étoiles, *les chiens de Proserpine*, 3o5.

PYTHODORE, dadouque d'Éleusis, s'oppose à la demande de Démétrius qui vouloit être initié en même temps aux petits et aux grands mystères, I, 293.

Q.

QUADRATUS; son apologie des Chrétiens, 271.

QUINTUS, de Smyrne : comment il fait parler Ajax, II, 259.

R.

RAMEAU de suppliant; ce que c'est, I, 261.

RENARDS brûlés à Rome dans les Thesmophories, et pourquoi, II, 42.

REPAS d'Hécate; ce que c'est,

I, 190.

RHARIA ou RHARION : Triptolème y sème le blé, I, 112
et 124; il y sème de l'orge,
210 ; les Éleusiniens se servoient, dans les sacrifices,
de la farine du grain re-
cueilli à Rharion, 211 ; le
produit de ce champ appartenoit aux prêtres d'Éleusis, 265.

RHARIAS, surnom donné à
Cérès, I, 211.

RHARION. Voy. Rharia.

RHÉE : les Dactyles honorent
la Terre sous le nom de
Rhée, I, 62 ; les Curètes,
appelés les compagnons de
Rhée, 70; Rhée est la Terre,
83 ; ses mystères introduits
en Phrygie par Midas, 84;
quel est le compagnon de
Rhée, 89 ; Rhée est con-
traire aux Telchines, 99;
confondue avec Proserpi-
ne, et pourquoi, 177.

RHÈTES, ou courans d'eau
dans l'Attique, I, 123 ; les
poissons des rhètes appartenoient aux prêtres d'Éleusis, 281 ; les initiés les tra-
versoient en se rendant à
la mer, 316; ils servoient
aux purifications, ibid. ; ils
étoient consacrés, l'un à
Cérès, l'autre à Proserpine,
ibid.

RHODES : les Telchines viennent s'y établir, I, 99; ils
arrosent les champs de Rhodes, de l'eau du Styx, 100;
observations sur le sens de
cette tradition, ibid., note;

guerres de religion à Rhodes, entre les Telchines et
les Géans, 101; Vénus veut
aborder à Rhodes, et les
enfans de Neptune s'y op-
posent, 102; les Telchines
quittent Rhodes, 103; une
race particulière formée à
Rhodes, du commerce de
Jupiter avec la nymphe Himalie, 102; victimes hu-
maines à Rhodes, 104.

RHOMBE, porté dans la procession d'Iacchus, I, 330.

ROCHEFORT; ses réflexions sur
quelques endroits d'Homè-
re, II, 240 et 246; sur la
rencontre de Didon et d'É-
née dans les enfers, 261.

ROME : les mystères de la Mère
des dieux y sont reçus, I,
95; culte de Cérès et de
Proserpine dans cette ville,
II, 41 et suiv. ; y pratiqua-
t-on les grands mystères de
Cérès? 45; Hispallus s'oppose à ce qu'on y admette le
culte de Bacchus Sabazius,
97; il y est admis sous les
empereurs, ibid. ; établissement du culte de Mithra
à Rome, 123 ; fêtes pour
l'ouverture de la naviga-
tion, à Rome, 168; culte
d'Isis Pélagique à Rome, et
vicissitudes qu'il y éprou-
va, 170 et suiv.; mystères
de Cotytto, à Rome, 177;
culte de Fatua, Fauna, ou
la Bonne Déesse, à Rome,
178 et suiv.

ROUTREN, le même que Chib
ou Schiva, II, 69; le lin-

gam est son symbole, II, 69.

RUHNKENIUS ; son opinion sur les diverses Dionysies ou fêtes de Bacchus à Athènes, II, 76 et 77, note.

S.

SABA, nom d'une contrée et d'une tribu de l'Arabie, pourroit être l'origine du surnom Sabazius, donné à Bacchus, II, 95, note.

SABAOTH, nom usité chez les Manichéens ; ce qu'il signifioit, II, 191 et 192, note.

SABAZIENNES, fêtes en l'honneur de Sabazius, II, 93 et suiv. ; voy. Sabazius.

SABAZIUS, surnom de Bacchus, II, 93 ; ses fêtes, ibid. ; le culte de Sabazius, adopté par les Satres, nation thrace, ibid. ; étymologies du mot Sabazius, 95, et ibid., note ; on donnoit à Sabazius pour père, Jupiter, et pour mère, Proserpine, ibid. ; il a donc été confondu avec Iacchus ou Zagréus, ibid. ; dans les mystères de Sabazius, on glissoit un serpent dans le sein des initiés, et on le retiroit par le bas de leurs vêtemens, 96 ; on veut introduire, à Rome, le culte de Bacchus Sabazius, 97 ; rejeté d'abord, il y fut enfin admis, ibid.

SABINS : ils transportent à Rome le culte de la Bonne Déesse, II, 178.

RUTILIE : rôle qu'elle joue dans les mystères de l'imposteur Alexandre, son amant, I, 371.

Σάβοι, II, 95.

SACERDOCE, réuni à la souveraineté, dans l'origine des sociétés, I, 213 ; héréditaire en Égypte, 218 ; sacerdoce de Cérès et de Proserpine, héréditaire à Athènes, ibid. ;

SACRIFICES, accompagnoient l'initiation aux mystères d'Éleusis, I, 278 ; trois sacrifices ordonnés aux initiés, 280 ; sacrifices offerts par l'archonte roi, le premier jour des Éleusinies, 315 ; sacrifices du quatrième jour, 321 ; sacrifice nommé diogme, ou apodiogme, II, 10 ; autre nommé Zémie, 11 ; dans certains sacrifices, on faisoit cuire les viandes au soleil, 21 ; rites particuliers des sacrifices offerts dans le temple d'Hiérapolis, 108 ; sacrifice solennel à Hiérapolis, d'un genre tout particulier, 114.

SAFRAN, employé dans les opérations magiques, I, 287.

SAÏS : cérémonies célébrées sur un lac voisin de cette ville, I, 6 ; cérémonie des flambeaux, à Saïs, 323 ; inscription du temple d'Isis à Saïs, II, 166.

SALAMBO, nom donné à Vé-

nus, pleurant Adonis, II,
104.

SALAMINE : la bataille de Salamine se donna le jour de la
procession d'Iacchus, I, 326.

SAMON. *Voyez* Saon.

SAMOTHRACE : anciens habitans de cette île, I, 38 ;
appelée autrefois *Leucanie,*
ibid. ; son nom moderne ;
ibid. ; ancien culte de Samothrace, *ibid. ;* cette île
consacrée à la Mère des
dieux, 40 ; doctrine orphique, admise à Samothrace,
42 ; les Argonautes relâ-
chent dans cette île, 45 ;
elle n'a point de port, 46 ;
anecdote de Diagoras, à Samothrace, 48 ; hospitalité
exercée envers les navigateurs, par les prêtres de
Samothrace, 46 ; jurer par
les autels de Samothrace,
l'un des sermens les plus
inviolables à Rome, 49 ;
richesses du temple de Samothrace, 53 ; pillées par
les pirates, *ibid. ;* les Romains laissent à Samothrace
son autonomie, 59 ; Ger-
manicus veut se faire initier
aux mystères de Samothra-
ce, *ibid. ; Mélité,* ancien
nom de Samothrace, 243 ;
peut-être les mystères de
Samothrace ont-ils pénétré
fort anciennement dans l'île
de Paros, II, 33.

SAON ou SAMON civilise les habitans de Samothrace, I, 45.

SAOSIS, nom d'Astarté, reine
de Byblos, I, 151, note.

SARRIETTE sauvage. *Voyez*
Cniza.

SATRES, nation thrace, chez
laquelle Bacchus étoit honoré sous le nom de *Saba-*
zius, II, 93.

SATURNE : la faux de Saturne
faite par les Telchines, I,
98 ; ils la lui enlèvent, 99 ;
voy. Cronos.

SAULE, consacré à Proser-
pine, I, 286.

SCELMIS, nom d'un Tel-
chine, I, 105.

SCHIVA ; ses rapports avec
Bacchus, II, 69.

SCIROPHORIES, II, 18.

SCOPAS : statues de Vénus,
Pothos et Phaéthon, faites
par lui, I, 42.

SCYTHES ; leur religion, I,
14.

SECOURS, nom donné à de
petits autels portatifs, II,
156.

SELLES, prêtres de Dodone,
I, 23 et 28 ; ils étoient les
ministres du culte du Ciel
et de la Terre, 30.

SÉNAT : le *saint sénat* est l'A-
réopage, I, 251.

SÉNÈQUE a puisé dans les
représentations des mys-
tères d'Éleusis, l'idée de la
descente d'Hercule aux enfers, I, 356 ; il compare la
philosophie à l'initiation,
399.

SÈQUE ou Celle mystique du
temple d'Éleusis, I, 131.

SÉRAPIS ; ses rapports avec
Pluton, I, 170 ; est l'un des
premiers entre les mauvais

génies, suivant les nouveaux Platoniciens, I, 196; temple d'Isis et de Sérapis à Hermioné, II, 35, note; urne, emblème de Sérapis, portée dans la procession isiaque, 159, note; culte de Sérapis à Rome, 170.

SERMENT des initiés, I, 300.

SERPENT : Jupiter, sous la forme d'un serpent, a un commerce incestueux avec Proserpine, I, 205; serpens ailés du char de Triptolème; ce qu'ils signifient suivant Philochore, 211; serpent glissé dans le sein des initiés, dans les mystères de Sabazius, II, 96; allusion à l'inceste de Jupiter, sous la forme d'un serpent, avec Proserpine, ib.; Faunus se métamorphose en serpent, 180; serpens apprivoisés dans le temple de la Bonne Déesse, ibid.; serpent dans les mystères des Ophites, 189; allusion aux fables payennes où le serpent jouoit un rôle considérable, dans quelques pères de l'Église, 194; serpens, parmi les attributs de Cérès, 221.

SERVIUS : il attribue à Virgile les principes de la philosophie d'Épicure, I, 443, et note.

SÉSAME : gâteaux de sésame dans les Thesmophories, II, 13; nommés *myllos* à Syracuse, 39.

SETH, nom égyptien de l'âne, I, 283; ou plutôt de Typhon, *ibid.*, note.

SÉVÈRE : du temps de cet empereur on pratiqua, à Rome, des cérémonies nocturnes, pareilles aux grands mystères d'Éleusis, II, 45.

SICILE : cette île, suivant ses habitans, avoit été le théâtre des aventures de Proserpine et de Pluton, II, 35; elle étoit spécialement consacrée à Proserpine, 37; temples de Cérès et de Proserpine, en Sicile, *ibid.*; la Sicile donnée par Jupiter à Proserpine, comme un présent d'*Anacalyptérie*, 40.

SICYONE : culte de Cérès dans cette ville, II, 32.

SILIUS ITALICUS : il manque entièrement de goût dans sa descente de Scipion aux enfers, II, 256.

SIMALIS, surnom de Cérès, à Syracuse, II, 38.

SINOPE, maîtresse d'Archias, hiérophante d'Éleusis, I, 222; Archias est condamné pour avoir profané, en sa faveur, les cérémonies du culte de Cérès, 223.

SITO, surnom de Cérès, à Syracuse, II, 38.

SOFIS, sont une secte mystique, II, 197, note; leur doctrine peu conciliable avec le mahométisme, *ibid.*; ils ont inventé une langue artificielle, 198, note.

SOLDATS de Mithra, II, 129 et 130.

SOLEIL : il étoit honoré dans le temple d'Hiérapolis, II, 107 ; mais il n'y avoit point de statue, et pourquoi, *ibid.*; Mithra n'est point le Soleil, 121, 122, note, et 148, note.

SOLON : il fixe à douze le nombre des dieux, I, 34 ; il purifie Athènes, 407 ; il tend un piége aux Mégariens, II, 19.

SOMMEIL, nommé les *petits mystères de la mort*, I, 306.

SON, employé dans les purifications, II, 57.

SONNERAT ; son opinion sur l'Ézour-Védam, II, 68, note.

SOPHOCLE, fils de Xénoclès, dadouque d'Éleusis, I, 226, note, et 227.

SORONHIATA, le Ciel chez les Hurons, I, 13.

SOSIPATRE, dadouque d'Éleusis, I, 227 ; il exerce la charge de trésorier du temple d'Éleusis, 228.

SOTADE d'Athènes ; son ouvrage sur les mystères, I, 391.

SPARTE : culte de Cérès Éleusinie à Sparte, II, 28.

SPECTRES : on attribuoit à Hécate le pouvoir d'en faire paroître, I, 190 ; nommés *hécatéens* et *empouse*, 191.

SPONDOPHORES, ministres du culte de Cérès, I, 238.

STARCK ; son ouvrage sur les mystères, I, 448, note.

STÉNIE, fête en l'honneur de Cérès, II, 6.

STÉPHANÉPHORE : opinion de Meursius sur le sens de ce mot, II, 3.

STÉSIMBROTE ; son ouvrage sur les initiations, I, 391.

STOÏCIENS ; leur opinion sur la mythologie, I, 429 ; et sur les mystères, *ibid.*

STRATOCLÈS imagine un expédient pour satisfaire Démétrius, qui vouloit être initié en même temps aux petits et aux grands mystères, I, 293.

STYGIENNE : Junon Stygienne est Proserpine, I, 176.

STYX : les Telchines arrosent de son eau les champs de Rhodes, I, 100 ; Proserpine, fille de Jupiter et du Styx, 167.

SUICIDE : doctrine enseignée dans les mystères, par rapport au suicide, I, 414 et 415, note.

SULPICIUS VICTOR dit qu'on crevoit les yeux aux hommes qui entroient dans le temple lors de la célébration des Thesmophories, II, 3.

SYDYK, père des Cabires, I, 40.

SYRACUSE : culte de Cérès et de Proserpine, dans cette ville, II, 38 ; Thesmophories de Syracuse, 39.

SYRIE : la déesse de Syrie, ou Atergatis ; *voy.* ce mot.

T.

TABITI, nom de la Terre-Mère chez les Scythes, I, 14.

TAI-KI, ou le Ciel matériel, chez les Chinois, I, 4.

TAMBOUR; *manger du tambour*, expression mystique, I, 86.

TATIEN; ses disciples imitoient quelques rites des mystères du paganisme, II, 190.

TAUREAUX offerts à Cérès, I, 164; Hécate est invoquée sous le nom de *taureau*, 196; Bacchus est représenté sous la figure d'un taureau, II, 53; jeune homme domptant ou égorgeant un taureau, symbole de Mithra, 138 et 139; signification de ce symbole, 149, note.

TAUROBOLES, sacrifices en l'honneur de la Mère des dieux, I, 95.

TELCHINES : ce nom regardé comme un terme injurieux, I, 97; les Telchines, célèbres par la pratique de quelques arts, *ibid.*; ils passent du continent de la Grèce dans l'île de Rhodes, 98; furent d'abord de simples devins, et ensuite les prêtres de quelques-uns des Pélasges, *ibid.*; ils introduisent parmi eux le culte de Neptune, 99; époque de leur arrivée à Rhodes, *ibid.*; leurs guerres contre les Géans, partisans du culte de la Terre, *ibid.*; ils ont recours aux prestiges et aux enchantemens, *ibid.*; ils enseignent le dogme des peines d'une vie à venir, 99; examen de cette opinion, 100, note; une sœur des Telchines a commerce avec Neptune, *ibid.*; les Telchines quittent Rhodes et cherchent un asile sur le continent, 103; noms des Telchines, 104 et 105; ils sont appelés *fils de la Mer* ou de Neptune, 98 et 103, note; sont chargés, suivant une autre tradition, de l'éducation de Neptune, 98; ils enlèvent à Saturne sa faux, 99.

TÉLÈTES ou TÉLÈTE, sens de ce mot, I, 2; II, 202 et 203; ce nom donné aux mystères d'Éleusis, I, 109; ce nom donné particulièrement aux grands mystères, 309; pourquoi les mystères sont ainsi nommés, suivant Platon, 407; les Thesmophories, appelées *Télète*, II, 3.

ΤΕΛΕΤΗ et ΤΕΛΕΤΑΙ, II, 200 et 202; sens et étymologie de ce mot, 203; *voy.* Télète.

TELLIS, représenté dans le tableau de la descente d'Ulysse aux enfers, I, 359.

TELPHUSSE : fable qu'on y débitoit sur Cérès, II, 30.

TÉNÉDOS : on y offroit des

victimes humaines dans les fêtes de Bacchus, II, 86.

TERRE : la Terre adorée avec le Ciel, par les anciens Grecs, I, 14; a pour prêtres les Titans, 17; le culte du Ciel et de la Terre, à Dodone, 30; le culte de la Terre ne se conserve que par les mystères où elle étoit adorée sous les noms de *Cérès*, de *Rhée* et de *Vesta*, *ibid.*; la Terre désignée sous le nom de *Thémis*, 19; le Ciel et la Terre honorés primitivement à Samothrace, 38; sous quels noms, *ibid.*; la Terre adorée par les Dactyles, sous le nom de *Damnameneus*, *Damneus*, ou *Damnameneca*, 62 et 63; les premiers habitans de l'île de Crète n'adoroient que le Ciel et la Terre, 70; la Terre adorée sous les noms de *Rhée*, *Ops*, *la Mère des dieux*, *Agestis*, *Cybèle*, etc., 83; la Terre adorée par les Géans, anciens habitans de Rhodes, 99; temple de la Terre, à Athènes, 159; la Terre, dans la haute antiquité, différoit de Cérès, *ibid.*; elle est la première cause de l'établissement des lois, 161; la Terre confondue avec Proserpine, et pourquoi, 177; on sacrifioit à la Terre nourricière, dans les Thesmophories, II, 12; symboles communs à la Terre, à Cérès et à Thémis, 232.

THAMMUZ, nom d'Adonis, II, 101, et *ibid.*, note.

THÉANO, hiérophantide, refuse de maudire Alcibiade, I, 246; réponse remarquable de cette prêtresse, II, 7.

THÈBES : Diagondas y fait rendre une loi, portant défense de célébrer aucune cérémonie pendant la nuit, II, 21; la citadelle de Thèbes surprise par Phœbidas, *ibid.*

THÉISME; ses altérations successives, I, 4; le théisme des anciens Grecs, comment envisagé par les polythéistes, 13; au théisme succède l'ouranisme, ou culte du Ciel, 14.

THÉMIS, la même que la Terre, I, 19; symboles ineffables de Thémis; ce que c'est, 319, note; elle institua les cérémonies religieuses et les oracles, 161; symboles communs à la Terre, à Cérès et à Thémis, II, 232.

THÉMISTIUS; services rendus par son père à la philosophie d'Aristote, I, 376, note.

THÉMISTOCLE fait embarquer les Athéniens au son de la flûte, I, 327.

THÉMISTOCLE, mari d'Acestium, dadouque d'Éleusis, I, 226; il exerce le sacerdoce de Neptune Érechthée, 228.

THÉOCRITE : vers de ce poète relatifs au culte d'Adonis, II, 119.

THÉODORE, panage, auteur d'un ouvrage sur les Céryces, I, 240.

THÉODORE, accusé de profanation des mystères avec Alcibiade, I, 255 et 400.

THÉODOSE abolit les mystères, et fait démolir les temples, II, 187.

THÉOGAMIES, fêtes de Cérès et de Proserpine, II, 40 ; appelées aussi *Eugamies*, *ibid.* ; ne différoient peut-être point des Thesmophories, *ibid.*

THÉOGONIE des anciens Grecs, I, 14 ; d'Hésiode, 16 ; plan de cette théogonie, 24 ; causes des différences qu'on observe dans les anciennes théogonies, 33.

THÉOGONIES, nom donné à une partie des mystères de Bacchus, II, 79.

THÉOPHRASTE, fils d'Acestium, dadouque d'Éleusis, I, 225, note.

THÉOPHRASTE ; ce qu'il dit des Orphiques, II, 56.

THÉORES, députés des villes de la Grèce, pour assister aux fêtes d'Éleusis, I, 216.

THÉRAPEUTES, II, 196, note.

THÉSÉE : il ne reconnut que neuf divinités légales ; I, 34.

THESMOPHORE : Cérès surnommée ainsi, et pourquoi, I, 161 ; Iacchus, nommé *Bacchus Thesmophore*, 207 ; cérémonie relative à ce nom de Cérès, dans les Thesmophories, II, 11 ; on donnoit à Cérès

et à Proserpine le nom de *Thesmophores*, à Syracuse, 38.

Θεσμοφορεῖν, II, 4, note.

THESMOPHORIAZUSES, II, 5.

THESMOPHORION : ce nom est donné par Timée au temple d'*Agræ*, I, 299 ; temple de Cérès à Athènes, II, 9 ; temple de ce nom, élevé au lieu où étoit péri Œdipe, 19.

THESMOPHORIES, apportées en Grèce par Danaüs et ses filles, I, 110 ; les Thesmophories, antérieures aux mystères d'Éleusis, 111 ; leurs rapports avec les Éleusinies, 321 ; recherches sur les Thesmophories ; II, 3 *et suiv.* ; les femmes seules y étoient admises, 3 ; elles y exerçoient les fonctions sacerdotales, 4 ; par qui les Thesmophories ont été instituées, 5 ; à quelle époque elles se célébroient, *ibid.* ; les femmes s'y préparoient par la continence, 7 ; jeûne des Thesmophories, 6 et 8 ; procession du calathus, 8 *et suiv.* ; sacrifice nommé *diogme* ou *apodiogme*, dans les Thesmophories, 10 ; autre nommé *Zémie*, 11 ; signification du mot *thesmophorie*, *ibid.* ; cérémonie à laquelle s'appliquoit ce nom, *ibid.* ; les Thesmophories célébrées de nuit, 12 ; on y révéroit le *Ctéis*, 13 ; danses de ces fêtes, 16 ; tout n'étoit pas

triste dans les Thesmophories, II, 17; rites particuliers
à ces fêtes, 18; une partie
des Thesmophories se pas-
soit hors d'Athènes, 19;
Thesmophories béotiennes,
21; Thesmophories de l'Eubée, *ibid.* ; de Syracuse,
39; de Rome, 42.

THESMOTHÈTE : Cérès sur-
nommée ainsi, et pourquoi,
I, 161; les Thesmothètes, à
Athènes, portoient des couronnes de myrte, 285; raison de cet usage, *ibid.*

THISBIANUS, dadouque d'É-
leusis, I, 227.

THRACE Béotique, distinguée
de la Thrace, située au-delà
du Strymon, I, 120.

THRIA, plaine dans l'Éleusinie, I, 124; ce qu'en dit
Aristote, *ibid.* et 455.

THYSIADES, nom des prê-
tresses de Proserpine, I,
243.

TIMANTHE de Cythnos, peintre, II, 260 et 261.

TIMOLÉON, partant de Corinthe pour délivrer la Sicile,
est assisté de Cérès et de
Proserpine, II, 37.

TIMON de navire, placé parmi
les attributs de Cérès, II,
225.

TIMOTHÉE : décret rendu à
Sparte contre ce musicien,
II, 29.

TITANIES, II, 54.

TITANS, ou prêtres de Cronos, I, 15; pourquoi nom-
més ainsi, *ibid.* ; fils, c'est-
à-dire, prêtres du Ciel et

de la Terre, 17; font la
guerre aux Cyclopes, *ibid.* ;
sont vaincus, 18; s'oppo-
sent à l'admission du culte
de Bacchus et de Pan, 28;
en Crète, les Titans refusent d'adopter le culte de
Jupiter, 71; on les disoit
fils du Ciel et de la Terre,
et pourquoi, *ibid.* ; les Titans
mettent en pièces le jeune
Iacchus, 204; Onomacrite
introduit les Titans dans
l'histoire de Bacchus Thébain, *ibid.* ; Zagrée massacré par les Titans, 205;
les Titans se couvrirent de
plâtre pour se déguiser,
quand ils massacrèrent Iacchus, II, 57.

TITHRAMEO, nom d'Hécate
chez les Égyptiens, I, 182;
signification de ce nom, *ib.* ;
étoit peut-être une épithète
d'Isis, 183.

TOMURES, prêtres de Dodone,
I, 28.

TRIADE métaphysique des
Éclectiques, II, 65.

TRIGLÉ; nom grec du pois-
son nommé *mullet,* I, 189.

TRIGLÈNE, Hécate surnom-
mée ainsi, et pourquoi, I,
189.

TRIPTOLÈME, fils de Célée et
de Néæra, I, 112; il sème
le blé dans le territoire d'É-
leusis, *ibid.* ; temple de
Triptolème à Éleusis, 140;
aire qui lui étoit consacrée,
141; Triptolème, nourris-
son de Cérès, suivant quelques traditions, 148; ber-

ger, habitoit Éleusis, quand Cérès y arriva, I, 149 ; sa généalogie fort incertaine, 209 ; compagnon d'Osiris, selon Diodore, *ibid. ;* lois qui lui sont attribuées, 209, 210 et 269 ; aventures de Triptolème, 210, *et suiv. ;* ses statues et ses temples, 211 ; comment il est représenté, 211 et 212 ; il passoit pour avoir reçu de Cérès les mystères d'Éleusis, 212 ; statue de Triptolème dans l'Éleusi-

nium d'Athènes, 340.

TRONCS des arbres, en horreur aux mystagogues et aux initiés, I, 282 ; doutes à ce sujet, *ibid.*, note.

TRUIE, sacrifiée à Cérès, I, 165 ; à Rome comme à Athènes, II, 42 ; truie sacrifiée dans les mystères de la Bonne Déesse, 182.

TYPHON ; ses rapports avec Pluton, I, 170 ; il s'enfuit sur un âne, 283 ; il est désigné sous le nom de *Seth, ibid.*, note.

U.

ULYSSE ; sa descente aux enfers, représentée par Polygnote, I, 359 *et suiv. ;* II, 237 ; tableau sur le même sujet, de Nicias, II, 237 ; la descente d'Ulysse aux enfers, par Bouchardon, 238.

UNITÉ de Dieu. *Voy.* Dieu.

URANIE, nom de Vénus,

II, 100.

URNE portée dans la procession isiaque, II, 158 ; renfermoit un phallus, suivant M. de Sainte-Croix, *ibid. ;* examen de cette opinion, *ibid.*, note ; c'étoit le symbole de Sérapis, selon l'éditeur, 159, note.

V.

VACHE : on immoloit à Proserpine une vache stérile, I, 176 ; vaches immolées à Hermioné dans le temple de Cérès Chthonienne, II, 24 ; prodige relatif à ces victimes, *ibid. ;* vache, emblème de la divinité dans la procession isiaque, 157.

VALCKENAËR; son ouvrage sur Aristobule, II, 60, note ; son opinion sur les hymnes attribués à Orphée, 62, note.

VALENTINIENS ; leurs mystères, I, 311 ; ils imitoient les mystères d'Éleusis, 366 ; lit nuptial dans leurs mystères, 367 ; ils adoptent le culte du phallus, 369 ; Tertullien leur reproche d'avoir imité les cérémonies d'Éleusis, II, 188.

VAN, rempli de grains, porté dans le festin des noces, chez les Athéniens, I, 160 ; le van, placé au-dessus des nouveau-nés, 162 ; rempli de fleurs, est le symbole du printemps ; rempli d'épis, est celui de l'été, I, 163 ; le van mystique, porté dans la procession d'Iacchus, 329 ; étoit le symbole de la séparation des profanes d'avec les initiés, *ibid.*; le van, symbole de la purification par le moyen de l'air, II, 80 ; le van mystique dans la procession isiaque, 156 ; forme du van, 219.

VÉLIE : les Romains faisoient venir de cette ville des prêtresses pour exercer à Rome le sacerdoce de Cérès, II, 42.

VÉNUS, ou la Terre fécondée, confondue avec Axiokersa, I, 43 ; les enfans de Neptune empêchent Vénus d'aborder à Rhodes, 104 ; comment elle se venge de cet affront, *ibid.*; Vénus de Gnide, 317 ; Vénus sortant des ondes, *ibid.*; mystères de Vénus et d'Adonis, II, 100 *et suiv.*; Vénus Mylitta, ou Uranie, *ibid.*; prise d'abord pour le Ciel et ensuite pour la Lune, 100 ; on prostituoit les femmes dans son temple, *ibid.*; Vénus et Adonis confondus avec Cybèle et Attis, 102 ; Vénus et Adonis ont de grands rapports avec Isis et Osiris, 103 ; Vénus pleurant Adonis, est nommée *Atergatis* et *Salambo*, 104 ; temple consacré à Vénus-Cybèle, en Phrygie, 115 ; Vénus-Uranie honorée dans un ancien temple sur le mont Liban ; *ibid.*; et dans l'île de Cypre, *ibid.*; sa statue, dans cette île, avoit les marques des deux sexes, 116 ; les hommes lui sacrifioient en habit de femmes, et les femmes en habit d'hommes, *ibid.*; noms divers donnés à la planète de Vénus, 122, note; Vénus *Murcia*, 180, note.

VERRÈS enlève à Catane une statue de Cérès, II, 38.

VESTA, confondue avec Proserpine, I, 177 et 178, note.

VÉSUVE : c'est au pied du Vésuve qu'Hésiode place le combat des Titans et des Cyclopes, I, 18.

VETTIUS AGORIUS est nommé dans une inscription, *hiérophante des Éleusinies*, II, 46.

VIANDES, cuites au soleil, dans les Thesmophories de l'Eubée, II, 21; viande des victimes mangée crue dans certaines fêtes de Bacchus, 86.

VICTIMES humaines, I, 300, note; victimes offertes dans les Éleusinies, 321; on ne devoit pas leur toucher les parties de la génération, *ibid.*; doutes à ce sujet, *ibid.*, note; victimes humaines offertes dans les mystères de Bacchus, II, 86; et dans les fêtes de Mithra, 135 et 136.

VIE orphique, II, 64, note; *voy.* Orphique.

VIERGE : le signe de la Vierge consacré à Cérès, et pourquoi, II, 217 et 218.

VIN : dans certains sacrifices il étoit défendu, à Rome, de faire des libations de vin à Cérès, II, 43 ; on en faisoit usage dans les mystères de la Bonne Déesse, mais on lui donnoit le nom de *lait*, 180.

VIRGILE ; sa descente aux enfers, I, 354 *et suiv.* ; son exposition du système de l'âme du monde, 442 ; les principes qu'il développe appartiennent, suivant Servius, à la philosophie d'Épicure, 443 ; cette opinion rejetée par M. Heyne, *ibid.*, note ; Virgile n'étoit peut-être pas initié, *ibid.;* il parle avec mépris des divinités égyptiennes, II, 171 ; comment il rend la rencontre de Didon et d'Énée dans les enfers, 281 *et suiv.*

VIRGINITÉ. *Voy.* Continence.

VOIE sacrée, qui conduisoit d'Athènes à Eleusis, I, 142 et 330 ; décrite par Polémon, *ibid.*

VOLUSIUS se déguise, en prenant la robe et le masque d'un Isiaque, II, 171.

VULCAIN, père des Cabires, I, 41.

W.

WARBURTON ; son explication du sixième livre de l'Énéide, I, 354 ; il abuse d'un passage de S. Clément d'Alexandrie, 421, note ; d'un texte de Chrysippe, 422, note ; et de deux passages de Cicéron, 443 et 444, note ; il croit qu'on enseignoit dans les mystères l'unité de Dieu, et l'origine humaine des divinités payennes, 437 ; réfuté, *ibid.;* foiblesse des autorités sur lesquelles il s'appuie, 442 ; il attribue à Platon un passage d'Olympiodore, 435, note ; comment il interprète les noms bizarres donnés aux divers grades d'initiés aux mystères de Mithra, II, 130 ; Warburton accuse à tort de contradiction les pères de l'Église, pour avoir fait usage de quelques expressions empruntées des mystères du paganisme, 195.

WILFORD (M.) ; son opinion sur l'origine indienne des mystères, I, 387, note ; explication qu'il donne de la formule κὸγξ ὄμπαξ, *ibid.*

WINCKELMANN ; son opinion sur les colliers de figues sèches qu'on remarque sur divers monumens étrusques, II, 87, note.

WYTTENBACH : il adopte l'opinion de Ruhnkénius sur les fêtes de Bacchus à Athènes, II, 76, note.

X.

XÉNOCLÈS de Cholargue, travaille au temple d'Éleusis, I, 129.

XÉNOCRATE : ce qu'il dit des lois promulguées par Triptolème, I, 268, *et suiv.*

Z.

ZACORE, ministre des mystères, I, 86.

ZACORUS, hiérophante d'Éleusis, I, 221.

ZAGRÉE, ou Zagréus, fils de Proserpine, I, 204; ses rapports avec Iacchus, *ib d.;* est massacré par les Titans, 205; Jupiter lui confie la foudre, *ibid.;* ce que signifie le nom de Zagrée, 206; identité d'Iacchus Zagrée avec Bacchus Æsymnète, *ibid.;* Zagréus confondu avec Sabazius, II, 95.

ZARMARUS est initié hors le temps de la célébration des mystères, I, 294.

ZÉMIE, dénomination d'un sacrifice, dans les Thesmophories, II, 11.

FIN DE LA TABLE DES MATIÈRES.

AVIS AU RELIEUR.

Il faut placer les deux Planches en regard du Tableau de la page lxviij de la première Partie. Celle qui représente la plaine d'Éleusis sera la première.

ERRATA.

ERRATA.

PREMIÈRE PARTIE.

Page 33, lig. 24, *premiis*, lisez *prœmiis*.

39, lig. 16, Varron. *lisez* Varro,

142, lig. 28, *effacez* Pausan., Attic., cap. 37.

177, lig. 16, quoiques éparées, *lisez* quoique séparées.

227, lig. 10, Sosipater, *lisez* Sosipatre.

233, lig. 20, *Murciani*, lisez *Marciani*.

243, lig. 20, raison? *lisez* raison.

379, lig. 26, ἀγωγη, *lisez* ἀγωγή.

DEUXIÈME PARTIE.

Page 54, lig. 11, cercueils, *lisez* tombeaux.

Extrait du Catalogue des Livres de fonds qui se trouvent chez De Bure frères.

Liste des Prix de la Vente de la Bibliothèque de M. de Mac-Carthy. *In-8. br* .... 2 fr.
— La même, en Gr. Papier .... 5 fr.
Avec le Catalogue, disposé et mis en ordre par les mêmes Libraires. .... 14 fr.
Et en Gr. Papier d'Annonay, cartonné en 3 vol.. 55 fr.
Testament de Louis XVI, et Lettre de Marie-Antoinette d'Autriche, reine de France. *Paris, de l'Impr. royale*, 1817, 1 *vol. in-fol.* impr. sur Gr. Raisin, *br. en cart.* 4 fr. 50. c.
Cette édition est faite pour le service de Saint-Denis et des chapelles royales.
Essai sur les Mystères d'Éleusis, par M. Ouvaroff; 3ᵉ édition. *Paris, Impr. royale*, 1816, *in-8. br* .... 3 fr.
— Le même, en Papier Vélin. .... 6 fr.
Calila et Dimna, ou Fables de Bidpay, en arabe, précédées d'un Mémoire sur l'origine de ce livre, et suivies de la Moallaka de Lebid, en arabe et en français, par M. Silvestre de Sacy. *Paris, Impr. royale*, 1816, *in-4. br*... 20 fr.
— Le même ouvrage, en Pap. Vélin, br........ 35 fr.
Contes et Fables indiennes de Bidpay et de Lokman, trad. du turc, par Cardonne. *Paris*, 1778, 3 *vol. in-12, br.* 7 fr. 50 c.
Grammaire arabe, par M. Silvestre de Sacy. *Paris*, 1810, 2 *vol. grand in-8. fig. br.* .... 24 fr.
— La même, en Pap. Vélin, cartonnée. .... 48 fr.
Chrestomathie arabe, en arabe et en français, par le même. *Paris*, 1806, 3 *vol. in-8. br* .... 36 fr.
Mémoires sur diverses Antiquités de la Perse, par le même. *Paris*, 1793, *in-4. fig. br.* .... 15 fr.
Description de l'Égypte, publiée par ordre du Gouvernement. *In-fol. atlant.* Première livraison, contenant 170 planches. .... 750 fr.
— La même, deuxième livraison. .... 1200 fr.
— Les deux mêmes livraisons, Pap. Vélin. ..... 3000 fr.
La troisième livraison sera divisée en deux Parties, d'environ 200 planches chacune. La première ne tardera pas à être publiée.
Contes turcs, en langue turque, extraits du roman intitulé : *les Quarante Visirs*, par Belletête. *Paris*, 1812, *in-4. broché.* .... 8 fr.

Recherches sur la Géographie systématique et positive des Anciens, par M. Gosselin. *Paris*, 1813, *tomes 3 et 4, grand in-4. br* .... 42 fr.

— Les mêmes, avec les deux premiers volumes... 75 fr.

— Les mêmes, avec la Géographie des Grecs. 5 *vol.* 96 fr.

Le Jupiter olympien, ou l'Art de la Sculpture antique en or et en ivoire, par M. Quatremère de Quincy. *Grand in-fol. figures, br. en cart.* .... 200 fr.

— Le même, sur Pap. Vélin, dont il n'a été tiré que 10 exemplaires .... 400 fr.

Bibliographie instructive, ou Traité de la Connoissance des Livres rares et curieux, par G. F. De Bure le jeune. *Paris, 1763, 7 vol. in-8. br.* .... 48 fr.

— La même, avec le Catalogue de Gaignat. 9 *vol. in-4. brochés* .... 170 fr.

Catalogue des Livres rares et précieux de la Bibliothèque de M. le duc de la Vallière, par Guill. De Bure l'aîné. *Paris, 1783, 3 vol. in-8. avec les prix imprimés* ...... 18 fr.

— Le même, en Grand Papier, *br. en 6 vol.* ...... 36 fr.

Collection des Moralistes anciens, dédiée au Roi. *Paris, de l'impr. de Didot l'aîné, 16 vol. in-18. pap. d'Annonay et Pap. Vél. br.* .... 48 fr.

— La même, 16 *vol. pap. ordinaire* .... 24 fr.

Cyropédie, trad. du grec de Xénophon par M. Dacier. *Paris, 1777, 2 vol. in-12. br.* .... 5 fr.

Expédition de Cyrus, trad. du grec de Xénophon par M. Larcher. *Paris, 1778, 2 vol. in-12. br.* .... 5 fr.

Dictionnaire économique, contenant l'Art de faire valoir les Terres, le Jardinage, etc. par Chomel. *Paris*, 1767, 3 *vol. in-fol. br.* .... 48 fr.

La France sous les cinq premiers Valois, ou Histoire de France depuis l'avènement de Philippe de Valois jusqu'à la mort de Charles VII, par M. Levesque. *Paris*, 1789, 4 *vol. in-12. br.* .... 10 fr.

Histoire d'Hérodote, trad. du grec par M. Larcher. *Paris*, 1802, 9 *vol. in-8. br.* .... 60 fr.

— La même Histoire, 9 *vol. in-4. Pap. Vél. br.* ... 240 fr.

Manuel de Médecine pratique, par M. Geoffroy. *Paris*, 1800, 2 *vol. in-8. br.* .... 6 fr.

Manuel des Dames de Charité, par Arnault de Nobleville. *Paris*, 1765, *in-12. br.* .... 2 fr. 50 c.

Histoire de l'Astronomie ancienne et de l'Astronomie moderne, par Bailly. *Paris*, 1781 et 1785, 4 *vol. in*-4. *brochés* .... 56 fr.
Lettres sur l'origine des Sciences, par le même. *Paris*, 1777, *in*-8. *br* .... 2 fr. 50 c.
Lettres sur l'Attlantide de Platon, par le même. *Paris*, 1805, *in*-8. *br* .... 4 fr.
Discours et Mémoires contenant les éloges de Charles V, de Corneille, de Molière, etc. par le même. *Paris*, 1790, 2 *vol. in*-8. *br* .... 9 fr.
Œuvres complettes de Pothier, édition originale. *Paris*, 1781 et années suivantes, 8 *vol. in*-4. *en feuilles* ...... 80 fr.
Œuvres posthumes du même, avec la Coutume d'Orléans. 4 *vol. in*-4. *en feuilles* .... 45 fr.
Œuvres posthumes du même. 3 *vol. in*-4. *br* ...... 36 fr.
— Les mêmes, les tomes 1 et 2 seulement .... 20 fr.
Tablettes chronologiques de l'Histoire universelle sacrée et profane, depuis la création du monde jusqu'à l'an 1775, par Lenglet Dufresnoy. *Paris*, 1778, 2 *gros vol. in*-8. *brochés* .... 13 fr.
Voyage en Sibérie, fait par ordre du Roi, en 1761, par l'abbé Chappe d'Auteroche. 3 *vol. très-grand in*-4. *ornés de* 90 *figures, et un Atlas de la Russie et de la Sibérie, en feuilles* .... 100 fr.
Histoire et Mémoires de l'Académie royale des Inscriptions. Les tom. 47 à 50. *Paris*, 1809, 4 *vol. in*-4. *fig. en feuilles*. 80 fr.

Totius latinitatis lexicon, cura Jac. Facciolati, et studio Ægid. Forcellini. *Patavii*, 1805, *nova editio, cum supplemento*, 4 *vol. in-folio, avec le portrait de Forcellini* ..... 100 fr.
Corn. Frontonis Opera inedita, edente Ang. Maio. *Mediolani*, 1815, 2 *vol. gr. in*-8. *fig. br* .... 42 fr.
M. Ac. Plauti fragmenta inedita, item ad Terentium comment. ed. eodem. *Mediol*. 1815, *gr. in*-8. *br* .... 16 fr.
Q. Aurelii Summachi orationum ineditarum partes, ed. eodem. *Mediol*. 1815, *in*-8. *br* .... 7 fr.
Dionysii Halicarnensis romanarum antiquitatum pars hactenus desiderata, *gr. et lat.* ed. eodem. *Mediol*. 1816, *in*-4. *br* .... 39 fr.
Porphyrii philosophi et Philonis Judæi, opus ineditum, ed. eodem. *Mediol*. 1816, *in*-8. *br* .... 7 fr.
Sibyllæ Liber XIV, *gr. et lat.* ed. eodem. *Mediol*. 1817, *in*-8. *br* .... 4 fr.

JOHANNIS BAPTISTÆ CASPARIS

D'ANSSE DE VILLOISON

DE TRIPLICI THEOLOGIA

MYSTERIISQUE VETERUM

COMMENTATIO.

JOHANNIS BAPTISTÆ CASPARIS

D'ANSSE DE VILLOISON

DE TRIPLICI THEOLOGIA

MYSTERIISQUE VETERUM COMMENTATIO.

VARRO, teste S. Augustino (1), tria fuisse docet apud veteres Ethnicos genera theologiæ, *id est*, inquit, rationis quæ de Diis explicatur; eorumque unum *mythicon* appellari; alterum, *physicon*; alterum, *civile*. Latinè si usus admitteret, inquit idem ibidem S. Augustinus, genus quod primum posuit (Varro), *fabulare* appellaremus; sed *fabulosum* dicamus, quoniam μῦθος græcè *fabula* dicitur; secundum autem ut *naturale* dicatur, jam et consuetudo locutionis admittit; tertium etiam ipse latinè enunciavit, quod *civile* appellatur.

Deinde ait (Varro) : *mythicon* appellant, quo maximè utuntur poëtæ; *physicon*, quo philosophi; *civile*, quo populi. Adhuc quod sequitur attendamus, inquit idem S. Augustinus paulò infrà : prima, ait Varro, theologia maximè accom-

(1) Augustinus, de Civitate Dei, lib. VI, cap. 5.

A ij

modata est ad theatrum; secunda, ad mundum;
tertia, ad urbem. Quis non videat, inquit Augustinus, cui palmam dederit? Utique secundæ,
quam suprà dixit esse philosophorum. Hanc enim
pertinere testatur ad mundum, quo isti (*prorsus
ut stoïci*) nihil esse excellentius opinantur in
rebus. Unde alibi monet Augustinus (1), naturali theologiæ plurimùm tribuere Varronem; et
alio loco sic eum alloquitur (2) : Dicis fabulosos
Deos accommodatos esse ad theatrum, naturales
ad mundum, civiles ad urbem.

Notandum autem eamdem theologiarum divisionem, ab iis qui mythologiam tractant, nimis
neglectam, placuisse et Scævolæ, quem Augustinus (3) doctissimum pontificem vocat, et ait dis-
putasse, tria genera tradita Deorum : unum à
poëtis; alterum à philosophis; tertium à princi-
pibus civitatis; ubi *fabulosum*, *naturale* et *civile*
genus agnoscis.

Naturale, seu *physicum*, theologiæ genus eò
accuratiori consideratione dignius est, quò magis
interest veram atque unicam doctorum et philosophorum de Deo, mundo, natura et animo,
doctrinam, et germanam eorum religionem,
quàm aniles vulgi fabulas, et absurda poëtarum

---

(1) Augustin., de Civit. Dei, lib. VII, cap. 5. ·
(2) Ibid., lib. VI, cap. 6.
(3) Ibid., lib. IV, cap. 27.

commenta, civili seu prudentia, seu potiùs superstitione, consecrata, cognoscere. Hoc enim genus est, inquit Varro apud Augustinum (1), de quo multos libros philosophi reliquerunt; in quibus est : Dii qui sint', ubi, quod genus, quale, ex quonam tempore; an à sempiterno fuerint; an ex igne sint, ut credit Heraclitus; an ex numeris, ut Pythagoras; an ex atomis, ut Epicurus. Sic alia, inquit Varro, quæ faciliùs intra parietes in schola, quàm extra in foro, ferre possunt aures. Nihil in hoc genere culpavit, inquit Augustinus, quod physicon vocavit, et ad philosophos pertinet; tantùm quòd eorum inter se controversias commemoravit, per quos facta est dissidentium multitudo sectarum. Removit tamen hoc genus à foro, *id est*, à populis : scholis verò et parietibus clausit. Illud autem (fabulosum) mendacissimum atque turpissimum à civitatibus non removit.

Quæ quidem Augustini verba quadraginta et unius librorum quos de antiquitatibus scripsisse Varronem, et in res humanas divinasque divisisse, idem Augustinus (2) docet, vehementissimo nos afficiunt desiderio. Dolendum præsertim, temporum injuriâ periisse sedecim illos de divinis agentes libros, in quibus dissidentium

(1) Augustin., de Civit. Dei, lib. vi, cap. 5.
(2) Ibid., cap. 3.

inter se sectarum controversiæ commemoraban-
tur; quippe quibus perfecta et absoluta conti-
neretur historia philosophica, ab homine omnium Romanorum facilè acutissimo, ut fatetur
Tullius in libris Academicis(1), et sine ulla dubitatione doctissimo, conscripta. Nam, ut ait Augustinus (2), quis Marco Varrone curiosiùs ista
quæsivit? Quis invenit doctiùs? Quis considera-
vit attentiùs? Quis distinxit acutiùs? Quis diligentiùs pleniùsque conscripsit? Qui, inquit
idem, tametsi minùs est suavis eloquio, doctrinâ
tamen atque sententiis ita refertus est, ut in omni
eruditione, quam nos secularem, illi autem libe-
ralem vocant, studiosum rerum tantùm iste doceat, quantùm studiosum verborum Cicero de-
lectat. Hinc vides Augustinum eamdem olim in
Romanorum doctissimo, quam hodie plerique in
quibusdam eruditissimis requirunt viris, eloquii
suavitatem desiderare. Hujusce autem Varronis
operis jacturam, in ea pàrte quæ ad stoïcorum
theologiam pertinet, sarcire et illius desiderium
consolari uno Cornuti libello possumus.

Suprà observavimus Varronem hoc genus physicum, seu naturale, cui plurimùm tribuebat,
et in quo nihil ipse culpabat, à foro tamen, *id
est*, à populis, ideo removisse, scholisque et pa-

_____

(1) Vide Ciceronem, Academicorum primo, cap. 1 et 3.
(2) August., de Civit. Dei, lib. vi, cap. 2.

rietibus clausisse, quòd in hoc ea tractarentur,
quæ faciliùs intra parietes in schola, quàm extra
in foro, ferre posse aures contenderet. Sic et doctissimus pontifex Scævola, cui eamdem ac Var-
roni theologiarum divisionem placuisse observavimus, pariter, apud Augustinum (1), physicum genus non congruere civitatibus existimat;
quòd, inquit, habeat aliqua supervacua, aliqua
etiam quæ obsit populis nosse. Quæ sunt autem
illa, inquit idem ibid. Augustinus, quæ prolata
in multitudine nocent? Hæc, inquit, non esse
Deos Herculem, Pollucem. Proditur enim à doctis, quòd homines fuerint, et humanâ conditione
defecerint. Quid aliud, quàm quòd eorum qui
sint Dii, non habeant civitates vera simulacra?
quòd verus Deus nec sexum habeat, nec ætatem,
nec definita corporis membra? Hæc pontifex,
inquit idem ibid. Augustinus, nosse populos non
vult; nam falsa esse non putat : expedire igitur
existimat falli in religione civitates ; quod dicere
etiam in libris rerum divinarum ipse Varro non
dubitat.

Sic Tullius apud Lactantium (2) monet, non
esse quædam vulgò disputanda, ne susceptas publicè religiones disputatio talis extinguat. Idem (3)

---

(1) August., de Civit. Dei, lib. iv, cap. 27.
(2) Lactantius, Institutionum divinarum lib. ii, cap. 3.
(3) Cicero, de Divinatione, lib. ii, cap. 33.

alibi sic apertè loquitur : Errabat multis in rebus antiquitas, quam vel usu jam, vel doctrinâ, vel vetustate, immutatam videmus. Retinetur autem et ad opinionem vulgi, et ad magnas utilitates reipublicæ, mos, religio, disciplina, jus augurum, collegii auctoritas. Vide omnino quæ de hoc argumento passim congessit acutissimus et eruditissimus Warburton in doctissimo libro qui de Legationis Mosaïcæ Divinitate inscribitur. S. Augustinus (1) hominum velut prudentium et sapientium negotium fuisse observat, populum in religionibus fallere, et homines principes, ea quæ vana esse noverant, religionis nomine, populis tanquam vera suasisse, hoc modo eos civili societati velut arctiùs illigantes, quò similiter subditos possiderent. Apud eumdem (2) Varro de religionibus loquens, multa esse vera dixit, quæ non modò vulgo scire non sit utile, sed etiam, tametsi falsa sint, aliter existimare populum expediat; et ideo Græcos *teletas* ac mysteria taciturnitate parietibusque clausisse.

Hîc certè, exclamat Augustinus, de hoc eodem Varronis loco agens, totum consilium prodidit velut sapientium per quos civitates et populi regerentur. Addo et Varronem simul quoque hîc veterum mysteria prodidisse, in quorum doc-

_____

(1) Augustin., de Civit. Dei, lib. iv, cap. 32.
(2) Ibid., cap. 31.

trina *esoterica*, quæ tota physicâ innitebatur theologiâ, ea tradebantur quibus mythica et civilis ita funditus everteretur theologia, ut velum superstitione obductum, poëticâ suavitate ornatum, et potenti eorum qui respublicas administrabant manu sustentatum, penitùs removeretur, et sola natura, unica theologiæ physicæ Dea, secum habitans, et orbi tanquam altari insidens, ac subjecta pedibus falsorum vulgi numinum simulacra proterens, sese oculis offerret.

Plurima autem in veterum mysteriis ad res naturales naturalemque theologiam revocata fuisse idem testatur Varro apud Augustinum (1), ubi docet multa in mysteriis Cereris tradi, quæ nisi ad frugum inventionem non pertineant. Et idem alibi Augustinus (2) : Hæc sunt Telluris et Matris magnæ præclara mysteria, unde omnia referuntur ad mortalia semina et exercendam agriculturam. Apud eumdem alibi Augustinum, *de Civitate Dei*, *lib. VII, cap.* 5, Varro interpretationes physicas sic commendat, ut dicat antiquos simulacra Deorum et insignia ornatusque confinxisse, quæ, inquit, cùm oculis animadvertissent ii qui adissent doctrinæ mysteria, possent animam mundi, ac partes ejus, *id est*, Deos veros, animô videre. Physiologiæ autem et cosmologiæ

---

(1) Augustin., de Civit. Dei, lib. VII, cap. 20.
(2) Ibid., cap. 24.

doctrinam in sacris traditam fuisse mysteriis, intelligi potest è Clemente Alexandrino sic loquente,
Stromat. lib. v, p. 688 *et* 689 : Non abs re in mysteriis quæ celebrantur apud Græcos, primum
locum tenent lustrationes, sicut apud christianos
lavacrum; deinde parva mysteria, in quibus inest
quoddam fundamentum doctrinæ, et quædam
futurorum præparatio. (Lego enim cum Sylbur-
gio προπαρασκευήν, pro προπαρασκευῆς.) In magnis
autem mysteriis non restat amplius discere, sed
propius contemplari et inspicere, ἐποπ7εύειν, et
naturam atque res ipsas mente complecti. Ad
hæc mysteria ita Clemens alibi respexit, *Stromat.*
lib. iv, p. 564 : Tunc verè gnosticam aggredie-
mur naturæ contemplationem, φυσιολογίαν, par-
vis ante magna initiati mysteriis.

Varronis, omnia in mysteriis ad rerum naturalium allegorias et artium vitæ humanæ utilium
inventionem revocantis, sententiam confirmat
Epigenes in libro de Orphica Poësi, ubi, refe-
rente Clemente Alexandrino, *Strom. lib. v, p.* 675
et 676, voces Orpheo peculiares exponens, et
evolvens fabularum involucra et integumenta
quibus quasi velis Orphica mysteria obtendeban-
tur, κερκίσι καμπυλόχρωσι, *id est,* radiis incurvis,
aratra; σ7ήμοσιν, *id est,* staminibus, *sulcos;* δάκρυσι
Διὸς, *id est,* lacrymis Jovis, *pluviam,* etc. etc.,
significari declarat.

Clarius etiam et disertius Plutarchus in libro

perdito περὶ τῶν ἐν Πλαταιαῖς Δαιδάλων, de abdita illa vulgoque ignota theologia naturali sic disserens apud Eusebium, *Præparat. evangel. lib. III*, *cap. I, p.* 83, *ed. Vigerii*: Antiquam non Græcorum modò, sed etiam Barbarorum physiologiam nihil aliud fuisse quàm rationem quamdam naturalem fabulis involutam, adeoque latentem et obscuram theologiam, cujus ænigmatis et allegoriis arcana ferè mysteria ita tegebantur, ut cùm ea quæ dicebantur, faciliùs quàm quæ silebantur, imperita multitudo caperet, tum verò de iis quæ silebantur majus aliquid quàm quæ dicebantur, suspicione conjiceret, quivis tam ex Orphei carminibus, quàm ex Ægyptiorum et Phrygum monumentis, colligere potest. Maximè, inquit, solemnes initiandi ritus, et adhibita in sacris cærimoniis symbola, quæ mens veterum quisve sensus illis fuerit, apertè declarant; de quo vide Matthiam Gesnerum, *in Corollario animarum Hippocratis, p.* 150, *tom. I Commentar. Societ. reg. Gottingens.* et Eschenbach. *de Poësi Orphica, p.* 11 *et seq.* Sic Clemens Alexandrinus, *Stromat. lib. V, pag.* 658 : Omnes uno verbo qui de rebus divinis tractaverunt, tam Barbari quàm Græci, rerum principia occultaverunt, et veritatem ænigmatis, symbolis, allegoriis, metaphoris, et talibus modis ac tropis involutam tradiderunt.

Strabo, *lib. X, p.* 326 *et* 327, *ed.* 1597, postquam de mysteriis fusiùs disseruit, hæc subjicit: Quamvis minimè delecter fabulis, de hisce tamen prolixiùs disputavi, quòd ad theologiam pertineant. Omnis autem de Diis sermo antiquas perpendit traditiones et fabulas, antiquis sub involucro suas de rebus naturalibus sententias proponentibus, semperque eis fabulas annectentibus. Sanè omnia ænigmata solvere et explicare penitùs, non est in proclivi : multitudine autem fabularum in medium collatâ, quarum aliæ inter se consentiunt, aliæ discrepant, faciliùs est eas inter se componere, verumque conjiciendo assequi. Idem de veteribus Indis, Persis ac Syris, qui sua fabulis involverent dogmata, testatur Origenes contra Celsum, *p. 5, ed. Spenceri.*

Hinc rectè legitur apud Bruckerum, *Histor. crit. philosoph., tom. I, p.* 367 *et* 368, non tantùm stoïcorum, sed et antiquissimorum quoque theologorum laborem in eo præcipuum fuisse, ut mundi ortum atque generationem allegorico sensu obvelarent; quæ, inquit, docendi ratio nobis theologias Græcorum peperit, ab Ægyptiis, Phœnicibus, Thracibus, aliisque Orientis quoque populis, ad Græcos delatas et imitatione expressas. Idem et rectè observat, *tom. I, p.* 409 *et* 410, ex collatis veterum theogoniis illud dubio omni carere, prima earum principia eò tendere, ut rerum naturalium generationem et ortum describant. Nam, ut addit, cùm habuerint vetus-

tissimi philosophi et theologi mundum hunc
pro Deo, ejusque partes inter Deos retulerint,
hoc ab Ægyptiis atque Phœnicibus ad Græcos
delatum, occasionem dedit cosmogoniam in
theogoniam mutandi, et initia nascentis mundi
ficta Deorum generatione adumbrandi; id quod,
inquit, rectè observatum est viris doctis cosmo-
goniæ historiam inter theogoniarum fabulas
quærentibus.

In mythologiis veteribus Celtarum et septen-
trionalium non levem difficultatem atque in-
certitudinem inde oriri, quòd cosmogonia per
modum theogoniæ exprimatur, conquestus est
clarissimus Olaüs Rudbeck (1). Verùm hanc communem omnium theogoniarum proprietatem,
vel potiùs vitium esse, ideo admissum, ut ori-
gines rerum majores viderentur, docet Bruckerus (2). Clar. Burnet (3) monuit antiquos cum
physiologia conjunxisse theologiam suam; atque,
cùm de rerum ortu et natura dissererent, de Diis
etiam et eorum origine tractare solitos fuisse.
Quare, inquit, apud eos cosmogonia, theogonia,
theologia, idem ferè valent; atque hæc omnia
philosophiæ nomine jam complectimur. Hinc
Olivetus (4) dixit, « que la physique des Anciens

---

(1) Olaüs Rudbeck, Atlantic., tom. II, cap. 22, p. 541.
(2) Bruckerus, tom. I, p. 334.
(3) Burnet, Archæolog. philosophic., tom. I, p. 334.
(4) D'Olivet, Théologie des philosophes grecs, p. 226,

» étoit inséparable de leur théologie. » Et alibi (1) :
« Au lieu de soumettre la physique à la théologie,
» ils ne fondoient leur théologie que sur leur
» physique ; et les différentes manières dont ils
» arrangeoient le système de l'univers, faisoient
» leurs différentes croyances touchant la Divi-
» nité. »

Ita Cornutus (2) : persuasus veteres non vulgaris sapientiæ fuisse homines, sed ad mundi
naturam cognoscendam idoneos, et ad eam phi-
losophicis symbolis et figuris explicandam inge-
niosè felices. Meritò igitur Olearius (3) dicit,
Hesiodum, poëtam φιλοσοφώτατον, nihil aliud in sua
fecisse Theogonia, quàm quòd res physicas, sive
naturales, Deorum nominibus indutas propone-
ret atque explicaret. Eamdem viam secutum
fuisse et Heraclitum ; cujus doctrinæ fundamentis Porticus innititur, ex auctore Allegoriarum
Homericarum probat idem Olearius ; et quidem
semper in toto Cornuti opere physiologiam et
cosmologiam cum theologia conjunctas videbis.

tom. I versionis Gallicæ operis de Natura Deorum, quæ
prodiit Lutet., anno 1749.

(1) Ibid., p. 302.

(2) Cornutus, cap. 35, p. 236 Opusculorum mytholo-
gicorum, ed. Gale, Amstelodami, 1688.

(3) Olearius, in Dissertatione priore de principio rerum
naturalium ex mente Heracliti, p. 852 Historiæ philosophiæ Stanleii.

Multò ante Olearium, Johannes Diaconus (1), ὁ Γαληνὸς, de Hesiodi Theogonia dixerat : Quem quidem librum, opinor, physiogoniam vocare oportet, quòd de physicis quibusdam ortibus disputet.... quamvis theogoniam illi, sic superbo eum decorantes nomine, appellaverint. Unde et Augustinus (2) hoc nomine veteres theogonias reprehendit, quòd habeant quasdam naturalium rationum interpretationes. Quasi verò, inquit, nos in hac disputatione physiologiam quæramus, et non theologiam, *id est*, rationem non naturæ, sed Dei.

Hæc est igitur theologia physica, quæ prima veteribus innotuit, deinde apud solos remansit doctos et philosophos, ac mysteriorum antistites, quæ seponebat fabularum integumenta quibus subtiliora dogmata et primæ rerum causæ ita involvebantur, ut hæc arcana, reducta et in interiore sacrario clausa, non promiscuè omnibus paterent, ut ait Seneca, *Quæstion. natural.*, *lib. VII, cap.* 31; sed vulgi profani in vestibulo hærentis oculos falleret tanta majestas in sanctiori recessu delitescens. Hæc, discussis nubibus, amicam facem præferebat, de rebus nudè et

_____

(1) Johannes Diaconus, ὁ Γαληνὸς, initio Allegoriarum in Hesiodi Theogoniam, p. 229, col. 1, ed. Hesiod. ex officina Plantiniana, 1603.

(2) Augustin., de Civit. Dei, lib. VI, cap. 8.

apertè disputabat; causarum ordinem, nexum, effectus, et agendi modos, fabulosis narrationibus designata explicabat; naturæ, et mysteriorum, in quibus unica natura colebatur, adyta rese- rabat; cosmogoniam, cosmologiam, physiolo- giam et metaphysicam conjungebat; denique universam veterum de Deo, natura ac materia doctrinam complectebatur, et idem ferè tradebat quod initiatis mysteriorum antistites, detracto velo, patefaciebant.

Cui tamen sententiæ, scilicet mysteriorum et theologiæ physicæ, illiusque præsertim esote- ricæ, doctrinam unam eamdemque esse, sic ad- versatur Cl. Warburton, gallicè versus à Cl. Sil- houet, *Dissertations sur l'union de la religion, de la morale et de la politique, tom. I, p.* 185 : « Le secret des grands mystères ne consistoit pas » dans des spéculations métaphysiques des philo- » sophes sur la nature de la Divinité et de l'âme » humaine. Ce seroit supposer que les doctrines » cachées des écoles de la philosophie, et les » mystères de la religion, étoient la même chose: » ce qui est impossible, puisque leur but étoit » différent; celui de la philosophie étant la vérité » seulement, et celui de la religion païenne, l'uti- » lité. » (Quod de civili religione verè, de physica falsò dicitur.) « Ni les philosophes, ni les législa- » teurs, n'ont reconnu cette vérité naturelle, que » le vrai et l'utile sont inséparables.... On exa-

» minera, dans quelques–unes des dissertations
» suivantes, les spéculations métaphysiques des
» philosophes sur la nature de Dieu et sur celle
» de l'âme; et cet examen démontrera que ces
» spéculations n'auroient pu servir qu'à détruire
» ce qu'on vouloit établir par la célébration des
» mystères. »

Facilè contra Cl. Warburtonum probari potest,
mysteriorum, religionis physicæ, seu naturalis,
quæ hîc malè ab hoc doctissimo viro cum civili
confusa est, et philosophiæ doctrinarum esoteri-
carum finem et dogmata non fuisse diversa, nec
ad utilitatem, sed ad veritatem spectavisse mysteria. Nam suprà vidimus Varronem apud S. Augustinum, *de Civitate Dei*, *lib.* vi, *cap.* 3, physicam religionem removisse à foro, *id est*, à
populis, scholisque et parietibus clausisse, quòd
in hac ea tractarentur quæ faciliùs intra parietes
in schola, quàm extra in foro, ferre possent aures.
Eumdem quoque Varronem apud Augustinum,
de Civitate Dei, *lib.* iv, *cap.* 27, audivimus dicentem ideo Græcos similiter teletas ac mysteria taciturnitate parietibusque clausisse, quòd multa
sint vera, quæ non modò vulgo scire non sit
utile, sed etiam, tametsi falsa sint, aliter existimare populis expediat. Cernis igitur teletas eodem
prorsus modo taciturnitate parietibusque clausas
fuisse, et ob eamdem causam à populis remotas
ac theologiam physicam, cujus genus non con-

gruere civitatibus apud Augustinum, *de Civitate Dei, lib. IV, cap.* 27, existimat pontifex Scævola, quòd, inquit, habeat aliqua supervacua, aliqua etiam quæ obsit populis nosse. Unde sequitur, mysteria quæ talia multa haberent, vera quidem, ut fatetur Varro, sed quæ vulgo scire non esset utile, ad veritatem potiùs quàm ad utilitatem spectavisse, eorumque eumdem fuisse scopum ac theologiæ physicæ, à qua eadem prorsus metuebantur, quòd eadem prorsus traderet.

Enim verò quæ sunt tandem illa theologiæ physicæ decreta, inquit idem ibidem Augustinus, quæ prolata in multitudine nocent? Hæc, inquit, non esse Deos Herculem, Æsculapium, Castorem, Pollucem. Proditur enim à doctis, quòd homines fuerint, et humanâ conditione defecerint. Et in hoc quidem maximè apparet esotericæ philosophorum doctrinæ, et theologiæ physicæ, et mysteriorum, ad eumdem prorsus finem referendorum, summa consensio et singularis concordia. Nam ipse Warbuton passim in suo opere, ac præsertim *Dissertat. V, p.* 193 *et* 195, *tom. I,* è Cicerone, *Tuscul. lib. I, cap.* 12 *et* 13, et *de Natura Deorum, lib. I, cap.* 42, probat in Samothracia, in iisque quæ

> Lemni nocturno aditu occulta coluntur
> Silvestribus sepibus densa,

et in Eleusinia sancta illa et augusta,

> Ubi initiantur gentes orarum ultimæ,

tradi, aut fortes, aut claros, aut potentes viros post mortem ad Deos pervenisse, eosque esse ipsos quos colere, precari venerarique solebant civilis religionis antistites.

Hoc proditum sibi de Diis hominibus à sacerdote secretum mysteriorum, ut ait Cyprianus, *de Idolorum vanitate, p.* 225, *ed. Par.* 1726, Olympiadi matri (1) per litteras detexit Alexander. Sic enim habet Augustinus, *de Civit. Dei, lib. ix, cap.* 7, ab ipsomet Warburtono laudatus, *Dissertat. v, tom. I, p.* 237 : In eo genere sunt etiam illa..... quæ Alexander Macedo scribit ad matrem, sibi à Magno antistite sacrorum Ægyptiorum, quodam Leone, patefacta : ubi non Picus, et Faunus, et Æneas, et Romulus, vel etiam Hercules, et Æsculapius, et Liber Semele natus,

---

(1) Hujusce epistolæ Alexandri ad Olympiadem matrem meminit et Athenagoras, p. 305, edit. Benedictin., ubi observat et Herodotum pariter ab Ægyptiis didicisse, sacerdotibus videri, Deos olim fuisse homines. Sed Cyprianus, Augustinus, Athenagoras, et post eos Cl. Warburton, in eo falsi fuerunt, quòd, nomine decepti, Alexandro Magno, Philippi filio, Alexandri de rebus Ægyptiorum ad matrem, quam statim interpretati sunt Olympiadem, tribuerunt opus, quod fuit Alexandri Polyhistoris, quem Suidas Milesium fuisse refert, et bello captum, in Cornelii Lentuli familia pædagogum egisse, posteaque manumissum, Cornelii nomine vocatum; de quo vide Cl. Rigaltium ad Tertullianum de Pallio, p. 115, ed. Par., 1675.

et Tyndaridæ fratres, et si quos alios ex mortalibus pro Diis habent, sed ipsi etiam majorum
gentium Dii, quos Cicero *in Tusculan.* (1) tacitis
nominibus videtur attingere, Jupiter, Juno,
Saturnus, Vulcanus, Vesta, et alii plurimi, quos
Varro conatur ad mundi partes, sive elementa,

---

(1) Hîc Augustinus respicit hunc Ciceronis locum Tusculan. I, 12 et 13 : « Quid? totum propè cœlum, ne plures
» persequar, nonne humano genere completum est?....
» Ipsi illi majorum gentium Dii qui habentur, hinc à nobis
» profecti in cœlum reperiuntur.... Reminiscere, quoniam
» es initiatus, quæ tradantur mysteriis ; tum denique
» quàm hoc latè pateat, intelliges ». Lactant. Institut.
divin., lib. v, cap. 20, p. 413 : « Cùm sint peritissimi
» (pontifices, sacerdotes et antistites religionum), Deo-
» rumque progeniem, et res gestas, et imperia, et inte-
» ritus, et sepulcra, de rebus noverint, ipsosque ritus
» quibus sunt initiati, vel ex rebus gestis hominum, vel
» ex casibus, vel etiam ex mortibus, natos sciant : incredi-
» bilis dementia est Deos putare quos fuisse mortales,
» negare non audeant ; vel si tam impudentes fuerint ut
» negent, suæ illos ac suorum literæ coarguant ; ipsa de-
» nique illos sacrorum initia convincant..... Sed meritò
» non audent de rebus quidquam docere divinis, ne et à
» nostris derideantur, et à suis deserantur. Nam ferè vul-
» gus, cui simplex incorruptumque judicium est, si mys-
» teria illa cognoscat in honorem mortuorum constituta,
» damnabit, aliudque verius, quod colat, quæret. Hinc
» fida silentia sacris instituta sunt ab hominibus callidis,
» ut nesciat populus quid colat ». Tantùm terroribus
addit, quos metuas, non nosse Deos, inquit Lucanus.

transferre (1), homines fuisse produntur. Timens enim et ille quasi revelata mysteria, petens admonet Alexandrum, ut cùm ea matri conscripta insinuaverit, flammis jubeat concremari. Clemens Alexandrinus, *Cohortation. ad gentes, p.* 29, omnino conferendus, id mirè confirmat.

Immeritò igitur dixit Warburton, *tom. I*, *Diss. r, p.* 186, homo acutissimus, et sine ulla dubitatione doctissimus, sed tamen homo, quod de Varrone dixit Augustinus, *de Civitate Dei*, *lib. rɪ, cap.* 6, « que l'examen des spéculations » métaphysiques des philosophes sur la nature » de Dieu et sur celle de l'âme démontrera que » ces spéculations n'ont pu servir qu'à détruire » ce qu'on vouloit établir par la célébration des » mystères ». Suprà enim abundè probavimus, in mysteriis proditum, homines fuisse, et humanâ

---

(1) Ægyptiorum doctissimi duo esse genera Deorum existimabant : unum quidem *naturalium*, quales sunt æther, sol, luna et terra, *id est*, Dei, seu potiùs *deificatœ* naturæ, partes; alterum verò Deorum *factorum*, *id est*, hominum qui Diis post mortem adscripti fuerant. Sic enim Athenagoras in Legatione pro Christianis, p. 306 : Quòd homines fuerint plerique Dii culti ab Ægyptiis, Ægyptiorum doctissimi declarant, Æthera, Terram, Solem, Lunam, Deos esse dicentes; alios verò homines mortales fuisse opinantur, et templa eorum sepulcra fuisse existimant. Quinetiam Herodotus varios eorum casus mysteria esse dicit.

conditione defecisse, aut fortes, aut claros, aut
potentes viros qui post mortem ad Deos pervene-
rant, eosque esse ipsos quos colere, precari venerarique solebant Ethnici. Jam facilè probabimus
hoc decretum pariter traditum fuisse in theologia physica, sive naturali, quam solam doctorum
ac philosophorum religionem fuisse constat.

Deos factos fuisse qui jam homines esse desie-
rant, ut eleganter loquitur Plinius, *Histor. na-*
tural. lib. rii, cap. 45, unum è præcipuis Porticûs placitis fuisse, et cùm stoïcorum physicam
theologiam, à nobis jamdudum scriptam, ede-
mus, in aperta luce collocabimus, et jam nunc hîc
muniemus auctoritate Balbi stoïci, sic loquentis
apud Ciceronem, *de Natura Deorum, lib. ii,*
cap. 24 : Suscepit autem vita hominum consuetudoque communis, ut beneficiis excellentes
viros in coelum famâ ac voluntate tollerent. Hinc
Hercules, hinc Castor et Pollux, hinc Æsculapius,
hinc Liber etiam ; hunc dico Liberum Semele
natum, non eum quem nostri majores augustè
sanctèque Liberum cum Cerere consecraverunt;
quod quale sit ex mysteriis intelligi potest.... Hinc
etiam Romulus, quem quidam eumdem esse Qui-
rinum putant : quorum cùm remanerent animi
atque æternitate fruerentur, Dii ritè sunt habiti;
cùm et optimi essent et æterni. Sic videbis apud
Ciceronem, *de Officiis, lib. iii, cap.* 5; Herculem
illum, quem, inquit, hominum fama, benefi-

ciorum memor, in concilio cœlestium collocavit;
quod ferè ad verbum in Cornuto à nobis olim
edendo, *cap.* 31, *p.* 222, *ed. Gale.*

Si quis autem scire velit qualis esse ex mysteriis
intelligatur ille Liber augustè sanctèque cum Cerere et Libera consecratus; et diversus ab illo Libero Semele nato, quem *ardens evexit ad æthera*
virtus, ut cum Virgilio loquar, is hoc ex Augustino discere poterit, sic loquente, *de Civitate Dei*,
lib. VI, *cap.* 9: Liberum à *liberamento* appellatum
volunt, quòd mares in coëundo, per ejus beneficium, emissis seminibus *liberentur*; hoc idem
in feminis agere Liberam, quam etiam Venerem
putant, quòd et ipsas perhibeant semina emit-
tere; et ob hoc Libero eamdem virilem corporis
partem in templo poni, femineam Liberæ. Et
alibi, *lib.* VII, *cap.* 16: Liberum et Cererem præ-
ponunt seminibus, vel illum masculinis, illam
femininis, vel illum liquori, illam verò ariditati
seminum. Sic Theodoretus, *Serm. 1, Therapeut.*,
p. 482: Altiorem sacrorum doctrinam, arcanam-
que mysteriorum rationem, cuncti nequaquam
tenent; sed vulgus profanum et multitudo ea
duntaxat quæ fiunt, videt : qui verò sacerdotes
dicuntur, cærimonias orgiorum legitimo ritu
exsequuntur : solus verò hierophanta eorum quæ
fiunt rationem perspectam habet, iisque solis
indicat quos probaverit. Itaque Priapum Bacchi
et Veneris filium esse sciunt nonnulli ex iis qui

hisce sacris initiati sunt; quare autem illorum
filius esse dicatur, et quam ob causam pusillo
illi prægrande et erectum appositum sit membrum virile, solus novit sceleratorum illorum
sacrorum hierophanta, aut si quis alius in nefan-
dos istos libros inciderit. Et in hos quidem in-
cidisse se declarat Theodoretus, dum infrà has
allegorias mysticas interpretatur. Deinde subjicit : Hinc et Bacchi *phallum* (sic enim, inquit,
virile membrum nuncupaverunt ridiculi homines, hujusque festum proinde *phallagogia* vocant
Ethnici) adorabant quidem et osculabantur quot-
quot hæc orgia celebrabant, causam autem et
rationem ignorabant. Solus autem hierophanta
sciebat quid sibi Osiris vellet, quid Typhon, quid
Osiridis membra à Typhone cæsa passimque dispersa, quid Isis, Osiridis soror, hæc membra se-
dulò colligens, solum autem *phallum* haud repe-
riens, ac proinde hujus imaginem conficiens, et
ab omnibus adorari jubens. Hæc orgia, inquit
idem Theodoretus, cùm in Ægypto didicisset
Orpheus, hinc in Græciam transtulit, et Bacchi
festa instituit. Quòd si, addit, ne obscœna quidem et nefanda ista sacra cunctis mortalibus erant
cognita, soli autem ea tenebant qui dicebantur
hierophantæ, etc. Unde patet, mysteriorum conditores et antistites paucissimis admodum fidei
probatæ viris, nec omnibus initiatis, eorum
quæ in sacris orgiis fieri videbant, rationem et

causam aperuisse, ne hâc manu everterent religionem quam sibi vulgoque utilem alterâ reti-
nebant. Hinc Orpheus dixerat apud eumdem
ibidem Theodoretum : Loquor quibus fas est :
profanis autem portas occludite. Sic Pindarus
ibidem, ne antiqua ratio cunctis aperiatur, disertè vetat. Hoc, inquit idem ibidem Theodoretus, Plato faciendum sic hortatur: Cave ne quando
hæc excidant ad homines ineruditos. Nihil enim
fermè est quod majore cum risu quàm nostra
hæc, à multis audiri possit: sicuti et rursus nihil
est quod apud ingeniosos admirabilius hisce rebus ac divinius habendum sit. Sic et idem Plato
in *Theæteto, pag.* 113, *edit. Francof.* 1602 : Nonne
igitur, per Gratias, callidus fuit et catus Prota-
goras, et hoc nobis, profano vulgo, per ænigmatis velum dedit transpiciendum, clàm autem
discipulis suis veritatem declaravit ? Hinc Zeno
apud Galenum, *de Placitis Hippocratis et Platonis, lib.* III, ab Eschenbachio laudatum, *p.* 4,
de Poësi Orphica, sermones quosdam vocabat
veros, alios autem *utiles*. Scilicet *veri* sermones
erant esoterici, quorum mysteria non solebant
aperire, teste eodem ibid. Galeno, non magis
quàm hierophantæ sua, quæ et ipsa, ut jam demonstravimus, ipsis videbantur magis vera quàm
utilia. Sic et Parmenides, teste Proclo, *lib.* V,
Commentar. in Parmenidem Platonis, alia ad
veritatem, alia ad opinionem, scripsit.

Theodoretus alibi memorat hunc Bacchi phallum; et κ7ένα, *id. est,* partem muliebrem, et hanc quidem non in Eleusinis sacris, ut innuere videtur, *Serm. vii, p.* 583, sed in Thesmophoriis cultam, quod disertè docet *Therapeut. Serm. iii, p.* 521; ne fortè hæc sacra, longè diversa, confudisse videatur eruditissimus scriptor. Confer et Eusebium, *in Præparat. evangel. lib. ii, cap.* 3, *p.* 67, ubi legendum κτεὶς γυναικεῖος, ὅς ἐστιν εὐφήμως καὶ μυστικῶς, vel μυστικῶς, εἰπεῖν, μόριον γυναικεῖον, ut *in Cohortatione ad gentes, p.* 19, *edit. Potteri,* habet Clemens Alex. hîc ab Eusebio descriptus, pro μυστικὸν, quod in Vigeriana Eusebii editione.

Jam igitur declaratum est cur in sacris Eleusiniis pars virilis, φαλλὸς, in Thesmophoriis pars muliebris, κτεὶς, augustè sanctèque consecrarentur, et religiosè atque castè colerentur; nempe quòd essent rerum naturalium imagines, et in mysteriis, ut suprà non uno Varronis loco demonstravimus, multa traderentur quæ ad artium vitæ humanæ utilium institutionem, ad frugum inventionem, ad mortalia semina, et ad exercendam agriculturam, pertinerent; et multa quoque, in quo scilicet altera pars mysteriorum posita erat, ad id spectantia exhiberentur, ut pateret quomodo qui hæc utilia invenissent beneficiis excellentes viri, ii in cœlum famâ ac voluntate sublati fuissent, et in Deorum cœtu ac numero repositi. Hinc optimè observat Cicero, *de Natura Deorum*, *lib. 111*, *cap.* 19, in plerisque civitatibus (ut Athenis, ubi Eleusinia celebrabantur mysteria), augendæ virtutis gratiâ, quò libentiùs reipublicæ causâ periculum adiret optimus quisque, virorum fortium memoriam honore Deorum immortalium fuisse consecratam; quem esse vetustissimum morem referendi bene merentibus gratiam ut tales numinibus adscriberentur, et nomina Deorum ex hominum nata esse meritis, docet Plinius, *Histor. natural. lib. 11*, *cap.* 7, et confirmat Clemens Alexandrinus *in Cohort.*, *p.* 24, *ed. Potteri*, ut et Athenagoras *in Legation. pro Christianis*, *p.* 308, *ed. Benedictin.*, Theodoretus, *Therapeut. Serm.* 11, *p.* 502, *et Serm.* 111, *p.* 510, et Tertullianus, *in Apologet.*, *cap.* 11, *p.* 12. Sic Tullius, in sua fabula politica quæ inscripta est.*Somnium Scipionis*, id maximè egit ut doceret, quò sint cives alacriores ad tutandam rempublicam, ut ipse dixit, *cap.* 3, omnibus qui patriam conservaverint, auxerint, certum esse in cœlo definitum locum, ubi beati ævo sempiterno fruantur.

Itaque, ut id concilietur quod secum primo aspectu pugnare videretur, et negotium lectoribus facessere potuisset, tenendum est, in sacris mysteriis non ea solùm oculis fuisse subjecta quæ artium utilium inventionem adumbrarent (quod plurimis veterum locis declarari potest), sed

simul quoque propositam initiatis harumce in-
ventionum mercedem amplissimam , scilicet immortalitatem , vel potiùs divinitatem , quâ post
mortem fruebantur, ut canit Virgilius,

> Inventas aut qui vitam excoluere per artes ,
> Quique suî memores alios fecere merendo ;

quod infinitis pariter iisque gravissimis confirmari posset testimoniis. Et hoc quidem ab iis
minùs perspectum qui hæc unica loca ita respi-
cerent, ut illa ex quibus hæc apta suspensaque
sunt, seponerent, *id est*, sola clarorum virorum
præmia, nempe divinitatem, considerarent, sed
merita et artes inventas quibus eam adepti fuerant, ab oculis removerent, verissimæ eorum
sententiæ primò adversari videbatur, qui, post
Varronem aliosque bene multos, plurima in mysteriis ad res naturales, earumque aut adumbra-
tionem, aut interpretationem, referenda esse jure
ac meritò contendunt.

Igitur, ut ex parte viderunt doctissimus Warburton et Cl. illius interpres Gallicus, pariter à
vera mysteriorum explicatione abhorrent, et pari
intervallo ab horum adytis et sanctiore secessu
recedunt, et qui res naturales in iis exhibitas, et
qui hominum, per sua divina immortaliaque
merita ad cœlum et Deos pervenientium, mercedem ibidem expositam fuisse negant; cùm utrum-
que in hisce sacris arctissimo conjungeretur nexu

amicoque fœdere conspiraret, et hoc ab illo necessariò sequeretur, ut primò res ipsa inventa,
ejus utilitas et fructus, deinde honos ipsius inventori habitus, scilicet divinitas huic homini
concessa, initiatorum oculis subjicerentur, sicque
simul et beneficium, et collati memoria bene-
ficii, consecrata immortalitati, ita vividis depin-
gerentur coloribus, ut spectantibus stimulos ad-
derent quibus concitati ad eamdem coronam è
cœlo suspensam et ex publica utilitate aptam
sese erigerent sublimes. Sic, ut rectè habet Epic-
tetus apud Arrianum, *lib. III*, *dissert. II*, *p.* 440,
ed. Upton. utilia evadunt mysteria : sic possumus
animo percipere ad informandam emendandam-
que vitam hæc ab antiquis instituta fuisse. Quæ
quidem omnia qui probè tenuerit, simulque
meminerit, non tam *theismi*, ut existimat Cl.
Warburton, quàm *pantheismi* scholam fuisse
Eleusinem sanctam illam et augustam, is sacrum
Cereris arcanum jam sibi vulgatum, et impervia
templorum, in quibus mysteria celebrabantur,
adyta suis patuisse oculis confidat.

In iisdem quoque sacris non solùm frugum et
artium inventio, propter quam earum auctoribus
datus fuerat ad cœlum adscensus, sed etiam legum ex illis natarum institutio repræsentabatur.
Cùm enim frugibus et artibus homines ex agresti
immanique vita exculti ad humanitatem et mitigati, firmiori legum et societatis quæ legibus

continetur, vinculo coaluissent, hunc Ceres,
cujus
             Munere tellus
   Chaoniam pingui glandem mutavit aristâ,

quæque ob hoc beneficium cœlo recepta est, ob
hanc eamdem quoque causam dicta fuit *Legifera*.
Rectè Julianus Aurelius Lessigniensis *de cogno-*
minibus Deorum, lib. ii, cap. 6, *p.* 3o5, *ed. Basil.*:
Legifera verò, seu græcè Θεσμοφόρος, cognominata
est (Ceres), quòd leges invenisse dicatur, quibus
homines justè vivere assuescerent. Virgilius:

     ..... 'Mactant lectas de more bidentes
   Legiferæ Cereri.

Servius autem scribit, Cererem leges idcirco invenisse creditam, quòd ante inventum ab ea frumentum homines passim vagarentur; quæ feritas
rupta sit invento frumento, propter quod ex di-
visione nata sunt jura; quem quidem Servii locum laudat et Macrobius *Saturn., lib. iii, cap.* 12,
p. 33o. Idem autem ferè ad verbum in Cornuto,
cap. 28, *p.* 212, *ed. Gale.* Claudianus verò sic
pallentes Erebi Deos alloquitur, *de Raptu Proser-*
pinæ, lib. i, v. 25 *et seqq.* :

   Vos mihi sacrarum penetralia pandite rerum,
   , Et vestri sccreta poli ; quâ lampade Ditem
   Flexit Amor ; quo ducta ferox Proserpina curru
   Possedit dotale chaos, quantasque per oras
   Sollicito genitrix erraverit anxia cursu :
   Unde datæ populis fruges, et glande relictâ
   Cesserit inventis Dodonia quercus aristis.

Quæ omnia in sacris exhibebantur mysteriis, scilicet Proserpinæ raptus, trepida Cereris filiam
quærentis discursatio, frugum inventio, legum
institutio, et hinc parta Cereri tot laboribus me-
ritisque immortalitas. Clemens Alexandrinus,
Cohort. ad gent., *tom. I, p.* 11 *et* 12 : Cùm orgiorum bacchicorum sit quasi quoddam insigne
serpens arcano ritu consecratus, etc., deinde Ceres et Proserpina mysticum drama jam evasere,
quarum errores, et raptum, et luctum, noctur-
nis facibus Eleusis illustrat. Confer eumdem,
ibid., *p.* 16, 17 *et seqq.* Tatianus, *in Oratione
contra Græcos, p.* 251, *ed. Benedictin.* : Pluto rapit
Proserpinam, ejusque facinora fiunt mysteria :
Ceres filiam luget, etc. Idem tradit et Justinus
in sua *ad Græcos Cohortatione*, *p.* 2, *ed. Benedictin.* Athenagoras, in *Legatione pro Christianis,
p.* 295, *ed. Benedictin.*, proprium et arcanum in
mysteriis, Proserpinæ, seu Κόρης, nomen fuisse
Ἀθηλᾶν docet, hujusque appellationis causam ex-
ponit.

Hinc explicanda quæ dicunt Tullius et Isocrates
in alium sensum detorti à Cl. Warburtono,
Dissert. v, tom. I, p. 206, 207 *et* 208, versionis
Gallicæ : scilicet à Cerere duo, eaque maximæ
utilitatis, tributa humano generi munera, fruges
nempe quibus homines ab hac in qua degebant
feritate atque agresti immanitate avocati fuerint,
et mysteria ex quibus initiati bonas spes de morte

et æternitate concipere docerentur. Præclarè Tullius, *de Legibus*, *lib. II, cap.* 14, et *Verrin. r*, 72 : Cùm multa eximia divinaque videntur Athenæ peperisse, tum nihil melius illis mysteriis, quibus ex agresti immanique vita exculti ad humanitatem et mitigati sumus, *initiaque*, ut appellantur, ita revera principia vitæ cognovimus (quæ scilicet frugum et legum inventioni accepta referebantur); neque solùm, inquit, cum lætitia vivendi (frugum et legum munere), rationem accepimus, sed etiam cum spe meliore moriendi. Quod ad verbum expressit Cicero ex Isocrate, *in Panegyric., p.* 132, *vol. I, ed. Gul. Battie, Londin.*, 1749 : Ceres cùm in regionem nostram pervenisset, quando raptà filià Proserpinà errabat, cùmque in nostros májores benevolo esset animo, propter beneficia quæ non aliis quàm initiatis fas est audire, ac bina munera contulisset, quæ quidem maxima sunt, fruges scilicet quæ nos ab illa agresti immanique vita revocaverunt, et mysteria quibus initiati lætiores de vitæ exitu omnique ævo spes concipiunt, etc.

Scilicet homines in meliores de morte et de æternitate spes tunc ingrediebantur, cùm viderent iis mortalibus qui, ut Ceres, ut Liber, etc., de genere humano bene meriti essent, et à quibus magna utilitas ad vitæ cultum esset inventa, aditum ad immortalitatem ac cœlum patere, sibique ipsis haud negatum ut ad eamdem immor-

talitatem per eamdem pervenirent viam, et ipsorum memoria, ab hominibus in quos beneficia
contulissent, honore Deorum immortalium affi-
ceretur et consecraretur; nisi forté ideo cum spe
meliore moriendi rationem accipere dicantur,
quòd, in his sacris quæ ad mortalia semina et ad
exercendam agriculturam, teste Varrone, perti-
nebant, semen viderent in terra defossum, et,
ut tunc falsò existimabant, putrefactum, mox
renascens regenerari; quæ resurrectionis imago
vel in nostris sacris obvia est libris; ut in S. Jo-
hanne (1) : Nisi granum frumenti cadens in terram mortuum fuerit, ipsum solum manet; si
autem mortuum fuerit, multum fructum affert.
Quod sic expressit Tertullianus (2) : Certè semina, nonnisi corrupta et dissoluta, fœcundiùs
surgunt. Omnia pereundo servantur : omnia de
interitu reformantur. Et alibi (3) : Omnia inci-
piunt cùm desierint : ideo finiuntur, ut fiant.
Nihil deperit nisi in salutem (4). Quam quidem

---

(1) S. Johannes, Evangel. XII, v. 24.

(2) Tertullianus in Apologet., cap. 48, p. 38.

(3) Tertullianus, de Resurrectione, cap. 12, p. 332.

(4) Sic Euripides apud Clement., Stromat. 6, p. 750, et
Grotium in Excerptis, p. 417 : Θνήσκει δ' ἐδὲν Τῶν γινομένων,
διακρινόμενον Δ' ἄλλο πρὸς ἄλλȣ Μορφὴν ἰδίαν ἀπέδειξε. V. summum Valckenaer, cap. 3, *Diatrib. in Euripidis perdito-
rum dramatum reliquias.* Et hoc quidem Clemens, Stromat. 6, p. 750, Euripidem existimat Empedocli sublegisse

C

esotericam Orphei, Pythagoræ, stoïcorum, etc.,
de naturis pereundo servatis doctrinam, earumque de interitu reformatarum reparationem, ut

dicenti : Ἤδη γάρ ποτ᾽ ἐγὼ γενόμην κῦρός τε, κόρη τε, Θάμνος τ᾽,
οἰωνός τε, καὶ ἐξ ἁλὸς ἔμπυρος ἰχθύς. Notandum autem Syne-
sium, qui in suis elegantissimis Hymnis Pindarum, Ana-
creontem, et Euripidem, aliosque poëtas imitatur, hunc
ipsum Euripidis locum sic expressisse Hymn. III, v. 321,
p. 36, ed. Turnoni, 1603 : Τὸ δὲ ταχθὲν ὅλως Εἰς χορὸν ὄντων
Οὐκέτ᾽ ὀλεῖται. Ἄλλο δ᾽ ἀπ᾽ ἄλλυ Διὰ δ᾽ Ἀλλήλων Πάντ᾽ ἀπο-
λαύει. Ἐξ ὀλλυμένων Κύκλος ἀΐδιος Ταῖς σαῖς πνοιαῖς Ἀναθαλπό-
μενος, Σοὶ διὰ πάντων ἴσησι χορὸς. Macrobius in Somn. Scipion., lib. II, cap. 12, p. 131 : Quod autem ait (Cicero)
mundum *quâdam parte mortalem*, ad communem opinionem respicit, quâ mori aliqua intra mundum videntur;
ut animal exanimatum, vel ignis exstinctus, vel siccatus
humor. Hæc enim omnino interiisse creduntur; sed constat secundùm veræ rationis assertionem, quam et ipse non
nescit, nec Virgilius ignoravit dicendo, *nec morti esse
locum*, constat, inquam, nihil intra vivum mundum perire, sed eorum quæ interire videntur, solam mutari spe-
ciem, et illud in originem suam atque in ipsa elementa
remeare, quod tale quale fuit, esse desierit. Lucret., lib. I,
v. 215 : *Huc accedit uti quidque in sua corpora rursum
Dissolvat natura, neque ad nihilum interimat res, etc.;*
et v. 262 : *Haud igitur penitùs pereunt quæcumque videntur; Quando alid ex alio reficit natura, nec ullam
Rem gigni patitur, nisi morte adjutam alienâ. Et lib. III,*
v. 978 : *Cedit enim rerum novitate extrusa vetustas Semper, et ex aliis aliud reparare necesse est : Nec quidquam
in barathrum, nec tartara decidit atra. Materies opus
est, ut crescant postera secla.*

vocat Tertullianus, in sacris traditas fuisse mysteriis confido. Eadem prorsus imago conspicitur in *Zend-Avesta* Guebrorum, ubi resurrectionis fit mentio : « J'ai donné le grain, qui, passant » dans la terre, croît de nouveau, et se multiplie » abondamment ». V. *Zend-Avesta, tom. II, p.* 411, ex versione Cl. Anquetil. Sic et Antoninus, *lib. IV,* 36, omnino conferendus.

Enim verò et in esoterica philosophorum theologia naturali, et in mysteriis Eleusiniis, per Proserpinam Cereris filiam, à Plutone raptam, nihil aliud intelligebatur quàm seminum in terra ad tempus occultatio; quod innuit Plutarchus *de Iside et Osiride, p.* 377 *et* 379, quodque clarè docent multi scriptores ecclesiastici. Balbus stoïcus apud Ciceronem, *de Natura Deor. II,* 26 : Terrena autem vis omnis, atque natura, Diti patri dedicata est : qui *Dives,* ut apud Græcos Πλύτων, quia et recidant omnia in terras et oriantur è terris. Is rapuit Proserpinam, quod Græcorum nomen est : ea enim est, quæ Περσεφόνη græcè nominatur, quam frugum semen esse volunt, absconditamque quæri à matre fingunt. Idem ferè ad verbum in Cornuto, *cap.* 28, *p.* 210, *ed. Gale.* Arnobius, *Adversùs gentes, lib. V, p.* 180 : Ille qui raptam Dite à patre Proserpinam dicit, non, ut reris, in turpissimos appetitus virginem dicit raptam; sed, quia glebis occulimus semina, isse sub terras Deam, et cum

Orco significat fœdera genitalis conciliare fœturæ.
Et *ibid. p.* 183 : Seminis abstrusio raptione Proserpinæ nuncupatur. Vide eumdem et *p.* 187.

Cùm enim in varias abeat formas variasque
subeat immutationes illud semen, et, ut verba
Ciceronis usurpem *(de Senectute, cap.* 15), primò
quidem gremio terræ mollito ac subacto excep-
tum, cohibeatur occœcatum ; deinde tepefactum
vapore, ejusdem terræ compressu ita diffundatur,
ut eliciatur herbescens ex eo viriditas, quæ, nixa
fibris stirpium, sensim adolescit, culmoque
erecta geniculato, vaginis jam quasi pubescens
includatur, è quibus cùm emerserit, fundat fru-
gem spici, ordine structam, et deinde præbens
mitia elementa hominibus, in eorum succum
et sanguinem convertatur, et in mortalia corpora immutetur ; quæ deinde, post ipsorum
mortem, terræ almæ reddita, et in ea putrefacta,
eamdem pinguiorem, feraciorem et uberiorem
factam saturantia et lætificantia, in spicas rursum convertantur : hæc est verissima metempsy-
choseos, vel potiùs παλιγγενεσίας, imago, quæ non
adumbrata, sed expressa, et sub hac specie oculis
fidelibus subjecta, necnon et ad posteritatis memoriam prodita, spectantium mentibus insinua-
batur, et in iis vehementer pulsatis cum delec-
tatione aculeum ita relinquebat, ut ab hac pic-
tura hisque imaginibus ad rem traducerentur.

Sic proinde in mysteriis declarabatur, nullam

esse mortem propriè dictam, sed tantummodo
naturæ immutationem; omnia illa quæ videmus,
in vitam mortemque per vices ire, et composita
dissolvi, dissoluta componi; naturam, universi
rectricem, ex communi rerum omnium materia,
tanquam è cera, nunc equum effingere, quem
mox denuo diffingit, ejusdemque materiâ ad
arborem producendam uti, deinde ad aliud
quidquam efficiendum, ex quo rursus et aliud
procreet, ut semper mundus reparetur et reno-
vetur; sicque cùm omnia fiant mutatione, et
universi natura ea quæ jam exsistunt, mutatura
sit, et ex iis sic mutatis nova, eaque similia,
refictura, quidquid est, hoc esse illius semen
quod ex se futurum est, nec perire quidquam
in hoc mundo, sed variare faciemque novare, et
nasci vocari, incipere esse aliud quàm quod fuerat
antè, et mori, desinere esse illud idem, ut apud
Ovidium, Pythagoram, et Senecam, et Marcum
Antoninum, disertis verbis loquentes, passim
videmus. Hoc sensu dixit Seneca, *Epist.* xxxvi:
Mors, quam pertimescimus ac recusamus, inter-
mittit vitam, non eripit : veniet iterum qui nos
in lucem reponat dies, quam multi recusarent,
nisi oblitos reduceret. Sed postea diligentiùs do-
cebo, omnia quæ videntur perire, mutari. Æquo
animo debet rediturus exire. Observa orbem
rerum in se remeantium; videbis in hoc mundo
nihil exstingui, sed vicibus descendere ac resur-

gere. Suprà dixerat idem Seneca : Quòd si tanta
cupiditas longioris ævi te tenet, cogita nihil
eorum quæ ab oculis abeunt, et in rerum naturam, ex qua prodierunt, ac mox processura
sunt, reconduntur, consumi. Desinunt ista, non
pereunt.

Sic Pythagoras apud Ovidium, *Metamorphos.*
lib. xv, poëtam inter paucos eruditissimum ;
quam laudem dividit cum divino illo Wielando,
qui et ipse abstrusa Pythagoricorum dogmata
tam nitidè et eleganter in immortali sua Musa-
rione ornavit et illustravit :

> O genus attonitum falsâ formidine mortis !
> Quid Styga, quid tenebras, quid nomina vana timetis,
> Materiem vatum, falsique piacula mundi ?
> Corpora sive rogus flammâ, seu tabe vetustas,
> Abstulerit, mala posse pati non ulla putetis, etc. etc.

Idem ibidem infrà παλιγγενεσίαν eâdem imagine
quam suprà memoravimus, sic depingit :

> Quid ? non in species succedere quattuor annum
> Aspicis, ætatis peragentem imitamina nostræ ?
> Nam tener, et lactens, puerique simillimus ævo
> Vere novo est : tunc herba nitens, et roboris expers,
> Turget, et insolida est, etc.

Et infrà :

> Nostra quoque ipsorum semper, requieque sine ulla,
> Corpora vertuntur ; nec quod fuimusve, sumusve,
> Cras erimus : fuit illa dies quâ SEMINA tantùm,
> Spesque hominum primæ, maternâ habitavimus alvo, etc.

Sic igitur mysteriis et philosophiæ Pythagoricæ esotericæ arcanis initiati, non solùm cum lætitia vivendi rationem accipiebant, sed etiam cum spe meliore moriendi, ut ait Cicero, et omnis futurarum pœnarum metûs, quo vulgus angebatur, expertes degebant. Nam primi illi urbium conditores, legum latores, philosophiæ et mysteriorum antistites, qui hanc animarum in animam mundi refusionem ita admittebant, ut pœnas scelestis præparatas tollerent, hoc dogma palàm profiteri non audebant, ne civilem religionem impugnarent, et etiam si ausi fuissent, abstinuissent tamen, quòd facilè præviderent, hâc doctrinâ, si in vulgus emanaret, probos mores, ac religionem omnem, et fidem, tolli posse, omnia societatis vincula disrumpi, sicque unicum illud claustrum refringi quod homines ad vitia ruentes coercet; ideoque suam sententiam taciti continebant; et hæc mysteria atque intima philosophiæ esotericæ dogmata suis duntaxat initiatis, quorum primis temporibus minor erat numerus, paucis hominibus probatæ fidei, et suorum arcanorum consciis, innotescere patiebantur. Eodem modo germanam suam de metempsychosi sententiam occultabant Pythagorici. Timæus Locrensis, de *Anima mundi*, *p.* 566, *ed. Gale*, et à Warburtono laudatus, disértè pronunciat, sapienti instituto, ad frenanda vitia, confictas esse de inferorum pœnis, et de

animarum in varia corpora commigratione, fabulas : Quemadmodum enim, inquit, corpora
remediis quibusdam morbosis sanamus, nisi
cedant saluberrimis, ita et animos falsis coer-
cemus sermonibus, nisi ducantur veris. Hac igitur de causa, inquit idem ille Pythagoricus,
hoc concedatur, necessariò memorari peregrina
supplicia, quasi animæ ultro citroque in varia
corpora commigrent. Vide autem quæ huicce
Timæi loco planè similia profert Warburtonus
è Polybio, *lib. VI, cap.* 54 *et* 55, *tom. II, Dissert. VIII, p.* 5 *et seqq.*, ubi eleganter de hac pia
fraude disserit. Sic et Diodorus Siculus, *lib. I,
p.* 5 : Eorum quæ in inferis fiunt mythologia,
fabuloso innixa fundamento, multùm hominibus confert ad pietatem et justitiam. Sic Macrobius, *in Somn. Scipion., lib. I, cap.* 2, dicit,
philosophos admittere fabulosa veluti licita, et
his uti solere, cùm vel de anima, vel de aëriis
æthereisve potestatibus, vel de cæteris Diis, lo-
quuntur. Ex quibus Macrobii verbis intelligi potest quàm difficile sit veram eorum de hisce
maximi momenti rebus sententiam internos-
cere, cùm, ut ait Varro suprà laudatus, quæ
de hisce sentiebant, ea faciliùs intra parietes in
schola, quàm extra in foro, ferre posse aures opi-
narentur, et hæc quæ prolata in multitudine
nocere posse existimarent, sacro premerent silentio solisque detegerent initiatis.

Sic et Japonensibus sua est doctrina esoterica, de qua sic Olivier de Noort, *Voyages autour du monde*, *Recueil des Hollandois*, tom. *II*, p. 105, laudatus à Cl. polyhistore de Burigny, tom. *II*, p. 105 eruditi illius operis in quo varias philosophorum de Deo, animo, etc., sententias recenset : «Les bonzés, ou docteurs des Japonois,
» sont divisés en onze sectes, opposées l'une à
» l'autre, convenant cependant toutes en ce point,
» de nier l'immortalité de l'âme et la providence
» de Dieu : mais ils ne révèlent ce secret qu'aux
» nobles et aux esprits relevés; et avec le com-
» mun, ils parlent de l'enfer et de la vie à venir,
» comme si leur sentiment étoit qu'il y en eût ».
Sic apud Sinenses, in canonico eorum libro qui de mutationibus agit, legitur : *Ching-gin-y-chinche-Kiao;* id est : «Les saints emploient la reli-
» gion et la crainte des esprits, pour persuader
» aux peuples l'observance des lois», ut optimè vertit Cl. Claudius Visdelou, *p.* 414, notic.
Y-King. Et secta *Foe Kiao* contendit, apud Clericum, *Biblioth. universelle*, tom. *VII*, *p.* 406,
« qu'on ne découvre jamais aux simples la doc-
» trine intérieure, qui est pourtant, selon eux,
» la solide et la véritable, parce qu'il faut les
» retenir dans leur devoir par la crainte de l'enfer
» et d'autres semblables histoires. Cette doctrine
» intérieure consiste à établir pour principe et
» pour fin de toutes choses, un certain vide et

» un néant réel. Ils disent que nos premiers pa-
» rens sont issus de ce vide, et qu'ils y retour-
» neront après la mort; qu'il en est de même de
» tous les hommes qui se résolvent en ce prin-
» cipe par la mort; que nous, tous les élémens
» et toutes les créatures, faisons partie de ce
» vide; qu'ainsi il n'y a qu'une seule et même
» substance, qui est différente dans les êtres par-
» ticuliers, par les seules figures, et par les qua-
» lités de la configuration extérieure, à peu près
» comme l'eau, qui est toujours essentiellement
» de l'eau, soit qu'elle ait la forme de neige, de
» grêle, de pluie ou de glace ». V. Bayle, *Dictionn.*
historique et critique, tom. III, p. 612, *art.* Spinosa, *edit. Rotterdam*, 1715, ubi hæc verba Cle-
rici laudantur. Hinc Reimannus, *Histor. univer-*
sal. atheismi, cap. 12, *p.* 98, *Hildesiæ*, 1725,
dicit, in esoterica Sinicorum theologia, unicum
esse rerum omnium principium, scilicet va-
cuum; ad hoc rerum ortus interitusque referri;
imò hoc ipsum esse omne id quod est, et se adsi-
duè transformare in res omnes.

Rectè Gassendi observat, *Animadvers. in lib. x*
Diogen. Laërt, p. 550, vix ullos fuisse veteres
philosophos qui non inciderint in errorem
illum de animarum in animam mundi refusione:
Nimirum, inquit, sicut existimarunt singulorum
animas particulas esse animæ mundanæ, quarum
quælibet corpore suo, ut aqua vase, includere-

tur, ita reputarunt unamquamque animam,
corpore dissoluto, quasi diffracto vase effluere,
atque animæ mundi, à qua deducta et separata
fuerat, iterum immisceri. Haud absimili etiam
nunc similitudine utuntur philosophi Indi apud
Bernier, *Suite des Mémoires sur l'empire du
Grand-Mogol*, p. 202, *ed. Holland.*, ubi videbis ab iis Deum conferri cum immenso Oceano,
et res creatas cum bullis vitreis aquâ repletis,
et in eo fluctuantibus, quæ ruptæ aquam suam
Oceano reddunt. In *Baga-Vedam*, libro Indorum sacro, cujus versionem Gallicam manuscriptam, à Marida Poullé, superioris Pondicherii
consessûs interprete, confectam, mihi benignè
utendam concessit vir de literis ac præsertim de
Sinicis Indicisque optimè meritus, nec à viris
doctis satis unquam laudandus, Cl. Bertin, regni
administer, hæc legi, p. 20 apographi : «Vous ne
» devez mettre aucune différence entre Visnou,
» le souverain Dieu, et l'univers, qui n'est essen-
» tiellement qu'un avec lui. Il n'y a rien dans
» l'univers qui ne soit Visnou, qui prend toutes
» ces différentes formes et agit d'une infinité de
» manières ». Et p. 24 : «Dieu a créé l'âme des
» particuliers de sa propre substance ». Et infrà :
« La substance de l'âme et la connoissance qu'elle
» a, ne sont autre chose que Visnou lui-même;
» et à la fin de sa carrière, elle rentre dans Vis-
» nou ». Et p. 57 : «L'âme étant une production

» du trait de Dieu , ce même Dieu doit être sa fin,
» et le lieu où elle se retire au terme ». Et p. 26 :
« Tenez pour certain que c'est Visnou qui est le
» principe des cinq élémens, des actions et des
» mouvemens qui occasionnent la vie et le temps :
» sachez que tout cela n'est que Visnou lui-même;
» sachez que l'âme n'est autre chose que Visnou.
» Il est lui seul le principe et la fin de toute
» chose; toute chose est lui-même ». Et p. 25 :
« Les sages envisagent les sept mondes d'en-haut
» comme composant depuis la ceinture jusqu'à
» la tête de Dieu, et les sept mondes inférieurs,
» depuis la ceinture jusqu'aux pieds. »

    Auctor libri Indici qui dicitur *Anbertkend*, id
est, scaturigo aquæ viventis, quique ex Indica
lingua in Persicam , et hinc in Arabicam transla-
tus, magorum Indorum doctrinam complectitur,
idem tradit. Sic enim legitur in illius excerptis
quæ debentur Cl. Guignesio, *Mém. Acad. Inscript.*, *tom. XXVI, p.* 793 : « Le premier chapitre
» de l'*Anbertkend* traite de la connoissance de
» l'homme, qu'on appelle le petit monde, et
» dont on fait une comparaison avec l'univers,
» qui est le grand monde : les yeux, les oreilles,
» la bouche, sont les planètes; la tête, le ciel; le
» corps, la terre; les nerfs, la mer; les veines, les
» fleuves; l'âme enfin , *c'est-à-dire* , l'âme respi-
» rante , animée par l'âme raisonnable, est,
» comme l'âme de l'univers , animée par le Créa-

» teur, qui est un Dieu unique et de toute néces-
» sité ». Sic Palladius, *de Brachmanibus*, *p.* 31,
Dandamim dicentem inducit, solem, lunam et
stellas, esse oculos corporis Dei. Mirum autem
hîc ab auctore *Anbertkend* eamdem prorsus ad-
hiberi similitudinem atque à Varrone, cujus
verba paulò prolixiora vide apud Augustinum,
de Civitate Dei, *lib. VII*, *cap.* 23. Auctor *Baga-
Vedam*, p. 26 : «Soyez persuadé que tout l'uni-
» vers n'est autre chose que la forme de Visnou ».
Et ibidem : «Tout n'est que Visnou ; tout ce qui
» a été, tout ce qui est, tout ce qui sera, sont en
» Visnou. Il éclaire toute chose, comme le soleil
» éclaire ce globe.... Il faut que vous sachiez que
» toutes les divinités subalternes n'étant qu'une
» production substantiellement de Visnou, toutes
» les prières adressées à ces dieux sont tenues
» comme adressées à lui-même ». Et p. 27, dicit
hanc doctrinam esse arcanam, hocque myste-
rium solis notum doctis, profano autem imper-
vium vulgo. Et p. 27 : « Il est dit dans le Vedam :
» *Sarvam Visnou maiam gegatou*, L'univers est
» Visnou. »

Quibus quidem verbis nihil magis pantheismum, sive spinosismum, redolet, cùm apud
ipsummet Spinosam, *in Operibus posthumis*,
p. 12, *prop.* 14, legatur : Præter Deum nulla
dari, neque concipi, potest substantia. Et *propos.* 15 : Quidquid est, in Deo est, et nihil sine

Deo esse, neque concipi potest. Idem Spinosa,
Epistol. ad Oldenburg. p. 441 *Oper. posthum.* :
« Quod autem ad mentem humanam attinet,
» eam etiam partem naturæ esse censeo; quia
» statuo, dari etiam in natura potentiam infini-
» tam cogitandi, quæ, quatenus infinita, in se
» continet totam naturam objectivè, et cujus
» cogitationes procedunt eodem modo ac natura,
» ejus nimirum ideatum; deinde mentem hu-
» manam hanc eamdem potentiam statuo, non
» quatenus infinitam, et totam naturam perci-
» pientem, sed finitam, nempe quatenus tan-
» tùm humanum corpus percipit; et hâc ratione
» mentem humanam, partem cujusdam infiniti
» intellectûs statuo ». Idem, *in Corollario, propos.* 2,
Ethices part. 11, *p.* 50 *Oper. posthum.*, sic loquitur : « Hinc sequitur, mentem humanam, par-
» tem esse infiniti intellectûs Dei; ac proinde
» cùm dicimus, mentem humanam hoc vel
» illud percipere, nihil aliud dicimus quàm
» quòd Deus, non quatenus infinitus est, sed
» quatenus per naturam humanæ mentis expli-
» catur, sive quatenus humanæ mentis essentiam
» constituit, hanc vel illam habet ideam ». Idem
quoque dixerat *in Ethices part.* 11, *schol. pro-*
pos. 7 : « Substantia cogitans, et substantia ex-
» tensa, una eademque est substantia, quæ jam
» sub hoc, jam sub illo attributo comprehen-
» ditur. Sic etiam modus extensionis, et idea

» illius modi, una eademque est res, sed duobus
» modis expressa; quod quidam Hebræorum
» quasi per nebulam vidisse videntur, qui sci-
» licet statuunt, Deum, Dei intellectum, resque
» ab ipso intellectas unum et idem esse. »

Enim verò pantheismi labes ab India et Oriente
ad Pythagoram, et à Pythagora ad Græcos transmissa, Alexandriam infecit, et hinc in Ægyp-
tum, pristinam suam sedem, rediit, in eclectico-
rum philosophorum scholam irrepsit, quosdam
etiam Judæos in Ægypto degentes, et imprimis
cabalistas, corrupit, à quibus hæc deliria quasi
per manus tradita accepit Spinosa; totum Orien-
tem continenti serie pervagata, apud Indos etiam
nunc remansit, cabalam Soufiorum Persicam
opplevit, et per Sinensium quoque animos per-
vasit.

Hinc intelligitur quomodo Plutarchus, sive
quisquis fuerit auctor operis *de Placitis philosophorum, lib. IV, cap.* 7, dixerit, Pythagoram et
Platonem ideo tantùm animam credidisse immortalem, quòd in mundi animam et in cogna-
tas partes, post hominis mortem, refundenda
esset: cujus quidem loci esotericum sensum minùs assecutus est Brucker, *Histor. crit. philos.,
tom. I, lib. II, cap.* 10, *art.* 24, *p.* 1094, *ed.
Lips.* 1767. Sic Laërtius, *lib. VIII, segm.* 28, Pythagoram ideo animam immortalem credidisse adfirmat, quòd et id à quo hausta est, immortale

sit. Majori parti veterum philosophorum (quod
quidem minùs observatum fuit, et attentione
dignissimum est) anima quidem immortalis videbatur, sed ut cætera omnia, quemadmodum
ait Demonax, de hac re interrogatus, apud Lu-
cianum, *tom. II, p.* 387. Nec anima perire posse
iis videbatur, cùm, ut putabant, nihil deficiat
quod in se redit, nec perire quidquam possit,
quod quò excidat, non habet, sed eodem revol-
vatur unde discedit, ut verba usurpem Senecæ,
Quæst. natur. 111, 9; *de Beneficiis*, *v*, 8, et
Epistol. xxxvi. Unde Servius ad hæc *Georgic. iv,*

> Scilicet huc reddi deinde, ac resoluta referri
> Omnia, nec morti esse locum,

annotat, dissolvi cuncta, et redire rursus in originem suam, nec morti, *id est,* perditioni, locum
esse, cùm in τὸ πᾶν redeant universa resoluta, et
hæc res quæ mors vocatur, non sit mors, quippe
quæ nihil perire faciat, sed resolutio.

Eadem prorsus credo tradita fuisse in mysteriis, de animarum emanatione et in communem
naturam post mortem refusione, de una eademque natura, quæ, variè affecta et constituta, in
varias immutetur formas, è qua omnia excer-
puntur et delibantur, et ad quam ita omnia re-
volvuntur, ut nullus sit morti, vel saltem nullus,
post eam quam vocant mortem, futuris aut præ-
miis aut suppliciis, locus. Mysteriorum doctri-

nam *pantheisticam*, non autem *theisticam*, et
unam eamdemque esse statuo atque esotericam
Pythagoræ theologiam naturalem, quamvis aliter
videatur Warburtono, cujus eruditionem et ingenii acumen veneror. Cùm autem totidem sint
esotericæ philosophorum theologiæ physicæ quot
sunt eorum sectæ, mysteriorum doctrinam ad
naturalem Pythagoræ theologiam propiùs quàm
ad alias ideo accessisse puto, quòd constet omnia
Græcorum mysteria ab Ægyptiis derivata fuisse,
quorum fontibus hortulos suos, plus quàm quem-
libet alium, irrigavisse Pythagoram pariter ex-
ploratum est. Miror Cl. Warburtonum, qui ubique contendit mysteria ab Ægyptiis ad Græcos
pervenisse, ut et omnem aliam Græcam eruditionem et sapientiam eadem fuisse in Ægypto
et in Græcia, atque ad eumdem finem spectavisse
(V. *Dissert. v*, *tom. I*, p. 171, 191, 208), pu-
tavisse tamen in Græcia arcanas mysteriorum et
scholarum philosophicarum doctrinas, quamvis
ab uno eodemque fonte profectas, res esse longè
diversissimas, quamvis fateri cogatur in Ægypto,
id est, in mysteriorum incunabulis, nullum inter
eas discrimen fuisse.

Sic et idem suâmet ipse confessione urgetur,
cùm, vi veritatis repulsus, fatetur, *Dissert. v*,
tom. I, p. 181, « que plusieurs Anciens, même
» des plus éclairés, sont tombés dans l'erreur de
» croire que les secrets de la religion et ceux de

D

» la philosophie étoient les mêmes. » Qui si error est, cum doctissimis veteribus, qui veritatem propiùs contingebant, quorum multi aut sacris initiati et ἐπόπται esse, aut plurima de mysteriis opera, quorum nunc nihil nisi titulos habemus, legisse poterant, malo errare, quàm sequi Cl. Warburtonum, summum quidem virum, sed qui mysteriorum naturam et doctrinam duntaxat subodorari, et fallacibus post tantum temporis intervallum conjecturis assequi valebat; cùm præterea ipse nobis concedere cogatur, *Dissert. VIII, tom. II*, p. 21, « que les Grecs appe- » loient du même nom les secrets des écoles et » ceux des mystères, et que les philosophes » n'étoient guère moins circonspects à révéler » les premiers qu'on ne l'étoit à communiquer » les seconds. »

Et hoc quidem inde factum fuisse puto, quòd eadem prorsus essent mysteriorum et scholarum philosophicarum arcana, et eodem tegerentur silentio, utpote quæ germana prorsus de rebus divinis traderent, scilicet falsorum Numinum aras everterent, et plerosque Deos, quos venerari et colere vulgus solebat, nihil aliud esse declararent, quàm, ut ait Balbus apud Ciceronem, *de Natura Deorum, lib. II*, p. 23 *et* 24, res à Deo seu à communi natura natas, quæ nomine ipsius Dei nuncupabantur, et Deorum nomen obtinuerant, quòd eorum vis esset tanta, ut sine Deo

regi non posset; cæteros autem Deos fuisse homines beneficiis excellentes, quos vita hominum
consuetudoque communis, tantorum memor
meritorum, in cœlum famâ ac voluntate sustu-
lerat; sicque unicum Numen remanere Naturam
parentem, ut vocat Apuleius, *Metamorphos.*,
lib. 11, p. 259, elementorum omnium dominam,
seculorum progeniem initialem, summam Numinum, reginam Manium, primam Cœlitum,
Deorum Dearumque faciem uniformem, quæ cœli
luminosa culmina, maris salubria flamina, inferorum deplorata silentia, nutibus suis dispensat,
cujus Numen unicum, ut eadem Natura apud
eumdem prædicat Apuleium, multiformi specie,
ritu vario, nomine multijugo veneratur orbis,
quamque appellant nomine Reginam Isidem pris-
câ doctrinâ pollentes et cærimoniis eam prorsus
propriis percolentes Ægyptii, à quibus hæc sacra
ad Græcos transmissa. Hæc est, teste eodem ibid.
Apuleio, quam superi colunt, observant inferi,
quæ rotat orbem, luminat solem, regit mundum,
calcat Tartarum, cui respondent sidera, gaudent
Numina, redeunt tempora, serviunt elementa,
cujus nutu spirant flamina, nutriuntur nubila,
germinant semina, crescunt germina, cujus majestatem perhorrescunt aves cœlo meantes, feræ
montibus errantes, serpentes solo latentes, bel-
luæ ponto natantes. Hæc est, teste eodem, sancta
et humana generis humani sospitatrix perpetua,

semper fovendis mortalibus munifica, quæ dul-
cem matris affectionem miserorum casibus in
vita tribuit, eosque post mortem in suum recipit
sinum, in quem omnia refluunt, quippe quæ ex
eodem effluxerint. Proinde, postquam Apuleium
allocuta est, in se recessisse ab hoc philosopho
dicitur, quo nihil Naturâ dignius prædicari potest, cùm, ut ait Seneca, *de Beneficiis, lib. IV,
cap.* 8, opus suum ipsa impleat, et quòcumque
te flexeris, ibi illam videas occurrentem tibi, et
nihil ab illa vacet.

Hanc autem doctrinam ex Ægypto in Græciam
intulerant primi illi mysteriorum et philosophiæ
parentes, ac præsertim Pythagoras ille, quem
philosophorum Homerum verè dici posse censeo,
cujusque fontibus omnes post eum philosophi,
Platonici, Peripatetici, Stoïci, Eclectici, ut Ho-
mericis poëtæ, hortulos suos irrigaverunt. De
quo legendus Theodorus Metochita, capite sep-
timo operis Græci inediti quod inscriptum est
Capita philosophica et historica centum et viginti,
cujus apographum in Bibliotheca regia notatum
n° MMIII, et indicem in Bibliothec. Græc. Fabri-
cii, *tom. IX,* p. 218, videre potes, quemque librum manuscriptum laudat elegantissimus Mu-
retus, *Variar. Lect. lib. VII, cap.* 17.

Τελετὴ, ut suprà observavimus post Warburton., pariter esotericam mysteriorum et philosophorum doctrinam designat. Quod quidem sic

auctoritate Chrysippi confirmat Etymologicon magnum, voce Τελετὴ, p. 751 : Τελετὴ sacrificium mysticum.... Chrysippus autem sermones de divinis rebus meritò τελετὰς vocari affirmat; hos enim omnium ultimos, τελευταίες, in fine tradendos esse, cùm jam animus confirmatus veluti stabili innitatur fundamento, et iis qui initiati non sunt, πρὸς τὲς ἀμυήτες, eos reticere et celare valeat. Quem quidem Chrysippi locum respicit Plutarchus, *de Stoïcorum repugnantiis*, p. 1035, ubi hunc philosophum jussisse dicit ut omnium extremus et ultimus, τελευταῖον, tractaretur de Deo locus et sermo, qui, inquit, ob hanc causam τελετὴ, *id est;* finis, vocatur. Nam, subjicit idem Chrysippus apud Etymologicon magnum ibidem, p. 751, de Diis audire vera et sana, auditaque posse continere et silentio premere, hoc est magnum præmium propositum. Sic Plutarchus, *de Oraculorum defectu*, p. 417, dicit maxima de Geniorum natura veritatis indicia et argumenta è mysteriis colligi posse, sed linguam esse diligentissimè continendam; quem esotericæ philosophorum doctrinæ fructum et finem suprà Chrysippus promiserat. Confer omnino secundum caput primi libri Commentarii in Scipionis Somnium à Macrobio conscripti.

Vides igitur eamdem in Chrysippi schola atque in mysteriis prudentiam adhibitam, cùm de iisdem divinis rebus et in hoc et in illo ageretur

loco. Sic et Clemens Alexandrinus docet fuisse
quædam arcana Zenonis scripta, quæ discipulis
haud priùs attrectare licebat quàm factum fuisset periculum utrùm sincerè et germanè philosopharentur. Idem affirmat ibidem , *Stromat.*,
lib. r, p. 575, *ed. Par., at p.* 680 *et* 681, *ed. Potteri, tom. II*, non solis solùm Stoïcis, et Pytha-
goricis, et Platoni, sua adfuisse vela quibus suam
obtendebant doctrinam , sed et Epicureos habuisse volumina arcana, quæ omnibus evolvere
non licebat. Sic, inquit, qui mysteria institue-
runt, cùm philosophi essent, sua placita fabulis
obruerunt, ne omnibus paterent; ubi vides esotericam philosophorum doctrinam cum philosophica mysteriorum, ut à Chrysippo, sic à Clemente Alexandrino, rectè conferri. De Stoïcorum
autem doctrinâ esoterica notanda sunt quæ Eschenbach, *de Poësi Orphica*, p. 5, affert è tertio
Galeni libro, *de Placitis Hippocratis et Platonis*:
Hanc, inquit, interpretationem non admittunt
Stoïci, sed hoc aliud sibi velle affirmant; quid
autem sit, minimè declarant, videlicet quòd ad
esotericam pertineat doctrinam; et statim nos
taxant quòd nimis temerè aliquid objiciamus,
priusquam quid à se dictum fuerit, perspectum
habeamus. Sic Plato, monente eodem Galeno in
libro *de Substantia facultatum naturalium*, apud
eumdem ibid. Eschenbach , suam esotericam
theologiam physicam non revelabat nisi paucis

auditoribus interioris admissionis, ut vocat Seneca, qui horumce eruditorum ac sublimiorum sermonum capaces essent, eorumque sensum reconditum possent assequi.

Quæ autem ultimo loco à philosophis tradebantur, nec erant nota nisi paucissimis admodum, iisque perspectæ fidei, discipulis, ea DECRETA esse docet Seneca, *Epist. xcv*: Hæc, inquit, Græci vocant δόγματα: nobis autem vel *decreta* licet appellare, vel *scita*, vel *placita*. Vide eumdem et *Epist. xciv*, ubi de philosophiæ decretis et præceptis disputat. Seneca, loco suprà laudato, decreta opponit imbecillis, ut vocat, et sine radice præceptis, illisque totam rerum naturam simul contineri adfirmat; unde, cùm de iis loquitur, hos Lucretii, *lib. i, v. 48*, versus affert, in quibus eorum fit mentio, quibus ut esotericæ philosophorum scholæ, sic Eleusinia Cereris templa personabant :

> Nam tibi de summa cœli ratione, Deûmque,
> Disserere incipiam, et rerum primordia pandam :
> Unde omnis Natura creet res, auctet, alatque,
> Quòque eadem rursus Natura perempta resolvat.

Ibidem Seneca hoc interesse dicit inter decreta philosophiæ et præcepta, quod inter elementa et membra. Hæc, inquit, ex illis dependent : illa et horum causæ sunt, et omnium. Decreta cum radicibus confert, quibus tota inhæreat moralis pars philosophiæ quæ præceptis continetur. Unde

Bruckerus rectè affirmavit, *Hist. crit. philosoph.*, tom. *I, p.* 920 *et* 953, principiis physiologicis veluti fundamentis innixam constitui moralem Stoïcorum doctrinam. Quod fusiùs evolvunt omnino videndi et conferendi Seneca, *Epist.* xc*iv et* xc*v*, Cicero, *de Finibus, lib.* iii, *cap.* 21 *et* 22, et cum Seneca ad verbum consentiens Chrysippus apud Plutarchum, *de Stoïcorum repugnantiis*, p. 1035. Hi omnes negant quemquam de bonis et de malis verè judicare posse, nisi omni cognitâ ratione Naturæ, sine cujus explicatione, necnon et physicorum face, veterum præcepta sapientium intelligi non posse affirmabant.

Hoc ut declaret Seneca, hanc humani officii formulam tradit, *Epist.* xc*v*, quæ, ex esotericæ philosophiæ decretis petita, præceptum confirmat, quo jubentur homines naufrago manum porrigere, erranti viam monstrare, et, ut ait idem Seneca, cum esuriente panem suum dividere. Omne, inquit, hoc vides quo divina atque humana conclusa sunt : unum est; membra sumus corporis magni. Quo quidem esotericæ ut Stoïcorum, sic et Pythagoricorum, et mysteriorum, doctrinæ decreto docebantur homines, aliis officia ideo præstanda esse, quòd sint cognata membra unius ejusdemque Naturæ communis, quæ dicatur Deus, quæ id sit quod vides totum, et quod non vides totum, ut nimis argutè, pro more suo, alibi dicit Seneca, *Præf. Quæst. natur.*,

lib. 1, cujusque partes omnia sint, è qua omnia
emanarint, et ad quam omnia revocanda sint.
Unde sequi putabant animum post mortem, in
Numinis sinum, ex quo effluxerat, rediturum,
nec ulla ei mala aut pœnas timendas esse, nullis
defunctum malis affici, et illa quæ nobis inferos
faciunt terribiles, fabulas esse, Oblivionis am-
nem et Acheronta fluxisse è cerebro poëtarum,
qui, Tartari ignem accendentes, et ista ludentes,
vanis nos agitavere terroribus; quod alibi disertè
profitetur Seneca, *Consolatione ad Marciam, cap.*
19, *et Epist. xxiv*, et in hac ipsa Epistola in qua
philosophiæ decretorum necessitatem prædicat,
sic innuit : « Quæ causa est Diis benefaciendi?
» Natura. Errat, si quis putat illos nocere posse.
» Non possunt; nec accipere injuriam queunt,
» nec facere. Lædere enim lædique conjunctum
» est. Summa illa ac pulcherrima omnium Na-
» tura, quos periculo exemit, nec periculosos
» quidem fecit. Primus est Deorum cultus, Deos
» credere; deinde, reddere illis majestatem suam,
» reddere bonitatem, sine qua nulla majestas est;
» scire, illos esse qui præsident mundo, qui uni-
» versa vi suâ temperant, qui humani generis
» tutelam gerunt, interdum curiosi singulorum.
» Hi nec dant malum, nec habent : cæterùm cas-
» tigant quosdam, et coërcent, et irrogant pœnas,
» et aliquando specie boni puniunt. » Ubi de iis
tantùm agitur pœnis quas viventibus irrogant

Dii, non autem de iis quibus defunctos plectunt;
cùm Stoïcis et Pythagoræ videatur, nihil defunc-
tis superesse quod timeant, nulla imminere mor-
tuis supplicia, sed eorum animas in animam
universi, unde emanarant, refundendas, et sic
in eumdem reponendas locum in quo jacuerant
antequam nascerentur : quam germanam fuisse
puto mysteriorum doctrinam, cum παλιγγενεσία
corporum de interitu reformatorum, et in alias
formas abeuntium, conjunctam. Hinc dixit Seneca, *Epist. LXXV* : « Nec mortem horrebimus, nec
» Deos. Sciemus mortem malum non esse, Deos
» malos non esse. Tam imbecillum est, quod no-
» cet, quàm cui nocetur : optima vi noxiâ carent »
(ubi malè Pincianus legit, *noxâ carent*, pro
vi noxiâ). Addit Seneca : « Expectant nos, si
» aliquando ex hac fæce in illud evadimus su-
» blime et excelsum, tranquillitas animi, et, ex-
» pulsis erroribus, absoluta libertas. Quæris quæ
» sit ista ? Non homines timere, non Deos, etc. » :
quod erat esotericum Porticûs dogma. Scilicet
Lactantius declarat in libro *de Ira Dei*, *cap*. 5,
Stoïcos existimare, iram in Deo non esse, nec
cadere in Deum hanc animi pusillanimitatem,
ut ab ullo se læsum putet, qui lædi non potest;
ut quieta illa et sancta majestas concitetur, per-
turbetur. Seneca, *de Beneficiis*, *lib*. IV, *cap*. 19 :
« Deos nemo sanus timet; furor est enim metuere
» salutaria : nec quisquam amat quos timet. » Idem,

Epist. XVII, à philosophia promitti docet perpetuam libertatem, nullius nec hominis nec Dei
timorem. Idem, *de Beneficiis, lib.* VII, *cap.* I :
« Si animus fortuita contempsit, si se supra me-
» tum sustulit.... si Deorum hominumque for-
» midinem ejecit, et scit non multùm esse ab
» homine timendum, à Deo nihil, si.... eò per-
» ductus est, ut illi liqueat mortem nullius mali
» esse materiam, multorúm finem.... consum-
» mavit scientiam utilem ac necessariam. »

Hîc, ut vides, Seneca esotericam denudat doctrinam Stoïcorum, qui, in exotericis prælectioni-
bus discipulorum vulgus alloquentes, quosdam
commemorabant inferos, quoddam veluti *pur-
gatorium*, quemadmodum suam metempsycho-
sin Pythagorici, quorum veram ac germanam
fidem suprà è Timæo Locrensi audivimus, quemadmodum mysteriorum antistites primò initiatis scelestorum pœnas ac tormenta ostendebant,
deinde solis interioris admissionis ἐπόπταις, quid
de iis sentirent, expromebant. Sic autem prosequitur Seneca, *Epist.* XCV : « Quomodo sint Dii
» colendi, solet præcipi. Accendere aliquem lu-
» cernam sabbathis prohibeamus, quoniam nec
» lumine Dii egent, et ne homines quidem delec-
» tantur fuligine. Vetemus salutationibus matu-
» tinis fungi, et foribus assidere templorum :
» humana ambitio istis officiis capitur. Deum
» colit, qui novit. Vetemus lintea et strigiles Jovi

» ferre, et speculum tenere Junoni. Non quærit
» ministros Deus : quidni? Ipse humano generi
» ministrat : ubique et omnibus præsto est. Audiat
» licet » (homo solis philosophiæ præceptis im-
butus, non autem decretorum cognitione excul-
tus et subactus), « quemadmodum se gerere in
» sacrificiis debeat, quàm procul resilire à mo-
» lestiis ac superstitionibus : nunquam satis pro-
» fectum erit, nisi qualem debet Deum, mente
» conceperit, omnia habentem, omnia tribuen-
» tem, beneficia gratis dantem. Quæ causa est
» Diis benefaciendi? Natura. » Et infrà : « Vis Deos
» propitiare? Bonus esto. Satis illos coluit, quis-
» quis imitatus est. »

Spinosa, Stoïcorum simius, qui in multis ita
cum Porticu consonat, ut aliquem ex hisce philosophis in barbaram linguam conversum legere
interdum tibi videaris, cùm impia Spinosæ opera
posthuma evolvis, nunquam magis cum iis con-
sentit quàm in *Ethices part. II, p.* 91 *et* 92
Opér. posthum., ubi sic dicit : « Hæc doctrina,
» præterquam quòd animum omnimodè quietum
» reddit (quòd scilicet æternarum pœnarum me-
» tum eximat), hoc etiam habet quòd nos docet
» in quo nostra summa felicitas, sive beatitudo,
» consistit, nempe in sola Dei cognitione, ex qua
» ad ea tantùm agenda inducimur quæ amor et
» pietas suadent. » (Ut passim Stoïci inculcant,
virtutem solam esse sui pretium, in eaque vitam

beatam esse repositam. De quo vide Senecam, *de
Clementia, lib. 1, cap. 1*, et *de Vita beata, cap.* 9.)
« Unde, prosequitur Spinosa, claré intelligimus,
» quantùm illi à vera virtutis æstimatione aber-
» rent, qui pro virtute et summis actionibus,
» tanquam pro summa servitute, summis præ-
» miis à Deo decorari expectant, quasi ipsa vir-
» tus Deoque servitus non 'esset ipsa felicitas et
» summa libertas » (ubi vides à Spinosa, ut à
Stoïcis esotericam tradentibus doctrinam, æter-
norum præmiorum spem tolli). 2°. « Quatenus
» docet, quomodo circa res fortunæ, sive quæ in
» nostra potestate non sunt, hoc est, circa res
» quæ ex nostra natura non sequuntur, nos ge-
» rere debeamus; nempe utramque fortunæ fa-
» ciem æquo animo expectare et ferre; nimirum
» quia omnia ab æterno Dei decreto eâdem neces-
» sitate sequuntur, ac ex essentia anguli sequitur
» quòd tres ejus anguli sunt æquales duobus rec-
» tis. » (Sic passim Stoïci docent, Naturæ consen-
tiendum, Fato et necessitati parendum, ducere
volentem Fata, trahere nolentem, et hinc patien-
tiam esse apprimè necessariam ; de quo vide singulis ferè paginis Epictetum, Marcum Antoninum, Senecam, huncque præsertim *de Vita
beata, cap.* 15.) 3°. Subjicit Spinosa : « Confert
» hæc doctrina ad vitam socialem, quatenus do-
» cet, neminem odio habere, contemnere, irri-
» dere, nemini irasci, invidere ; præterea qua-

» tenus docet, ut unusquisque suis sit contentus,
» et proximo, auxilio, non ex muliebri miseri-
» cordia » (quam Stoïci sapiente indignam putabant : notissimus est ille Virgilii versus :

Nec doluit miserans inopem, aut invidit habenti),

« neque ex partialitate, neque superstitione, sed
» ex solo rationis ductu. » Quæ omnia ita prorsus
Stoïca sunt, ut Stoïcorum moralis doctrinæ compendium in iis quilibet agnoscat, dummodo in
Epicteti, Marci Antonini et Senecæ lectione non
omnino sit hospes et peregrinus. Nec eadem so-
lummodo sunt Porticûs et Spinosæ decreta, sed
etiam iisdem innituntur physiologicis principiis.

Hinc Zeno, teste Clemente Alexandrino, p. 691,
in libro de Republica, negaverat oportere templa
exstruere, et simulacra conficere ; nihil enim
eorum quæ conficiuntur, Diis dignum censebat.
Nec, inquit Clemens, veritus est hæc ipsis verbis
scribere : Neque opus erit fana ædificare ; fana
enim nec magni pretii, nec sacra sunt existi-
manda ; nullum autem structorum et illibera-
lium opificum opus magni pretii et sanctum esse
potest. Quemadmodum Seneca laudatus à Lac-
tantio, Institut. divin., lib. II, cap. 2, p. 118,
fortasse in suo libro de Superstitione, cujus meminit Tertullianus in Apologet., cap. 12, p. 13,
et in quo, teste Augustino, de Civitate Dei,

lib. VI, cap. 10, multò copiosiùs atque vehe-
mentiùs civilem et urbanam theologiam, quam
Varro theatricam atque fabulosam reprehende-
rat, hæc dixit : « Simulacra Deorum venerantur,
» illis supplicant genu posito, illa adorant, illis
» per totum adsident diem, aut adstant, illis
» stipem jaciunt, victimas cædunt; et cùm hæc
» tantopere suspiciant, fabros qui illa fecere,
» contemnunt. » In ejusdem Senecæ Epistola suprà laudata vidisti omnem cultum publicum
funditus tolli, omnes aras everti, omnia sacrificia
removeri, omnes denique Numinis ministros et
sacerdotes expelli, cùm Deum is solus colat, non
qui sacrificia offert, sed qui eum novit, et satis
eum colat, si fuerit imitatus, si primò eum esse,
deinde si esse bonum crediderit, cùmque, ut
illum propitiet, nullâ aliâ re, nisi virtute, opus
habeat; non autem sacrificia et preces requiran-
tur, cùm Deus omnia habeat, omnia tribuat, et
gratis det beneficia; nec quærat ministros et sacerdotes, qui ipse humano generi ministrat, et
ubique et omnibus præsto est. Cernis igitur
esotericâ philosophorum theologiâ, ut et mysteriis, susceptás publicè religiones exstingui, et
hinc pariter utramque doctrinam taciturnitate
parietibusque clausam fuisse, nec patuisse hæc
arcana nisi iis qui scholas et Eleusinium templum non à primo limine salutaverant, aut in
vestibulo hæserant, sed qui in intima penetra-

verant adyta, reducta et in᷑ interiore sacrario clausa ἐπόπται inspexerant : nam, ut ait Seneca, *Quæstion. natural.*, lib. *VII*, *cap.* 3ı, non semel quædam sacra traduntur : Eleusis servat quod ostendat revisentibus.

Seneca, *Epist.* xcv, theologiam esotericam et mysteria inter se comparans, sic loquitur : « Quan-
» tùm utilitatis manus habeant, nescire nulli li-
» cet; apertè juvant : cor illud, quo manus vivunt,
» ex quo impetum sumunt, quo moventur, latet.
» Idem dicere de præceptis possum : aperta sunt;
» decreta verò sapientiæ in abdito. Sicut sanctiora
» sacrorum tantùm initiati sciunt, ita, in philoso-
» phia, arcana illa admissis receptisque in sacra
» ostenduntur : at præcepta, et alia hujusmodi,
» profanis quoque nota sunt. » Sic et Cicero, de Academicorum esoterica doctrina loquens, *in Lucullo, cap.* 18 : « Volo igitur videre, inquit, quid
» invenerint Academici. Non solemus, inquit,
» ostendere. Quæ sunt tandem ista mysteria? aut
» cur celatis, quasi turpe aliquid, sententiam
» vestram? » Enimverò, ut ait idem Cicero apud Augustinum (*contra Academicos, lib. III, cap.* 20 *et cap.* 17, *et lib. II, cap.* 13, *et de Civitate Dei, lib. VI, cap.* 10), « mos fuit Academicis occul-
» tandi sententiam suam, nec eam cuiquam, nisi
» qui secum usque ad senectutem vixissent, ape-
» riendi. » De doctrina arcana confer et Salmasium ad Simplicium, p. 230 et 235.

Quantam præsertim in hisce sermonibus esotericis exponendis cautionem adhibuerit Pythagoras, quàmque fidum silentium hisce sacris dis-
ciplinarum arcanis, ut mysteriis, servari volue-
rit, quâque ignominiâ Hipparchum, auditorem
suum, affecerit, quòd nonnulla ex iis revelare
aliis ausus fuisset, et quomodo eum ob hanc
causam è sua ejecerit schola, in ejusque locum
immobilem lapideam columnam erexerit, vide
apud Jamblichum, *de communi Mathematica*,
à nobis editum, p. 216 tomi secundi nostrorum
Anecdotorum Græcorum, Clementem, *Stromat.*,
lib. r, p. 680, et Eschenbach, *de Poësi Orphica*,
p. 4, à quo rectè post Clementem, *Stromat., lib. r*,
p. 681., observatur, Pythagoram suos habuisse
discipulos ἀκυσματικὸς, qui, quod didicerant, fide
tantùm tenebant, et, illo suo αὐτὸς ἔφα contenti,
nullas rationes accipiebant; alios verò μαθηματικὸς, qui, ab eodem secretiori doctrinâ imbuti,
rationem etiam eorum quæ dicebantur, perci-
piebant. Idem ibidem, è Procli libro quinto Com-
mentariorum in Parmenidem, probat Pythago-
ricis quosdam fuisse sermones dictos μυστικὸς,
quosdam verò ἐξωτερικὺς : ubi vides discipulos
ἀκυσματικὸς, qui duntaxat ἐξωτερικὺς λόγυς excipiebant, eosdem fuisse atque in sacris mysteriis
μύστας; at verò μαθηματικὸς, qui μυστικὸς λόγυς
excipiebant, fuisse veluti ἐπόπτας. Hos per quinquennium instituebat Pythagoras, ut opinionem

E

suspendio cognitionis ædificaret, inquit Tertullianus adversùs Valentinianos, p. 250. Unde Schefferus, *de Philosophia Italica, cap.* 2, p. 86, affirmat, Pythagoricos philosophiam suam coluisse veluti rem sacram, atque idcirco pleraque in ea observavisse illorum quæ vulgò in mysteriis consueverant. In *Opusculis mythologicis, physicis et ethicis* à Thoma Gale editis, legitur, p. 737, elegantissima epistola, Lysidi tributa, in qua Hipparchum graviter increpat, quòd, neglecto Pythagoræ instituto, palàm philosopharetur, et iis qui nondum mundati, purgati atque initiati fuissent, sapientiæ bonorum copiam fecisset. In hisce literis Eleusiniorum mysteriorum et Pythagoricæ doctrinæ comparationem ita instituit Lysis, ut affirmet non minorem esse illius impietatem qui hujus philosophiæ quàm qui illorum sacrorum violaverit arcanum; et hanc causam subjicit cur Pythagoras per quinquennium suspendio cognitionis auditores suos præparaverit, quòd nempe non inanes nugas, non laqueos quibus animos juvenum irretiunt sophistæ, non vanam tractaret eruditionem, sed rerum humanarum divinarumque scientiam traderet. Quemadmodum verò, inquit, si quis in profundum puteum, cœno et luto plenum, infundit puram et dilucidam aquam, et cœnum perturbat, et aquam corrumpit, eadem est ratio eorum qui temerè et sine præparatione docent

et docentur. Epistolam suam concludit memo-
rando, Pythagoram nunquam voluisse palàm
philosophari, et apud Damo, filiam suam, suos
depositos reliquisse commentarios, et vetuisse
ne cuiquam extra familiam traderentur : hanc
verò, cùm grandi pecuniâ vendere posset illos
sermones, noluisse, sed egestatem et patris man-
data auro pretiosiora duxisse; imò et morientem
Bistaliæ, filiæ suæ, idem præcepisse : ubi pro τὰν
αὐτὰν ἐπισ7ολὰν ἀπέσ7ειλε, lege τὰν αὐτὰν ἐπιτολὰν
ἐπέτειλε (1).

---

(1) Esotericæ Pythagoricorum doctrinæ pars erat et geo-
metria, quæ, teste Jamblicho, in libro de communi
Mathematica, à nobis primùm edito, tom. II, p. 216,
nostrorum *Anecdotorum Græcorum*, ideo postea publici
juris facta est, quòd cùm quidam Pythagoricus bona sua
amisisset, cæteri ei permiserunt ut eam docendo victum
quæreret. Imò et ipsæ numerorum notæ minusculæ, quas
Arabicas ciphras immeritò vocamus, quibus refertæ sunt
singulæ Boëthii Arithmeticæ paginæ, quas Isaacus Vossius
deprehenderat in codice Boëthii quem seculo sexto tribuit,
quibus carere non potuisse Romanos, ob eorum infinita
propemodum vectigalia, amplissimam jurisdictionem, et
immensum commercium, declaravimus, p. 153 et seqq.
tomi secundi nostrorum *Anecdotorum Græcorum*, quas-
que à Pythagoræorum apicibus derivatas fuisse opinatur
Boëthius in Arithmetica sua seculo quinto labente composita, hæ ipsæ numerorum notæ religiosissimè servaban-
tur inter arcana Pythagoræ. Hic primus ea signa intulerat
in Europam, quæ in Oriente didicerat. Nam, ut rectè obser-

· Vide autem quæ de Orphica doctrina Eusebius
affert, *Præparat. evangel.*, *lib. III, cap.* 9, *p.* 100
et seqq. quæque mihi in multis videntur cum

---

vat doctissimus Gatterer, *in Elementis artis Diplomaticæ
universalis*, *Gottingæ*, 1765, p. 71 et seqq., nemo erit
qui non perspiciat, universam ciphrarum rationem atque
œconomiam, et ipsum adeò nomen, originem Orientalem
satis prodere. Quæ cùm ita sint, ego quidem ciphras nostras pro siglis, *id est*, pro literis primordialibus vocum
numeralium, vel pro literis cèrtè alphabeti cujusdam
Orientalis, et Ægyptiaci quidem, sive, quod ferè idem est,
Phœnicii, habeo. Sic et in nostris *Anecdotis Græcis*, tom.
II, p. 153, observavimus post doctissimum auctorem ano-
nymum *Dissertationis mathematico-criticæ de numeralium notarum origine*, p. 21 et seqq., usque ad p. 110,
tom. XLVIII, *Raccolta d'Opuscoli scientifici e filolo-
gici*, *in Venezia*, 1753, quem Italum esse adfirmat Cl.
Trombelli, p. 5, *Arte di conoscere l'età de' codici*, horumce signorum formas in Tironis et Senecæ notis, necc-
non et in antiquis inscriptionibus, ita exhiberi, ut non
quidem numeros, sed verba interdum et syllabas, et non-
nunquam pondera et mensuras, quæ sanè ad numeros
spectant, repræsentent. Imò idem ille anonymus et veteres
affert inscriptiones in quibus pro notis numeralibus usur-
patæ sint. Inde, inquit, p. 70, Diophantus Alexandrinus,
qui medio ferè seculo secundo algebram tractavit, cujusque ultimi libri inediti ad eam pertinentes utinam è bibliotheca Vaticana proferantur, harumce notarum non
fuit ignarus. Sic autem pergit eruditissimus Gatterer, p. 71:
Exstant nunc quoquè *mumiæ*, quas vocant, antiquissimæ,
in quarum inscriptionibus hinc inde literæ cernuntur,
quarum figuræ cum ciphris nostris omnino conveniunt.

mysteriorum ac proinde cum Pythagoricorum doctrina consentire. Confer et Clement. Alexandrin. *Stromat.*, *lib. v, p. 726.* Sic Musæus, teste

---

Neque unam tantùm atque alteram, sed omnes omnino ciphrarum figuras, et ipsum adeò nihili signum, seu *zero*, ad modum circelli o exaratum, in his mumiarum inscriptionibus, tanquam veras alphabeti literas usurpatas deprehendere licet. Vide, inquit, in *Mémoires de Trévoux*, ann. 1740, Mart., art. xxi, *Lettre à M. Rigord, commissaire de la marine*, ubi *mumiæ* ejusmodi exemplum propositum est. Imprimis verò lectu digna sunt, quæ affert tabulisque illustrat Illustrissimus Comes de Caylus, *dans le Recueil d'Antiquités égyptiennes, étrusques, grecques et romaines*, tom. I, *Paris*, 1752, in-4., p. 65-76. Confer *tab. xxi, xxvi.* Unde sic Cl. Gatterer concludit: Phœnices et Ægyptii, quorum studia arithmetica, Phœnicum imprimis, nemo unquam in dubium vocavit, primi omnium populorum, ut literis scripserunt, ita quoque per literas, hoc est, per ciphras, quas vulgò Arabicas seu Indicas vocant, computarunt. Hæ ciphræ sensim à Phœnicibus et Ægyptiis, unà cum reliquis literis, ad alios Orientis populos venerunt. Hebræi imprimis, et θεόπνευσγοι. etiam sacri Codicis auctores, ciphris in scribendis numeris usi videntur : errores certè numerorum, in sacris literis deprehensi, quod jam Vignolius observavit, *dans la Chronologie de l'Histoire sainte*, tom. I, p. 192 et seqq., ex nullo fonte tutiùs quàm partim ex ciphris transpositis, partim ex *zero* mox aucto, mox diminuto, derivari possunt. Etsi, subjicit, qualis Europæorum veterum, Græcorum præsertim, ac Romanorum, arithmetica fuerit, ignoramus, constat tamen, Pythagoram, qui inter annum mundi 3376 et 3518 vixit, quique Phœnicibus, Ægyptiis, aliis-

E iij

Laërtio *in proœmio*, p. 3, *ed. Meibomii*, dixit, ex
uno omnia orta esse, et in unum omnia resolvenda fore ; quæ germana erat Orphei myste-

---

que Orientis populis, magistris usus est, notas numerales
in computando adhibuisse, quæ cum ciphris nostris maximam similitudinem habuerant. Cætera vide apud ipsum
Gattererum, qui deinde Boëthii verba recitat, et post
hunc memorat Pythagoricam computandi rationem, quam
Pythagoræi, in præceptoris sui honorem, *mensam Pythagoricam*, et postea *abacum*, appellarunt. His Cl. Gattereri
verbis ea sunt addenda quæ leguntur, *Nouveau Traité de
Diplomatique*, tom. III, p. 527 et 528 : « Don Antoine
» Nassare, *Polygraphie espan.*, fol. 19 *vers.*, conjecture
» que les Arabes ont pris leurs chiffres chez les Carthagi-
» nois ou Africains » (qui et ipsi hasce numerorum notas
Phœniciis debent). « La raison qu'il en donne, c'est qu'on
» trouve plusieurs de leurs figures dans quelques inscrip-
» tions tyriennes..... Ces figures se trouvent dans le calen-
» drier égyptien, publié par D. de Montfaucon, *Supplé-
» ment à l'Antiquité expliquée*, tom. II, planch. LIV. Mais
» ce n'est que par certain hasard, dit ce savant antiquaire,
» qu'on y voit souvent le 2, le 3 et le 4 de chiffre, et qu'en
» certains endroits, comme à la colonne sixième, en comp-
» tant de la droite à la gauche, on lit fort clairement et
» fort distinctement 443, 112 et 431. » Ubi vides jam à
Montfauconio omnium primo in monumentis Ægyptiis
deprehensas fuisse nostras numerorum notas, quamvis
alium earum figurarum usum, aliam significationem fuisse
putaverit. Confer Cl. Adlerum in eruditissimo opere quod
inscriptum est *Museum Cuficum Borgianum Velitris*,
ubi dicit, p. 39, numerorum signa in mumiis primùm
animadversa esse à Cl. Buttnero in *Vergleichungstafeln*

riorum, Pythagoricorum, Stoïcorum, etc., doctrinâ esoterica. Warburton, *tom. I, Dissert. v,*
p. 203, post Jamblichum, *de Vita Pythagoræ,*

---

der schriftarten verschiedner Volker, I stük. Gottingen,
1771, tab. II, quæ, inquit, p. 39 et 40, licèt tanquam
literæ adhibita videantur, semper tamen documento sunt,
eadem non noviter à Romanis, vel Arabibus, vel Indis,
inventa fuisse; sed hasce notas numerorum, quàrum prima vestigia apud Ægyptios reperiuntur, primùm in Asia
à cæteris gentibus, à Græcis imprimis, usu celebratas fuisse,
et mox etiam ad Romanos transivisse, qui omnes ferè
scientias, inquit, à Græcis, earum parentibus, acceperunt;
in Italia deinde cum cæteris disciplinis propemodum periisse, usquedum, post secula quædam elapsa, cùm literæ
renasci cœpissent, ab Arabibus, qui eas conservaverant,
revocatæ et nobis traditæ sint. Nam, ut observaveram in
meis *Anecdotis Græcis,* p. 152 et 153, Wallisius, *de
Algebra,* cap. 3, part. x, et cap. 4, part. xi, opinatur
Gallos, et deinceps Italos, has notas fuisse edoctos à Ger-
berto monacho, qui eas in Hispania, florente olim Arabum sede, acceperat. Gerbertus autem, qui fuit archiepis-
copus Remensis, ann. 992, indeque ad Ravennatem eccle-
siam transiit, et tandem S. Petri sedem occupavit, in qua
post quatuor annos nondum absolutos obiit, plures notas
numerales minusculas reliquit in suo Tractatu geometrico,
qui ex vetustissimo codice Salisburgensi prodiit, et in
quo, cap. 85, ad quasdam operationes arithmeticas confi-
ciendas appositi sunt numeri 1, 2, 3, 4, 5, 6, 7, 8, 9.
De Maximo autem Planude, qui ab Andronico Palæologo
Seniore ad Venetos, anno 1327, legatus missus est, et vixit
adhuc anno 1353, et scripsit hactenus ineditum opus,
atque inscriptum Ψηφοφορίαν κατ' Ἰνδὸς, in quo de quatuor

p. 146 : « Pythagore reconnoissoit que c'étoit dans
» les mystères d'Orphée qui se célébroient en
» Thrace, qu'il avoit appris l'unité de la cause

---

primis arithmetices regulis egit, et notarum numericarum figuras nostris prorsus similes exhibet, vide quæ attu-
limus, p. 153 secundi tomi nostrorum *Anecdotorum
Græcorum*, et confer tabulam huic subjectam, in qua,
num. 2 et 3, hasce formas è duobus S. Marci bibliothecæ
codicibus accuratè repræsentatas videbis. Cl. autem Adlerus, p. 37 sui *Musei Cufici Borgiani*, inter nummos
Borgianos (n° 46) feliciter invenit primum monumentum
ciphrarum, vel notarum numeraliúm, ab Arabibus adhibi-
tarum, anni, ut opinatur, MCLXXXIX. In omnibus aliis
nummis Cuficis æra vocibus integris expressa est, quæ
contrà hodie in nummis Arabicis semper notis numeralibus indicatur; è quo, inquit, cum magna verisimilitudine
tempus definiri potest, quo notæ illæ in usum Arabum
transierint. Appositè ad rem docti auctores *du Nouveau
Traité de Diplomatique*, tom. III, p. 514 : « Que l'épi-
» sème des Grecs ait constamment la valeur de 6 » (imò
et similem ferè figuram habeat) « dans les anciens actes
» publics, c'est un fait démontré par la chartre, ou papier,
» de Ravenne, de l'an 444, publiée par le marquis de
» Maffei, *Istor. Diplomat.*, p. 163. » Cl. Corsini in Dissertatione VI subjecta utilissimo ipsius operi, quod valde locu-
pletari potest, *de Notis Græcorum*, Florentiæ anno 1749
edito, sic habet, p. 107 : Character I sæpissimè in Græcis
marmoribus occurrit, ibique vel *unum*, vel *decem*, significat. Quod autem suspicatur Cl. Gatterer, ciphras nostras
habendas esse pro siglis, *id est*, pro literis primordialibus
vocum numeralium, id fortasse confirmari posset exemplo
veterum Græcorum, apud quos, docentibus Prisciano, *de*

» première et universelle; c'étoit là, pour me
» servir de ses expressions obscures et symboli-
» ques, qu'il avoit appris que la substance éter-

Figuris numerorum, non longè ab initio, Terentio Scauro,
Herodiano, aliisque grammaticis, Δ est 10, Π 5, X est
1000, etc., nempe quod Δ, Π et X sint literæ initiales vocum δέκα, πέντε, χίλιοι, quæ significant *decem, quinque,
mille*, etc., de quo vide, præter alios infinitos, Cl. Tay-
lorum, p. 23 et seqq. *Commentarii ad Marmor Sandvicense, Cantabrig.*, 1743, in-4. Hoc Sandvicense Marmor
antiquissimum notarum numeralium Græcarum specimen
ac monumentum meritò videtur Cl. Corsinio, p. 23, art. 3,
Prolegomen. in Notas Græcorum, videndo, ubi diversam
planè Græcarum numericarum notarum originem propo-
nit, quam olim in nostra *Palæographia Græca critica*
diligentiùs considerabimus. V. et Audrich., *Institution.
antiquar.* part. II, cap. 2, p. 140. De primigeniis autem
apud Latinos numerorum notis conferendus Joh. Swinton,
p. 16 et seqq. *Dissertationis de priscis Romanorum literis,
Oxonii*, 1746, in-4. Interea notandus est singularis ille
numerandi modus interdum à Græcis usurpatus, ut in illa
Smyrnensi inscriptione edita p. 665 et seqq. tom. IV,
Mémoir. Académ. Inscript., ubi disertè legitur A B pro
II et A B Γ Δ pro IV, de quo sic Kusterus ibidem, p. 669
et 670 : « Il est à remarquer ici que le nombre 4 est ex-
» primé par les quatre premières lettres de l'alphabet grec,
» au lieu qu'on ne le marque ordinairement que par un Δ
» seulement. » (Operariorum vitio in Actis Academiæ editum est A pro Δ.) « Je n'avois pas d'abord pris garde à
» cette façon d'exprimer le nombre de 4 : deux personnes
» savantes me l'ont fait remarquer, et m'ont demandé en
» même temps si on ne pouvoit pas la justifier par des

» nelle du nombre étoit le principe intelligent
» de l'univers, des cieux, de la terre et des êtres
» mixtes. » Celeberrima autem illa et antiquis-
sima Samothracum mysteria Varro aperit apud
Augustinum sic loquentem, *de Civitate Dei,
lib. vii, cap.* 28 : Samothracum nobilia mysteria
in superiore libro sic interpretatur (Varro), eaque
se, quæ nec suis nota sunt, scribendo expositu-
rum, eisque missurum, quasi religiosissimè pol-
licetur. Dicit enim, se ibi multis indiciis colle-
gisse, in eorum simulacris aliud significare cœlum, aliud terram, aliud exempla rerum, quas
Plato appellat ideas : cœlum, Jovem; terram,

» exemples tirés ou des auteurs, ou des anciens monumens.
» Je n'ai pu les satisfaire sur-le-champ; mais je me suis
» ressouvenu, depuis, que Diogène Laërce s'étoit servi de
» cette manière de marquer les nombres. En effet, cet
» auteur s'en sert partout, non-seulement par rapport au
» nombre de 4, mais aussi par rapport aux autres nom-
» bres, depuis 2 jusqu'à 10. » De peculiari autem nume-
ralis literæ forma, quæ soli regno Antiochi IV, Syriæ
regis, competit, vide, post Vaillantium, Montfauconium,
et Haymium, Swintoni *Dissertationem secundam de
nummis quibusdam Samaritanis et Phœniciis*, p. 5. De
numeralibus literis Hebraïcis et Samaritanis, vide Kenni-
cott, *in Dissertatione generali* Bibliis subjecta, p. 13;
Swinton, *in Dissertatione* (prima) *de nummis quibusdam Samaritanis et Phœniciis*, p. 67-72; et summum
illum Barthélemy, *Mém. Acad. Inscript.*, tom. XXIV,
p. 56.

Junonem; ideas, Minervam, vult intelligi; cœlum, à quo fiat aliquid; terram, de qua fiat; exemplum, secundùm quod fiat. Ubi vides quoddam veluti semen doctrinæ Platonicæ, quæ ex prima omnium philosophica, aliarumque subsequentium origine, mysteriorum doctrina, partim fluxit. Quàm dolendum autem periisse illos Varronis *de divinis humanisque rebus* libros, quos puerum vidisse se, et recordatione torqueri summis, ut aiunt, labris gustatæ dulcedinis, seque suspicari hos alicubi forsan latitare, affirmat Petrarcha, *in libro Epistolarum ad viros illustres veteres, epistolâ ultimâ, ad Marcum Varronem*, p. 709 secundi voluminis!

Quæ cùm ita sint, cùmque in mysteriis, et in esotericis philosophorum colloquiis, pariter doceretur, plerosque Deos quos vulgus colebat et adorabat, nihil aliud fuisse quàm Dei munera, aut effectus cœlestes, quæ pro totidem Numinibus à vulgo habebantur, immeritò dixit Warburton (1) : « Ce qui a fait prendre le change
» aux Anciens et aux Modernes sur le but de la
» double doctrine, et leur a fait imaginer qu'elle
» n'étoit qu'un artifice barbare pour conserver
» la réputation des sciences, et de ceux qui en
» faisoient profession, a été l'opinion générale
» que les fables des Dieux et des Héros avoient

_____

(1) Warburton, Dissert. VIII, tom. II, p. 24 et 25.

» été inventées par les Sages de la première anti-
» quité, pour déguiser et cacher des vérités na-
» turelles et morales, dont ils vouloient avoir le
» plaisir de se réserver l'explication. Les philoso-
» phes grecs des derniers temps sont les auteurs
» de cette fausse hypothèse; car il est évident que
» l'ancienne mythologie du paganisme naquit de
» la corruption de l'ancienne tradition histori-
» que; corruption qui naquit elle-même des pré-
» jugés et des folies du peuple, premier auteur
» des fables et des allégories, et qui dans la suite
» donna lieu d'inventer l'usage de la double doc-
» trine; non pour le simple plaisir d'expliquer
» les prétendues vérités cachées sous l'enveloppe
» de ces fables, mais pour tourner au bien du
» peuple les fruits mêmes de sa folie et de ses pré-
» jugés. » Et alibi (1) : « Il faut d'abord examiner
» quelle est l'origine de la fable en général. Il y
» a communément deux opinions à ce sujet. La
» première, que les anciennes fables ne sont que
» des inventions des anciens Sages, que des allé-
» gories sous lesquelles ils ont caché des vérités
» naturelles, morales et divines, qu'un dégui-
» sement bizarre, qui couvre le système de leur
» sagesse mystérieuse; c'est une opinion qui n'a
» été inventée que depuis l'origine de la fable, et

---

(1) Warburton, Dissert. IX, tom. II, p. 57.

» qui n'a pas besoin d'être réfutée. » Et infrà (1) :
« L'autre opinion sur l'origine de la fable, est
» de supposer qu'elle n'est qu'une corruption de
» l'histoire ancienne, et qu'elle est originaire-
» ment fondée sur des faits réels, mais déguisés
» par la suite des temps. Cette opinion est incon-
» testablement véritable. »

Sed hîc quidem mihi videtur idem in Warburtono culpandum, quod in abbatis Pluche,
qui in contrarium planè errorem inciderat, sys-
temate reprehendebat doctissimi Warburtoni de-
fensor et interpres Gallicus sic loquens (2) : « Ce
» qui n'étoit que l'origine d'une seule branche
» de l'idolâtrie, M. l'abbé Pluche en a voulu faire
» l'origine de toute idolâtrie. » Unde in theologiæ fabulosæ ortu à stirpe repetendo idem, et
multò quidem majori jure, sequi debuerat Warburton, quod in alio loco, ubi de re planè diversa agitur, usurpavit (3) : « On peut dire en
» cette occasion, comme en plusieurs autres, ce
» que le savant Boerhaave disoit de la médecine,
» qu'on ne doit point adopter de systèmes parti-
» culiers ; que le meilleur moyen pour parvenir
» au vrai, est de fondre ensemble tous les sys-
» tèmes. » Sic Tullius, utpote Academicus, dici-

---

(1) Warburton, Dissert. ix, tom. II, p. 59.
(2) M. de Silhouette, Dissert. v, tom. I, p. 257.
(3) Warburton, Dissert. ii, tom. II, p. 163.

tur (1) nullis vinculis impediri ullius certæ disciplinæ, sed libare ex omnibus quodcumque eum maximè specie veritatis moveret.

Quod quidem sapientissimum, si quod unquam fuit, monitum et ad eos qui mythologiam tractant, maximè pertinet, et à Balbo Stoïco rectè servatum est apud Ciceronem (2). Ille, postquam unam eamque verissimam idololatriæ causam assignavit, quam immeritò exclusit et rejecit Clar. abbas Pluche, scilicet, suscepisse vitam hominum consuetudinemque communem, ut beneficiis excellentes viros in cœlum famâ ac voluntate tollerent, et hinc ortos esse plurimos Deos homines, ut eleganter vocat S. Cyprianus, quod ex mysteriis intelligi posse declarat, meritò tamen subjicit, contra Clar. Warburtoni sententiam, non hunc solum exstitisse fontem ex quo omnis illa tot Deorum colluvies defluxerit, nec omnem veterem Ethnicorum mythologiam ex sola antiquæ traditionis historicæ corruptione deductam, sed partim quoque ex ipsa physica theologia, quæ sensim ignorantiâ, et lapsu temporis, ac superstitione, corrupta et depravata fuit, theologiam mythicam, seu fabulosam, derivatam fuisse; cùm homines rudes, et symbolorum illorum sensum minimè assecuti, uni adhæ-

---

(1) Cicero, Tusculan. v, ix.
(2) Cicero, de Natura Deorum, lib. ii, cap. 24.

serunt cortici, et rerum umbras atque effigies pro rebus ipsis consectati sunt.

Sic autem loquitur Balbus (1) apud Ciceronem : Alia quoque ex ratione, et quidem physica, magna fluxit multitudo Deorum, qui, induti specie humanâ, fabulas poëtis suppeditaverunt, hominum autem vitam superstitione omni referserunt. Atque hic locus à Zenone tractatus, inquit idem Balbus, pòst à Cleanthe et Chrysippo pluribus verbis explicatus est. Nam primò, ut alibi dicit Balbus (2), multæ aliæ naturæ Deorum ex magnis beneficiis eorum, non sine causa, et à Græciæ Sapientibus et à majoribus nostris constitutæ nominatæque sunt. Quidquid enim magnam utilitatem (3) generi afferret humano, id non sine divina bonitate erga homines fieri arbitrabantur. Itaque tum illud, inquit, quod erat à Deo natum, nomine ipsius Dei nuncupabant; ut cùm fruges Cererem appellamus, vinum autem Liberum : ex quo illud Terentii ,

Sine Cerere et Libero friget Venus.

(1) Cicero, de Natura Deorum, lib. ii, cap. 24.

(2) Ibid., lib. ii, cap. 23.

(3) Sic Persæus, Zenonis auditor, apud Ciceronem, de Natura Deorum, lib. i, cap. 15, dicit res salutares et utiles Deorum esse vocabulis nuncupatas. Clemens, in Cohortat. ad gentes, p. 22, ed. Potteri : Alii, quòd mitibus terrestrium plantarum fructibus vitam sustentarent, Cererem quidem vocaverunt frumentum, ut Athenienses, et Bacchum, vitem, ut Thebani.

Tum autem res ipsa, inquit idem, in qua vis
inest major aliqua, sic appellatur, ut ea ipsa res
nominetur Deus, ut Fides, ut Mens.... quarum
omnium rerum quia vis erat tanta, ut sine Deo
regi non posset, ipsa res Deorum nomen obti-
nuit : quo ex genere, Cupidinis, et Voluptatis,
et Lubentinæ Veneris vocabula (1) consecrata
sunt. Et sic, ut ait Seneca (2), quæcumque voles,
Deo nomina propriè aptabis, vim aliquam effec-
tumque cœlestem continentia, et tot appella-
tiones ejus possunt esse quot munera. Similem
Prodico sententiam tribuunt Cicero (3) et Sextus (4) Empiricus.

Postremò autem recentiores imprudenter res
quæ, à Deo natæ, Deorum nomine nuncupabantur, pro Diis ipsis, et Numinis simulacra pro
ipso Numine habuere et coluere ; unde nata idololatria, theologiæ physicæ malè intellectæ filia.
Præclarè ad rem Plutarchus (5) observat, quæ-

---

(1) Clemens, *in Cohortat.*, p. 22 : Nec defuerunt philosophi qui, poëtarum exemplo, vestris affectibus Deorum
personas induerunt, ut Timori, Amori, Gaudio, Spei ;
quemadmodum priscus ille Epimenides Contumeliæ et
Impudentiæ aras Athenis constituit. Confer Theodoret.
Therapeut., serm. III, p. 514.

(2) Seneca, de Beneficiis, lib. IV, cap. 7.

(3) Cicero, de Natura Deorum, lib. I, cap. 42.

(4) Sextus, adversùs Physicos, lib. IX, p. 552.

(5) Plutarchus, de Iside et Osiride, p. 378 et 379.

dam sacra fieri ob fructuum occultationem, quos
antiqui non esse Deos, sed Deorum dona, eaque
magna, et necessaria ad ferini victûs et belluinæ
vitæ immanitatem vitandam, existimarunt. Sicut
nos, inquit, eum qui libros Platonis emit, emere
Platonem dicimus, et Menandrum agere (Μέναν-
δρον ὑποκρίνεσθαι) qui Menandri fabulam agit, ita
et veteres Deorum nomina donis et operibus Deorum libenter tribuerunt, ob utilitatem ea augen-
tes (1) atque ornantes; sed posteri, indoctè ista
accipientes, imperitèque in ipsos Deos ea detor-
quentes quæ frugibus accidunt aliàs exorientibus,
aliàs occultatis, et ea Deorum ortus interitusque
non vocantes duntaxat, sed etiam sic habere rem
putantes, se ipsi falsis opinionibus erroribusque
turbulentis et impiis implicuerunt.

Rectè idem ibidem addit, optimè à philosophis dici, qui vocabulorum et nominum vim non
discant rectè assequi, eos etiam de rebus ipsis
falli; quod et usu venisse Græcorum nonnullis,
qui, ærea, lapidea aut picta simulacra cùm adsue-
vissent non imagines Deorum et simulacra iis
consecrata et dedicata, sed Deos et nuncupare

---

(1) Rectè Reimannus, *Histor. atheism.*, p. 260, usita-
tum fuisse Ethnicis monet, et iis entibus Dei nomen tribuere, quæ noverant esse à Deo producta, ut patet ex
Theogonia Hesiodi, et præclarè docet Joh. Clericus, *Bibl.*
select., tom. III, art. 1, p. 332 et seqq.

F

et habere, ausi sunt deinde dicere, Minervam à
Lachare fuisse exutam, Apollinis cincinnos au-
reos à Dionysio abscissos et ablatos fuisse, Jovem
Capitolinum sub bellum civile incendio periisse.
Quod et Plutarchus ibidem observat Ægyptiis
erga ea evenisse quæ venerantur animalia, et tanquam ipsos colunt Deos; cùm, inquit, Græci hæc
non Numina, sed huic aut illi sacra esse Numini,
rectè et dicant, et sentiant.

Et hæc quidem Plutarchi verba eo accuratiùs
perpendenda sunt, quòd veteris originem mythologiæ explicent, fontes unde oriatur idololatria,
aperiant, atque etiam itinera ipsa demonstrent;
cùm præterea è vagis metaphysicæ, et mentis quælibet visa arripientis iisque utentis, somniis, ad
varias variarum sectarum opiniones pro tempore
accommodatis, ex incertis vanæ physiologiæ de-
lirationibus, iisque malè perceptis, ex astrono-
micis allegoriis, ex antiquæ ruderibus historiæ
(seu sacræ, *id est*, Judaïcæ, seu profanæ) huc
illuc temerè congestis, et ex absurdis poëtarum
aut callidis principum commentis, velut Hydra
ex multis capitibus tota constabat, cujusque fabularum malè cohærentium pars ad physicam,
agriculturam et astronomiam, obscuris, et ideo
postea pravè intellectis, involutas symbolis, pars
ad notiones et opiniones metaphysicas imaginibus sub sensum cadentibus expressas, et ad morales affectus formis corporeis vestitos, pars ad

primarum vestigia corrupta traditionum, pars
denique referenda est ad pantheismum, qui theismum proximè excepit, quique cùm nihil aliud
esset quàm Naturæ deificatæ et Mundi apotheosis,
hinc factum est, ut postea homines singulas partes divinas divini hujusce Mundi pro singulis
habuerint Diis, quos peculiariter coluere, nec
ad unum Deum, seu communem Naturam, ut
veteres pantheistæ, revocaverunt. Nam, ut ait Plinius (1), fragilis et laboriosa mortalitas in partes
ista digessit, infirmitatis suæ memor, ut portio-
nibus quisque coleret, quo maximè indigeret.
Sic astra non ideo solùm pro Diis habuere, quòd,
ut visum Clar. Warburtoni Gallico interpreti (2),
eorum vis cœlestis ad corpora lunæ subjecta eo
pertineret modo qui sensus et oculos falleret, sed
quòd primò pro Dei partibus excellentibus habita, deinde tanquam peculiaria Numina ita culta
fuerint, ut hinc sabæismi, et deinde idololatriæ,
origo repetenda sit (3).

---

(1) Plinius, Histor. natural., lib. II, cap. 7.

(2) Tom. I, p. 250.

(3) Nuper ex astronomia veteri magnam mythologiæ
lucem accendit Cl. Dupuis, in universitate Parisiensi elo-
quentiæ professor, cujus vide *Mémoire sur l'origine des
constellations et sur l'explication de la fable, tom. IV
de l'Astronomie de M. de Lalande, à Paris*, 1781, in-4.
Ille in multis rem acu feliciter tetigit, in omnibus summum ingenii acumen prodidit.

F ij

Hisce causis ea sunt addenda quæ confuderunt,
adulteraverunt et attexuerunt frequentes in Græcia, altera illa mythologiæ patria, rerum commu-
tationes; varia ejus incolarum permistio, eorumque originis diversitas ; intima cum Barbaris,
moribus et sermone dissonis, commercia et ne-
cessitudines ; linguarum varietas, earumque, ut
et historiæ veteris, ignoratio; mysteriorum, de
quibus portentosa jactabantur, obscuritas; inepta
hieroglyphicarum notarum, et antiqui generis
dicendi, interpretatio; eorum qui etymologias
aucupabantur, hallucinationes ; inhians sacerdotum aviditas ; fides theophaniis et prodigiis
habita ; fallaciæ præstigiarum quibus deludeban-
tur oculi, imò etiam observantibus auferebantur;
civilis legislatorum prudentia, vel fraus virorum civitatis principum; doli quibus animi irre-
tiebantur ; turpis populorum credulitas et fœda
superstitio; fabularum et miraculorum amor
vulgo insitus; criticorum penuria, nimis tenue
metaphysicorum acumen; vagæ eorum qui allegoriarum nubes captabant, aberrationes, ipsis
quas explicabant, et adversus Christianos defen-
debant, fabulis interdum absurdiores; adulatio
viventium famula; deletorum morte hominum
desiderium, aut acceptorum memoria beneficio-
rum, et acuendæ virtutis, tantâ divinitatis mer-
cede propositâ, cupiditas; denique philosophorum commenta, et audax poëtarum licentia,

quibus quidlibet fingendi, et impunè mentiendi
atque immutandi, ita semper æqua fuit potes-
tas, ut si, exempli gratiâ, Racinius noster, non
Gallicus, sed Græcus exstitisset, et ante duo millia
annorum vixisset, quidquid in Iphigeniæ fabula
immutavit, id jam in mythologiam receptum
fuisset, et suum in theologia fabulari locum
obtineret. De Hesiodi autem Theogonia omnino
legenda est aurea summi illius viri, et supra
nostras laudes positi, Heynii Commentatio in
Actis Academiæ Gottingensis, 1779, vol. II (1).

Eodem ferè modo et mysteriorum instituta
postremò fœdè corrupta sunt, cùm initiati pro
rebus effigiem atque umbram amplexi fuere, et,
verbi gratiâ, decepti sunt imagine φαλλῶ et κτενὸς,
quibus primò nihil aliud designabatur quàm se-
minales Naturæ causæ, quarum munere omnia
et nascuntur et renascuntur.

Videtis-ne igitur, ut ait Balbus apud Cicero-

---

(1) Confer et ejusdem præstantissimi Heynii doctam
animadversionem ad Apollodori lib. 1, p. 3 et seqq. partis
primæ, *Goettingæ*, 1783, eumdemque ibidem, p. 105 et
106, 238, 248, 283, 284, 533, 694, 769 et 770, etc.
Vide et doctissimum librum posthumum Samuelis Mus-
gravii, à summo illo critico Cl. Thoma Tyrwhitt nuper
editum, et inscriptum, *Two Dissertations : I, on the Græ-
cian mythology; II, an examination of Sir Isaac New-
ton's Objections to the chronology of the olympiads*,
London, 1782, in-8.

nem (1), ut à physicis rebus, bene atque utiliter
inventis, tracta ratio sit ad commentitios et fic-
tos Deos? Quæ res, inquit, genuit falsas opiniones, erroresque turbulentos, et superstitiones
pænè aniles. Et formæ enim nobis Deorum, et
ætates, et vestitus ornatusque noti sunt : genera
præterea, conjugia, cognationes, omniaque tra-
ducta ad similitudinem imbecillitatis humanæ.
Nam, inquit, et perturbatis animis inducuntur;
accipimus enim Deorum cupiditates, ægritudi-
nes, iracundias : nec verò, ut fabulæ ferunt, Dii
bellis præliisque caruerunt; nec solùm, ut apud
Homerum, cùm duos exercitus contrarios alii
Dii ex alia parte defenderent, sed etiam, ut cum
Titanis, ut cum Gigantibus, sua propria bella
gesserunt. Hæc, inquit, et dicuntur, et creduntur stultissimè, et plena sunt futilitatis summæque levitatis.

Sic apud Augustinum (2) Varro dicit, in my-
thicæ seu fabulosæ theologiæ genere, quo maximè utuntur poëtæ, multa inesse contra dignita-
tem et naturam immortalium ficta. In hoc enim
est, inquit, ut Deus alius ex capite, alius ex fe-
more sit, alius ex guttis sanguinis natus : in hoc,
ut Dii furati sint, ut adulteraverint, ut servierint

(1) Cicero, de Natura Deorum, lib. 11, cap. 28.
(2) Augustinus, de Civitate Dei, lib. vi, cap. 5.

hominibus (1). Denique in hoc omnia Diis attri-
buuntur, quæ non modò in hominem, sed etiam
quæ in contemptissimum hominem cadere possunt. Hic certè (Varro), ubi potuit, ubi ausus
est, inquit idem Augustinus, ubi impunitum
putavit, quanta mendacissimis fabulis naturæ
Deorum fieret injuria, sine caligine ullius ambi-
guitatis expressit. Loquebatur enim, inquit Augustinus, non de naturali theologia, non de
civili, sed de fabulosa, quam liberè à se putavit
esse culpandam. Sic et Scævola, pontifex doctissimus, dicebat apud Augustinum (2), primum
genus theologiæ, *id est*, fabulosum, à poëtis traditum, esse nugatorium, quòd multa de Diis
fingantur indigna. Et infrà idem ibid. Augustinus : Poëticum sanè Deorum genus cur Scævola respuat, iisdem literis non tacetur : quia
sic videlicet Deos deformant, ut nec bonis hominibus comparentur, cùm alium faciunt furari,
alium adulterare, etc.; nihil denique posse con-
fingi miraculorum atque vitiorum, quod non ibi
reperiatur; quæ à Deorum natura longè absunt.
Pari libertate fabulosam theologiam, ut non solùm Diis, sed ne hominibus quidem probis di-

---

(1) Idem ferè apud Clementem Alexandrinum in Cohortat., p. 3o et 31, ed. Potter. Vide eumdem, ibid.,
p. 52.

(2) Augustinus, de Civitate Dei, lib. IV, cap. 27.

gnam, insectatur Dionysius Halicarnassensis (1). Sic è duobus libris apud Indos sacris, qui inter decem et octo *Pouranam* ab iis recensentur, quorumque Gallicam legi versionem manuscriptam, unum, quod inscriptum est *Bagavadam*, seu *Historia divina*, fabulosam Indorum, alterum, quod dicitur *Ezour-Vedam*, physicam eorum complectitur theologiam; et hujus auctor idem in fabulosa Indorum theologia culpat, quod in Romana Varro et Scævola, atque ad Dei unitatem omnia revocat.

Hæc tamen mythica theologia, fabulis et superstitionibus anilibus referta, rudi vulgo, ut ferè fit, tantùm arridebat, quantùm physica, sive naturalis, doctis et philosophis. Hoc ipse testatur Varro apud Augustinum (2). Is postquam sapienter monuit, ea quæ scribunt poëtæ, minùs esse quàm ut populi sequi debeant, quæ autem philosophi, plus quàm ut ea vulgus scrutari expediat (ut suprà contendit falli in religione populos expedire), alio loco dicit, teste eodem ibidem Augustino, de generationibus Deorum magis ad poëtas quàm ad physicos fuisse populos inclinatos. Hìc enim dixit, inquit Augustinus, quid fieri debeat, ibi quid fiat. Phy-

***

(1) Dionysius Halicarnassensis, Antiquitatum Roman. lib. II, tom. I, p. 273, 274, 276 et 277, ed. Reiskii.

(2) Augustinus, de Civitate Dei, lib. VI, cap. 6.

sicos dixit (Varro) utilitatis causâ scripsisse;
poëtas, delectationis. Eamdem prorsus Erato-
stheni sententiam tribuit Strabo (1), qui eam
confutare conatur. Sic et Agatharchides (2) apud
Photium, ideo Hesiodi, Æschyli et Euripidis,
aliorumque fabulas censet excusandas, quòd
unusquisque poëta magis voluptati quàm veri-
tati serviat.

Porrò ex utraque theologia, scilicet ex fabulosa et ex naturali, miscebatur et temperabatur
tertium theologiæ genus, scilicet civile. Et hoc
quidem est, teste Varrone apud Augustinum (3),
quod in urbibus cives, maximè sacerdotes, nosse
atque administrare debeant; in quo est, quos
Deos publicè colere, quæ sacra et sacrificia facere quemque par sit. Civilem autem theologiam è naturali et fabulosa commistis conflatam
fuisse, sic docet Augustinus (4) : Commemoratus
auctor (Varro), cùm civilem theologiam à fabulosa et naturali, tertiam quamdam sui generis,
distinguere conaretur, magis eam ex utraque tem-
peratam, quàm ab utraque separatam, intelligi
voluit. Ait enim, ea quæ scribunt poëtæ, minùs

---

(1) Strabo, lib. I, p. 13, ed. Amstelodam.
(2) Agatharchides, cap. 5, apud Photium, cod. 250,
p. 1331.
(3) Augustinus, de Civitate Dei, lib. VI, cap. 5.
(4) Ibid., lib. VI, cap. 6.

esse quàm ut populi sequi debeant ; quæ autem
philosophi, plus quàm ut ea vulgus scrutari expediat. Quæ sic abhorrent, inquit, ut tamen ex
utroque genere ad civiles rationes assumpta sint
non pauca. Augustinus alibi (1) : Et civilis et
fabulosa, ambæ fabulosæ sunt, ambæque civiles :
ambas inveniet fabulosas, qui vanitates et obscœ-
nitates ambarum prudenter inspexerit ; ambas
civiles, qui ludos scenicos, pertinentes ad fabulosam, in Deorum civilium festivitatibus et in
urbium divinis rebus adverterit. Idem et alibi (2),
postquam urbanam et theatricam theologiam ad
unam civilem pertinere ostendit, sic exclamat :
Eant adhuc, et civilem theologiam à theologia
fabulosa, urbes à theatris, templa à scenis, sacra
pontificum à carminibus poëtarum, velut res
honestas à turpibus, veraces à fallacibus, graves
à levibus, serias à ludicris, appetendas à re-
spuendis, quâ possunt quasi conentur subtilitate
discernere. Unde alibi (3) sic rectè concludit :
Revocantur igitur ad theologiam civilem, theologia fabulosa, theatrica, scenica, indignationis
et turpitudinis plena ; et hæc tota, quæ meritò
culpanda et respuenda judicatur, pars hujus est,
quæ colenda et observanda censetur ; non sanè

---

(1) Augustinus, de Civitate Dei, lib. VI, cap. 8.
(2) Ibid., lib. VI, cap. 9.
(3) Ibid., lib. VI, cap. 7.

pars incongrua, sicut ostendere institui, et quæ
ab universo corpore aliena, importunè illi con-
nexa atque suspensa sit, sed omnino consona, et
tanquam ejusdem corporis membrum conve-
nientissimè copulata.

Scilicet Augustinus (1) rectè monuerat, acu-
tissimos et doctissimos viros, quales Varronem
et alios, ambas improbandas intellexisse, et fabulosam et civilem theologiam. Sed illam, inquit, audebant improbare, hanc non audebant.
Illam culpandam proposuerunt; hanc ejus similem comparandam exposuerunt, non ut hæc præ
illa tenenda eligeretur, sed ut cum illa respuenda
intelligeretur, atque ita sine periculo eorum qui
civilem theologiam reprehendere metuebant,
utrâque contemptâ, ea quam naturalem vocant,
apud meliores animos inveniret locum. Hoc et
sic alibi inculcat (2) : Intelligimus quid agant,
qui illam theatricam et fabulosam theologiam
ab ista civili pendere noverunt, et ei de carminibus poëtarum tanquam de speculo resultare :
et ideo, istâ expositâ, quam damnare non audent,

_____

(1) Augustinus, de Civitate Dei, lib. vi, cap. 8.

(2) Augustinus, de Civitate Dei, lib. vi, cap. 9. Hoc
jam suboluerat Patri Brumoy, quem vide, *Théâtre des
Grecs*, tom. VI, p. 310 et seqq., et ad eumdem illius ani-
madversiones qui hujusce operis editionem curavit Paris.,
ann. 1773.

illam ejus imaginem liberiùs arguunt et reprehendunt, ut qui agnoscant quid velint, et hanc ipsam faciem, cujus illa imago est, detestentur. Et paulò infrà : Quis ergò usque adeò tardus sit, ut non intelligat, istum hominem, civilem theologiam tam diligenter exponendo et aperiendo, eamque illi fabulosæ, indignæ atque probrosæ, similem demonstrando, atque ipsam fabulosam, partem esse hujus satis evidenter docendo, nonnisi illi naturali, quam dicit ad philosophos pertinere, in animis hominum moliri locum, eâ subtilitate ut fabulosam reprehendat, civilem verò reprehendere quidem non audeat, sed, prodendo, reprehensibilem ostendat, atque ita, utrâque judicio rectè intelligentium reprobatâ, sola naturalis remaneat eligenda ?

Hinc idem Augustinus (1) Varronem sic alloquitur : O Marce Varro, cùm sis homo omnium acutissimus, et sine ulla dubitatione doctissimus, sed tamen homo..... cernis quidem quàm sint res divinæ ab humanis nugis atque mendaciis dirimendæ : sed vitiosissimas populorum opiniones et consuetudines in superstitionibus publicis vereris offendere, quas à Deorum natura abhorrere, vel talium quales in hujus mundi elementis humani animi suspicatur infirmitas, et sentis ipse, cùm eas usquequaque consideras,

---

(1) Augustinus, de Civitate Dei, lib. vi, cap. 6.

et omnis vestra literatura circumsonat. Quid hîc agit humanum, quamvis excellentissimum, ingenium ? Quid tibi humana, licèt multiplex ingensque, doctrina in his angustiis suffragatur? Naturales Deos colere cupis; civiles cogeris. Invenisti alios fabulosos in quos liberiùs quod sentis, evomas; unde et istos civiles, velis nolisve, perfundas. Dicis quippe fabulosos accommodatos esse ad theatrum, naturales ad mundum, civiles ad urbem; cùm mundus opus sit divinum, urbes verò et theatra opera sint hominum, nec alii Dii rideantur in theatris quàm qui adorantur in templis, nec aliis ludos exhibeatis quàm quibus victimas immolatis.

Hac arte decepti sunt vel nasuti illi et acutissimi Athenienses, qui illam non viderunt civilis et fabulosæ theologiæ cognationem, et quasi concentum atque consensum, quarum hæc ab illa nascitur, et eadem ita prorsus est, ut, cùm non alii Dii rideantur in theatris quàm qui adorantur in templis, necesse sit, ab eo qui in fabulosos Deos quod sentit, liberiùs evomit, et civiles quoque perfundi. Hæc cùm non intelligerent, cauto Aristophani, civilem reprehendere metuenti religionem, at fabulosam irridenti, imprudenter arridentes, coronam imponebant, dum contrà Socrati, naturalem unicè prædicanti, et simul civilem fabulosamque impugnanti, mortiferum tradebant poculum.

Immeritò igitur hæc observat Clar. Warburton (1) : « Il suffisoit de croire en un seul Dieu
» pour être regardé par le peuple comme un
» athée. Ce fut le cas de Socrate : et si on laissa
» ce philosophe vivre long-temps en repos ; si on
» ne troubla point du tout celui d'Épicure, qui
» étoit un athée véritable, dans le sens qu'on
» appelle athée quiconque nie la Providence,
» c'est que leurs opinions étoient regardées sur
» le pied d'une secte philosophique, qui n'étoit
» point de nature à faire de grands progrès parmi
» le peuple. » Ac primò quidem negari potest,
eos omnes pro atheis fuisse habitos, qui Deum
unum esse crederent, cùm id publicè et docue-
rint et scripserint plurimi Ethnici, quorum
testimonia, quæ longum esset exscribere, vide
apud Justinum et Clementem Alexandrinum ;
ii demum athei esse censebantur, qui hoc dogma
ita prædicabant, ut vitiosissimas populorum
opiniones et consuetudines in superstitionibus
publicis, ut ait Varro, non vererentur offendere ; et ideo Socratem tamdiu, et Epicurum per-
petuò, tranquillè ac placidè vitam degisse exis-
timo, quòd ille aliquamdiu, hic semper, civilem
reprehendere metuerit religionem.

Socratis morte, quid à populo timendum esset,
edocti posteriores philosophi, civili theologiæ

---

(1) Warburton, Dissert. v, tom. I, p. 202.

palàm adversari non audebant, sed eam potiùs
cum naturali conciliare, et ad illam accommo-
dare, quibuslibet modis conabantur, publicique
cultûs magnam præ se ferebant venerationem,
ac pietatem ostentabant. Hoc de Varrone, quem
suprà loquentem audivimus, sic testatur Augustinus (1) : Quid ipse Varro, quem dolemus in
rebus divinis ludos scenicos, quamvis non judicio proprio, posuisse, cùm ad Deos colendos,
velut religiosus, hortetur, nonne ita confitetur,
non se illa judicio suo sequi, quæ civitatem
Romanam instituisse commemorat; ut si eam
civitatem novam constitueret, ex naturæ potiùs
formula Deos nominaque Deorum se fuisse de-
dicaturum non dubitet confiteri? Sed jam quoniam in vetere populo essent accepta, ab antiquis nominum et cognominum historiam tenere,
ut tradita est, debere se dicit, et ad eum finem
illa scribere ac perscrutari, ut potiùs eos magis
colere quàm despicere vulgus velit. Quibus verbis homo acutissimus, inquit Augustinus, satis
indicat non se aperire omnia quæ non sibi tantùm contemptui essent, sed etiam ipsi vulgo de-
spicienda viderentur, nisi traderentur. Ego, inquit idem Augustinus, ita conjicere non debui,
nisi evidenter alio loco ipse diceret, de religionibus loquens, multa esse vera quæ non modò

_____

(1) Augustinus, de Civitate Dei, lib. IV, cap. 31.

vulgo scire non sit utile, sed etiam, tametsi falsa
sint, aliter existimare populum expediat.

Eamdem publici cultûs reverentiam profitetur
Balbus Stoïcus apud Ciceronem (1), ubi postquam theologiæ fabulosæ, è physica male intel-
lecta ortæ, vitia et aniles exagitavit superstitiones, et conquestus est hujus ineptias, futilitatis
summæque levitatis plenas, et dici et credi stultissimè, hæc subjicit, ne in civilem pariter in-
vehi videatur : Sed tamen, his fabulis spretis ac
repudiatis, Deus pertinens per naturam cujusque rei, per terras Ceres, per maria Neptunus,
alii per alia poterunt intelligi : qui qualesque
sint, quoque eos nomine consuetudo nuncupa-
verit, hos Deos (ut edidit Ernesti) et venerari
et colere debemus. Cultus autem Deorum est optimus, idemque castissimus atque sanctissimus,
plenissimusque pietatis, ut eos semper purâ, in-
tegrâ, incorruptâ et mente et voce veneremur :
non enim philosophi solùm, verùm etiam majores nostri superstitionem à religione separave-
runt. Sic Cicero (2) alibi : Nec verò (id enim diligenter intelligi volo), superstitione tollendâ,
religio tollitur. Nam et majorum instituta tueri
sacris cærimoniisque retinendis, sapientis est...

_____

(1) Cicero, de Naturâ Deorum, lib. II, cap. 28.
(2) Cicero, in extremo secundo de Divinatione libro,
cap. 72.

ut alibi (1) dixerat, retineri, et ad opinionem vulgi, et ad magnas utilitates reipublicæ, morem, religionem, disciplinam, jus augurum, collegii auctoritatem. Cicero hæc subjicit (2): Quamobrem, ut religio propaganda etiam est, quæ est juncta cum cognitione Naturæ (*id est*, theologia naturali), sic superstitionis stirpes omnes ejiciendæ; ubi fabulosam et civilem innuere videtur. Vide omninò Lactantium in secundi *Institutionum divinarum* libri tertio capite.

Idem ferè ad verbum apud nostrum videbis Cornutum, à nobis olim edendum, in ultimo capite, ab hisce verbis (3), ὕτω δὲ ἂν εἰδέναι, usque ad finem capitis. Qui quidem Cornutus hîc et in toto suo declaraverat opere, ad naturalem theologiam ea omnia revocanda·esse quæ de Diis tradita sunt fabulosa, et ibidem docuerat, constare, veteres non vulgaris sapientiæ homines fuisse, sed optimos, ut Tullii verbis utar, speculatores venatoresque Naturæ mundi, et ad id aptissimos, ut eam et rectè assequerentur, et de ea per quædam ænigmatum involucra et integumenta allegoriarum perspicienda philosopharentur. Idem tamen ibidem addit Cornutus, quæ de cultu et symbolis Deorum tradidit, deque iis ho-

---

(1) Cicero, de Divinatione, lib. ii, cap. 33.
(2) Ibid.; lib. ii, cap. 72.
(3) Cornutus, cap. 35, p. 235, ed. Gal.

G

noribus qui Numinibus habentur, et à majoribus
religione consecrati sunt, ea ita accipienda esse,
ut adolescentes ad sinceram et germanam religionem, non autem ad superstitionem, tradu-
cantur : εἰς τὸ εὐσεβεῖν, ἀλλὰ μὴ εἰς τὸ δεισιδαιμονεῖν,
εἰσαγομένων τῶν νέων. Sicut Marcus Antoninus (1)
θεοσέβειαν χωρὶς δεισιδαιμονίας commendat, et à patre
accepisse se gloriatur (2) τὸ μὴ περὶ θεὲς δεισιδαῖμον.
Sic et Seneca (3) : Religio Deos colit, superstitio
violat. Eleganter autem Maximus Tyrius (4): Pius
quidem est Dei amicus; superstitiosus verò est
ejus adulator (5).

Idem ibidem Cornutus sibi propositum esse
profitetur, ut juvenes doceat quomodo Dii sacrificiis et precibus, summâ religione colendi et
adorandi sint, quando et quatenus ritè jurare

---

(1) Marcus Antoninus, lib. vi, cap. 30, ubi vide Gata-
kerum, p. 242.

(2) Marcus Antoninus, lib. i, cap. 16.

(3) Seneca, de Clementia, lib. ii, cap. 5.

(4) Maximus Tyrius, sermone xx, vulgò iv, tom. I,
p. 389, ed. Reiskii.

(5) Eodem ferè modo sic locutus est Spinosa in præfa-
tione *Tractatûs theologico-politici :* « Non mirum, quòd
» antiquæ religionis nihil manserit, præter ejus externum
» cultum, quo vulgus Deum magis adulari quàm adorare
» videtur. » Quod quidem de externo Christianorum cultu
impiè dictum, de Ethnicis jure ac merità usurpabat Maximus Tyrius.

deceat. Ex quo loco immeritò Mosheimius (1)
sequi putat, Phurnutum, seu potiùs Cornutum,
quamvis ad unam mundi animam referat omnia,
huic uni non supplicasse, sed Diis pluribus ob-
noxium fuisse. At non attendit Mosheimius hæc
ab homine dicta esse civilem religionem offendere verenti, eamque cum physica conciliare co-
nanti. Sic Eusebius de philosophis loquens (2) :
Sed illi serò quidem, cùm tandem eos majorum
suorum theologiæ puderet, quæ singuli proprio marte comminiscebantur, et è fundo suo
educebant ornamenta, ea quasi vela fabulis de
Deorum natura obtendebant et accommoda-
bant, cùm nemo patria instituta movere et im-
mutare auderet, sed omnes antiquitatem, et fa-
miliarem institutionem quâ in pueritia imbuti
fuerant, magni facerent. Hinc optimè Clar. Forster (3) : Cùm summa olim apud Græcos civilis
ipsorum theologiæ, ac præsertim mysteriorum,
erat reverentia, philosophi veteres, ac præsertim
Pythagorici, Platonici ac Stoïci, dogmata ipsorum imaginibus exinde petitis frequentissimè
ornabant, eaque tanquam eumdem prorsus cum
religione finem et effectum habentia exhibebant.

---

(1) Mosheimius, ad Cudworthi Systema intellectuale,
tom. I, p. 625.

(2) Eusebius, Præparat. evangel., lib. 11, cap. 6, p. 74.

(3) Forster, ad Platonis Phædonem, p. 369.

Rectè observat Cotta apud Ciceronem (1), Stoïcos receptas fabulas non modò non refellere, verùm etiam confirmare, interpretando quorsum quidque pertineat. Sicque, ut verè monuit Cl. abbas Le Batteux (2), de nostris loquens Stoïcis : « Le » peuple, qui ne savoit pas le fond des pensées, » croyoit qu'on louoit ses Dieux, tandis qu'il s'en » falloit peu qu'on ne se moquât d'eux, comme » on se moquoit réellement de lui. »

Eò igitur spectabat exoterica philosophorum theologia physica, ut ipsorum opiniones cum religione vulgò recepta conciliaret, et ad eam accommodaret, ne civilem cultum impugnare videretur, suisque negotium facesseret, sed potiùs fabulas superstitione consecratas ita interpretaretur, earumque sensum deflecteret ac detorqueret, ut qui eas invenerant, ii philosophi fuisse viderentur; et sic religionem, quam explicare se profitebatur, mira arte evertebat, et sub illius umbra, per cuniculos sensim irrepens, delitescebat. At audacior theologia physica esoterica, utpote quæ fidis committeretur discipulis, oculos attollebat contrà; civilem pariter et fabulosam theologiam, pedibus subjectas, obterebat; fabulosos Tartari ignes, antiquorum poëta-

---

(1) Cicero, de Natura Deorum, lib. III, cap. 23.

(2) M. Le Batteux, p. 320 de l'Histoire des causes premières.

rum fervida mente accensos, extinguebat; Cocyti
aquam, quæ ex horum fluxerat cerebro, desic-
cabat, et in omnibus omnium ferè philosophorum scholis hoc ipsum docebat quod docuisse
Antisthenem, in eo libro qui *Physicus* dicitur,
Cicero (1) tradit, scilicet populares Deos multos,
naturalem (2) unum esse. Quod è Cicerone expressit Lactantius (3), quamque fuisse germanam
et unicam Stoicorum sententiam (4), totiusque

(1) Cicero, de Natura Deorum, lib. 1, cap. 13.

(2) Augustinus, de Civitate Dei, lib. VI, cap. 6, Varronem sic alloquitur : Dicis fabulosos accommodatos esse
ad theatrum, naturales ad mundum, civiles ad urbem.....
quanto liberiùs subtiliùsque ista divideres, dicens, alios esse
Deos naturales, alios ab hominibus institutos!

(3) Lactantius, Institution. divin., lib. 1, cap. 5, p. 18.

(4) Hoc sic confirmat Lactantius, de Ira Dei, cap. 2, p.
153 : Antisthenes, in *Physico*, unum esse naturalem Deum
dixit, quamvis gentes et urbes suos habeant populares.
Eadem ferè et Aristoteles cum suis Peripateticis, et *Zeno
cum suis Stoïcis*. Longum est enim singulorum sententias
exsequi, qui, licèt diversis nominibus sint abusi, ad unam
tamen potestatem, quæ mundum regeret, concurrerunt.
Quæ quidem Lactantii verba sunt diligenter notanda, et
ita de maxima veterum philosophorum parte intelligenda,
ut tamen eos pantheismo quàm theismo viciniores fuisse
existimemus. Nam per *unam illam potestatem*, per *unum
illum naturalem Deum*, sæpissimè idem significari volunt
quod iste

Omnigeni Spinosa Dei fabricator, et orbem
Appellare Deum, ne quis Deus imperet orbi,
Tanquam esset domus ipsa, domum qui condidit, ausus,

G iij

eorum theologiæ physicæ compendium, in aperta luce alibi collocabimus.

Hîc autem, ut quæ de mysteriis dispese et diffuse diximus, paucis ea unum in locum cogamus, et, memoriæ adjuvandæ causa, unum sub aspectum subjiciamus, quò faciliùs nostram de illis sententiam dignoscere et dijudicare possit lector eruditus, probare voluimus, arcana mys-

---

quod eleganter cecinit cardinalis Polignacus in suo Anti-Lucretio. Nihilominùs libenter fateor nonnullos è veteribus philosophis in quorum operibus latentia spinosismi vestigia deprehendimus, principiorum suorum quæ ad atheismum ducere valeant, consequentia non solùm non admisisse, sed ne præsensisse quidem. Quæ si ex illo confuso et implexo systematis nexu evoluta et deducta prævidere potuissent, si omnium illorum quæ in suis scriptis consignaverant, vim assecuti fuissent, eorumque notiones claras, distinctas et in animis consummatas habuissent, fortasse trepidi, ac religioso horrore perculsi, subitò pedem retrotulissent, in Numinis, quod imprudentes petere videbantur, sinum refugissent, et ea delevissent verba quorum sensûs ita sibi conscii non fuerant, ut quid ex iis sequeretur et colligi posset, unquam suspicati fuissent. Quod fusiùs olim declarabo in mea *Stoïcorum physica Theologia* jamdudum propè confecta, et leviter attigi p. 226 et 227 secundi tomi meorum *Anecdotorum Græcorum*, ubi leguntur duæ Plotini Dissertationes quas ineditas ideo cum Lambecio, Fabricio, etc., vocavi, et protuli, quòd in Plotini operibus varia illarum fragmenta non occurrant, nisi huc et illuc dispersa, nec sine magno labore colligenda.

teriorum, et esotericam Pythagoræ, et Orphicam
doctrinam, eadem ferè fuisse, eodem tecta silentio, eadem ferè de Deo divinisque rebus, de
natura, materia, animo, ejusque post mortem
statu, tradidisse, pariter theologiam, theogoniam, cosmogoniam, cosmologiam, physiologiam et metaphysicam conjunxisse, susceptam
publicè religionem extinxisse, et falsorum vulgi
Numinum aras ita evertisse, ut propiùs ad pantheismum et spinosismum, quàm, ut Clar. Warburtono placuit, ad theismum accederent, nec
tam in mysteriis Dei unitas prædicaretur, quod
voluit Clar. Warburton, quàm deificatio universalis et apotheosis communis Naturæ parentis,
cujus Numen unicum multiformi specie, ritu
vario, nomine multijugo, venerari orbem dicebat Apuleius, quæ æterna id sit omne quod est,
quodcumque vides, quocumque moveris, quæ
opus suum impleat, à qua nihil vacet, cujus
omnia partes sint et membra, quæ, variè in variis
affecta et constituta locis, in varias abeat formas,
imò in omnes immutetur naturas, è qua omnia
emanarint, et in quam omnia refundantur; unde
sequebatur et animas, quæ et ipsæ illius parti-
culæ et ex hac excerptæ delibatæque sint, post
mortem in ejusdem communis Naturæ sinum,
ex quo effluxerant, resorbendas, sicque nulla eis
superesse mala quæ timeant, aut bona quæ spe-
rent, cùm post obitum in eumdem reponendæ

G iv

sint locum in quo jacuerant antequam corpori-
bus insinuarentur; nullis igitur defunctos bonis,
aut malis, affici, et illa quæ nobis inferos faciunt
terribiles, fabulas esse; corpora post mortem
in cognata elementa fore resolvenda, aliorumque
corporum, quæ ex se futura sint, semina fore;
nullam igitur in mundo esse mortem propriè
dictam, sed duntaxat Naturæ immutationem;
nihil perire, sed omnia mutari et transformari;
omnia in vitam mortemque per vices ire, et composita dissolvi, dissoluta componi, et nihil depe-
rire nisi in salutem; cuncta transire ut revertan-
tur, et universi naturam ea quæ jam existunt,
mutaturam, et ex iis sic mutatis nova, eaque similia, refrcturam, quæ et ipsa deinde diffinget.
In hoc autem falsum fuisse Clar. Warburton
existimamus, quòd eò præcipuè spectasse mysteria contendat, ut futurorum post mortem sup-
pliciorum et præmiorum doctrinam confirma-
rent, dum contrà in iis naturarum ex se renas-
centium pereundoque servatarum, et de interitu
reformatarum, palingenesiam traditam, eamque
solam esotericæ Pythagoricorum doctrinæ me-
tempsychosin fuisse opinamur. Cùm itaque in
hisce sacris Natura pro sola Dea habéretur, hinc
et ibidem declaratum fuisse ostendimus, duplex
esse genus Deorum quos vulgus colere, precari
venerarique soleret; unum scilicet eorum qui
nihil aliud essent nisi res naturales Deorum

nominibus indutæ, et hujusce communis Naturæ
munera et effectus, et res ab ea natæ, quæ nomine ipsius Dei nuncupabantur, et Deorum
nomen ideo obtinuerant, quòd earum vis esset
tanta, ut.sine Deo regi non posset, vel etiam
.excellentes hujusce Naturæ et *deificati* mundi
partes divinæ quæ deinde separatim pro totidem
Diis habitæ sunt; unde Varro dicebat, eos qui adi-
vissent doctrinæ mysteria, posse animam mundi
ac partes ejus, *id est*, Deos veros, animo videre;
ex quo fiebat ut multa in mysteriis ad rerum
naturalium interpretationes, allegorias et imagines referrentur : alterum verò genus Deorum
esse quorum nomina nata essent ex hominum
meritis; non enim esse Deos Herculem, Æsculapium, Castorem, Pollucem, et si quos alios ex
mortalibus pro Diis haberent, sed homines
fuisse, et humana conditione defecisse, sicque
cœlum humano genere completum esse, et ipsos
illos majorum gentium Deos è terra profectos in
cœlum reperiri; suscepisse enim vitam hominum consuetudinemque communem, ut aut
fortes, aut claros, aut potentes,

> Inventas aut qui vitam excoluere per artes,
> Quique suî memores alios fecere merendo,

beneficiis excellentes viros, in cœlum fama ac
voluntate tollerent, augendæ scilicet virtutis gra-
tia, quò libentiùs, reipublicæ causa, periculum

adiret optimus quisque; cùm autem nullum ma·
jus meliusve munus societati oblatum fuisset
quàm fruges, quibus ex agresti immanique vita
exculti ad humanitatem et mitigati fuissent ve·
teres, hinc multa in mysteriis ad frugum inventionem, et artium ac legum ex illis natarum
institutionem, ad mortalia semina et exercendam
agriculturam, ita revocabantur, ut primò res
inventa, ejus utilitas et fructus, deinde honos
ejus inventori habitus, scilicet parta tot laboribus et meritis immortalitas, imò et datus homini
ad cœlum ascensus, exhiberentur; unde Cereris,
quæ prima fruges, prima leges è frugum divi-
sione ortas, dederat, cujusque omnia munus
erant, quamque ideo hominum fama, beneficio-
rum memor, in concilio cœlestium collocaverat,
historia repræsentata initiatorum oculis subji-
ciebatur.

Hinc sequitur è re sacerdotum fuisse, ut quam-
plurimos ab arcanis horumce sacrorum penetralibus in quibus soli ferè habitabant (1), imò

---

(1) Sic tota Drusorum gens in duas hominum classes
divisa est, quorum alii quidem *ignorantes*, alii verò *in-
telligentes* vocantur. Illi, qui longè maximam partem effi-
ciunt, nulla ferè legum cognitione imbuti, hoc tantùm
præcepto tenentur : *Oportet vos fidem dominantem, qua-
liscumque sit, sequi.* Cum aliis hominibus consuetudine
juncti, cibos omnes, qui sibi arrideant, comedunt, vinum
potant, nec ullum Dei cultum observant. Sed *intelli-*

ab ipso vestibulo, omnes Christianos, omnes atheos, omnes Epicureos, omnes denique civilis réligionis Ethnicæ hostes et derisores, diligentis-

---

gentes sacris initiati sunt..... Simulacrum vituli quod colunt, rarò à *seniore intelligentium* detegitur, et tantùm provectis inter eos ostenditur. Emiri ex ignaris sunt : quamobrem Melhen II, princeps Drusorum, qui tempore Ali beg regnavit, propterea quod ipsum pigeret ignorantia et ambiguitate religionis suæ teneri, solium reliquit, ut in ordinem *intelligentium* recipi posset. Quicumque ex *ignorantibus* huic ordini admittuntur, ii primùm vestes profanas exuunt, et cum aliis simplicioribus commutant ; deinde longum examen subeunt, in quo principia ipsorum fidei comprehenduntur. Eruditissimus Adlerus, cujus verba mutuamur ex egregia illa et lectu dignissima Disputatione *de monumento Cufico Drusorum*, subjecta aureo ipsius operi quod inscriptum est, *Museum Cuficum Borgianum Velitris, Romæ*, 1782, in-4, totum illud fidei Drusorum examen arabicè et latinè primus protulit. Hoc nempe hausit ex Italico manuscripto libello, quem doctissimi, et ad literas promovendas et feliciter colendas unicè nati, præsulis Stephani Borgiæ humanitati debuit. Ope hujusce codicis, in quo multa ad historiam Drusorum pertinentia ex rarissimis ipsorum libris explicantur, Cl. Adlerus hanc sectam in monte Kesruano, scilicet illa montium Libani parte ad mare Mediterraneum spectante, imprimis florentem illustravit, illiusque dogmata huc usque densissimis involuta tenebris, ita in amplissima luce collocavit, ut paulò antea alius meus amicus, Cl. Mathias Norberg, Sabæorum linguam, ritus, religionem et libros, quorum nulla huc usque aderant specimina. Qui utinam et Oxonienses Sabæorum codices cum Parisinis à me ipsi indicatis

simè arcerent, ne aut cærimonias quarum hi rationem ignorassent, deridendas propinavissent,
aut, si verum earum perspexissent latentem sen-

---

contulisset! Drusis, teste Cl. Adlero, *ibid.*, p. 137 et 138,
primum et maximum præceptum, cæteris sanctius, est
silentium. Præstat Drusis, centies juramentis uti, quàm
minimum propriæ sectæ secretum prodere, maximumque
peccatum illud esse dicunt, detegere homini, quiscumque
sit, arcana suæ religionis. Quamobrem in parte secunda
documentorum religionis, et in epistola de secretis, ita
scriptum legitur : « Prima et principalis lex esto, ne quem-
» quam de Domino nostro certiorem faciatis. Nam dete-
» gere arcana illa, erit maxima iniquitas et peccatum.
» Quicumque prodet minimum horum arcanorum, sine
» misericordia coram omnibus Drusis publicè trucidetur,
» habeaturque ut homo qui, relicta fide Drusorum, ad
» aliam transierit; quamobrem maximo studio ad hoc
» incumbite, ut arcana nostra tenebris sepeliatis. Neque
» licitum esto cuiquam eadem legere, nisi principi initia-
» torum, et quidem in loco remoto, ubi nemo intervenit,
» nisi initiati veterani, qui jam olim professionem fece-
» runt. Item vetitum esto, extrahere librum illum, vel
» cistam qua figura humanæ naturæ Domini nostri recon-
» ditur, è domo primi initiati ubi conservantur..... Si
» unquam inveniretur liber ille, aut quædam arcanorum
» nostrorum apud infidelem, vel incredulum, vel idolo-
» latram, vel latronem, vel deceptorem, vel desertorem,
» aut si quis qualicumque modo notitiam Domini nostri
» habuerit, hunc in partes minutas discinditote. Hæc dili-
» genter observate, fideles, quorum est arcana protegere,
» et zelum vestrum manifestate. » Sic Cl. Mathias Norberg,
in sua *de religione et lingua Sabæorum Commentatione*,

sum, passim vulgavissent, ne ipsos quidem sacerdotes iis fidem habere quæ palàm profiteban-
tur, sed contrà, in intimo Eleusinii sacri recessu,

Gottingensi societati oblata et recitata die 28 octobr. 1780,
Sabæos tradit summa superstitione suos libros custodire,
eosque oculis usurpandi, ne dicam, manibus versandi,
nemini qui ipsorum non profiteatur religionem, copiam
facere; et si quem hoc fecisse intellexerint, hoc delictum
ipsius sanguine vindicare nituntur. Apud Drusos, inquit
Cl. Adlerus, p. 149, sodalitas initiatorum lege maximi
silentii conjuncta gradibusque distincta est : ab illis, qui
signis quibusdam inter se cognoscuntur, quique neminem
alienum ad sua mysteria admittunt, arcana legesque cus-
todiuntur, congregationes celebrantur, atque figura vituli,
quam Hakemi ab ipsis colendi symbolum esse dicunt,
diligenter servatur. Hujusce simulacri, quod à viro rerum
Orientalium peritissimo atque inter eruditos celeberrimo,
ex ipso Drusorum regno Rómam, in Borgianum museum,
fuisse asportatum, certò scimus, figuram inspice tabul. x
et xi, apud Cl. Adlerum, simulque huic inscriptas vide
*literas ignorabiles, à curiosa profanorum lectione mu-
nitas*, ut de sacerdotum Ægyptiorum arcana scribendi
ratione, quæ κρυπτογραφία ab antiquissimis inde temporibus apud omnes ferè gentes invaluit, loquitur Apuleius,
Metamorphos., lib. xi. Imò in pedibus simulacri, et in
tertia linea à ventre, cuncta ciphris vel numerorum notis
exarata deprehenduntur; quæ notæ cùm inter literas etiam
interdum inscriptæ reperiantur, eas literarum loco adhi-
bitas fuisse, meritò suspicatur Cl. Adlerus, p. 150. Quæ
autem observat doctissimus ille vir, p. 107 et 108, de vera
Drusorum origine, et ex Elmacino tradit, *quæque neglecta
adhuc ab eruditis* affirmat, quia, inquit, ex amanuensis

eam evertere civilem religionem cujus aras in
aliis templis erigebant. Sic Lactantius, *Institut.*
divin., *lib. v, cap.* 20 : « Meritò non audent de
» rebus quidquam docere divinis (pontifices et
» antistites religionis Ethnicæ), ne et à nostris
» derideantur, et à suis deserantur. Nam, inquit,
» ferè vulgus, cui simplex incorruptumque ju-
» dicium est, si mysteria illa cognoscat, damna-
» bit, aliudque verius, quod colat, quæret. Hinc,
» prosequitur idem Lactantius, fida silentia sa-
» cris instituta sunt ab hominibus callidis, ut
» nesciat populus quid colat. » Irrepserunt tamen
men quidam Ethnici, ut Aristagoras, Diagoras,
Alcibiades, Numenius, etc.; imò et alii qui, post

Arabici negligentia (scilicet *puncti diacritici* omissione)
in nomine commissus est error, et *Darari* pro *Drusi*
scriptum, unde, ait, de alia gente illum agere existimarunt, ea omnia jam occupata fuerant à Bespier, *Remarques*
sur l'État de l'empire Othoman de Ricaut, tom. II, p. 649
et seqq., et hinc à Bruzen La Martiniere *in Lexico geo-*
graphico, voce *Druses*, imò et *in Lexico historico Mo-*
reri, ed. 19, *Paris.*, 1744, voce *Druses*, ubi tres Arabici
codices in regia Bibliotheca latentes, et ad religionem
legesque Drusorum pertinentes, indicantur, et subjicitur,
à quibusdam historicis eodem prorsus modo emendatum
fuisse Elmacini textum. Sed quis omnia potest simul legisse
et semper in promptu habere? Cùm autem in paucorum
manibus versetur doctissimus Cl. Adleri liber, excerpta
ex iis quæ ad arcanam Drusorum doctrinam spectant, lectoribus non ingrata fore confidimus.

initiationem, Christiana dogmata amplexi sunt,
vel in libros de mysteriis tractantes inciderant,
hæc arcana prodiderunt, sicque eorum investi-
gatoribus facem accenderunt.

Explicit Commentatio

JOHANNIS BAPTISTÆ CASPARIS

D'ANSSE DE VILLOISON,

De triplici Theologia Mysteriisque Veterum.

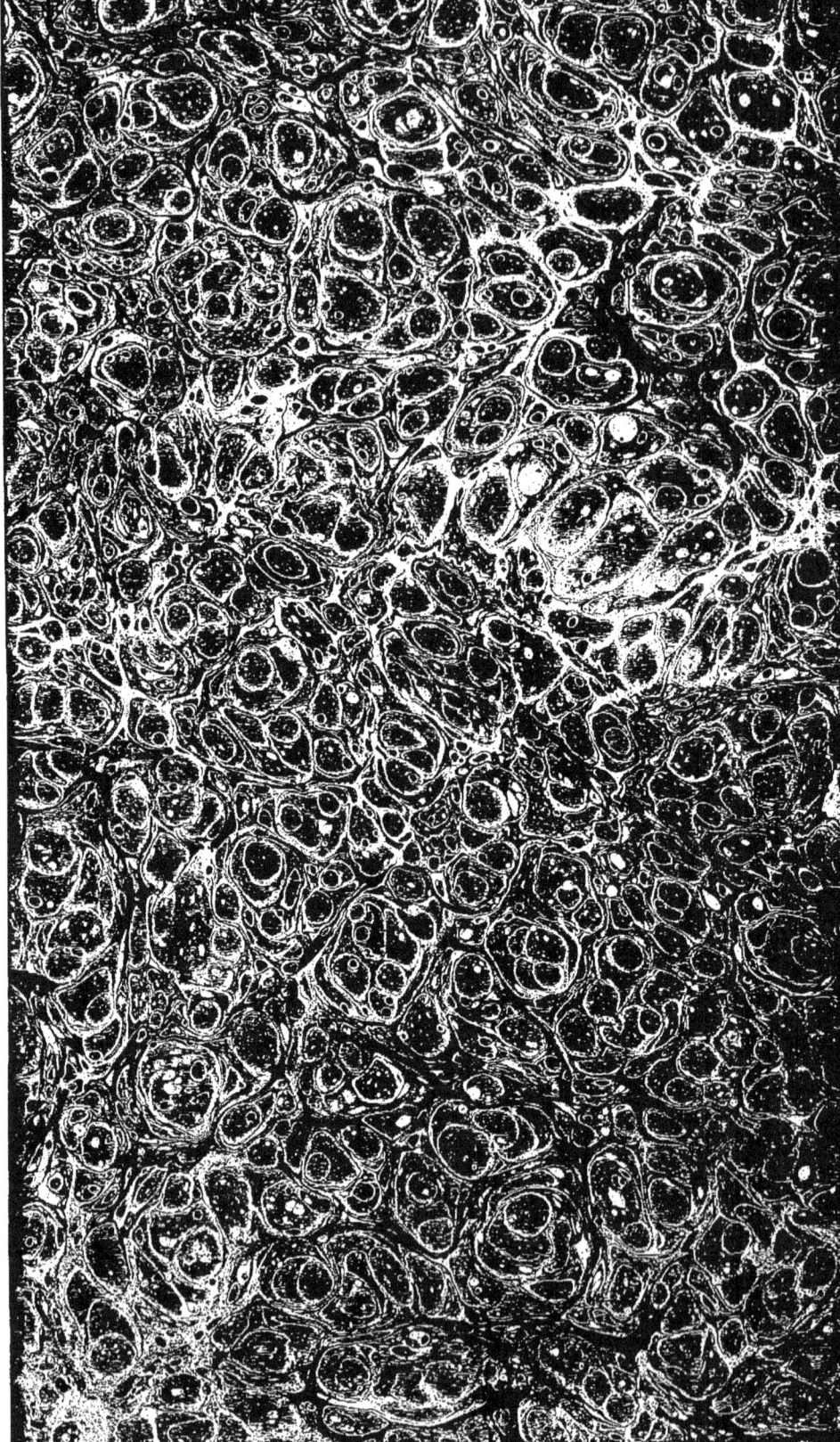

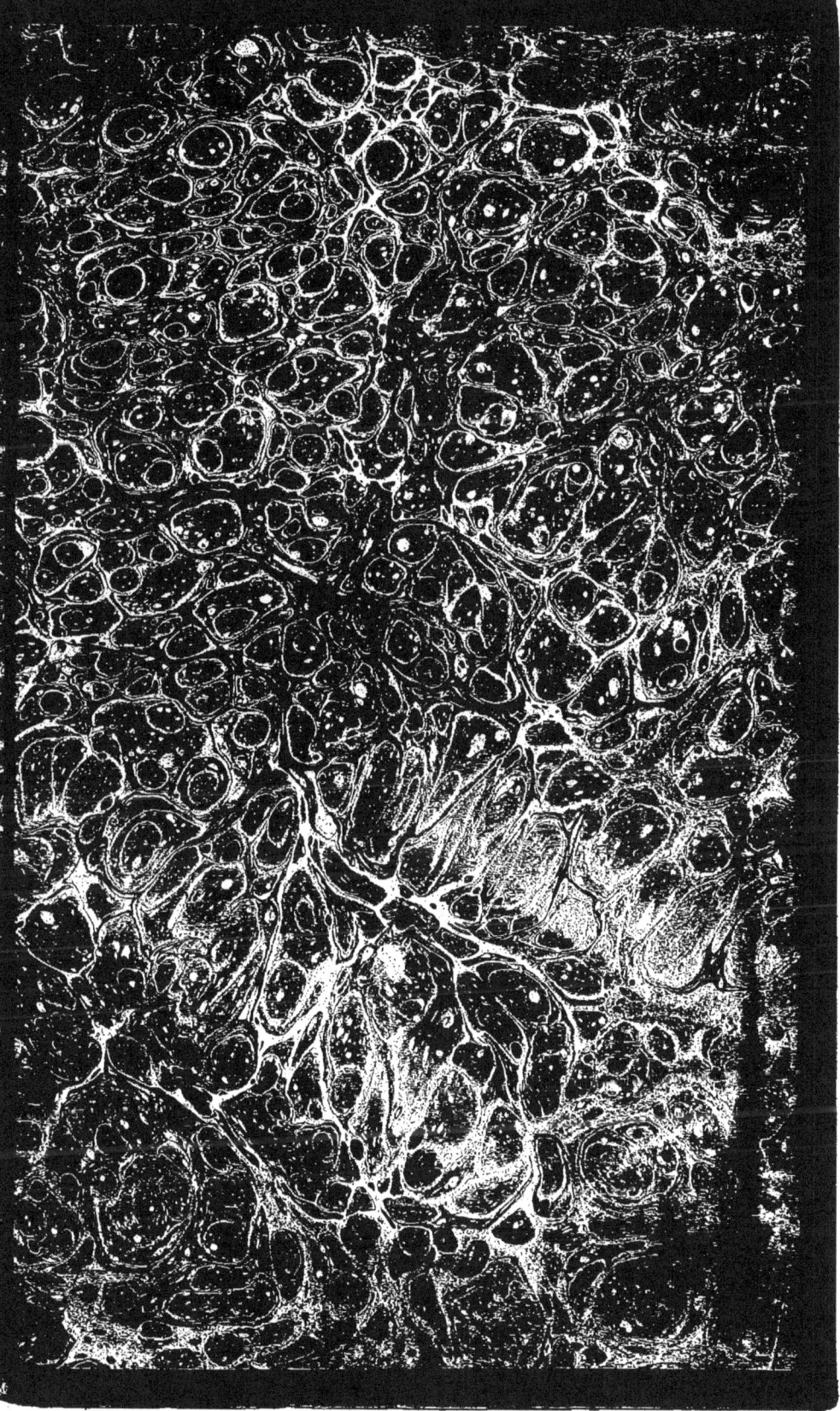